阮章竞文存

诗歌卷（上）

阮章竞 著

北京出版集团
北京十月文艺出版社

作者像
1951年摄于上海

作者简介

阮章竞(1914年1月—2000年2月),出生在广东省香山县(现中山市)沙溪区象角乡一户贫苦渔民家里,只上过四年乡村小学。13岁辍学做油漆店学徒,刻苦自学。20岁到上海以画工手艺谋生。后投身抗日救亡歌咏活动,成为人民音乐家冼星海的入室弟子。

1937年12月北上太行山,参加八路军。任八路军总部太行山剧团艺术指导员、团长,太行区文联戏剧部部长,晋冀鲁豫党委文委委员等。以文艺为武器,动员组织民众参加抗日战争。其间他大量收集民歌民谣,加以提炼创新,创作出一系列民歌体的戏剧、叙事诗,确立了在中国现代文学史上的地位。代表作有大型歌剧《赤叶河》、长篇叙事诗《圈套》等;1949年创作的长篇叙事诗《漳河水》,被文学史家称为中国新诗民族化的典范之作。

阮章竞还是一位优秀的儿童文学作家,他的童话诗《金色的海螺》获得第二届中国儿童文学创作一等奖,被译成多国文字。

阮章竞的后半生专注于以小说形式反映中国人民伟大的抗日战争,著有长篇小说《山魂》三部曲:《霜天》《晴岚》《尾声 青春祭》。

阮章竞一生酷爱绘画,在中国水墨画、油画棒画和金石篆刻方面有深厚造诣。出版有《阮章竞绘画篆刻选》。

建国后,先后在中共中央华北局宣传部、中国作家协会党组、包头钢铁公司党委宣传部、河北省省委、北京市人大常委会任职;担任过全国政协委员、北京市文联副主席、北京市作家协会主席、名誉主席。

本诗歌卷录自诗集《漳河水》《虹霓集》《迎春橘颂》《勘探者之歌》《四月的哈瓦那》《阮章竞诗选》《夏雨秋风录》《漫漫幽林路》《金色的海螺》《晚号集》《熊熊炉火照天赤》及长诗单行本和作者手稿。

目 录

五十年代

六十年代

代 序

在"纪念阮章竞百年诞辰座谈会"上的主旨发言

中国文联、中国作家协会主席 铁 凝

新年伊始之际,我们在中国现代文学馆隆重举行阮章竞百年诞辰纪念座谈会,以此深切怀念这位卓有成就的诗人,向他致以崇高的敬意。

1914年1月31日,阮章竞出生于广东省中山县象角乡,2000年2月11日在北京病逝,享年87岁。"回首当年事,墨砚火熊熊",追忆阮章竞先生激情澎湃、百折不回的一生,人们都会油然生出感佩和敬仰之情。在中国现当代文学史上,阮章竞是一个熠熠生辉的名字,他的作品长久地留在中国人的记忆之中。和他那个时代的许多作家一样,阮章竞的写作与国家兴亡和民族安危紧密相连,他曾说过:"解放区的诗人,是通过战火的熔炼自我完成为诗人的。"的确,从青年时代起,阮章竞就首先是一位英勇忠诚的革命战士,在炮火硝烟中经受着生死考验。1936年,阮章竞参加了上海职业界革命活动和抗日救亡歌咏运动。1937年全面抗战爆发,中华民族到了最危险的时刻。阮章竞一手执笔,一手持枪,义无反顾地走向抗日救亡的前线。先是在太湖一带进行抗日宣传,1937年底北上太行山抗日根据地。"欲济无舟楫,报国向太行",从此他在太行山战斗和工作了整整十二个春秋。1938年4月,阮章竞任八路军太行山剧团政治指导员、艺术指导员和团长，并兼任民族革命战争艺术学校和前方鲁迅艺术学校教员，1939年1月1日加入中国共产党。他率领剧团随军转战各地，机警果断，身先士卒。在百团大战著名的黄岩洞战斗中，由于他的准确判断剧团才得以突出重围，化险为夷。他的老部下们至今提起那些往事，仍旧敬佩不已。

在风云激荡、戎马倥偬的战斗中，阮章竞从未失其热烈、执着的诗人本色。对他来说，创作就是战斗，一支永不放下的笔就是一支永不熄灭的火炬，它燃烧着，在暗夜中激励着人们奋勇前行。八年全面抗战，可能是阮章竞的写作生涯中最为勤奋和多产的时期，他创作了大量的叙事诗、话剧、歌剧、活报剧和小说。但是，这些作品大多在战火中散失了，保存下来的只有《未熟的庄稼》《比赛》《糠菜夫妻》三个剧本。这是中国文学令人痛惜的损失。然而，在太行山上，在我们民族最为艰危困苦的时刻，一个诗人和作家曾经用他倚马而就的作品激励着我们民族坚毅无畏的战士们。我想，我们大家都会深切地感觉到，那些已经散佚的作品，它们依然是在的，它们就融汇于争取民族独立与自由的伟大斗争之中。

1940年代后期，阮章竞在毛泽东同志《在延安文艺座谈会上的讲话》精神引领下迎来了创作的高峰期和收获期。结合自身的革命斗争经验和文艺工作领导经验，阮章竞进一步明确了文艺大众化、民族化的方向，为此进行了自觉的探索。1947年2月，他创作了"俚歌故事"的长诗《圈套》，获得晋冀鲁豫边区文学特等奖。1947年秋，他结合在"土改"运动中的切身体验创作了大型歌剧《赤叶河》，采用民间曲调，说唱结合，通过随军文工团的演出被各地群众广为传唱，成为解放区新歌剧运动的重要收获，与《白毛女》并称"一白一红"。1949年3月，阮章竞开始写作长篇叙事诗《漳河水》，以真挚的情感、比兴的手法、通俗晓畅的语言成功地塑造了荷荷、苓苓和紫金英三个从封建礼教下挣脱出来追求解放的个性鲜明的农村女性形像。他将漳河地区的《开花》《割青菜》《漳河小曲》《牧羊小曲》和《四大恨》等民歌小调创造性地融入作品，曲调灵动多变。

漳河水，九十九道湾，
层层树，重重山，
层层绿树重重雾，
重重高山云断路。

清晨天，云霞红红艳，
艳艳红天掉在河里面，
漳水染成桃花片，
唱一道小曲过漳河沿。

时至今日，当我们重读《漳河水》时，这些诗句依然那么亲切优美，它们是"国风"的回响，又是时代的新声，如清洌的河水一般，由口头到心头，滋润着人们的心灵。

一曲《漳河水》，传遍大江南北、备受好评。这是解放区文学史上继

《王贵与李香香》之后又一部影响巨大的叙事诗，也是中国现当代诗歌史上叙事诗写作的一座高峰。阮章竞以具有鲜明的中国作风和中国气派的诗歌，以对中国故事的深情讲述，奠定了他在文学史上的地位。

从1934年冬天在南京《大道日报》发表第一篇小说《割稻的故事》起，阮章竞始终是时代进步的歌者。新中国成立后，他历任中国作协党总支书记、党组成员、《诗刊》副主编，工作十分繁忙。但是，祖国的新生和火热的社会主义建设使诗人激情满怀，他的创作迎来了又一个高峰期。1955年，他写出了优美、纯净的童话诗《金色的海螺》，1956年11月至1959年12月，阮章竞任中共包头钢铁公司党委委员和宣传部长，深入工厂和矿山，先后写出了组诗《新塞外行》、长诗《白云鄂博交响诗》和《勘探者之歌》等一批优秀作品，展现了社会主义工业建设的宏伟图景和建设者们豪迈、高昂的精神风貌。尤其是《白云鄂博交响诗》，将几代人的奋斗串联成一幅多姿多彩、气势磅礴的历史画卷。茅盾先生高度评价这些作品："造句浑脱，想象瑰丽""用字练句，兀突不群""气势刚健""奇特""俊逸"。阮章竞的工业抒情诗吸收了中国古代边塞诗以及五七言歌行的传统，融汇了新诗的句法、技巧和新时代的思想情感、想象方式，为新诗表现崭新的现代工业经验做出了开拓性的贡献。

上世纪60年代初期，阮章竞动笔创作构思已久的长篇小说《山魂》，他把这部小说视为自己必须完成的历史重任，无论在农村参加"四清"，还是在"文革"中历经磨难，总是把厚厚的书稿带在身边。《山魂》的写作如同推石上山，一次次被迫中断，一次次重新开始。写出《山魂》，以告慰牺牲的战友，这成为阮章竞的执着信念。党的十一届三中全会之后，阮章竞担任北京文联副主席、北京作协主席，他以时不我待的急迫感，积极推动首都文学事业的发展，同时投入《山魂》的创作。他在日记中写道："留给我的时间已经不多了，让我把工作做完！"这位病弱的老人，每天凌晨3时就已端坐在书桌前，一字一步地与时间和生命赛跑。如此超负荷的写作状态一直持续到1984年心脏病突发才被迫停止。在生命的最后一年，阮章竞将新时期创作的300余首诗歌初步编成《晚号集》，烈士暮年，壮心不已，时代前进的号音依然在诗人的心中嘹亮回荡。

"土厚根深叶繁茂，纵横老干发新蕾"，这是阮章竞一生的真实写照。他深深地扎根在人民生活的丰厚土壤中，人民在他心中始终占有最高位置。他曾说过："人民大众是爱我们的，但要求我们说真话。""说真话"，说出人民的心声，这是一个人民的诗人毕生践行的艺术信念，体现着一个革命者的高贵情操。在六十多年的创作生涯中，阮章竞取得了多方面的艺术成就，他在音乐、书法、绘画、篆刻上都有很高的造诣，转益多师，博采众长，创造性地吸收古典传统和民间文化的营养，写下了大量为人民大众喜闻乐见的优秀作品，成为我国革命文学传统的重要代表，为后人留下了宝贵的精神遗产。

同志们，朋友们，中国各族人民正在党的十八大和十八届三中全会精神指引下为实现中华民族伟大复兴的中国梦而团结奋进。中国梦是近代以来无数志士仁人为之前仆后继、不懈奋斗的理想，一代又一代中国诗人和作家，把他们的创作深刻地融入中华民族争取独立解放的伟大事业，深刻地融入中国人民对幸福美好生活的执着追求，由此，他们的作品获得了长久的生命。今天，我们在这里纪念和缅怀阮章竞先生，就是为了从先生的业绩和风范中汲取力量，在中国人民创造历史的实践中书写"中国梦"的最新篇章，推动中国文学的创造与发展，回报我们的祖国和人民。

让我们以此共勉！

2014年1月20日

三十年代

秋 风 曲 ①

秋风吹，叶儿黄。

片片吹落纺车旁，

手牵线线线牵肠。

线牵肠，肠牵郎。

天上刮风草结霜，

风来雨去打东洋。

好男儿，打东洋，

冲锋杀敌数俺郎强，

姐妹都夸俺有个可心郎。

---

① 此诗是作者的三幕剧《巩固抗日根据地》中的插曲，文本佚失。1963 年在山西某县文化
馆收集的民歌集中发现，标为无名氏之作。

叶飘飘，报天凉，

赶缝棉衣捎前方，

行军打仗冻不着郎。

1938 年 10 月，于屯留

四十年代

咱 们 的 好 政 府 ①

咱们的好政府，

冀南、太行、太岳行政联合办事处，

平原山地是一家，

国家大事来做主。

咱们的好政府，

冀南、太行、太岳行政联合办事处，

不分贫富来建立，

大家共同受甘苦。

1940 年 8 月

---

① 这是李季达同志想起提供的。他很喜欢这支歌曲。这段可能第三句不完全。尚有第三、
第四段。——作者注
李季达：音乐家。作者的太行战友，中华人民共和国成立后在北京电影制片厂、长春电影制片
厂工作，是电影《生活的浪花》《吕梁英雄》《新局长到来之前》的音乐主创。——编者注

牧 羊 儿 ①

放羊儿过山坡，

青草儿，多又多。

羊儿长膘快，

掌柜笑，笑呵呵！

放羊儿出山壑，

饮羊儿，下漳河。

羊儿不吃草，

放羊儿，受折磨！

放羊儿过山坡，

---

① 　此诗是作者的四幕剧《和尚岭》中的插曲，也是在民间口口相传，中华人民共和国成立
　　后收入县文化馆民歌集而找回的。

青草儿，多又多。
掌柜的吃烙饼，
给我啃糠窝窝！

日头凶，风雨恶，
肚子饥，脚磨破！
八路军，过来了，
参军去，找哥哥！

1940 年 9 月，于清漳河畔

我们诞生在太行山上 ①

——太行山剧团团歌

一九三八年五月，

一支艺术的新兵，

诞生在太行山上，

红五月是她的生辰，

太行山是她的名，

民族战争的烽火，

武装锻炼了她的灵魂。

从那天起，

他们，她们，

---

① 1938 年 4 月底，在北方局组织部部长朱瑞将军提议下，国民革命军第十八集团军第八
路军晋冀豫边区太行山剧团在山西晋城成立，作者被任命为剧团的政治和艺术指导员。
这首歌词是为建团三周年写的，周沛然曲。1941 年 5 月 4 日剧团在辽县（现左权县）悬
钟村驻地举行建团纪念活动时演出。

生活在太行山,

战斗在太行山。

战斗三年如一日,

始终是坚定顽强,

战斗在太行山上。

我们是新中国的艺术新青年,

三年来和太行山的老百姓,

结合成一家,

不分你我他。

拿我们用血写成的戏,

用火炼成的歌,

告诉太行山的老百姓,

日寇,就是你的敌人,

消灭它!

消灭它!

1941 年 4 月

民 兵 之 歌 ①

布下地雷阵，

扛上炮和枪。

我们是抗日人民的子女，

我们是保卫家乡的武装。

炼成铁一般硬，

锻成钢一般强，

反蚕食，飞散丛林开展麻雀战，

反扫荡，撒开天罗地网捉豺狼。

---

① 作者在 1982 年将此诗收入《阮章竞诗选》（人民文学出版社 1985 年版）时，是根据当年
　战友的共同回忆整理出来的。编者根据王稚纯提供的线索，查出此诗发表在《华北文化》
　1943 年 7 月 10 日革新 1 卷第 4 期封 2（国家图书馆善本部藏）。

杀死那日本鬼子兵，

决不让他抢走一颗粮！

布下地雷阵，

扛上炮和枪。

我们生在此山长在此地，

怎能呆看着敌人搞"三光"？

扛锄驾牲口，

生产巧把手。

我们是抗日人民的子女，

我们能保卫家乡能扶耧。

杀敌是战斗队，

生产是突击手。

搞互助，我帮忙你你帮忙我，

闹竞赛，你追我赶看谁英豪？

栽罢南瓜挖个陷阱，

歇荫树林，等抓敌寇！

布下地雷阵，

瞭望在山头。

等反攻来临追到东海，

看咱们，狠狠痛打落水狗！

1942 年

姜 四 娘

胡蛮岭，土山梁，
芝麻绿豆的小山庄，
一棵古柏翠苍苍，
雷击电劈不焦黄。

胡蛮岭，姜四娘，
挺立高岩腰不弯，
不回日本话，不吃日本饭，
直面刺刀心不颤。

日寇扫荡太行山，
杀光、抢光、村烧光，
梳篦抉剔不分日夜，
山头抓住姜四娘。

哪里有老百姓？

盯着淋漓的血刀不理应；

哪里有粮食？

望着浓烟烈火含着恨。

哪里有工厂有民兵？

想着是炮弹、子弹、地雷阵，

等着你们，等着你们！

紧闭嘴唇不作声。

炸弹，打不开四娘的嘴，

刺刀，撬不开四娘的牙。

雷霆斧子都不济事，

美餐怎能买实话？

日寇的美食，买不动心，

伪军的甜食，惹不动肠；

山头野菜都吃净，

松涛呜呜哭姜四娘！

面容如生倚在岩上，

目光盯着日本兵，

风吹白发根根动，

敌人魂飞魄散往回奔。

发苍苍，姜四娘，

名字碰山叮当当；

手无寸铁不说话，

吓死有大炮机枪的日本狼！

岁月流水不回还，

吃甜别忘了谁制糖；

不提"三光"惨景别忘了伤，

别忘了千万个

没留下姓名的姜四娘！

  1942年，日寇疯狂反复"扫荡"太行山，在抉剔清剿时抓着武乡县胡蛮岭的姜四娘。她坚贞不屈，最后饿死山上。1963年，我重访太行山时，夜晚闲谈提到姜四娘，这位70多岁的老人，栩栩如生浮现脑际。记得当时我听到她的事迹后，曾写过一首短歌，但早已遗失。此夜座中有个同志还能唱出"胡蛮岭，姜四娘，挺立高岩腰不弯"一些段落。是夜，有感时光之易逝，人事之健忘，于是根据这些小节歌词的依稀印象，追忆下这首诗，以缅怀像姜四娘那样，许许多多宁死不屈又没有留下名字的太行山普通农家妇女。

　　　　　　　　　　　　　　　　　　　1982 年 7 月，补跋

歌 谣 ①

收藏入了库，
打发短袖②上了路。
过了年，开了正，
嘱咐短袖来受苦。

回来早，铡铡草，
天快黑，担担水。
放下锄，推推磨，
两碗稀汤送糠馍。

淘淘茅，出出圈，

---

① 署名洪荒。

② 短袖指雇工。——作者注

短袖你走吧！

短袖你别回头看，

要想再吃我家饭，

明年还得好好干！

柳叶儿青青 ①

合唱队：

  柳叶儿青青串串芽，

  布谷催耕南山崖。

  快快布谷，快快布谷！

  人影牛影飘过彩霞。

  柳叶儿青青飞白花，

  柳树林里有户人家：

  丈夫取名大东子，

  妻子人叫东子家，

  孩子唤个阿毛头，

  好好赖赖度生涯。

---

① 此诗是在短歌剧《比赛》之前创作的。作者在回忆录中谈及这两个作品的关系。

柳叶儿青青任风拨拉，

春忙绣女不绣花；

妻子实在坐不住，

丈夫懒睡说梦话。

气煞了，东子家，

长声骂了短声骂。

妻子：

白天不是睡觉，

就是聊天晒太阳；

晚上不是赌钱，

就是串门说是非。

叫他不要去看戏，

死不听，天天去。

太阳出来一竿子高，

还在做梦胡言语。

阿毛头，阿毛头，

去！把懒鬼的被子，

扯下来，掀了去！

儿子：

我不敢去，也不敢扯，

惹恼了他会打我的。

妻子：

你是小耗子，

这样胆小怕打你？

谁给你饭吃，

怎么不怕我打你？

多好的天气正该闹养种，

却一天到晚睡个死。

阿毛头，阿毛头，

去！把懒鬼的被子，

扯下来，掀了去！

丈夫：

阿毛头，你想死？

老子正在做梦拾金子！

合唱队：

阿毛头去扯被子，

啪啪挨了两耳刮子！

儿子：

妈妈呀，好痛呀，

懒鬼找着我出气！

妈呀妈呀，好痛呀，

懒鬼打我不讲理！

妻子：

好气魄，好神气，

为啥打我的好孩子！？

合唱队：

大东子，不害臊，

斜着眼儿撇嘴笑。

丈夫：

阿毛头，是你的？

你从娘家带来的？

不害臊，臭娘的！

我多睡一会，犯着了你？

妻子：

哎呀呀，好意思？

贪睡懒做光会吃。

丢尽了，男人家，

须眉架势丈夫气！

丈夫：

一清早，闹哄哄，

谁使你，发了疯？

迟早三顿饭，紧慢一天工，

老子快活赛仙翁。

妻子：

再睡吧，做好梦，

吃酒吃肉，有人往梦里送。

合唱队：

东子家，好生气，

端起瓦盆喂猪去。

大东子，又蒙头去梦周公，

阿毛头，噘着石榴小嘴皮。

儿子：

爹爹蒙头睡懒觉，

气得妈妈好烦恼。

妈妈心烦我心焦，

谁能给妈妈解解愁？

合唱队：

谁能给妈妈解解愁？

阿毛头，不知道。

门外一声"东子家"，

妇救会长来到了。

妇救会长：

阿毛头，嘟囔什么？

东子家，你恼什么？

妻子：

是什么风，把你吹来了？

阿毛头，快去搬椅子！

那不是，那不是，

搬椅子，不是搬凳子，

椅子，阿毛头，叫你搬椅子！

儿子：

椅子凳子，都是木头做，

凳子为啥不能坐？

妇救会长：

凳子椅子都是木头做，

都没错，就是我不坐。

合唱队：

说不坐，说不坐，

坐下还说"我不坐"，

阿毛头，睒睒眼，暗嘟囔：

那嘴说不坐干什么？

妻子：

榆木疙瘩道道歪，

有扭脖子老子有扭脖子孩儿！

去拿把翻身果实① 大红枣，

请妇救会长尝个好坏。

许多日子不来瞧我，

难道是汉子捆住不许来？

妇救会长：

小阿毛头，婶婶我不吃，

去年分树就知道好。

不怕烂掉这两片嘴皮，

胡说八道不害臊。

春耕养种这样忙，

谁有工夫去串门子？

多好的太阳暖洋洋，

怎么还睡大觉不上地？

妻子：

唉！提起叫人生气死，

人家老爷懒得起。

白天拉呱夜赌钱，

好人不学学二流子。

---

① 革命老根据地农民，把减租减息运动中分得的东西，都称之为"翻身果实"。

妇救会长：

　　难得抗战把天地变，

　　庄户穷汉翻了身，

　　减租减息有了土地种，

　　看多出把劲该多高兴。

妻子：

　　你把心儿操个碎，

　　他红嘴白牙卖嬉皮。

　　地有了，款也贷到手，

　　没人上地你干着急！

　　我自己，腰都累折了，

　　小麻雀，能跳破青瓦皮？

妇救会长：

　　真是四大金刚争嘴吃，

　　个子越大越没出息！

合唱队：

　　听到是说他大东子，

　　掀开被子发起攻击。

丈夫：

　　臭婆娘，说我哩？

　　吹什么牛皮装积极！

妇救会长：

　　大东子，你也是，

　　为什么，不上地？

丈夫：

　　上不上地是我的事，

　　我农救，你妇女，

　　你河水，我井水，

　　犯不着，你着急，

　　清官也管不着，

　　老子的家务事！

妇救会长：

　　什么话，大东子？

妻子：

　　放臭屁，熏死人！

丈夫：

　　我放屁，臭婆娘！

合唱队：

　　大东子，睁大眼睛攥着拳，

　　摆出了，男人的凶样臭架势。

妇救会长：

　　你不对，大东子，

不劳动，欺负人，

平日里，只会说，

不是个，好公民。

丈夫：

好不好，你管不着，

我手不偷，人不丑。

妇救会长：

要胜利，多生产。

想好过，多流汗。

不看看，宝珠娘，

赛过你这个男子汉！

哪里像，庄稼人，

到农会，评一评！

妻子：

阿毛头，拿酒肉，

别招惹，大老爷！

丈夫：

三更生下四更死，

你见过天，见过地？

听见母鸡叫醒你？

听见蛤蟆放过屁？

见过你爹你娘拜天地?

脏了我的嘴,呸!

合唱队:

卖完嬉皮卖赖皮,

噔噔噔噔走出门。

茅房的石头又臭又硬,

气坏了,抗日农村两个女人。

妻子:

这汉子,不是人,

百辈子当姑子,也不愿和他混!

妇救会长:

当当当,在打钟,

春耕上地热烘烘。

大东子,气死人,

找农会,批他一顿,

给他个钉子碰一碰,

叫二流子们混不成!

妻子:

你替我,告他一状,

告他懒,告他坏,

告他骑着我脖子当马看待!

有工夫，一定要来。

哟，你这新褂子，

花色好，合身裁。

妇救会长：

自家纺，自家织，

今年已挣了四百块，

我家老掌柜，

瞧着眼红常发呆。

妻子：

你真是个大模范，

记得有空常来玩！

合唱队：

人家生产闹得欢，

有吃有穿手头宽。

大东子，懒又馋，

东子家，自叹自怨不舒坦。

妻子：

丈夫不像话，

我要整整他，

饭不给他吃，

也不和他要！

我跟他，一刀两断，

留着青丝，准备守活寡！

合唱队：

当当当，钟声又响了，

东子家，气难消！

妻子：

当当当，钟声响三遍，

我要上地去，

把懒鬼，锁在家，

看他懒睡到咽气！

儿子：

好妈妈，别生气，

我带粪筐，上学去，

回来顺路搞积肥，

我给妈妈添欢喜。

妻子：

你走吧，哎，你回来！

你去画一个大王八，

贴在他脊梁上，

叫人家，笑话他！

丈夫：

早露还未干，

人人都去闹生产，

生了一肚子气，

我找不到人谈。

碰见农会长，

批评了我一番：

说我是胡扯淡。

脸红脖子粗，

满面害羞惭！

我肚子饿得慌，

还没做好饭？

妻子：

做好了，想得多美！

呸！跟鬼讲话，脏死了我的嘴。

合唱队：

吐了口唾沫提着饭篮，

走出家，反锁着门，

躲在一旁偷偷听，

懒鬼丈夫有啥反应？

丈夫：

　　毛头妈，毛头妈，

　　干吗锁着我在家？！

合唱队：

　　大东子，拉门拉不开，

　　东子家，偷笑捂着嘴。

　　真是小两口儿偷斗嘴，

　　气下光棍两眼泪。

丈夫：

　　臭婆娘，门锁了，

　　真跑了？咱睡觉。

　　肚子饿，睡不着，

　　臭婆娘，真他娘，

　　你回来，我要把你，

　　先摁扁，再揉成团！

合唱队：

　　东子家，捂着嘴巴悄悄走了，

　　大东子，揭锅开柜气难消。

丈夫：

　　大东子，一个人，闷在家，

　　东邻西舍，对我都看不起：

小孩子，画王八；

娘儿们，刮脸皮；

农会批评我不守纪律；

我大东子，人悲观，心委屈！

我慢点闹养种，

问问有啥关系？

你冷言，他冷语，

笑我是，懒汉加二流子？

回到家，我老婆，

成天跟我过不去！

呸！

合唱队：

发火，烧不出饭，

骂街，越骂肚肠越咕咚咚。

睡炕上，眼惺忪，

管他什么柳叶儿青青桃花儿红！

儿子：

柳叶儿青青桃花儿红，

拾粪的人儿晒得脸儿红。

小羊儿叫，小狗儿跳，

拾满一筐哈哈笑！

合唱队：

> 妈妈开门，妈妈开门，
>
> 打门半天门不开，
>
> 拿把谷草走近猪圈，
>
> 噜噜噜噜喂起猪来。

儿子：

> 我家有口懒猪，
>
> 吃饱睡得呼呼，
>
> 它跑到街上去，
>
> 谁都叫它懒猪。

丈夫：

> 肚子饥，肠闹腾，
>
> 大门外，有歌声。
>
> 阿毛头，快开门，
>
> 你爹爹，快饿昏！

儿子：

> 懒猪懒猪懒猪，
>
> 吃饱成天噜噜，
>
> 懒猪懒猪懒猪，
>
> 饿了？去拱吃泥土！

丈夫：

　　阿毛头，有没有，

　　拿饭来，我饿得很！

儿子：

　　告爹爹，没拿饭，

　　放学拾回一筐粪。

丈夫：

　　去后院，拿钥匙，

　　快开门，我要上地。

儿子：

　　你上地，妈高兴，

　　我去拿钥匙来开门。

合唱队：

　　风梳垂柳舞婆娑，

　　燕子辛勤做新窝。

　　大东子，要上地，

　　阿毛头，来回快如梭。

　　阿毛头，好利索，

　　拿回钥匙开了锁，

　　大东子，出来瞧见个大王八，

一下两眼都冒了火!

丈夫:

谁画的,这王八?

儿子:

是妈妈,叫我画。

丈夫:

打死你这小王八,

啪啪啪,看你还画不画?

合唱队:

大东子,迁怒打阿毛头,

东子家,正走进大门口。

阿毛头,哇哇哭,

东子家,搂住孩子好难受!

儿子:

妈呀妈,我真屈,

雷公打豆腐,

就挑软的欺!

人家不上地,

找着我出气。

妻子:

阿毛头,咽了吧,

莫要哭，莫号啕，

人活一张脸，树活一张皮，

树没皮不活，人没脸不羞。

扎一刀子也血不流。

丈夫：

管家三年狗也瘦，

管家三年猫也走。

我晚点上地是该死，

你不该，把我锁在家里头！

妻子：

多好看，议论纷纷，

白天睡觉，晚做夜游神。

抗战年，多出把力气，

才能早日太平过好光景。

没有民粮怎防饥，

没有军粮打不走小日本，

三张嘴，箩头大，

一顿三把少不成！

丈夫：

我不过，多睡会，

就骂我，死懒惰。

堂堂男子汉，

脸往哪里搁？

妻子：

剃头担子是一头热，

无晴难望团圆月。

同床异梦是假夫妻，

无恩无爱白体贴！

合唱队：

无晴难望团圆月，

无恩无爱是白体贴，

伤心恨杀的东子家，

使大东子，脸色白如雪！

丈夫：

毛头妈呀毛头妈！

妻子：

一边去，别叫我。

丈夫：

我知道，错错错，

千错万错不要不理我！

妻子：

鬼才理你鬼理你，

阿毛头，刮他厚脸皮。

丈夫：

我改过，我立志，

再不叫人家看不起。

大东子，有的是力气，

我是你家的俊女婿！

妻子：

真恶心，是啥臭味儿？

我快呕出肚肠呕出胃！

阿毛头，端碗水，

让我咕噜咕噜漱漱嘴。

丈夫：

你看看，这胳膊，

比黄牛，比老虎，差什么？

妻子：

比不上，老母羊，放个屁，

比不上，女人家，吹口气！

儿子：

比不上，老鼠尾，

比不上，小拇指。

丈夫：

　　不是吹，不是唬，

　　不信咱就打个赌！

妻子：

　　打就打，看谁行，

　　阿毛头，去找个人，来做证。

儿子：

　　告爹爹，告妈妈，

　　不用找，我就行。

丈夫：

　　不要小看大东子，

　　东子两手可结实。

　　你在家里勤纺织，

　　养种的事，我全包起。

　　亩产比上年多一石，

　　还要开荒八亩地；

　　帮助抗属和孤寡，

　　绝不偷懒一分力气！

妻子：

　　这才是，真丈夫，好汉子，

　　我一天织布两丈四，

三顿饭水归我送，

锄草翻地我帮你。

儿子：

看爹妈，争出力，

小毛头，学争气：

我拾粪，多积肥，

每天拾个三十斤，

还要读书认生字。

妻子：

我要去，报个名，

我家三口比赛争第一。

为打走小日本多生产，

劳动英雄不是我，就是你！

丈夫：

拿起锄，赶上地，

天还早，开荒亩把地。

妻子：

不羞死，这才去，

羞一羞，这脸皮。

合唱队：

东子家，顺手塞上个馍馍，

大东子，接过摸摸老脸皮：

多福气，笑嘻嘻。

阿毛头，连声叫喊真好玩，

睁大眼儿，笑娘笑老子！

儿子：

哈哈哈，真好笑，

哈哈哈，不害羞！

妻子：

阿毛头，不打死你！

合唱队：

紧搂孩子偎怀里。

儿子看娘看老子，

羞得爹娘脸红了，

一手抓住阿毛头，

嚷嚷喊打遮住臊。

柳叶儿青青桃花儿红，

布谷欢叫柳林中；

岭头云，随风流动，

河水一路咚叮咚。

1943 年 3 月，写于下温村

附：

这是1943年春写的一个演唱诗剧的脚本。同年4月，改成街头小歌剧，题名"比赛"，由周沛然同志谱曲演出，群众颇爱看。主要是演员亚光、常振华、向桂芳和刘山保四个同志演得好的缘故。1944年由太行区韬奋书店用麻纸印刷出版，署名"洪荒"。那年，我正参加整风，不知道已经出书。

20年之后的1963年夏季，我第二次重回太行山时，找到这个小剧本，并根据记忆整理，恢复原演唱本的面目和《柳叶儿青青》的原题。

1982年10月

圈 套 ①
（俚歌故事）

一

槐树槐，黄河边上槐树台。

村子不满百来户，

东头住的净老财。

阔绰好户四五家，

---

① 1946 年 7 月 15 日，晋冀鲁豫边区政府教育厅在《人民日报》发布通告。设奖 50 万元，
征集文教作品。同年 12 月 10 日再次通告，奖金提高到 80 万元。1947 年 8 月 20 日公布
了获奖作品名单。《圈套》被评为诗歌甲等，获奖金 8000 元。这批作品在颁奖前冠名"晋
冀鲁豫边区文艺创作小丛书"共 25 种，由华北新华书店在 1947 年 5—7 月陆续出版。其
中很多收入第一次文代会上推出的"中国人民文艺丛书"。
《圈套》首发的书名是"晋冀鲁豫边区文艺创作小丛书"之一《天水岭群众翻身记》，华
北新华书店 1947 年 5 月出版。在太行群众书店 1947 年 9 月版和新华书店 1949 年 5 月"中
国人民文艺丛书"版中，此诗是不分行的。1950 年《华东画报》发表了黎冰鸿绘画的连
环画本。1957 年作者编诗集时做了修订（通俗文艺出版社《漳河水》1958 年版）。本书
采用的是通俗文艺版本。"中国解放区文学书系"收录的是新华书店版。

头户"阎王"杨道怀。

滩头好地尽他占，

城里经营大买卖；

门楼挂着金字匾，

进城出村用轿抬；

队长、营长、联保长，

称兄道弟团团拜。

一丈大街还嫌窄，

盛不下"阎王"两步迈。

"催命小鬼"王玉枝，

"马面判官"杨金带，

要是"阎王"放个屁，

十里舔去又舔来；

要是"阎王"屙泡屎，

嘴流唾沫尾巴摆。

草怕严霜霜怕热，

黄河的河水倒头流。

七年雾，八年烟，

雾散烟消见青天。

一九四五年九月九，

八路军的政治来。

翻天翻地寻穷根，

寻呀寻着杨道怀。

杨"阎王"，学精乖，

退了地，清了债，

"德泽乡里"的金匾倒塌下，

房屋家具都封起来。

十冬腊月大年尽，

开天辟地头一回，

不见"小鬼"来要租，

没有"判官"来逼债。

柿子甜甜柿树荫，

好皮好面藏黑心。

年三十，雪天阴，

杨"阎王"呀，费苦心。

"判官"奉了"阎王"命，

找见万开假殷勤：

"主席辛苦十来天，

大公无私算少见。

看你衣裳这样破，

真叫俺村丢尽脸。

家家都忙剁肉馅，

你娘切的是玉黍面。

这里是：

一个好布一袋面，

扛回家里过个年！"

农会主席李万开，

心里白得比雪净：

"赶快扛上赶快滚，

要迟半步我去叫民兵！"

三十晚黄昏，

大风雪不停。

万开光身躺炕上，

老娘缝补破衣裳。

针针缝呀针针叹，

线线绞结娘心肠：

"雀儿命，穷到底，
年年三十补破衣。
成天在外头闹翻身，
翻来翻去还饿肚皮！"

"斗争刚罢就过年，
老陈同志回家去；
村里没人来做主，
谁也不敢分果实。"

风吹吹，雪飘飘，
吱呀一声门开了。
杨金带，闯进来，
怀揣一个布，
肩扛一口袋，
叫声"大娘"跪在地，
腰弯点头拜一拜！
万开一见心发火：
　　"统统扛上快滚开！"

万开娘，

看见布，

看见面，

眉开眼笑合不来，

扭回头来骂孩孩：

　　"万开你还像人话，

　　不招呼大叔叫走开？"

万开恼了爬起身，

指着大门叫金带：

　　"你不走开莫见怪！

　　你见过石坡窑洞有后门开？"

　　"马面判官"杨金带，

搔搔头来抓抓腮：

　　"瞧瞧大娘成了啥？

　　挡不住风遮不住晒，

　　不怕叫俺村败了兴，

　　皮黄肌瘦像干柴！

　　布上盖有姓杨的印？

　　面里刻着名道怀？

　　你又没有伸手要，

你这个人真是怪！"

万开娘，

挣断线，

摔了针：

　　"积谷防饥儿养老，

　　我养孩儿不成材！

　　厔屉尿尿经务大，

　　三十年了你待过我啥？"

拿起破袄朝儿打，

捂着嘴脸哭起来！

哭得万开作了难，

眼也红了心也软，

穿起破裤下了炕，

开开大门跑街上。

金带好像走马灯，

跑了这户串那门：

　　"不给农会送年礼，

　　招呼明年挨斗争！

　　　　不破小财敬煞神，

　　　　明年不要想安生！"

阔绰户，怕斗争，

赶快送礼不消停。

万开娘，真高兴，

送面的刚刚走，

送肉的又上门。

后门开了路，

踏得平又平。

二

迎新年，接新春，

准备十五闹花灯，

街口都搭起彩楼门。

"判官"见了李万开

嬉皮笑脸满高兴：

　　　　"今年闹灯真稀罕，

　　　　七年八载没人干。

咱们过着好时光，

痛痛快快地乐一番。

打的拉的不差甚，

扭的唱的都好办；

就是女的用男装，

腰大嗓粗真难看！

就算眉眼长得俏，

总不如女的来得妙！"

农会主席笑了笑：

"谁家的媳妇肯来跳？"

"如今男女讲平等，

娘儿们的脑袋都开了窍；

三才的媳妇夜格儿说：

'农会要我跳我就跳！'

茂海的姑娘起了劲：

'你要敢跳我也跳！'

大家都看你眉眼，

你要说行我去叫！"

直心直肠的李万开，

随随便便就答应了。

金带得意跑了去，

像匹骚马断了嚼。

尖尖的辣子羊角葱，

老财的心儿黄马蜂！

"马面判官"杨金带，

找了三才找茂海：

　　　　"茂海哥呀茂海家，

　　　　你瞧农会心多辣，

　　　　咱村十五闹秧歌，

　　　　硬叫你闺女去参加！"

茂海瞪眼又吹须：

　　　　"这不是造反是干啥？

　　　　树不剪顶通透天，

　　　　难道这世道没王法？"

唱罢黑脸唱红脸，

金带三刀砍两面：

"住在人家矮檐下，

你我怎敢不低头？

割了谷子露豆子，

割了豆子露茬子；

道怀斗罢该轮你，

还是低头忍点气！"

怕人斗争不敢哼气：

"打断胳膊藏袖里，

打掉门牙咽肚里！"

年轻的闺女背脸骂，

年轻的媳妇咬牙咒：

"头上长疮脚流脓，

万开这小子真坏透！"

正月十五闹红火，

八个年头没见过：

男的扭！

女的跳！

呱呱叫！

哈哈笑！

谁家的闺女唱得好？

谁家的媳妇害了臊？

年轻人乐得像发疯：

　　"咱村的娘儿们真开通！"

老汉看见摇摇头：

　　"简直不成个体统！"

有人骂！

有人笑！

有说反了！

有说妙！

三

十六来了陈同志，

召集农会谈问题：

　　"咱村翻身翻得早，

　　咱村翻身翻得好；

　　十五红火闹得好，

　　咱村工作有一套。

咱区空白村还多，

咱去帮忙闹一闹！"

村长响应陈同志，

头个报名把话提：

"全体农民不翻身，

咱村也难享太平！"

"火车头"，都高兴：

"天下农民是兄弟，

村村的穷人是自己人。

咱们都去帮点火，

好让他们早翻身！"

他要去，你报名，

一报报了二十名。

村长领头往外村，

村里留万开负责任。

"火车头"，刚刚走，

道怀家里又定计谋。

"催命小鬼"王玉枝，

奉了命令回家去，

给他老婆三件事：

　　第一件，找万开；

　　第二件，找金女；

　　第三件，跟着尾巴看风起。

四

万开井边来担水，

玉枝的女人赶紧去。

　　"万开帮我打一桶！"

咧开黄牙笑嘻嘻。

　　"那天扭秧歌真好看，

　　唱得最好数金女。"

万开提桶笑了笑：

　　"寡妇的嗓门就可以！"

　　"你们两个都可以，

　　好似一对英娥儿。"

　　"她是她来我是我，

　　你怎胡拉在一起？"

玉枝的女人噘嘴啐：

　　"在我面前装老实，

　　十五在大场扭秧歌。

　　那是谁来捽住你？"

　　"她给人抗倒我扶住，

　　那场子太小人太挤！"

玉枝的女人笑弯腰：

　　"猪不啃南瓜就属你。

　　亏你活了三十岁，

　　不摸女人心儿事。

　　人当光棍一辈子，

　　还不如那边两只鸡！"

万开听罢低头想：

　　"我当光棍一辈子？"

　　"叫她给你做双鞋，

　　　你要不信咱试试！"

五

太阳落，落西坡，

金女在炉台洗碗锅。

　　"金女在家干什么？"

进来玉枝的老婆。

　　"赶快坐，快坐坐！"

金女忙把凳子挪。

　　"你这布衫可改好，

　　　针眼气死丑老婆！"

金女眉舒眼展笑：

　　"多亏是你送给我！"

玉枝的女人歪着头：

　　"喜酒哪天请我喝？"

"无风起浪你疯了？

真该把你狗嘴撕个破！"

"我疯我疯你瞧瞧，

我手里拿的是什么？

一只底样一块布，

万开托我叫你做！"

金女听罢红了脸，

想起那天扭秧歌：

跌了一跤扶住他，

惹得大家笑呵呵。

"他不找别人来找我，

我没工夫不会做！"

"你忘了那天多亲热？"

"那天你是故意抗倒我！"

"怎你扶他不扶我？"

　　　　"反正我是不会做，

　　　　不管你来说什么！"

半喜半恼努着嘴，

不愿又愿难捉摸：

　　　　"如今男女兴自由，

　　　　平等恋爱怕哪个？

　　　　杏花开罢桃花红，

　　　　难保百天花不落。

　　　　我也当过年轻人，

　　　　风流时光谁没过？

　　　　再说万开心底好，

　　　　俏女好男真不多！"

金女低头不哼声，

光咬身上的水裙角。

底样黑布塞在她怀，

玉枝的女人往外跑，

跑到门口回头笑：

　　　　"瞧瞧你会做不会做！"

两只喜鹊叫喳喳，
叫得万开心发麻：
喜鹊也是一对对，
说起万开不如它！

躺在炕上睡不成，
心头老是短个甚；
光棍当了三十年，
三十年仍旧当光棍！
左边滚，右边滚，
炕上还是一个人。
伸着腿，冷冰冰，
踡着腿，冰冷冷。
金女守寡整一年，
没男没女光一身。
越思越想心越闷，
　　"金女，金女……"
鸡打鸣……

月亮明光光，
万开走在街上逛。

逛来逛去一丈远，

一丈远近来回逛。

金女的大门还没关，

门缝瞧见有灯光。

咳咳两声鞋踏踏，

金女出在檐石上：

　　　"如今找到做鞋的，

　　　来回踢踢来回磨！"

悄悄笑着轻轻说，

招招手儿门里躲。

万开跟着进了屋，

大门关上炕沿坐。

　　　"上炕烤烤你光哆嗦！"

　　　"心快跳出来你摸摸！"

六

雁儿飞，叫嘎嘎，

月亮挂在西南角。

更深夜半静悄悄，
只听黄河流豁豁。

忽然传来哭和叫，
惊醒村人的平安觉。
喊天喊地喊道怀，
说是道怀没下落。

大胆的人开门看，
看看这"母夜叉"闹什么。
披头散发像个鬼，
扑了东头扑西角。

　　"夜格儿点灯快睡觉，
　　农会叫道怀到村公所。
　　半夜不回找不到，
　　为东为西谁能摸？
　　万开家里找万开，
　　黄昏出去没回过。
　　东边寻遍西边找，
　　连个影子也没一个。
　　道怀不是他害了，

出来见我何必躲？

天呀地呀爹娘呀，

他要死了我也不活！"

扑倒在地捣胸膛，

左扑右腾像个疥蛤蟆！

"判官""小鬼"都出动，

要找万开问因果。

鸡飞狗叫乱哄哄，

拉醒万开低声问：

"外头吵得快塌天，

赶快听听啥事情！"

穿起衣服下炕来，

挨着大门悄悄听：

"外边好像人叫我！"

提心吊胆开大门，

拉来拉去拉不开，

心慌手乱掉了魂：

"外头有人把门锁！"

两个心儿扑腾腾。

　　"赶快钻箱藏一藏，

　　有人进来我支应！"

箱子不及来开开，

打破了窗户踢倒门。

"捉奸、捉奸"乱嚷嚷，

一根麻绳拴两人。

七

惊了天，震了地，

晴天打了个大霹雳！

"催命小鬼"王玉枝，

天不大明就敲锣去：

　　"男女老少去大庙院，

　　谁要不到罚斗米！

　　今天重新选农会，

　　谁要不来揪出去！"

"马面判官"杨金带，
嘴利舌尖像锥子：

　　"大年十五闹秧歌，

　　外村传了几十里，

　　槐台的媳妇和大闺女，

　　浪浪摆摆不要脸皮！"

狗腿喽啰拿棍棒，
挨家逐户赶着去：

　　"你要不去招架好，

　　南军来了看把戏！"

老棒的庄户不哼声，
像赶老牛上坡地。
农会会员干着急，
没人领头出主意。
话到嘴边又不敢说，
害怕南军来了要看把戏。

万开吊在槐树枝，
光着身子剥了衣。

金带今天真起劲，
自己上台当主席。
哭哭啼啼的"母夜叉"，
装成鬼样喊冤屈。
玉枝领头喊口号，
要把万开来打死！
跟着喊的那些人，
净是皇亲和国戚。
像狼吃人一哄上，
拳捣脚踢打半死！
穷人看见真难受，
好像打的是自己；
捂着脸儿不敢看，
眼泪偷偷咽肚里。

野狼不是咬万开，
是咬咱们的穷户哩！
野狼不是吃一人，
是要把穷人都吃尽！

村长的老婆英娥娘，
绞碎心肠想主意：
赶快找人报区上，
赶快来救咱村子。

庙门关紧有人守，
插双翅膀也飞不去。
又急又恨咬嘴皮，
忽然想出一条计。
英娥娘，心一横，
使劲把孩儿拧一拧，
孩儿痛得哇哇叫，
拍拍孩儿开大门。
三才拦住不让出：

　　"谁想出去都不行！"

　　"俺孩儿有病快哭死！"
三才只好拉开门。

三步两跑回家中，
扔下英娥搬张凳，

爬上后墙跳下去，
一跌跌在雪水坑。
爬出水坑向前跑，
雪水烂泥溅一身。

茫茫的田野没个边，
高高低低地不平。
跌跌滚滚五六里，
鞋掉腿酸眼发昏。
吃奶的力气都使尽，
拔起脚来抬不起身。
三摇两撞朝前跌，
栽倒在路上昏沉沉……

八

道路远呀道路长，
谁来接上送个信？
道路远呀道路长，
谁来救救这村庄？

远路来了一队人，

挂着子弹背着枪。

细细数来三四十，

原是西路民兵去守河防。

　　"哎哟！是谁跌在大路上？"

扶起她来问长短。

英娥娘，英娥娘，

一五一十诉端详。

几十个民兵睁圆眼，

恼火冲天骂"他娘"！

　　"天下穷人是一家，

　　　先干掉狗养的再接防！"

队长马上下命令，

两个民兵报区上。

两个招呼英娥娘，

全队集合大路上。

一声"立正"雄赳赳，

枪上刺刀闪白光。

二声"快跑"向槐树台，

雪块滚滚溅路旁。

不知地，不知天，

狗腿正逼群众去请愿！

快上前，快上前，

救人心急如火煎！

几十个民兵端起枪，

踢开大门往里抢。

狗腿来不及问短长，

民兵已经到身旁：

　　　"县长有命令，不准动，

　　　谁要动手招呼枪！"

马上松下李万开，

嘴吐黑血一大片。

狗腿都吓成个死人脸，

穷人高兴得像上天！

九

太阳上了槐树梢，

区长、政委赶来到。

村长领着"火车头"，

外村的农会紧跟后。

槐树台，槐树高，
槐台的时光又变好。
早上狗咬人，
晚上人打狗！

区长、政委挨家问，
情况清楚摸着头：
　　　"这村的问题要弄透，
　　　必须抓来主脑脑！"

民兵押上"母夜叉"，
她一见区长就磕头。
呼冤叫屈叫天地，
捶胸打头捣心口：
　　　"俺家男人犯啥法？
　　　死了也不见尸首！"
拍手拍地胡乱闹，
死呀活呀瞎胡咬！

这一闹，这一咬，

十来个民兵都气恼：

　　"夜格儿叫道怀谁去叫？

　　说错半句往下捣！"

举起枪头半人高，

吓得"母夜叉"直发抖！

预先编好的假口供，

心慌意乱忘干了。①

区长、政委发了言：

　　"指给你一条明路走！

　　玉枝、金带都招认，

　　你和你男人是主谋。

　　大头要在大头当，

　　大头不在二头受！"

喝惯人血享惯福，

---

① 1947年5月"晋冀鲁豫边区文艺创作小丛书"版，此段是吊打"母夜叉"：这一闹，这一咬，十来个民兵都气恼，指粗的麻绳抛上梁，吊起这疯婆半人高。"爹呀娘呀"咬牙忍，"唔呀唔呀"咬牙受。喝惯人血享惯福，咋能吃了这苦头？一会儿工夫还不到，老老实实供出口："他藏在俺娘家后串院，放草的破屋窖里头！"

真敢去尝这苦头，

不说吃苦还将就，

一说吃苦早吓毛。

　　"冤家有头债有主，

　　　你何苦替他来活受？"

纸糊的老虎样儿凶，

一戳就把心戳透。

夫妻扯淡命要紧，

老老实实供出口：

　　"他藏在俺娘家后串院，

　　　放草的破屋窖里头！"

一班民兵撒腿跑，

前去捉拿主脑脑！

十

东一路，西一路，

千人万人上了路。

左一股，右一股，

五乡十村来审地主。

要赃有赃证有证，

要人有人物有物。

和尚头上摆明珠，

"小鬼""判官"不敢装糊涂。

头一个，审金带，

诡计阴谋都倒出：

　　　　"腊月算账心不服，

　　　　道怀领头定计谋：

　　　　'割了谷子割豆子'，

　　　　好点的人家都吓住；

　　　　'砖头瓦块变成金，

　　　　王孙公子变成土'；

　　　　南军有信就过河，

　　　　咱们不久就有保护。

　　　　知道开会误工多，

　　　　不分东西光诉苦，

　　　　有的还能顶两天，

　　　　农会主席就吃不住。

　　　　要打老虎先敲牙，

农会主席最可恶。
知道他娘爱便宜，
上了袋面一个布。
发动好户都送礼，
后门踩出一条路。

大年妇女扭秧歌，
农会在鼓里睡迷糊。
我说农会真坏透，
气坏了闺女和媳妇……"

闺女、媳妇听到这，
咬牙恨死狗地主。
三才、茂海听到这，
气得蹦起来坐不住。

金带下去玉枝上，
浑身哆嗦嘴呼呼：
"我吃哪家向哪户，
道怀叫干还敢误？
我要是坦白饶了我，

我是混蛋老糊涂……"

跪在桌上磕响头，

胡子沾满白唾沫：

　　"老陈领上'火车头'，

　　帮忙外村去闹财主。

　　敢说敢干的都不在，

　　万开一人好招呼。

　　叫我女人去拉皮条，

　　好把万开来拴住。

　　'万事俱备等东风，

　　东风一起打死猪！'

　　万开、金女睡迷糊，

　　外头我把门锁住。

　　道怀赶快藏外村，

　　他的女人乱叫呼。

　　金带和我去捉奸，

　　双双捉住能含糊？

　　先把万开来打死，

　　道怀说是打死猪。

> 逼着大家去请愿，
> 好叫上面不疑惑。
> 先抢农会我来当，
> 村长、武装第二步。
> 等到南军过河来，
> 农会会员大扫除……"

人民就是个照妖镜，
千手万掌也盖不住。

皇亲国戚阔绰户，
到了这会儿也清楚：
人民力量大如山，
道怀走的是死路。
个个都坦白认错误，
保证不敢再糊涂。

道怀脸色吓成土，
呼呼啦啦屙一裤。
人证物证全在场，
承认阴谋是他出。

人人恼得心冒火，

照着地主脸上吐！

齐向政府提要求，

枪毙恶霸狗地主！

区长代表县政府，

接受要求作答复：

　　"恶霸地主杨道怀，

　　判决枪毙大害除！

　　金带、玉枝、道怀妻，

　　徒刑一年受受苦。

　　上当分子坦白好，

　　找着保人就放出……"

布告当场贴出去，

群众拍手喊拥护！

锣当当，喤喤喤，

农会开会在书房。

油灯花，剥剥响，

男女穷人都在场。

开个洗脸擦黑会，

不让咱们有肮脏。

金女坦白很直爽，
谈她是怎样上了当。
提到万开挨人打，
眼睛哭红心也伤！

万开接着站凳上，
报告上当的短和长。
人家怎样摆圈套，
他不知死活往里钻：

　　"几辈受罪刚翻身，

　　就给农会脸丢光，

　　多亏大家救了我，

　　真是再生的爹和娘……"

又是伤心又感激，
眼泪扑扑落地上。

　　"以后咱们要提防，

　　别让地主摸后方。

　　有错就改不要紧，

　　不必哭了不必伤。

　另打锣鼓另开张，

　主席还是你来当。"

区政委，立当中，

开头表扬了英娥娘，

不顾死活救同志，

农会会员的好榜样。

第二表扬西联防，

老百姓自己的好武装！

这回"反攻"给打碎，

全靠大家出力量。

今后咱们要更团结，

保护自己的好时光！

第二天，天刚亮，

区长、政委要回区上。

村长领进李万开，

金女害臊站门旁。

　"两个蚂蚱一线拴，

　他俩的心事你办办！"

　　　　“周周正正不反对，

　　　　　　那你两人就谈一谈。”

　　他等她说她不说，

　　她要他谈他不谈，

　　村长看见真好笑：

　　　　“你们吃了哑巴丸？”

　　雪水消，河水涨，

　　万开、金女到区上，

　　一路走来满高兴，

　　两人领回个结婚证。

　　　　　　　　　　　　　　1947 年 2 月，清漳河畔

附：

《圈套》初版扉页批注

这是《圈套》发表后的第一个版本。①解放后有读者提出个别文字意见，做了些改动，但不多。参看《漳河水》（？）或后来的版本便可知道。"文革"中此书已不见。这是刘守华同志送我的，故更珍贵。

---

① 此版本是 1949 年 5 月由中国人民文艺丛书社编辑，新华书店出版发行的"中国人民文艺丛书"的一种诗集。除《圈套》外，还有作者两首诗《送别》《盼喜报》和张志民的《王九诉苦》《死不着》。

送 别 ①

——记豫北某村参军小景

鹅毛毛的大雪纷纷地下，

上前线的新兵骑上马。

银妆的高山棉敷的路，

老娘的头发像雪花。

亮晶晶的眼泪滴滴地洒，

喉咙抽咽声沙哑。

呼呼的北风顶头刮，

勒紧了缰绳听娘的话。

---

① 发表在《文艺杂志》1947 年 2 月 7 日，第 3 卷第 2 期。收入"晋冀鲁豫边区文艺创作小丛书"
之十九《人民大翻身颂》，第 83 页，华北新华书店编辑出版发行，1947 年 7 月出版。

"去吧孩孩你去吧!
去当咱毛主席个好部下。

"你娘今年七十八,
还想美美地活到整一百。

"往日的苦时光都死了,
今天的好日子我丢不下。

"'抓地虎①'膘满肉肥多健壮,
咱家又有了五亩八。

"咱们今天像做好一锅饭,
蒋介石狗们要伸手来扒!

"咱们今天像盖好一座楼,
蒋介石狗们要来扳倒塌!

———————————

① 牛的美称。

"俺孩记得吗，记得吗？

像这样冷的天，这样大的雪：

"刘明德那个狗王八 ①，

把俺孩光身活埋在雪堆下；

"烧红红的铁柱烙俺孩，

歪过脸来，我瞧瞧那剜心的疤！

"现在那狗们又要来，

皇协变了中央兵。

"狗要吃屎是它的本性，

哪里有个阎王不要命？

"他们是狐子装成的猪八戒，

前前后后都不是人！

---

① 　刘明德为豫北土匪汉奸头子，抗战开始后不久就投敌了。抗日胜利后，蒋介石宣布是他的"地
　　下军"。

"这沟打狼数俺孩能，
手疾眼快心又灵。

"拿这本事赏狗们，
手要吃劲心要狠！
不把狗们杀干净，
千年万代都不安宁。

"有空多擦枪常瞄准，
打仗的时候更把稳。

"自家兄弟要让七分，
有理也得要心平平。

"对那仇人要争半厘，
死了也要加两棍！

"你长在穷户就爱穷人，
拾粪的看见提箩头的亲。

"要守规矩要听话，

别耍性子别想家。

"如果捉住老蒋和刘明德，
替娘狠狠地咬他一牙！

"砂锅捣蒜就这一槌，
把蒋介石狗们连根拔！

"地里的庄稼别结记，
农会自然会照顾咱。

"要是你打得狗们胡窜来，
我拿茅房的扫帚来打他！

"去吧孩孩你去吧！
去当咱毛主席个好部下。

"你娘今年七十八，
还想美美地活到整一百。

"往日的苦时光都死了，

今天的好日子我丢不下。

"保住'抓地虎'和五亩八，
保住你娘保住家。

"孩要自养谷要自种，
自己的江山自己打！"

天寒热泪也冻成冰，
冻不住心头的爱和恨！

拍拍雪花摸摸衣衫，
娘怕孩儿身上冷。

一阵阵的北风一阵阵的雪，
战士走马上途程。

咚咚的鼓声喤喤的锣，
漫山遍野来送出征人。

1947 年 2 月 7 日夜

盼喜报 ①

——一个士兵妻子给丈夫的信

孩子他爹 XX 同志：

门前柳树绿了梢，

冬尽暖来春天到，

祝你在前方身体好。

那天给你剪鞋帮，

多大多小我不用想，

一拃拃长来再加三指，

不肥不瘦合脚样。

忽然听得锣鼓响，

---

① 　发表在《文艺杂志》1947 年 3 月 28 日，第 3 卷第 3 期。收入 "晋冀鲁豫边区文艺创作小丛书" 之十一《弹唱小王五》第 1 页，华北新华书店编辑出版发行，1947 年 6 月初版。

八音吹打来村上。
想是咱村谁娶亲？
劳动英雄又受奖赏？

家家嚷着"快来看"，
小孩们拉爹又催娘。
我放下剪子跑出去，
瞧瞧为甚乐洋洋？

数不清的杨树数不清的人，
六尺红匾抬进村，
斗大的黄字写得真，
都说黄海立下大功名！

东街南街转三转，
光蜡蜡的喜报贴门旁。
黄海的媳妇好喜欢，
递烟敬水手脚忙。

院子街门人挤满，
区长念起奖功状，

巨野攻城英雄汉，
咱村黄海上头榜。

村里摆席请他爹娘，
门前挂匾好风光。
唱戏三天大庆贺，
中状元也没这排场。

咱村人人精神爽，
黄海的媳妇更漂亮。
街头巷尾都称赞，
黄家出了个好儿郎！

我瞧罢人家就想自家，
想起你人才不差啥。
论你的人才比黄海，
半斤八两不上下。

去年参军你多爽快，
头个报名把人带。
红花绿叶挂胸前，

我一瞧见就脸光彩。

俺姨俺嫂都夸赞你，
问我怎修下这好女婿！
静静思思悄悄想，
料定俺哥会有出息。

你瞧人家多光荣，
为甚你还没立下功？
莫不是病了没去打？
莫不是你们连没调动？

春风吹，草发芽，
加油早把功立下。
人民军队为人民，
为了大家也为了咱！

我要给你绣个好暖肚，
绣一支快枪绣一把锄；
再绣颗桃儿做个心，
我的心儿要记住。

带着快枪的是英雄汉，

扛过锄头的都能干，

绣成暖肚系哥身，

千山万水保平安。

你喜报临门我定绣成，

谁也不许塌下账。

你是英雄我光彩，

我的巧活儿你喜欢。

十年栽树万年歇凉，

一人立功万人敬仰！

雁过留声人留名，

喜报值黄金千万两。

再说咱家更美气，

又分到二亩好水地，

村里代耕特别好，

地堰修垒得整齐齐。

孩孩越长越像你，
又能又费又俏皮。
扛棍做枪又扎草人，
学人枪崩蒋介石！

为好时光要打好仗，
为咱孩孩要除老蒋！
漳河的河水哗啦啦，
我的光荣在你身上！

1947 年 3 月 28 日，漳河畔上

漳 河 水 ①

（茅批②：此为1949年之作，这是长篇叙事诗最早的成功之作。因为，写了三个不同命运也不同性格的女人，又写了"二老怪"这样一个男人封建思想被改造了。人物有性格。《王贵与李香香》从头到底是"顺天游"，不免单调。而此篇则用了各种歌谣的形式，因此音调活泼，便于描写。

作者的诗句有两个特点：一是群众语言的加工，二是融化成语，不但和前者调和而且特别新鲜。）

---

① 此诗最初发表在《太行文艺》第1期（作者说是1949年5月号），"中国解放区文学书系"收录的是太行文艺版。后作者做了修改，由《人民文学》在1950年第2卷第2期重新发表。本书采用的是人民文学版。

② 《中国现当代文学茅盾眉批本文库·诗歌卷》第5—118页（中国现代文学馆编，中国国际广播出版社1996年7月版）。统一说明：此诗括号内及下划线均为茅批。

小 序

　　离开漳河一年多了。今年春天，回去一趟，正碰上是桃红柳绿的时候，一天偶尔在河边走走，山坡树林间传出歌声来，娓娓悠扬，觉得好听。是妇女生产互助组唱的，她们在歌唱自己的翻身，歌唱自己的劳动，歌唱自己的快乐。

　　太行山——我的第二故乡。太行山的人民和全华北人民一样，在共产党的领导下，消灭了封建剥削制度，解放了自己，并和自己的子弟兵——中国人民解放军比肩作战，从自己的家门口，先打走一个日本帝国主义，接着又打走一个美蒋匪帮军队，建立起一块自由幸福的新天地。太行山的妇女，过去在封建传统、俗习的野蛮压迫下，受到了重重的灾难。但随着抗日战争，减租减息，解放战争，土地改革，这两个时期的伟大斗争，她们获得了自由，认识了自己的力量。十多年来，她们忍受着难以设想的重负，支持人民解放事业；并且不断地和封建传统俗习做斗争。在党的领导下，积极参加生产，获得妇女彻底的自由解放。她们的丰功伟业，在祖国解放的史诗中，占着光荣的一页。

　　自听了歌声以后，萦绕脑中。找人口述，录下些片断的歌儿，自己又模仿着编了些，组织成现在的样子。

　　三个女主人公到底是哪个村的，没打听出来。群众说好多村都有这样的故事和大同小异的歌儿。

　　这些片片断断的歌儿，原无题名，也无章段和小题。因故事发生在漳河两岸，民间歌谣中常用头一句做题名的，故名"漳河水"。

　　题名是有了，但这篇东西，<u>是由当地许多民间歌谣凑成的，代表这些歌儿的总的形式叫什么呢？</u>每个词儿都注明采用的是什么调吧，如"开花调""刮野鬼""梧桐树""绣荷包""打寒虫""大将""一铺滩滩杨树根"，还有好多佚名的。可是这些歌谣又因人因村，唱得大不相同，我所听过的"开花调"就有五六种，据当地同志说还要多；而且也不能说明曲调的总的形式。如陕北的"郿鄠""道情"，是总的形式名称，其中包括很多曲调名："刚调""虞美人""剪剪花"等。说是"山歌"，在北方很少听说这两个字；说是"秧歌"，太行山的秧歌是一种戏曲名，和平常唱的歌儿，有严格的区别；说是"快板"，快板是"说"的不是"唱"的；说是"诗"，群众叫"念"，用文人的说法是"朗诵"，现在这些东西分明是唱的；<u>"乐歌""乐曲""乐章"，太文雅；"合唱""大合唱"更是胡诌；"牧歌"洋来洋去</u>；"夜曲""夜歌"，也不对，人家常常在白天唱的。写《圈套》用了<u>"俚歌故事"</u>四个字，曾引起个别同志的不同意，这回如果名不正，就更言不顺了。想了好多时候想不出来。

　　有一天，碰见两个牧童在河边饮羊，嘴里也哼着这些歌儿。我问他们唱的是什么，回答是"小曲"。故把这许多曲调<u>总名叫"漳河小曲"</u>。

　　　　　　　　　　　　　　　　　　1949 年除夕，序于北京

第一部　往日

漳河小曲

漳河水，九十九道湾，
层层树，重重山，
层层绿树重重雾，
重重高山云断路。

清晨天，云霞红红艳，
艳艳红天掉在河里面，
漳水染成桃花片，
唱一道小曲过漳河沿。

三个姑娘

漳河水，水流长，
漳河边上有三个姑娘：

一个荷荷一个苓苓，

一个名叫紫金英。

河边杨树根连根，

姓名不同却心连心。

低声拉话高声笑，

好说个心事又好羞。

荷荷想配个"抓心丹"①，

苓苓想许个"如意郎"，

紫金英想嫁个"好到头"，

毛毛小女不知道愁。（此章基本上是两句一韵。"丹""郎"不协）

断线风筝女儿命，（"断线风筝"四字好，运用成语，恰到好处）

事事都由爹娘定。

媒婆张老嫂过河来，

从脚看到天灵盖。（此章用经济的笔墨，故事骤然开展，换韵亦好）

爹娘盘算的是银和金，

闺女盘算的是人和心。

———————

① "抓心丹""如意郎""好到头"都是理想爱人的昵称。

不知道姓，不知道名，

不知道是老汉是后生。

押宝押在哪一宝，

是黑是红鬼知道！

偷偷烧香暗许愿，

观音菩萨念千遍。

心操碎，人愁死，

三天没吃完半合米！^①（这两章笔墨亦极经济，妙在此处不用细描）

三月里，桃杏花儿开，

押的宝子揭了盖。

三尺青丝盘成卷，

抬过河，抬过川。（一韵到底）

漳河水，水流长，

三人的心事都走了样：

荷荷配了个"半封建"^②，

---

① 中国传统容量单位，读 gě，上声。10 勺为 1 合，10 合为 1 升。

② "半封建"，即封建富农。

天天眼泪流满脸！

苓苓许了个狠心郎，（总叙，笔墨遒劲，音调悲凉）

连打带骂捎上爹娘！

紫金英嫁了个痨病汉，

一年不到守空房！　（四句一韵）

年年要过十二个月，（故事展开，极有步骤，笔墨仍极经济）

度过冷来度过热。

榆花开，花开搭戏台，

姊妹们回娘家碰在一块。

无心看牛郎会织女，

无心看郭驸马"打金枝"。

三人拉手到漳河沿，

滴滴泪珠挂腮边！

桃花坞，杨柳树，

东山月儿云遮住。

漳河流水水流沙，

荷荷一泪一声诉：

"常阴天，森罗殿，

自从关进那砖门院，

苦胆拌黄连！

一锅要做两样饭，

婆婆骂硬，小姑嫌烂，

啪啪三巴掌！（做饭）

人家端碗俺旁边看，

骂俺眼馋不洗衣裳，

张嘴'败婆娘'！（洗衣）

秃汉要鞋，小姑要裙，

贴工容易难贴线，

俺没买花钱。（缝纫）

抽俺的筋筋搓成线，

也买不下婆家心半片，

还骂没针尖 ① ！

---

① "针尖"指妇女针线活的好手工，称作有针尖。

十七的闺女四十的汉，

光秃秃脑壳长毛脸，

活像个琉璃蛋！

马骡锅，骆驼背，

塌鼻子吊个没牙嘴，

黑心肝像鬼！（形容男人的年龄和嘴脸）

'媳妇是块烂锈铁，

揣在怀里暖不热！'

婆婆骂得绝！（写荷荷的丈夫是怎样一种人，家庭是怎样的家庭，

"半封建"活画出来）

'老婆是墙上一层泥，

你要死了我再娶！'

放他娘狗屁！（写荷荷对丈夫毫无情意，丈夫对她也只是当作"墙

上一层泥"）

哪年才把头熬到？

漳河你为甚不出槽？

给俺冲条道！"（此三句好，写尽小女儿痛苦）

桃花坞，杨柳树，

北岸石鸡夜半哭！

河底不平掀起浪，

苓苓揭开冤家账：（"冤家账"用字好，"不是冤家不聚头"）

"天上的云彩千变化，

汉子对我好就耍，

恼了就是打！

俺说好狗不咬鸡，

好汉子不打自己妻，

上社去说理！（暗示苓苓对丈夫有情亦有怨）

'娶来媳妇买来马，

任我骑来任我打！'

他说是老王法！

一汤一饭想着他饥，

一冷一热惦着他衣，

回我冷蛋子！（写苓苓对丈夫有情意）

缝衣做饭纺线线，

天明忙到二更天，

他还嫌糖不甜！

推罢碾来又推磨，

不顺他眼都是俺错，

理是由他说！

俺是男人的破棉袄，

冷就披，热就脱，

不用就扔角落！"（写苓苓又是一样，苓苓只是怨而已，尚未呼出路）

桃花坞，杨柳树，

河边草儿打觳觫！

风吹花飞落水面，（此句配合，暗示紫金英的身世）

紫金英倒尽心头怨：

"三月里，花开娶过门，

十月初一上新坟，

紫金英，泪盈盈！（开门见山，此三句简洁有力，音调悲痛）

男人原是常病身，

爹娘重财不重命，

贪人有钱银！

过年养下墓生孩，

只有娘亲没爹爱，

春天花不开！

有意守节心难下，

俺娘劝我另改嫁，

改嫁我嫌怕！（写紫金英心事，委婉而凄楚）

断头香纸烧过后，

出门泼水哭着走，

村边上牲口！①

_____

① 当地风俗，寡妇再嫁的那天，先要到前夫的坟上烧断头纸，夜里才能离开婆家，且必须哭
哭啼啼地走出去，在大门口泼了一碗水后，到村外才许骑上牲口走。

腊月难遇南风生，

十户婆家九户狠，

改嫁是跳火坑！

水流擀杖没根梢，

带犊孩儿是路边草 ①，

进门爬墙头！

改嫁难保不走荷荷路？

改嫁难保不受苓苓苦？

女人走没路！

咬牙咬牙守寡吧，

少受骂，少挨打！

把墓生孩守大！……"

声声泪，声声泪，

声声泪泪山要碎！

山要碎，山要碎，

问句漳河是谁造的罪？

---

① 　"带犊"是寡妇带去前夫的孩子。"带犊子"不能从大门进家，须从墙头或屋后爬过去。

桃花坞，杨柳树，

<u>漳河流水声呜呜！</u>（河水不作答）

戏鼓咚咚响连天，

唱尽古今千万变。（戏文里也没唱过）

唱尽古今千万变，

没唱过俺女儿心半片！

恨咱不能拔起山，

把旧规矩捣成稀巴烂！

万代的脚踪要踏出路！

千年的水道看流成河！

（此章结束第一部，高亢有力，"戏鼓……"等句都好）

第二部　解放

自由歌

漳河水，九十九道湾，

<u>毛主席领导把天地重安。</u>（此句有力）

写在纸上怕水沤，
刻在板上怕虫咬。
拿上铁锤带上凿，
石壁刻上支自由歌：

　　共产党，毛泽东，
　　光明福根遍地种。
　　抗日本，保家乡，
　　除"秃蒋"，大解放！
　　减租减息闹土改，
　　妇女飞出铁笼来！
　　漳河发水出了槽，
　　冲坍封建的大古牢！

荷荷

自主婚，不靠爹娘，
媒人的饭碗打他娘！
坏男人瞪眼，恶婆婆头昏，
反倒了封建荷荷离了婚。

自从关进那恶婆家院，

荷荷进了阎王殿！

自从打出那恶婆家门，

荷荷才是个自由人！（此章可省）

春风吹，百花开，

想不叫蜂采蝶儿来。

工作好，有能耐，

要表有表才有才。

谁不喜，谁不爱？

都想把情根往她身上栽。

荷荷有了个苦经验，

自由要自由个好条件：

　　　"自由要自由个好成分，

　　　荷荷待见的是庄稼人；

　　　自由要自由个好劳动，

　　　荷荷待见的是新英雄；

　　　自由要自由个好政治，

　　　能给群众办好事。"

姊妹们笑荷荷条件严，

实在是从前有经验。

沙里澄金水里淘，

荷荷看中王三好。

三好的条件样样够，

荷荷高兴得睡不着。

西崖挂，迎春花，

两人悄悄地拉开话：

　　　"种谷要种稀留稠，

　　　娶妻要娶个剪发头。"

　　　"种玉茭要种'金皇后'，

　　　嫁汉要嫁个政治够。"（只四句就写出了双方的情投意合）

　　　"好面疙瘩溶也好！"

　　　"两心情愿的比甚都好！"

　　"荷荷的巧嘴实在香！"

　　"三好的条件够对象！"

河边栽瓜搭瓜架，

连心隔水丢不下。

窗棂棂开花用纸糊，

相思的心儿关不住。

互助小组起得早，

戳破了窗纸把荷荷瞧。（设想奇妙）

　　"戳破张麻纸费五块钱，

　　等我开门你进里面。"（荷荷要他进去）

　　"话不多来只半句，

　　上地绕来瞧瞧你。"

　　"瞧我绕了一大个弯，

　　误了上地要丢模范。"（荷荷又批评他不该绕地误工看她）

干蒿草，偏偏和烈火碰，

热得个心儿扑腾腾。

他心藏个猴，她心拴匹马，（两句活用成语，极好）

去找主席公开了吧！（此句极有风趣）

村东请来紫金英，

村西请来个苓苓。

姊姊妹妹好高兴，

陪送荷荷做新人。

不坐花轿不骑马，

革命时兴是手拉拉。

新郎头戴八路军帽，

新娘身穿红夹袄。

大红旗旗扛在前头，

八音锣鼓跟着后。

互助组员呼口号，

一对新人街心走。（此章有声有色）

不拜天，不拜地，

敬个礼给毛主席！

感谢人民子弟兵，

敬个礼给朱总司令！

翻身房子住翻身人，

翻身的新夫妇爱煞人。（简洁，新鲜）

一盏银灯照笑脸，

新两口子坐在炕沿。

煤火火焰烧得欢，

捉住手谈心心更暖：（"住"字可删）

"封建把俺苦了一生，

可是俺心儿还年轻。"

"干革命，把身翻，

以后要积极做模范。

明天要调我下江南，

动身不等吃罢早饭。"

"我今宵不歇打干粮，

明早送你上火车站！"

春夜短，知心话儿长，

夜是嫌短话不嫌长。

针连线，线连针，

自由的对象恩爱深。

恩情话儿热辣辣，

说起它来把人羞煞！

…………

漳河水，水流长，

绿杨翠柳枣花儿香。（好句子）

共产党把路打扫净，

给咱女人指了路径：

吃穿住行靠自己，

妇女解放才能彻底。

今年生产要长一寸，

支部领导来响应。

男人前方运军粮，

妇女保证地不荒。

七人小组自由碰，

荷荷当了领导人。

北点豆，南栽瓜，

河东河西种小麻，

早从东崖上，晚夕下西坡，

生产的歌声永不落。

苓苓

青草洼，放牛犊，

热火朝天闹互助。

苓苓的男人二老怪，

大男人的思想出色坏。

支差半月走得累，

回到家来天已黑。（写苓苓章换了方法，从她男人这边写起）

一进院子没人声，

推开房看没人影。

一想打破了他的老规程，

憋得两眼冒火星！

揭开锅看冷冰冰，

踢踢水缸空叮叮。

二想打破了他老规程，

三尸暴跳满院蹦！

往日回家炕上一躺，

要干有干汤有汤。

今日回来见了鬼，

要饭没饭水没水，

三想打破了他老规程，

芒硝进肚不能忍！

东邻寻，西舍找，

找了两家找不到。

南头碰见张老嫂：

　　"我家做饭的哪里跑？"

张老嫂，外号"铁疙瘩"，

倒牙费嘴的老干家：

　　"不能提了二老怪，

　　你我家媳妇都把兴败！

　　跟上荷荷这花东西，

　　插上街门唱'落戏'①！"

二老怪，本来早憋坏，

——————————

① "落戏"，当地一种戏名。

张老嫂添油塞干柴。

三步两跳往前蹦，

冲进荷荷家大院门。

小组开会正热闹，

讨论请人做生产指导。

荷荷看见二老怪到，

拍手欢迎说"他就好"！

二老怪，眼一瞪，

满嘴飞出唾沫星：

　　"咱一不浪，二不偷，

　　再说咱好也不上钩！"

谁人不晓得二老怪，

仍旧开会不理睬。

没人理睬他气难出，

朝着苓苓要态度：

　　"你野鸡跟上老鹰飞，

逗你胳膊逗你腿？"（二句生动新鲜）

谁人不晓得二老怪，

仍旧开会不理睬。

三步两跳又往回蹦，

石头街道快踩成坑！

"二老怪的作风不像话，

大男人主义自高自大。

没有斗争不能团结，

咱来给他换脑筋。

回去开个训练班，（句妙）

看他怎过这一关？"

月亮照窗纸上明，

二老怪想起老规程：

猪不离圈，狗不离院，

母鸡不离个破篮片。

自由平等怎能行？

女人都惯坏成了精！

屋檐鸽子咕嗒咕，

定是公鸽踩着母鸽。

院里鸡窝咯咯响，

母鸡扭着公鸡脖。（此四句妙）

二老怪，倒了霉，

女人不服他指挥！

越听屋檐越心伤，

想起鸡窝肚皮胀：

　　"铁不打，不出钢，

　　不管教管教不像样！"

寻根棍，找条绳，

半夜打老婆是老规程。

一根麻绳抛上梁，

吊住她头发才揍他娘！

数这玩意儿最利索，

二老怪是老手旧胳膊。

哎呀呀，不能够，

他娘早剪成短发头！

不能吊，寻棍捣，

只寻到麻秆和镢头。

麻秆打她当搔痒痒，

镢头一敲会死他娘！

敲死人命可吃官司，

不是坐牢就挨枪子！

不偿命，也不成，

没有老婆要打光棍。

花钱再娶犯法令，

自由谁敢上我家门？

不准打，也不敢骂，

动她根汗毛也犯法！

哎呀呀，老规程吃不开，

二老怪碰到了新朝代！

街上有说又有笑，

苓苓唱着回来了：

拿笤帚，扫扫土，

炕上一头另撑铺。

二老怪，嘴咧开，

唾沫星星儿飞出来：

“你要去参加互助组，

先到区上写休书！”

苓苓抿嘴微微笑：

“你要休我没条件！

俺又不知道你今天回，

上地劳动也有罪？”

“猫捉老鼠狗看门，

锅台炉边才是女人营生！

骡马也想上大阵？

不准上我地瞎闹腾！”

苓苓回答慢吞吞：

“土地证上俺两人有份。”

“别吃我饭你另支锅，

明天咱就各自过！”

“后天另过也不忙，

还得跟你算算账：

去年穿俺五对鞋，

一对就按五工折，

两身布衫一身棉，

至少不算个十万元？

去年俺织了十个布，

一个值钱两万五。

卖了俺布买驴回，

草驴该俺有三条腿。

洗衣做饭都是我动，

一年算三月九十个工。

男女平等讲民主，

谁不民主就找政府！"

哧哧两声钻进被窝，

露出半个头来轻轻说：

"二老怪，不用发呆，

你的老规程如今没人买！"

出色厉害的二老怪，

今天唱戏下不了台！（此上几章都写得风趣横生）

"鸤鹈冷冷^①，早起五更。"

荷荷小组上东岭。

一路走，一路问，

<u>夜里训练班开成甚</u>？（句妙）

苓苓把情况一报告，

笑得姊妹们不能走。

报告好，报告妙，

报告快把人笑死了：

你揉肚子她叉腰，

荷荷笑得眼泪掉！

荷荷的办法灵验快，

一夜治服了个二老怪。

夜训班要多多地开，

姊妹高兴得唱起来：（写苓苓开训练班把二老怪治好了）

     封建社会能糟蹋人，

     胡捏出来套老规程：

———————————

①   "鸤鹈冷冷"，候鸟的土名，立夏从南方来，五更则鸣，可能就是"五更鸟"。

—— 129 ——

"母猪不敬神，女人不算人，

养孩儿抱蛋，洗衣裳做饭。"

不想想俺们是占一半，

盖房要靠柱和梁！

不想想男女是心连肝，

谁离开谁都没时光！

紫金英

河水流，淘白沙，

野鸭儿飞来印脚丫儿。

一双脚丫儿两个印，

两个媳妇绞一个心：（叙紫金英章，可换一种方法）

"紫金英坏了谁家的事，

为啥骂她是'坏妇女'？

'浪女人''破鞋''花老婆'，

难听的脏话都往她身搁。

十指连心心连血，

咱不体贴谁体贴？"

掌上灯，记上分，

荷荷苓苓找紫金英。

旧时姊妹到一起，

有说有笑不回避。

谈罢远山说近水，

翻罢旧箱倒新柜。（偶句）

拉完从前扯如今，

紫金英脸儿飞红晕：（此章简洁）

　　"妹妹俩是东坡向日葵，

　　你姊姊好比是麻池水①。

　　人前人后俺低头过，

　　厚着脸皮偷偷活……"（写紫金英性格自又不同）

话儿没完头低下，

有语难明啃指甲。（生动如画）

窗外呼呼风阵阵，

甚时能吹断那万恨根？（生动）

甚时能吹断那万恨根？

———————————

① "麻池水"，指沤麻的死水坑，气味很难闻，这里是比喻名声不好的意思。

漳河的女儿要闹革命！

共产党员前头领，

荷荷拉起紫金英：

　　"摔袖过，昂起头，

　　跌倒自己爬起走！

　　旧社会害咱害得苦，

　　摆下万里蒺藜路。

　　如今道路条条平，

　　条条平路通向光明。

　　支起腰杆挺起身，

　　靠自己劳动做自由人！"

枯了的树，发绿芽，

死了的灰堆迸火花。

不老的心儿，未了的情，

铁锁锁不住春风门：

　　"人人骂我根扎错，（此下为紫金英自述经过）

　　开口闭口'不是货'，

　　有苦向谁说？

你俩人的恓惶我嫌怕，

摇摇荡荡心难下，

守寡咬紧牙！

看尽花开看花落，（此下几章幽咽如诉）

熬月到五更炕头坐，

风寒棉被薄！

灰溜溜的心儿没处搁，

水裙懒去绣花朵，

无心描眉额！

吃水劈柴泥墙角，

桌坏椅倒要人拾掇，

偏偏门又破！

寡妇的困难实在多，

一手难做千件活，

日子没法过！

不怀好心的常来帮助，

只要不嫌他手儿拙，
白打他心也乐。

寄生草根缠树身，
日日缠缠日日深，
有刀割不断情！

纸做的花儿不结果，
蜡做的心儿见不得火，
日月糊涂过！

扪心自问我犯啥错？
难道寡妇就不该活？
妹妹呀，救救我！”

怒火烧心心要炸，
忽然惊醒了墓生娃。
拍拍孩孩乖乖睡，
眼泪滴落小嘴巴：

“咽了吧，莫嫌苦，

记住你娘是寡妇！"（此三句传神，凄楚，想象新）

摇山拔树风呼呼，
静静的漳河发了怒：

"怨命求人都不是路，
麻秆拐棍扶不住！
砸破封建的老笼头，
姊姊你跟俺们走！"

"人都骂我是败东西，
跟上妹妹不坏你名誉？"

"只要咱行正脚立稳，
谁要屈咱咱不答应！"

"从小没闹过这营生。"

"没听过铁杵磨成针？"

"你忘了那天支书说，

'大总统妇女也能做！'"

漳河水，九十九道湾，
满天云雾风吹散。
桃花坞，杨柳树，
紫金英踏上了新道路。

头一天，闹生产，
腿痛腰酸口发干。
姊妹们，帮她忙，
说开头几天都一样。
第二天，又上山，
大家对她很称赞。
一边做活一边唱，
紫金英整天心喜欢。
害怕荷荷天天叫，
第三天，起早了。
荷荷满嘴夸积极，
又体贴来又鼓励。
紫金英，更欢喜，
别的念头都高搁起。

黄昏近，返门庭，

相好的人在家等。

满面春风走向前，

接过锄头又接锨：（四句一韵）

　　"月不常圆花难常开，

　　人生趁早图自在。

　　白生生的脸儿花朵朵，

　　三天晒成个黑老婆。

　　劳动生产当模范，

　　怎能比在家舒坦？

　　早给你焰火热上锅，

　　生怕你回来吃冷饭！"

巧言巧语比糖甜，

嬉皮笑脸多殷勤。

缘分绝，情难断，

心乱如同万针穿：

红皮萝卜紫皮蒜，

他有老婆我没汉。

他来我家不算甚，

我却担个坏声名？

没眼的针针纫不上线，

我家是他的歇脚店。

他对老婆常打吵，

人说是因为他跟我好。

真是因为跟我好？

阿弥陀佛天知道！

不务营生做二流，

给人指着脊梁笑！

到底哪是光明道？

面前摆着三岔口！

走新路，走新道，

好马不吃回头草：

　　"好朋友，好朋友，

　　咱俩从今晚分开手！"

天没雨，地无风，

清明没来为甚春雷动？（此两句好）

　　"以后别再上我门，

　　紫金英要重新再做人！"

一团热火落海沉，
垂头丧气凉冰冰。

　　"你走吧，别难受，

　　送你平安出门口！"（一结简洁，有力）

送出门，送出院，
梨树花开月明天。

　　"从今后，分两头，

　　新的路子在等我走！"

第三部　　常青树

（此第三章歌颂妇女闹生产，也叙述了二老怪的改变，音调愉快）

漳水谣

漳河水，九十九道湾，

漳水流出太行山。

写成诗，刻成歌，

回头再来教漳河。

漳河给俺天天唱，

唱到大洋唱到海！

翻腾

死榆树，不开花，

老鸦飞来叫呱呱。

老茅坑，茅虫多，

张老嫂没事把舌头磨：

"年时时兴土地改革，

今年时兴娘儿们改革，

真是了不得！

"结亲不兴坐花轿，

手拉手儿嘻哈笑，

摆翠①叫人瞧！

"好男不过州府边，

好媳妇不出婆家院，

如今疯过县！

"什么互助闹生产，

麦子垄里跟男人玩，

浪摆搬上山。

"野兔跟上狐子蹦，

荷荷配搭个紫金英，

无巧事不成！

---

① "摆翠"，指男女热恋时的传情，欢悦的表现。

　　"太阳不照老路上，

　　女人不服家教管，

　　媳妇封王娘！

　　"世道坏，规矩败，

　　老骨头朽了没坟埋，

　　老天爷眼不开！"

看不下，忍不下，

死榆树永不再发芽。

摇摇头，摆摆脑，

如今的年月实在糟：

　　"后生都兴戴四方帽，

　　怎能扣上咱老圆头？"

天变了，地变了，

<u>彭祖的夜壶打碎了！</u>（奇句）

漳河水，九十九道湾，

二老怪上了夜训练班。

好似骚骡上了嚼，

不敢哼气不敢跳。

天天鸽子对对飞，

老婆是爱理不爱理。

母猪攻进棘针窝，

自找苦吃自找祸。

支书批评他不应该，

村长说隔天要把会开。

心上抓了把花椒面，

麻得咧嘴板着脸。

女人真真能种地？

不过黄河我心不死！

快步钻过枣树坡，

倒霉的棘针把脸剐破。

青山绿水白云彩，

二老怪不是游山玩景来。

冒冒失失溜上山，

慌慌张张偷偷看：

苗苗出土绿油油，

瓜秧露芽肥展展。

花不棱棱手艺巧，

头有头是道有道。

眼儿越看眉越高，

禁不住张嘴叫了好。

没提防岩上有荷荷，

早就瞧见他老哥：

　　　"二老怪来这边，

　　　　咱们对你还有点意见！"

妇女小组是一窝蜂，

扑扑通通往前拥：

　　　"请上来，别光看，

　　　　先上上白天的训练班！"

嘻嘻哈哈乱拍手：

　　　"二老怪今天害出丑！"

二老怪，怪是怪，

唱文唱武招架不来。
撒开飞毛腿跳下堰，
丢下了脚踪不敢捡！

二老怪，走红运，
白天受训开洋荤：
妇女解放了不简单，
男人的活儿也能干。
男女这样闹光景，
种下石头长黄金。

老榆树，死榆树，
是谁在这儿嘀嘀咕？
过来一看是张老嫂，
还有两个怪老头儿。
好像她家出了丧事，
摇头摆脑长出气：

　　"这个乱，那个破，
　　　妇女小组就不是货！"

二老怪到底是受过训，
今天听来不顺心：

　　　"无风起尘的老妖精，
　　　成天没事造谣言。
　　　娘儿们浪摆上了山？
　　　拖你老草驴去看看！"

鸡飞狗叫猫儿跳，
孩儿们追着喊"快来瞧"！
纺花的放下花不纺，
担粪的撂下箩头筐。
到底为了啥事情？
听听二老怪在演讲：

　　　"娘儿们是生产还是玩？
　　　叫这老草驴坦白一番！"

山多大，天多高，
张老嫂低头哑了口。

　　"二老怪今天来认错，

　　不该压迫俺好老婆。

　　娘儿们今天是真解放，

　　这才叫我服了软。"

坡坡上，有了样，

坡坡下，漳河唱：

妇女解放有了样，

漳河河水欢声唱！

　　"把我编歌写成戏，

　　登报批评我都愿意。

　　咱的脑筋有封建，

　　哥儿们姐儿们多提意见！"

　　"男女本是连命根，

　　离开谁也万不能。

　　去给苓苓赔个情！"

荷荷笑着下命令。

举手额前脚立正，

二老怪今天像个民兵。

苓苓捂嘴低声啐：

　　"出什么洋相讨厌鬼！"（此章几句生动如画）

　　"出什么洋相讨厌鬼！"

孩孩们学着苓苓嘴。

人人都笑出欢喜泪，

惹来山雀转圈飞。

牧羊小曲

漳河水，九十九道湾，

漳河流水唱得欢：

桃花坞，常青树，

两岸踏成康庄路。

万年的古牢冲坍了！

万年的铁笼砸碎了！

自由天飞自由鸟，

解放了的漳河永欢笑！（一结也有金石之声）

1949 年 3 月 26 日，初稿完于卧虎坡

1949 年 12 月，改写完于北京

（也许有人以为诗中没有写到荷荷等三人在旧社会中反抗的行动，是一个缺点。）

附：编者对《漳河水》版本说明

初稿发表后，作者作为中国青年代表团的成员，随团赴布达佩斯参加世界青年联欢节。"从5月到12月，可以说是行踪无定，（《漳河水》）稿带在身边，修改过多少次记不住，差不多磨了将近一年，但我感到并未离开太行山。"（作者语）

1949年12月修改稿完成于北京，1950年6月发表在《人民文学》第2卷第2期。

作者在1991年1月7日曾做过一个简短的笔记，对几处修改的历史背景做了说明。详见本书散文卷。

根据不完全统计，《漳河水》共出版过17种（见附表），从内容上有三个版本：太行版、1950年版、1977年版。

一、太行版与1950年版相比较，后者删去了所有的曲调名。（那些曲调都是当地民间口口相传的歌谣，也就是说《漳河水》在太行山区是可以唱的），其他修改有4处：

（一）序：太行版序极简短，不到百字。1950年版序是一篇1200字的文章。

（二）部首诗：

太行版是用"开花调"的两句四章"苦难曲"：

漳河水，九十九道湾，

往日的恓惶也诉不完。

百挂挂大车拉百挂大车纸，

大碾盘磨墨也写不起。

黄连苗苗苦胆水奶活，

甚时说起来甚时火。

枣核儿尖尖中间粗，

甚时提起来甚时哭！

1950年版没有曲调名，是四句两章的"漳河小曲"。

（三）根据周扬意见"第二部　解放·苓苓"1950年版删去了以下两句八章：

一盘炕，两头睡，

窗上的月色白如水。

往日上炕多舒服，

今日上炕滚辘轴。

两个猫儿墙头跳，

咪咪咪咪度春宵。

左边妻，右边夫，

说是夫妻不同铺？

辛苦出门半个月，

今天本该亲亲热。

冷穿夹，热穿单，

时世不同还得将就办。

装糊涂，滚到她身边，

一手搭在苓苓脸。

没提防苓苓手一掀，

"同志请你规矩点！"

（四）根据周扬意见"第二部 解放·苓苓"1950年版改一句，增两句：

不知道俺们是占一半，

没咱天下尽和尚，

改成：不知道俺们是占一半，

盖房要靠柱和梁。

不想想男女是心连肝，

谁离开谁都没时光！

二、1977年版在"第二部　解放·紫金英"应编辑要求把以下两句一章：

"你忘了支书那天说：

大总统妇女也能做！"

改成："朝代不同乾坤变，

今天妇女是半边天！"

另外，在第一部最后一节"声声泪，山要碎，问句漳河是谁造的罪？"两句上作了音节循环往复的变化。

声声泪，声声泪，

声声泪泪山要碎，

山要碎，山要碎，

问句漳河是谁造的罪？

三、《漳河水》由人民美术出版社以画册的形式出过4版，1957年用的是1950年版，1983年用的是1977年版。2004年再版时，本应有机会改回1950年版，但因为出版社擅自出版，事后版权人追究，也只能补签合同，无法恢复1950年版了。所幸插图的手写诗句仍保留了1950年版原貌。出版社在前言中做了说明。2011年人民美术出版集团所属的连环画出版社再次出版前，仍然没有与版权所有者联系，依旧沿用1977年版印刷。

画册本与文学本不同之处在于：为了配合画册特点，删去了所有层次的章节题目。

附表：

1950年　中国人民文艺丛书　　　　　　　新华书店

1953年　　　　　　　　　　　　　　　　人民文学出版社

1954年　　　　　　　　　　　　　　　　大众美术社

1957年　吴静波绘画本　　　　　　　　　人民美术出版社

1958年　平装、精装2种　　　　　　　　人民文学出版社

1958年　文学小丛书　　　　　　　　　　人民文学出版社

1958年　绘画注音本　　　　　　　　　　文字改革出版社

1958年　　　　　　　　　　　　　　　　通俗文艺出版社

1965年　　　　　　　　　　　　　　　　人民文学出版社

1977年　　　　　　　　　　　　　　　　人民文学出版社（1977年版）

1983年　吴静波绘画本　　　　　　　　　人民美术出版社（1977年版）

1985年　阮章竞诗选　　　　　　　　　　人民文学出版社（1977年版）

1992年　中国解放区文学书系诗歌编　　　重庆出版社（太行版）

1996年　中国现当代文学茅盾眉批本文库　中国国际广播出版社

2001 年　新文学碑林本	人民文学出版社
2004 年　吴静波绘画本 24 开	人民美术出版社（1977 年版）
2011 年、2016 年　吴静波绘画本 50 开	连环画出版社（1977 年版）
2013 年　吴静波绘画本 32 开	连环画出版社（1977 年版）

＊未注明的均为 1950 年版

七月诗（组诗 6 首）①

七 月 七

七月七，永定河，

永定河水水不落，

连天炮火不分个，

民族战争开了幕。

不抵抗，南逃从来是国民党的行当，

朝南窜，几十万大兵骂腿短，

撂下个华北他不管！

带着珠宝金条躲四川。

---

① 中华全国文学艺术工作者代表大会于 1949 年 7 月 2—19 日在北京召开，会议进行期间，
作者应约赶写了这几首急就章，发表在《北平新民报日刊》1949 年 7 月 7 日第 2 版。

亡 国 奴

亡国奴的滋味小民尝，
发国难财的老爷高兴他娘！
人民流了八年血，
国民党的老爷
享了八年风花和雪月！

八 路 军 与 人 民

国民党，慌慌张张跑得快，
八路军，紧急奉命华北开。
领导人民抗日本，
打仗流血流一块。
八年共生共死同患难，
熬过敌祸渡过天灾，

发动农民闹减租，

支持战争把日本打败！

日 本 败 了

日本败，美国飞机来，

载来党官党老爷党太太。

嘟嘟开来吉普车，

迎接来蒋家的洋干爹。

杀 人 武 器

美国送来礼，净是杀人的新武器，

火箭炮，手提式，

中国的天空飞着 B-29 式。

美造炸弹落一个，

寡妇孤儿千百个！

算　算　账

是谁对日本不抵抗？

是谁把华北送给狼？

是谁把中国闹得不成样？

这笔该是谁的账？

中国国民党！

八年抗战是谁坚持？

是谁把日本打出去？

数千年的国家快全解放，

是谁给咱争来这口气？

共产党，毛主席！

忘 不 了 ①

——七七纪念小曲

七月炎天似火烧，

日本人占领了卢沟桥，

全国人民同心协力来抗战，

蒋介石军队拼命往南逃，

不到一两月，

整个华北丢在他后脑勺。

青青草，变黄蒿，

日本人杀人如割草，

年年有个七月七，

痛苦的日子忘不了。

七月炎天似火烧，

---

① 发表在《北平新民报日刊》1949 年 7 月 7 日第 2 版。

共产党一心要把中国保，

八路军开到华北来作战，

建军建政军民团结得好，

抗日根据地，

巩固地建设起来了，

遍地掀起抗日潮，

把日本拖在个泥水淖，

年年有个七月七，

战斗的日子忘不了。

七月炎天似火烧，

蒋介石心怀一把刀，

人民抗日结了胜利果，

蒋介石想把果实下腰包，

仗他美国爹，

给他自己撑软腰，

借飞机，借大炮，

甘心卖国打内战，

野猪跟着野狼跑，

年年有个七月七，

愤怒的日子忘不了。

七月炎天似火烧，

爱国的军民谁也吓不倒，

反内战胜利更比抗日快，

眼看全国都要解放了，

人民解放军，

汗马功劳山一样高，

毛主席，好领导，

号召全国人民大团结，

一心把新中国来创造，

年年有个七月七，

喜庆的日子永远也忘不了。

1949 年 7 月 7 日

妇　女　自　由　歌 ①

旧社会，好比是：

黑格洞洞的古井万丈深。

井底下，

压着咱们老百姓，

妇女在最底层。

看不见太阳，

看不见天。

数不清的日月，

数不清的年。

做不完的牛马，

---

① 　此诗是专为随中国青年代表团出访欧洲的青年文工团演员郭兰英创作的。以作者和演唱者
　都熟悉的山西祁（县）太（太谷县）秧歌中的《苦伶仃》《割莜麦》《卖烧土》《大挑菜》
　四支民歌填词而成。郭兰英演唱此歌在世界青年联欢节上获得银奖。

受不尽的苦!

谁来搭救咱?

多少年来多少代,

盼那铁树把花开。

共产党,毛泽东,

领导全中国走向光明。

中国人民大解放,

受苦的老百姓见到太阳。

土地改革大翻身,

砸碎了封建的老铁门!

从前的妇女,

关进了阎王殿!

今天打断了铁锁链!

妇女成了自由的人,

国家大事也能管问。

自由歌儿放声唱,

翻身不能翻一半。

走在阳光白天下,

锄掉荆棘闹生产。

支援前方大进军，
彻底翻掉蒋家天。
建设出来个新中国，
歌唱自由万万年！
歌唱自由万万年！

1949 年 8 月，在西伯利亚车上

致 匈 牙 利 ①

我怀着依依不舍的心情，

最后一次走上自由山巅，

站在人类解放者纪念塔下，

望着波光如鳞的河水，

芙蓉似的城市，自由的蓝天。

一生难忘的树荫日影，

多瑙河上的水月银波，

我们共同唱起自由之歌，

欢呼古堡升起的和平焰火！

---

① 1949 年 7 月底，作者作为中国青年代表团成员赴布达佩斯参加第二届世界青年联欢节，
此诗写于此行。

从阿河里到布达佩斯，

从布达佩斯到松巴泰，

在这美如云锦的国土上，

我接受着美酒"多格伊"，

鲜红的玫瑰和崇高的友谊！

语言不通，既不是江海，

更不是峡谷、山峰。

正因为这样，

我更感到兄弟的情深义重。

只有亲人才能理解的心音，

用不着以语言来形容。

我从城市的老机工身上，

看到了一九一八年的英雄气魄：

"敌人虎视狼眈着我们，

我们懂得怎样加快工作！"

我记下老机工的话，

要向中国的工厂传送。

老机工把十个英雄指印，

深深印在我的手中。

我从松巴泰的老农身上，

看到一八四八年的爱国意志：

"我们虽然只有九百万，

但是我们有镰刀和斧子！

你们是六亿呀，幸福的孩子！"

我说六亿和九百万，

苏联和其他兄弟，

十亿人民永远相加在一起。

老农人紧紧地吻着我，

久久地立在夏末的夜雨里！

我们什么都加在一起！

我们的心溶结在一起！

如果敌人敢来碰我们一条臂膀，

我们将以二十亿条给他回击！

这就是我们的永恒誓词！

让我再看你一次，

芙蓉似的城市——布达佩斯！

我把六亿颗心音带来，

又把九百万颗心音带回去。

我再三回头望着人民的匈牙利！

　　　　　　　　　　　1949 年 9 月 6 日夜，远离布达佩斯的车上

红 旗 儿 ①
——太行山上新情歌

　　1947年，太行山的子弟兵随刘邓大军渡河南征，太行山的父老兄弟姐妹们，绣了一面大红旗为某地方武装升级野战军南征送行，上题着："太行子弟带长缨，跨河南征缚苍龙。"这次人民解放军第二野战军某军，在井冈山庄严誓师时，主席台上高悬起这面太行六百万人民赠的大红旗。当这个光荣的消息由农村广播台②发出，群众听到后欢欣鼓舞，纷纷给在前方的亲人写信，祝贺胜利进军，鼓励子弟把革命坚持到底。

清晨天，柳梢头上牙儿月，

白花花的山头重重叠，

夜里下了场初冬雪。

---

①　发表在《新中国妇女》1950年第8期。

②　"广播台"，是农村老百姓的一种创造，用洋铁卷成筒，站在房上，向全村群众传达消息的工具。

儿郎打仗到南天边，

惦记着他的冷和热。

夜黄昏，胜利消息传遍村：

太行山上好子弟，

井冈山上大点名。

展开太行的大红旗，

朝着西南大进兵！

红旗儿，太行的姊妹亲手缝：

"太行子弟带长缨，

跨河南征缚苍龙。"

六百万颗心儿千万只眼。

绣在旗上送英雄。

十二年，战争把咱炼成钢，

也把儿郎腿练长，

扛着红旗下河南。

大会英雄长江岸，

摆下天罗地网拿老蒋！

老家山，眼儿天天望西南：
望罢长江望四川，
望罢云南望台湾。
红旗快快紧追上，
不要叫秃蒋漏了网！

柳梢尖，喜鹊儿唱歌嘴儿甜，
今早该着咱有缘，
一张纸写了千万言。
麻烦喜鹊儿捎上吧，
捧上红旗到西南天。

找着他，红红脸儿的带枪人，
他有一股猴儿性，
一定盘问我在家干甚。
你就说我好得很，
黑夜纺线白天耕。

雪封山，宝蓝天贴着红云彩，
咱这江山真可爱，

吃多大苦头才打出来。

为咱江山为俺和孩儿，

把反动派连毛扫落海！

1949 年 12 月 20 日　太原

五十年代

人民的呼声 ① （组诗 11 首）

和 平 的 心 愿

已经澄清了的黄河，

我们盼它再不起风波！

已经长出绿苗的青山，

我们盼它永不遇着火！

我们的灾难受得最深，

比谁都知道热爱和平。

我们的痛苦受得最重，

比谁都不望再有战争！

---

① 　华北局宣传部在中共中央发布了建立宣传网的决定后，为指导辖区内的中下级干部和群
　　众创办了通俗刊物《华北人民》杂志（见创刊号开场白）。作者时任华北局宣传部文艺
　　处处长。此诗发表在 1951 年 3 月 25 日出刊的创刊号上，由金风配画。

让自由和天地共到头！

让和平和日月比长寿！

别叫母亲们再流泪，

让人间骨肉永久团圆。

别叫孩子们再听见炮声，

让他们平安地长大成人！

只愿年轻多情的男女，

像人不离影，影不离人！

只愿那机器不停地转动，

只愿那田园草木永远发青！

让和平的鸽儿自由飞，

让光明的路灯永不熄！

我 们 的 祖 国

我们的祖国，

走不尽的绿水衬青山，

数不清的森林带牧马场。

地面的田园和天比远，

地下的奇宝像海难量。

有千年不化的大雪岭，

有万年不冻的暖水湾。

东边太阳正当头，

西边的鸟儿才报天亮。

我们伟大的祖国，

辽阔宽广，美丽惹人的好地方！

我们的祖先，

白手推平了山岳，

流汗冲出了江河，

管教着洪水顺着槽流，

战胜了天，制服了火！

人类文化的大鲜花，

五千年前早结成果。

先人在使用罗盘针，

谁知道有美利坚合众国？

我们伟大的民族，

勤劳勇敢，和平聪明的民族！

我 们 的 时 代

从水深火热里生长，

从千灾万难中开创。

世界历史全翻过，

数我们的时代最光彩！

因为有了毛主席，

没有黑夜，太阳不落，

没有冬天，春天不老，

叶儿不凋，花儿不败！

伟大毛泽东的时代，

繁荣富强，幸福美满的到来！

东 方 人 民

家乡的泉水，

比蜂蜜还甜。

祖国的山河，

尘土也是亲。

我们的黄河，

不肯让日本鬼子喝半口！

朝鲜的汉江，

怎能让美国鬼子来洗血手？

土近人也亲，

伤骨动了筋。

中国和朝鲜，

血肉连着心。

东方的人，

脉搏相连命运紧相连！

胜利的中国，

怎能让美国强盗去毁朝鲜？

孩 子 们 的 呼 声

孩子跟我去看电影，

"告全世界有良心的人们"，

我五岁孩子的泪和心，
铁打的心肠也该动恨！

杜鲁门、麦克阿瑟，
把朝鲜山河变血海；
美国的飞机天上飞，
村庄田园成灰堆！
美国的炸弹挨地面，
妇女儿童撕成碎片！
一摊一摊的血糊涂，
哪是自家的亲骨肉？
母亲刚做了屈死鬼，
身上的孩子在吮着嬷嬷！
我五岁孩子流下泪，
不能饶过杜鲁门造下的罪：
"爸爸你再穿上军装，
去打死杀小孩的美国鬼！"

眼在火烧心浇热汤，
美国的飞机在头上转。
孩子哭罢刚睡着，

做梦还在大声叫喊：

"爸爸快拿起卡宾枪，

美国兵来到咱大门旁！"

不 能 忍 耐

谁无父母？

谁无儿女？

谁无家园？

谁无祖国？

谁愿子孙做奴才？

血还未干的日本刀，

杜鲁门今天又拾起来！

百 年 仇 恨

一百多年一千多个月，

美金染满着中国人血！

中国那一年起炮声，

是美国发财的好年节。

怂动日本灭中国，

它军火买卖比火热。

美国强盗，美国强盗，

是打劫起家的两头蛇！

中国的母亲流不干眼泪，

美国老板酒满杯。

防空的小孩把脸吓青，

强盗的膘肉就胀三倍！

拿中国人命做狗食，

喂大蒋家卖国贼！

美国强盗，美国强盗，

是中国人民的吸血鬼！

中国解放人民日子好，

美国的财迷黄金少。

强盗荷包不甘饿瘦，

向和平的中国再开血刀：

占领台湾，炸东北，

新血又流进开旧伤口！

美国强盗，美国强盗，

一天不死是咱的死对头！

人 民 的 声 音

擦亮枪，备好马，

不能袖着双手来挨打！

不能让烟囱不冒烟！

不能让田园不种庄稼！

拿起枪，跳上马，

不能抱着孩子等人来杀！

不能让父母把声音哭哑！

不能让爱人哭白了头发！

端起枪，打起马，

不能等着野鬼闯进家！

我们要到朝鲜去，

砍下它的手脚拔下它的牙！

战 斗 的 友 情

战斗的交情，

比长江水长。

共患难的友谊，

比鸭绿江还深。

长白山，黄河边，

几十年来像一天，

中朝人民的好儿女，

欢乐苦难在一块，

打仗流血在一起；

解放自由的纪念碑，

英雄的名字刻在一起！

我们的心，火烧不烂！

革命的交情水冲不散！

复 仇 战 歌

从深山里，

从平地上，

从烧滚的江水中，

从烤红的天空，

把所有报仇的子弹，

打进敌人的胸膛！

从眼睛里头，

从心里头，

从要炸的血管中，

从青筋暴起的手，

把所有报仇的怒火，

烧焦敌人的骨头！

脚踏在你的出生地，

背靠着我的故家乡。

前头是小小群丧家狗，
踩着我们的亲骨肉！
后头是千万亲爱的人，
望着我们去报血仇！
是谁熏脏了朝鲜的天，
不用血洗净它不能走！

前 进 前 进 再 前 进

快快地追呀，不要停脚！
狠狠地打呀，不要歇手！
疯狗已陷落烂泥坑，
不要可怜它发抖！

猛猛地赶呀，别让跑掉！
沉沉地揍呀，别让逃走！
疯狗光乱窜不投降，
不要吝啬枪上刀！

敌人不会认罪退出朝鲜，

我们打它退出朝鲜！

敌人不会甘心进入坟墓，

我们打它进入坟墓！

美国强盗杀人心不死，

我们永不收起武器！

　　　　　　　　1950 年 12 月 16 日　北京

渡过鸭绿江去帮助打 ①

美国人放火烧到咱睫毛边，

炮口朝着咱大门前。

想灭了朝鲜再灭中国，

豺狼心肠是贪得无厌！

哪根骨头不连着筋？

朝鲜和我们是手足一样亲。

割掉了嘴唇就冻掉了牙，

兄弟遇难咱们要帮一把。

好江山上刚建立好家园，

---

① 发表在《抗美援朝诗·歌·画》杂志第 2 期（人民出版社 1950 年 12 月 20 日出刊，中国人民保卫世界和平反对美国侵略委员会、中国文联抗美援朝宣传委员会联合主编，北京诗歌工作者联谊会编辑）。

不许恶狼来往里爬。

拿起武器跳上战马，

渡过鸭绿江去帮助打！

1950 年 12 月

山 村 小 景 （组 诗 4 首）

早 晨

—— 山村小景之一

早晨雾海封了山，

牛影歌声过云端。

乱猜是牛郎偷下凡，

细看才知是今天的庄稼汉。

穿出云雾回头看，

桃杏花开红了川。

峭壁凿渠架水桥，

彩虹横飞在两山半。

1950 年

英 雄 垴 上 送 人 行

——山村小景之二

男唱

太阳上了柳树梢，

暂时分别在英雄垴。

鬼子曾在这儿尝苦头，

如今从这儿朝着朝阳走。

受训去学新本领，

免得蒙头转向胡走道。

女唱

河要顺流常挖槽，

灯要长明常添油。

我小时听说虎头沟，

不是英雄不上垴。

朝着阳光取经去，

空手莫回这山垴。

男唱

虎头沟，英雄垴，

日本人想扳扳不倒！

蒋介石放火烧不焦！

垴上尽出英雄汉，

南征北战逞英豪，

怎能轮到我却糟了糕？

女唱

树丫杈，飞来只喜鹊，

你许的愿它听到。

多用功，多用脑，

眼莫乱转心别胡跑！

取得颗明星来照亮村，

咱们同唱支江山好。

同唱

取得颗明星来照亮村，

咱们同唱支江山好。

同唱

　　　取得颗明珠来照亮村，

　　　咱们同唱支江山好。

　　　阳光照亮咱山村，

　　　天天同唱年月好。

女唱

　　　带上馒头路上吃，

　　　天凉穿衣别忘扣扣！

　　　赶快放开我的手，

　　　墙下会有人偷瞧到！

　　　　　　　　　　　　　　　　1950 年

小 桥
　　　——山村小景之三

榆钱片片水上漂，

做窠的燕儿吱吱叫。

烟霞横抹的柳林中，

驮粪的驴儿成队过小桥。（明丽）

1950 年

一 铺 滩 滩 的 杨 柳 树

——山村小景之四

一铺滩滩的杨柳树，

一铺滩滩的草。

一铺滩滩的年轻人，

修渠上山坳。

一面一面的突击旗，

一朵一朵的云。

一阵一阵的镢头声，

山响石头惊。

一道一道的山泉水，

哗哗淙淙地流，

一弯一弯的新水渠，

引下山泉了。

一抹一抹的红巧云，

照醉了绿杨柳。

一阵一阵的唱歌声，

哎呀呀嘀，

数我哥哥好。

1950 年

婚 礼 新 曲

一对社员结新婚，

两班男女贺喜来。

一台锣鼓对台开，

对台唱得好开怀。

男声

　　不说娶，不说嫁，

　　不要雕花柜和椅。

　　拿劳动成绩顶彩礼，

　　新的时光兴新规矩，

女声

　　不撒草，不撒料，

　　封建老套咱不要！

不铺毡，不坐轿，

劳动女儿把它的命革掉！

男声

只是头上不戴银，

可惜指上无真金！

女声

劳动工分代首饰，

美过镶边的金彩云。

女声

只是没抬红礼品，

可惜没请小八音！

男声

五百斤亩咱抬不动，

只抬来颗爱国丰产心。

男声

劳动工分比云彩美，

这个比喻比蜜甜。

女声

爱国丰产礼多重，
比八音听得更动心。

合唱

天上彩云朵朵来，
地上红花对对开。
对台戏唱成一台，
唱得称心又开怀！

今晚唱进新房里，
明早唱到村边外，
唱得红霞照山村，
爱国丰产大竞赛！

1951 年

甜 麦 酒

北山脚下白河滩，
山洪不来石卵光。
前年垒堰淤成地，
去年麦苗绿了川。

今年十里河滩头，
青山环抱着河水亲。
麦穗长得黄澄澄，
滩头遍地溢黄金。

你割我捆他来挑，
一颗一粒都不许掉！
好麦交给国家用，
留下一斗酿甜酒。

爱国粮足钢铁多，

铁马早日来替黄牛。

酒壶提上北山头，

向着北京城，喝杯甜麦酒！

1951 年

光 荣 颂 ①

—— 纪念党的三十周年

美好江山绿溶溶，

千万里晴天出彩虹，

从南海岸到北大荒，

越过东方大平原，

登上珠穆朗玛峰。

人民太阳的大生日，

向祖国献首英雄诗，

向党向领袖献支光荣颂。

大地离不开红太阳，

百花开放在春风中；

---

① 　发表在 1951 年第 4 卷第 3 期《人民文学》时，题名为"光荣归于伟大的毛泽东"。1972
年由郭战歌谱曲，编入《四川革命歌曲选》四川人民出版社 1973 年版。

欢天喜地的好年月，

离不开共产党，

离不开毛泽东！

从古以来谁见有

今天的祖国这样光荣！

千年战斗里，

万年劳动中，

盼光明，盼春风，

人民的时代盼来了，

领航是伟大的毛泽东。

劳动人民的心照亮，

祖国山河绿葱茏。

青年走着通天路，

白发老人返老还童。

昆仑山，山高接青天，

永恒响着胜利的自由钟。

东方人唱的"东方红"，

震破了西方强盗的梦！

凿开高山通大海，

抬着时代登高峰。

向日葵花朝太阳，

人民向着党，向着毛泽东。

天安门上，彩球上青天，

天安门上，青天出彩虹。

七月一日是大喜日，

人民的太阳升天空。

向祖国献首英雄诗，

向领袖献支光荣颂。

英雄诗，光荣颂，

光荣归于伟大的党，

归于伟大领袖毛泽东！

写于 1951 年 6 月 19 日

改于 1953 年 6 月

红色故乡土改歌（组诗 4 首）

月亮儿爬上竹林来
——红色故乡土改歌之一

月亮儿爬上竹林来。

红色的战士从哪里来？

从山林里，从芦苇中，

从奶大自己的河水里钻出来。

月亮儿爬上竹林来。

泥金大匾倒下来！

老爷从后门偷跑了，

农民分回血汗财！

月亮儿爬上竹林来。

二十年血泪被土埋，

夜夜都在冒火星，

总有一天要再烧起来！

月亮儿爬上竹林来。

红旗回到红色故乡来！

青光万道镰刀举，

红色子孙讨血债来！

穷兄弟们站成队

——红色故乡土改歌之二

大石山，压不死活泉水！

老北风，冻不死红蜡梅！

地主虽然有杀人刀，

砍不断长江水！

穷兄弟，血泪黏成块，

穷兄弟们站成队，

一齐跺跺千双脚，

大海滚，大山碎！

土 地 解 放 歌
——红色故乡土改歌之三

破晓天风吹倒山，

一展红旗，乾坤扭转！

睡醒的土地一怒吼，

封建王朝，柱倒大梁断！

丰年饿死种谷汉，

地主门庭是鬼门关。

千年冤仇万年恨，

千仇万恨，要一笔还！

反封建，大分田，

扳倒大山，放出清泉，

刷净江山洗云彩，

重新安块翡翠地，宝蓝天！

山 野 的 新 歌
——红色故乡土改歌之四

早春夜雨净山川，

万里晴天朝阳好。

拦道大山推倒了，

死河又见活泉流。

齐唱支新歌上山头，

站在高山望远道：

绿川万里升紫光，

第二支新歌涌上喉：

古老规程要全解放，

要田无地界千里宽，

要肩头解放手解放，

骑着铁牛钢马追阳光！

1952 年

把 抗 议 书 向 比 内 政 府 递 送

"杜克洛^① 在危险中！"
北京的无线电波，在天空中震动。

我走到车间，机工们把我围拢：
"你代我们写'立刻释放杜克洛！'
向巴黎的反动政府转送！"

我走到冷作场，冷作工人们围着我：
"你给我们写'要保卫杜克洛'！

---

① 雅克·杜克洛（Jacques Duclos, 1896—1975），法国共产党前总书记，法共创建人之一，
　1946—1952 年任法国国民议会副议长。1952 年美军驻远东司令李奇微被任命北约组织美
　国武装力量司令抵达巴黎时，杜克洛于 5 月 28 日组织了声势浩大的示威游行。当晚警察
　搜查了杜克洛的轿车，借口车内有两只死鸽（被指控为进行情报活动的信鸽）将他逮捕入
　狱，并搜查了法共党部及一些省委，引起各国共产党及进步人士的抗议。7 月初法国议
　会以证据不足通过决议释放了他。

火速拍给法国的工人弟兄。"

"释放杜克洛！释放爱国志士们！

警告比内：巴黎公社的英雄后代，

不许他有半点不尊重！"

我把毛泽东时代的工人抗议书，

向全世界递送！向巴黎递送！

1952 年 6 月 10 日夜

工 厂 里 来 了 位 客 人

工厂里来了位客人，

看见什么都感到新鲜：

　　"你们的江山、年月这样美丽，

　　你们的劳动是多么惬意。

　　昨天和今天有什么不同，

　　我对这些问题很有兴趣！"

我指着电钟告诉客人：

　　"过去和现在是两样看待：

　　从前老嫌它走得慢吞吞，

　　今天却嫌它走得故意快。

　　为了更美好的日月早到来，

　　我们已宣布和它闹竞赛！

"解放前，管过这部大刨床，

家里的小囡肌瘦皮又黄！

今天我还管这部大刨床，

不说小囡都上了学校，

单提淮河两岸的欢笑声，

做梦也在想法要摇车早出厂！"

露天工场，穿上红衣的钢架像新娘，

电焊蓝火紫金色的光，

榔头在唱，人也在唱，

工人的汗珠打得铁板叮叮响。

"不怕日晒风吹大雨淋，

只怕新娘装扮得不够漂亮！"

下班钟快响，铆枪声更欢，

我请客人不用吃惊：

"我们听到克里姆林宫的钟声，

天天看着北京的天安门，

懂得争取每一分时间，

加紧生产就是保卫和平！"

"是什么力量鼓舞着你们，

告诉我吧，最可尊敬的人！"

"请你到淮河去走一趟，

荆江水库去巡一巡，

托儿所里去看看又红又白的胖小囡，

有空再跑一趟曹杨新村。

"请把我们的幸福和希望，

紧结在'毛泽东'——这最亲爱的人名！

把我们的过去和现在比一比，

你会晓得什么是爱，什么是恨！

这些比我们回答更加高明！"

客人紧抱住我喘不上气：

"我为全人类的光明大声欢笑！

毛泽东的中国工人，

为全世界人民架起了

通往民主和平的大桥！

通往永久幸福的大桥！"

1952 年 7 月

胜利的三年，伟大的明天

蓝海轻轻地扬起浪声，

海鸥在银波上飞旋。

流云萦绕的山岳，

飞出欢乐的响泉。

我站在光明的峰巅，

歌唱光辉的祖国，

胜利的三年，伟大的明天。

草鞋踏碎过万里冰霜，

军徽接见过三百多次月圆。

在丛林中，在战壕里，

向着苦难的土地起誓：

"生养我们的祖国呀，

我们——您的六亿儿女，

一定要把这块纵横辽阔的山河，

创造成明如水晶，

红赛珊瑚的人间宫殿！"

三十年来如一天，

我们历尽了千辛万苦，

最后把三个凶恶的敌人，

连根带影子通通铲除！（茅批①：此两章诗句不雄壮，音调不高亢，且

不押韵，不及前二章）

在那万里长征，

刚走完第一步，

我们从第一座凯旋门，

高唱战歌，走上移山倒海的征途。

横背起步枪，

抡起开山巨斧，

骑着江河，架起钢梁，

叉住山谷，修筑水库，

---

① 茅批，是茅盾对《迎春橘颂》的批注。出处同《漳河水》题注。以下诗中括号内及下划线
　均为茅批。

凿开悬岩，炸穿峭壁，

移山倒海，铺平道路，

要把鸟飞不过的穷山恶水，

变成康庄大道，畅行无阻。

要把霓虹搓成金线，

重绣江海和大山深谷。

在这三十六个月里

曾受苦难折磨的祖国呀，

恢复了永恒的青春。

曾被战火熏黑的天空，

出现了万里晴云。

在敌人的狂吠声里，

我们把又一面胜利红旗，

插上新纪元的峰顶！

我们清除了旧世界的污毒，

把所有的城市洗了个澡。

我们唱着战歌，看着电表，

开动所有的机器和时间赛跑。

为祖国，为和平，

瓦刀和铁锤的声音，

飞出城市，飞出工人新村，

飞进没有人迹的荒野山头！（头字不协韵，压不住这一章）

解放了的广阔土地，

笑得柳绿花明。

爱国丰产，响遍农村，

光明降临每家门庭。

我们三年的苦战，

快把落后和贫困，

变为历史家的笔下事情！

无边的草原，遥远的边疆，

处处洒满友爱的阳光，

洒进蒙古包的天窗，

洒进天山下的帐篷，

普照着牛羊肥大马群壮。

和胜利同岁的孩子们，

将永远看不见有过寂寞荒凉！

我们践踏着各种困难，

面对着未来的光明，

要大自然照着我的手，

改变方向，改变品性：

沙漠将是鸟语花香的绿野，

黄河长江将是发光的光源，（"光源"何如"电源"）

牧人篝火也不见的地方，

将是康庄大道，

灯火辉煌的不夜城！

我们是个永打不败的人民，

我们和英雄的朝鲜儿女，

把美国的瘟神疫鬼，

打得头肿嘴青！

捍卫着亚洲和平的大门，

捍卫着人类的命运！

海鸥在海天上飞旋，

山岳飞出欢乐的响泉。

我站在光明的峰顶，

祝贺光辉的祖国，

胜利的三年，伟大的明天！

（此诗气势雄壮，但有败笔）

1952 年 9 月

虹 桥

古人做好梦，一做几千年：

洞天福地天外天，

跨着白鹤上青云，

骑着仙鹿去耕田。

费了多少笔和墨，

古书的白纸变焦黄色。

世世寻来代代觅，

寻觅寻觅总寻不得。

我们做梦就做真梦，

像端起酒杯去碰嘴唇；

洞天福地要出在人间，

比古书写得更迷人。

能坐着银燕上青天，

能骑着铁牛去耕田。

楼上楼下，电灯电话，
要惹得嫦娥想回老家。

这洞天福地已闻到香，
就在隔水的那一方，
相差只是三五步，
令人眼馋心发痒。
毛主席提出总路线，
金色路标插在岸头。
传令大家修桥梁，
阳光升起千万道。

新老高炉齐放光，
合作化歌声漫山川。
炼出铁水铸彩虹，
种出稻麦成金山。
彩虹桥，黄金山，
桥头升起座金牌坊，
毛主席亲题的大金字——
社会主义——在放光芒！

1953 年 11 月 30 日夜

祖国的早晨 ①

（有点声嘶力竭）

晨风，吹散了轻纱般的薄雾，

晓霞，透过晴岚染红了森林，

群山崛起了它那高大的身躯，

东方的碧天上，嵌着几片金色的彩云；

太阳从蓝海里升起来，

祖国的早晨来临了。（"了"字不协，"来临"□□□表现气象万千的形容词）

太阳一点钟一点钟地在上升，

祖国一点钟一点钟地在壮大成长。

时间虽然是个最悭吝的朋友，

我的祖国超过它的速度在飞翔。（"长""翔"不协）

---

① 1954 年 10 月号《人民文学》以本诗题目为题，发表了组诗 7 首：《祖国的早晨》《光辉
灿烂的五年》《欢乐舞曲》《胜利的三年，伟大的明天》《工厂里来了位客人》《光荣颂》
《虹桥》。

我爱我的祖国美丽的早晨，

每天，我看见的不是童话里的梦境，

而是真实的人类奇迹，

在这块纵横辽阔的土地上发生：

昨天，这里是丛草、水洼、泥泞，

今天这里是钻探机、起重机、建设工棚。

过去，这里只出现老爷们的嘴巴、牙齿和爪子，

现在，这里出现的是棉纱、钢坯、水泥。

昨天，这里是牧人不饮牛羊的河流，

今天，崛起巨大的机器在引出石油。（句多不协）

从这个港湾到那个港湾。

搬运工人在拥抱初生的无缝钢管。

旧的城市迅速地在改装换样，

新的城市在摇篮里，在诞生中，在怀孕着……

地质队的卡车，像蒙古草原的野马，

穿过森林，翻过崇山峻岭向自然进军。

我每天都迎接着祖国的早晨，

每天都像迎接着芬芳的早春；（早春何如"初春"，上下句早字重复）

阳光，悄悄地透进课室，

柔和地吻红了儿童们的课本，

早风吹指着女拖拉机学员的头巾。

我每时都看见青春的生命。

我每天从晓霞里听到和平的钟声：

它向每块陆地，

它向每片海洋，

呈献劳动、安宁，

呈献音乐、花朵。（此句多余）

在莱蒙湖①边，祖国向全世界

呈献出了又一支庄丽的和平颂歌。（又不协）

我每天从晓霞里听到友谊的歌声：

莫斯科—北京，

真理和友爱所凝成。

在苦战的昨天，

莫斯科，鼓舞了我们；

---

① 莱蒙湖位于瑞士日内瓦。1954 年 4 月周恩来率团出席日内瓦会议。这是中华人民共和国首次以苏、美、英、法、中五大国之一的地位和身份参加国际问题的讨论，在解决朝鲜和印度支那问题上，中国都提出了富有建设性的提议，并获得大多数与会国的赞同和支持。

在建设的今天，

莫斯科，帮助了我们。

莫斯科，是我们创造明天的样本。

我高声歌唱伟大祖国的早晨，

我看见日以继夜地工作的

伟大的毛泽东，他带着永远是那样安详的微笑，

站在阳光里，远望着祖国的早晨。

他永远是那样的朴素平静，（"平静"二字不妥）

他永远是那样的坚毅勤奋，

引导伟大的祖国，从胜利走向胜利，

从一个凯旋门到再一个凯旋门。

庄严美丽的第一个宪法，

他凿上历史的路标，指向着光明的前程。

人民，透过今天早晨的阳光，

看见了明天——更光明的祖国的早晨。

1954 年

光 辉 灿 烂 的 五 年

我赞美，赞美祖国的今天，
这光辉的五年。
伟大的建设计划，
在创造新的大地和新的蓝天。

我赞美第一个人民的宪法，
它是一幅伟大历史的胜利油画，
每一个条文都发射着红光，
照耀着我们繁荣的人民天下。

我们经历了人类最光荣的行程，
我们在铲除旧世界留下的尘土，
我们抢着开山大斧，

在历史的石岩上，劈出一条光明的大路。

在这通往光明的隘口，

我们用熔钢铸成了历史的路碑。

它铸着人民革命的成果，

它铸着人民劳动的胜利，

它铸着人民是伟大国家的主人，

它铸着伟大的国家是属于人民。

它铸着人民的团结，

它铸着民族的友爱，

它铸着欢乐的今日，

它指向着更好的将来。

伟大的领袖，伟大的党，

给我们的时代装了双金翅膀，

飞向没有剥削、压迫和穷困的地方。

飞向和平幸福的地方。

我赞美，赞美祖国的今天，

我更赞美伟大祖国的明天！

社会主义、共产主义的水晶宫殿，

在准备接待今天的老年和青年，

明天的儿童和少年，

和未来花朵般的婴儿的笑声。

1954 年 9 月

欢 乐 舞 曲

——观天安门国庆狂欢之夜

道道霓虹已经出现，

七色焰火溅满天心，

欢乐的舞曲

在我们的周围回旋。

唱呀，跳呀，

纵情地唱呀，跳呀！

拿今天的欢乐歌声，

去迎接更欢乐的明天。

你来自蒙古草原，

我来自昆仑山麓，

大家紧紧地拉着手，

让幸福从手心里传过。

唱呀，跳呀，

用劲地唱呀，跳呀！

顶着满天宝石璎珞，

尽情地歌唱民族大团结。

我们来自工厂、村庄，

来自海洋、边疆，

来自国防最前线，

来自渔船、林区和牧场。

唱呀，跳呀，

使劲地唱呀，跳呀！

我们从四面八方来，

奔向社会主义的共同理想。

道道霓虹织满夜空，

金花玉蕊吐满天心，

欢乐的舞曲

在我们的周围回旋。

唱呀，跳呀，

纵情地唱呀，跳呀！

拿今天的欢乐歌声，

去创造个更欢乐的明天！

1954 年 10 月 1 日夜

金 色 的 海 螺 [①]

我记得是在芭蕉林里，

跟邻家婆婆学唱儿歌。

我学会一个又学一个，

天天都灌满两只耳朵。

这个金色海螺的童话，

现在还唱得一点不差。

如果问我那时候几岁，

反正很小还没有换牙。

[①] 发表在《人民文学》1955 年第 11 期。

单行本有中国少年儿童出版社 1956 年陈旭插图、米谷插图等多个版本；外文出版社 1961 年米谷插图版；外文出版社 1986 年侵权出版的多种外国文字姜渭渔插图版等。

以《金色的海螺》为书名的儿童文学选集有花山文艺出版社《中国儿童文学名家精品文库》（阮章竞专辑）1998 年版；湖北少年儿童出版社《百年百部中国儿童文学经典书系·诗歌卷》2007 年版；湖北教育出版社《中国儿童文学经典 100 部》（阮章竞专辑）2010 年版等。

一

在大海的那边，
有过一个少年，
他没有父母，
也没有远亲。

一年三百六十个早晨，
他从来不肯贪睡懒觉。
不管大海涨潮和退潮，
天天比太阳起得都早。

他带着渔网，
来到海滩上。
他撒下了渔网，
朝着大海歌唱：

　　"大海睡醒了，
　　绿绸被子似的海水蹬动了。
　　东方要亮了，

鱼肚白般的青光泛起来了。

看那一堆一堆的白泡沫，

多像一簇一簇的素馨花。

太阳娘娘在海底洗脸了，

一会就洒出金红的彩霞。"

年年都有十二个月，

不管天冷还是天热，

他天天用好听的歌，

把太阳娘娘来迎接。

有一天，中午了，

海潮刚退了，

海风不吹了，

海不呼啸了。

大海平，平得像绿野，

平得像铺着一张芭蕉叶。

那些调皮捣蛋的小金星，

在蓝色的海面上忽明忽灭。

少年收起了渔网，

吹着清清的哨声。

他走过闪光的沙滩，

沙滩留下了很多脚印。

少年忽然看见，

一片金光闪亮，

有一条红色金鱼，

搁浅在白沙滩上。

小银嘴，一张一合，

红金腮，一鼓一收。

那个闪着银光的肚子，

没有气力地一动一抽。

天上的日头晒呀！

海边的沙子煎呀！

一只贪嘴的老乌鸦，

拍着翅膀飞过来啦！

小生命，永不能，

再回到蓝海里穿波浪，
小生命，永不能，
再回到蓝色的水家乡！

多可怜，多可怜，
眼看让老鸦啄成碎片！
少年捧起了小金鱼，
飞身跑向海水边。

轻轻地把金鱼放进水里，
轻轻地帮助金鱼游动。
他长久地等着等着，
他长久地没有笑容。

时间很慢很慢地走着，
小鱼尾慢慢地会摆了。
时间很慢很慢地过去，
小金翅慢慢地会动了。

小银嘴会吐出小泡泡，
小金鱼被救活过来，

她再三地望了望少年，
才慢慢地游进大海。

二

头一天那样过去了，
第二天又这样来了。
这个少年人的歌声，
像树叶儿一样在海水上漂：

"太阳娘娘呀，
出来吧，出来吧！
拨开蓝色的海浪，
放出金红的朝霞……"

他撒下了补结的渔网，
从海水里往沙岸上拖。
没有大鱼也不见小虾，
只有一个金色的海螺。

唉唉！他长叹了一口气，

又把渔网撒到大海里去。
没有心思看看金色的海螺，
远远地扔进蓝色的海里。

他又拽起渔网的纲绳，
从海水里往沙岸上拖。
没有大鱼也不见小虾，
还是那个金色的海螺。

唉唉！他长叹了一口气，
又把渔网撒到大海里去。
没有心思看看金色的海螺，
更远地扔进蓝色的海里。

他又拽起渔网的纲绳，
从海水里往沙岸上拖。
没有大鱼也不见小虾，
又是那个稀奇的海螺。

唉唉！他泄气地躺在海滩上，
忍受着饥渴的折磨。

海螺悄悄地爬到他手上，
一阵一阵的金光闪烁。

少年无意中托起海螺，
惊奇地发现它的美丽：
像雨后晴天的彩虹，
在他的手里闪来闪去。

少年把海螺带回家去，
养在一个清水缸里。
他拿了网针和麻绳，
在柳荫下补结网子。

太阳落山了，
肚子饿扁了，
拿什么来填肚子？
唉唉！少年愁死了！

少年走进了大门，
闻到一阵一阵的香味。
一桌好吃的饭菜，

惹得他直咽口水。

谁家请客弄错了地方？
还是自己走错了家门？
难道是饿得做起梦来？
还是饿得两眼看不清？

看屋里，只有他自己，
跑门外，没有第二个影子。
他只好坐在门槛上看守着，
等弄错了地方的人来搬去。

一更、二更都看守过去，
少年遇到的是件苦差事：
好饭越放越冒气越发香，
肚肠像打转转的车轮子。

肚饥不容人再讲客气，
吃饱了好饭再讲道理。
香香甜甜地睡个好觉，
明天早起来，好好去打鱼。

第二天，少年又去打鱼，

回来坐在柳荫补结网子。

补好了网子回到家里，

又有一桌好吃的饭食。

肚饥不容人再讲客气，

吃了也就是这么回事。

香香甜甜地睡个好觉，

明天早起来，好好去打鱼。

第三天，少年照样去打鱼，

回来坐在柳荫补结网子。

补好了网子回到家里，

又有一桌好吃的饭食。

少年填饱了肚肠，

想想是怎么回事？

要是请客该有主人，

送错也不会好几次？

少年想了一个整夜，

没有想出一个头绪。

白白地吃了三天好饭，

实在叫少年过意不去。

这一天，少年又去打鱼，

但是他很早就收了渔网。

他爬上了屋背后的老榆树，

从老榆树爬上屋顶的天窗。

看见有一团五彩的光环，

罩着一个美丽的姑娘。

她穿着月光似的衣衫，

她的头发好像早上的阳光。

她在替少年打扫屋子，

她在替少年整叠衣裳，

她在替少年洗刷杯盘，

她在替少年做菜煮饭。

少年高兴得像长了双翅膀，

轻轻松松地在天空里飞翔。

他推开了天窗跳下房去，
很有礼貌地问那个姑娘：

　　"你是谁家的女儿？
　　你是哪里来的姑娘？
　　你要是错进了人家，
　　我愿送你到要去的地方！"

美丽的姑娘轻轻地微笑，
柔和地闪动那明亮的眼光，
慢慢地理着那阳光似的头发，
说话像淙淙的泉水流淌：

　　"我家住在大海的那边，
　　父亲姓海我叫海螺，
　　我愿意跟你做个朋友，
　　能天天跟你学唱好歌。"

　　"我愿意跟你做成朋友，
　　我愿意天天和你唱歌。
　　可是我家这样的穷苦，

又是个没爹没娘的孤儿！"

"我不求着绿穿红，
也不求有朱门大院，
只要有个好心的朋友，
比砂糖拌饭还要清甜。

我不求金银珠宝，
只求有个勤劳的朋友。
留下我，留下我吧，
请你不要把我赶走！"

海螺手蒙住了眼睛，
好像月亮遇到了乌云。
少年怎能够忍心听着，
海螺呜呜咽咽的声音。

"我从来没有流过眼泪，
只有今天却红了眼睛。
从我说完这句话以后，
你就是我家的一个人。"

少年跑出门去，

采野花，割草兰，

野花铺成百花床，

草兰织成青纱帐。

月亮光，穿过了天窗，

屋子里像银粉洒满地上。

少年甜甜地睡在木床上，

海螺香香地躺在花床上。

三

头一个月那样过去了。

第二个月又这样来了。

第二年那样过去了。

第三年又这样来了。

月亮光，穿过了天窗，

屋子里像银粉洒满地上。

少年甜甜地睡在木床上，

海螺悄悄地哭得好心伤！

一针针，替少年缝补衣衫，
一件件，替少年叠好衣裳。
她一次再一次走到少年身边，
摸着少年的头发轻轻地歌唱：

　　"这是最末了的一宵！
　　央央雄鸡你慢些叫！
　　求求天公你慢些亮！
　　让我好好地把他再瞧一瞧！

　　这是最末了的一宵！
　　我不能不和你告别了！
　　我要是今天不回大海！
　　明天的高山要变成海礁！

　　这是最末了的一宵！
　　你睡醒觉来不要惊叫！
　　不要上山寻找下水捞！
　　我和你是永远分离了！"

海螺的歌声，

像山谷里的流水声音。

少年惊醒了，

急问姑娘为什么伤心。

"不要问，请不要问！

这里有你换的衣衫，

这里有你吃的米粮，

别想我，当作没有过这个人！"

"我向天赌咒，向地许愿，

我的心儿对你永不变！"

海螺连连点点头，

两眶眼泪像涌泉。

"我有什么瞒了你？

我有什么骗了你？"

海螺连连摇摇头，

两肩洒满泪珠子。

"那你为什么要这样说：

你我永远不能再相见？

你是天上多变的云彩？
还是地面上的炊烟？"

"我不是天上的云彩，
也不是地面上的炊烟，
我是三年前的小金鱼，
我是蓝海里的女仙。

为了报答你的一片好心，
我偷跑到人间整整三年。
水晶宫里，寻找我三整天，
要再不回去，人间遭水淹！"

少年紧紧抓住海螺的胳膊，
生怕她从自己的手里逃脱。
苦苦地哀求有个什么法子，
能够摆脱这场天大的灾祸。

"只有一条风险的路儿可走，
但是可怕得不是人能忍受。
可怕的风险你都忍受了，

你也再不会认我做朋友！"

"什么风险我都不怕，
什么苦头我都能忍受。
不管你跑到哪块天边，
我也要陪伴在你的左右。"

从心里掏出来的言语，
使海螺不能忍心离去。
把金螺壳交给了少年，
叫他藏在深深的山里：

"我的螺壳不在这里，
大海水就冲不上来。
你到珊瑚岛见我的母亲，
求求她不要把我们分开。"

四

少年照着海螺的吩咐，
连夜把螺壳藏在山上。

坐着渔船划进黑黑的大海，
大海忽然掀起可怕的风浪。

少年拼命地划船，
海浪拼命地阻挡。
前头的大浪迎头泼过来，
后头的大浪冲进了船舱。

"黑暗"说话：你不回头，
我要把你连船埋在大海！
"暴风"说话：你不回头，
我要把你的身体撕开！

"大浪"说话：你不回头，
我要把你的小船撞碎！
少年回答：你要夺走我的海螺，
我要把大海倒吊起来！

少年照着海螺指定的方向，
撞破了暴风，
压碎了大浪，

向大海猛冲。

少年在黑黑的大海里，
远远地看见一团红光在升高。
从大山似的浪峰顶上，
远远地出现了珊瑚仙岛。

海神娘娘立在岩石上，
眼睛射着恼怒的光芒。
两条凶恶的鳄鱼护兵，
立刻捉住少年的臂膀。

"你拐骗走我的海螺，
又敢闯来到我的海岛。
你的牛性脾气和大胆，
风浪早已经向我报告。"

"我们是好得不能分离，
海螺绝不是拐骗得来。
我大胆地来求求娘娘，
不要把我们活活地拆开！"

"你想要什么我给什么，

只是不能妄想我的海螺。

你回去三天之后，

不心足再来见我。"

鳄鱼放开了少年，

连船带人抛进海去。

等少年回头一望，

不知仙岛搬去哪里。

少年穿过了风浪，

少年爬上了海岸，

少年向家门飞奔，

屋子已经变了样：

茅草屋，变成一座华丽的房子，

家里什么都是金的银的。

海螺没有一点点笑容，

但很有礼貌地接他进去。

"我祝贺你的胜利，

今后可以万事如意，

可以拿很多的金银，

娶个更好看的妻子。

请把螺壳还给我吧！

我后天要回到海里。

求你别再向大海唱歌，

我就不会大声地哭啼！"

少年生怕海螺走了，

守着海螺寸步不离。

少年守一天好像守一年，

三个整天就这样守过去。

三个整天就那样守过去，

第三个黑夜就这样来了。

少年又坐着小船划进大海，

在更可怕的风浪里漂流。

"黑暗"恼叫：你还不回头，

我要把你困死在大海！

"暴风"大喊：你还不回头，
我要把你的嘴巴吹歪！

"大浪"乱冲：你还不回头，
我要把你的鼻子撞下来！
少年回答：你要夺走我的海螺，
我要把大海撕成碎块！

少年突过了黑暗，
少年冲过了风浪，
找到那团远远的红光，
靠近珊瑚仙岛的岩岸。

海神娘娘立在岩石上，
闪着生气的目光。
那两条鳄鱼护兵，
立刻抓住少年的臂膀。

　　"你不还给我的海螺，
　　还敢再闯来我的仙岛。
　　你要是嫌我给你的太少，

你要多少我就给你多少。”

“我们是好得不能分开，
我不是来这里做买卖。
我只喜欢我的海螺，
金山银树我也不爱。”

“好看的姑娘可以给你，
只是不给你留下海螺。
你回去三天之后，
不心足再来见我！”

海神娘娘十分生气，
叫鳄鱼把他推下海去。
少年挣扎着回头一看，
珊瑚仙岛早就没有影子。

少年穿过了海浪，
少年爬上了海岸，
少年向家里飞奔，
海螺已经变了模样：

脸蛋像叠成的布条，

眼角像长出了草根，

头发已经变成灰色，

嘴巴都爬满了皱纹。

"放我走吧，放我走吧！

我受不了魔法的折磨！

如果我再不回到大海，

三天后，就是干死的老太婆！"

第二天，海螺更老了，

乌黑的头发全白了，

齐整的白牙全掉了；

第三天，躺在床上不动了。

第三夜，狂风大浪，

卷上海岸，漫上山岗。

少年痛苦地猛划着小船，

更可怕的风浪层层拦挡。

"黑暗"发怒：你还不死心，

我要把你埋葬在大海!

"暴风"狂喊:你还不死心,

我要把你的眼睛吹瞎!

"大浪"猛掀:你还不死心,

我要把你的骨头打碎!

少年大声回答:不还我活海螺,

我要把水晶宫砸成小块块!

少年突破了黑暗,

少年冲破了风浪,

找见那团远远的红光,

找见威严的海神娘娘。

少年走上了珊瑚仙岛,

恼怒地双手叉住两腰。

海神娘娘倒是十分客气,

脸上堆满了胜利的微笑。

　　"海螺已经老死了,

　　留着不怕别人取笑?

　　我有成千个美丽仙女，

　　由你来选，任你来挑。"

海神娘娘扬起了衣袖，

一群仙女往仙岛飞飘。

每副脸儿都像出海的朝霞，

每双眼睛都像会说会笑。

少年看见了这群仙女，

的确和海螺难分高低。

可是他一想起自己的海螺，

就没有一个叫他称心如意。

　　"哪一个比海螺低些？

　　哪一个比海螺差些？

　　为什么把老死的海螺，

　　当作春天花，夜明月？"

　　"我不爱金银也不爱珠宝，

　　什么也比不上海螺好。

　　只要你还我的活海螺，

我不管她年轻和年老！”

“你这个后生实在固执，
年轻的不要偏要老太婆！
别以为我会向你低头，
大海水，能善也能恶！”

海神娘娘把衣袖一摆，
黑浪向少年卷过来。
那两条凶恶的鳄鱼，
立刻把少年抓起来。

“你不换回海螺，
你就别想逃脱！
只要你答应一声，
就把你轻轻地放过！”

黑浪像铁链条一样，
在少年的身上抽打。
狂风像尖刀子一样，
在少年的脸上狠拉。

"你就是乱鞭抽！

你就是乱刀割！

你就是端上水晶宫，

我也不换我的海螺！"

少年像个铁人，

立着动也不动。

他不理会黑浪，

也不理会狂风。

海神娘娘笑容满面，

把鳄鱼喝退在两边，

把滔天的风浪挥退，

赞扬这个真心的少年：

"你赢了，你赢了！

赞美你的大胆和坚定，

赞美你对海螺的真诚，

你赢得了我女儿的爱情。"

海神娘娘赠给少年一颗明珠，

还带给海螺一顶美丽的珠冠；

叫少年合上双眼，

叫清风送回海岸。

少年随风飘飘荡荡，

风平了他才睁开眼望：

自己甜甜地睡在木床上，

海螺微笑地躺在花床上。

海螺跟从前仍是一模一样，

美丽的头上戴着美丽的珠冠；

少年看见自己的手心，

一颗明珠在闪闪放光。

蓝蓝的大海水，

蓝蓝的水上天。

素馨花似的浪沫，

永远不断地涌在海边。

一年这样过去了，

少年成了两个孩子的父亲；

三年这样过去了，
海螺成了四个孩子的母亲。

　　邻家婆婆教我唱这支儿歌，
　　我一字没掉唱过好几百回。
　　到底以后他们有多少个孩子，
　　唉！就这最后一句没有学会。

　　　　　　　　　　　　　　1955 年 4 月 30 日

胡风集团的家谱查出来了

许多人，都会追问：
胡风集团是什么东西捏成？
反动军官、托洛茨基派，
革命叛徒加上逃兵……

许多人，都查问过：
胡风分子是哪家厂造的？
"中美特种技术合作所"，
"战干四团""中统局"。

许多人，都这样想：
反革命黑帮是谁家豢养？
屠杀人民的刽子手——
美国特务、国民党。

胡风的家谱已查出来，

不能和老虎睡在一块。

我们要把一切反革命，

从墙缝木隙里，一个个，都挑出来！

"永 远 大 吃 一 惊"

"永远大吃一惊",

大家对他并不陌生。

姓名虽然别别扭扭,

可是他常出现在很多部门。

谁也学不来他那套古怪的本领,

谁也写不出他那些稀奇的特征:

"辛辛苦苦"同时昏昏沉沉,

"勤勤恳恳"而且麻木不仁。

涵养实在是"温厚和气",

睫毛鼻孔都爬满苍蝇。

灵魂发霉到长出白毛,

思想蒙着三尺灰尘。

他成天批示、签署,

从不愿用这个大姓芳名，

只有当头一棍才肯自我介绍：

"什么什么，我是'大吃一惊'！"

胡风问题展开批判，

他瞧见报纸就老不耐烦：

"成天唯心、唯物地争吵，

跟我的业务有什么相干？"

他把报纸蒙头一盖，

到他的梦里花园溜达起来。

有人说这里有胡风分子，

他认为这是大惊小怪：

"这里不写文章也不作诗，

一个半个能成什么大事？

业务任务忙得够呛，

谁有工夫在账本里做'安魂曲'？"

这个部门的小胡风，

对他非常感激，十分满意。

第二天，在黑板报上，

出现了替胡风说话的文字。

他搔搔头皮自我介绍：

"突如其来，我真是'大吃一惊'！

要研究研究，考虑考虑……"

眉心一挤就挤出个惊人的论断：

"反革命有枪胡风没有枪，

秀才造反三年无成！

座谈座谈他半个钟头，

别影响业务的正常进行！"

事情像故意跟他开起玩笑，

座谈座谈胡风分子出来了。

用他部门的信笺和稿纸，

写出过反革命的文章和诗。

而且要在这非文艺部门，

开辟个反革命的"文艺阵地"。

他又搔搔头皮自我介绍：

"意想不到，我成为'大吃一惊'！"

但一秒钟过去，他又气静心平，

"辛辛苦苦"而且昏昏沉沉。

暗藏的反革命爬出黑洞，

剪断电线插进沙发布缝。

他刚做的凡尔丁衣服，

烧了个碗口大的窟窿。

他搔搔头皮又自我介绍：

"真不明白，我真的'大吃一惊'！"

眉心一挤，再三考虑，

两眼一闭，寻找根据：

"哪一对眼睛，对我不'温良忠厚'？

哪一副面孔，对我欠'恭恭敬敬'？

特务放火？只是个可能，

乱丢烟头？倒理由充分。

查查是谁粗心大意，

但别搞得草木皆兵。

如果真有坏人捣乱，

报告公安部门去查明！"

暗藏的反革命分子，

对他实在感激，万分满意，

不几天，他的办公室门上，

从容不迫地写上反革命的标语。

这一回，他火得非同小可，

暴跳三尺，大发雷霆：

"我永远是莫名其妙的'大吃一惊'！

老开玩笑的是好人坏人？

你手会写，我手能刷，

反正再写也写不回来蒋中正！"

他非常满意刚才的"豪语"，

但又觉得不如这句"天才警句"：

"'你有好快刀，我有好脖子！'

天啊，这对敌人是多有威力！"

这位"永远大吃一惊"，

同名共姓还不止他一人。

他"决心"要搞社会主义，

也下定决心不搞阶级斗争。

有人大声把他惊醒，

他嫣然一笑好像没啥事情。

对这号人，现在要问一问：

"你到底是在混革命还是干革命？"

　　　　　　　　　　　　　　　1955 年 7 月

马 猴 祖 先 的 故 事 ①

很古老了，很古老，

多少年了，不知道，

马猴的祖先做过坏事，

给后代留下了一个记号。

有座很高很高的大山，

长着很多很多的大树。

世界上最早的几个马猴，

就生在那里的一个山谷。

老马猴生了三个孩子：

老大叫尖嘴巴，

---

① 发表在《人民文学》1956 年第 4 期。单行本有少年儿童出版社 1962 年严折西绘图的连环画。

老二叫小耳朵，

老三叫短尾巴。

马猴们一年四季，

光吃光玩不做事。

翘起两个鼻孔到处闻，

哪里香就到哪里去。

很高很高的大山下，

有一条发光的小河。

小河边上有间草屋，

草屋里住着个老婆婆。

老婆婆天亮就起来，

打水、淘米、推石磨，

搓粉、拌馅、升起火，

蒸出一笼好粉果。

老婆婆蒸出了好粉果，

背着个竹箩上山砍柴火。

粉果香呀，香过苹果，

马猴们馋得直流唾沫。

老婆婆刚刚上山去，

老马猴偷进草屋里，

领着三个小马猴，

砰砰跳上锅台去。

尖嘴巴，一抓抓住块莲子糕，

小耳朵，一抢抢了个豆沙包，

短尾巴，一瞧瞧中了菊花酥，

老马猴，两爪抱起个大寿桃。

不用担水，

不用推磨，

不用烧火，

不用刷锅。

搔搔脖子，

揉揉肚皮，

哈哈哈！呵呵呵！

偷吃偷得多快乐！

舔舔舌头好香甜，
回到树林像上了天：
先在草地上翻筋斗，
后抓住长藤打秋千。

老婆婆回来好生气，
粉果爬进了谁的嘴？
没安翅膀没长手，
它怎么爬了怎么飞？

老婆婆天亮又起来，
打水、淘米、推石磨，
搓粉、拌馅、升起火，
又蒸出一笼好粉果。

粉果香呀，香过苹果，
马猴们馋得直流唾沫。
搔耳抓腮乱蹦乱跳，
再吃上一回多快乐？

老婆婆刚刚上山去，

老马猴偷进草屋里，

领着三个小马猴，

砰砰跳上锅台去。

尖嘴巴，两手端了盘蜂窝糕，

小耳朵，两爪抓了六个猪油包，

短尾巴，一口一个蜜饯饼，

老马猴，两嘴三个糖馒头。

不用担水，

不用推磨，

不用烧火，

不用刷锅。

搔搔脖子，

揉揉肚皮，

伸个懒腰，

打个饱嗝。

一边跑，一边跳，

舔舔舌头龇牙笑，

爬上大树捉迷藏，

又自在，又逍遥。

老婆婆回来好生气，

粉果钻进了谁的肚子？

没做眼睛又没装腿，

它能瞎跑到哪里去？

老婆婆天亮又起来，

照样预备上山去砍柴。

大小马猴哈哈笑，

老婆婆一听就明白了。

老婆婆想出个主意来，

照样蒸出笼更香的好粉果，

锅台用木炭烧得通红，

搁下把叶儿就能着火。

老婆婆刚刚上山去，

马猴们偷进草屋里，

嚷着："好香，好香呀！"

砰砰跳上锅台去。

哎哟哟，烧死啦！

毛儿烧得喳喳喳，

肉皮烧得吱吱吱，

屁股粘住锅台啦！

"不得了啊！"翘起尾巴快跑吧！

"了不得啊！"龇着牙齿叫痛啦！

乱蹦乱跳乱打滚，

马猴屁股烧红啦！

马猴晓得太丢人，

想悄悄到河里洗干净。

因为仍想偷吃不想改，

记号越洗呀颜色越深。

勤劳最快乐，

诚实最美丽。

马猴辈辈留着个红记号，

是因为懒惰偷吃罚来的。

1955 年

牛 仔 王 ①

天上有条银河，

人间有道珠江，

银河银光闪闪，

珠江闪闪发光。

水松树像翠色的龙，

木棉花像红色的球，

晚上渔火倒影，

像许多小金龙，

伴着渔歌的节奏，

娓娓在水里游呀游。

---

① 　发表在《作品》1957 年 6 月号。单行本有中国少年儿童出版社 1958 年 7 月版；收入《木棉树下的童话》，广东人民出版社 1980 年 11 月版。

珠江水，

冬天蓝，

夏天黄，

渔歌多，一船船，

一船一船对着唱：

哪支歌儿唱得多？

唱得最多是"牛仔王"。

牛仔王，牛仔王，

个个儿童都会唱，

那是为什么？

因为"牛仔王"就藏在

儿童的小心房。

月亮照珠江，

珠江放蓝光，

古时有个小牛倌，

会钻地，会钻江底会钻山，

反抗国王、庄主老爷和土地，

被钉在珠江对面的小岛上。

讲故事的婆婆曾说过，

钉牛仔王的大钉屧，

像大圆餐桌那样大，

现在仍然留在那岛上。

牛仔王，牛仔王，

生下就没有爹，

出世就没有娘。

多亏一位放牛的老阿公，

从草丛拾到这条小生命，

抱给母牛喂他奶，

养大这个可怜的小生灵。

咿呀呀，咿呀呀，

他很快就会爬，

咿呀呀，咿呀呀，

他很快就长门牙，

摔一跤，摔两跤，

很快就会走，

很快会翻跟斗。

骑着大牛过珠江，

同小牛在草场玩。

跟着牛妈妈磨米粮，

拿根树枝打牛虻。

小鸟有名牛有姓，

小牛仔，从小没有姓和名，

因为他跟牛群特别亲，

所以人人都叫他"牛仔王"。

他吃母牛奶长大，

所以能听懂牛的话，

有个晚上在月亮下，

牛妈妈讲了牛老家：

牛的祖先原来住在天上，

是大力神，大力仙，

国王听说牛的气力非常大，

就派土地上天去，

拐骗牛祖先到人间。

土地找到牛的祖先说：

最好的青草在人间。

土地的话虽然比蜜还甜，

牛的祖先不敢信。

土地指着天公发誓说：

"如果我真骗了你，

子子孙孙遭日晒，受雨淋！"

诓骗了牛祖先到南天门，

不等牛祖先夫妻看看和问问，

就被土地夫妻一猛推，

跌死去半天才活过来，

下巴颏牙骨错了位，

从此子孙传下先天重残废：

吃草不能就嚼烂，

要慢慢反刍才能碎。

牛祖先被穿通鼻子套上铜圈，

耕田拉车，任人使，随便烩！

土地坏得烂肝烂了心，

只受到日晒雨淋多没劲！

可国王见他功劳大，

封他管山管水管森林。

牛妈妈，泪珠滚滚咽进口，

牛仔王恨土地，恨国王，

咬牙攥紧小拳头！

珠江江水呜咽流。

放牛阿公病危的那一天，

庄园主来到草席边：

"老牛奴，老牛奴，

你一辈子为我放牛很辛苦。

你放心走，

不必有后顾。

这牛仔，吃我家水牛奶长大，

就是我的小牛奴。

你放心走吧，

他有我照顾……"

放牛老阿公，

咚咚磕头求庄园主：

"老庄主呀，老庄主，
他今年才七岁，无父又无母，
求你恩典他几年，
再去当牛奴……"
庄主老爷嫌牛寮臭，
捂着鼻子转身走。

土地拉着牛仔王，
跟到庄主的凉竹笆：
"这天这地这道江，
都是本老爷的猫眼石珍珠篮，
国王封的这九十九位土地爷，
都是牛奴牛仔的老总管。

从明天起，五更就起床，
给土地爷们的石雕像，
各磕三个头，各敬三炷香；
晚上赶牛回牛寮，
水缸担满才能吃饭。
你虽年小，可气力壮，
要多吃苦不贪玩，

力量使不完，老爷就喜欢。"

牛妈妈生病被宰，老公公死，
从第二天起，牛仔王的童年，
都叫雨打风吹去！
从第二天起，牛仔王的身份，
就是庄主老爷的小奴隶！

喔喔喔，喔喔喔，
公鸡喔喔报天亮。
牛仔王，忙起床，
揉揉眼儿都顾不上。
赶忙数足九十九炷香，
噔噔噔噔，小脚丫子跑得忙。
九十九个土地花样多，
东一个，西一个，
这个面朝北，那个朝南坐，
乱七八糟不成窝。

见一个土地插三炷香，
从近处开头，再往远处走，

牛与土地有世仇，

我只是烧香不磕头，

看你怎么跟我斗！

顺着座位往远处烧，

一边数，一边烧，

数到九十九，插到九十九，

一个土地都没漏！

第九十九的胖土地，

就是上天行骗的大祸首。

他见牛仔王只是烧香不磕头，

觉得总管身份全丢了，

大怒把三炷香拔掉，

决心整得他磕头求饶才罢休！

草滩露水像银粉，

牛仔王，踏下许许多多绿脚印，

每个脚印子都在问：

每个孩子都有童年，

老天爷，为何这样不公正？

空中的飞鸟有翅膀，

能自由自在在天上飞翔，

牛仔王，你有一双脚丫子，

为啥不能钻进地里，

走来又走去？

你还不如土拨鼠，

能打洞，能在地里造居室。

上天，我不如小山鹊，

入地，我不如土拨鼠。

"小牛奴"这顶紧箍帽，

啥时能抹去？

黄昏的天公像喝醉酒，

照得珠江绿水变红绸，

牛仔王，放牛回来了，

庄主老爷吆喝住牛仔王：

"第九十九土地爷，

你不磕头没烧香，

今天不准你吃饭，

可九十九缸水，

不能少一缸！"

落霞落在珠江上，

初升的月亮像个蛋黄。

九十九缸江水还差一担，

已经饥肠辘辘走不动，

饿坏了牛仔王。

牛仔王，咬紧牙关抿着嘴，

又到江边担江水。

江边站着个小姑娘，

望着江心流着泪，

江心荡着个洗衣盆，

风吹浪涌往江心漂。

牛仔王，一看就知道咋回事，

放下水桶，一个猛子不见了。

姑娘吓得哎哟喊出声，

姑娘吓得心里乱跳蹦，

只见木盆往回荡，

可是不见跳水人和影！

月亮下，水飞光，

水里钻出个小牛倌，

披着月光水珠走上岸，

端着木盆交回小姑娘。

正接木盆的小姑娘，

感激的话不知道怎么说，

眸子凝视半天才问道：

"小哥哥，你叫什么？"

"我没有名，也没有姓，

牛仔王，是绰号，

'小牛奴'是庄主老爷叫的名。

小妹妹，你有姓，也有名？"

"我是庄主老爷的小丫头，

名叫水红菱。"

小姑娘接过木盆离江岸，

一步一回头，瞧瞧好心人，

第三步，回头瞧，

惊吓得丢了魂，

江边码头石级上，

咣啷一声响，

摔倒了担水人！

姑娘转身急向岸边奔，

扶起好心人连声问：

"扭了大腿崴了胳膊，

嘴巴、鼻子，你哪里疼？"

"我哪个地方都没摔疼，

就是全身都发冷，

我肚子饿，头发昏，

请给我拽把青草根。"

"月光光，照地明，

照不见人间的不公平。

我裙兜还有个锅巴团，

用不着吃草根儿。"

牛仔王，吃了锅巴团，

一下力气从脚长到肩。

挑起两桶水，

一前一后回庄园。

一个月亮在天上，

一个月亮在江中，

两个月亮在水桶里，

担起两月亮赶姑娘。

喔喔喔，喔喔喔，

牛仔王，爬起来，

打个呵欠都没工夫，

噔噔出牛寮，跑得如风快。

也许昨天香拿少，

老肥土地没烧到。

今天扛他一大捆，

改从远处往近烧。

见一个土地敬三炷香，

还是烧香不磕头。

牛和土地有世仇，

仇人面前不能变蜗牛。

牛仔王，二次烧香不磕头，

肥老土地，气得脏话真好臭：

"我不整死这个小牛奴，

怎解恨，怎报仇！"

草滩上，露水像银粉，

牛仔王，踩下绿脚印，

一溜脚印都在问：

老天爷，你为啥这样不公正！

公平天公不会问，

国王、庄主有矛又有盾。

我人小最好有件法宝，

怎么抓我也抓不到，

把他们都累死，

活不了，死不了，那才好！

他忽然想起老阿公，

讲过一个小牛倌。

神仙送他一支小芦管，

学会土遁会穿山。

后来看不起小同伴，

神仙收回了小芦管。

牛仔王，也想有支这样的小芦管，

学会钻地能溜掉，

国王庄主怎么找也找不到，

我就坐在山头喊：

"气猴，气猴，气死猴，

气得这些老猴不长一根毛！"

牛仔王，唱着芦管梦之歌，

躺在红松大树林，

望着蓝天空，

白云追白云……

忽然听到一阵沙沙声，

鸟儿乱飞松鼠惊。

他拔出草镰四面看：

一条大黑蛇，爬向松树顶。

松树上，有个山鹊窝，

前天他曾拜访过。

四只没毛的小山鹊，

马上在大黑蛇舌头下打哆嗦。

牛仔王，朝着黑蛇那边奔，

大黑蛇，昂起脑袋向他伸，

咧开嘴巴露毒牙，

开叉的舌头朝他噗噗喷！

嗖的一声猛然蹿过来，

牛仔王，草镰猛一抡，

只见蛇身不见蛇脑袋。

大黑蛇，扔掉脑袋不甘休，

竖起尾巴立劈牛仔王，

咔嚓两声镰刀响，

黑蛇一下成三段。

会飞的唱歌会跑的跳，

山鹊妈妈绕着牛仔王喳喳叫，

忽然喳喳大叫四散飞，

吓得小鸟小兽都乱逃跑。

牛仔王，以为又有大蛇来，

可是左寻右瞧都没有，

低头哎哟喊一声，

原来黑蛇头，叼住自己的腰带头。

黄昏的天公像喝醉酒，

照得一江绿水变红绸。

牛仔王饮牛到江边，

看见一位老阿婆，

想渡江，没有船，

踱来踱去不知怎么办！

好助人为乐的牛仔王，

上前问老阿婆为啥这样心急：

"阿婆是不是想过江去，

找不到船家我能帮助你。"

老阿婆说："天黑过不了江，

全家怎能不着急！"

"阿婆阿婆不要着急，

我力气大，会踩水，

你骑在我肩头不用怕，

我送你过去天还不会黑。"

阿婆说他年小大人身体重，

他说珠江母亲会帮助他。

"你怎么知道珠江母亲会帮助你？"

"因为我是珠江放牛娃。"

阿婆高兴信任他，

骑在牛仔王肩上。

踩着湍急的珠江水，

闯过滔滔的风和浪，

把阿婆送到对岸上。

老阿婆，捧着牛仔王的脸蛋，

亲了额头又亲笑脸：

"你真是珠江母亲的乖小孩，

你天天唱的歌，我真是太喜欢。

阿婆送你一支小芦管，

你能学会能土遁。

千万别骄傲，

别脱离好朋友，

千万别像牛祖先，

失掉警惕信甜言。

毒蚊、牛虻、大毒蛇，

子孙万代都吸血。

国王、贵族、庄园主，

横行霸道几千秋，

后裔几个承认他们祖先丑？

一有机会就会咬几口！"

"阿婆的话，我刻在心，

阿婆是不是天上的神？"

慈祥的阿婆摸着牛郎的头：

"我不是天上的神，山中的仙，

倒是珠江孩子的母亲。"

说完身一闪，

闪进一团蓝光的云……

芦管嘟嘟真好听，

学吹三年人聪明，

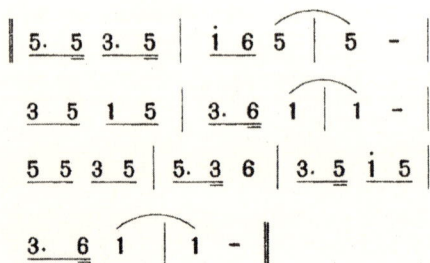

一吹芦管可神奇，

牛仔王会钻地走，会土遁！

玩给牛倌牛仔牛小妹，

大家高兴得像上了天，

山野"居民"好快乐！

兔子舞蹈，松鼠摆着尾巴蹦，

山花咿呀咿呀争开放，

飞禽啁啾绕山鸣。

飞泉一叠一叠叮当叮。

谁受欺负找牛仔王，

谁有难处找牛仔王，

谁受庄园主狗咬，

牛仔王，一吹芦管，

狗就汪汪乱逃窜……

放牛草山没有道，

山高路陡不好走，

有一天，山上石岩崩塌了，

砸死小牛倌两头牛！

小牛倌，不知道庄主老爷怎么整治他，

吓得只知道哆嗦只知道哭。

小牛倌们都知道；

只有去请牛仔王来帮助。

牛仔王，看着两死牛，

眉头一皱，妙计上心头：

先把牛尾巴都割下来，

插进山岩两条大石缝，

叫小牛倌快去报告庄园主，

说两头牛，中魔钻进岩缝中。

老庄园主听到两头牛钻到石岩中，

像刀割心肝那样痛，

坐上竹笾带着家丁赶紧来，

两条牛尾巴；果然夹在大石缝。

吆喝家丁和牛倌，

赶快使劲赶快拔，

家丁牛倌一个挨一个，

怎么拉，怎么拽，

牛尾巴就是拔不出来。

一头牛是多少银？

庄主老爷多痛心！

又叫使劲又是骂，

皮鞭抽打牛倌和家丁。

不管你咋使劲，

尾巴就是拔不出来。

牛仔王用芦管，

指着左边的牛尾大声喊：

"庄主老爷快来看，

这边的牛还在往里钻！"

庄园主紧急乱叫喊：

"右边的赶快过来帮左边！"

牛仔王芦管又指着右边急叫喊：

"庄主老爷不好了，

右边的又在往里钻！"

拽右边，左边牛尾往里钻，

拽左边，右边牛尾往里钻。

庄主老爷左右吆喝团团转；

急得满头大汗，

哈喇哈喇光哮喘，

眼巴巴看着两条牛尾巴，

一寸一寸地完全钻进山。

庄园主老爷瘫软在山畔，

看着两道石头缝，

每道留着三根毛，

任山风，吹得摇摇颤……

小牛倌，只挨臭骂，

没挨棍打和鞭抽，

多谢牛仔王好计谋。

两人握着手，搂着头⋯⋯

众牛倌都来唱歌都来闹，

在草场乱跳乱舞，

乱竖蜻蜓翻跟斗。

小水滴，流在一起变小山溪，

小山溪，流在一起成珠江水，

珠江两岸的小牛仔，

牛姐姐、小牛妹，

人人更佩服牛仔王，

好像是他们的小元帅。

众牛倌，爱游戏，

领着牛群下珠江练水军，

领着牛群在平原、在山野、在森林，

手摇树枝列战阵。

牛倌鼓噪呐喊水牛奔，

顿起了，红色泥土尘滚滚。

土地报告庄园主：

牛仔王，不是小牛奴，是只虎！

明明是杀牛烧吃说牛钻山，

明明是操练牛倌要造反。

如果不趁早收拾掉，

老虎尾大就砍不掉。

老庄园主听罢后，

感到牛仔王，

不是寻常的牛奴小牛倌，

就联合几个庄园主，

派家丁，捉拿这个

不可小看的牛仔王。

白帆浮在珠江上，

白云飘在蓝天上。

牛群过小溪流，

牛仔王，逍遥自在吹响小芦管。

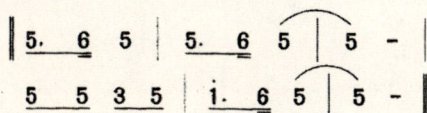

松涛嗡嗡云悠悠，风款款。

忽然遍山响螺呜嘟嘟，

遍山鼓声咚隆隆，

天不打闪雷不响，

为什么，天地动？

江边岸地草青青，

飞奔跑着是水红菱，

一边跑着一边扬手，

一边扬手一边叫喊：

"庄主老爷们派家丁，

联合起来捉你牛仔王，

赶快找个地方藏一藏！"

鼓声咚隆隆，响螺呜嘟嘟，

指挥家丁的头头立在山下，

摇着令旗指着山顶喊：

"小牛奴，快快下山受捉拿！"

一声　5　-　|　5　-　|　5. 5 3 5　|　1.3 5　|　5　-　|

牛仔王，站在高山顶：

"我没进庄园海棠捉小鸟，

我没到鱼缸抓龙井①，

庄主老爷们，为什么动家丁？

要捉拿我很好办，

你们上山任你捆。"

家丁头头听了好高兴，

原先以为他是大妖精，

看见的是个乳牙没退的小毛孩，

"上山去捉小牛奴！"

杀气腾腾喝令众家丁。

$5 - | 5 - | \underline{5}.\underline{5} 3.\underline{5} | 1 3 5 | 5 - |$

芦管好听声悠扬，

家丁冲到山顶上，

累得哈喇哈喇光喘气，

就是不见

———————————

① "龙井"是黑色金鱼名。

头上飘拂着小马鬃的牛仔王！

$$|\ 5\ -\ |\ 5\ -\ |\ \underline{5.}\ \underline{5}\ \underline{3.}\ \underline{5}\ |\ \underline{1}\ \underline{3}\ \underline{5}\ |\ 5\ -\ |$$

"头头不要气，头头不要愁，

牛仔王，在这山头！"

对面的那座高高的山头上，

站着快乐的牛仔王，

山风吹着小马鬃，

在额头上，

飘呀飘呀扬呀扬……

"夏天的太阳多热毒，

狗也不肯在日头下面走，

找个阴凉的地方吧，

哈哈哈哈哈哈伸舌头。

多痛快，多自由……"

头头想着赏银光闪闪，

怎肯甘心任输光？

喝令快捉住无法无天的牛仔王，

回到庄园去领赏。

贪财的众家丁，

真是要钱不要命，

冲到那座山顶上，

看到了松树下，

站着那个无法无天的牛仔王。

冲到松树下，

一声　$\underline{5}$　$\underline{6}$　$\underline{5}$　$\underline{6}$　｜　$\underline{\dot{1}\cdot\underline{6}}$　$\underline{5}$　｜　5 - ‖

又不见马鬃飘拂的小牛郎。

家丁累得爬不起来，

头头累得喉咙冒火，

忽然山风吹来了，

‖　$\underline{5\cdot\underline{6}}$　5　｜　$\underline{5\cdot\underline{6}}$　5　｜　$\underline{5\cdot\underline{6}}$　$\underline{5}$　$\underline{6}$　｜

$\underline{\dot{1}\cdot\underline{6}}$　5　｜　5 - ‖

"歇一歇，喘口气，

牛仔王，在这里！"

家丁累得有活又有死，

头头累得趴下不能起，

晚上收兵回庄园去，

庄园主们吓得你眼瞪我眼，

大家干着急。

明月照珠江，牛倌牛仔们，

在沙滩集合在一起，

研究出奸贼是谁了，

决定明天要审胖土地！

公鸡喔喔报天亮，

启明星，眨眨眼儿在东方。

牛仔王，就起床，

只拿粗绳不拿香，

一二三四点土地，

点到九十九个鼻子尖。

胖土地懒觉睡得正香甜，

五花大绑把他捆结实。

一头水牛拖他到榕树林，

摆开水牛阵，

公审胖土地。

牛仔王，拿起石头做惊堂木，

连击三下，喝令土地快下跪：

"姓甚名谁，家住在哪个州，

捣了什么鬼，知罪不知罪？

每天早晨你到哪里去，

天天给你烧三炷香，

你天天扔到啥地方？"

胖土地，狡猾极，

一问再问都是三不知。

欺负牛倌牛仔年岁小，

"我不说，你能把我吃？"

"你这个老肥家伙大骗子，

祖辈就不是个好东西，

把牛祖先骗到人间当奴隶。

你子子孙孙一不种田；二不舂米，

昨天派家丁捉拿我，

是谁出的鬼主意？"

老肥土地虽然心害怕，

可是早就抱定老主意：

"这些两脚牛屎的小牛奴，

以为你会钻地，

国王就没法整治你？

想得好，可没有的事！"

牛仔王，气得连敲惊堂木，

小牛倌，气得怒吼吼，

胖土地，吓得直发抖。

牛倌牛仔虽年小，

屁股都有三把火，

哪肯想前又顾后，

一吼就把胖土地举起来，

连数一、二、三，

扔到沤粪的坑里头！

坑又深，屎又臭，

呛得肥土地，

哼哼哼哼直咳嗽！

小牛倌，小牛仔，

小牛姐，小牛妹，

又跳又蹦又翻跟斗。

喊痛快，喊过瘾，

跳进珠江乱凫水……

好凑热闹的小鸟群，

绕着珠江啾啾飞。

白帆浮在珠江上，

白云飘在蓝天上。

牛群饮水在小溪流，

山风吹拂额头的小马鬃，

牛仔王，潇潇洒洒吹芦管：

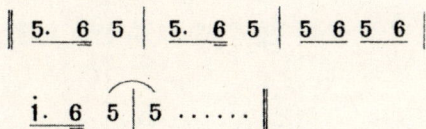

忽然响螺嘟嘟嘟，

忽然鼓声隆隆隆，

天没打闪没打雷，

为什么，山摇摇，浪滚滚。

江岸青草草青青，

飞奔跑着水红菱，

一边跑着一边扬手，

一边扬手一边叫喊：

"国王派来了好多好多好多兵，

要捉拿你呀牛仔王！

不要吹你的芦管了，

赶快找个地方藏一藏！"

这回带兵的是黑马大将军，

杀气腾腾围山围草场，

捉来牛倌牛仔百十串，

再来围捉牛仔王。

牛仔王，牛仔王，

额头马鬃随风飘扬。

站在高高的山顶上，

瞧见黑马将军，

特别特别狂，

说话真嚣张：

"牛仔王，牛仔王，

你乳牙未换敢造反？

不自己捆绑快下山，

本将军，就要把这些牛仔牛奴，

一个一个把皮剥光！"

说罢一挥百把刀，千把剑，

哐啷架在牛仔牛奴的脖颈上。

牛仔王，心一颤，

怎能为自己，

叫兄弟们遭灾殃？

就向黑马将军说：

"你先把我的牛倌兄弟放了，

你们上山来，

我反剪手受绑！"

黑马将军看见山高坡陡，

答应把牛仔牛倌全都放了，

喝令四周围众士兵，

上山去捉牛仔王！

‖ 5 - | 5 - | 5. 5 3 5 | 1. 3 5 | 5 - ‖
5.6 5 | 5.6 5 | 5 6 5.6 | i 6 5 | 5 - ‖

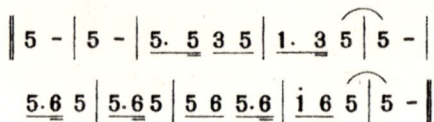

芦管声音真好听，

山风微拂多凉爽。

牛仔王，潇潇洒洒吹芦管，

士兵围冲到了松树下，

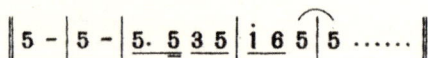

‖ 5 - | 5 - | 5. 5 3 5 | i 6 5 | 5 …… ‖

一下不见了牛仔王，

只有松涛嗡嗡响。

黑马将军向四山看，

东山芦管声音起：

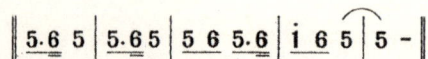

‖ 5.6 5 | 5.6 5 | 5 6 5.6 | i 6 5 | 5 - ‖

"别着急，别生气，

牛仔王，在这里！"

牛仔王，会土遁，

黑马将军好吃惊，火腾腾，

猛挥士兵向东山，

捉拿这个乳臭未退的小牛精！

又是一阵

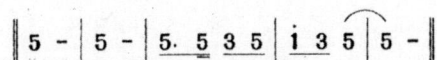

黑马将军白费心。

士兵赶到东山头已昏。

气喘咻咻找不见，

乳臭未退的小牛精。

都趴在山顶站不起身，

松涛嗡嗡像弹琴。

西山山头松林下，

山风又吹来了：

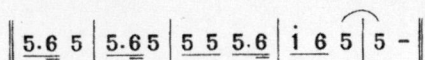

"别着急，别生气，

牛仔王，在这里！"

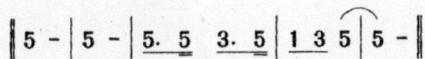

黑马将军怒冲冲，

士兵爬上南山已走不动。

却又听到北山头：

$$5 \cdot 65 \mid 5 \cdot 65 \mid 5 \ 6 \ 5 \cdot 6 \mid 1 \ 6 \ 5 \mid 5 \ - \mid$$

"别发火，别喷臭，

牛仔王，在这山头！"

捉拿牛仔王，

热死累死了好多好多兵。

黑马将军只好收兵回大营，

研究研究再研究，

怎么捉住这小牛精……

研究到后半夜得出个结论：

他会钻地，会土遁，

老是跟着"$5 \cdot 6 \ 5 \cdot 6 \mid 5 \ 6 \ 5 \mid$"

引得国王士兵只能团团转！

就是逮不住，

乳臭没退的牛仔王！

肥土地，献妙计：

"这个小牛奴，好听夸奖好逞强，

海岛有把金交椅，

我去许他坐上为王上王。"

月亮明光光，

洒在榕树上。

肥老土地来谈判，

夸赞牛仔王真能干，

各个国王和庄主老爷都服了：

"珠江江口伶仃洋，

海岛有把金交椅。

你若能坐上，

尊为珠江的王上王。

唯有输红了眼睛的黑马将军，

要同你去争坐金交椅，

问你有没有勇气，

敢不敢，同他争上海岛去？"

把国王联军搞得团团转，

胜利冲昏了牛仔王：

如果我当上王上王，

牛倌牛仔，再不挨鞭饿肚肠。

比赛的日期那天到，

人山牛海拥挤在珠江边。

好大好大的啦啦队，

在擦掌，在摩拳，在呐喊……

黑马将军可得意，

降低身份同牛仔王，

站在一条起跑线。

大炮咚的一声响，

牛仔王，跳水游，

黑马将军驾着船，

一齐冲向海岛的最高点！

牛仔王，破浪如骑鲸，

黑马将军驾帆更顺风。

一声　$5 - | 5 - | 5 \cdot 3 \ 3 \cdot 5 | 1 \ 3 \ 5 | 5 - \|$

牛仔王，已到了海岛洞，

看见了，光芒四射的金交椅。

忘乎所以的牛仔王，

坐上金交椅，吹起　　5. 3 3. 5 | 1 3 5 ……|

"黑马将军你听着：

牛仔王，已经坐上金交椅！"

一曲芦管没吹完，

金交椅前头叮当叮；

只见一根粗钉子，

一下一下地往下钉！

可惜没对准金交椅，

没钉在椅子正当中。

"你们这些坏东西真可恨，

想把我钉死在山洞！

你们都是坏心烂肝的坏家伙，

钉我有心，却未量准，

蠢得比猪还要蠢！"

牛仔王，好得意：

伸左手，钉尖在上远得很，

伸右手，钉尖距离好几寸，

叮叮当当钉尖往下钉，

铁钉已经没有力气慢吞吞。

伸出左脚丫子试一试：

"看你能钉着我左脚心？"

伸出右脚丫子再试试：

"看你能钉住我右脚心？"

没想到这话未落音，

一声哎哟痛钻心，

钉子钉中牛仔王的右脚心！

洞顶听到洞里喊哎哟，

十个铁榔头，叮叮当当死劲捶，

钉厣敲成圆桌面样大，

牛仔王，痛得吹芦管，

芦管吹不响啦，

痛死了骄傲的牛仔王，

大汗滴答淌！

牛仔王被钉住在海岛山洞里，

将军、庄园主，宰牛、杀猪摆酒席，

犒赏三军祝胜利，

个个喝得鼓起个大肚皮。

牛仔王，被钉住在海岛山洞里，

不知道流了多少血？

不知道是多么疼？

这枚大铁钉，

像钉在水红菱的心！

牛仔王，被钉住在海岛山洞里，

会飞的小鸟在伤悲，

会跑的小兽在哭泣，

珠江遍野的水牛群，

哞哞哞哞，日夜嚎啕流鼻涕……

月亮不放光，

飞泉不流水。

牛仔王的脚在流血，

水红菱的眼在流泪：

"万年常青的松柏呀，

看我的眼睛都哭肿啦，

请把树根伸进山洞里，
把山洞，撬松吧！

穿地打洞的田鼠呀，
听我哭得多心痛啊，
请把山洞打成千万个孔，
替我把洞底全打空吧！

横山过岭的青藤啊，
你知道我为什么悲伤啊？
请用你的长身体，
替我把海岛捆紧吧！"

水红菱，向天张开手，
向地张开手，向珠江，
伸着两手哭着叫：
"珠江母亲啊，
水红菱向你下跪了，
小牛仔，年纪小，
忘记了你的话，
被钉在山洞钉子下。

求你宽恕他，

救他出来吧！

珠江母亲啊，

小牛奴，年纪小，

骄傲了，忘记了你的话，

求你宽恕他，

救他出来吧！"

水红菱，跪着痛苦地唱，

唱到第三个晚上，

唱得天空起乌云，

唱得珠江掀大浪，

松柏树根把海岛来回穿，

田鼠把海岛掏空成千个洞，

青藤把海岛捆成像草团。

云电闪，天雷鸣，

珠江母亲驾着蓝云，

张开手掌往海岛一劈，

海岛摇三摇，

大海起海啸，

霹雳一巨响，

海岛裂开了！

牛仔王，跪在江边，

向珠江母亲请罪求原谅！

合十感谢山野众朋友，

和奔走救他的好姑娘！

联合的众国王，

向献谋的肥土地，

向得胜凯旋的大将军，

正轮流碰杯叮当叮。

看守海岛钉厣的士兵一报告，

众国王、庄园主和黑马大将军，

慌得酒杯乱扔乒乒乓乓……

各国的兵将忙出兵，

谁能逮住牛仔王，

黄金百两做重赏！

摇旗呐喊像雷霆，

来到茫茫草场却看见，

漫山遍野阵连阵。

水牛阵，牛角长长尖又尖，

黄牛阵，牛角的刀光亮晶晶，

鹰群在云端飞，

鸣禽在绕天鸣，

虎群在怒啸，

龙群在长吟，

牛倌牛奴，牛姐牛妹妹，

连成好长好长的长龙阵，

阵阵都跟在牛仔王后头：

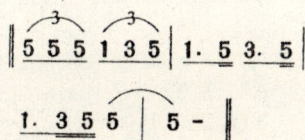

向黑马将军和他的兵，

前进！前进！进进进！

黑马将军吓得丢了魂，

开始挥手士兵缓缓退，

紧接着自己勒转黑马缰，

向后没命大逃奔……

天上有条银河，

人间有道珠江。

那会呀，人人都这样说：

珠江那边远远的高山上，

还留着钉过牛仔王，

那个像圆餐桌子那样大，

又圆又亮的大钉厣。

我从小就想到那海岛，

看看找见找不见。

如今人老走不动，

不敢去冒这个险。

1955 年 12 月写于北京

1957 年 4 月整理

1996 年 5 月重改写

《牛仔王》重写后记：

　　《牛仔王》这首童话诗，是20世纪50年代写的。1957年6月，发表在《作品》上，接着收进《木棉树下的童话》里。发表和出书之后，自己觉得写得不好，未把自己心里所想的、要说的写出来，对不住小读者，总想找个时间把它重写，但我始终挤不出时间。这样《牛仔王》放在纸箱里睡了39年。虽然有时想起心里很不安，但是自己的人生旅程，已走近终点站，未了的事情又那么多，一年推一年，大概这就是战争年代常说的虱子多了不知道痒了。

1996年4月初，忽然收到花山文艺出版社阎丽同志的一封信，想为我出一本童话诗集。我把我能容易找到的几首童话诗寄给她。她电话说太少，要我将其他写给孩子们的东西，都收进去。我不想使她失望，便翻箱倒柜，无意中找到了《牛仔王》，书中还夹着30年前的改写提纲和头一页的改写稿。想到现在出书那么难，不赶快抓住这个良辰，再等何时呢？于是放下正在赶写的东西，决定改写《牛仔王》。在此，我应该感谢现在还未见过面的阎丽同志的鼓劲！

这首重写的《牛仔王》，改写得是好是坏，我自己也不敢苛求了，因为我已经是个82岁的老人，总算圆了39年的梦。我希望小读者们谅解我的，就是你们觉得还可以读下去就读，读不下去就不要读了。

1996年5月12日

寄松巴泰 ①

松巴泰的秋风，

第七次吹红了枫林。

在这些令人不安的日子里，

我想起那个难忘的夏天：

日光穿过绿玉般的桐叶，

抛洒在人行道上。

你像匹可爱的小驹，

欢乐地奔到我们的身旁。

"蒙古？朝鲜？越南？"

---

① 　写作背景：1956 年 10 月 23 日—11 月 4 日匈牙利发生由群众游行而引发的武装暴动。在
　　苏联的两次军事干预下，事件被平息。

一连串东方兄弟的名字。

当你听到我们来自中国。

像天马似的忽然飞去。

你把你的母亲拉来了，

她的睫毛挂满泪珠：

"我们能见到中国的同志，

松巴泰是多么幸福！"

当时我的祖国，

战火才接近停息。

她头一句这样问我们：

"粮食？有没有足够的粮食？"

"在霍尔蒂、希特勒，

骑着匈牙利脖子的时候，

母亲只有眼泪陪着孤儿，

没有面包，也没有牛油。

"假如苏联军队晚来几天，

你们永远不会看见我的扬启，

也不会知道扬启的母亲，

还有人民的松巴泰！

"让那些日子永远死去！

让那些恶鬼在外国讨吃！

假如他们妄想重抖威风，

我的扬启会拿起武器！"

从你母亲的声音，

我认识了你——当时的小扬启。

从你母亲的眼睛，

我看见了匈牙利。

我们要离开你的家乡，

那座日光照着的城市。

你像小驹似的钻出人群，

送给我一片珍贵的礼品：

一片松枝削成的木片，

红星下面题着两行小字：

"请常想念我的松巴泰

你的小朋友扬启。"

七个夏天过去了，
你虽然已长成青年，
但我还能画出你的眼睛
和飞奔前进的身影！

你的祖国每跨前一步，
我的祖国就欢欣鼓舞。
我们的每个胜利，
共同分享着幸福！

但是这十个日夜的消息，
带给我们是多大的忧虑；
中国的儿童围着地图，
望着红色的匈牙利！

我们带着人类的希望，
向着时代的高峰进军。
在这寻不到前人脚印的征途上，
会遇到险恶的风云。

会踢起旧时代的尘土，

暂时蒙住指北针。

当你们正在擦净罗盘，

法西斯党徒爬出暗洞！

他们抡起铁镐，

要活埋掉一个社会主义！

他们抬着绞架，

要绞死人民的匈牙利！

纽约、伦敦的老爷们，

得意忘形，欢呼拍掌了。

贴着红十字的木箱，

装来了炸弹和火光！

布达佩斯的树上，

倒吊着共产党员，

成百上千根造谣舌头，

拥来舔吮爱国者的鲜血！

他们用这些喝血的舌头，

向世界喷吐黑云，

想遮住塞得港临死的老人

抓在地上的复仇字影！

你走向哪里，我们的兄弟？

松巴泰的红旗不会倒！

一九一八年的英雄后代，

举起工人阶级的铁拳头！

伟大苏联军队，

伸出兄弟的巨手，

再一次捍卫着匈牙利，

捍卫着和平、自由！

把刚打起的反革命的旗子，

从举起的地方打落！

让美国运来的所有电台，

赶上用来播送哀乐！

这一拳头打得好呀！

我们要把这一拳头，

和苏军的国际主义大旗，
塑成铜像立在历史的路口！

容忍一个拿刀的敌人，
就要付出无数的鲜血！
要像松巴泰的东风那样，
扫掉一切残存的败叶！

扬启，紧紧地守着大门，
把钻出洞来的牛鬼蛇神，
整批整个，连毛带皮，
来个彻底的消灭！

多想念你呀，我的朋友！
痛苦已经过去了，
我从暴风雨中看见了
永远摧不倒的匈牙利！

1956 年 11 月 6 日

* 塞 上 重 逢 ①

夜攀太行马岭关，

明月送我出深谷。

专员公署在何处？

万丈崖下农家屋。

进门背包刚放下，

---

① 　《新塞外行》是作者为 1957 年创作的包钢题材作品的组诗题名（其中只有一首写于 1956 年 12 月），也称《新塞上行》。在不同的诗集中选用的数量不同。《虹霓集》20 首（作家出版社 1958 年 10 月版）；《迎春橘颂》13 首（人民文学出版社 1959 年 9 月版）；《阮章竞诗选》仍是 13 首，但编入了不同的组别（人民文学出版社 1985 年 4 月版）。因本书的体例是按创作时间排序，故与三本诗集顺序均不同，也插入了非包钢题材的同期作品。本章中题目前标有 * 的诗歌为《新塞外行》（组诗 20 首）之内容。

茅批：这一组诗大部分是好的，有清丽的诗，也有豪放的诗。句法有民歌体，也有古典体；诗的语言有加工的人民语言，也有文言。形式（句法，章法）上有创造。能自铸新词，想象奔放，色彩绚烂，有革命浪漫主义的精神。可以说是"两结合"的。但这一组诗是写在 1957 年的。（茅盾对《迎春橘颂》的批注，出处同《漳河水》题注。）

问我麻田赤岸 ① 人。

一夜三报敌出城，

秋霜留着马蹄痕。

雾浓浓，山蒙蒙，

河谷炮浪回声沉。

"今天将炸药摧敌阵，

明天愿用去开山峰！"

未圆梦别十五年，

相逢塞北雪花天。

好客的主人初相见，

原来是农舍的旧专员。

白云敖包石头好，

草原颜色更娇娆。

厂址日夜寻不得，

踏碎坚冰黄河头。

---

①　"麻田"是抗日战争时期八路军总部的驻地。"赤岸"是一二九师和太行山区党委的驻地。

乌拉山下黄沙恶，

昆都仑河青雪飞。

问牧人，访僧侣，

天地脾气谁认识？

乌梁素海风雪夜，

迷路停车听狼嚎！

太行山上未圆的梦，

今天成全在包头。

长谈穿过风沙阵，

漫游了明天的紫夜城。

我呵融窗冰看工地，

万千银蛾儿扑繁灯。

1956 年 12 月 5 日夜 ①

---

① 　1956 年 12 月，作者请辞中国作家协会领导职务赴包钢，喜逢太行战友、包钢首任经理杨
　　维所写。

* 早 晨 的 礼 炮

星淡月光残，

天新白云好，

静静的群山初睡醒，

我们这里是清早。

霞光里，百灵鸟群穿梭飞，

晨风中，升起了红旗信号。

银装素裹的草原上，

响起了早晨的礼炮。

向初醒的白云鄂博请安！

向清晨的草原问好！

向骄傲的时代报告：

我们这里是清早！

（好诗）

1957 年 1 月

* 冬 天 里 的 春 天

大雪严封住旷野，
狂风卷乱了炊烟。
一片野居的地洞，
藏着冬天里的春天。

人造的假山会喷珠飞沫，
但是总不如山间里的活泉。
与其让歌声苍白无血色，
不如抄下洞主的语言。

请同志们不用吃惊，
我们是无名的尖兵；
今天虽然穴居野处，
但是我不是原始人。

我们穿着光板羊皮，

并不是"茹毛饮血"。

我爱人做的家乡饭菜，

美得像天天在过节。

洞外是零下三十五度，

当然不能硬说很舒服；

要说起那些暖气房子，

有点羡慕，也有点嫉妒。

洞外边下雪，洞里头下雨，

成天捣乱我的温暖家庭。

老天嫉妒我这三立方米，

因为我储藏着万吨爱情。

看！这小家伙刚满一岁，

人都叫她"地洞里的花朵"。

眼睛真像我的爱人，

嘴巴鼻子可是像我。

我们充满幸福和友谊，

也充满尖锐的矛盾：
因为我是筑路尖兵，
要求家眷留在市镇。

她提出口号跟我斗争，
说："咬紧牙关。跟上工程，
修到哪里，跟到哪里，
不拖不累，步步为营。"

怕我睡觉没有盖好胳膊，
怕我不常洗澡长了虱子，
怕找不到热水不刮胡子……
因此要实行家庭管制。

每次这样的激烈斗争，
结果我都完全失败。
老实说这样的失败，
我都感到十分愉快。

何必去拜访每个坑洞，
洞洞都有这样的爱人。

还是出去看看坚冰和大山，

有没有比爱情来得坚硬？

大雪严封住旷野，

狂风卷乱了炊烟。

回头远望着地洞，

洞口飞出了春天的声音：

"宝宝睡吧，睡得又香又甜。（也好，因为新鲜）

人人都说这里很寒冷，

妈妈说这里没有冬天，

因为我的花朵呀，来到草原。"

1957 年 1 月 5 日夜

*风雪夜里的狼嚎

在一个荒凉的远方，

不见人烟，没有树木；

严冬是这里的朝廷，

野狼在这里高视阔步。

有一天，来了一队青年人，

在荒山脚下搭起帐篷。

从此第一缕人类的炊烟，

浮上了淡红的天空。

第二天的清早，

他们披着迷雾，

踏着白色的霜花，

寻找荒山的门户。

第二天的傍晚，

他们拨开纷飞的鹅绒，

胡子眉毛都带着霜花，

回到白色的帐篷。

他们围着火炉，

烤着冻裂的僵手，

张开打战的牙齿，

议论一天的收获。

严冬朝廷板着面孔，

倒下了九天风雪，

想把第一次人的笑声，

在第一个嘴唇边吹灭。

青年们异口同声地承认：

这里的冬天是冷酷无情，

从头一次的打交道，

就看出它很有道行。

忽然一阵凄厉的怪声，

打断了爽朗的谈论。

有人悄悄地拉开帘缝，

看见一幅奇怪的夜景：

黑乌乌的旷野，

什么东西在忽闪忽明？

好像是在黑天鹅绒上，

嵌镶着无数盏银灯。

"谁在大风雪里夜行，

提着多少灯笼和马灯？

五双、十对，真多呀，

好像是元宵节的夜景。"

"是鬼火吧，让我瞧瞧！

不！不是鬼火游行，

不是灯笼，更不是马灯，

是狼群！狼的眼睛！"

那些古怪的灯火。

忽而分散，忽而集中，

忽而停止，忽而飞奔，
通通向着青年的帐篷。

"让开点！"队长端起步枪，
朝着灯火打了两枪。
古怪的灯火不见了，
留下是风雪的声响。

"真家伙，它们多馋呀！
想来这里过节会餐！
明天准备点心，热烈欢迎，
把我们的伙食改善改善！"

青年们咔咔的笑声，
震得帐篷嘭嘭直响。
炉火照着他们的牙齿，
比雪花还要洁白明亮。

风雪咆哮，野狼狂嚎，
层层叠叠地裹着帐篷。
层层叠叠地裹着帐篷，

裹不住对荒山的赞颂。

第三天的清早，

他们披着迷雾，

踏着白色的霜花，

又去敲打荒山的门户。

第三天的傍晚，

他们穿过纷飞的鹅绒，

胡子眉毛带着霜花，

又回到白色的帐篷。

严冬朝廷更老羞成怒，

倒下了九天风雪。

可是火炉旁的笑声，

笑得更加紧张热烈。

忽然一阵惊叫的声音，

从外面穿进帘缝。

青年们拿起了武器，

立刻飞奔出帐篷。

在雪花纷飞的暮色里，
看见自己的一个兄弟，
死死地朝着前方叫喊，
不敢回头，像钉在那里。

一只黄色的大狼，
直立在他的背后，
长长的尾巴拖在地上，
两只爪子搭在他肩头！

这些青年，
冲向野兽，大声叫喊。
黄狼扭头跑上山岗，
咧着牙齿，回头怒望。

队长端起步枪，
稳稳地对着野兽。
只听到啪的一声，
大黄狼应声栽倒。

狂风呜呜地卷起雪花，

像大海掀起白色的浪涛。
黑蒙蒙的旷野，
传来凄凉的狼嚎。

"真家伙，看它多馋呀！
妄想把我当作晚饭！
它忘了自己的光荣任务，
是来改善大伙儿的伙膳。"

青年们咔咔的笑声，
震得帐篷嘭嘭直响。
炉火照着他们的牙齿，
比雪花还要洁白明亮。

风雪怒吼，野狼哀嚎，
天天如此，夜夜这样。
天天如此，夜夜这样，
滔滔不绝地对荒山赞叹。

1957 年 1 月 15 日夜

* 雪 海 中 的 宝 岛

旷野伸出云天外，
苍苍茫茫似大海。
丘陵汹涌像有水声，
但不见波涛劈头来。

远望天边群山白，
似银冠乱戴海礁头。
天风推开浮云幕，
雪海中，涌出白云鄂博①。

1957 年 1 月

---

① 白云鄂博，蒙古语义"白云"是富丽、庄严；"鄂博"是用石头垒成的大石堆，内藏着古
代英雄的铠甲等物，是蒙古民族的神圣之地。

* 登白云鄂博

乘车登上白云山，
如骑怒马上天关。
低头远望千里雪，
卡车似鲸破白浪。

鄂博挺胸天风中，
槽探凿开宝山门。
乌金山前牧马地，
明天崛起"白云城"！

1957 年 1 月

* 富 丽 的 宝 山 ①

白云鄂博，

富丽的宝山。

冰封雪盖，蒿草遮拦，

封禁在荒漠的远方。

冷月寒星的夜晚，

牧人篝火，半明半灭。

一声两阵的牧马悲鸣，

幽幽地飘过空旷的原野。

在漫长的黑暗岁月里，

你像朵奇异的山花，

———————————

① 发表在《人民文学》1957 年第 3 期。

被野牛踏在蹄下，

看不见天上的云霞。

白云鄂博，

保护着自己的青春，

裹在白色的天鹅绒里，

孕育着美丽的生命。

你默默无声地睡着，

度过无数的险恶梦境；

你安安静静地

等着那声报春的鸟鸣。

严冬终于退走了，

报春的红鸟飞来了，

她带着阳光，舞着羽冠，

在蒙古草原飞翔歌唱！

白云鄂博，

时代给你弹响巨琴，

唱起早春之歌，

送来第一个草原的清晨。

你从沉睡中苏醒起来，

泛起了迷人的笑靥，

披着阳光的羽纱，

立在鲜花争放的草原。

你将献出紫金宝石，

铸成时代的巨梁大栋，

炼出横跨泰山云海

伸到帕米尔的绮丽长虹！

1957 年 1 月

* 富 丽 泉 之 歌 ①

白云布拉格啊，

常青的"富丽之泉"。

你以净洁的乳浆，

滋润着干旱的草原。

酷热的夏天，

像伸着千条舌头，

在你身上行凶作恶！

严寒的冬日，

像拖着万根铁链，

在你周围钉枷上锁！

但是蓝色的泉水，

安静地唱着生命之歌。

————————

① 　此诗发表在《人民文学》1957 年第 2 期。

白云布拉格啊，

蓝色的"富丽之泉"。

不分日夜凝望着天空，

渴望着春风吹到草原。

你反抗着冷落的命运，

反击着荒凉的包围。

在漫长的冬夜里，

闪着永远不灭的光辉，

不停息地歌唱着希望，

不疲倦地流出泉水，

喷洒着僵硬的土地，

望它开出红色的玫瑰。

白云布拉格啊，

不睡眠的"富丽之泉"。

像慈母的心那样，

在等候良辰的脚音。

安静地理着绿色的苔绒，

均匀地涌着银色的泉珠。

良辰敲响了大门，

春风吹酥了僵土，

彩虹升起天上，

牧歌和标旗，千里飘舞。

荒凉捡起它的脚印，

永生永世从草原退出了！

白云布拉格啊，

不老的"富丽之泉"。

你以净洁的乳浆，

献给了新生的草原。

扬水机的声音，

将为你长年歌唱。

横跨山丘的管道，

把你迎接到富丽之山。

你会看到人造的繁星，

你会闻到玫瑰花香，

你洒在绿叶儿上的水珠，

每颗都映着我们的太阳！

1957 年 1 月

百 灵

1957年1月，在白云鄂博看见矿工们喂着一种草绿色的鸟儿——百灵。在我的想象中，百灵是一种能歌善唱的鸣禽。但很奇怪，我所见的都是哑巴鸟儿。一位老矿工对我说："百灵没有自己的歌声，只能学别的鸟儿叫。"他发现我不相信，就给我讲了他认识百灵的故事。

老矿工讲的故事，使我想起文艺界里的一种人来。这种人，在革命风暴时期，随着人民的浪音，曾高声伴唱过，似乎也很迷人动听；但每逢要过一座关隘时，他们总是唱出把关人的声音。这是常见不鲜的事情。1956年10月，国际工人运动遇到了几级风浪，这些人随着资产阶级的反共叫嚣，也大声疾呼起来，要修改、取消马克思列宁主义的文学原则，赞美腐朽的资产阶级思想立场。当时听了老矿工的故事，很有感触，曾把他讲的写成这首诗。

1958 年 2 月追记

我曾在矿山的林子里，

看见满林红色的鸟儿，

天天迎着如火的朝阳，

唱着光明的晨歌。

迎接光明的歌声，

引起林间万鸟齐鸣；

但是唱得最响最亮的，

是那些草绿色的百灵。

"多好听呀，像山间的响泉，

多柔和呀，像天上的流云！"

看林老人摇头冷笑，

使我整天替百灵不平！

一群乌鸦飞上树梢，

对着回光歌唱黄昏；

但是叫得最高最尖的，

仍然是草绿色的百灵。

"百灵有美好的歌声，

何苦要跟乌鸦去歌唱黄昏？”
看林老人又是一阵苦笑，
说我的惋惜是自作多情：

"百灵本来没有歌声，
只能学着各种鸟鸣。
看见红光学红歌，
而且永远抢着唱高声。

"早歌唱得圆滑动听，
其实哀歌唱得更为深沉。
唱早歌是为了骗取资本，
唱夜曲才是它的真实感情。

"它虽然没有光明的灵魂，
但是善于混取得名声。
所以给它取名百灵，
因为它聪明又会迷人。”

1957 年 1 月，于包头

＊风　砂

天，一片昏昏黄黄，
风，像黄河的浊浪。
刚才还是万里无云，
转眼变成天地无光。

两三步之外，
看不见人影。
砂子钻进牙床。
尘土眯住眼睛。

卡车拼命地响着喇叭，
在黄风阵里寻找方向；
失掉光亮的两只大灯，
像泡在浓茶里的蛋黄。

这风砂称王称霸的世界，

就是我们黄金不换的地方。

我们要像抖净床单一样，

把这整天风砂倒进海洋！

天地，分不出来，

颜色，分不出来；

只有从人的眼睛和牙齿，

才能看见白色的光彩。

饭堂像盖在黄河水底，

火炉不发热，空气全是泥。

白米饭蒙着层黄粉，

不是肉末而是砂子。

不要怨天怨地皱眉头，

拿出今天人的本事：

把万古荒凉和风砂，

嚼烂在我们的嘴里！

明天吐还它一个泥团，

捏出一个叫人眼红的，

洁白干净没有风砂的，

万紫千红的钢铁城市。

（还可以精练些）

1957 年 1 月 30 日

青 春 之 歌

每个人，只能得到一次生命，

每一年，只有三个月是春天。

琴弦断了，可以续上一千次，

但是青春之歌，

唱不了十个十年！

珍贵的青春之歌呀，

应该骑上骏马，驰骋歌唱；

而不应该躺在软沙地上，

为空虚的幻想低吟！

不要等待这样的一天：

沙漠已经结满苹果，

荒山已经崛起新城，

险峰已成花径；

在那个时候，你拄着拐棍，

踏着青年时代朋友的脚印，

歇在他们栽成的绿林里，

才听到你这个和他们同时代的人，

那衰老而又沙哑的歌声。

不要遇着这样的日子：

在戈壁或草原的公园里，

一群小鹰似的儿童走来问你：

"爷爷，哪块台阶是你砌的？"

在那个时候，你才英勇地说：

"当时我正在编写争待遇、

怕风雨、搞恋爱、闹情绪的喜剧，

耽误坐上那次直达快车，

结果老态龙钟才赶到这里！"

1957 年 2 月

要 选 择 的 是 什 么？

我要选择的是什么呢？

有人成天在林荫彷徨。

他选择了自己的鼻尖，

望它升起座自己的天堂。

他看不见宽广的世界：

雄鹰在云天高飞，

巨轮在大海乘风破浪！

我选择的是什么呢？

有人在时装店橱窗，留恋彷徨。

他看着华衣美服的木偶，

无限羡慕，无限神往。

他看着水晶缸的金鱼：

无风无浪，任人玩赏。

他只知道千种风流，
而不知道万般凄凉！

我要选择的是什么呢？
晚上还读书？我为谁忙？
怎似夜夜泡在圆舞曲里，
打发走了全部时光！
红灯暗暗，绿火昏昏，
随心所欲，梦死醉生。
只求灯光一闭，
不想再做活人！

我到底要选择什么？
鼻尖上的个人天堂？
无风无浪的水晶缸？
让锦衣华服盖着青春的绿芽，
博得一个可怜的一看？
早点享受，提前焦黄！

重造山海，百花争放！
时代永远属于刘胡兰、黄继光

这些水晶凝成的人名;

属于没有见过炮烟,

走出了家门进校门,

走出校门迎接春天的人们!

应该选择什么呢?

手举起锄头、铁锹、草镰,

带着纸墨和书本,

向着天空、大山、田野、海洋,

像海燕一样迎击风云!

1957 年 2 月

*序歌 ①

我沐浴三恭请，

历代的先行人！

请含着骄傲的微笑，

赐给我这样的权柄：

让我重新改写

您所唱过的歌词；

让我重新定高

您所弹过的琴弦。

黄沙衰草的悲歌，

在这里已经绝响。

---

① 以下5首：《序歌》《鹿的地方》《黄河春汛》《蓝天碧野上的乐章》《黄河渡口》，以《新
　　塞上行·组诗5首》为题，发表在《收获》1958年第1期，统一注明写于1957年2月。

横扫夜霜的紫霞，

染红了朵朵浮云。

撼动山野的机器节奏，

淹没了您那低沉的琴声。

世世代代，

人人相传：

"天似穹庐，

笼罩四野……"

这里只有风沙、枯草，

这里只有荒旱、霜雪；

只有冷冷清清的驼铃，

送别破晓的霜天残月。

像这样低沉的琴声，

只能弹唱日落寒鸦；

不能弹唱早露凝珠

和驰骋着的嘶风骏马，

只能催眠凄凄的枯草，

不能扶起迎春的绿芽。（茅批：豪放）

春雷惊醒了昏睡的土地，

黄河唱出了桃汛的歌声。（茅批：好！）

我要拨响最高的强音，

赶走那条古老的黑影，

迎接美好的春风丽日，

唱一曲今天的塞外行。

＊ 鹿 的 地 方

一　前天

阴山下，乌拉川，

天蓝白云净，

草绿露珠光，（茅批：此是偶句）

风沙不起，一目千里。

黄河浪头破天来，

惊乱了，一天沙鸡。（茅批：第一章有词的味儿）

鲁莽的黄羊散天下，

叼着野花，勾引挑逗。

放荡的野鹿集河边，

欣赏角影，卖弄风骚。

飞云影下，追逐、嬉戏，

大青山麓，求爱、情斗。

这老天不管的风流年月，

谁知道是从哪代开起头？

大青山上天苍苍，

乌拉山下草茫茫。

有个喇嘛来自远方，

云游云游到这草原上。

在这里，搭起第一个帐篷，

在这里，升起第一缕炊烟。

鹿的地方——包克图 ①，

随着黄经青磬声，

吹遍蒙古大高原。

二　昨日

乌拉山，绿树海，

一场山火烧三个月，

九天乌云吹散时，

蓝山绿树随烟灭！

---

① 包克图，汉译"包头"，蒙古语义为鹿的地方。

天灾人祸，年年联结，

乌拉山麓，雪花盖红血，

白骨头，层层罗叠，

曾托着多少个屠夫，

取得了紫衣玉带，

高官金印，娇妻美妾！

蝗虫、军阀、日本人，

沙飞、石走、黄风旋。

牛羊抢光，天空地阔，

野草黄了山花蔫了！

日落狼山怒马叫，

月上圈旁磨刀剑，（茅批：用字，炼句，突兀不群，色彩鲜艳）

静等黄河解冻声，

那地裂山崩的桃花汛！

＊黄河春汛

春风吹醒了大青山，

土城头，阳光红艳艳。

严寒冻僵了的古黄河，

蹬动了千里黄绸衾；

岸塌岩崩坚冰碎，

泛起了桃花春汛！

苍鹰掠天飞，

骏马逆风奔。

千万杆红旗丹霞里，

掸净了万里尘烟。

群山背后蓝天上，

贴着朵朵金边云。

长袖舞在春风中，

牧歌声起云影里。

骅骝蹄下飞白絮，

马头琴声漫芳草地。

前天牧人的篝火堆，

厂房烟突吐青云。

昨日牧羊的草原上，

层层楼屋幢幢连。

野兔搬家狐狸逃，

狼窝平了蛇窟填。

影剧院前人涌涌，

弦管笙箫明月天。

骆驼路，土城郊，

几十公里洋灰道。

昆都仑河飞虹桥，

早晚阳光东西照。

黄羊情斗的古战场，

野鹿饮水的老河槽，

日夜风雷钢铁声，

车如海浪马如涛。

黄河渡口昭君坟，

《汉宫秋》，该绝声。

钻探机器探龙宫，

电火灯光长夜明。

黄河边上沙草地，

不见西风卷黄云，

但见火车青蓝烟，

飘过绿野浮上天。

鹿的地方——包克图，

童话仙境的美名字，

却让风沙层层盖，

花不开，春不来！

古代歌人虽有心，

但对尘烟光叹息；

歌声叫人愁断肠，

黄沙衰草塞外曲。

鹿的地方名字好，

在今代手里才出奇迹，

上海姑娘爱牧歌，

跨过长江来塞外。

不知道风沙脾气怪，

穿着红色凉鞋出月台，

看见黄沙皱眉笑，

朝前踏出大街来。

鞍山工人走千里，

带来北京红玫瑰，

拨开黄沙修花坛，

挖开冻土寻泉水。

抡镐打掉荒旱牙，

挥锹砍断黄风腿。

攀着枪子上高空，

刷净天上黄泥灰，

朝下笑问刮地风：

"到底是谁战胜谁！"

黄河春汛泛起来，

钢铁声音响起来。

排山倒海的大乐章，

在蓝天碧野上，

纵横千里升起来！

（茅批：此诗有气魄，想象瑰丽）

＊蓝天碧野上的乐章

电线横蓝天，

线杆越旷野，

一层层，一组组，

一排排，一节节。

纵横交错，

层层叠叠。

这是时代的大乐谱，

在蓝天碧野升起了。

这是时代的战斗颂，

在蒙古高原升起了。

红云喷紫光，

鸣禽穿金雾，

飞在电线上，

唱起迎春曲。

霎时千百里，

填上活音符。

音符在蓝天飞，

音符在碧野舞。

《东方红》，晨钟起，

推开了金色绒幕。

云海中，群山攒拥，

草原上，露珠闪光。

排山倒海的大乐队，

奏起巨弦大管：

火车鸣汽笛，

大号吹响，白云飞。

钢轨隆隆声，

像狂风急雨过草原。

摩天的枴子似竖琴，

强音飞荡凌霄宫殿。

钢索辚辚，马达呜呜，
如同澎湃的春潮，
欢腾漫卷在乌拉山麓。
开山炮响回声起，
大轮唱，回荡群山山谷。
塔式吊车，扬起长臂，
指挥着千里黄河，
擂起震天的音鼓。

这是光明的战斗颂，
这是英雄的交响乐，
这是巨人的大乐队，
大蒙古高原上，
演奏时代的凯旋歌：

黄河变清泉，
荒原变花坞。
沙窝架钢梁，

旷野装高炉。

时代的金音符，

在蓝天飞，

在碧野舞，

迎接草原的大钢都。

＊ 黄 河 渡 口

昭君坟，古渡口，

<u>风有牙，沙有爪。</u>（用字新鲜）

黄泥水，打转流，

礁石嶙嶙不露头。

漩涡深又大，

一个吞两牛！

黄风躁，黄浪暴，

木船似要翻跟斗。

渡客在船舱直打抖，

艄公汗水透棉袄。

上岸回头伸舌头：

昭君坟，古渡口！

风难猜，云难测，

千古黄河惹不得！

蛇群乱钻的昭君坟，

月昏昏，草黑黑。

谁曾给古老野渡头

带来点春天的好颜色！

羊肠小道，黄沙路，

铲运机，开通途，

草原上要建钢都，

一夜春风把草吹绿。

黄河头，古野渡，

红白小旗翻飞舞。

大船横断水中流，

铁锚砸碎暗礁头，

钢钻探进黄河底，

战书下到龙王手！

浪低头，水发抖，

老艄公初次展眉头。

昭君坟，古渡口，

黄沙天，要改气候。

请看明天大坝起，

指令黄河分一道水。

捋去万古黄泥，

变作清水流。

等看北岸红炉照紫天，

来听南岸黄莺鸣绿柳。

黄河头，古渡口，

草儿青，野花娇，

艄公桨声欢，

渡客歌声好。

古渡口，昭君坟，

人造湖，水如镜。

做伴不是昏昏月，

不是寒星和流萤，

而是繁灯千千万，

紫光不灭的钢铁城。

（好诗！自铸新词）

1957 年 2 月，于包头

我 的 同 代 人

谁有过我们这样的幸福，
生活在这样壮丽的时辰：
踏过武士军旗垫着的道路，
踩碎美国战车载着的王朝，
军衣披着紫金色的朝雾，
走进祥云萦绕的凯旋之门。

谁迈过我们这样的巨步，
跨越过这样艰苦的历史：
翻越了多少座乱山陡坡？
砍掉了多少层拦路荆棘？
看多少代留下来的穷困，
在这一代的脚下销声匿迹！

天山戴着银冠，

南海托着宝岛。

矿石在山谷里放光，

珍珠在深海里闪烁。

美丽富饶的祖国呀，

今天无处不娇娆。

皓月当空，雪花飞舞，

水晶般的世界，

水晶般的夜景。

可是除留着野兽的爪痕，

从来没有过人的指节，

敲响过这些奇境的大门。

重整乾坤的时代来了，

她生养着能呼风唤雨

能移山倒海的千万儿女。

把古书上的洞天福地，

搬到今天的祖国地面，

变成更加美丽的真事。

劈开冰封雪锁的山头，

挖开万年僵死的土地，

捧着不知生辰的花岗岩，

托着石英和孔雀石，

问清楚它们的年龄，

查清楚它们的来历。

拦截住黑色的旋风，

摸清它的性格脾气，

和监视着它的行踪。

越过旷野，翻过高峰，

追着藏在地下的水源，

问清楚它向哪方流动。

崇山峻岭，向他们降服，

恶水天堑，任他们摆布。

谁见过牙刷敲响茶缸，

却能赶退了虎豹豺狼？

古人判死了的"瘴疠之乡"，

被他们发现是绿树的海洋。

没有西湖来荡舟，

听不到剧场的音乐，

但有密布树海的长藤，

给他们做秋千的绳索。

张开野风吹裂的嘴唇，

向山野唱起青春之歌！

冬夜响雷，夏日落雪，

他们一天要过四个季节。

但瀑布飞泉那鸣琴般的回声，

天边流云展现的迷人远道，

那令人心痒的祖国明天，

谁有工夫去为白发来烦恼？

他们像播种的谷耧，

凡是他们犁过的泥土，

明天是绿芽，后天是金谷；

凡是他们踩过的山野，

今天是脚印，明天是大路，

后天是云锦般的花圃。

死去的洪荒世界，

在汗珠下恢复了生命；

沉沦地下的化石，

在他们手上重见光明。

谁没见过真神仙，

请来看看今天的人！

他们一天创造的奇迹，

使千古传奇暗淡无光。

那些公子哥儿、贵妇小姐，

搞了一辈子缱绻缠绵，

唱了一辈子我我卿卿，

到死还隐瞒了八字生辰。

谁有过我们这样的幸福，

生活在这样壮丽的时辰？

谁迈过我们这样的巨步，

跨越过这样光辉的路程？

要问我哪一代活得最好？

我大声回答：我的同代人！

1957 年 2 月 20 日

＊ 昆 都 仑 河 桥 ①

黄风停，见蓝天，

狼山的峰峦上，

红红的太阳留着半边。

昆都仑河红桥上，

阵阵百灵鸟，

来回在飞旋。

路南工区唱起牧歌，

路北工地奏轻音乐。

接班的人群进工地，

下班的人群回家去。

---

① 1958 年收入《虹霓集》时，作者将《乌拉山麓下》《大街的早晨》《昆都仑河桥》三首
编为一组，副题为钢铁大街之一、之二、之三。

球场上的彩衫翻滚似花飞，

万缕炊烟升在晚霞里。

晚霞退，小星出，

淡蓝轻纱罩草原。

忽然灯火千万点，

像明珠璎珞滚街边。

大街两旁工地上，

蓝光紫火闪金鳞。（"闪金鳞"有语病）

如今乌拉山麓下，

人与风沙在大决战！

钢铁乐队代替了驼铃，

繁灯代替了篝火光。

看炼铁熔炉红霞起，

金云彻夜映狼山。

1957 年 5 月

招 魂 ①

在一个黝黑的晚间，

一个右派分子在潜行。

他蒙着黑色的法衣，

露着两只可怕的眼睛。

他对着一座座的地狱，

对着一片片的坟场，

对着反革命鬼魂们，

反复地念着后面的咒语：

"趁着黑云乱翻的春季，

乘着狂风呼啸的时辰，

我举着招魂幡，

---

① 发表在《诗刊》1957 年 8 月号。

摇响着引魂铃，

回来吧！回来吧！

阴魂不散的反革命鬼魂！

"你们从事破坏活动，

只是履行职务的责任；

你们虽然好杀成性，

可是还没有把人都杀尽。

却受到肃反运动的追查，

不容你们能有一地藏身。

'兔死狐悲，物伤其类'，

如何叫我不痛哭涕零！

"我为你们的命运，

捶胸捣心地哀号！

我为你们的遭遇，

呼天顿地地狂叫！

我要迫使他们立刻打开，

打开手铐，打开脚镣，

撕掉不许你自由地破坏，

任意杀人的法律、禁条！

"施恩不望报，

我这片赤诚、净洁的心，

有天地三光可表。

但愿别忘记给我鼓掌欢呼，

更不要忘记投我的选票！"

1957 年 5 月

＊ 乌 拉 山 麓 下

自古乌拉山麓下，
黄风漠漠老荒原。
昆都仑河水常枯，
草青无几日，
风沙三百天。

晨霜重，风如箭，
牧人袖手不扬鞭。
地阔天空骆驼瘦，
铜铃摇不响，
嘴鼻喷青烟。

白草茫茫天昏昏，
黄河呜咽千万年！
天舒地展无边远，

春风飞花日，
从不到草原！

一朝紫霞从东起，
春光红，草芽新。
红白小旗像飞花，
一下飘满了
蒙古大高原。

推土机声压倒狂风，
卡车闯破了风沙阵。
石毁天惊河沸腾，
丘陵被劈开，
山岗被削平。

马萧萧，车辚辚，
机油人汗搅泥尘。
钢铲前头古荒野，
履带牙痕上，
钢铁街诞生。

1957 年 6 月

*　大 街 的 早 晨

晓风吹电线，如拨古琴弦，
如奏神仙曲，迎接早晨天。
大青、乌拉山峰金、红、紫，
草原罩在朝霞里。

鸟如红萍漂荡满天，
千百个喇叭报天亮：
庄严亲切的《东方红》，
奏鸣在广阔的草原上。

载重卡车像流水，
阳光照耀着朝西开。
运输马车像长龙，
迎着朝阳向东来。

红霞、绿草比颜色，

白杨、翠柳赛吐芽。

蒙古、朝鲜、回族和汉族人，

并肩走在紫光下。

转业军人从东来，

英姿飒爽进工地；

海风漂淡的旧军衣，

又在塞上迎风雨。

交通民警立街心，

路旁飘拂着红领巾，

转身一动指挥棒，

十字街头过春天。

四郊农民赶早市，

青蔬绿菜在手车里。

新屋主妇的竹篮中，

鲤鱼如银葱如玉。

街东太阳高升起，

机器响声如急雨。

白云浮流在蓝天上，

吊车转动着大钢臂。

卡车装载着混凝土，

像脱缰怒马在飞驰。

马车装载着土、木、石，

鞭声噼啪在烟尘里。

洋灰大道钢铁街，

像两条黄河并一起：

一边向东流，

一边流向西。

大排车，手推车。

老牛车，小驴车。

木车轮，钢履带，

木轮车辙胶轮盖。

集中古今所有的车，

在钢铁大街走来回，

运走荒凉和干旱，

运走千古摇头的穷年代。

集中古今所有的车，

在钢铁大街走来回，

运进红砖和绿瓦——

一个令人眼红的时代来。

（此诗有败笔，最后两章好）

1957 年 6 月

* 千 古 初 开 向 日 葵

白云鄂博矿山下，
住过青年勘探队。
来时原野白雪飘，
走时千里绿风吹。（茅批：浑厚雄壮）

依依难舍拆帐篷，
卡车喇叭催人急。
反复抬水浇新畦，
人随车去心未去。

红墙青瓦矿工家，
初来的儿童爱野花。
寻到帐篷旧营地，
笑开红嘴看绿芽。

寻来木条又编草绳，

筑成篱笆洒清水。

隔日绿芽成绿叶，

隔月绿枝结蓓蕾。

雾海濛濛出太阳，

炮声隆隆矿石飞。

万里茫茫的草原上，

千古初开向日葵。

1957 年夏末

向 右 公 列 传 ①

一

向右公，字右行，

名流群里一奇人。

"心肠慈善"，黑白不分，

脾气古怪，"悲天悯人"。

带着面"公正"的盾牌，

挂着把蜡做的长剑，

袒露着颗与众不同

直往右蹦的"政治良心"。

悲歌慷慨，躺在担架，

"辛辛苦苦"，漫游革命。

唇枪舌剑，骂倒一切，

---

① 发表在《人民文学》1957 年第 10 期。

做梦会杀死上万敌人。

自称"出生入死不争名",

确是后无来者,前无古人!

他和人民同起居,

一尘不染,同床异梦。

他和另一个世界,

心心相印,异曲同工。

哪里风吹水皱,

他就喊喊相应。

他和蝙蝠,血缘相近,

白天不能睁开眼睛。

但是天才地发现了:

太阳之下不见光明。

惴惴不安,日夜呻吟,

"庄严"地宣告他来的使命:

"我为着'良心',

我为着'公正',

我反对任何压迫,

我主张绝对平等。

我赞美绝对的自由,

保护一切人的人性！"

历史在向前发展，

地球绕太阳运行。

革命从一个胜利，

走向又一个胜利。

向右行从一个病症，

增加又一个病症：

神经衰弱、亏损、失眠，

只好天天敲敲胸脯，

听听肺部的响声。

他指导医生："我累垮了，

应多开鹿茸，多吃人参！"

二

肃清暗藏反革命运动，

他无动于衷，但忧心忡忡。

反革命被审查出来，

他说是拿谷糠榨油；

却对已经纠正的个别偏差，

唉声叹气，呶呶不休：

"我曾经闭眼观察，

我曾经袖手寻找，

尚且不见半个坏人。

你们如此毛手毛脚，

怎能不出错误偏差？

你们把胡子和眉毛，

不分长短，一把乱抓！"

他彻夜辗转，不能睡眠，

自责违背了"庄严"的使命。

惭愧使他痛苦，

痛苦使他兴奋，

一气呵成"人性和良心"，

魔鬼叫好的千古奇文。

他不能再因循苟且，

出来担保可疑的人：

"此人是颗透明的水晶，

一眼就看清纯洁的心灵。"

但历史可以存而不论，

却不能砍掉不留纹痕。

谁想这颗"透明的水晶"，

是个别有来历的怪人。

向右公，温良尔雅，

漫不经心，谈吐平静：

"没见过他放火烧房，

我看不出是个反革命！"

三

一九五六年的世界，

有过美丽的风日，

也有过阵雷阵雨。

人们像矿石一样，

经历了选矿工序。

附在矿石上的杂质，

不光彩地分解出去。

那些被打下的绦虫，

房屋里扫出来的垃圾，

成了资本主义的报刊，

刺激神经的值钱消息。

蚂蚁开始搬家了，

向右行预测出天气，

像地狱放出的黑烟，

冲上九天，兴云布雨：

"诗人是一切人的良心，

颂歌是不值钱的小曲。

只有编造出时代痛苦，

才是千古不朽的史诗！"

四

大自然是多么驯服，

完全照着预言出现：

一九五七年的春季，

邪风乱起，阴云满天。

乌鸦乱飞，翻腾聒噪，

牛鬼蛇神，离洞出巢。

向右公，神飞色舞，

雄姿英发，年轻了十年。

搔耳抓腮，得意忘形，

大叫大喊，乱蹦乱跳：

"英勇前进吧，文汇报！

再猛烈些吧，光明日报！

我向你们五体投地，

跪倒，三拜九磕头！

愿见可怜，我就死心塌地，

终身倒在你们的怀抱！"

他立刻回过头来，

金刚怒目，倾吐忧愁：

"我们落在朋友的后头！

大鸣大放，不敢放手。

贴出来啊，大字报！

再写大些，大字报！

刮起十二级大风，

把大海大洋搅浑，

捉大的，搞更大的头儿！"

他像憋了一肚子黄水，

不上吐下泻不能舒坦。

他像带着一天的债务，

要党给他一次都清还。

高视阔步，精神抖擞，
不上医院，也不敲胸脯，
那一身稀奇古怪，
琳琅满目的病症，
好得快如神出鬼没。

他拜访了许多故交，
他结识了新的朋友，
筹备新的刊物，
计划出版晚报。
"洪水已冲到大门，
有冤报冤，有仇报仇！"
他打开了坟墓，
他扶起了骷髅，
领着他们向社会主义，
索取压迫者的自由！

白天在座谈会上，
侃侃而谈，激烈悲壮。

晚上在台灯光下，

喷烟吐雾，满纸撒谎。

有时一面嚼着面包，

回答苍蝇们的来访。

他听到欢呼，

他听到鼓掌。

他梦见个美貌的骷髅，

给他挂上狗头的勋章。

五

丁酉夏天的雷雨，

洗净了万里山川。

红色的巨风大浪，

把枯枝死草冲下汪洋！

牛鬼蛇神刚刚张嘴，

铁的拳头打掉牙床！

向右公呀，向右公，

被巨雷吓得头昏脑晕。

回首昨天，叱咤风云，

眼看今日，伤肝伤心！
他密约好新交故旧，
如何掩盖行踪脚印：
"让这阵巨风刮过去，
我们明天再布阴云！"

这次天公很不听话，
大风怒卷，横扫阴云！
他唉声叹气，精神不振，
指头和胸脯又短别重逢。

他躲开一切的会议，
他逃避所有的辩论。
他不敢到河边散步，
怕看见昨天的英姿，
就是今天水里幽灵！
他突然变得十分天真，
像刚从摇篮里被人惊醒。
又像是个临死的病人，
要求安静，让他合上眼睛：
"让我安静。让我安静！

最后的恳求，让我安静！"

夜阑人静，他站立窗前，
咬响牙关，望着繁星；
忽然看见工地的灯火，
吓得他神魂不定：
"哦，世界要往哪里去，
这不是我要求的行程！
我只好离开这里，
到另一个行星旅行！
我留给他们一个惩罚：
人间无我，日月失明！"

他一下毫无杂念，
好像已上了云端。
可是忽然地出现：
天天在诊疗室里，
闪动在白头巾下，
那双脉脉含情的，
使他魂飞魄散的少女眼睛！
他马上担心起来：

"天上气候一定很冷！"

他烦恼，他伤心，
打开大门跑上大街。
他要找个最高的地方，
向人间袒露他的胸怀。
他看到路边的垃圾箱，
选到了最理想的高台！

城市多么安乐、平静，
远处来了队清洁工人。
向右公，袒胸伸手，
呕吐出心中的悲愤：
"我原希望这块天地，
是这样理想而公正：
天不太热，也不太冷，
不要刮风，也不下雨，
花要常开，草要常青，
要有阳光可不能太猛！
谁想这天地如此无情：
不但有阴晴雨雪，春夏秋冬，

而且还有什么阶级斗争！"

清洁工人，停下了工作，

互相惊看，互相惊问：

"难道是僵尸？难道是游魂？

难道是精神病院忘了关门？"

"我看见的是混浊，

你们却如此快乐！

我这可歌可泣的一生，

是部霉烂了的悲剧杰作！"

清洁工人，见识极多，

天天看见：臭瓜烂果，

灰渣脏土，碎碗破锅。

稀有生物，见过不少，

看过野驴，见过熊猫。

可是从来没见过，

这样出色的活宝。

不禁连声地赞叹：

祖国伟大，物产丰饶！

"我们是清洁工人，

专门消灭人间的垃圾，

时代的废物和灰尘。

请坐进垃圾箱里，

好把你装车起程，

让我们扫净你走过的地方，

迎接光明清新的早晨！"

工人们把他装在车上，

送他到新的地方旅行；

用清水刷掉他的脚印，

不让人间留下点纹痕。

怕名流很快被人遗忘，

冒昧起草了这篇列传。

但精彩事迹漏掉很多，

又无法请他审查大样，

只好在末了多写一行：

唉！这是天大的遗憾！

1957 年 8 月 15 日

时 代 需 要 多 少 歌 手

一

时代需要多少歌手，

来歌唱戈壁初开的鲜花。

时代需要多少画笔，

来画碧海清晨的朝霞。

好似需要钢铁和洋灰，

好似需要森林、粮食和棉花；

我们需要书本、音乐和图画，

我们需要成千上万的诗人、

作家、画家和歌唱家。

并不是为了帮助消化，

像那些百万富翁，

饱食山珍海馐之后，

需要支酸腌黄瓜，

和一杯解腻的红茶。

并不是为了解闷驱愁，

像那些贵族妇人，

春眠迟起，闲得难受，

需要副扑克和矮脚的小狗。

劳动需要有同伴，

战斗需要有鼓手、号兵，

夜行需要只马灯；

为了迎接黎明，

需要有长夜不眠

守着钟鼓的打更人。

在困难艰苦的年月，

从古老的织布机上，

取下棉布，缝成衣服，

披在诗人们的身上。

从麻绳勒红的手中，

把鞋子给作家试试脚样。

从汗水浇湿的泥土上，

把麦粒装在画家的背囊。

"为我们写，为我们画，

为我们的斗争和希望，

为幸福的泉源——我们的党，

放开喉咙，大声歌唱！"

二

在欢乐的今天，

把最好的呢绒。

把舒适的房屋，

把最高的荣誉，

赠给了诗人、作家、

画家和艺术家。

红色故乡的农民，

天天看着新书介绍，

寻找住过他家的朋友。

克拉玛依的姑娘，

晚上守在收音机旁，

等待着新诗朗诵。

白云鄂博矿工的孩子，

对着百灵鸟群说：

"在这里出生的弟弟，

已经是第四次熬过了

零下三十八度的严寒。

咿咿呀呀，多想唱歌。"

战士在前头冲锋，

农民在烈日下播种，

架设高压线的工人，

攀登在百丈的高空。

创造历史奇迹的人民，

聚千万人的血汗，

把荒凉沤制成稿纸，

把穷困熔化成青铜，

让诗人写出童话，

让艺术家塑出英雄。

三

但是在我们队伍中，

却有人在白天做梦！

认为在六万万人里，

他是白鹤立在鸡群。

他像盘成八卦形的长虫，

从中央昂起脑袋说：

"看！我就是中心！"

他要在一切的场合，

吸引着所有的眼睛：

在婚礼中，他应该是新郎，

在送殡时，他应该是死人！

他的作品不仅是头等，

而且文章要排在首篇。

座位必须是头排，

签名必须是头行，

不许任何人的名字，

写在他的大名之上。

人民是他的脚底，

一块垫路的地毡。

而我们伟大的党，

是他升天的台砖。

天下第一，仍牢骚不满，

因为天上的太阳，

天天站在他的头上。

人民越给他地位，

他把人民蹬得越远！

他的名气越大，

而党在他心中，

更是越来越小！

四

每天的晨风，

弹响草原的电线。

每天的礼炮，

把荒山接进花园。

海上渔船的马达，

激起蓝海的银浪。

天山牧民的歌声，

在雪山顶上飘扬。

东南西北天天升起

社会主义的大合唱。

但是我们的"歌手"呀。

琴声哑了，

歌喉沙了，

拍子乱了，

唱出来的歌声，

五音不全，

变声走调！

可是在现实的考验之下，

他仍然不能重振琴弦，

倒是怨气冲天，

埋怨天下没有知音。

而在不见阳光的角落。

却神飞色舞地乱弹琴：

赞美蛀虫的生活，

诅咒人民的制度。

歌唱禽兽的自由，

歌唱逃兵的"勇敢"，

痛恨谈政治节操。

赞美反共反党的妖魔，

是"英雄"，是"可贵的骨头"！

克拉玛依姑娘的焦灼，

白云鄂博孩子的声音，

他们熟视无睹，

决心塞耳不闻。

却反过来向党和人民，

伸出摩天的长手：

"你们是为了什么，

不给我呀，唱赞美诗！"

他把革命当作股份公司，

老天爷断给他占有特别的干股，

自然而然他应该是：

革命事业的最大业主！

因此可以躺在革命身上，

不需要有契约文书，

而党永远欠着他，

永远还不清的债务！

他后悔错买了车票，

因此不顾一切，

要时代转向后头，大开倒车，

要开到他指定的地方：

开到不许人民有自由，

开到老人无依，儿童流浪，

让资本家喝血，

让地主当权的年月。

五

这些白蚁和蛀虫，

这些苍蝇和虱子，

藏在我们的衣褶，

在啮啃，在腐蚀

我们人民的事业！

但是我们十分懂得：

远航到一定时期，

我们就要清洗船腹，

把绿色的水苔刷去；

行军到一定路程，

需要中途来整装，

毫不留情地拍掉

旧世界的污泥和灰尘！

人民需要无数的歌手，

来歌唱人民的天地。

人民欢迎无数的画家，

来绘下历史上的奇迹。

人民需要阶级的感官，

人类灵魂的工程师。

但人民决不需要，

腐蚀灵魂的蛀虫和白蚁！

1957 年 9 月 15 日

"宇宙歌王"

有一只红头苍蝇，
觉得头上十分光亮。
既能飞天，又能歌唱，
嗡嗡嗡嗡，懒懒散散，
嗡嗡嗡嗡，碌碌忙忙。

拜访这一个屎坑，
串联另一个茅房。
亲了亲这具腐尸，
吻了吻那个脓疮。
带着五颜六色的病菌——
结核、梅毒、疟疾、伤寒，
悄悄飞进公共食堂。
嗡嗡嗡嗡："我给你们，

带来了一天红光！"

他看见人们在打扫，

议论纷纷，长嗟短叹：

"太不自由，太不温暖！"

看见人们拿起拍子，

飞在一边，大叫大喊：

"请不要粗暴，

我是宇宙歌王！"

1957 年 9 月

寄莫斯科

在这普天同庆的日子里，

在这震坍旧世界台基的十月，

我的朋友，我的同志，

请分享我和我的小女儿的喜悦！

塞外寒风怒吼的夜晚，

我习惯地坐在收音机前，

静静地等着，等着

克里姆林那阵洪亮的钟声，

珍贵的友谊颂歌"莫斯科—北京"。

忽然看到我的小女儿，

从遥远的地方寄来封信。

在那些使人忘掉疲劳，

像用贝壳砌成的字形，
响着时代羽翼的声音：
"爸爸，我多高兴啊！
我看过两个红色的月亮，
飞过早晨的天心！"

我快乐地望着工地灯火，
像看到她那明亮的大眼，
像听到她那欢跳的心音。
看见她和她的同伴，
已经不是在童话里，
坐着飞毡飞上青云，
而是用自己的小手，
亲自去抚摸宇宙的星群！

四十年前十月的炮声，
拉开了地球的绒幕，
送来人类历史的新纪元。
四十年后两个红色的月亮，
拉开了宇宙的天幕，
人类迈出了地球向星空前进！

我正为所有的孩子们祝贺，

他们生在这样美好的时辰！

忽然真理的洪钟响了，

从人类的心脏飞来了：

"东风压倒西风"。

另一支新纪元的凯歌，

在全世界高空回旋！

1957 年 11 月

坐 在 一 本 书 上 的 "女 王"

有一本书叫"在桑干河上"，
忽然化成条黑色的龙船。
龙船上坐着莎菲女王，
白了再染黑的头上，
戴着发霉了的王冠。

蚊蚋苍蝇前呼后拥，
男妃雄嫔左右恭候，
显显赫赫，熙熙攘攘，
聆听着女王讲经传道：

"过去'为了个人条件不具备，
暂时没有大声疾呼的气魄'。
现在已经戴上了王冠，

我可以大声传道：

'他们'劝人不要骄傲，

我看骄傲不算什么，

而且是可贵的骨头。

你们别理'他们'的那一套！

"不管你做了多少工作，

还不都归在'人家'的账上？

我说：只有写出一本书，

历史臭了也会变香。

我'坐牢'是游玩庐山，

这是多么奇异的行藏！

我在延安放出暗箭，

射痛了'三八'妇女节，

射到'他们'医院的病床上。

'那一群人'发怒由他发吧，

我得到了国民党特务的嘉奖，

我利用桑干河过去的血泪，

成了有国际声望的女王！

"第四把中国文坛的金交椅，

早就把我的芳名贴上。

可是我还不甘心去坐，

因为交椅太小，我太肥胖。

别忙，等我死了才给我挂像，

让'他们'多受些损伤！

这样既有谦逊，也显出手段。

'理论指导的巧妙，

就妙在这些地方。'

"所以，历史清白有啥子用场？

既不能当饭吃，也不能当酒尝。

什么'忠诚老实'，

什么'气节贞操'，

只要我能存在，

一概置之不理！

"我欣赏人是有趣味，

我欣赏人是会撒谎。

我，应是一切的中心，

我，只能是至高无上。

我要把男子放在手心，

用嘴吹着他瞎胡转！

因为我是莎菲女王！

"虽然'他们'给了我一天荣誉，

但并没有充分满足我的欲望。

国民党特务抢着给我出书，

而这些'他们'却姗姗来迟！

别以为给了我大米白面，

我是靠外国人在吃饭。

这顶发霉了的王冠，

还是外国人给我戴上。

我还是地地道道的贫雇农，

刚从坟墓爬出来的鬼魂！

你们不甘心我是面铜镜，

可是'他们'不让我做太阳！"

"我要通天，我要通地！"

女王张牙舞爪挥动黑旗。

宠臣妃嫔振臂高呼：

"'相濡以沫'，'为知己者死'！"

于是祭起反人民阴风，

掀起反党的黑浪！

没料到这条纸糊的龙船，

遇到了熔铁汇成的火流！

在龙船沉没留下的漩涡中，

冒出个男性歌姬

一声最后的哀号：

"这是'那一群专门整人的人'，

阴谋制造的千古冤狱！"

1957 年 11 月重写

＊草原风雪

一　神住的地方

在老远老远的边疆，
有座紫金色的宝山，
她像颗放光的明珠，
嵌在夏天是绿色的
冬天是白色的绒毯上。

从前牧民这样传说：
这里是神住的地方。
如今一座矿山之城
要修在宝山的山旁。

九月，这里就很寒冷，

五月，这里还在下霜。

这里有的是大风大雪，

成群的黄羊和豺狼！

可是要找点泉水，

比登天还要困难。

在宝山的西边，

有一处清清的水流。

白天，马群来这里饮水，

晚上，繁星在水底欢笑。

可是相隔二十多公里，

都是高低起伏的岗丘。

二　勇士们的队伍

一天，有支青年管道队，

走了好几千里路，

调到这座宝山的山下，

接受一个艰巨的任务：

打通山岗，

挖断丘陵，

把蓝色的泉水，

引到宝山的大门。

这支青年管道队，

勇猛得像群出山虎。

我现在要讲的许家俊，

就是里头的一只小虎。

年轻的队员许家俊，

前年还系着红领巾，

去年高小毕业，

今年成了大人。

虽然还没长一根胡子，

可是干活儿真是有劲。

天气是零下四十度，

风像刀子割着皮肤。

地冻成九尺多深，

真像钢铸的泥土。

刨土震得两手发麻，

铁镐半天就刨成圆骨朵。

他们从不说句辛苦，

也从不说声劳累。

啃着冻硬了的馒头，

喝着辣喉咙的苦水。

晚上住在帐篷里，

读书、跳舞、开会。

组长拉着胡琴，

小许唱起山歌，

歌声又甜又脆，

像高山淙淙流下的泉水。

三　草原的风雪

有一天，上班不久，

忽然刮起风雪。

鹅毛满天乱飞，

一下蒙住了山野。

小许光记住赶进度，

光想早日铺成线路，

不停地抡着铁镐，

挖着比铁还硬的泥土。

他听不见组长叫他，

也看不见自己的队伍。

大雪越下越大，

大风越吹越猛。

刚才还是无边的旷野，

现在变成混混沌沌：

大风像白色的海浪，

大雪像乱滚的烟云。

小许吃惊地睁开眼睛，

什么都已经看不见了。

忽然觉得有人拉他，

好像有人叫他快走，

他知道是组长，

马上跟着就跑。

大风雪像海浪一样，

刮得他俩东歪西倒。

一阵、两阵、三阵，

刮得小许栽起筋斗！

他像断了线的纸鹞，

向这边荡，向那边飘。

他大声喊，他大声叫，

怎么也找不到组长了！

真倒霉，真糟糕！

看不见路，看不见道，

天地都分不出来了，

只好随风飘，随风倒，

东南西北都分不出来了。

四　迷路的人都回来了

暴风雪把队伍吹散了，

营地里的同志多么心焦！

帐篷门前乱敲钟，

大风把钟声淹没了。

从中午敲到下午，

从下午喊到天黑，

大个、小个都找到，

胖的、瘦的都归队，

只有那个许家俊，

等到半夜还不见回！

队长急得发脾气，

批评组长丢了小许！

组长急得喊哑了嗓，

愁得连饭也不肯吃！

同志们听着风雪声，

瞪着眼睛干着急！

五　勇士不会流泪

暴风雪，大风雪，

像惊涛，像骇浪，

把小许刮上山岗，

把小许推下山岗，

他自己也不知道在哪里，

好像在跟大风大雪捉迷藏！

他爬着、滚着往前跑，
额头、鼻子都给磕伤。
这里野兽可真多，
千万别摸到饿狼窝！
他心越想，越慌张，
慌得大声叫，大声喊。
可是他一张开嘴，
雪花就扑进牙床！
不能叫喊就哭吧，
可是流泪多丢人，
小许可不能干！

腿疼、手麻、鼻子破，
肚子饿得咕咕响。
使尽力气也爬不出
茫茫风雪的大海洋！
一下周围都黑下来，
可怕的夜晚，
又临到他头上。

他趴在雪里歇了一歇，

一口一口地咽着雪。

他想到今天多糟糕：

一定饿死冻死在山野！

可是矿山在等水用，

却遇到倒霉的暴风雪！

他累得昏昏沉沉，

眼前乱翻着红绿金星。

他忽然到了宝山下，

看见线路已经铺成。

成千上万的人在拍手，

祝贺这队年轻的铺管人。

又粗又大的钢管口，

蓝花花的泉水往外飞喷！

他快乐地跳进泉水，

让珍珠般的水花，

在他的头上使劲地冲。

他向同志们唱歌，

他顺水流游泳。

他唱得多美，

他游得多快！

忽然呷了一口水，

呛得他喀喀咳嗽起来！

他大喊了一声，

忙把眼睛睁开：

原来是被大雪，

活活把他埋起来！

天空还在下雪，

山野还在刮风！

他却在风雪里，

做了一场梦！

他想到再看不见

线路铺成的那天。

珍珠般的水花，

喷溅在宝山的山前；

他再不能回到

刨土、铺管在一块，

吃饭、睡觉在一起，

吵嘴之后还称同志，

猛如小虎的队伍里！

眼泪和着雪水，

流进他的嘴里。

"小许呀，你还是小孩儿，

勇士从来不会哭的！"

他想起头一天干活儿，

被塌方砸破了脚趾，

痛得要流眼泪，

组长这样一说，

他就咬紧了牙齿。

小许推开了大雪，

硬挺挺地站起来，

抹掉眼泪和雪花，

和风雪比起厉害：

"你再下一万年，

我也要踏出条路来！"

小许走得多么有劲，

好像考试得了五分。

风雪像全都躲开，

承认小许果真厉害！

他越过多少道陵，

他翻过多少道岗。

忽然远远地听到"汪汪汪汪"，

这是牧狗在叫喊！

他朝着狗叫的方向走去。

摸到个蒙古包前。

小许真是高兴，

好像又得了个五分。

"里面有大爷、大娘吗？"

他轻轻轻轻地敲着门。

从这个蒙古包里，

出来个老牧人，

惊奇地叫了一声，

惊奇地望着这个年轻的雪人。

小许向他敬了个礼：

"我是管道队的工人。"

老牧人竖起个大拇指：

"了不起的好后生！"

他回头告诉老大娘：

"是咱矿山的铺管人！"

蒙古大娘忙站起来，

呢呢喃喃地念着佛！

找出件皮袍给小许，

叫赶快换下湿衣服。

老人给小许烤衣衫，

大娘给小许做面汤。

小许闻着羊肉真香，

馋得肚里咕咕直响。

"年轻的勇士，要多吃呀！"

"好孩子，再吃了这一碗！"

眼泪真不给他争气呀，

扑簌扑簌跑出眼眶！

他觉得祖国又大又好，

到处都有亲爱的爹娘！

"这样大的风雪，
黄羊也要迷路！
今晚就在我家住下，
讲讲矿山的电灯
哪天照到我家门户？"

六　胜利属于勇士

第二天，暴风雪停了，
大家都出去找小许。
寻不到脚踪，
找不到足迹。
茫茫的草原上，
盖着银色的缎被子。
队长急得眼睛红了，
组长急得喊哑嗓子。

忽然看见远方，
出现一个黑点，

黑点往这里移动，

黑点往这里前进。

组长喊着"小许！小许！"

拔腿往岗下飞奔。

拦腰把小许抱起来，

在雪地上乱翻乱滚！

人们在欢呼，

人们在欢唱。

白雪茫茫的草原上，

升起玫瑰色的霞光。

在老远老远的边疆，

有座紫金色的宝山，

一座明珠穿成的城市，

修在过去神住的地方。

一支青年管道队，

把喷泉引到宝山的山旁。

1957 年 12 月

* 钢 铁 的 誓 词

刘少奇同志在中国工会第八次全国代表大会上代表党中央号召："在十五年后，苏联的工农业在重要的产品方面可能赶上或者超过美国，我们应该争取在同一时期，在钢铁和其他重要工业产品的产量方面赶上或者超过英国，那样，社会主义世界就将把帝国主义国家远远地抛在后面。"

在搅拌站里，
在红炉旁边，
在六米深的基础坑中，
在吊车操纵台上面，
在拥挤的饭堂里，
在宿舍的灯光前，
师傅对着徒弟，
青年对着老年，

举起泥油沾满的拳头：

"一定要在十五年后，

叫钢铁替我们发言！"

在严寒的大街上，

在俱乐部的走廊前，

在甜梦初醒

望着窗上曙色的枕边，

同志对着同志，

伴侣对着伴侣，

反复念着快乐的时辰：

"迈过这五千四百天，

拿我们的工业水平，

改变世界的天平！"

"十五年，一定兑现！"

"保证做到，有五千多天！"

白云鄂博，蒙古草原，

正在打扮晨装的钢都，

到处掠过这两句

长了翅膀的语言。

历史是最好的证人，

时代是不朽的诗章。

党领导我们走的每段路上，

所留下的每个脚印，

都是历史的勋章。

我们曾是手无寸铁，

但取得了自由和土地！

只靠步枪加上小米，

打烂了大炮和军舰，

撕碎了侵略者的军旗！

我们夺过美国炸药，

叫蒋家王朝坐了"土飞机"！

我们把顶天的高山，

踏在我们的脚底。

把人间最好的梦，

像杯绿色的美酒，

抓在我们的手中！

十五年，五千四百天，

伟大的党呀，您传出了

六亿人民的心音！

您集中了我们

六亿人民的信心！

听到这个号音，

白云布拉格的水珠，

每滴都含着个笑靥。

白云鄂博矿山，

礼炮响遍草原。

听了这个号音，

我们要把绿野明珠——

包头钢铁基地的炉光，

提前洒上塞外天心！

1957 年 12 月 26 日

春 歌 集 （组 诗 5 首）①

春 长 在

春长在，春长在，
叶儿长绿花儿长开。
跃进的春歌处处唱，
跃进的春花日日开。

毛主席带着好春光，
越过河，越过江，
来工厂，进车间，

---

① 1958 年春，中国作家协会书记处起草下发了《文艺工作大跃进三十二条》，掀起了"新
民歌运动"。此组诗发表在《诗刊》1958 年 6 月号上。

过里巷，到农庄，

进庭院，进稻田，

问起居，问平安，

问造林，问炼钢。

送智慧，送理想，

送来治风治雨的新力量。

安详欢乐的眼睛上，

送来照亮宇宙的大光源。

移山倒海的歌声，

升上碧蓝的万里天。

足音到，开奇花，

脚迹上，出奇迹。

机轮转出彩霓来，

江上船桨变羽翼。

毛主席在群众中，

推着滔滔的大江水，

从东倒向西流去！

春风好，春光好，

一九五八年春来到，

天改态度，地改面貌，

万里江山一片新气候。

智慧红花处处开，

万紫千红日日好！

主席带来的好春天，

万寿长春不会老！

大跃进的春歌长年唱，

大跃进的春花长年开。

花开千千年，

歌唱万万载，

春长在，春长在！

采 春 歌

采春花，采春歌，

今年春天来得早。

花又多，色又姣，

万紫千红真热闹。

口唱脚踏采春歌，

不知不觉春走了！

路上遇见一老人，

告我春在人心头：

"人间万古一春天，

不是神仙造，不是天公送。

是江翻海滚的迎春曲，

呵融冰雪呵暖了风！

"你见过，河水往高流？

你听过，石头会变玛瑙？"

老人大笑拨琴弦，

大声唱："跃进的春天永不老！"

回 寄 镜 铁 山

白雪地，紫霞天，

白云山，白云泉。

迎春礼炮待命开，

试蹄骏马昂头鸣。

鄂博上举杯敬苍鹰，

多谢带来万里信！

射下片金云填支春歌，

让春歌呵红万里天。

千古塞外总是春迟到，

春风三敲也不开门。

蒙古高原要破天规，

矿山发出春雷令：

地不解冻用镬头敲，

雪不让道用热汗融！

人造的春雷迎春炮，

轰开天地接春风！

草原千里跃进歌，

天公办事要由我们说。

草原提前开红花，

叫风雪低头无奈何！

六万万人挥手天旋转，

提前向祖国献出钢。

要黄风漠漠的塞上天，

从此冬夜也满天春光。

东南西北喜报多，

钢铁兄弟是大雁行，

大哥壮，二哥强，

镜铁山高到蓝天上。

东放光，西放光，

南出千炉铁，北出万吨钢，

钢铁歌声日夜不落，

大破古歌台，唱千部大轮唱！

中 流 砥 柱 头 上 歌

一九五八年春一开，

使千古神话褪了色。

请看看，大禹治水十三年，

虽然有天神送神斧，

人、神、鬼门却不让路！

请听听，中流砥柱头，

飞出的春歌红似火：

人斧举，

三门倒，

水让路！

三年要把万年害，

拦腰锁住，听人摆布！

要它赔个新太湖，

现出千年电火，

万年黄金谷！

石 油 喜 讯

年年岁岁都有花信，

一番花开一番荐！

怎似一九五八年，
百花开放如朝云。

大巴山下沱江边，
石油红花开得好：
侏罗纪地层揭开盖，
交出万千平方里好石油！

好风吹过玉门柳，
工人高举起葡萄酒。
喜讯映红了天池水，
克拉玛依舞长袖。

快马鞍头捧金杯，
敬祖国一杯新年酒！
再报不用十五年，
添翼的石油红快马，
一定追过老约翰牛！

准备给放火者还以大火葬 ①

走出新建的宿舍，

穿过夏季的夜雨，

回到车间，回到工场，

开大会，提抗议。

要美国从黎巴嫩，

全部立刻滚回去！

走过初晴的田野，

涌进光明的城市，

来到天安门广场，

升起保卫和平的红旗。

---

① 写作背景：1958 年 3 月，约旦政府废除《英约同盟条约》，要求英军全部撤出约旦。7 月，北京在英国代办处外举行大规模游行，支持约旦和阿拉伯人民争取独立自由的运动。

要英国从约旦，

全部火速滚出去！

走出课堂，走出机关，

走出商店，走出住宅，

抬着漫画，举着标语，

走过夏日烤热的大街，

像黄河突起的洪峰，

向英国代办处卷来！

举起叫高山低头的手！

举起令河水让道的手！

举起曾在朝鲜上甘岭，

叫美国英国的侵略军

头破血流的铁胳膊，

愤怒地警告英国佬，

你们要是真忘记了，

允许你抬头再认认，

保卫和平的铁拳头！

把几百万张标语，

像蓑衣层层披在围墙上，

给帝国主义放火者，

穿上火葬的衣裳。

把几百万幅漫画，

像草裙层层披在围墙上，

给帝国主义放火者，

穿上火葬的服装。

把对侵略者的抗议书，

挂在电线上，

钉在树干上，

写在栏杆上，

射进高围墙。

把一百多万封抗议信，

交到英国佬的手上：

大炮舰队已经过时，

原子讹诈早就破产，

吓不倒觉醒的世界人民，

吓不倒阿拉伯的英雄好汉！

准备给放火者，

还以大火葬！

通宵达旦，通宵达旦，

再一个通宵达旦。

保卫和平独立的火炬，

举着走过东交民巷；

看，英国佬门前的老狮子，

在愤怒的火海中打战！

支援阿拉伯的誓词，

写满在人行道上。

维护人类安乐的诗章，

震荡马路两旁。

这是条和平的地毯，

从北京的东交民巷，

铺向地中海的海岸。

高擎起独立自由的火炬，

迎接从东方升起的朝阳！

1958 年 7 月

伊拉克共和国万岁 ①

世界的西亚洲天边，

升起了自由的火焰，

像支和平的火箭，

直冲上九重天心。

新生的伊拉克共和国，

放射着万丈霞光，

映红波斯湾的浪涛，

照红地中海的长天。

费萨尔的王朝倒了！

赛义德的吠声绝了！

---

① 写作背景：1958 年 7 月 14 日以阿卜杜勒·卡里姆·卡赛姆为首的"自由军官组织"推翻
费萨尔王朝，成立伊拉克共和国。中国立刻表示支持，并在同年 8 月与其建交。此诗发
表在《人民日报》1958 年 7 月 19 日第 8 版。

英雄的巴格达人民，

把耻辱的巴格达条约，

把"艾森豪威尔主义"，

把"伊拉克—约旦联邦"，

连同美英豢养的几条死狗，

投进自由之火烧成飞灰了！

迅速、勇猛，

干净、利索。

这是和平在飞跃，

这是独立在飞跃；

这是阿拉伯兄弟

献给人类的一枝奇花，

一枚芬芳的异果，

一支和平独立的跃进歌！

万岁！万岁！万万岁！

自由的伊拉克共和国！

1958 年 7 月

"上 帝 保 佑" 不 了 你 们

　　一批由土耳其亚达那即将空运去黎巴嫩的美国侵略军，他们在出发前，双膝跪地，祈求上帝保佑。

——见 7 月 21 日《人民日报》

看：这一批美国强盗，
准备装飞机运去黎巴嫩。
丢魂失魄，双膝下跪，
画着十字，念着"阿门"，
祈祷上帝保佑他们！

他们想到，在黎巴嫩的海滩，
等着的不是夹道的人群，
也不会是鲜花和音乐，
更不是万紫千红的少女手巾，

而是仇恨的眼睛，

和青筋暴起的手上

闪着磨得锋快的剑刃！

他们想到，黎巴嫩人民

会用子弹把他们的胸脯，

穿成马蜂窝一样，

会用大刀把他们的脑袋，

搬离开他们的肩膀；

会用冲天的大火，

把他们烧成一堆黑炭！

他们想到，贝鲁特的夜晚，

路灯幽暗的街道上，

会抛出无数的长绳，

把他们吊在电线杆上；

想到那骆驼行走的山野，

会张着不可胜数的牙齿，

把他们的腿骨咬断；

想到满地可怕的剑麻，

会插满他们有毛的胸膛！

他们想到，阿拉伯人，

招待的不是可口可乐，

不是摇摆舞、爵士音乐，

不是汽水和水果，

而是会喷火的汽油瓶，

炸死他们的炸弹和炸药！

使他们不敢走也不敢坐，

白天黑夜都无法活！

他们想到，艾森豪威尔，

给自己留下的是年轻的寡妇，

和无依无靠的孤儿！

奖给自己的是中近东的乌鸦，

啄碎他们的尸体，

啄空他们的眼窝！

他们只知道多么可怕，

可是不知道是为了什么。

只知道自己是强盗，

不知道自己还是傻瓜。

只知道画十字，

只知道念"阿门"！

永远不知道自己是死猪，

已被艾森豪威尔扔进滚锅！

这些美国的侵略军，

就要装上飞机运去黎巴嫩，

丢魂失魄，双膝下跪，

画着十字，念着"阿门"，

祈祷上帝，保佑他们！

可是上帝没有这样本领，

他永远保佑不了你们！

还是回头听正义的命令：

立刻滚出中近东，

马上滚出黎巴嫩！

不然，站起来的阿拉伯人民，

把你们赶下地中海去，

让鲨鱼撕碎你们的尸身！

1958 年 7 月 22 日

照 亮 历 史 的 巨 光 ①

东风吹开万里天，

世界阴云一下开，

中苏公报如朝阳，

升起在北京中南海

两只时代手，

代表着八亿人，

两支历史笔，

集中着八亿颗心，

踩着点火的狂人手，

---

① 写作背景：1958 年 7 月 31 日—8 月 3 日苏联共产党总书记赫鲁晓夫率苏共代表团访华，
与毛泽东进行了最高级会谈，会后发表了《中苏联合公报》。这次会谈中苏两党的分歧加剧，
以致赫鲁晓夫原定一周的访问提前结束，但未向党内传达。《诗刊》组织了一批作品发
表在 1958 年 8 月号上，此诗即其中之一。

横扫晴空画长虹。

照亮历史的巨光环，
环着地球在旋转。
和平独立百花开，
战争狂人吓破胆！

公报句句是和平歌，
公报字字是花朵。
颂歌献给伊拉克！
花朵献给尼罗河！
向亚非人民献红花，
让山野结满和平果！
向拉丁美洲献玫瑰，
愿自由的歌声红如火！
向民族解放的大潮流，
献歌、献花、献香果！

自由独立的战斗歌，
如火山热浆冲上天；
大炮军舰早过时，

原子、氢弹也不新鲜。

和平时代已黎明，

人民解放大跃进。

殖民主义到黄昏，

黑夜已经临头顶！

八亿人民一个声音，

全世界人民同一心，

中苏会谈的公报上，

发出历史的大雷电：

不准侵略中近东！

美军滚出黎巴嫩！

英军从约旦滚出去！

不准威胁阿拉伯人！

军事基地全撤销，

让妇女夜晚敢看月亮；

停止试验核武器，

让日本的渔家能团圆；

停止使用核武器，

让人类的智慧去创新天；

把茫茫的沙漠变绿洲，

移掉秃山种稻棉。

裁减军备！裁减军备！

人民要青山，要绿水，

不要铁丝网，

要朝霞艳似红玫瑰！

要自由，要和平，

要友谊，要安乐。

要一支这样的安全歌：

山头不再起狼烟，

千世万代无战火！

人民喜欢大红花，

让人民栽种红牡丹。

人民喜欢收青果，

让他们栽种绿橄榄。

国旗颜色由人民选，

社会制度由人民定。

中东近东的坏王朝，

不许英美的狗看门！

不许干涉内政！

不许干涉内政！

盼光明，盼甘雨，

盼安宁，盼和平。

但是战争狂人不愿意，

硬要操刀上门来杀人！

八亿人民举红旗，

警告战争狂人们：

你们硬要点战火，

战火将烧死点火人！

中苏公报如灯塔，

高高升在历史前，

照亮了茫茫夜航线，

提醒了亿万人民心：

和平不能靠天赐，

斗争才有真和平！

天空不再凝炮烟，

大路不再有弹坑。

各种肤色的男和女，

同声歌唱永久和平！

东风压倒了西风，

世界天空出太阳。

七彩长虹环球转，

海洋陆地在欢唱。

共产主义生命力，

豪光四射在历史上。

1958 年 8 月

最 后 的 警 告 ①

红旗怒卷，号角响，

登上桅樯，望着海洋，

指着艾森豪威尔的钩鼻尖：

台湾是我们的地方！

听着黄河的怒涛，

立在白云鄂博，

告诉杜勒斯：

台湾是我们的海岛！

高举着电钻、铆枪，

———————————

① 写作背景：1958 年夏，美英出兵干涉阿拉伯地区事务；美国重申不承认中国，支持台湾
当局进行战争挑衅。8 月 23 日，解放军炮击金门，美军从部署中东的第 6 舰队调出两艘
航空母舰加强台湾海峡的第 7 舰队。

打开炉门放出熔钢，

发出最后的警告：

我们手下的残兵败将，

敛起脚迹，拖着影子，

立刻滚出台湾！

不然炽热的熔钢，

浇在你们的头上！

再给你一些时间，

让你翻一翻十年历史；

蒋贼的四百万大军，

驾驶着美国坦克、飞机，

拿着美国的最新武器，

来势汹汹，不可一世！

我们是步枪加小米，

把你们打得牙崩嘴歪，

望风而逃，滚下海去！

朝鲜战场，值得温习：

藏着被打断的胳膊，

咽下被打掉的牙齿，

在板门店的帐篷中，

乖乖地趴着签下了

极不光彩的名字！

再给你一些时间，

让你看看中国的气候，

命令洪水洪水让道，

喝令高山高山低头。

中国人民从前吓不倒，

何况在今朝！

你们真有此胆量，

那就不妨再尝尝！

要人有人，要粮有粮，

要铁有铁，要钢有钢，

来炸弹就奉还炸弹！

你们伸手不光断手，

而是脑袋要挪地方！

台湾海峡的火浪，

是你们最后的乱葬场！

1958 年 9 月 10 日

包钢给武钢唱凯歌 ①

白云鄂博到黄河边，

千里欢歌漫草原。

推开黄风朝南望，

南天升起红彩云。

长江起舞黄河唱，

包头钢铁基地上，

唱起凯歌祝武钢！

武钢高炉赛天神，

顶天立地在长江滨，

一声跃进三千丈，

两声跃进接天云。

一冲冲过三峡水，

---

① 此诗发表于《人民日报》1958 年 9 月 14 日。

一蹬蹬过几十年，

快如光，猛如电。

我们的名字很响亮，

轻轻敲敲就钢，钢，钢，

到处都在钢，钢，钢，

望着我们大放光！

武钢哥哥们尽是好汉，

飞身跃起在国庆前，

把万道红光洒天上！

江水滚滚出三峡，

铁水熊熊出武钢。

钢铁军，钢铁胆，

一炉能装千座山，

高山万座化熔浆，

要在大江旁边吐一条，

钢水奔流的新长江！

祝贺祝贺三祝贺，

包钢给武钢唱凯歌。

凯歌漂起乌拉山，

凯歌抬起古黄河！

千里草原身飞起，

解下腰带要甩一条，

金光闪闪的钢黄河！

长江起舞黄河唱，

鼓足干劲放大嗓，

祖国的眼睛望着我们，

黄河长江要比声亮！

祖国天空万万里，

钢铁卫星要连串放，

在天空比武响叮当！

唱凯歌，祝武钢，

苦干、巧干争出钢。

社会主义的擎天柱，

天生我们来当骨干。

铸个万万吨的铁拳头，

把自套绞索的美国佬，

捣成个稀巴烂！

1958 年 9 月 13 日

英 雄 母 亲 大 点 名

　　闻河北平山县下盘松村"子弟兵的母亲"戎冠秀，在拥护周恩来总理的反对美帝国主义增兵侵略我国领土台湾声明的示威大会上，组织领导全村170多个青壮年，掀起练兵、生产高潮，有感而作。

台湾海峡大炮响，
美国强盗犯金门。
英雄母亲一声令，
山村彻夜报到声。

妈妈护过的好子弟，
会叫日本人在门前死！
妈妈保过的好儿郎，
曾追得蒋贼落海去！

妈妈抚过的铁拳头，

会叫美国老鬼子，

头肿脸青往南逃，

门牙落满朝鲜土地！

英雄母亲大点名，

太行山上尽是兵。

口令冲天星摇晃，

脚声震地江海滚！

　　　　　　　　　　　　　1958 年 9 月 17 日

升起红旗迎朝阳

——祝宁夏回族自治区成立

雪夜上山采矿，
回来满路晨光。
万里山川似金铸成，
处处红烂漫。

工棚呵手拆信，
山上礼炮声欢。
十月朝阳照雪原，
万寿，贺兰山！

宁夏回族自治区，
诞生金色的朝阳里，
祖国山河增光彩，
伟大的家庭添节日。

一同牧马在阴山上，

一同战斗在敕勒川，

一同沐浴在阳光中，

共饮黄河共歌唱：

十月雪海出太阳，

并蒂花开黄河上。

宁夏回族自治区，

升起红旗迎朝阳！

九千万里一家，

六亿姐妹兄弟，

抬着时代乘东风，

飞向永恒的春天去！

立在雪海远听，

黄河长江齐唱：

万里山川金铸成，

感谢伟大的党！

　　1958年10月20日凌晨，从白云鄂博跟夜班采矿回工棚，看到一封银川来的电报，要我作首诗，祝贺宁夏回族自治区成立。当时，朝阳初升，白云鄂博的炮声，响彻云霄。欣然提笔，写了这首小诗。

1959 年 10 月修改时追记

雁 群 ①

　　秋末，在乌兰察布草原遇暴风雨，天昏地暗。忽见天际雁群，穿云远征，地上矿车队，破雨南来。

风推乌云如山飞，
石头乱走沙乱吹。
地陷山沉天要坠，
大雨从天倒下来！

四看茫茫黑灰灰，
一天乱云层层堆。
雄马呜呜出草丛，
逆风顿脚发野威。

---

① 发表在《人民文学》1959 年 4 月号。

北望黑云阵脚乱，

雁群荡荡向南飞。

岗陵隆隆地哆嗦，

秋末草原响春雷：

钢铁元帅运矿车，

把云撞开，把风碾碎！

十月草原的暴风雨，

急急下令扭头退。

（茅批：此诗好，造句浑脱，无雕琢痕）

1958 年秋末

进 军 酒

举起杯，

斟满酒，

庆贺团圆祝长寿！

战鼓手，且慢擂，

秧歌队，且慢扭，

请听跃进的凯旋歌，

涌过昆都仑河桥。

再举杯，

斟满酒，

迎接第二个跃进年———一九五九！

战鼓手，举起槌，

秧歌队，提起袖，

开门高唱迎春歌，

斜瞟北风咱纵情笑!

红炉火边送除夕,
瑞雪花中迎春晓,
敲杯回头问古人,
哪代敢来比风流?

春来了,
春来了,
安座摩天的大高炉,
来和阴山赛大小,
融化白云三座山,
用铁水同黄河比春秋!
钢铁军,不同人争酒量大,
一喝三大南瓜瓢:
可是在钢铁的战线上,
永和时间夺分秒!

擂响鼓!
甩起袖!
战马鞍头举起杯,

一齐干杯进军酒！

1958年除夕

后记：

　　1958年除夕，包头钢铁公司举行酒会，庆祝"大跃进"胜利、迎接1959年元旦。建设塞外钢城的先进生产者，和领导同志在一起，上下一体，水乳交融，热情洋溢，思想风发，很多人即席作起诗来。

　　这是一个从胜利向胜利进军的诗酒会。我接受党委领导同志的建议，在向建设者们敬酒时，作了这首诗。

　　会后，大家恋恋不舍。有两位老师傅，说酒足言未尽，跟我一起回宿舍来。他们向我详细诉说了在旧时代所受的痛苦之后，说："你看，我们过去，人家不把你当人看，今天，虽然做出了一点成绩，那算什么？可是党的领导同志亲自给我们敬酒。我们过去，连见资本家的一个小科长还不能呢！我们在吃酒的时候，就合计好了，1959年，拿更足的干劲，叫包钢提前出铁，来报答毛主席、共产党！"谈话不知不觉到零时，钢铁大街响起中央人民广播电台的《东方红》钟声，职工俱乐部放起迎春鞭炮，才停止。

　　包钢一号高炉，早已提前一年建成了。建设者在诗酒会上的豪言壮语，已经变成千吨万吨钢铁，支援祖国的工农业生产建设。

　　我虽然已经离开了包钢，但那个不寻常的除夕，使我永远忘不了，因此，把这首小诗留在集子里。

中华人民共和国成立十周年节日追记

丙 班 ①

昨夜下了雪，（音节自然）

今天是晴天，

正好轮到上丙班，

穿起光板羊皮袄，

上山岗，嘿，多好看：（此章朴素）

梨花落满山，

银霜裹电线，

道道横在晚霞中，（"道道"一句弱）

大风一吹像弹琴，（"像弹琴"三字可省）

纷纷弹下桃花片。（此章绚丽）

---

① 发表在《人民文学》1959 年 4 月号。

白云鄂博真美呀，

水晶雕成的大花园。

白云鄂博真好呀，

玉山、银地，金色云。

天上、人间，哪里寻？（此章奔放）

书生不肯出书房，

怎能想出这场面？

只能看见个姑娘爱甩辫。

哪能像我这个采矿人，

什么时候都见春天！（诙谐）

丙班采矿人最抖，

礼炮齐鸣迎上礴。

满山电灯红、黄、蓝，

谁有这样大排场？

夜战的采矿班。（豪迈）

风钻突突像雷轰，

铁山到处钻成洞。

莫笑凿孔机头笨，

一顿两顿就几米深，

顿得铁山头发昏。

矿石斗车连成串，

像万丈长龙环山走；（"像"字可省）

一泻就是千万吨，

似吊起黄河往下倒。（"似"字亦可省）

神仙看见吐舌头！

夜风厉害夜风恶，

从没把铁山皮吹破。

可是咱开的大电铲，

一叼大山就少半角。

谁见不喊："好家伙！"

都说草原风如刀，

奈何，奈何，你奈我何？

乖乖回去睡觉吧，

不然抡镐把你头打破！

回去还得贴膏药。（此句可省）

金睛火眼的运矿车，

像飞虎咆哮临山野。（改成"咆哮山野像飞虎"如何？）

上陡坡、下险崖，（"上陡坡……"两句互易，可与"虎"协）

碾破坚冰碾破雪，

石头乱滚冻土裂。

埋炸药，装雷管，

山顶红灯一发亮，

连珠大炮轰轰轰。

铁石山，变棉团，

我像坐着沙发床。（此章赘累）

炮声过了夜战停，

叼支烟卷出避炮棚，

站在山头看夜景：

星海浮着白云山，

我们站在北斗上。（此章不洗练）

1959 年 1 月

战 黄 河

——战黄河之一

战黄河，战黄河！

提前献钢给祖国，

强迫浊水变清波，

千军万马战黄河！（茅批：也好）

风呼呼，雨哗哗，

黑云层层头上压！

黄河咆哮如醉龙，

从万丈高天乱滚下！

岩崩岸塌，

水急浪大，

漩涡张巨嘴，

醉龙舞爪露长牙！

狂风来助威，

暴雨来壮势。

要叫包钢的建设者，

认识黄河的老脾气！

提前献钢给祖国，

战黄河！

提前通水进钢都，

战黄河！

抢在秋汛前，

跃在山洪头。

鼓足浑身劲，

把时间蹬在两脚后！

指挥台上红旗红，

市委书记亲临阵。

扩音机插黄河头，

站着包钢的领导人。

共产党员，共青团员，

工程师，技术员，

老师傅，新徒工，

潜水手，老海员，

爆破手，老艄公，

挺胸卷袖在风雨中！

要用草包、土袋，

麻绳、钢索锁醉龙！

红旗怒卷黄河岸，

战歌冲上黄天上，

指挥台上令旗开，

地震山跳河摇晃。

千袋草，万包土，

压得醉龙直觳觫！

木桩打进黄河底，

钢钎凿破龙王府。

看暴躁的古黄河，

低头举手献降书：（茅批：气势刚健）

遵令不误期，

扭头分一股，

不含沙子不夹土，

送到阴山南山麓！

炸 黄 河

——战黄河之二

千里扬洪波，

万里泛金涛，

劈山穿石进东海，

南滚北翻任遨游。

问人间，何处有？

问天上，摇摇头。

好看、神气黄河壮，

高声歌唱黄河好！

千古惹不得，

神仙也难猜测。

试问谁敢来，

要黄河，改颜色？

草原钢都英雄汉，

钢筋钢骨钢铁胆，

骑着古黄河，

要它变模样！

斗黄河，炸黄河，

打穿河心埋炸药，

要它听指挥，

叫它听吆喝！

拦腰揪起黄河水，

抛上天，摔个碎！

重新安肝脏，

洗净大肠胃。（茅批：四句奇特）

乖乖扭转头，

向钢都吐清水，

迎接塞上天，

黄云变玫瑰！

镇 流 沙

——战黄河之三

天干地旱黄泥层，

稀稀拉拉野草花。

无风三丈土，

下雨尽泥巴，

一年十二月，

三百天风沙，

谁想这干地下，

暗藏着千里黄流沙？

挖一尺，长一尺，

掘三丈，长三丈。

晚上挖成沟，

天亮都涌满！

谁说黄河没头脑，

只会南北乱胡窜？
万年以前在地底，
做下千里弹簧床！

水泵，抽不出，
木板，挡不住，
日晒、风干的表皮上，
一拱、一拱在玩魔术：
一个、十个、一百个，
一千、一万、二万五，
稀奇古怪地拱出来，
大大小小的泥蘑菇！

黄河呀，你真机灵，
什么花样你都能！
黄河呀，你真可恨，
调皮捣蛋得气死人！
沙眼能喷十米高，
能咽一丈的长木棍，
不怕喉通破，
不怕胃撑崩。

大小石头铺下去，
咕咚咕咚就没影！

查遍世界技术书，
本本都没有好药方。
问遍高明的工程师，
都说没见过这怪泥浆。
黄河摆下流沙阵，
要和包钢的英雄们，
比比武、较较量：
"你们征服了老黄河，
不能就算打胜仗！"

战流沙，镇流沙，
斗力、斗智、斗思想！
日战夜战车轮战，
和流沙在地下开战场。
共产主义是不灭的光，
草原钢都尽巧匠。
看看胜利歌，
到底谁来唱：

炮弹井、刺水枪、针状管，

还有儿童玩水的唧水筒，

高老师傅治地下水，

给世界资料增了光。

土洋办法一齐来，

流沙停，蘑菇死！

科学之花在哪里开？

黄河水源流沙地！

凯歌飞报毛主席

——战黄河之四

战黄河，黄河输！

炸黄河，黄河服！

镇流沙，流沙死！

千年不遇的大山洪，

丢盔弃甲在水源地！

骑着黄河鞭三鞭，

按期赶到目的地。

放只雄鹰朝东飞，

凯歌飞报毛主席！

1959 年 1 月

乌兰察布（组诗 4 首）①

（茅批：此组诗大部分都好）

乌兰察布

达尔罕，茂明安，

蓝天绿野草芬芳。

蓝蓝天上飘白云，

白云飘在绿野上，

朵朵染着野花香，

飞在紫色的白云山。

阴山阴，阴山阳，

---

① 《乌兰察布·组诗 4 首》：《乌兰察布》《银河》《光环》《紫微星》发表在《诗刊》
1959 年 7 月号。收入《迎春橘颂》（人民文学出版社 1959 年 9 月版）时，在组诗中增加了《雁群》《丙班》2 首。

乌兰察布好风光：

天舒地展似碧海，

大风一吹翻绿浪。

阴山涌涌从西来，

千里滔滔奔东方。

阴山路，阴山道，

古来阴山静悄悄。

八月寒霜催草枯，

五月雪花屯山口，

长夜呜呜牧笛声，

声声牧笛央春到！

东风吹绿阴山草，

红白标旗满山飘。

钻探机篷架岗丘，

奇光异彩冲九霄。

野马扬鬃逗春风，

马兰赛翠花争娇。（俊逸）

阴山道，阴山路，

电光照进牧人户。

纵马驰骋阴山上，

擎着北斗漫山舞。

句句歌唱夜明珠，

颗颗吐上天，

落在乌兰察布！

银 河

达尔罕，茂明安，

乌兰察布胸怀宽，

托着一个大宇宙，

二十八宿任游玩。

万年风雪盖不住，

千场大雨灌不足，

大雪大雨你奈何？

红色裂纹——乌兰察布。①

---

① "乌兰察布"，蒙古语义为红色的裂纹。

达尔罕，青草长，

茂明安，黄花多，

青草黄花装不满

乌兰察布半个角。

阴山虽然身子长，

不过是条蓝腰缚。

地阔天空无负担，

好画画来好写歌：

瑶池月宫都搬下来，

露头露脚还露胳膊？

不如端起东大海，

在这泼出道新银河！

掰开阴山通东方，

端起东海引来光，

南北一倒三千里，

银河泼在草原上！（茅批：想象丰富）

人间银河亮闪闪，

天上银河光淡淡。

天上人间倒过来，

瑶池哪有草原暖！

河东河西牛女星，

何必再看老王母？

草原银河尽鹊桥，

迁户口，来蒙古！

光 环

泥巴塑神佛，

贴银又飞金。

智慧之光仍不见，

头背加个金光圈。

可是千里大草原，

寻找不到饮马泉！

月光冷冷不觉亮，

星辰暗暗不见光。

拜天不要起雨云，

留点微光照山峰！

雨云不来草不长，

牛马羊儿喝西风！

盼光亮，盼草长，

盼望白云山，

升起半道光，

人寿年丰牛马壮。

骑马踏碎阴山雪，

仍是寒星一月亮！

黎明礼炮迎朝阳，

钢都筑在草原上。

跨山越岭高压线，

从北京漫到白云山。

乌兰察布牧马地，

三千里路送流光。

千串万串夜明珠，

照亮阴山照明路。

北风吹呀，吹不灭，

黑云遮呀，遮不住。

蓝花紫火迎雪花，

千里雪海银蛾儿舞。

跳舞、摔跤、喝奶酒，

解开领扣放声唱：

白云鄂博戴宝冠，

千红万紫争光亮。

北斗星君移宝座，

光环冲起在白云山。

紫 微 星

光明长江草原流，

老苏和呀，睡不了。

躺着看，立着瞅，

合上眼皮又笑了：

清巴图龙呀，快起来！

乌娜琪琪格呀，快起来！

蒙古包里有电灯，

阿爸怎样也睡不着。

清巴图龙呀，拉响马头琴！

乌娜琪琪格呀，你吹牧箫！

给我端杯马奶酒，

乌兰察布呀，您大声笑！

万古以来点篝火，

千里草原一红豆。

蒙古包里教牧歌，

酥油灯头黑黝黝。

清巴图龙呀，拉响些！

乌娜琪琪格呀，吹高些！

阿爸唱出的光明歌，

狂风暴雪，它永远扑不灭！

毛主席呀，毛主席，

请您接受老牧人

一杯长寿酒！

半夜三更我睡不着，

为乌兰察布，我大声笑。

长寿！长寿！再长寿！

草原点灯不用油。

光明挂天窗，

春天随左右，

紫微星星飞进了

我古老的蒙古包！

1959 年 1 月

迎 春 橘 颂 ①

　　1月末，包钢的建设者们，正在编歌作诗迎接1959年的新春。建筑工程部第二工程局，送来三枚大红橘。附信上说：这是云南人民赠给第二届全国社会主义青年积极分子代表大会的，代表们转赠福建前线部队。福建前线部队将它献给伟大领袖毛主席。毛主席派人送到天安门前工地。首都的建设者，欢欣鼓舞，感谢毛主席的关怀！又将这三枚珍果，赠给在那里劳动和演出的中国建筑歌舞团。歌舞团来包头演出时，又献给第二工程局。

　　自古以来，橘子，被我们的先人视为人寿年丰、吉祥如意的象征。这三枚辗转千山万水，代表着劳动的欢乐、友谊和伟大领袖慈祥心音的珍贵硕果，传遍阴山南北，鼓舞着为提前参加钢铁光荣战斗行列的包钢建设者们。到处欢呼：

　　感谢伟大的人民，感谢伟大的领袖！

---

① 　发表在《人民日报》1959年2月21日。同年9月人民文学出版社出版了诗集《迎春橘颂》。

　　他们并决定将这三枚硕果，献给长期和全国人民一起支援自己的老大哥——鞍钢。

　　在这迎接第二个更大跃进春天的早晨，我受包钢建设者的委托，录下他们唱的《迎春橘颂》。

晨钟响，

朝霞红。

万里紫霞中，

播来《东方红》。

草原巨人第一岁，

要在绿野放霓虹。

迎春光，接春风，

阴山处处唱橘颂。

1958 年"大跃进"，

奇花开遍全中国。

云南橘林花似云，

结出历史的大硕果。

红绸丝带系果蒂，

送吉祥，送如意，

千山万水送北京，

献给劈山造海人！

火花升起北京城，

欢声雷动冲九天，

朝向西南谢谢昆明！

转向东南献给鹰群！

三枚硕果六亿心，

套索拉得更有劲！

阵地欢呼大海滚，

炮如巨浪泼金门。

雄鹰群，谢人民！

转身立正向北京：

祖国光荣归于您——

人民春天的创造人！

举着春光播全国，

夜以继日在工作。

夜夜明窗放春光，

照耀祖国好山河。

伟大领袖伟大的心，

时时刻刻念着人民。

手托硕果站窗前，

望着首都的建设军。

硕果送到天安门，

红霞碧海出太阳，

卷扬机奏移山歌，

歌手捧接来塞上。

鹿的地方千里平，

溢满千山万水情。

歌台上下百花开，

硕果转送昆都仑。

阴山处处唱橘颂：

迎接千里情，迎接万里恩！

迎来移山拔海劲，

领袖送来的春光明！

矿山礼炮似春雷，
催花开，催草青。
黄河擂响迎春鼓，
提前推醒桃花汛。

春风和，春光好，
塞上春光比往年早。
钢铁黄河要诞生，
腿蹬手动要扬金涛！

冲出路，铺成道，
载着阴山载着草，
跟着祖国向前飞，
给人类的春天祝长寿！

硕果捧上白云山，
拔剑切片金色云，
雄鹰带到鞍山去，
献吉祥，献誓言：

冶炼钢铁千万吨，

铸成天梯上星云。

站在星云唱凯歌，

踏下钢铁军脚印。

1959 年 2 月

万 里 东 风 古 塞 红

——1959年2月18日参加包钢跃进誓师大会有感

万里东风古塞红，

一川春花带雪开。

紫霞如纱罩钢都，

巨人立在阴山麓。

金盔金甲红战袍，

撩开紫霞向辕门口，

勒马横刀大声报：

"祖国呀，老三到！"（茅批：此句妙）

1959 年 2 月 18 日

二 月 龙 抬 头

二月龙抬头！

阴山涌涌似波涛。

黄河试腿试胳膊，

凌破冰开惊山岳，

千里咆哮奔东来，

唱起大地回春歌。（茅批：也好）

二月龙抬头！

战旗浪淹阴山道。

山头雪化河冰消，

战士摩拳战马叫 。

点将台下的钢铁军，

等待吹响前进号！

红 旗 飘 飘 点 将 台

万道江河汇东海，

八方人马会"南牌"①。

通宵达旦迎太阳，

红旗飘飘点将台。

来自茂明安，

来自达尔罕，

来自性急的老黄河，

来自沙漠的棹子山，

来自摩天的高炉顶，

来自云端的转盘上，

来自海角天之涯

---

① "南牌"，包头市昆都仑区旧称"南牌地"。当时包钢建设指挥部门和生活福利区设在此。

不睡不眠的铁腿汉。

红旗飘飘点将台，

党的号召下达来：

攻三关，拔六寨，

出铁炼钢轧钢材！

焦炉跃前出好焦，

电气铁龙上矿山。

猛战黄河交清水，

乌拉山前去迎太阳。

高炉准时喷新霞，

把时代红光洒天上。

攻三关，令下来，

红旗飘飘点将台。

命令钢铁第三军，

战场开在古塞外。

春雷声起将台下，

千条铁臂举起来，

草原风断水停流，

誓词碰山山裂开：

战三关，攻三关，

阴山南北大决战！

要古老黄河头一次，

在我们手下变清流。

要古老塞外从今后，

夜夜黄天像喝醉酒。

揉碎白云铁矿山，

铸成钢锭拽成条。

钢锭砌道登天路，

钢条架成飞虹桥。

要一穷二白的大荒野

绣出一幅美湘绣！

感谢春天，感谢党！

感谢人民赠力量！

请历史证人老阴山

写下千古第一章：

毛泽东时代，

能使乾坤随人转！

擂 响 跃 进 鼓

红旗遮天，山让路，

鹰群队队出山谷！

万里黄河躬起身，

车吼马叫阴山麓。

第三方面钢铁军，

擂响春天的跃进鼓！（茅批：有气势）

红旗遮天，山让路，

决战号角声呜呜！

战天、战地、攻铁山，

战火、战水、攻冻土。

吆喝黄云大搬家，

让给包钢放紫雾！

红旗遮天，山让路，

钢铁黄河出内蒙古：

教茫茫千里野草花，

为时代开花为时代绿。

教滚滚黄河放声唱：

钢铁春天，永在包克图！

冶 炼

冶钢阴山上，
淬火黄河水。
不做暖棚花，
愿学山松翠。

1959 年 3 月 20 日

一枝马兰花 ①

七十多米的吊车下，
谁在钢板上画画？
钢板岂肯衬凌霄，
擦掉改画枝马兰花。

七十多米的吊车上，
一个姑娘在攀高塔；
进了悬空的操纵室，
挥动钢臂拨云霞。

今年三月雪刚消，
从农村来到阴山下。

―――――――――

① 发表在《新港》1959 年 10 月号。

听说分配学开吊车，

在高空工作心胆怕。

自愿报名来包钢，

怎能说出"我害怕"！

跟着师傅到工地，

看见吊车喊"我的妈"！

姑娘想起在老家，

规规矩矩过了十八。

走快一点奶奶说，

卷起裤腿妈妈骂。

眼红男孩天不管，

能下河去抓小虾，

能上山去追蛇鼠，

爬上树顶掏小乌鸦。

矿石炼铁铁炼钢，

回答师傅说"我敢爬"！

其实两条腿，

早就发软又发麻。

争气、争气、再争气，
听师傅教，听师傅话，
别让那些男孩子，
小看我是女娃娃！

"别老往上看，
别老眼看下；
累了歇一歇，
再往塔顶爬。"

姑娘在上师傅在下，
攀着铁梯登高塔。
上了三层往下看，
脚软得像谁在搔脚丫！

"有出息，真行呀！"
师傅笑着把气打。
七层九层都上了，
看见天地真伟大：

蓝蓝天，牛奶云，

千里春风柳吐芽。

雄鹰就在身旁飞，

真想伸手去逮住它！

歇了歇，往下爬，

师傅保护在底下。

锻炼一次又一次，

三次五次把胆练大。

五天过去十天来，

一川开满野桃花。

姑娘上下爬铁塔，

好像松鼠跳丫杈。

十天过去一月满，

开车吊装除尘塔。

姑娘写信告妈妈：

"我在天空逗云玩耍！"

七十多米的塔吊下，

钢板画着枝马兰花。

绿叶不怕大风吹，

蓝花不怕暴雨打。

1959 年 7 月

新 黄 河 赞 （组诗 5 首） ①

新 黄 河 赞

我前年初访河渡口，

雷震千里过洪波，

风吹弦鸣催唱歌，

口干舀水不能喝，

喉哑强对着黄天唱，

黄云漠漠把山遮没！

我去年再访河渡口，

钻探浮箱锁断了河，

---

① 以下的 5 首曾以《新黄河赞》为题收入诗集《勘探者之歌》。写于 1959 年 8 月。

水底炮声把河举起，
抛高掼下问如何？
拦住泥水分头流，
强迫狂涛改性格。

我今年又访河渡口，
半道浊流变清波，
我取杯绿水照远山，
透见长空过天鹅。
挽袖举水奠山川，
拨弦赞唱新河歌。

时 代 的 大 门 开

出焦的红云朵朵飞，
出铁的鼓声阵阵催，
两岸红旗迎黄水，
引导流进人造海！
时代的大门开，

招黄河，流进来！

"千年一清圣人出"，
李白的好诗传千秋，
阴山等得秃了头，
不见黄河流清流！
流清流呀，变清流，
莫让古代的大诗家，
震撼千年的好诗句，
空在黄河水上漂！

人造砥柱拦狂涛，
黄河河上盖高楼，
今天黄河要成绿水，
山花开满阴山头。
时代的大门开，
唤黄河，流进来！

绿灯打开门敞开，
请黄河，流进来！
粗声厉气千万年，

今天唱起翻身歌，

在进水口前笑出个

温柔和气的大酒窝！

钢铁时代的大门开，

红旗领着朝霞来。

招黄河，唤黄水，

你来！来！来！

为电、为热、为绿野，

为钢、为铁、为钢材，

带着水族鱼、虾、蟹，

一同流进新时代！

齐 唱 欢 歌 向 太 阳 [①]

洪波后浪推前浪，

---

① 　此诗编入《中国人民的诗人》法国巴黎 P.J. 奥斯瓦尔德出版社 1969 年版，法语译者
Michelle Loi。

浩浩荡荡黄莽莽。

九曲黄河十八湾

齐唱欢歌向太阳！

进水口前三回旋，

水似黄龙团团游。

再三告别淤沙洲，

流进光明大道口。

黄河水，朝上流，

吼声如雷要出头！

脱凡胎，换凡骨，

解脱泥沙万古愁！

红墙白石沉淀池，

惹来白鹭绕天飞，

等看难驯的黄河水，

任人指挥流向北。

万花飞舞万珠抛，

黄水穿地冲出来！

咆哮直蹿如飞龙，

扭头飞进人造海！

又恨又爱千万年，
谁甘一利有九害？
阴山冶铁建钢都，
半条黄河变绿海。

唱着欢歌带着笑，
黄水绿了向北流，
穿过沙岗穿过丘，
去浇红钢都花万亩。

黄河水，不再黄

黄河水，不再黄，
蓝莹莹，绿汪汪，
往高流向乌拉山，
迎焦炭，迎电光，
迎接千古大牧野，

吐出一座大包钢！

新杨嫩柳夹大路，

秃山又长满小松树。

水泵歌唱黄河水，

九十九盘上高炉，

化气、化云、化紫雾，

和钢铁红光齐飞天，

洒红今天的包克图。

时代的大门开，迎太阳！

黄河水，绿汪汪。

绿水汽化变金云，

随风飘，任风荡。

荡到三门峡，

拦洪"长城"三千丈。

荡到刘家峡，

人推大山把河拦断。

万年黄河水，

眼看绿汪汪。

时代的大门开，迎太阳！

黄河水，永将不再黄！

鲤 鱼 母 亲 之 歌 [①]

　　引黄河水进沉淀池沉淀后，我所看到的情景。

小鲤鱼，跟母亲，

藏在欢呼的河水里，

进闸门，出泵站，

穿闸井，过暗渠，

优哉游哉，跃进了沉淀池，

左右上下尽是新鲜事。

咿咿呀呀乱编歌，

提出成万新问题：

"好妈妈，怎回事，

---

① 此诗收入童话诗集《金色的海螺》（花山文艺出版社 1998 年 3 月版；湖北教育出版社
　2010 年 7 月版）时有改动。

我没摆尾，也没拨鳍，

不知不觉，轻轻松松，

一下到了这儿呢？"

"小乖乖，听妈唱，

去年山洪冲出谷，

冲来朵野花报消息：

草原在建设大钢都，

要叫古老的黄河水，

滴滴水儿都变明珠。

咱们不再喝泥水，

今天搬家到清水湖。"

小鲤鱼，好高兴，

看见周围光又明；

往上瞅，蓝莹莹，

往下看，亮晶晶；

鼓鼓小鳃鳃，

吐吐小泡泡，

小珠儿，串串往上升。

高兴得跳起来，

快乐得不安生。

看见白云影，

泡在水底下，

鼓足力气想叼住它，

块石撞疼了小嘴巴！

"妈呀，妈呀，好疼呀，

这块东西会咬嘴巴！"

"小乖乖，别鲁莽，

听妈妈唱完再去玩：

上头飘着的是云，

碧蓝碧蓝的是天，

深深的水底泡着的，

是云的倒影三四片；

水上红红的是太阳，

晚上还能看见小星星。

这些不算了不起，

人造的银河更迷人！

"黄河黄，黄河黄，

自古不见水不黄，

浪大水凶多灾难，

鱼族家庭常冲散！

乖乖生在好时辰，

看见青天看见星星。

"将来黄河全清了，

永不在浑黄水里过日子。

鱼虾水族都感谢

快乐站在湖堤上，

会移山倒海的英雄们！"

鱼妈妈，含笑又含泪，

抱着乖乖嘴对嘴：

"让妈妈给你呵—呵！"

小鲤鱼，摆摆尾：

"不疼、不疼、不疼了！"

一下挣开妈妈怀，

自由又自在，

在绿色的水底追云飞。

1959 年 8 月写于黄河工地

1962 年 8 月改于北京

灯 海 ①

一

登上塞外的新高点——

红旗飘舞的高炉上，

尽眼望，阴山下

古代的敕勒歌故乡。

敕勒歌似黄河扬秋风，

震撼代代人心弦！

小时候，我在南海的渔船上，

曾经将你比大海，

曾经将你比汪洋，

风吹草惊绿滔滔，

---

① 发表在《解放军文艺》1960 年 11 月号。

像大海翻起千层浪。

重造山海的时代来了，
古阴山，飞跃的鹿，
我曾亲眼看见你，
从沙窝变花圃，
从荒野变钢都，
乌兰察布黄花地，
红星旗下开出路。
我曾亲眼看见千万人，
挥热汗，化冻土，
用电光、柴火焚烧掉
被千古飞沙笼罩住
那个昏昏黄黄的大穹庐！

二

敕勒川，阴山下，
砂僵地，石旮旯，
长着顽强的野桃树，
密密麻麻的长刺像钢牙，

— 553 —

抗风、抗雪、抗雨打！

十年前，蝗虫飞满天，

十年前，野鼠乱毁地，

军阀、土匪、东洋兵，

皮靴钉，马铁蹄，

踏在人民的脊背上，

逍遥自在任奔驰！

刺刀下，强破毁庄稼，

改种大烟拔莜麦；

拿逃荒流落的农民血，

浇红朵朵罂粟花。

夜半河空风吹来：

"哥哥你走西口呀，

妹妹泪双流！……"

这句口内姐妹的苦歌声，

随着夜哭的黄河水，

呜呜咽咽水上漂！

牛马骨头遍野抛，

马头琴碎牧歌绝。
黄泥土城的暖炕头，
唱风花，歌雪月，
鬼群乱舞大烟枪，
吮干了人民身上的血！

敕勒川，阴山下，
砂僵地，石旮旯，
抗寒的野桃要开花，
长刺拱破层层雪，
向东迎接出海红霞！

三

万群孔雀大开屏，
金色的海霞升起来；
骏马、炮车载春雷，
红旗、野火融雪海。
万首战歌催草青，
万炮雷鸣轰河冰，
咆哮千里掀起了

红色时代的红色春汛！

红色春汛，横冲直刷来：
荒凉寂寞冲下海！
篝火残灰刷下海！
飞沙滚滚的黄风天，
横冲直刷进大海！

红色春汛，横冲直卷来：
枯枝败叶扫下海！
万代尘埃卷下海！
"穷无寸铁"的苦年代，
横扫直卷进大海！

四

黄河岸上炮群开，
指挥阴山重排队，
喝令黄河换清水。
大地重造天重安，
造个大灯海，

镇住古塞外！

昨天的黄沙道，
今天的迎钢街，
三十公里绿杨树，
三十公里明灯路。
绿树藏红灯，
红灯透绿树，
像七彩长虹卧灯海，
放光横越阴山麓。

黄河水，水弯弯，
弯来弯去九道九，
流过阴山夜夜笑，
仰面问天河，
比比谁风流：
万盏明灯万条影，
万条火龙水中漂，
想冲出急浪腾高空，
送光赠亮上九霄。

鼓风机站试送风，

蒸气腾腾云涌涌，

仿佛夜海排巨浪，

冲洗千古大苍穹。

火车鸣笛远方来，

像鲸鱼，喷水游大海。

车灯万只扫四野，

似万条蛟龙赶夜会。

炼焦炉，炉门开，

吐红光，排紫雾，

疑是海中的仙人岛，

忽然放奇光，

远射银河路。

万紫千红的繁灯之海，

出现在红色的包克图！

五

古塞外，阴山下，

十年飞过千年路：

开山大炮震天地，

隆隆一跃变钢都，

钢花飞舞阴山上，

铁水奔腾内蒙古。

红色时代的繁灯之海，

永远镇住曾经是：

古代寒流，

大漠冷风，

吹得碎石满天飞，

白草凄凄的黄沙塞。

如果古代歌人人还在，

怎不长揖下跪拜，

重造山海的红色时代？

站在塞外的新高点——

红旗飘舞的高炉上，

尽眼望，阴山川，

古代敕勒歌故乡。

弧光阵阵的异彩中，

红色的音符飞出来！

阴山下，敕勒川，

金色朝霞，笼罩四野，

天明净，野芬芳，

风吹花飞见冶钢。

黄河岸，阴山下，

这里不再叫塞外，

这里叫作毛泽东时代，

钢花飞舞的繁灯之海！

1959 年 8 月

雪 海 风 吹 牧 歌 来 ①

乌兰察布长，

乌兰察布宽。

夏天千里铺绿绒，

冬天群山戴银冠。

道道丘陵道道岗，

一高一低像海浪。

白云鄂博铁石好，

"包钢"在这里开矿藏。

一天有两部大卡车，

---

① 作者曾在 1972 年 6 月修改过此诗，并将其收入童话诗集《金色的海螺》（花山文艺出版
社 1998 年 3 月版；湖北教育出版社 2010 年 7 月版）。本书选用的是首次发表的版本，收
入《勘探者之歌》（作家出版社 1963 年 8 月版）。

从阴山开回白云城。

拉着电机和电线、

载着好多好多箱电灯，

要把昨天的牧马地，

装成银河一样明。

卡车开进阴山口，

卡车开进阴山道。

草原忽然起大风，

刮得沙飞石头跑！

大风猛吹大雪下，

千里茫茫白花花。

路标找不到，

四野无人家。

后头的司机叫起来：

"李东海，走错了，

赶快转车往右开！"

车轮动，雪花溅，

往右走了一小时，

白云鄂博找不见！

前面的司机回头叫：
"金乌子，不对头，
赶快拐弯往左走！"
车轮转，雪花蹦，
往左奔跑好半天，
还是不见矿山影！

向右开，向左奔，
东西南北难分辨，
团团转，团团转，
三百公里早跑完。
攀在车门朝四野看：
白云鄂博呀，
你躲在哪一端？

一千八百公尺高的白云山，
像缩进鹅毛堆里不说话。
一千八百公尺高的白云山，
像钻进雪海去玩耍。

没有树，

不知哪边树皮粗。

没有道，

到哪里找人问问路？

油缸汽油快用完，

心急口干肚子饿，

遍野雪花像白面，

就是不能当蒸馍！

汽车不敢停，

怕冻住灭火不能动。

望着茫茫的大雪海，

雪花扎得眼发痛。

团团转，团团转，

矿山像跟卡车在捉迷藏！

乌兰察布雪茫茫，

岗陵高低像银浪。

银浪漂来两群羊，

像千朵荷花漂雪海，

雪海风吹牧歌来：

"生在阴山上，

长在草原里。

赛西娅，

雪晴唱歌过南坡，

踏着雪花放羊去。"

"生在阴山后，

长在黄花丛。

娜布琪玛，

雪晴赶羊过岗丘，

牧歌飘在雪海中。"

一对小姑娘，

唱歌赶着羊，

赶羊赶到高岗上，

听见远方隆隆响。

隆隆隆隆朝东开，

隆隆隆隆朝西来。

嗒嗒嗒，嘟嘟嘟，

看见卡车迷了路。

赛西娅，向娜布琪玛，

娜布琪玛，向赛西娅：

"一定是矿山的汽车队

雪封道路不能回！

为着早日见钢都，

咱们给阿叔去引路。"

姑娘催马下山岗，

远向卡车扬马鞭。

大风吹着小辫儿，

像四条小龙在飞旋。

司机看见白山岗，

飞下两个红团团。

司机跳出驾驶座，

看见两个小姑娘。

"阿叔想回矿山吗？

我们两个有办法！"

司机不懂蒙古话，

一下憋成大哑巴。

"阿叔阿叔你说话，

我们来送你回家。"

司机光会呜啦啦，

赛西娅，乐得哈哈哈！

司机光会呜啦啦，

娜布琪玛，笑得嘎嘎嘎！

赛西娅，告诉娜布琪玛，

一同下马爬进车，

"嘟嘟——嘟嘟——嘟！"

指着前方告阿叔。

李东海，明白了，

金乌子，乐得光想跳！

指着山岗两群羊：

"咩——咩！"

是说没人看羊会跑掉。

赛西娅，摇摇头，

娜布琪玛，摆摆手：

"我们的羊儿马儿特别乖，

不会自由主义随便走。"

赛西娅，指前方，

李东海，开动卡车奔过岗。

娜布琪玛，手左转，

金乌子，方向盘向左拐弯。

不怕道路被雪封住，

赛西娅，眼睛会找路。

不怕大雪封路路难认，

娜布琪玛，牧歌能做指南针。

车轮碾着白雪花，

像白浪从两边溅起来。

远远看见白云山，

慢慢钻出大雪海。

卡车回来人欢畅，

沏茶招呼小姑娘。

金乌子，要领姑娘去看鄂博，

小姑娘说："晚回了羊群会批评我！"

小姑娘们要回家，

金乌子，开来一部小车子，

请小姑娘们车里坐，

嘟嘟开进雪海里。

太阳射出金色的箭，

射得远山红艳艳。

汽车撒出的牧歌声，

飘过茫茫的大雪原：

"生在阴山上，

长在大草原。

牧马地上建新城，

带来电灯带来明。

"包钢炼钢造汽车，

载我赛西娅，

载我娜布琪玛，

嘟嘟开到天安门，

去给毛主席献红花！"

1959 年 9 月

钢 都 颂 [①]

太阳升上黄河东，

万里晨光，照亮千山峰，

看乌拉山下，

冶金紫火映天红。

一颗露珠虽然小，

映着个太阳在当中，

十年建设内蒙古，

透见江山处处红。

回看九年前，

初冬飘白雪，

---

① 发表在《人民文学》1959 年 10 月号。

白毛风遮山边月；

晨霜染白黑眉毛，

夜半狼嚎遍山野；

祖国派来的勘探队，

带给草原光和热。

地球绕日十个圈，

阴山飞跃几百年。

白云鄂博长了翅膀，

神话般名字，

飞出大草原。

钢都建设在塞外，

旧包头变新包头，

红柳沙蒿的老荒野，

几年盖起万幢楼。

野鼠洞，狐狸窝，

随着硝烟变粉末。

古渡口，唱新歌，

炮轰坚冰解，

治服老黄河！

千年不遇的大山洪，
咆哮穿谷漫淹来。
数万铁军卷衫袖，
抱起大山洪，
抛进东大海！

战风、战雪、战黄沙，
报捷红旗似飞花。
六次春风吹草绿，
钢都的大身影，
耸立阴山下。

历史凯歌飞出庐山，
阴山擂起跃进鼓。
头炉铁水红光共朝霞，
提前升起内蒙古！

铁水奔腾在古塞外，
草原跃进钢铁时代，

"穷无寸铁"的苦年月，

永远一去不再来！

万里晨光，照亮千山峰，

草原唱起钢都颂，

祖国第三座钢铁城，

红光四射草原中。

跃马立在高山巅，

看冶金炉火照远天：

第四钢都在安柱梁，

第九、第十在测量……

听钢铁跃进的战歌声，

东西南北在大轮唱！

1959 年 9 月

献 祖 国 ①

——钢铁黄河第一支凯歌

阴山涌涌，似万杆红旗！

我们草原的仪仗队，

举红旗，千里飘飘迎东风！

黄河隆隆，下昆仑，奔东海！

我们钢铁的军鼓手，进东海，

迎接十月太阳出大海！

九月二十六日，

古阴山，吐旭日！

熔金四溢，红光四射，

包钢第一号大高炉，

唱起第一支凯旋歌，

---

① 发表在《人民日报》1959 年 9 月 30 日第 12 版。

迎接第十个光辉十月！

钢铁黄河第一口喷泉，

冲红乌拉山绿野。

五个寒冬天，

六个艳阳春。

我们奉祖国的命令，

在古代的敕勒川，

修座各族友爱的钢铁城。

突破旧时代的终点站，

驾驶头台铲运机，

开出包头旧月台。

向冻土，向冰雪，

向黄风，向荒野，

铲出一道大长虹——

三十公里的钢铁大街！

运来长白山红松，

运来海南岛黄槐，

运来友谊运来爱，

运来个永恒春天，

洒上古塞外。

五次冰封河，
六次桃花汛。
我们奉祖国的命令，
跨山越野送光明。

高压电线，北越阴山，
和着蒙古牧歌声，
漫过乌兰察布；
南奔黄河古渡口，
西接贺兰山上云中路。
在这纵横辽阔的蓝天下，
架起千里五线谱，
创作钢铁乐章第三部！

五番雪花飘，
六番春草绿。
我们奉祖国的命令，
向北铺钢轨，向南铺枕木，
向西边的沙漠铺红氆氇。

六个年头，六百里战场，

在一穷二白的古牧野，

用七彩金线，绣幅彩图——

现代化、自动化的大钢都！

要把无法无天的黄河水，

分流澄清进包克图。

狂风、暴雪、白毛风，

几次把天地吹得像转轳辘！

风沙、暴雨、大山洪，

曾经像把乾坤装进闷葫芦！

流沙眼，喷九丈黄脓水，

泥蘑菇，颤颤动动地拱出来。

稀奇古怪，千奇百怪，

似集中千古的山灵精怪，

层出不穷地拦路来！

困难似要把天盛崩？

这些可怜的微尘埃，

要蒙住战鼓，永远办不到，

轰隆一槌，都弹落东大海！

伟大时代的凯旋歌，

八月升起在庐山。

八中全会像日晷，

冲起人类历史的太阳上！

人民公社万岁！万万岁！

冲出崇山峻岭，

摇撼大海，摇撼大洋。

炼钢运动好得很，

带来像满天繁星的钢铁厂。

右倾先生请看看：

去年一阵跃进鼓，

草原钢都先生下，

两只小凤凰——

一叫小包钢，一叫中包钢！

庐山会议，光芒万丈！

射红太空，照亮草原。

八万炼钢第三军，

带着焊棒举着钳，

像八月钱塘江起潮，

涌在高炉主战场。

在灿烂灯海电花中，
写信给伟大领袖毛泽东：
提前出铁迎十月，
提前叫阴山彻夜红！
签名笔管似阀门，
落笔接上大光源，
移山拔海劲，
立刻贯全身！

更响的跃进号，震晨天，
更猛的跃进鼓，动草原，
阴山颤巍巍，黄河摇摇晃！
风、火、雷、电、水，
在高空、在地面、在地底，
纵横、立体、上下、交叉，
扭住时间大决战！
弧光照紫乌拉山。

九月二十六日，
古阴山，吐旭日！
熔金四溢，红光四射，

包钢第一号大高炉，

唱出红色的凯旋歌，

迎接第十个光辉十月！

帝国主义的寒虫们：

到底谁家的钢铁大挫折？

请看人民公社的社员们，

坐着拖拉机，胶轮车，

来看大包钢，出头炉铁！

专门偷抢文物的扒手们，

贵国博物馆里有空缺，

我们奉送部老牛车，

让你们为它念阿门，

呢呢喃喃说"中国共产党，

快把这些宝物全消灭"！

八万包钢的建设者，

高唱凯歌迎十月！

捧着头炉乌金铸成的

高炉模型第一座，

献给伟大的领袖伟大的党！

感谢信任，我们的伟大祖国！

辽东半岛，前时献鞍钢！

长江去年献武钢！

黄河今年献包钢！

西北的祁连山，

将献第四钢！

岷水、汾河、永定河，

珠江、沪江、雅鲁藏布江，

伟大的祖国有多少江河，多少山！

一山、一江、一河献一座，

排成钢铁长城达天河！

隆隆隆，辚辚辚，

历史太阳的车轮声，

压哑了秋末寒虫怪噪音！

隆隆隆，辚辚辚，

载着人类春天的车轮声，

将敲开个个行星门！

勘 探 者 之 歌

我带着探锤和琴，

漫游生我养我的祖国山河。

用母亲教给我的语言，

唱着母亲教给我的歌，

敲响大地的门环，

探寻宝藏，探寻音乐。

能找到最红的宝石，

我当然是十分快乐：

使建筑师和雕刻家，

建成红色的宫殿，

制成发光的雕刻。

如果只能找到黑色的泥土，

我仍然是一样快活：

因为将来在那里，

会种出奇异的香花，

会结出芬芳的珍果。

如果什么都找不到，

我仍然唱着希望的歌，

回望着万山标旗后面，

迈着雄健步伐的勘探者。

道路越是崎岖曲折，

越能锻炼我的双脚。

不断滑下陡坡，

不断绊跌栽倒，

倒在生我养我的土地，

倒在山河母亲的怀抱。

我仍然是那样快乐，

揉揉疼处，哈哈大笑，

仰听着盛开在树梢，

轻盈小巧的茑萝笑！

我想膝盖只能跪出个坑，

只有脚板才能踏成道。

我照样扬锤唱着歌，

从头迈步过独木桥。

幅员广阔的好山河呀，

蓝天绿野，雪海银山。

它曾用自己的独特彩笔，

绘出多少金碧辉煌的长卷。

它曾用自己的特色泥土，

塑出多少光照千古的形象。

它曾用自己的铿锵音韵，

唱出多少震撼万世的乐章。

它的千百万最好的儿女，

凭着自己的力量，

劈开惊涛骇浪，

把晨阳举起在东方！

我带着探锤和琴，

漫游阳光灿烂的祖国山川。

我迈过先人留下的脚迹，

跨上先人未走过的山峦，

寻找最坚最韧的金属，

来做震荡千秋的琴弦。

它能弹出祖国的鸟语，

能弹出出海的朝云，

能弹出三峡的水声，

能弹出黄河的春汛。

能弹出天山冰川解冻，

给戈壁带来万里绿茵，

能弹出第一代春花在月光下，

争开怒放的声音。

它能以南海浪涛的音域，

钱塘江潮的气概，

弹出涌过天安门广场

使东方红透的红旗之海！

我带着探锤和琴，

漫游生我养我的伟大山河。

寻找最坚最韧的金属，

寻找最响最亮的音色。

献给最强最大乐队，

弹出无愧于时代

最强最壮的中国的交响乐！

1959 年 10 月，于内蒙古

周总理从北京来 ①

风吹草浪一排排，

推出个太阳上天来。

霞光万道送银燕，

周总理，从北京来！

总理代表毛主席，

总理代表党中央，

带来热能带来光，

来贺鹿的地方变成钢的地方。

从前不出一斤铁，

如今一出像喷泉。

---

① 发表在《诗刊》1960年1月号。

金星飞舞冲出一道
钢的河流在乌拉川！

阳光织了道红彩绸，
挂在钢铁的喷泉口。
古老阴山双喜日，
百花齐放千山头。

一川红旗一川歌，
周总理，从北京来。
手拿金剪剪彩绸，
钢铁时代冲天飞起新塞外！

1959 年 10 月

欢欢喜喜来塞外

塞外平地建钢都，

红云朵朵飞包头

艄公摇送千船歌，

清晨飞渡野渡口。

阴山南北铺铁道，

草原要起万幢楼。

君不见，汉朝有个王昭君，

琵琶声断桃花河！

今天红日升雪海，

千山雪化水相和，

大河小水汇大流，

共浇奇花结珍果。

君不见，阴山南北迎春会，

五粮液，马奶酒，

和进琥珀合欢杯。

君不见，钢城双喜日，

马头琴伴采茶调，

拉手东郊看马球。

南国红豆北国栽，

欢欢喜喜来塞外，

为今天，为未来，

播下恩情播下爱，

播下欢乐播下歌，

播下恩恩爱爱给千万代！

1959 年 10 月

跃 进 城

古代阴山有只鹿，
为寻太阳奔东方。
跃过河流越高山，
跃过荒凉迎朝阳！

阴山山下有座城——
鹿的地方——包克图，
社会主义大飞跃，
红光一闪就变成钢都。

鹿会跳跃城会飞，
名字预见要出奇迹，
塞外鹿城新包头，
是座大跃进的钢城市！

1959 年 10 月

寄 鞍 山 ①

辽河冶金铸虹桥，

跨山越水开大道。

昨天我是鞍山人，

今建钢都来包头。

念鞍山，钢铁的幼儿园，

望着朝阳祝您好！

太阳出海照鞍山，

吻红了辽河吻乌拉山。

辽河高粱阴山草，

同沐春风共太阳，

鞍钢教巧万双手，

---

① 　发表在《文艺红旗》1960 年 1 月号。

彩虹搓线绣包钢。

吊起鞍钢出的钢，
把鹿的地方变钢的地方。
拿起鞍山的电焊条，
放弧光，发紫火，
画幅最新最美的大彩图。

鞍山天上明月好，
黄河月亮明皎皎。
月上大战阴山左，
月落大战阴山右。
千车月夜渡辽河，
热钢运到还暖手。

鞍钢炉光迎雪花，
万紫千红天上飘。
草原才生的钢巨人，
咿咿呀呀学唱了：
"大哥、二哥看看我，
我一跃把老虎吓晕了！"

鞍山呀，钢铁的幼儿园，

教会我唱一支歌：

孵出小鹰千万群，

放过大江飞过河，

建设钢都一万座，

和天上繁星比比多！

钢铁鞍山多喜报，

钢铁黄河冲出槽！

昨天我是鞍山人，

今天是包钢的泥炮手，

无钢的地方打出钢，

回报幼儿园，您教得好！

1959 年 10 月 12 日

六十年代

无 题 ①

欲觅强音震九天，

形式风格语声喧，

无才始觉为诗苦，

顿悟何如种瓜甜。

1960 年

---

① 1960 年在《诗刊》时写的一首牢骚诗。——作者注

　　此诗收入《晚号集》（人民文学出版社 2001 年 1 月版）。

风 暴 颂 ①

九级怒浪掀起大西洋，

十二级风震撼日本海，

连锁反应，席卷全球，

地中海，山呼海啸跳起来！

海鹰，拍浪击长空，

海燕，展翅掠风鸣。

闪电飞剑，劈开怒云，

放出雷霆滚滚落天奔，

咆哮怒吼撼动了

独立黎明的时代大门！

---

①　发表在《诗刊》1960年6月号，收入《阮章竞诗选》（人民文学出版社1985年4月版）。

民族独立的时代，

从风暴中，

从雷电中，

从红旗的海，

提着长剑，

踏着怒涛走出来！

血债淋淋的美国花旗，

托着几条毛毛蛆虫，

飘在疾风骤雨里，

飘在惊涛骇浪中。

黎明，来临阿尔及利亚，

风狂雨骤点兵马。

剑麻丛中，鹰飞起来，

军号震醒撒哈拉！

黎明，来临全非洲，

芭蕉在夜雨中开花，

一瓣张开一排蕉，

瓣瓣张着复仇的牙！

石油、珍珠，绿色的金子，

钻石、铀矿，红色的鲜血，

殖民主义的桃色的梦，

惊破了！

海螺吹起黑人家！

黎明怒涛，冲击岩岸，

加勒比海，骇浪排空，

像海底原油喷火烧红天，

美国的后院，变成前线，

白宫惊鸦，乱成一片。

尼加拉瓜，多米尼加，

游击战士，出丛林；

安达斯山群山动，

群山涌涌向黎明。

拉丁美洲，火山爆发，

太平洋上，海啸怒吼，

西方，九级巨浪，

东方，十二级风暴。

妇女，走出窝棚，

学生，冲上大街，

打烂了警察署，

俘虏了坦克车；

美国军营的营门口，

冲倒了美国一条狗！

怒涛，掀起鹿儿岛，

怒涛，咆哮北海道，

愤怒的富士山，

喷火大怒吼：

九千万人民的家园，

岂是美国一边疆州？

九千万人民的脊梁，

岂是美国的轰炸机跑道？

怒涛汹涌出广岛，

煤坑冒火烧九州！

愤怒的富士山，

喷火大怒吼：

起来，九千万儿女，

不当美军的肉靶子！

起来，女儿的母亲们，

不许刚开的樱花，

在美国野兽爪下死！

怒涛，冲向南平台，

怒涛，层层包围国会：

把美帝国主义的走狗，

从罐头里面掏出来！

千人针，一针千滴泪，

只见人出征，

不见人回来。

为稻花，为麦穗？

望穿山上云，

望穿大海水，

难望回来一把白骨灰；

财阀、军阀，膘满肉又肥！

军国主义留下的苦，

寡妇抱孤儿，

夜半枕边哭！

怒涛，咆哮南平台：

把美国走狗冲下来！

怒涛，咆哮全日本：

把美国强盗赶下海！

百年日美修好节，

广岛、长崎，天红如血！

第一个原子炸弹，

烙印留在地上，

第一朵蘑菇状云，

烙印留在天上，

人类第一种怪病，

烙印烙在千代万代人心上！

原子弹，你炸掉了

战争内阁一片瓦？

原子弹，你炸掉了

大本营里一块砖？

被打掉了下巴的大战犯，

现在全都镶上美国牙，

手中挥舞着美国造的枪，

骑在日本人民头顶上，

要跨过大海去蛇吞象！

百年日美修好节，

瘟神硬要来，

用火来迎接：

用磨快的古刀，

用复仇的长剑，

用唾沫，用牙齿，用铁拳！

用烧红的大铁链，

送给头号强盗、美国总统做花环！

黎明风暴起地中海，

伊斯坦布尔，动起来！

永无春天的土耳其，

怒浪开花冲上街！

怒涛，为春天寻道，

咆哮怒吼，

冲刷着苦难的土地。

怒涛，为罪恶掘坟墓，

咆哮怒吼，

包围着曼德列斯！

坐牢，关不住，

镇压，压不死，

气体，压成液体，

液体，压成固体，

苦难压成的大风暴，

如今爆发，掀起土耳其！

十二级怒浪十二级风，

地球被刮得跳起来！

一个新的造山运动，

发生在六十年代，

帝国主义世界，

一块一块被吞下怒海！

巴蒂斯塔的王朝，沉下汪洋！

美造的"南韩国父"，滚下大海！

曼德列斯，跌进地中海狂涛！

岸信介，快呜呼哀哉！

云涌涌，风滚滚，

怒雷奔东奔西在点名：

马德里，佛朗哥！

西贡，吴庭艳！

拉丁美洲的美国走狗……

你，明天受审！

你，后天判死刑！

独立黎明的大风暴，

猛烈些，再猛烈些！

独立黎明的大雷电，

猛追猛打，猛烈围剿！

换一个，冲一个，

变一条，打一条，

不管白狗换花狗，

都打它个断子绝孙，不留后！

独立黎明的闪电，

挥起惩罚之剑！

独立黎明的雷霆，

擂起审判的鼓声：

审判，帝国主义——

战争的祸根！

审判，侵略阵营——

战争的狗党狐群！

惩办，美帝国主义——

世界人民的共同敌人！

惩办，海洋大盗，空中小偷，

惩办，战争罪犯，强盗首领！

独立黎明的大风暴，

咆哮怒吼，咆哮怒吼！

独立黎明的大雷电，

轰击爆炸，轰击爆炸！

把帝国主义阵营，

轰成碎片，炸成灰渣！

用经过电解的熔钢，

重铸一个新日本！

重铸一座新釜山，新汉城！

重新铸一个土耳其！

重新铸块拉丁美洲！

重新铸块绿色的非洲！

用勇士的鲜血凝成，

用斗争的烈火焙锻，

用父母的泪海淬火，

千锤百炼的钢砖，

砌座和平的凯旋门，

迎接人类春天的早晨！

1960 年 6 月 4 日

日本人民干得好 ①
——欢迎日本文学家代表团

日本人民干得好，

立下了大功劳！

站在斗争的最前线，

手打豺狼脚踢狗！

日本人民干得好，

像足球好选手，

三脚把岸信介，

踢得无处走！

---

① 写作背景：1960 年 5 月 19 日，岸信介内阁在只有执政党参加的国会上强行通过了新的日
美安保条约。此后日本全国掀起了罢工、游行、围困美国访日代表团等反对浪潮。
此诗发表于《解放军文艺》1960 年 7 月号。收入《阮章竞诗选》（人民文学出版社 1985
年 4 月版）。

一脚南平台，

二脚北海道，

三脚把走狗，

踢进"大罐头"！

日本人民干得好，

万众心一条，

打狗打到主人头，

美国总统脑震荡！

头皮肿起个大鼓包！

日本人民干得好，

伸起多大的两只手？

连串掀起大海啸，

打晕了美国佬，

摸不着头乱哄哄，

侵略阵营乱了套！

日本人民干得好，

亚洲人的硬骨头，

保卫和平的史诗上，

记下你们的大功劳！

1960 年 6 月

日本人民站立起来 ①

一

六月的玫瑰，

殷红的花圈。

青年的鲜血，

溅红了东京！

血债，要用血来还！

埋进土里的青春生命，

要用战争罪犯的血，

来和泥砌祭坛！

---

① 写作背景：1960 年 6 月 15 日，有 13 万人参加的反安保统一行动中，约 1500 名示威者冲
进了日本国会。东京大学学生桦美智子在冲突中死亡。此诗发表在《人民日报》1960 年 6
月 20 日第 2 版。

勇士的尸首，

化作愤怒的火箭，

勇士的鲜血，

化为炽烈的火焰，

呼唤着自由、独立，

向法西斯冲刺！

二

六月十五日的东京，

惊天地，泣鬼神！

英勇的日本儿女，

挡着屠夫的刀刃呼喊。

"前进！踏着我的血迹冲上去！"

躺在血染的地上呼喊：

"前进！踏着我的身体冲上去！"

六月十五日的东京，

惊天地，泣鬼神！

日本的国土在阵疼，
独立的日本要诞生！

三

"起来，饥寒交迫的奴隶！"
《国际歌》，冲着勇士的血路，
向前进！
"起来，全世界受苦的人！"
《国际歌》，越过勇士的身体，
向前进！

太平洋，怒涛停啸，
东海水，海水断流，
高山裂开让出大路，
繁星集中千年的光耀：
让全世界看见——
一个英雄的日本，
站立起来了！

四

血的星期三，
新的一笔血写的账：
美国牵着岸信介，
血洗星期三！

血的星期三，
必须用血还！
复仇的威力
抬起、掀翻太平洋！

五

为独立战斗而死的勇士，
世界人民为你志哀！
在熔钢似的血泊旁边，
看屠夫岸信介，
将在钢剑前面跪下来！
艾森豪威尔已经在菲律宾

吓倒在阅兵的检阅台！

为自由而战斗的勇士，
是被压迫民族的榜样。
日本人民的英雄形象，
已经树在世界人民的心上！

六

六月的玫瑰，
殷红的花圈。
血的星期三，
必须用血还！
鲜血冲出的大路，
响着雄壮脚音——
向胜利前进！
向最后的胜利前进！

1960 年 6 月 17 日

向瘟神开炮 ①

伟大祖国的正义排炮，

在六月十七日的晚上，

向美帝国主义瘟神，

向世界头号强盗

开炮！

支持日本人民的斗争，

炮弹划破台湾海峡的夜空；

支持南朝鲜人民的斗争，

炮弹飞过台湾海峡的夜空；

---

① 写作背景：为了表示反对美国总统艾森豪威尔 1960 年 6 月 18 日"访问"台湾，中央军委
决定：按照单日打炮的惯例，于 6 月 17 日艾森豪威尔抵台前夕和 6 月 19 日离台的时候，
在福建前线举行超过平时力度的大规模炮击示威。17 日 17 时，大陆广播了福建前线部队
司令部《告台澎金马军民同胞书》，宣布进行示威炮击。美国国务院一反常态对此提出抗议。

支持亚洲、非洲、拉丁美洲，

支持全世界人民争取自由，

六亿人民示威的排炮

泼向瘟神的头！

把祖国的台湾打红！

把大海打红，

把天空打红，

把美帝国主义瘟神，

在太平洋上，

打他个天旋地转

倒栽葱！

伟大祖国的正义排炮，

朝着瘟神的路口，

开炮！

朝着世界空中小偷，

开炮！

朝着世界头号强盗，

开炮！

1960 年 6 月 17 日夜

白 云 鄂 博 交 响 诗 ①

序 诗　　乌 兰 察 布

劈开阴山重重山，
填平大壑填深谷。
壑谷填平铺铁道，
迎接春天到内蒙古。

凌晨骑马上阴山，
大雾封山云封树。
开山大炮声隆隆，

---

① 此诗发表在《人民文学》1960 年第 9 期；单行本由作家出版社于 1964 年 7 月出版；收入《阮
　章竞诗选》（人民文学出版社 1985 年 4 月版）时有修改。

群山回荡迎春鼓。

穿过雾海云间道，
立马山头看北麓
蓓蕾带雪遍野开，
乌兰察布花簇簇。

花的原野花簇簇，
香风荡漾黄沙路。
白云鄂博云中山，
藏在原野云深处。

第一章　白云巴特尔

乌兰察布晨风吹，
草浪排排像海水。
早晨涌出个红太阳，
红云朵朵像玫瑰。

东边羊群连羊群，

像大海泛起白浪花。

西边野马追野马，

似怒涛旋卷海云下。

达尔罕，茂明安，

察木壑，水潺潺。

紫微星，北斗下，

有座古老的大宝山。

大宝山，离天三尺三，

山头伸手能摸月亮。

一个童话像朵云，

天天飘在原野上。

马头琴伴古牧歌，

歌唱白云巴特尔。

追打敌人出草原，

三年回到察木壑。

察木壑，察木壑，

雪花飘飘雪花落。

年轻的白云巴特尔[①]，

骑着白雄马，

唱着凯旋歌：

"远征凯旋的小雄鹰呀，

阴山又在马鞍前。

年轻的白云巴特尔，

回到生我的达尔罕！"

大风漠漠，大雪飘飘，

敌人悄悄地奔来了！

勇敢的白云巴特尔，

把敌人赶出北山道：

"捍卫草原的阴山鹰呀，

飞出阴山又飞还。

壮年的白云巴特尔，

守在养我的茂明安！"

---

① "巴特尔"蒙古语义是英雄。——作者注

大风漠漠，大雪飘飘，
敌人偷偷地又来了！
白云巴特尔抡双斧，
把敌人砍下西山腰！

"怒击风云的草原鹰呀，
跪在草原向天盟誓：
谁敢再进阴山来，
白云双斧叫他死！"

大风漠漠，大雪飘飘，
从此敌人不敢来了。
有了白云巴特尔，
牛羊肥壮马长膘。

寒来暑往似车轮，
小鹰长成老山鹰，
胡子头发全白了，
还是手不离斧头，
脚不离马镫：

"天越寒冷冰越硬呀，

秋草含霜润根茎。

留下斧头给孩子，

草原代代有雄鹰！"

这一天，白云巴特尔，

骑着白马上山巅。

解下盔甲，留下斧头，

高歌纵马飞上天！

英雄飞天留下斧头，

牧民割草在察木垫；

英雄飞天留下盔甲，

牧民采石在南山坡。

万块石头献上山，

山头垒成个大鄂博；

万束蓬草夹山花；

插满山头敬鄂博。

英雄飞天留下名字，

留给荒山个好名字：

"白云布嘎达"①，

千秋万世传下去。

流传一代又一代，

代代有人编神话：

都说有人在月光下，

看见英雄骑着马，

夜里巡游草原上，

踏着白雪迎红霞！

代代牧民缅怀英雄，

放对白马在山中。

秋天下霜冬落雪，

代代献马不断绝。

一年一小祭，

三年一大祭。

骑着马，赶着车，

----

① 布嘎达，蒙古语义是神圣之山。——作者注

孙孙跟着老阿爷。

帐篷搭起宝山下，

牧歌阵阵升四野。

吹大号，摇法铃，

喇嘛念起《金刚经》。

马奶酒，敬千杯，

保马壮，保羊肥。

山花红，野草翠，

保佑草原的好风水。

吹号、擂鼓、又跳鬼，

赛马、摔跤、比射箭。

舞长袖，一川风，

挥长剑，天闪电。

马蹄蹬起万堆云，

马汗溅满山花瓣！

一年一小祭，

三年一大祭。

寒来暑往似车轮，

北边马群如狂澜。

反抗王公的一位英雄，
带着人马到白云山。

三角帅旗红牙边，
红波线绣在旗中间，
像奴隶鲜血汇成的河，
奔腾怒吼卷过草原！
帅旗插在白云山，
要和王公决死战！

王公军队从哪里来，
就从哪里打回去！
王公军队向哪里攻，
就消灭他们在哪里！

秋去冬来第三年，
起义的首领身中弹，
他靠着山岩挥长剑，
把王公的将军劈两半！

王公的军队逃跑了，

英雄血流湿战衣，

他扶着山岩举起剑，

指着山顶的红波旗：

  "生在阴山后，

  长在草原里。

  不做奴隶活，

  愿做英雄死！

  "白云布嘎达，

  永远不动摇！

  血染的红波旗，

  永远不会倒！"

起义的奴隶举起剑，

起义的奴隶举起刀：

  "奴隶血染的红波旗，

  冲开阴山冲成条道！

  奴隶血染的红波旗，

  永远不会倒！"

第二章　阿尔斯朗

马兰草，蓝花花，

叶儿绿，根儿大。

抗得暴风吹，

抗得急雨打，

坚冰不解雪不化，

拱破冻土长嫩芽！

白云鄂博白云山，

山南有个红山岗，

岗上石头如狮子，

立在草丛看朝阳。

牧民心爱这好景致，

用狮子来称这山岗：

"阿尔斯朗"节奏美，

天生的音韵能闪光。

小鹰代代在寒霜中生，

雄马群群在狂风里长。

从前有个穷母亲，

借这山岗做产房；

无情的天公用风雪，

迎接未来的牧马郎：

阿妈解开破羊袍，

把欢乐和苦难裹在心上，

裹进了孩子也裹进眼泪，

含泪喊儿作"阿尔斯朗"。

阿尔斯朗呀，阿尔斯朗，

在风雪中生在风雪里长。

从小在王爷的马群里，

熬过几十年风霜。

熬出一身好本领，

骑马射箭样样强。

老天爷下雪能封千山，

王爷一人有万里草场；

嘴能吞天却不敢咬

阿尔斯朗，这块老生姜！

狮生狮子虎生虎，

中年有了个好儿郎。

"海日巴尔"——黑老虎，

吃奶长大在马鞍上。

两岁走过千层峦，

四岁踏遍万道川。

夏天教子拉强弓，

冬天捧雪擦胸膛。

海日巴尔满六岁，

飞马回头射逃狼！

草绿移营山之北，

草黄移营南山下。

万里长空追飞云，

千里草原放牧马。

三十年前六七月，

来了外国的骆驼队。

踏过山，蹚过水，

踏得道道岗，

野花朵朵噘着嘴！

盯着白云衬背的白云山，

外国人，心发痒，

处处露出乌金石，

馋得口水三丈长！

白云鄂博好，

白云鄂博娇。

外国人，停下不走了。

帐篷支在察木垦，

水底苔绒颤颤摇！

阿尔斯朗勒住马，

站在岗上怒吹须。

帐篷扎得眼发痛，

恼得雄马乱顿蹄！

阿尔斯朗回头望，

白云山头云飞扬。
好像见白云巴特尔，
恼怒提斧在云头上。
好像见奴隶的红波旗，
火河滚滚扬波浪！

察木壑，水似奶浆甜，
奶大了阿尔斯朗。
乌兰察布的马儿壮，
驮大了阿尔斯朗。

西边远山起怒云，
烈焰道道喷红了天。
落山的太阳生了气，
千支火箭射草原！

阿尔斯朗，你老了？
阿尔斯朗，剑锈了？
大手一按剑柄上，
剑在鞘中铿铿响！

阿尔斯朗跑下岗，

奔回毡包不下鞍：

"海日巴尔快上马，

把狼烟升起东山峦！

外国鬼子来盗宝，

在白云山下扎营盘。"

海日巴尔奔东山，

狼烟冲起东山峦。

阿尔斯朗奔西岗，

月色如霜落满川。

月色如霜落门旁，

家家户户门敲响。

月色如霜满丘陵，

百里沙沙磨刀声。

月色如霜落马缰，

妇女在门前洒奶浆 ①。

---

① 牧妇在蒙古包前泼洒牛奶，表示祝福。出征时常用。——作者注

露珠滚滚草叶上，

红云升起在东方。

风吹马鬃如波浪，

刀剑如电闪闪光。

阿尔斯朗拧着胡子，

编成辫子挂上耳朵，

撩起长袍敞开胸，

卷起长袖露着胳膊。

单人匹马如风吹烟，

勒缰立在帐篷前，

雄马昂头呜呜叫，

前蹄顿石火花跳。

黄毛蓝眼的外国人，

汗珠冒起鹰嘴鼻。

矮脚狗样的通译官，

脸黄黄得像蜡纸。

阿尔斯朗指鄂博，

大声对着洋人说：

"它叫白云巴特尔，

曾砍下敌人头千颗！

谁想拿它块石头，

都得留下个脑壳！

英雄双斧在山上，

嗡嗡地唱了三夜歌！"

黄毛蓝眼的外国人，

吓得上牙打下牙。

叽里咕噜两三句，

通译翻成蒙古话：

"我们都是文明人，

游览中国到此行。

天气热得不能走，

饮饮骆驼再启程。"

阿尔斯朗指流水，

大声又对洋人说：

"此水名叫察木壑，

自古没有人敢惹。
不是主人请来的，
半杯不许别人喝。
看看水底的苔绒下，
蠕蠕动动的是毒蛇！"

说罢抬头望天空，
大雁排成个"一"字。
阿尔斯朗搭响箭：
"看我射中第九只！"

响箭嗡嗡射上天，
不前不后也不偏，
正好射中第九只，
外国人，吓青了脸！

阿尔斯朗呀，阿尔斯朗，
腿夹马肚手提缰，
四蹄跑起一溜烟，
扬弓奔回红砂岗。

道道丘，道道陵，
蒙古野马顿蹄声。
道道陵，道道丘，
刀影寒光层叠层！

战战兢兢拆帐篷，
慌慌张张上驼峰，
蓝眼钩鼻的外国人，
一下不见在黄风中！

骏马在草上奔，
小驹在岗上跑。
大鹰小鹰冲天飞，
群群飞落在鄂博：

"生在阴山后，
长大马鞍头。
黄旋风里纵怒马，
射落过天雕！

"白云鄂博好，

白云鄂博娇，

威武的白云巴特尔，

立在云霄捋须笑！"

海日巴尔

达尔罕，茂明安，

千道陵，万道岗，

一道高，一道低，

无边无际草茫茫，

大风吹来千层浪，

惊醒了睡觉的野黄羊。

老鹰老了小鹰大，

海日巴尔当阿爸。

男孙名叫鹰——布尔固德，

女孙名朝霞——乌蔺托娅。

阿尔斯朗胡子白，

当了阿爷笑哈哈：

马鞍左边抱小鹰，

马鞍右边抱朝霞！

夏天马饮北山沟，
冬天马吃南山草，
世世代代都这样，
牧歌悠扬阴山道。

战火连天遍野烧，
黄河咆哮风怒号！
对内如狼的蒋家军，
在日本兵前如羊羔。
往南窜，向南逃，
青草蔫了黄花瘦，
日本鬼子占包头！

红旗升起在大青山，
家家怒喊打鬼子。
苦难的群山敞开胸，
为杀敌军刀做磨石！

抗日红旗高高举，

举在马群羊群里。

千里茫茫的草和花，

瞪着火眼张着牙！

寒来暑往车轮转，

转来个夏天到草原。

夏天早晨风儿凉，

白头阿爷教孙郎：

布尔固德跃起身，

跳上奔马没鞍缰，

揪住马鬃拔出刀，

砍倒根根木头桩。

晨风飘起红头巾，

白头阿爷教女孙：

乌蔺托娅在马背上，

左手马缰右手枪，

岗陵走马如踏浪，

草靶个个被打下岗。

晨风吹，胡子根根动，

阿爷头白心更红：

挥弓跨马马如风，

领着后代学冲锋。

马头朝阳蹄奔东，

三马咯咯黄烟中。

千里茫茫的大草原，

被三马蹬得如转蓬。

远山向后倒，

大地声隆隆！

夏天青草绿油油，

海日巴尔站在岗头，

远方跑来一匹马，

近前惊叫："老朋友！"

黄沙道，北山后，

前年分手扬鞭走，

今天南岗上，

马头对马头：

"样子没变，精神挺好，

清巴图呀，想死你的老朋友！"

朋友来自大青山，

军装外套着蒙古袍。

岗头坐下话滔滔，

问了阿伯问阿嫂。

问罢孩子问姑娘，

又问东山青草有多长。

问北山，问南川，

问打豹子，问打狼，

问到抗日打东洋。

中国有了共产党，

东西南北开战场。

黄河岸，太行山，

从大江南北讲到长白山，

日本人，睡觉不敢脱衣裳！

归绥县，古城北，

青山支队马如飞。
像黄河掀起了桃花汛，
冲得岸坍岩崩石头碎，
日本鬼子变死鬼！

讲革命，讲道理，
讲起延安的古城上，
升起了，祖国的晨阳，
照得江山处处亮。

好朋友，清巴图，
使海日巴尔看到了，
阳光万里的新大道！
领朋友，访问破毡包，
组织牧民自卫队，
抗日火种处处抛，
只要微风吹一下，
野火遍山烧！

寒来暑往车轮转，
转来个夏天如火炎。

海日巴尔在三伏天，
看见一群黄色的狼，
白布贴着个红膏药，
从南走到宝山旁！

大炮架在东陵上，
机枪支在西山岗。
搭帐篷，立标杆，
车响骡叫狗汪汪。

山头挖探槽，
山腰采石样。
洋镐抡起在鄂博头，
洋锹举起在鄂博上！

牛群乱，羊群惊，
老鸦嘎嘎四散分。
绿草如茵的旷野上，
牧歌一下全绝音！

白云山头风呼啸，

白云山头云怒旋，

南望天边的大青山，

冲锋号声震山峦！

马肚擦过青青草，

马蹄飘过黄黄花。

海日巴尔到家门，

马汗落地滴答答：

"日本鬼子来盗宝山，

请阿爸原谅不下马！

"布尔固德拿起刀，

往东走！

乌蔺托娅带猎枪，

朝西走！

报告各家阿伯和阿叔，

半夜集合到花果沟！"

阿尔斯朗听到警报，

把烟杆折断在膝头！

取弓带剑出门口，
推开儿子拦着的手：

"白云巴特尔子孙，
人老硬骨头！"

乌云四起大风吹，
马蹄落地石头飞！
乌云四起风阵阵，
马鞭敲开毡包门！
乌云滚滚大风狂，
马声惊醒牧马郎！
乌云滚滚风如浪，
草原雄马全上缰。
乌云涌涌风怒号，
草原雄马全离槽！

电劈乌云云乱坠，
雷声震山颤巍巍！
岗在摇，地在动，
草原好像弓起背，

要把盗宝的日本人，

弹上高天摔个碎！

大风大雨阵阵催，

马似骇浪滚滚来。

电光闪闪雷滚滚，

人如惊涛涌涌来。

花果山，高又高，

沟口有两块高石头，

两丈的大石横在顶，

天生的一座大牌楼，

传说白云巴特尔，

点兵站在这石门口。

四方人马排成阵。

海日巴尔跃马上石门，

命令人马分三路，

黎明攻打日本人！

天闪电，刀闪光，

风催战马如急浪。

雨如子弹弹如雨。

泼在日本的帐篷上！

梦中惊醒的日本人，

来不及戴帽穿皮靴，

纷纷乱抢上卡车，

呼娘叫奶喊爷爷！

雨水蒙住挡风板，

侵略者，路全绝了，

魂飞魄散乱开车，

草原像滚锅在炖老鳖！

问谁再敢来草原，

薅片青草山花叶？

风雨停，东山朝霞好，

欢呼胜利迎清早！

又高又大的白云山，

披上金色的红战袍。

大鹰小鹰天上飞，
骏马雄驹草上驰。
乌蔺托娅和阿爷，
布尔固德和阿爸，
鞍并鞍，缰靠缰，
并马站在宝山下。

战马扬鬃人扬刀，
妇女献酒战马头。
阿尔斯朗在鞍上，
高举铜杯敬鄂博：

　　　"生在阴山后，
　　　长大马鞍头。
　　　白毛风里跨雄马，
　　　弯弓射杀阴山豹！
　　　白云巴特尔，
　　　战旗不会倒！"

战马扬鬃人举枪，
妇女献酒战马旁。

海日巴尔在鞍头，

高举铜杯朝东方：

    "生在阴山上，

    长在牧马场。

    暴风雨夜纵烈马，

    踏碎千山万道岗。

    为着白云山，

    寻找新朝阳！"

战马扬鬃人扬剑，

齐举奶酒奠青天：

    "寻找新朝阳，

    早日到草原！

    迎接新朝阳，

    早日到草原！"

第三章　　红泉歌

阿尔斯朗老阿爷，
领着孙孙下平野。
乌蔺托娅抱小羔儿，
唱着牧歌下山坡。
布尔固德赶羊群，
像山头赶下千朵云。

山间泉水静静流，
淙淙铮铮滴答答。
流泉清清照蓝天，
云影泡在水底下。
长长的苔绒娓娓动，
流泉给她在梳头发。

野花娇，野草翠，
乌蔺托娅笑得美，

气得野花鼓起了嘴，

惹来山风吹皱了水。

羊群见水咩咩叫，

羊羔叼着野花跳，

阿爷含着两眶泪，

不知想起什么了！

"乌蔺托娅，你过来！

布尔固德，站跟前！

听听泉水为什么，

取个名字叫'红泉'。

名字不是从天落，

听阿爷教唱支《红泉歌》：

"很古老了很古老，

天不下雨三百天。

青草不长花不开，

灾祸笼罩着大草原！

"央求老天，天不理，

央求大地，地不应。
大山旱得石头崩，
大地干得起裂纹。
日夜拜佛求神灵，
不见求来一片云！

"牛羊不叫马不跑，
牲口骨头遍地抛！
乌兰察布宽无边，
半缕炊烟都看不到。
烈日当空如团火，
个个毡包哭号啕！

"北山有个大勇士，
名叫牧人的儿子——
阿杜沁夫年十五，
曾在两虎牙下救牛犊：
把一只老虎打瞎了眼，
把一只老虎打掉了牙！
从小立下英雄志，
为草原的幸福不怕死！

"他两脚走遍三千里，
寻找不到水草地。
眼看牛马羊儿绝，
可爱的家乡人烟灭！
阿杜沁夫呀，
心痛如刀刺！
勇士来到这地方，
拔剑向天地盟誓：

"'牧人儿子生在这里，
阿杜沁夫跪在这里。
乌兰察布母亲呀，
我把热血还给您！
望它化为好雨云，
救活生我的大草原！

"'牧人儿子生在这里，
阿杜沁夫跪在这里。
乌兰察布母亲呀，
我把鲜血还给您！
望甘雨冲出道山泉，

救活养我的大草原！'

"阿杜沁夫宣了誓，
剑光一闪血喷天！
热血喷天化雨云，
哗哗甘雨往下淋。
电光一闪雷一声，
大山劈开分两边，
中间流出来一道
清清的好山泉！

"阿杜沁夫血流尽，
右手提剑交给牧民：

　　'莫让豺狼喝，
　　莫让狐狸舔！
　　天河不会落草原，
　　不许外人到泉边！
　　保护眼珠要用刀，
　　保卫泉水要用剑！'

"阿杜沁夫，阿杜沁夫，

活在代代人心间，

鲜血换来的好泉水，

代代称呼是'红泉'！"

阿爷教的《红泉歌》，

飞上天，飞出壑，

飞到天边又飞回，

飞进孩子的小心窝：

乌蔺托娅和弟弟，

两双眼睛四道河！

阿爷教罢《红泉歌》，

跪在泉边亲水波。

亲罢泉水拔出剑，

向孙儿孙女重唱歌：

"莫让豺狼喝，

莫让狐狸舔！

保护眼珠要用刀，

保卫'红泉'要用剑！"

第四章　　今天的清晨真迷人

今天的清晨真迷人，
四野雪山披白云，
头戴银冠争斗俊，
等待红霞来镀金。

清晨天，露珠圆，
圆圆的露珠似白银，
白银洒满青青草，
乌兰察布像云锦。
一匹雄马飞奔来，
踏下一溜绿蹄印。

海日巴尔的马儿快，
拉长弓，追野兔。
远方奔马朝北来，

停马一看是清巴图！

分手又多年，
相见在清晨天。
马头对马头，
跳下手缠手，
你捶我，我捶你，
搂住摔跤打跟斗！

摔了半天才肩靠肩，
坐在石头相寒暄：

"你瘦了。""我胖了？"
"不不，你我都没有变！"
放开嗓门儿哈哈笑，
一群百灵飞上天！

好朋友，带来的好消息，
乐得露珠闪光耀。
白云鄂博矿石好，
要建钢都在南山脚。

春鸟飞，春鸟叫：

春风来，春光到，

春光推着钢的时代，

推进古老的阴山道。

荒野要盖万幢楼，

电灯将照亮蒙古包。

海日巴尔跳上马，

不打野兔跑回家：

"草原的春天来到了"，

大声报告老阿爸。

阿尔斯朗一听到，

眉毛倒竖气呼呼，

胡子翘到鼻尖上，

冲着儿子就骂糊涂：

"英雄飞天在此山，

英雄旗插在此山。

海日巴尔我问你：

英雄双斧和盔甲，

藏在哪座山中间？"

"英雄飞天在白云山，

英雄斧头和盔甲，

藏在白云山里面。

阿爸我来问问您：

如果有人来侵犯，

手拿什么保卫草原？"

阿尔斯朗心发火，

说起话来像冒烟：

"难道你忘了英雄的话？

用枪、用刀、用长剑！"

"谢谢阿爸点醒我！

我去挖泥铸长剑！"

"海日巴尔，话怎讲？

挖泥铸剑？蠢儿郎！

红炉烈火千斤铁，

炼成百斤钢！

你配做白云巴特尔子孙？

羞煞我阿尔斯朗！"

海日巴尔忙弯腰，

右手垂在地毯上：

"谢谢阿爸点醒我！

海日巴尔成天想：

炼万斤钢，铸千把剑，

劈断北风，劈断荒凉，

劈开阴山通大海，

接新太阳到草原上！

阿爸呀，海日巴尔这番话，

像不像，英雄的子孙样？"

海日巴尔话没完，

阿尔斯朗精神爽：

"不是神仙谁敢想？

不是勇士谁敢谈？

海日巴尔你胸膛里，

跳着的是狮子的胆。

乐煞我阿尔斯朗！"

"谢谢阿爸称赞我，

活神仙，来到草原上，

白云鄂博英雄山，

为英雄后代准备好，

一山铸剑的钢！"

一山铸剑的钢？

可是它叫英雄山！

英雄山，谁敢动？

阿尔斯朗大声喊：

"海日巴尔，你到外面，

不然阿爸要拔剑！"

听说白云要开矿山，

阿尔斯朗心不安！

骑马上岗又下陵，

一天三看白云山！

"人来白云开矿山"，

像白毛风吹过草原：

吹进毡包里，

卷过牛羊圈，

"风水""英雄"加上"神"，

牧人心似车轮转！

"人来白云开矿山"，

像山洪冲刷古河川，

冲起牧主的大毡包，

掀起贵族的花地毯：

封建的年月要完蛋，

草原的铁链要断环！

矿山要开联欢会，

万张请帖飞万家。

海日巴尔骑着马，

访问东山访西洼。

看见两个大牧主，

吓唬牧民别参加：

"白云鄂博是神之山，

山里藏着对金睾丸，

如果被人挖走了，

千里牛羊要死完！

谁去参加汉人的联欢会

谁家先遭难！"

"白云鄂博是神之地，

山中有匹金马驹，

要被汉人盗去了，

草原永远不下雨！

谁去喝了工牧联欢酒，

乱棍打出草原去！"

海日巴尔跳下马，

把两个牧主拖下鞍：

"你曾见过金马驹？

你曾见过金睾丸？

我何曾见你的皮鞭子，

可怜牧民也是人？

我何曾见你祭鄂博，

少刮牧人半分银！

如今草原要见太阳，

你来吹阴风，刮乌云！"

牧主一见是海日巴尔，

转向牧民和牧妇：

"他引汉人来盗宝，

是出卖祖先的大叛徒！

想把乌兰察布剁成块，

送给汉人当礼物！"

海日巴尔两眼瞪得圆，

手上举着皮马鞭：

"是谁出卖过祖先？

是谁宰割过草原？

敢看着我眼睛，

重新说一遍！"

单人独马身无伴，
牧主的腰刀光闪闪：
"杀死这个狼崽子！"
冲着牧民狂叫喊。

疯狂地挥刀疯狂地骂，
何曾惊动一粒沙？
阿尔斯朗这一家人，
是抗风抗雨的草原花！
自己的舌头，
谁肯咬一牙！

海日巴尔靠着马，
冷眼笑等狼进攻。
牧主挥刀要动手，
回头一看，天旋地在动！

岗头站着一匹马，
鞍头像坐着一天神，

银须根根迎风飘，

怒目炯炯如火焚。

长剑拔一半，

横在马鞍前！

千里大牧野，

大风吹，卷起千排青草浪。

两个大牧主，

像逃跑的两条狼！

牧民牧妇迎接老人，

个个打开心窝的门：

"阿尔斯朗呀，阿尔斯朗，

好不好，敢不敢，

到白云山下去联欢？"

阿尔斯朗心烦乱，

坐在马鞍不发言。

"神山藏住金睪丸？

神山有匹金马驹？

您为神山拿过剑，

能不能，向我们说一句！"

阿尔斯朗心烦乱，

骑着雄马板着脸。

"英雄双斧头，

英雄金盔甲，

藏在宝山中，

是真还是假？"

阿尔斯朗心直跳，

眼望山头云在流。

不倒的红牙旗，

迎风飘拂在云头。

阿尔斯朗，全身在发热，

海日巴尔说宝山全是铁；

阿尔斯朗，心窝如滚汤，

海日巴尔说宝山全是钢；

阿尔斯朗，望着千里草茫茫，

海日巴尔说：

草原从今天起，

永不再荒凉！

英雄时代在往日，

扬鞭纵怒马，

攻关拔坚寨！

我老阿尔斯朗，

能大声回答：跟我来！

英雄时代到今天，

展翅冲长空，

劈山造大海！

我老阿尔斯朗，

瞪着眼睛，回答不出来！

阿尔斯朗不说话，

勒转缰，打雄马，

蓝天、绿草、草连天，

白云、黄花、花托云。

花的原野不解闷，

踏落一路黄花粉。

踏落一路黄花粉，
草原还是不解闷。
打马往回奔，
下马毡包门。

"阿爷赶快换新袍！"
"阿爷赶快换新帽！"
阿尔斯朗一进家，
孙女孙儿叽呱呱。
乌蔺托娅红又绿，
头上插着三朵花；
布尔固德吵嚷嚷，
毛手毛脚去备马。

"哪里去，听爷话！
真金得等火来烧，
好酒慢尝才知道，
味儿好不好！"

"老阿爷，听您话。
我们去宝山喝一口，
回来呵给您闻闻，
酒味够不够？"

"听爷话，不准去；
出门先要看天气，
走路先要分南北，
胡走路要迷。"

"老阿爷，听您话，
今天正是好天气，
我们先去看看路，
回来领您去！"

"阿爷不去我们去，
回来给阿爷报消息！"

小鹰羽毛满，
小驹鬃鬣长。
出门上马一扬鞭，

如风卷草浪。

"孙女、孙儿都如火热，
就我老人心如雪？"
忙换袍，忙换靴，
打着雄马奔过野，
跑到白云铁矿山，
参加工牧联欢节。

人如海水车如浪，
红白标旗满山岗。
《东方红》，颂歌声，
到处飘过两耳旁。

牧笛、渔歌欢又和，
马头琴伴唱秧歌。
工人敬酒牧民喝，
汉、蒙、回、满纵情乐！

阿尔斯朗八十多，
这样风光是头一回。

海日巴尔引清巴图，
向老人敬上酒一杯：

"记得那年打日本，
青山支队的敬酒人？
今天代表党委会，
热烈欢迎您！"

阿尔斯朗再三看：
"是你，是你呀，老朋友！
多少年不见？
没有胖，也没有瘦，
只是白了几根鬓边毛，
那时还没有！"

阿尔斯朗捋胡子，
连喝三杯笑呵呵，
大笑转身向孙女，
酒气呛得乌蔺托娅呀，
捂着鼻子躲：
"阿爷，阿爷，您别熏我！"

第五章　春天的歌

青草黄了雁南飞，
马群离山北。
秋风吹过冬天到，
满天飘鹅毛。

白云鄂博铁矿山，
白雪光闪闪。
工棚工房的屋顶上，
炊烟缕缕蓝。

乌蔺托娅和弟弟，
站在远处看风光：
北山放马三四个月，
白云周围全变样：
乌兰察布在修铁路，
爆破硝烟升远方。

白云鄂博山坡下，
耸起幢幢新楼房。

姐姐高兴弟弟欢，
家乡处处都在闪光，
忽然看到运水车，
嘟嘟开到岗子旁。

车门开，司机跳下来，
查轮轴，揭车盖。
姐姐弟弟跑下岗，
问司机要往哪里开？

司机摇头说不知道，
说哪里有水就哪里跑，
"送你们回家好不好？"
姐弟乐得老是笑。

乌蔺托娅坐汽车，
比骑马奔驰不一样：
轻得像风吹羽毛，

飘在银色雪海上。

司机讲着白云山，

明天的宝山通夜明，

下雪像银蛾满天飞，

飞在红灯绿火城。

布尔固德在车中，

比扬臂套马更威风：

万道岗陵如银浪，

银浪排排往后涌。

司机讲起大鄂博，

明天登山坐电龙，

电龙叼起半座山，

回头飞下白云峰。

冬天在车上讲白云，

像四野吹来暖春风，

姐姐弟弟耳朵听，

心早飞进春花丛。

乌蔺托娅想学会，
用电光彻夜把天照红。
布尔固德胆更大，
想骑电龙上天空。

谈铁谈钢谈采煤，
谈到电灯自来水，
司机谈到水，
苦脸又愁眉：

"就为电龙能早天飞，
愁白了头发是为了水！

"白雪茫茫盖满山，
东南西北都一样，
我白天寻，黑夜找，
怎么也找不到，
有水的好地方！

"白雪茫茫盖草原，
问鹰鹰不语，

问云云不言。

天无沿，地无边，

问谁都不知道，

哪里有水源！"

刚才话多像流水，

现在似水冻成冰。

忧愁望着大雪海，

姐姐弟弟心翻腾：

姐姐望弟弟，

弟弟望姐姐，

可是姐姐和弟弟，

都想着老阿爷！

冬天原野白花花，

东岗奔来一匹马，

海日巴尔离矿山，

鞍催雄马追晚霞。

夏天离开清巴图，

北山放马四个月，

回来看见一脸愁，
愁得眉心全打褶。

分担忧愁奔回家，
心事压人人压马，
压得茫茫的大雪海，
一溜蹄坑一溜疤。

天黑了，喂牛犊，
喂了牛犊请阿爸。
请阿爸，喝奶茶：
"听我说说心里话；

"老朋友，清巴图，
今天请我到矿山去，
说万事俱备就缺水，
矿山建设要误工期。"

老阿爷，不理睬，
狠狠抽着旱烟袋。

"缺水愁死了清巴图，
四面八方去找水。
派人奔东南，
派人跑西北，
五更人出去，
天黑空手回！"

老阿爷，不理睬，
抽烟一袋换一袋。

"天寒地冻风雪天，
乌兰察布人迷路，
工人寻泉水，
雪夜困山谷！"

故意把心事说得重，
有意把声音说得粗，
想让老人自己来打破
他那心上的闷葫芦！

老阿爷，噘着嘴，

翘着胡子磕烟灰。
乌蔺托娅靠前来，
阿爷转头头向左。
布尔固德靠前来，
阿爷扭身往后躲！

海日巴尔长叹气，
放开大嗓高声说：
"矿山没水怎能盼，
草原早日出天河！"

阿爷口不哑，
就是不吭声。

"矿山没水怎能盼，
早日登山坐电龙！"

阿爷耳不聋，
就是装懵懂。

布尔固德瞧姐姐，

乌蔺托娅瞧弟弟，

一家老小不说话，

静得听见针落地。

夜风呜呜门外过，

吹得毡包门要破，

姐弟忽然大声唱——

从前阿爷教的歌：

　　　"阿杜沁夫血流尽，

　　　右手提剑交给牧民：

　　　"'莫让豺狼喝，

　　　莫让狐狸饮！'

　　　阿杜沁夫，阿杜沁夫，

　　　如果今天人还在，

　　　看见草原落天河，

　　　定会舞剑迎钢花，

　　　改唱新编的《红泉歌》！"

《红泉歌》，《红泉歌》，

冲出毡包，震撼山岳！
震得阿尔斯朗，
转左坐，转右坐，
心上掀起大风波：

"献泉、献水换天河！
献泉、献水换天河！
《红泉歌》呀，《红泉歌》，
阿杜沁夫明明唱：
'草原不会落天河！'

"真出天河我不献，
是骒马不敢闯大阵！
不出天河我献了，
天旱牛马没水饮，
我挖出心来祭天地，
也是草原的大罪人！
长了白胡子，
抿紧老嘴唇！"

布尔固德见阿爷，

磕了烟灰嘴一翘！

乌蔺托娅见阿爷，

拉着被子蒙头睡大觉。

包里人静静，

门外风呜呜，

谁知阿爷是真假，

呼呼呼呼打呼噜！

启明星，出来了，

阿爷骑马离毡包。

越过原野上高山，

高山有个老牧人，

弹琴唱起《春天的歌》：

　　"人民的春天来到中国哟，

　　她信步在长江信步在黄河。

　　信步在昆仑信步在东海，

　　她安详地信步在中国。

　　"人民的春天来到中国哟，

百路花神舞呀舞婆娑。

飞过阴山飘落草原，

草原荡漾着春天的歌。

"春天的歌飞到草原哟，

乌兰察布要出呀出天河。

白云鄂博礼炮一响，

草原向钢铁时代向光飞跃。

"谁叫人民的春天住草原哟？

我仰问云中的白云巴特尔。

英雄回答是中国共产党，

她引人民的春天落户住中国。"

阿尔斯朗听了《春天的歌》，

心舒眼展乐呵呵。

一路走马一路唱，

山头听到的《春天的歌》。

天色蒙蒙山沉沉，

黄昏鹅毛雪纷纷。

黄昏下到天大明，

大雪屯满毡包门。

阿尔斯朗出门看，

千里草原白茫茫。

阿尔斯朗忙上马，

闯进风雪奔远方。

古来风雪屯门不出行，

鸦鹊不飞鸟不鸣，

羊不离圈马不放，

不访朋友不探亲，

不知老阿爷，

哪来的这股劲？

闯进风雪朝远奔，

上山岗，下土墩。

马蹄踏雪雪花飞，

团团踢起如烟滚。

雪花飞在眉毛上，

雪花飞在胡子上，
心急气喘出白气，
帽檐帽耳全是霜。

古来风雪屯门不远行，
不知阿爷哪来这股劲？
忽然听见嘟嘟响，
鞭催雄马追声音。

鞭催雄马追声音，
雄马快得似风吹烟。
还恼雄马跑得慢，
鞭得雪花团团旋！

心急马蹄忙，
心急马鞭忙，
奔过丘，跑过陵，
拦住水车在山岗旁。

雄马汗水湿马鞍，
雄马全身冒白烟。

好像跑得不过瘾，
昂头嘶叫乱转圈。

"同志如果去找火，
我勒转马头分道走。
同志如果寻泉水，
请跟在我的马儿后！

"乌兰察布万道岗，
骑马三年也跑不完。
天边多少座高山，
泉水都流在我心间！"

司机听了老人话，
漫天大雪变春花。
阿尔斯朗勒转马，
领着汽车过山坳。

风吹白雪落红泉，
红泉周围铺丝绵。
丝绵暖得红泉水，

冒起阵阵淡蓝烟。

泉水淙淙轻轻唱：

红泉永不怕冬天。

风吹白雪落红泉，

红泉水涡个个圆。

远远地传来马声欢，

水涡笑得更是甜。

泉水淙淙哗哗唱：

汽车载来个好春天！

司机欢跳在红泉边：

"多好一洼不冻泉！"

回头握紧老人手，

感谢声音震山间！

阿尔斯朗跪下来，

双手托剑向红泉：

"阿杜沁夫，阿杜沁夫，

代代记得这誓言：

'莫让豺狼喝，

莫让狐狸舔，

草原如今要出天河，

请先人收回这把剑！"

风雪停，好晴天，

带着男孙和女孙，

骑着马儿来鄂博，

会见矿山的领导人。

马奶酒，倒满角，

朝门外，向鄂博，

拉着清巴图，

举角唱着歌：

"阴山后，草原上，

草原的春天来到了。

白雪茫茫的原野里，

春花簇簇赛早开。

"牧马地，建新城，

我怎能站旁边光等待？

马要自喂儿自养，

万代福根要自己栽。

孙儿孙女都交给党，

参加把天河引进来！”

清巴图，接过酒，

回敬老人一大斗：

“感谢献泉水，

功高情意厚。

先请老英雄，

干斗长寿酒！

“白云鄂博的开山炮，

把穷苦的年代全轰掉：

一头羊换十根针，

两头黄牛换把刀。

开山大炮把旧时代，

打得不剩一根毛！

看‘穷无寸铁’这句话，

谁敢向我们再聒噪！

"祝朝霞冲天，小鹰飞，
草原飞进新时代。
祝草原第一代工人，
把万代春天捧进来！"

朝霞冲天小鹰飞

朝霞冲天，小鹰飞。
长空下，马奔驰。
风吹白雪逗标旗，
筑路夯歌处处起。

乌兰托娅穿工装，
牧马姑娘当徒工，
师傅来自五指山，
战争时代的女英雄。
女英雄见女骑手，
热似南海吹来的风。

问罢名字问年龄，

问是属马还属龙。

问罢年龄问志向，

为啥要当女电工？

"花爱阳光鸟喜晴，

朝阳牧坡草儿青，

夜行的骆驼爱篝火，

牧民女儿爱光明。"

"'牧民女儿爱光明'，

回答得多好，小丫头！

你是草原第一代，

迎接光明的女骑手。"

从这天起学汉语，

从这天起学算术，

从这天起向天河，

迈开进军的头一步。

缠线圈，安开关，

架天线，埋电缆，

千里草原的光和亮，

要抓在乌蔺托娅手心间。

师傅教她开电阀，

红光紫火光闪闪。

乌蔺托娅的肩胛上，

像忽然长了双翅膀，

腾上茫茫的碧天上，

在繁星中间学飞翔。

往日扬鞭过草原，

小如叶儿漂大海；

如今胸宽似天大，

日月星辰都装进来。

乌蔺托娅望窗外，

蓝天飘着白浮云。

从前的日子似云影，

飘过牧野掠过门：

口唱牧歌织花毯，

牧歌引线线穿针，

彩线有头歌难尽，

织上花儿织上心，

满眼仍然是——

漠漠的荒野几片云！

汉族师傅会教人，

教会技术教红了心，

牵着光源教牧女，

造个星海在白云镇。

布尔固德脱长袍，

牧民儿子学做工。

师傅来自辽河上，

有名的电车"老黄忠"。

老将今天收徒弟，

跟谁比来都不相同——

一见徒弟向前来，

一步迈有两尺半，

肩宽背厚胸膛直，

眼似朗星鼻如胆，

额前那撮黑头发，

又亮又硬不一般。

"这小伙子挺不错，

什么名字？告诉我！"

"布尔固德，新徒工！"

"好名字，会什么？"

"会骑马，能射狼。

会竖蜻蜓马鞍上！"

"会钻地？"

"找不到门。"

"想上天？"

"想得迷了心！"

"回答得好，来来来！

咱俩先来比比劲！"

师傅头天教徒弟，

不教汉语不教技术，

却从原野向山岗，

两人先来赛跑步。

连声大喊"一、二、三"！

一前一后像两只虎。

布尔固德抢了头，

师傅落在他背后，

想起师傅年纪大，

两脚有意放慢走。

"老黄忠"，怒冲冲：

"比赛怎能讲退让！

鼓足浑身劲，

看谁先上岗！"

布尔固德鼓足劲，

猛冲猛刺往前闯。

听到后面喊"加油"！

一股劲儿抢上岗。

师傅拍着他肩膀：

"这才像我的徒弟样。

你不是跟我在比赛，

是和时间赛腿长。

"你看草原多宽广，

小鹰学飞的好地方。

草原第一代工人，

要把落下的几百年长路，

用最快的速度全赶上！"

对面山岗一只鹰，

展开翅膀冲天飞。

布尔固德脸红耳又热，

抬头向师傅，

高声把话回：

"好马也得靠鞭催，

请师傅以后多批评！

布尔固德从今天起，

睡觉也不闭眼睛！"

东风吹融山上雪，

草根吐绿芽，

吐绿了大原野。

夏草秋花风吹去，

白雪又纷飞。

东风吹融山上雪，

号声鼓声阵阵催，

响彻大原野。

春花带雪漫山开，

黄河擂鼓夺钢铁。

黄河擂鼓夺钢铁，

阴山南北旗飘扬。

开礼炮，开礼炮！

迎铁，迎钢，迎朝阳！

开礼炮，迎朝阳

白云礼炮夜半开，

召唤黎明早点来。

白云礼炮早晨开，

迎接太阳上天来。

白云礼炮晚上开，

催唤电花千万朵，

把草原装成新天河！

童话时代到童话的山，

日夜奋战线路上。

乌蔺托娅铺电缆，

为草原接热接光亮！

童话时代到童话的山，

日夜奋战安配电盘，

乌蔺托娅用七彩线，

接来光明到草原！

真的神话到神话的山，

牧马姑娘在钢塔上，

听着昨天的古原野，

《春天的歌》在飞扬：

　　昨天的草原呀，

　　蓝天莽苍苍，

　　花的原野草茫茫。

　　牧歌唱罢风儿起，

　　牵马响铃铛。

今天的草原呀，

蓝天蓝莹莹，

花的原野草青青。

铁钳钳住新天河，

牵到草原城！

英雄时代到英雄山，

电铲日夜声辚辚，

铲平山岗犁平丘，

铺道铁路上白云。

英雄时代到英雄山，

电车线杆架云上。

布尔固德浑身是劲，

送下太阳迎月亮。

山顶线杆排排竖树，

排排竖在北斗旁。

山头夜风如海浪，

刮得排排都在摇晃。

高高线杆竖在高山，

高得松鼠也不敢攀！

布尔固德草原鹰，

高高攀在线杆端。

真的神话到神话的山，

牧人儿子在北斗旁，

听着昨天的古牧野，

《春天的歌》在飞扬：

　　昨天的神山呀，

　　青草夹山丹，

　　献给神山做花冠。

　　一夜山风吹过后，

　　花落青草黄！

　　今天的神山呀，

　　明珠千万串，

　　献给神山做光环。

　　挂起时代的大绿灯，

　　草原在飞航！

真的童话时代来，

奇迹从地下钻出来：

水晶城市白云镇，

从花的原野拱出来。

破碎厂，储矿槽，

像城楼，像城堡，

立在草原朝霞中，

千里迎接东方红！

真的神话时代来，

奇迹从天上落下来：

银光闪闪的新天河，

从北斗星旁流下来。

俱乐部，电影院，

像明珠穿成的光宫殿。

花的原野晚风香，

遥向北京祝晚安！

惊天动地的真神话，

惊动千里牧马人。

惊天动地的真神话，

逗笑了老牧民!

朝霞升草原，
小鹰上青天。

阿尔斯朗骑雄马，
古老的长剑挂在腰；
海日巴尔一道走，
奔下岗陵欢欢地跑。

雄马奔到宝山下，
看见了，布尔固德：
工装比起大长袍，
精神抖擞好颜色；
站在绿色的电龙上，
再看更是惹不得。

飞身跃下问爷好!
"老黄忠"，摇动阿爷双胳膊：

"请来看看草原鹰，

今天驾‘龙’上鄂博！”

阿尔斯朗想当年：

教孙儿走马射大雁。

如今汉族的巧师傅，

教孙儿驾“龙”上青天！

我扬手能套野烈马，

套不住满天云和风。

如今红旗一挥动，

荒野变成矿工城。

雄马奔到变电所，

看见了，乌蔺托娅：

长长辫子蝴蝶结，

铁钳改锥腰间挂；

红光满面眼睛亮，

像佛灯上结的红灯花。

孙女来问阿爷好！

师傅上前来祝贺：

"请看草原红朝霞，

一会洒出道天河！"

阿尔斯朗看师傅，

想起古代的王昭君，

千山万水结姻缘，

怎比今天的汉人心？

教会牧女造山海，

会造星星会造云！

阿爷万分感动连声说：

"自古我们是一家亲！"

电车鸣笛声呜呜，

车轮隆隆山哆嗦。

布尔固德一挥手，

驾着"电龙"上鄂博！

阿爷含着欢喜泪，

快乐的胡子迎风吹。

阿爷乐得好开怀，

千里野花开起来！

西天横抹着金边云，

蛾眉月，含着颗小银星。

乌蔺托娅请阿爷，

看草原天河放光明。

乌蔺托娅手一搬，

山头旷野光闪闪，

真像天上繁星落，

远远近近千千万！

阿尔斯朗好快乐，

出门打马游天河。

海日巴尔紧跟着，

两马八蹄声嘚嘚，

马鬃飘舞像水扬波。

奔过一岗又一岗，

到处是亮到处是光：

红、橙、黄、绿、青、蓝、紫，

奇光争喷在旷野上。

白云鄂博大宝山，

像珍珠宝塔层层亮。

层层亮，层层光，

朝霞一样的紫云彩，

飘在高高的北斗旁。

阿尔斯朗在马鞍上。

舞剑纵情高声唱：

"生在阴山上，

长在大草原。

代代野风吹白了头，

篝火照不亮羊马圈！

"雄马鞍头上，

八十又多年。

草原的春天盼来了，

乌兰察布是不夜的天！"

黄昏纵马过山岗，

驰骋草原天河上。

半夜纵马游天河，

向着东山迎紫光。

紫光射起东山外，
朝霞冲天，钢铁时代到草原来！
清巴图，上高岗，
和老朋友们在一块，
欢呼白云礼炮开：

　　"生在剑光里，
　　长在战火中。
　　战刀磨秃了阴山石，
　　战马顿矮了阴山峰！

　　"雄驹接老马，
　　一代接一代。
　　只有今天才接到，
　　万代常青的时代来！

　　"为春花，为春草，
　　为钢花飞舞的阴山道，
　　白云鄂博开礼炮！"

白云鄂博礼炮开，

草原朝霞升起来！

新的一代长大了，

乌兰托娅上岗来。

白云鄂博礼炮开，

草原鹰群掠天飞！

新的一代长大了，

布尔固德上岗来。

朝霞冲天，群鹰飞，

迎接太阳升起来！

白云鄂博礼炮开，

劈山造海的时代来！

"海日巴尔站右边！

乌兰托娅站左旁！

布尔固德再靠拢！

清巴图，老战友，

请向北京告诉党中央，

老牧民，阿尔斯朗——

三代举起手，

迎太阳！"

　　"阴山大黎明！

　　草原放异彩！

　　白云鄂博礼炮开，

　　金色的朝阳升起来！

　　草原长了金翅膀，

　　驮着阴山飞起来！

春云霭霭风习习，

草原飞起来！

春云霭霭风习习，

阴山飞起来！

越过旧世界，

抛掉穷年月。

白云鄂博礼炮开，

草原飞进钢时代！

终曲　东方红起看清晨

东方红起看清晨，

草原的风光迷煞人，

绿草青山连蓝天，

蓝天飘着金色的云。

古代的童话是人向着神，

今天的童话是神向着人。

社会主义的阴山后，

花的原野拱出座白云镇。

火车吐雾过山壑，

百灵飞舞蓝天心，

黄羊出神地远望着，

牧歌声里来马群：

迷人的草原迷人的天哟，

晨光飞进门。

我们的草原从今后，

天天都是好清晨。

1958 年 12 月—1960 年 5 月，第一次稿

1963 年 2 月，第二次稿

高 歌 团 结 到 明 天 ①

东风猛吹，

红日出海！

社会主义阵营胜利的红旗，

浩浩荡荡迈进六十年代。

看独立民主，

争取和平，

反抗压迫的怒火，

把帝国主义包围起来！

    全世界无产者，

    联合起来！

    团结起来！

    高举马克思、列宁的旗帜，

_____

① 发表在《诗刊》1961 年 1 月号。

迎接人类最新最美的时代！

帝国主义，

日沉半海，

命到黄昏又遇暴雨摧，

挣扎拼筑反动的防风地带。

看修正主义，

阶级叛徒，

披着革命的外衣，

在修补垂死的旧世界！

全世界无产者，

联合起来！

团结起来！

高举马克思、列宁的旗帜，

迎接人类最新最美的时代！

东风猛烈，

吹遍天涯！

帝国主义为所欲为的年月，

一风吹去永不再来！

看历史命运，

归谁主宰?

高歌团结到明天,

打碎锁链换取整个世界!

 全世界无产者,

 联合起来!

 团结起来!

 高举马克思、列宁的旗帜,

 迎接人类最新最美的时代!

1961 年 1 月

悼 亚 凡 ①

你春光满面上征途，

贺兰山上正飞雪。

相许勤写胜利歌，

向党向人民常报捷。

我回想去年酷热天，

世界反帝风暴月，

每次诗人的集会中，

你士兵的声音坚如铁。

奔赴农业第一线，

你名题红榜第一列。

两鬓新霜闪着光，

---

① 发表在《人民日报》1961年1月31日第8版。王亚凡（1914—1961），河南内乡人。他逝世后，作者曾参与《王亚凡诗抄》（作家出版社1962年8月版）的编辑工作。

你说身体比谁都优越。

塞外的严寒风又烈，
你浑身如同出炉铁，
热气腾腾的王亚凡，
我怎能相信已经永别！

窗外瑞雪正飘飘，
凯歌我们代你写！
反帝风暴在拔山海，
战歌我们代你写！

安息吧，亚凡！
未完的工作，
全由我们来承接！
红旗万里迎风飘，
灵武 ① 鲜花将红遍野！

1961 年 1 月 30 日

---

① 王亚凡 1960 年秋下乡到宁夏自治区灵武县，因意外于 1961 年 1 月 30 日辞世。

刚果，踏着血泊前进！　①

一

抗议谋杀的电波遍地起，

像天罗网着帝国主义者！

惩办谋杀的怒吼遍五洲，

像巨雷撼动全世界！

帝国主义者，

吃人的野狼群！

半个多世纪，

---

① 　写作背景：卢蒙巴是领导刚果从比利时人统治下独立（1960 年 6 月 30 日）的首任总理。
随后比利时殖民军、加丹加省和军队先后发动叛乱。同年 10 月卢蒙巴被联合国军软禁，
次年 1 月 17 日他和两位同事被叛乱分子残酷杀害，引起全世界的愤怒。此诗发表在《人
民日报》1961 年 2 月 22 日。

杀了一半刚果人！

美利坚，比利时，

新老殖民主义者！

偿还血债须用血，

旧债新债重重叠。

你们的狗血付不清，

骨头磨粉打成砖，

烈士墓坛铺台阶！

卢蒙巴、奥基托、莫波沼，

刚果人民的好儿子，

英雄的形象永不倒，

自由的思想杀不死，

被阴谋砍折的红火炬，

落地火燎原，

熊熊遍地起！

二

千层岩石，

压不住火山喷烈焰。

十个爪子，

撕不碎英雄的心！

千千万万个卢蒙巴，

从帝国主义的血爪缝，

吹起黎明号角，

挥起复仇长剑，

踏着殷红血泊向前进！

三

湍急惊世界，

汹涌的刚果河，

悲痛汇成大洪波，

咆哮立起在赤道，

千里掀起大怒涛，

冲进搅滚大西洋，

声震五大洲！

严办新老殖民者，

支持斯坦利维尔

合法的刚果共和国！

全球怒海浪排空，

捐助怒涛给刚果河：

冲出河床，刚果河！

卷着蓝色的瘟神旗，

横冲直刷出刚果！

冲上河岸，刚果河！

卷着新老殖民者，

横冲直刷出刚果！

冲破河槽，刚果河！

撕开卖国贼胸膛，

用他们的狗血祭山河！

四

用怒涛洗出新山川，

从血泊踏出新大道。

用惩办豺狼的长钢剑，

竖立在刚果河海口，

叫徘徊彼岸的野兽们，

远望钢剑身发抖！

新生的刚果共和国，
一定要耸立在赤道，
凯旋的旗和朝霞，
将拂红阿非利加洲！

1961 年 2 月 18 日

光明灯 ①

我沿着大海到处旅行，

黄昏路过一个农村，

风微浪细月色好，

忽然听到唱歌声。

开会？不像开会，

游行？不似游行，

万岁中国，万岁毛泽东！

百盏提灯照亮村。

灯下村街街上歌，

---

① 　此诗发表在《作品》1963 年 2 月号。作者于 1961 年 3 月 26 日—5 月 3 日到古巴访问，
其间经历了 4 月 15 日开始的吉隆滩战役。此间及回国后创作的古巴题材诗歌，结集为《四
月的哈瓦那》（作家出版社 1964 年 2 月版、五洲传播出版社 2015 年 9 月中西文对照版）。

家家迎接提灯人，

像元宵月下的荷灯会，

流进家家茅屋门。

我靠着村头的椰树干，

望着临街窗吐明。

村外阁阁蛙鸣乐，

村里一片读书声。

我继续沿着海旅行，

村村听到这歌声：

"美国同我们最近，

抢我们的东西杀我们的人！

中国同我们最远，

支持我们帮助我们！

古巴人人要识字，

中国送来光明灯！"

　　　　　　　　　　　　1961 年 3 月 31 日，于圣地亚哥

歌 赞 古 巴 民 兵

紫色的丁香丛丛开，

像朝云朵朵升蓝海。

弹袋束腰枪在手，

女民兵，列队走过来。

青青的棕榈耸云霄，

似万杆战旗迎风飘。

银光飞闪矮树后，

男民兵，在海岩挖战壕。

天连大海海连天，

人民团结如一人，

三千公里海岸线，

三千公里铁长城。

呼呼的松涛咆哮的海，

像钢水沸腾在熔炉膛，

时时刻刻在准备，

浇死侵犯的美国狼！

红红的太阳升海天，

觉醒的人民练兵勤，

不靠"上帝"靠自己，

拿枪保卫生存权！

1961 年 4 月，于圣地亚哥

马埃斯特腊山麓下 ①

马埃斯特腊山麓下，

每株椰树留着斑斑的弹痕。

顺着峡谷而下的山风，

吹来当年战斗的鼓声。

这条光荣的山道，

踏满光荣的脚迹，

从山下上去是七条步枪，

从山上涌下是万杆红旗。

没有武装的人民，

用敌人的武装武装了自己。

---

① 发表在《解放军文艺》1963 年 2 月号。

没有自由的拉丁美洲，

在这里开出第一块自由的土地。

马埃斯特腊山麓下，

留着一辆美国的坦克车，

山风吹着被打穿的钢甲，

日夜哀哭，呜呜咽咽！

这条光荣的山道，

烙印着英雄的奇迹：

在这里按着美国纸老虎，

拔掉了它的坦克牙齿！

这辆被拔掉牙齿的坦克，

告诉被压迫者一条真理：

不管帝国主义有什么牙齿，

反正都是可以拔掉的！

1961 年 4 月 3 日，于奥连特道中

古 巴 沼 地 行 [①]

绿色的丛林青青的草，

静静的沼林鸟声好，

柔枝掩映新公路，

母牛喂子百花洲。

萨帕塔，沼泽区，

黑土肥沃青草绿，

革命之前曾经是：

绿树严封的黑地狱！

春风不来日不照，

颗粮不长长鳄鱼。

---

① 发表在《北京文艺》1963 年 2 月号。

每年干季九十天，

路通炭夫泪如雨，

运出木炭烤乳猪，

富翁的情妇，

膘满肉肥愁得要死，

美容院门如流水，

吃药打针求腰细。

一年木炭换几袋面，

饿男瘦女笑容起，

半饱能添几滴血？

不够草蚊一夜吸！

窑火越欢人越瘦，

烤干炭夫的骨髓油，

丛林越黑火越红，

窑旁夜夜锻斧头，

等着浓云压压的海，

卷起黎明的大风暴！

黎明的"七·二六之歌"，

领着暴风进半岛，
根深蒂固的庄园制，
连根带叶被推倒，
不见天日的沼林区，
砸碎铁铐挥起手，
接来合作社红旗，
升起丛林和海边洲，
右手拿枪左手提斧，
在丛林砍出新大道：

这边盖房子，
那边盖学校，
变沼泽地区为良田，
让稻花香满海边洲。
恶树在钢锯牙下断，
穷根在铁铲口下死，
让嫩如黄油的新谷芽，
明天长满这处女地。

萨帕塔，沼泽区，
你转眼将成稻花的海！

茅屋门前的棕树下，
摇篮已飞出新歌来：

未见过五谷的丛林鸟，
快乐地飞去又飞回。
拍着浪花带着浪珠，
飞得这样轻，飞得这样快？
我的黑宝宝呀，
妈妈告诉你：
因为这里很快就成稻海！

未见过五谷的丛林鸟，
快乐地飞去又飞回。
庄园主老爷的皮鞭子，
永远不会落在我们的背！
我的黑宝宝呀，
妈妈告诉你：
很快绿风吹过稻香来！

多宝湖①边花

一

多宝湖，

多宝湖，

蓼花红似火，

芦花白如雾。

印第安人曾在这里，

绿水青萍上搭茅屋，

儿歌咿咿涟漪笑，

月光静静洒满湖。

多宝湖边花，

———————

① 多宝湖位于古巴南部的拉斯委拉斯省，是一处旅游胜地。

朵朵有泪痕。

湖边老树的丫杈上，

绞绳留下千道纹。

殖民将军升官快，

多宝湖上无活人：

茅屋成灰烬，

湖水血染浑，

吃奶的乳牙全砸碎，

儿歌绝，鬼火随风滚！

多宝湖，

多宝湖，

殖民主义的火和剑，

何曾把多宝湖折服？

印第安人用血和泪，

冲成湖形似人头颅！

愤怒的眼睛如喷火，

复仇的牙齿咬着须，

支流滔滔似怒发，

临阵迎风在飘拂！

多宝湖，

多宝湖，

五百多年来，

青草萋萋无道路。

谁曾带来一盏灯，

拨开青草照黑土？

只有流星落海空，

一闪擦过多宝湖。

二

多宝湖，

多宝湖，

蓼花红似火，

芦花白如雾。

朝阳从大海升起来，

春风吹绿湖边树，

英雄的"七·二六"军旗，

似金色云影飘满湖。

多宝湖边花，

朵朵红似火。

开垦良田的铁铧犁，

翻开沉睡的黑泥土。

阁阁蛙声欢，

油油湖水绿，

水上重新竖木桩，

按照原形搭茅屋，

儿歌的咿呀随月光，

夜夜在银波上飞舞。

多宝湖，

多宝湖，

百花洲里的绿珍珠，

一个有大无畏精神的好民族，

把爱情播在这黑泥土。

不曾屈服过的多宝湖，

水比哪代都更碧绿，

像头发后掠的支流水，

似昂向晨风在飘舞。

水榭楼台放眼望，

艳阳天，新开的路，

跑过撒欢的黄牛犊。

1961 年 4 月 10 日

椰 林 挺 立 烈 火 中 ①

美国的火箭炮，

烧死了海边草，

高高不屈的椰子树，

挺立在火中烧。

炮浪摧不折，

烈火烧不焦！

一队雇佣军，

好似饿狼群，

爬过丛林爬过沟，

偷偷地冲进村。

锅盖和碗盘，

———————

① 此诗的素材来自作者在吉隆滩战役尚未结束时的战地采访。

落满爪子印。

美国的大炮弹，

掀掉了屋檐板，

四个妇女和一个小孩，

被围在流血的刺刀前！

饿坏的雇佣军，

眼球暴红筋。

"快去煮咖啡，

快去炸牛排！"

唾沫、脏话从牙缝，

一齐往外喷出来。

好像这一叫，

古巴已吓碎了。

美国的燃烧弹，

烧焦了矮树林，

高高不屈的椰子树，

挺立在火中烧。

刺刀砍不倒，

火烧色更娇：

"咖啡早准备，

牛排早炸好，

都在民兵的弹匣里，

定叫你们盛个饱！

滚回海滩去！"

回身拿扫帚。

四个女公民，

挺立刺刀前，

语言压倒千门炮，

声音震海海怒漩：

"要古巴，不要美国佬！

拿枪的孩子们，向前进！"

不屈的椰子树，

挺立在烈火里，

手无寸铁的妇女们，

抱着孩子站着死！

血花喷出窗，

古巴的炮声隆隆起！

1961 年 4 月 20 日

母 亲 呐 喊 遍 丛 林 ①

夜半海风声怒吼，

椰枝沙沙响在海滨，

大炮隆隆压不住，

似母亲的声音起丛林。

无窝的小鹰在火中飞，

一个孩子扑进椰林，

快得像支小火箭，

追着一个雇佣军。

猛力夺过冲锋枪，

一脚把敌人踏在地，

——————————

① 此诗的素材来自作者在猪湾事件（又称吉隆滩战役），尚未结束时的战地采访。

敌人发抖喊"饶命"，
又喊"妈妈"又哭泣！

夜风吹着椰树枝，
像妈妈摸着孩子的头。
孩子举起敌人的枪，
对准敌人的胸膛口：

"你还知道喊'妈妈'，
我妈妈刚死在你的手，
这支打死我妈妈的枪，
我要用它报妈妈的仇！"

夜半海风声怒吼，
椰枝沙沙指向海滨：
"不让敌人活着逃！"
母亲的呐喊遍丛林。

　　　　　　　　1961 年 4 月 20 日从吉隆滩回来时写的

四月的哈瓦那（组诗 6 首） ①

清 晨 的 哈 瓦 那

一九六一年四月

十五日清晨。

加勒比海，风平浪静，

碧波绿漪笑盈盈。

朝霞还未出大海，

染紫白云层。

丛丛绿树树树花，

---

① 1961 年 4 月 15 日，美国空军突然轰炸哈瓦那机场，造成平民伤亡。此组诗发表在《人民文学》
1961 年 12 月号。

轻轻的白浪浪淘沙，

长空晨星静静看

藏在花中的哈瓦那。

在 空 对 地 导 弹 下

鱼潜海底，海鸥惊，

空中惯贼出云层，

美国的空对地导弹，

震醒了清晨的海边城！

椰树落叶，路灯灭，

房倒墙坍梁柱折，

摇篮着火奶瓶飞，

哈瓦那，在流血！

绿叶成灰青枝焦，

蓓蕾炸碎嫩芽死！

四岁的姑娘阿莉加，

血染被单肠坠地，

五一节日的新服装，

埋在碎砖破瓦里！

楼窗喷火，楼梯断，

母亲抱儿在火中转：

"救救孩子，起义军！"

火中跳荡着母亲的心！

埃 杜 尔 多 · 赫 尔 克

油棕挺立炸弹下，

民兵飞跃炮火中。

埃杜尔多·赫尔克，

准星朝着天移动。

饥饿，摆脱才两年多。

腰杆，直起才两年多。

世世代代只有他，

昂头骑马进大庄园，

欢呼土地断枷锁。

大风暴中舞瓦刀，

笑看美国星条旗，

像风卷的黄叶离海岛！

椰林、橘树、花岗岩，

从小陪着他长成人。

受气流泪渗进土，

土地从来不叫酸苦；

挨打流血倒地上，

土地从来不嫌他脏；

痛苦的过去托着他，

欢乐的今天托着他，

这座生他养他的长海岛，

清晨大早在挨轰炸！

脚下的岛屿在颤动，

头上的飞机在俯冲。

瞄准欺人太甚的美国佬，

从天空打到地狱中！

路边的油棕弹满身，

青青的枝叶落街边，

埃杜尔多·赫尔克，

腹部中弹血如泉！

打残油棕打不残心，

卷心绿叶似长剑，

亭亭耸立炸弹里，

高高直指蔚蓝天。

自由红花在血里开，

埃杜尔多·赫尔克，

从颤动的土地再站起来，

最后的一枪打上天，

告别亲爱的共和国！

他手蘸鲜血在门板上 [①]，

写下英雄名字"菲德尔"！

---

① 作者原文是"墙上"。新华社当年驻哈瓦那记者庞炳庵核实，应是代表团翻译的误译。现
　　从庞说改为"门板上"。

红色的珊瑚海礁石，

成群站立大海心。

恼得发紫的晨空上，

复仇的怒火烧红了云！

火 的 天 罗

严惩空中强盗！

古巴革命起义军，

高射炮弹打红了海上天！

严惩空中强盗！

哈瓦那城的民兵营，

高射机枪打红了海上天！

紫霞、金云、蓝天，

情愿打成马蜂窝，

不让空中强盗逃跑掉！

用枪、用炮、用烈火，

往天撒上张火天罗，

打死烧焦美国佬！

四 月 十 六 日

愤怒的海风卷潮来！

泼上岩岸，卷上大街！

人群涌上哈瓦那大学

古巴母亲的铜像来。

"恨我没有第八个儿子，

为祖国的自由而战死！"①

这句英雄母亲的话，

像不灭的火焰照着古巴。

哈瓦那城下半旗，

——————————

① 这是古巴第二次独立战争时，民族英雄马西奥将军母亲说的话。她的七个儿子都为古巴的
独立而战死。

— 751 —

哀钟沉沉慢慢起。
浅蓝的棺材雪白的花，
盖着无辜的被杀者。
雪白的鲜花青青的叶，
母亲心似钝刀切！

只见下颚在抽搐，
只见牙咬手帕撕成穗。
不能吻别吻青枝，
棺前落花片片碎！

自由的岛屿，打不沉！
站起来的人民，吓不倒！
棺材的玻璃窗孔中，
每个无辜的被杀者，
紧握着拳头，
倒竖着眉毛！

热 风 吹 沸 哈 瓦 那

热风吹沸哈瓦那，

送殡的队伍涌涌来。

敢说古巴无一兵？

敢说古巴被炸碎？

看！哥伦布公墓前 ①，

领袖们身旁，

民兵十万，

枪支十万，

钢铁臂膀十万双，

旗帜十万杆！

民兵十万，

枪支十万，

---

① 作者原文是"卡德纳斯广场上"。经新华社当年驻哈瓦那记者庞炳庵核实，应是代表团翻
译不熟悉哈瓦那地理所致的误译。现从庞说改为"哥伦布公墓前"。

像钢铁森林

忽然高耸插云端！

蓝天、绿海、花似雾，

今天才看见：

是海上的真明珠！

加勒比海水可枯，

拉丁美洲第一块

自由的土地，

永远不让路！

钢铁臂膀十万双，

旗帜十万杆，

像风吹怒浪

忽然拔海卷天上！

飞机封住天，

军舰锁断海，

封天断海锁不住

古巴的前进路！

向前！向前！战歌起：

"谁要不愿意，

就请吃药泻肚子！"①

广场旗海浪滔滔，

举枪回答美国佬！

鸦雀无声的教堂前，

女民兵，横枪在放哨，

等待蛇群出洞口！

小巷、街头、人行道，

黑人的小孩子，

托着木棒在练兵操！

古巴的首都外，

两千公里的大海岸，

两千公里在磨钢刀，

七百万人民振臂呼：

来吧，美国佬！

1961 年 4 月下旬写于哈瓦那

1961 年 10 月改于北京

---

① 这是古巴非常流行的群众歌曲，歌词大意是："向前！向前！我们一定要走社会主义，谁
要不愿意，就请吃药泻肚子！"——作者注

科奇诺斯湾颂（组诗9首）①

哈瓦那之夜

旗影逐渐远了，
浪声逐渐停了，
整天沸腾的加勒比海，
扬起夜风吹满城。

我靠着窗台看哈瓦那，
街灯在绿树里闪耀，

---

① 1961 年 4 月 16 日，美国支持的雇佣军在吉隆滩登陆，古巴人民奋勇抗击侵略。17 日作者
在下榻招待所古巴对外友协组织的情况通报会上，代表中国作家发言，以"让敌人活着
进来，不让敌人活着出去！古巴万岁！"结束发言；并在 20 日前往战地采访。此组诗发
表在《人民文学》1962 年 10 月号。

楼台下面的马蹄兰，

半开半闭在睡觉。

夜里的海城静悄悄，

浪纹在海堤下笑。

哈瓦那，你多像出火的钝钢剑，

试露了锋芒藏进鞘！

带咸味的海风阵阵吹，

我的心思随风遍岛飞，

一会儿飞到了东方省，

前几天漫游的古炮台。

树叶悄悄和花说话，

浪花轻轻给沙洗澡，

炮群静静地昂着身，

等待要来的大风暴！

我忽然飞渡南海峡，

登上闪光的松树岛，

"卢蒙巴营"在繁星下，

蹚过清溪进堑壕。

我一会儿飞到萨巴塔，
再访丛林的烧炭夫，
炉火照天锤声紧，
他们正在重锻开山斧！

心思随风上高山，
俯看茫茫的千里路，
椰枝沙沙在夜雾里，
似战马扬鬃等擂鼓！

光芒灼灼的新古巴，
拉丁美洲的先行旗，
我长夜不睡望着你，
为你编歌写证词：

让敌人活着爬上来，
不让活着逃出去！
让每块海岸的白沙滩，
变为敌人的乱葬区！

黎 明 早 潮 震 海 城

黎明早潮震海城，

海鹰拍浪浪飞腾，

海霞如火照红天，

哈瓦那，响起了动员令：

长滩、吉隆在战斗！

革命的民兵们！

来总部报到，

亲爱的第一八四营！

黎明早潮震海城，

海鹰拍浪浪飞腾，

海霞如火照红天，

哈瓦那，响起了动员令：

科奇诺斯在流血！

革命的民兵们！

祖国需要你，

英勇的第一百一十营！

黎明早潮震海城，

海鹰拍浪浪飞腾，

海霞、战旗红如火，

战歌、军鼓似雷霆！

早潮掀海鹰飞腾，

怒浪如山在海上行，

浪花喷溅的海滨路，

车在前进人在奔！

等　待

战鼓声，

震海城，

白头兵，

发返青，

只恨此身是客人！

我只好站在海堤上，

眼送征旗盖野云。

征旗远，

海天青，

白云净，

浪声平，

百花含香喷行人。

我走在明朗、坦荡的海城里，

远听吉隆的大炮声。

大街上，

旗招展，

小巷里，

歌昂扬，

橙子闪红在绿枝上。

桥头看见女民兵，

横枪监视着礼拜堂。

过林荫，

进厂门，

红炉火，

青又纯，

铁屑花里见真情：

枪在砧旁锤在手，

又是工人又是兵。

出城南，

走千村，

甘蔗花，

连天云，

蔗农挽袖立田埂：

每双眼里喷着火，

照红把把镰刀刃！

老和少，

女和男，

七百万，

坚如钢，

按剑站在战马旁：

远远听着吉隆滩，

丈夫、儿子斩豺狼！

海天青，

白云净，

海风细，

浪声平，

百花含香喷行人。

我远望路上的战车辙，

等待飞报凯旋的马蹄声！

沿 着 战 车 的 轮 辙 行

战云没散烟没消，

我沿着战车的轮辙行。

战友何须通行证，

只听沿路欢呼：中国人！

中国人民感谢你，

英雄古巴的骨肉情！

战云没散烟没消，

我沿着战车的轮辙行。

弹坑、焦土、碎瓦上，

剑光组成凯旋门。

被烧毁的蔗田田埂边，

笑谈如何捉伞兵！

战云没散烟没消，

我沿着战车的轮辙行。

绿洲不见白鹭飞，

另有风光更解恨：

美国的坦克底朝天，

在浓烟滚滚的火里焚！

长 海 滩

萨巴塔，

长海滩，

绿树、白沙、紫岩岸，

七天之前我曾来此地，

和炭夫握手问平安。

我曾赞美花儿好，

新居民点鸟声欢。

七天之后我又来，

科奇诺斯蓝海湾。

弹痕满树，炮洞满墙，

新居民点半成炭，

第一所初级小学校，

塌墙压碎了嫩花坛！

罪证重重，血迹斑斑，

蓝海风怒浪如山，

攀山上天又落海，

冲击着半沉的破军舰！

萨巴塔，

长海滩，

科奇诺斯蓝海湾！

我亲眼看见你从烈火中，

把敌人打得真够惨！

人工热孵的小王朝，

在滩头捣成稀巴烂！

萨巴塔，

长海滩，

科奇诺斯蓝海湾！

遍地炮坑炸弹片，

何曾损你的好容颜？

我沿着英雄的脚迹走，

听浪涛弹奏英雄赞！

赞 英 雄

风卷残烟过海天，

堑壕里，白沙烙着红血印。

血印引我又听到，

震撼清晨的怒潮音；

四月十七日黎明，

天冥冥，海沉沉，

沙滩只有海螃蟹，

成群结队在游行。

苍鹰，在岩洞看云飞，

民兵，在堑壕听海语，

流星拖着光尾巴，

悄悄出现匆匆去。

黑云、阴风天边涌，

水鬼、蛙人海底来，

烟里的老鸟逃命急，

火中的幼鸟叫声哀！

炮声震海，弹片横飞，

硝烟弥漫，火势猖狂，

硝烟弥漫的堑壕里，

挺立着二十二面铁胸膛！

浅滩卡车登陆艇，

载着强盗靠近滩，

军舰推来的骇浪峰，

千座万座卷上岸！

萨巴塔，萨巴塔，

沼地恶草根才拔，

初见阳光的处女地，

第一批谷种正吐芽！

初生的谷芽嫩如玉，

初长的芽根正得时，

能让脚下的蓝海岸，

变成地狱的门槛石？

骇浪峰，推上岸，

跳过堑壕闯后方，

换班走过的路两旁，

是绿野花树，蔗园糖厂！

狂风暴，火舌怒，

正向纵深开辟死亡路。

烈焰烤焦的脊梁后，

有父母妻儿、学校、幼苗圃！

不能后退，只有抗击，

二十二支步枪在一起，

拦住火箭，顶住弹雨，

挡住坦克的钢牙齿！

岸打塌，岩轰毁，

二十二颗红心打不碎！

鲜血溅红了发报机，

血随着电波向全国飞！

血 随 着 电 波 向 全 国 飞

血随着电波向北飞，

飞进马坦萨斯城，

刚毕业的民兵重集合，

提枪跑步出营门，

高呼抵抗美国佬，

面向火云急行军！

血随着电波向东飞，

飞进斯恩富戈斯，

英雄的斯恩富戈斯纵队，

像怒雷隆隆过沼地，

怒吼包围美国佬，

面向浓烟在飞驰！

血随着电波向内地飞，

飞进首都哈瓦那，

试过锋芒的复仇剑，

拔出横在军旗下：

无情地惩办美国佬！

剑光起，喇叭震天涯。

吉 隆 道 上

我告别英雄在堑壕前，
顺着沙滩的红脚印，
穿过没扫除的地雷区，
继续向吉隆滩前进。

疏疏朗朗的海边树，
像绿纱帷幕绿珠帘，
透出的大海蓝英英，
浪纹笑得多么甜。

科奇诺斯蓝海湾，
我会见了多少英雄汉：
有庄稼人，有泥瓦工，
有船工、水手、打铁匠。

永忘不了那位老民兵，

他为我招来个少年郎：

不满十四岁，

乳牙刚换完，

可是三天三夜忍着渴，

三天三夜忍着饥，

三天三夜在一起，

突击、冲锋，冲锋、突击！

那被荆棘剐破的小脸蛋，

那被海风吹皱的小嫩嘴，

使我话从心里喊出来：

古巴呀，你笑得多么美！

多少父子英雄，

多少好汉兄弟，

冲锋在一起，

杀敌在一起，

为祖国的自由独立，

流血在一起！

这样的人民这样的兵，

问谁能把它打赢？

看杀人发家的美国佬，

这回在古巴折了本。

两年准备在三天半，

全军覆没鬼吹灯！

海 献 凉 风 浪 献 花

海献凉风浪献花，

沿路油棕披海霞，

硝烟散尽沙滩白，

我又到吉隆来做客。

旧游地，新战场，

天如昨日宽，

海如昨日广。

七天之前在晓色里，

拦波桥头看朝阳，

紫雾蒙蒙海茫茫，

点数白帆在雾里航。

如今又在晚霞里，
点数打沉的断桅樯！

我爱看出炉的熔钢水，
什么色彩都没有它美。
我爱看云层飞出的电，
什么光亮也没有它纯。
我爱你炮烟熏黑了脸、
弹洞满衣襟、
烈日晒红的古巴人！

心如海水清，
肝胆照见人，
万里长风吹满袖，
高歌大笑立海滨。

旧游地，蓝海滨，
战后风光多动人：
沙滩白，红霞艳，
笑声、蓝海、金浮云。
敌人登陆的蹄迹上，

又盖上溃败逃跑的赤脚印！

海献凉风浪献花，

"七·二六"旗帜真潇洒。

我住过的房前青草坪，

残兵败将头低耳耷拉！

丧魂失魄眼歪斜，

装模作样声悲切，

可是手上的金戒指，

胸前的十字架，

沾满了古巴妇女儿童的血！

火云汹涌蓝海上，

怒浪摇撼蓝海岸，

夜雾网着雇佣军，

被押送后方受审判！

我向海借歌向浪借花，

向每天的朝阳借红霞，

献给科奇诺斯蓝海湾，

感谢英雄的萨巴塔！

请晴阳献虹霓做绶带，

请夜空献星光做勋章，

授给科奇诺斯蓝海湾，

这块英雄海岸的夜空上！

海献颂歌浪献花，

向英雄们告别在海之涯！

我沿着缀满星章的海上天，

穿过浪花撒起的白羽纱，

奔向灯火辉煌立海上，

五一盛装的哈瓦那！

1961 年 4 月下旬写于哈瓦那

1962 年 9 月改于北京

阿托埃依祭 ①

太阳落蓝海，

怒云红似血。

绿浪排空喷白雪，

奔腾咆哮声激烈。

灭绝一族生命灭不了名，

绞死一族人民绞不死心，

阿托埃依临死的话，

万世永生不绝音。

五百多年前，

晚潮扑海滨，

---

① 发表在《人民日报》1961 年 8 月 27 日。

古巴最后的一批印第安，
最后的一滴血流尽！

残箭留在棕榈干，
风吹箭翎声凄惨。
不沉的羽冠在海上漂，
浪涛戴着撼岩岸。
只有阿托埃依一个人，
受伤被俘虏，
捆在炮车边。

海盗的长剑血淋淋，
染污了青山和绿野。
眼泪流干河水枯，
岛屿长千里，尽是炮车辙。
水上的茅寮树上的家，
浓烟冲天吐火舌。

听不到，独木船头的划水声，
只听到，海湾岩下水呜咽，
听不到，芒果树林的摇篮曲，

从此后，歌声永断绝。

亲爱的民族谁还在？

谁还在？谁还在？

问天、问地、问沧海，

不尽的腥风滚滚来！

阿托埃依眼要迸了，

阿托埃依胸要破了，

问天、问地、问沧海，

西班牙人算什么？

如果它们也算人，

怎能以杀人来取乐？

怎么从船上爬下来，

全是腥臭的蚂蟥、喝血的蛇！

看绿树不留一片叶，

青草不留半寸根，

绞绳套在脖子上，

圣洁的天堂敞开门——

神父的秃顶光油油，

不知是涂上了什么油？

看他的黑袍软柔柔，

不知是什么皮制造？

手上的黄金十字架，

遮住抽搐的两排牙，

不知他刚才吃了什么肉，

塞住牙缝不舒服。

"天堂的大门为你开了，

阿托埃依，你把头低下来！

你一呼一吸都有罪，

天父还是会宽恕你。

最后的一个印第安呀，

忏悔吧，免得入地狱！"

绞绳辚辚紧一阵，

慈悲的神父念《圣经》；

绞绳沙沙松一阵，

神父嗡嗡劝"忏悔"声。

阿托埃依，阿托埃依，

天旋地转，眼花耳又鸣，

周围像飞过

阵阵大苍蝇——

"你每根汗毛都有罪，
天父会可怜饶恕你。
最后的一个野蛮人呀，
忏悔吧，免得入地狱！"

大风要起云在飞，
大浪要来水在扬。
阿托埃依，阿托埃依，
唾沫喷在《圣经》上：
"我不问天堂住着鬼，
我不问天堂住着神，
我只问天堂有没有
从西班牙去的人？"

"罪恶！罪恶！野蛮人呀，
罪恶使你多愚蠢！
天堂怎能会没有
善心善肠的西班牙人！
无知、愚蠢的印第安呀，
天父还是能饶恕你。
忏悔吧，可以进天堂，

不忏悔，只好入地狱！"

大风起天边，

吹动了绞刑台，

大浪如群山，

忽然躬起在大海。

阿托埃依，阿托埃依，

声音连心心连血，

从绞绳套子里迸出来：

"印第安人跟西班牙，

活着不能共一天，

死了不能共一地。

西班牙人能进天堂？

我永远不忏悔，

情愿入地狱！"

最后的一颗印第安人心，

从绞绳迸出冲上天，

血喷晚云变怒云，

从此晚云似烈焰！

声音从天劈大海，

化为浪涛在海上奔，

咆哮怒吼喷白沫，

撼海岸，触天云，

除非海枯地球毁，

永远不绝音！

1961 年 5 月

自由古巴诞生地 [①]

拉斯哥罗拉达斯，

海水深又蓝。

海滨有座大丛林，

林木根子长。

长根盘盘从海底，

盘出海面似摇篮。

密叶繁枝如翅膀，

左右张开在蓝海岸。

早来大浪晚来波，

浪涛日夜在唱歌，

_____

① 发表在《人民日报》1961 年 9 月 23 日。

像怀孕的母亲在等待，

快要诞生的新婴儿。

一九五六年，

十二月二日，

自由的胎儿蹬动了，

阴云笼罩的加勒比！

风急浪大涛声怒，

海水天空分不开，

刚脱衣胞的新古巴，

掀开骇浪站起来！

八十二人肩擦肩，

挤在格拉玛游艇，

冒着炮火载运着——

拉丁美洲新生的鹰。

飞机似秃雕，

狂啸掠过黑云头。

军舰似鲨鱼，

张牙尾追浪峰后。

巴蒂斯塔的刀斧手，

抡刀狂叫在海边，

要把刚生的新古巴，

剁烂在海岩岸。

海岩岸，海岩岸，

新生的古巴在呐喊，

胎毛未干衣未穿，

你能忍心做屠夫的肉砧板？

最甜的岛屿最苦的海呀，

拉丁美洲的亲姐妹，

噙着眼泪望着你——

第一只雄鹰的母亲——加勒比！

保护雏鹰的翅膀在哪里？

迎接自由的摇篮在哪里？

浪涛推着格拉玛，

推向拉斯哥罗拉达斯。

绿色的翅膀遮住天，

躲过弹雨再起程；

红色的摇篮在海滩，

理好羽毛再远征。

一个波浪去，

一个波浪来，

呼儿叫子的鸟乱飞，

屠夫纵火在丛林外！

背着大海面对着火，

夜黑林深难迈步，

难迈步，从海、从火、从荆棘，

朝前踏出一条路！

一个脚印一滴血，

染红了树根溅红了叶。

海唱悲歌浪献花，

海风号哭着战死者！

自由的古巴从海里诞生，

英雄们保护着出丛林！

比利村旁的茅屋里，
灯前点名再前进。

路崎岖，道坎坷，
看胆小的沙石滚下坡！
十二双脚七条枪，
领着自由进山壑。

从此马埃斯特腊，
披着朝霞在进军，
熔钢铸造的新古巴，
如今耸立加勒比海心！

拉斯哥罗拉达斯，
绿色的丛林蓝色的海，
自由的古巴从这里，
提着长剑打出来！

绿色的拉斯哥罗拉达斯，
白浪撒欢儿喷丛林，

丛林树根都烙着：

永不褪色的红脚印！

1961 年 5 月写于圣地亚哥

1961 年 8 月改于北京

题黄胄《春燕归牧图》①

闻君笔底万千驴，

今观挥毫更神移：

淡烟两抹长耳立，

浓云一染见小驹；

塞草吐芽粉唇动，

柳风送暖墨蹄飞。

耳环琅珰镯铿锵，

写尽戈壁歌舞姿；

观君作画生长思，

心随军鼓向龟兹：

旌旗万面拂葱岭，

---

① 《春燕归牧图》为黄胄当场挥笔赠予作者的一幅国画，毁于"文革"中。
收入《晚号集》（人民文学出版社 2001 年 1 月版）。

题黄胄《春燕归牧图》

欢歌千曲临伊犁；

天山云中列剑阵，

昆仑与天比高低。

卷纸犹闻归燕语，

春光常住在天池。

1961 年 10 月

井 冈 山

万叠嶂峦千叠泉，
徘徊五哨忆当年：
东方不亮北方黑，
井冈星火烛南天。

弹痕永壮松鳞甲，
火尽空留劲草边，
雾岭羊肠道如线，
落石惊雷九天旋。

云海烟波伏万军，
敌人翘首皆寒心！
五指峰头曙色里，
不倒红旗拂紫云。

黄洋界首攀旧径，

杜鹃红遍故垒门，

俯瞰朝暾初升处，

仰听春莺万里音。

1961 年 12 月

金 星 槲 树 ①

　　1961年12月28日，再次游黄洋界，重瞻毛主席当年背粮常在那里休息的槲树。忽见树杈苔绒上，有一团露珠，在透出淡云薄雾的阳光下，闪闪发光，忽红忽紫，忽金忽银，奇异非常。当时，立在二人难以并行的羊肠小道上，俯瞰千尺雾海，仰望万丈云峰，想起那最艰苦的年月、最艰苦的路途、最伟大的脚踪，落满在今天还留着的黄洋界首旧道上。毛泽东同志缔造人民事业的艰辛，和事事以身作则的平凡而伟大的精神，足以教育千秋万世。

山上白云云上山，
羊肠小道天上悬，
有棵双干的青槲树，
长在云间小道边。

---

① 作者绘有同题中国画，赠予诗人路工。

秋霜冬雪夏雷震，

雨打风飘三十年，

树高何曾损一寸，

颜色何曾减半分。

二指羊肠悬在天，

红军屯粮打白军。

队伍里头有毛主席，

肩扛麻袋脚踏云。

百斤军粮麻袋里装，

万里江山肩头上扛。

日晒石头似烧红的铁，

汗珠滴下吱吱响。

肩扛军粮上云端，

歇凉歇在槲树前，

麻袋暂时虽然放下，

江山重担仍在肩。

黄洋界听千山外，

百姓的哭声震裂了云！
希望就在这羊肠道，
踏成大路救人民。

千辛万苦的年和月，
汗水洒透千层峦，
日蒸月化满山雾，
凝成云海浮在天。

山上白云云上山，
槲树青青立崖畔，
忽见一团小金星，
奇光闪闪在树苔间：

忽放霞光忽闪金，
忽放蓝光忽闪银，
感谢天心知人心，
为伟大的历史授功勋！

忽放紫光忽闪红，

满山杜鹃都映红，

让万代来到这槲树下，

听云山流泉奏《东方红》！

1961 年 12 月

赣 南 行 ①

沿着赣江向南行，

清晨雾，罩群山。

沿川杨柳沿江绿，

一川绿水，一江白渔帆。

远山蓝，近山紫，

樟树似绿云团团起，

菜田吐蕊迎春来，

遍川铺了金毯子。

久站江边等渡船，

---

① 以下诗歌中《赣南行》《瑞金道上》《过宁都》《瑞金好》《云龙桥》《谒叶坪》《红军桥》
《梅坑》以"沿着历史的长河走（组诗 8 首）"为题发表在《诗刊》1962 年第 4 期。

对岸云峰鹰飞扬。

柳林雄马声唤起：

当年红旗夜渡江！

青山、翠岭、十八滩，

杜鹃如血点斑斑。

红色战士的脚踪上，

骄松绿满红山冈。

1962 年 2 月 12 日

瑞 金 道 上

我记得是在学徒的年月里，

黎明前在枕边望朝云：

工人农民是压不死的，

到处悄悄说瑞金。

我想起在青年的时代里，

在脚手架上听喜讯：

为工农出气的大红旗，

越举越红在瑞金。

我唱着"三大纪律、八项注意"之歌，

走进它出生的红山林。

这支歌儿也教养了我，

我告山告水来探亲！

我唱着歌儿来探亲，
越过崇山攀陡岩，
英雄脚下无平道，
道在深谷半山旋。

崇山深谷千道弯，
路旁溪川水潺潺，
当年红军战马汗，
洒透千山汇成川。

战马汗水汇成川，
滋润春花满道边，
英雄事业有多少？
请数数云间万层峦。

云山层层难数尽，
白云连山山连云。
我唱着歌儿朝前进，
谷口云天一片金。

谷口云天一片金，

绿树似龙舞山前，

青林背后衬红霞，

我喜泪盈眶进瑞金！

1962 年 2 月 12 日　瑞金

过 宁 都

沏茶，喝琴江的水，
会餐，吃梅江的鱼。
水美鱼又鲜，
移步望江天：
春风吹雨洒楼台，
白壁上悬"彭湃县"！

青山似海朝北去，
旧念如潮在翻腾：
冲锋号起琴江怒，
肉搏刀挥梅水浑！
英雄儿女多少次，
高唱凯歌敲城门！

山雨霏霏早报春，

四看桃花红遍城，

身如鹰飞的红军象，

似驾东风在奔行。

梅水桥头我三扬手，

感谢英雄的宁都人！

1962 年 2 月 13 日于瑞金道上

瑞 金 好

清晨看瑞金，
杉翠松青山色好：
一川荡漾着菜花风，
吹满城，飘满道。

笔架山红闽山紫，
绵江水绿桃花俏，
革命山歌起村边，
公社牛过红军桥。
这里的春天永不老！
瑞金好，
山好，水好，人英豪！

1962 年 2 月 14 日　瑞金

云 龙 桥

晚霞落江江底红，
云龙桥似跨江虹，
小鹰飞过杨柳岸，
少先队歌飘上虹。

绵江水，满江红，
江水嚷嚷过桥孔，
挤开崇山穿过峡，
赣江染红海染红！

1962 年 2 月 15 日

谒 叶 坪

要问闽山有多高，
仰望九重云，
云在半山飘。
要问绵江有多长，
放眼千道川，
川连大海海连洋。

经冬不凋的樟林叶青青，
烈士塔前花似云。
三十年前人民用双手，
把晨曦托起在绵江滨。

我靠着当年的阅兵台，
仿佛在天安门前的观礼台，

第一次工农人民子弟兵，

从礼炮声中走过来！

梭镖领着新中国，

披着朝霞出蓝海！

我站在绵江的杨柳岸，

仿佛在金水桥边站，

开天辟地头一次，

工人农民掌大权，

打鼓鸣钟开大印，

分田分地打江山！

古人说绵江好，

绵江有金可淘。

我说绵江好，

绵江出日头，

几千万人民从这里，

喊出管地、管天、管宇宙！

　　　　　　　　　　　　　　1962 年 2 月 15 日

梅 坑

我站在云山古寺前，
纵眼望梅坑：
千山浮在白云里，
涌涌似奔腾。

奇山如堡垒，
异石似长城，
隘口风吹松涛起，
卷来当年的战鼓声。

倒数年头二十八，
战地黄菊花如雾，
红旗二万五千里，
从梅坑迈起第一步！

敢问历史谁走过

如此漫长艰苦的路？

敢问大地谁踏过

如此光荣的远征途？

我数着光荣的脚迹来，

数到那凶险的岁月里：

"左"倾机会主义者，

把用血凝铸的根据地，

引到险崖边，

引到绝路去！

敌人犯境万山焦，

喊杀像黄河水决堤。

祖国的命运如残烛，

面对着台风十二级！

云里的群山涌向西，

红军离开根据地！

秋风凛冽衣单薄，

恶水咆哮拦马蹄。

天上有飞机，

地面有大炮，

前头大兵堵，

背后追马如海潮！

当时红军何所有？

步枪、背包、一双脚。

踏江，江断腰，

踏山，山低头！

我沿着历史的长河来，

险滩万道步难行，

风急浪高漩涡怒，

暗礁重重数不清。

军阀虽然像纸糊兵，

可是顽固性格似苍蝇，

打散了，又飞来，

摆脱了，又缠身！

"左"倾分子仍挥舞

指向绝境的指挥棍。

困难如同黑影子，

伴着红军在远征！

喷浆的火山捂不住，
心里的希望挖不掉，
祖国有了毛泽东，
红旗永远不会倒！

东风吹散漫天愁，
遵义升起了红北斗。
伟大的舵手毛主席，
手把着航舵破急流！

矛头向北鼓隆隆，
风扬红旗马扬鬃，
血袍裹着新中国，
扬剑越险峰！

大渡河，
骇浪惊涛难飞渡。
难飞渡，
从骇浪惊涛中强飞渡！

铁索桥，

桥下恶水桥上火。

桥上火，

从水火中间打开路！

大雪山，

千年不化高万尺。

高万尺，

踏在红军的草鞋底！

从无路的地方踏出路。

从无花的地方播下种。

从无春天的水草地，

用脚踪编一道

迎接晴阳的新长虹！

我沿着历史的长河行，

山一程，水一程，

程程听到长河歌，

程程唱，程程和，

程程歌唱毛泽东，

句句感谢毛主席！

千山万水回声起，
回声荡漾长河里。

我站在云山古寺前，
纵眼望，万里艳阳天。
云山似凯旋的旗之海，
浩浩荡荡从天涌来。
英雄的道路从这里起，
胜利的长河从这里开。
梅坑，长征的启程点，
历史飞船的发射台！

1962 年 2 月写于途中

6 月修改于北京

访 沙 洲 坝 感 怀

一路看新松，

沿川数花树，

江西红色根据地，

留给人类一部活经书。

有谁见过活豺狼，

吃素不吃肉？

有谁见过反动派，

肯放下屠刀变成佛？

要为主人不为奴，

分田分地烧文书，

没有步枪就拿锄头，

打出一条新大路。

管他造谣和念咒，

打江山，夺州府，

打土豪，分仓库；

反动派的嘴巴都贴上封条，

不许他们喊个"不"！

人民就这样站起来，

把日月星辰重摆布！

一路看新松，

沿川数花树，

江西红色根据地，

留给人类一部活经书。

1962 年 2 月 16 日

不 老 的 樟 树 ①

毛主席从前的办公处，

门口有三棵大樟树，

根坚如铁紫透红，

干壮似铜红带绿。

树大枝繁叶常青，

看饱多少怒风云，

白天快马传命令，

指挥红军打白军，

夜间长明灯不灭，

毛主席在写书救人民。

---

① 　此诗与《访沙洲坝感怀》两首发表在《解放军文艺》1962 年第 8 期。

灯花落了又重结，

纷繁的战事等解决；

人民的柴米油盐酱醋茶，

又在心头层层叠。

太阳永远在发光，

毛主席日夜都在工作，

从军事、政治到生产，

从人民的饥饱到穿衣，

像大川大河的长流水，

在伟大的心房流不息。

斑斑的阳光洒树下，

多少枯枝重发芽，

多少人民在这里，

同毛主席谈家常，议庄稼：

多少婶婶和老大娘，

在这里，抹干眼泪看朝霞，

多少鳏寡孤独从千村来，

在隆冬看见开春花，

祖祖辈辈头一次，

敢说是人不是牛马！

毛主席从前的办公处，

门口有三棵大樟树，

不怕狂风不怕雨，

不畏长刀不畏锯！

燎原野火万里烧，

红军长征走天涯，

闽山泡在血海底，

赣江躺在铡刀下！

钢锯、斧头、大麻绳，

白匪带着进了村，

围着大树要连根拔，

杀气腾腾风滚滚！

树根连土土连根，

树下接待过受苦人。

树叶连枝枝连叶，

绿叶遮阴过老百姓。

红军的祖母红军的娘，

心念着毛主席身护着树，

手挡着皮鞭腿挡着棍，
胸对着刺刀眼对着斧。

红军的祖母红军的娘，
心想着毛主席身保着根，
头冲着钢锯，
牙冲着敌人：

"这树遮风又遮雨，
方便过千村挑担人，
如今犯了什么罪？
如今挡了谁家的门？
要砍树，先砍头！
要挖根，先挖心！
你们能把人杀绝，
杀不绝满山活灵魂！"

红军的祖母红军的娘，
恼怒的回声震山川：
木棍举起在焦土堆，
锄头抡起在瓦渣旁，

人人脱下鞋子来，
捆在白匪的腰骨上：

"烧光、杀光、草不留，
抢光、吃光、河无水！
石头、树木都有罪？
谁是土匪谁是贼？
"三天一清乡，
五天一搜山，
搜尽粮，刮净缸，
你搜不净木头棒！"

仇恨越诉心越恼，
烧秃的山头火在冒。
仇恨越诉眼越红，
烧枯的河道风怒号。

棍子棒子一阵响，
白匪军，被打成折腰狼！
龇牙咧嘴乱叫娘，
踉踉跄跄离村庄，

爬爬滚滚滚过岗，
风卷黄沙漫河床！

两次砍不成，
三次拔不掉，
毛主席住过的沙洲坝，
压不扁，打不倒，
腥风血雨十五年，
叶绿枝青未曾老！

四望群山尽新松，
布谷鸟鸣绿柳丛。
似铁如铜的樟树上，
响起人民公社钟，
风送钟声飘万里，
万里飘扬《东方红》！

1962 年 2 月 17 日　赣南道上

祖国黎明的钟鼓楼 ①

——谒叶坪苏区中央局会议室和毛主席办公处

树叶筛下光钱钱，

筛满草坪筛满园。

我轻轻地踏着阳光路，

静静地走进土楼院。

小楼院，土楼院，

土地承墙墙承檩。

一幢小小的土楼房，

住党住领袖住人民。

手扶扶手上小梯，

三步走廊窄如指，

---

① 发表在《人民日报》1962 年 7 月 2 日第 4 版。

我沿着不平的小通道，

走进苏区中央局会议室。

一张旧桌子，

几条旧凳子，

三十个冬天三十个秋，

风吹雨打何曾少？

可是本色仍如旧，

结实又坚牢。

房子小，似坩埚大，

可是炼出个红天下，

重铸中国的熔钢花，

在这里飞起红光华！

房子低，五尺不过头，

但是升起座红北斗，

光芒万道从这里

射进太空新轨道！

我朝着楼梯口，

轻轻移动步，

走进毛泽东同志

当年的办公处。

一张旧桌子，

一床薄铺板，

窗前一方紫砚台，

它曾磨碎了人间千万难！

夏夜的蛙声里，

秋夜的风雨中，

淡淡的灯光下，

军情战报层叠层。

夜静绵江响壑壑，

砚台墨尽又重磨，

部署战斗写军令，

笔圈敌人进天罗！

槽头战马怒顿蹄，

营门哨声催集合。

停笔笑看灯台下，

落满死蚊焦灯蛾！

黎明雷电从灯下起，
天兵百万从笔底飞，
红霞日日照千山，
这窗前站着毛主席。

这座土楼并不高，
仰头看见在云里头。
在水深火热的日子里，
它是祖国黎明的钟鼓楼，
唤醒人民千千万，
抱起长江倒头流！

1962 年 2 月 17 日　瑞金

红军桥

春柳垂枝挂珠帘，
挂在潋江绿水前，
红军桥头山歌起，
鹰影飞过江底天。

1962 年 2 月 18 日，于兴国

钢 之 颂 歌 [①]

前面是日本人，

后面是国民党，

头上是蝗虫，

遮黑了天，

压折了树，

吃光了庄稼，

埋下了虫卵。

采下树叶和野菜，

做出的窝头比石头还硬，

吃得难呀，排泄也难。

穿的是破衣服，

---

① 这是 1962 年春写的。当时正是"大跃进"后的三年困难时期。——作者注

革命的信心更红更坚!

战斗的歌声哑了么?

没有,我们唱得更响更亮,

手中的宝剑锈了么?

不,我们磨得又快又亮,

我们唱战歌,承受考验。

咧着嘴巴,愁着眉头么?

不,想着明天,搂着希望,

树叶、野菜咽下胃囊。

我们笑看着那些

树叶子砸一下就头晕的人,

缝补破衣针扎一下就哭的人,

为了个鸡蛋把着母鸡在行军的人。

为了交五个月的粮食,

在月光下,我们开荒种菜,

为了自己有衣穿,我们纺纱,

我和你一样,

没有三个头，六只臂膀，

只有一个：我是中国人，

要解放祖国的共产党！

忆松树岛（组诗 3 首）①

白 海 滩

皮诺斯，松树岛，

白浪、蓝海、绿色的山。

中国的大米古巴的糖，

糖拌米饭共午餐。

一条心，一根肠，

同甘苦，共患难；

同在炮兵的观测所，

笑看天边的海盗船。

---

① 发表在《人民文学》1962 年 10 月号。

松树岛，皮诺斯，

蓝海上，白云飞。

浓郁的古巴酒，

明亮的中国杯，

酒芬芳，杯光美，

照见心肝照见肺；

向着风浪举起来，

同欢同笑共同醉！

我喜看古巴黎明的海，

绿浪、红日、金浮云。

你喜看中国早晨的天，

正飞向边疆的小鹰群。

我们挽臂谈种稻，

我们挨肩谈冶金。

你心和我心，

事事心相印。

眼前海大天无边，

中国、古巴却多么近。

皮诺斯，海中的红玛瑙，

海盗心中的金银岛。

我对着壁上的铁嵌画，

不禁哈哈大笑洒了酒：

那些追求黄金的殖民者，

那些掠夺珠宝的大海盗，

在互相火并，互相争斗，

互相杀戮在这海滩头！

断腿折臂，腹破肠流，

波涛葬尸首！

这些帝国主义的老祖宗，

留下的形象是多么丑！

皮诺斯，松树岛，

海阔、天宽、阳光多。

古巴的天热风也热，

古巴的友情情更热，

初见如同老相识，

春天重逢松树岛。

白海滩，浸声欢，

战友情，谈不完，

上车追太阳，

同到黑海滩。

黑　海　滩

皮诺斯，松树岛，

英雄剑穗的红玛瑙。

你在惊涛中放光，

你在骇浪里闪耀。

山上的松声海上的浪，

像万马奔腾松林道，

使人想起马埃斯特腊

黎明出击的前进号。

绿坡山花香溢路，

蓝海渔船风满帆。

皮诺斯，蓝海岸，

别有风光的黑海滩：

似黑天鹅绒的沙滩上，

赤脚的渔女在拾海蚌，

白浪多情从海涌来，

殷勤献上梨花瓣。

绿树荫下听浪语，

黑沙滩头看鹰飞翔。

搂着肩膀齐步走，

谈人民革命求解放。

你问我：

第一杆红旗从雾海，

跃过赣江上井冈山。

我问你：

十二个人举着火炬，

映红奥连特峰峦。

我们没有靠神仙，

你们没有求帝王；

我们靠步枪加小米，

你们靠着七条枪，

领导人民闹革命，

把瘟神魔鬼赶下海洋！

心相似，路相同，

抱肩笑向海歌唱——

我听《七·二六颂歌》，
你听《在太行山上》。
"我们是红色的战士"，
用两国语言一起唱。

风推大海海扬浪，
革命的战歌随风飘扬。
回头笑看松林道，
民兵营火山连山；
晚霞里，新月下，
晚操的喇叭震岩岸！

怀　念

皮诺斯，松树岛，
英雄剑穗的红玛瑙，
你在绿浪中放光，
你在蓝海里闪耀。

你对着美国的兵舰扎军营，

你对着美国的枪口上晚操，

你每天向海空吹起了

拉丁美洲的黎明号。

向着海盗的黑舰影，

昂起擦亮的海防炮！

皮诺斯，松树岛，

白浪、蓝海、绿色的山；

虽然离别已一年半，

水光仍在我心间。

劲厉的海风吹不散

我心上欢笑的白海滩！

任性的浪涛也淘不去

我心上欢歌的黑海滩！

每当海上的乌云起，

每当海上的浪声闹，

我在枕边就想起了，

松林、营火、步兵号！

1962 年 10 月

要视察么？请到美国去！

要视察么？

为什么要到古巴来呢？

古巴代代遭受美国的侵害，

现在美国的军舰还封锁着海。

视察应该到美国去，

不是到被侵略的古巴来！

要视察么？

为什么不到美国去呢？

你那里，有的是原子弹、氢弹，

你那里，到处是进攻性武器，

你那里，是威胁世界和平

最大最危险的导弹基地！

要视察么？

不准到古巴来！

古巴，她的主权和钢剑，

是一根脐带的双胞胎，

谁敢用指头蘸蘸舔一舔，

谁就要在钢剑底下成肉醢！

要视察么？

请到美国去吧！

到美国的走卒国家去！

到包围着古巴的美国基地去！

那里，有成百成千个发射台，

有成百成千支进攻性武器！

要视察么？

应该到美国去！

威胁和平的根源，在那里，

发动战争的基地，在那里！

要视察，不是到古巴来，

而是到美国去！

1962 年 11 月 6 日夜

高唱《国际歌》挺进 ①

　　——纪念《国际歌》作词者欧仁·鲍狄埃逝世七十五周年和作曲者比尔·德盖特逝世三十周年

起来，饥寒交迫的奴隶，

起来，全世界受苦的人！

这是多少座沉埋海底的火山，

迸发出来的愤怒的响声，

卷起多么巨大的风暴，

在整个世纪咆哮奔腾！

多少先烈，唱着它，

挺进硝烟弥漫的战场，

藐视着敌人的弹雨而死去，

---

① 发表在《诗刊》1962 年第 6 期。1962 年 12 月 1 日，中宣部在北京政协礼堂举行了《国际歌》词曲作者的纪念大会，陆定一、康生出席，周扬致开幕词。此诗是朗诵节目之一。1990 年作者为长春时代文艺出版社《共产党员的自白》选本写过此诗的背景注释。

面迎着上升的太阳。

多少先烈，唱着它，

昂头走过刽子手的身旁，

蔑视着敌人的绞绳而死去，

面迎着上升的太阳。

我们曾经唱着它，

越过千山万水，

冲倒铁壁铜墙，

踏碎旧世界的宫殿，

把红旗升起在天安门上。

从来就没有什么救世主……

全靠我们自己。

这是集中了多少鲜血，

掀起来的震天怒涛，

劈山裂地冲成了

无产阶级的解放大道！

《国际歌》，永恒不熄的火炬，

它升起在巴黎公社的血泊里，

照亮着整个世界，

照亮着整个世纪，

呼唤着不见天日的奴隶，

呼唤着全体被压迫阶级，

向压迫者夺回自由，

向剥削者夺回生存权利！

唱着它，迎接了人类历史的新纪元——

伟大的十月革命的胜利！

唱着它，迎接了世界东方的黎明——

伟大的中国人民的胜利！

唱着它，迎接了从东欧到亚洲

世界三分之一人民的胜利！

唱着它，从迷雾茫茫的西半球，

古巴人民，在美国的大门边，

升起了社会主义的红旗！

《国际歌》，无产阶级的战歌，

我们伟大光荣的党歌！

这是一切财富的创造者——

无产阶级亲手写的歌！

它的乐观旋律，是阶级的脉搏，

它的磅礴声响，是阶级的声音，

它的金色音符，

是无产者长着翅膀的心！

哪里有压迫，

哪里就听到它的愤怒节拍，

哪里有斗争，

哪里就看到它的壮丽火花，

哪里有黑暗，

就有这支熊熊的火把，

领着千军万马，

迈响隆隆的步伐！

《国际歌》，永恒的热，永恒的光，

什么热能，有它这样热？

什么光源，有它这样亮？

它能染红大地，映红太空，

什么光和热，有它这样强？

它使帝国主义，心惊胆战，

它使帝国主义，土崩瓦解，

看，有多少个旧世界王朝，

被这摇天撼地的歌声

震成灰粉，一风吹散不复返！

《国际歌》，无产阶级的正气歌，

它气壮山河，光明磊落，

在水里这样唱，

在火里也这样说：

我诞生的使命，

是要消灭剥削压迫者！

但是，在这雷霆万钧

席卷全球的革命风暴中，

却有一支奇特的合唱队，

张开沙哑的怪喉咙：

他们把乌鸦打扮成白鸽，

把美国海盗打扮成佛。

把革命说成"好斗"，

把自卫说成"侵略"。

正在和世界人民最凶恶的敌人，

难分难舍，一唱一和。

这些"和平长入社会主义"的化学师，

要把无产阶级的战斗颂，

化进靡靡的爵士歌！

《国际歌》，无产阶级的正气歌，

全世界被压迫者的团结歌！

炉火正烧得通红，

打铁就得趁热！

貌似强大的美帝国主义，

已经山穷水尽，焦头烂额，

只有把希望寄托于原子讹诈，

寄托于无产阶级中的绦虫——

现代修正主义者，

藏在我们的队伍中，

进行分裂，进行挑拨，

以便于各个击破，

以便于把无产阶级的解放事业，

无数先烈用血换来的成果，

连同正在上升的太阳，

压下海去，重新钉枷上锁！

巴黎公社的坟墓会问：

我的后代，你说，容许么？

斯大林格勒的泥土会问：

我的孤儿，你说，容许么？

刘胡兰和卓娅会这样问：

我们来不及见面的弟弟呀，

请你大声地回答，容许么？

我们会毫不犹豫地

大声回答：不容许！

拿斧头和镰刀长大的手，

没有一双是泥捏的！

我伟大的母亲——无产者，

迈过多少血的河流，血的海，

在路碑上刻下这样的话：

在伟大胜利的前夕，

有骨气的孩子，你们要警惕啊！

把马克思列宁的旗帜，

举起来！更高地举起来！

这是真正的最后斗争，

全世界无产者，

团结起来，团结起来！

大声高唱《国际歌》，向前挺进，

迈起排山倒海的步伐，

踏灭帝国主义和走狗的噪声，

面对着上升的太阳，向前挺进！

1962 年 11 月 16 日

古绝·题黑山底 [①]

一层梯田一层春，

红透山村公社门；

节节高升黑山底，

老根据地好标兵。

> 1963年春，参观陵川县黑山底大队，应女支书索句而作

附：

　　1963年4月，回陵川老根据地黑山底大队参观。大队党支部书记是位年青朴素的女青年，在20世纪50年代出席过全国劳动模范会议。革命老根据地，都是远离交通线的偏僻山村，经济发展十分缓慢。革命胜利之后，生产生活仍然困难落后。因此许多人都希望进入城市。但这位女

[①]　此诗根据手稿。

青年却主动要回到农村，决心改变家乡面貌。果然生产一年比一年好，做出很好的成绩。她告诉我该村过去没有一个识字的人。现在好了，办了学校、夜校，世世代代的文盲帽子一下摘掉了。

在告别时，她拿出笔墨说："阮老师，为我们留一首诗好吗？"我有生以来，头一次听到人叫我"老师"的就是黑山底这位女支书。我当即留下一首"打油诗"。转眼十五年了。有时，我还想起这位朴素而有作为的女青年，惦念她的成长发展和无常的晦明风雨。

今天偶然从访问太行山的速写画稿中，翻出留诗的草稿。又翻起"老根据地和这位女青年今天会怎样呢？"的心潮。

1978 年 8 月 8 日

山 林 即 景（组 诗 4 首）

重 回 太 行 山 ①

春天回到太行山，

清漳浊漳一样蓝。

千山桃杏呵红雾，

百里湖柳吐绿烟。

土语秧歌真悦耳，

"亲哥啊呆"句句甜。

革命故乡太行山，

春花烂漫胜当年。

---

① 发表在《解放军画报》1964 年第 8 期。

长乐沟，神头岭，

东阳关，响堂铺……

多少这样的老战场，

今天遍地是花果树。

赤沟峪，黄崖洞，

桃花寨上桃花红。

痛歼敌人的老爷山，

漫山儿童在栽青松。

杨柳青，杨柳绿，

水上柳芽串串珠。

梯湖引栽山东果，

叠地移殖江南鱼。

红旗领着红旗渠，

切山劈岭下东麓，

水映千家欢笑脸，

催青万亩新苗圃。

秋天告别太行山，

花比往年更耐看：

山上秋田遍地金，

山下果园树树甜。

花椒胜似红宝石，

镶嵌山村山道边。

走出漳河回头望，

柿树如火映红山。

山 松 山 花 ①

满山松树满山花，

家住在，那个枣坡林下。

小时，在这山上放过羊，

长大，在这河边饮过马，

国家多事，壮年藏在岩下青纱帐，

盯着摆下的地雷阵，

听着杜鹃咕咕，咕咕，

等着看爆炸。

---

① 以下三首《山松山花》《鹰、泉、蒲公英》《练长矛》是从未发表过的歌剧《红松山》中
摘出来的剧诗。创作过程详见戏剧卷《关于红松山歌剧稿》。

满山松树满山花，

家住在，这座松林山下，

在这儿，我咬牙熬过旧时代，

在这儿，胸戴红花走天涯。

过河渡江，眨眨眼儿十多年，

回来松下听杜鹃，

咕咕，咕咕，

都在笑我满头白花花！

鹰 、 泉 、 蒲 公 英

鹰，凌驾天风云上飞，

自由自在飞来回，

盘下云头飘过岭，

狐逃鼠窜蛇藏水。

泉，岂肯甘心老沉睡，

裂隙穿缝要见世界，

汇成小溪合进河，

掰山劈地流沧海。

凌驾天风云上飞，
裂隙穿缝流沧海，
哈哈大笑蒲公英，
开花无主随风飞。

练 长 矛

山松嗡嗡鸟声闹，
打野猪，擒山豹。
看林难得闲工夫，
松松筋骨练长矛。

咱靠这家生杀强盗，
咱靠这家生打老蒋，
咱靠这家生夺机关枪，
也夺得江山端在手！

别说这家生今落后，

它能治忘本治衰老，

能治思想长毛治糊涂，

能治好无所作为光长膘！

1963 年夏

绿化太行第一峰 ①
——题陵川民兵植树

蒙蒙紫雾罩翠峦，

袅袅炊烟上晴空，

连营百里晨吹号，

绿化太行第一峰。

朝花烂漫群山青，

故垒岭云春练兵；

东崖报数千谷应，

万山新松万山鹰。

1963 年春

---

① 　此诗收入《晚号集》（人民文学出版社 1985 年 4 月版）。是作者与赵树理、邹雅在陵川
　　同登太行第一山所作。

送 杨 维 同 志 [①]

太行山上秋云飞，

君到三江 [②] 冬已至。

探矿草原风漫漫，

冶钢阴山雪霏霏，

癌魔夺脾 [③] 难夺志，

---

① 杨维（1912—1964），吉林省双城县人，1932 年加入中国共产党。1951 年 9 月率东北工
业部干部实习团赴苏联学习。1953 年春学成回国，担任中央人民政府重工业部钢铁工业
管理局副局长，包头钢铁公司首任总经理。长年抱病工作，使包钢得以在国庆十周年前
出铁。庐山会议后的"反右倾拔白旗"运动中被撤职。1962 年甄别平反。
此诗收入《晚号集》（人民文学出版社 1985 年 4 月版）。
本诗发表时的最后三句是：黄河与君无暇日，送君长息挥泪看，万里炉火照天赤！

② 三江，指黑龙江、嫩江、乌苏里江。抗战胜利后，杨维调任中共哈尔滨市委副书记，迎接
全国解放。

③ 夺脾，1959 年杨维在京曾切除了重达 10 斤的脾脏。1964 年 2 月 2 日，他死于肝脾症候群。

鄂博知君无暇日，

提前出铁护"跃进"，

赢得右倾压君死！

1964 年 2 月

矿 工 之 歌 ①

我是采矿工，

战斗在地层中；

头戴矿灯进坑道，

把层层岩石都叫醒。

凿出一个一个掌子面，

引进春风到地深层。

载着欢笑载着歌，

采出煤铁金银铜。

为社会主义新中国，

增电增热增光明。

---

① 　发表于《中国煤炭报》1984 年 7 月 11 日第 4 版。收入《晚号集》（人民文学出版社 1985
年 4 月版）。

我是采矿工，

战斗在地层中。

回想矿工老辈人，

日夜在刀尖来回滚：

血淘的金子泪洗的煤，

养肥吸血鬼寄生虫。

有了人民新中国，

我们才成主人翁。

我是采矿工，

战斗在地层中。

地球心音我知道，

世界风云我灵通。

听得到

那边海洋起风暴；

听得到

这边人民起斗争；

听得到

埋头苦干的新中国，

奋进脚步声隆隆。

抱紧风镐加大风,

为四化加煤加油助威风!

1965 年 5 月写于中条山矿区

图书在版编目 (CIP) 数据

阮章竞文存 . 诗歌卷 . 上 / 阮章竞著 . —— 北京 ：
北京十月文艺出版社，2022.1
ISBN 978-7-5302-2209-6

Ⅰ . ①阮… Ⅱ . ①阮… Ⅲ . ①诗集—中国—当代
Ⅳ . ① I217.2

中国版本图书馆 CIP 数据核字 (2021) 第 246963 号

阮章竞文存　诗歌卷（上）
RUANZHANGJING WENCUN　SHIGE JUAN（SHANG）
阮章竞　著

出　　版　北 京 出 版 集 团
　　　　　北京十月文艺出版社
地　　址　北京北三环中路 6 号
邮　　编　100120
网　　址　www.bph.com.cn
发　　行　新经典发行有限公司
　　　　　电话（010）68423599
经　　销　新华书店
印　　刷　北京盛通印刷股份有限公司
版　　次　2022 年 1 月第 1 版
　　　　　2022 年 1 月第 1 次印刷
开　　本　880 毫米 ×1230 毫米　1/32
印　　张　27.75
字　　数　350 千字
书　　号　ISBN 978-7-5302-2209-6
定　　价　200.00 元（全 2 册）
质量监督电话　010-58572393
如有印装质量问题，由本社负责调换。

阮章竞文存

诗歌卷（下）

阮章竞 著

北 京 出 版 集 团
北京十月文艺出版社

七十年代

八十年代

九 十 年 代

七十年代

卵 石 ①

由于一次冰川活动，

或者由于一次地震，

把你从岩体分开之时，

你是尖锋利角，多么峥嵘？

蛇蟒，不敢从你身上爬过，

野兽，也得让你三分。

原始人，用你锋利的碎片，

做成石斧、石镞、石锛，

开拓了人类的文明。

由于江河的淘洗，

波涛的冲刷，山洪的推滚，

---

① 此诗收入《晚号集》人民文学出版社 2001 年 1 月版。

互相的碰撞，沙石的磨蹭，

你变得头小肚大，光溜圆滑，

八面玲珑，慢慢没有一点棱。

凭这一身的经历，

磨出云锦般的花纹，

再不愿去碰撞人世纠纷。

小的，让人捡去玩赏、摆设，

大的，躺在原地，安静养生：

既不让水过，也不让人行，

谁要想来把你搬动，

你会说：不看看我的资格，

我的成分，我的出身？

小心把自己的脚砸疼！

1970 年

海河行 ①

燕山横空东去，

太行奔走南天。

朝霞出海喷长空，

照红千里平原。

海河流域，

燕赵蓝天，

沧桑巨变，

换了人间。

五河九水初改造，

———————

① 1973 年河北省革委为纪念毛泽东"一定要根治海河"题词 10 周年，要求作者写一部长诗。
两年中几易其稿不成。这是 1976 年初应《北京文艺》约稿改成，最终并未发表。

山地平原换新颜，
山重站队水搬家，
水光山色重新染：

潮白新河，碧波荡漾，
浇绿麦地，润红果园；
北运、蓟运，重获青春，
飞舟快艇送粮棉。

西望永定白云间，
水笑波欢下崇山，
晋谒北京过新河，
悠悠流进渤海湾。

大清河报桃花汛，
清晨展望白洋淀，
柳影泡绿的淀底天，
漂过千张笑脸雁翎船。

看山山清，看水水秀，
遍地好景不胜收：

纵横千里左右岸，

纵横千里栽杨柳。

东西山川上下游，

调动风云改气候；

山截峡谷造湖海，

地开渠网灌田畴。

子牙染绿滏阳翠，

浑黄的滹沱换蓝水；

盐碱腌瘰的黑龙港，

今天春风杨柳万花飞。

万树绿燕南，

千枝红赵北。

硪声震醒古运河，

一觉年轻一千岁。

红栏杆，白渡槽，

槽似长虹卧渡头，

虹下子牙欢欢过，

虹上运河脉脉流。

浩瀚长空春归雁，
万里燕赵蔚蓝天；
春云霭霭千帆动，
广积粮船过平原。

回想海河，海河——害河，
坡陡流急，天灾人祸：
天旱，千里水无踪，
雨涝，平原变湖泊。

军阀、臭虫、东洋兵，
地主、蚂蟥、蒋家官，
把千古害河当作是，
抽吸人血的橡皮管！

代代敲骨抽水捐，
治河治水何曾见？
逃荒卖子母亲泪，
代代西风吹不干！

天重装，地重换，

河重造，山重安，

一定要根治海河

伟大领袖毛主席，

号召人民千千万，

重新造河山！

灾害要除根，

海河要翻身。

同修正主义路线对着干，

夺回治山治水权！

向海河进军，

炮震山海大开战！

夜点民兵四十万，

凌晨八方会燕南，

一定要根治海河

战旗万杆风云断！

早霞照天地，

红橙黄绿青蓝紫。

银锨挥舞金鳞飞，

劳动长虹一千里。

手挖河，心防修，

不给资本主义留寸地！

车轮滚滚汗淋漓，

把灾害埋进大海去！

晚霞照天地，

红橙黄绿青蓝紫。

千里欢歌下夕烟，

灯海星河横地起。

攻读马列红炉旁，

批林批孔大批资；

人炼红心锹锻钢，

心有航标路不迷。

凿开海鸥水鸟忘情处，

振臂撑开大沽口！

十年河道三千里，

磨出战天铁拳头。

一定要根治海河

胜利牢牢赢在手!

凿开海鸥水鸟忘情处,

挥汗观洪入海流!

波涛冲着污泥去,

怒浪卷着沉渣走。

迈向批修治水第二步,

十万战鼓涌潮头!

画 鹛 祸 ①

　　1974年4月12日晚间访邹雅，催他为一朋友作画。他苦笑对我说："作画？过个时候再画。美术馆有个展览，叫黑画画展，你先去看看就知道我为什么现在不画。"我第二天去了，观众多得水泄不通，但展室静悄悄，每个人都笑不像笑，哭不像哭。回来后写下这首诗，但早已忘记了。去年粉刷房子，被翻出来，自己也吓了一大跳：我怎敢如此"狗胆包天"！但现在是春天了，亮出给人看看，说不定可以消闷解疲劳，助消化哩。

　　（邹雅于1974年4月20日牺牲）

1984 年春补记

黄河筑堤似铁坚固，

---

① 　此诗收入《晚号集》人民文学出版社 2001 年 1 月版。

还怕黄鼬野老鼠，

打洞穿穴养子孙，

为决堤黄水开暗路。

沿河人爱猫头鹰，

鼠辈日夜无逃处。

人说临黄大堤立丰碑，

猫头鹰，得用青铜铸！

黄永玉，笔有神，

画了一只猫头鹰，

母鼬一见丢了魂，

画坛立刻大地震：

"此乃炮打司令部，

要笔伐，要口诛，要专政！"

株连骆驼灰毛驴；

株连老鸦小老虎；

株连山水，株连瓜果；

株连白菜黄葫芦；

株连木炭株连墨；

株连婴儿屎尿布……

"通通要批倒，要批臭，

看天下，谁敢对老娘进个不？"

颜色、画笔、宣纸、油画布，

埋进坟墓封上土！

无知鼠辈掌大权，

作威作福在"政治局"！

怪不得，堂堂画廊美术馆，

万千观众，

眼在看，心在哭：

中国，你不该

硬装宽宏大量装糊涂！

攀登高路入云端 ①
——学习毛主席词二首

海云，微微闪亮，　　雷鸣、电闪，

海浪，轻轻拍天。　　　鲲鹏展翅冲天，

鲲鹏展翅向人寰，　　狂飙扫荡九重云，

报道天下元旦。②　　　祖国万山红遍。

喜看天地翻覆，

迎来莺歌燕舞。

攀登高路入云端，

多少次降龙伏虎！

---

① 此诗是奉命之作。发表于《诗刊》1976年 Z1 期。

② 作者第三稿上批注：内乱后期，《诗刊》重新出版。第一期登毛词两首，要我写一首诗，
此是原稿。光年审看后，说毛的东西开头太弱，应是雷鸣闪电。我根本不想写也不想改。
我没说不发，张也不好说不发。两人沉思了将近一个钟头，找不到合适的词。后张凑成"雷
鸣、电闪"放在开头，代替了"海云……"。

波涛澎湃今又是，

改造乾坤的前进鼓。

三十八年揽月捉鳖，

炮火连天，风云怒吼；

十年几度阶级搏斗？

战天斗地，反修防修。

尽采虹霓绣中国，

纵览风雷荡寰球。

伟大诗篇二首，

光辉照亮万年。

照亮继续革命的大道，

照亮反修防修的战斗前沿。

全球无产者

彻底打碎旧世界，

开拓伟大人类的新纪元！

悼 诗 ①

1976年1月11日向总理遗体告别归来。

一

祖国的田野，

风在悲啼；

祖国的江河，

水在哭泣！

云凝在天，

旗半下，

人肃立，

车停驶，

---

① 此诗根据手稿。未曾发表过。

马住蹄，

晴空万里，

泪飞倾盆雨。

二

我们的耳朵呀，

接受不了这个冲击；

我们的心呀，

不相信这个讯息！

可是难忍的眼泪呀，

强迫我们接受

这个沉痛的，

无情的事实！

三

我稍一凝神，

就听到刚毅、简洁，

亲切、乐观

我们的总理的声音!

我稍一凝视,

就清晰地看到,

右手放在前襟,

安详、健步,

我们的总理的风神!

敬爱的周总理,

他, 在领导我们工作,

他, 在指挥我们战斗,

怎能说已经离开了我们?

四

我问厂矿的工人,

我问田间的社员,

我问站岗的战士,

我问柜台的服务人员,

我问学校的老师、学生;

总理去了哪里?

他们都说我们的总理，

在指挥他们高唱《东方红》，

在指挥他们

高唱《大海航行靠舵手》。

总理，在指挥他们战斗，

总理，在指挥他们前进！

可是每个人，

酸泪滚滚，

都哭泣不成声！

五

你跟随毛主席，

踏遍万水千山，

为实现革命理想，

你日夜驰骋不下鞍。

为反对帝国主义，

为反对霸权主义，

你飞越大海重洋，

把毛主席的声音，

送给第三世界人民。

你为共产主义理想，

你为解放被压迫人民，

你为世界的安宁，

还击过多少次风暴，

迎击过多少次险恶风云！

六

你从来没有星期天，

你从来没有休假日，

每天二十四小时，

出勤二十四小时。

全心全意为人民，

除此之外你无所求。

地球还分夜与昼，

你是黄河长江日夜流。

七

毛泽东主席的左膀右臂，

共产主义前线的伟大旗手。

中国人民伟大总管好当家，

世界被压迫人民的贴心人，

被奴役民族的伟大朋友！

不管骇浪多么急，

不管乌云多么厚，

惊涛骇浪里，

你总是在前头！

八

听到你住医院，

人民忧心如火焚。

看见你提出四个现代化，

人民又是多开心；

衷心祝愿你快点好，

亲自指挥我们去斗争！

我们知道有一种东西叫作癌，

是人类健康的凶恶死症，

我们知道有个东西也叫癌，

是革命人民的凶恶敌人。

第一种癌，能夺去人的生命，

第二种癌，能夺去中国的光明！

周总理啊，周总理，

我们知道，

你跟癌做着顽强的斗争，

直到最后一息都未停！

周总理啊，周总理，

你从青年时代开始，

就领着我们去战斗，

为什么这一次，

我们看着你跟癌斗争，

而我们空长两手不能助！

九

人民哭着在做白花，

人民哭着去买黑纱，

路障多少层，

拦断街口，拦在泪眼下！

哀思，要有个框框，

悲恸，要有个格格，

总之一句话，

不准哀思不准哭，

不准悼念，抽泣不准声音大！

是何人，对总理如此恨？

是何人，对人民如此怕？

是何人，却准许他自己，

蹚着我们的悲哭，

在纵酒狂欢，露出青面獠牙！

十

人民公社的田野，

风在悲喊；

祖国的江河，

水在呜咽，

云凝在天水不流，

大地啊，在发颤！

泪雨滂沱从江海，

泪雨滂沱从丛山，

集中在人民英雄纪念碑上空，

滂沱下在天安门！

八万万双手紧握着，

伸向伟大祖国首都，

伸向宽广的长安街，

拦着灵车，拦着路，

大江大海一齐喊，

长空大地一同哭：

把我们的总理长留住！

把我们的总理长留住！

泪雨滂沱，泪浪声哀，
天山縠觫，华山縠觫，泰山縠觫！

十一

悲恸，修不复心上的创伤，
泪水，冲不去心头的愤恼！
我们要牢记你的教导：
革命到老学到老！

悲恸，修不复心上的创伤，
但是，悲恸已是飓风的前奏，
泪水，冲不去心头的空虚，
但是，眼泪是可以化为汽油，
到那焚烧的时候，
看那风卷烈火，
把内部的，外部的，人间的，
山妖海怪，全烧成灰，
一风吹离出地球！

十二

祖国的江河，

为伟大的无产阶级革命家

我们敬爱的周总理，

千秋万代唱赞歌；

人民公社的田野，

为杰出的共产主义战士

我们敬爱的周总理，

千秋万代，花开不谢！

祖国的风啊，

将把赞歌的音符，不谢的花蕊，

吹播全世界！

　　周总理去世，在瞻仰和遗体告别的那天晚上，万分悲痛地写下《悼诗》。我知道，这只能表示对总理的哀思和崇敬的心情而已，发表是不可能的。但完全未想到，总理骨灰未冷，总理的名字再不容易见到了，悼念活动的影片始终未见到。

　　难道跟毛主席为无产阶级、中国人民、世界人民战斗毕生的总理，如此就可以使人忘记了吗？实在叫人更悲愤！

　　人民是不会忘记总理的，永远不会忘记！

　　在这种心情下，把悼念总理的诗，又改了一下。

1976年3月

无 声 之 晨 ①

昨夜——1976年4月5日夜，天安门前重演了1926年3月18日事件。今天早晨，我策杖天安门广场，只见偌大的一块庄严圣地，却是晨鸟不飞，空无一人。处理是迅速的，真是用心良苦，但积水犹膛，石缝依稀可见淡淡的血色。固然高压水龙，力大无比，能冲刷汉白玉石板，使人有眼看不见，但却无能冲洗净腥风，使人有鼻闻不到！我落脚踌躇，忍泪低吟。

壮岁从戎身未捐，
留得老泪泣雄魂；
平明策杖腥风下，
步步惊心履血痕！

---

① 此诗收入《晚号集》人民文学出版社 2001 年 1 月版。

十月红 ①

　　此是捉了"四人帮"公布后，《北京文艺》主要负责人张志民同志在小组会讨论后约写的。我当时说廿四日交稿来不及，只有三天。不知怎的，回来却写了。交了给他们，未敢用，写得也不理想，只是庆祝、泄愤。编辑嫌长，拿来一个压缩稿，只要了开头和尾巴，中全砍去。我未同意发。

红十月，
长江欢腾出三峡；
十月红，
黄河高歌奔东海。
一举粉碎"四人帮"，
扫净长空万里埃，

――――――――――

① 此诗根据手稿。

各族花园除了"四害"！
伟大领袖毛主席，
生前的英明决策，
保证了万里山河不变色！

害人虫、变色龙、毒蛇、白骨精，
王洪文、张春桥、江青、姚文元，
践踏着人之身，
凌驾于党之上，
横行党内外，
今天被清除，
普天同庆、人心大快！

这几条长着人头的蛇，
嘴红、心黑、牙如钉，
位尊、品贱、话血腥，
恶毒、无情、手段狠！

架起轧钢千吨锤，
压人低头尊"最左"！
自擂大鼓自吹号，

天下独有他们"最正确"。

顺者昌，逆者亡，

对他们，只能诚恐又诚惶。

心意，难猜难测，

脾气，反复无常。

千吨帽子，随心所欲扣，

压方压扁随方便！

飞扬跋扈，

利令智昏，

狂妄愚蠢，

但有狼牙毒蛇心：

乘人民揪心悲痛未解除，

乘各族泪雨障眼未曾干，

迫不及待，

不顾一切，

偷天换日，

篡党夺权！

机关算尽太聪明，

反误了卿卿性命。
鸭绒锦被春梦破，
睁眼蛋打鬼吹灯。
只换来，
隔着高墙侧听，
十月晴空怒雷音：
打倒王洪文！
打倒张春桥！
打倒江青！
打倒姚文元！

在我们的党面前，
战败多少狂风怒浪，
摧毁多少漫道雄关，
哪一个阴谋集团，
不是伸手手就断，
身败名灭亡？

扫除王张江姚，
江山更多娇：

空气清新，大地干净，

莺歌燕舞看神州，

烂漫山花丛中笑。

1976 年 10 月 24 日

《东方红》颂 ①

"东方红，太阳升。"

庄严洪亮，亲切热情。

每天，这阵安详的钟声，

把光明普照世界，

把希望送给人们。

"东方红，太阳升，

中国出了个毛泽东。"

从此，长夜难明的祖国，

第一次看见东方黎明。

---

① 此诗根据手稿。作者原注："此诗，当时因病和家事烦恼，勉强写成。但已到 12 月下旬。
《人民日报》说已挤不下。《解放军文艺》说此诗碰到的都是很大的事情，不好登。"

大地，从沉睡中苏醒，

人民，从苦难中觉醒。

万众高唱《东方红》，

紧跟领袖毛泽东，

万水千山，驱虎豹，

倒海翻江，缚苍龙；

推倒了三座大山，

东方的中国，满天红！

《东方红》，战斗的光明颂歌。

它使旧世界的暴君，失魂丧魄。

它使一切妖魔鬼怪，胆战心惊。

它使"四人帮"，怕得要死，恨得要命！

江青，这条黑毒的蛇，

早就要杀死《东方红》，

把光明的中国，推进黄昏！

一九七六，一九七六，

是一个悲恸困难的年份。

一月，我们失去敬爱的周总理，

全国笼罩在悲风泪雨中！

七月,又失去敬爱的朱德委员长——
率领大军南北征战的总司令!
九月九日,九月九日!
九月九日那阵突然的哀乐声,
使江水凝结,山风不动,
我们一下都成了木头人!

毛主席!毛主席!
毛主席离开了我们!
这怎么能接受,怎么能相信!
可是阵阵、阵阵哀乐声,
阵阵、阵阵揪碎心!

中国,怎能失去毛主席?
江海哀恸,山风悲鸣!
人民,怎能离开红太阳?
我们咽着泪水把天来问!

江海正在哀哭!
人民正在哀恸!
可是万恶的"四人帮",

把这悲痛时刻当成是

篡党夺权的"吉日良辰"！

毒箭，搭上黑弓，

屠刀，攥在手中。

他们，以为这猛一扑，

毛主席缔造的新中国，

抻长踏扁都由他们！

地球会回头转？

长江会倒头流？

中国的历史会回头走？

"四人帮"，你们白白想秃了头！

东方红！东方红！

十月的中国，满天红！

我们又有了新领袖，

十月的中国，满天红！

祖国啊，像来了奇异的春天，

百花齐放，百鸟齐鸣！

江河啊，像来了奇异的春汛，

千江欢笑，万水欢腾！

扬眉吐气的人民啊，

笑得多么美，风采多么俊！

"东方红，太阳升"，

光明颂歌，震撼长空。

多似二十七年前，

跨黄河，渡长江，大反攻！

《东方红》，飞扬千万里，

穷追"四人帮"，虎豹狼熊！

挨过饥饿的人，知道饥饿的痛苦；

受过寒冷的人，知道阳光的可亲。

曾受尽苦难的中国人民，

心爱《东方红》，代代不落音！

"东方红，太阳升"，

庄严洪亮，亲切热情。

每天，听到这安详的钟声，

我们就想起心中的红太阳。

每时，听到这安详的钟声，

我们就想起人民的大救星。

毛主席啊，毛主席，

您一生为救中国，

您一生为救人民，

您一生为解放全人类，

丰功与天地共长久，

伟绩与日月共长存。

您把斗争的武器，交到我们的手；

您用必胜的阳光，照亮我们的心；

您把打碎旧世界的真理，

交给全世界无产者，受苦的人！

毛主席啊，毛主席，

我们心中的红太阳。

您缔造了山花烂漫的新中国，

您开创了莺歌燕舞的好时光。

王张江姚"四人帮"，

是钻进家来的野兽狼群，

他们对中国人民的翻身解放，

对社会主义祖国的巩固发展，

感到复辟的迷梦，已经做不成！

毛泽东思想的伟大成果——

埋葬旧世界的人民决心，

使他们听到铁锹响，

心脏扑腾腾！

资产阶级就在共产党内，

野心家，感到花招已经耍尽，

无处可再隐身！

因此，他们对中国黎明的缔造者——

我们的伟大领袖毛主席，

特别仇深特别恨！

文冠果花，黑孝服，

遮不住那颗黑蛇的心！

"学生""战友"的白绸带儿，

盖不住魔爪血淋淋！

我们仰望北斗星，

就望见北斗柄。

我们想起伟大领袖毛主席，

就想起我们敬爱的周总理。

周总理啊，周总理，

您跟随毛主席，跟得多么近。

您心向毛主席，心是多么诚。

五十多年如一天，

您为党、为国、为人民，

工作如同长江水，

日夜长流永不停。

八亿人民的总理，

跟八亿人民心贴心。

周总理啊，周总理，

您热爱毛主席，

您热爱《东方红》，

您指挥我们唱《东方红》，

排除万难向前进。

王张江姚"四人帮"，

对我们敬爱的周总理，

他们是魔鬼怕雷霆：

为国家掌印有周总理，

他们盗窃国柄就难称心！

我们有高风亮节的周总理，

这帮瘪三显得多么寒碜！

所以，对我们的周总理，

他们比毒蛇豺狼百倍狠！

在总理生前，

他们明抢镜头，暗放毒箭，

造谣诬蔑，含血喷人。

在总理身后，

他们电影不准放，报纸不登名，

献悼诗"有罪"，献悼文成"反革命"！

他们妄图

从八亿悲痛的人心中，

剜去周总理的伟大形象，

他们妄图

从世界人民的怀念中，

剜去"周恩来"这串壮丽的光辉声韵！

何其毒也，何其狠！

"四人帮"，你们枉费心机办不到，

却是欺人太太甚！

对如此狠毒的黑帮，

我们心中只有一句话：

完全、彻底、干净、消灭他们！

有多少老革命家，

跟随毛主席，唱着《东方红》，

率领战士和群众，

打倒了压迫者，解放了受苦人。

他们的名和字，

永存在人心中。

听！朱德委员长，

革命老英雄，

既是总司令，又是普通兵。

平易近人民，

战马鞍头几十年，

为解放人民献一生。

我们一念"朱老总"，

念得多么亲，心里多尊敬！

听！贺龙老将军，

人老心年轻，

谈笑春风生虎帐，

指挥作战却威如神。

我们一想起"贺老总"，

心长志气身长劲！

听！陈毅同志会打仗，

南征北战善用兵，

日本强盗、蒋帮匪军，

一听"陈毅"两个字，

胆破心寒脸发青。

"旌旗十万斩阎罗"，

名句千古惊鬼神！

谎话，可以编一万，

帽子，可以压死人。

可是血写的革命史，

斧头砍不掉，越砍越动人！

怒火烧胸膛，

悲愤气填膺。

追穷寇，痛打落水狗，

深揭猛批"四人帮"，万炮隆隆！

把王洪文、张春桥、江青、姚文元，

钉在历史的耻辱柱上，烙上火印，

让千世万代，唾他们，骂他们：

这是人类历史上——

最臭的东西，

最丑的灵魂，

最残忍的动物，

最下流的恶棍，

那一个是最坏的女人！

"东方红，太阳升"，

十月的中国，满天红！

鹰飞长空，骏马嘶鸣，

冬梅，在雪中含笑，

麦海，在雪里放青。

崭新的音鼓，以震动长空的音域，

擦净泥尘的竖琴，以热烈清新的弦音，

在九百六十万平方公里的乐池中，

纵情合奏《东方红》！

"东方红，太阳升"，

多么悦耳啊，光明的颂歌。

你使一切欣欣向荣，

你使一切生机勃勃。

多少人啊，受到你的激励，

摔碎了药瓶，走出医院大门；

多少人啊，听到你的召唤，

扔开手杖，纵马重上阵。

我多么羡慕你们啊，

走在前头的同志们！

听啊！

"东方红，太阳升"，

光明的颂歌，在召唤我们：

紧跟以华主席为首的党中央，

团结起来，向前进！

看啊！

《东方红》,《东方红》,

金色的音符，飞舞长空。

我们的祖国，前程似锦，

全世界人民，前程似锦，

全世界无产者，前程似锦！

　　东方红！

　　　世界红！

　　　　全球红！

1976 年 12 月

缅 怀 周 总 理 ①

去年，一月八日这一天，

山风悲啼，

江海哭泣。

旗半下，人肃立，

晴空万里，泪飞倾盆雨！

道上，人们哀哭不成声，

但愿是噩梦！

室内，人们哀哭不成声，

但愿是虚惊！

我稍一凝神，

就听到总理的声音；

―――――――

① 发表在《北京日报》1977 年 1 月 10 日。

我稍一凝视，

就看到总理的笑容。

我们总是不敢想，

总是泪水透衣襟！

去年，一月八日这一天，

山风悲啼，

江海哭泣。

毛主席缔造的新中国，

怎能失去周总理？

伟大领袖的左膀右臂，

毛主席的久经考验的最亲密战友，

毛泽东思想的伟大卫士，

共产主义的英勇鼓手。

在毛主席的革命路线上，

迎战狂风，迎击暴雨，

周总理是伟大的火车头，

八亿人民的好当家，

被压迫民族、被压迫人民的忠诚朋友！

祖国的风啊，捧着红旗在悲哭，

五洲朋友，为敬爱的周总理垂下头。

去年，一月这些天，

气压多么闷，

云天多么沉。

是谁把海卡住，

浪涛声激愤！

人民哭着买黑纱，

却有黑风刮过路：

哀思，要套个框框！

悲恸，要有个限度！

血泪雨漫长安街，

长空大地同声哭：

把我们的总理长留住！

血泪雨漫复兴路，

大江大海同声哭：

把我们的总理长留住！

山觳觫！河觳觫！天觳觫！

框框怎能限住？

这帮家伙，恶如狼，也蠢如猪！

敢在八亿人民泪眼下，

纵饮作乐，彻夜狂欢舞！

去年，一月这些天，

怒风吼叫，

怒浪翻腾。

我们睁大怒眼紧盯着

这帮披着人皮的狼群：

他们张牙舞爪，

要盗取国家权柄！

他们张牙舞爪，

要抢夺总理大印！

他们张牙舞爪，

要独揽乾坤！

他们贪婪无厌的丑恶表演，

他们穷凶极恶的虎肺狼心，

我们眼里有底片，

我们心有老账本，

总有一天，要一笔清！

去年十月胜阳春，

山风自由，

江海解放，

云飞扬，旗飘扬！

周总理！周总理！

八亿心声在天飞扬：

周总理啊，周总理！

我们流着泪，纵情高呼您！

去年那九个月，

我们日夜怀念你：

有头顶着大山在怀念你，

有嘴被封住在怀念你！

你忠于毛主席，忠于党，

对着春风丽日要怀念你，

对着刀山火海也要怀念你！

周总理啊，周总理！

我们跳跃着，欢声告慰你：

人间清除了"四人帮"，

山河气象一派新，

朝气蓬勃，万紫千红，

我们甩开膀子，大步向前进！

今年，一月八日这一天，

飞雪在迎春。

万里河山，万炮隆隆：

猛轰猛打王张江姚，

这帮死有余辜的敌人！

周总理啊，周总理！

我们衷心告慰毛主席，

告慰朱委员长，告慰你：

我们有了英明领袖华主席，

毛主席开创的事业，后继有人！

周总理你的遗愿，实现有人！

你毕生尽忠的

　毛泽东思想伟大红旗，

颜色永远不会褪！

你毕生热爱的《东方红》，

在长空永远不落音！

放心吧，我们敬爱的

好总理！

安息吧，总理！我们敬爱的

周总理！

1977 年 1 月 8 日

缅怀毛主席，长江万古流 ①

登高瞩远空，

引领望昆仑，

缅怀毛主席，

悠悠尽停云。

山平了，还会有造山运动，

海枯了，还会有造海时辰。

唯有要请回毛主席，

听我们倾吐别离情。

人间天上都求遍，

总是泪雨湿衣襟！

---

① 发表在《人民文学》1977 年 9 月号。

盛开的春花，丰硕的秋果，

擒妖捉怪的历史喜讯，

千帆竞发，万马奔腾地进军，

多么盼望在通过天安门时，

能久久看到毛主席，

神采奕奕、安详慈爱，

挥手前进的伟大丰神！

问自然法则，为什么，

如此冷酷，如此严峻？

慈祥音容宛长在，

伟大身躯已长眠！

抬起泪眼望远近，

尽是千秋万世恩——

长夜难明，魔怪舞翩跹，

电不闪，雷不鸣，

灾难深重的祖国，

百年不黎明！

晨钟敲响，刀砍哑了，

野火点燃，血淋灭了，

谁主沉浮救中国？

问天天落泪，问地地呻吟！

是您啊，伟大领袖毛主席，

打碎地狱，砸开铁门，

撑开东方大海，

托起太阳照清晨！

劈妖的长剑，

您亲自教给我们铸；

斩魔的利斧，

您亲自交到我们的手；

打碎旧世界，

您交给我们铁榔头！

您点燃了对反动派造反的火炬，

迎空飞舞遍神州！

红军出世一声吼：

开步走！

江海沸腾地颤抖！

从此旧世界，

处在日落黄昏后！

开天辟地头一次，

亿万奴隶喜相告：

枪杆子，能消万古愁！

挽起袖，举杯痛饮翻身酒。

您高擎指路明灯，

拔雄关，破逆流，

从容领着千军万马，

面对着风狂雨骤，

越雪山，过草地，

把抗日红旗，

插在黄河渡口！

万水千山的草鞋踪迹上，

不谢山花红万秋。

毛主席呵毛主席，

想起这一幕幕，一出出，

叫旧世界目瞪口呆，

心惊胆战的威武雄壮剧，

我们永生永世铭记在心里！

人民战争威力大，

鸿猷大略惊鬼神。

像把神奇的"金刚琢"，

交给亿万军和民，

把野牛鼻子全穿住，

往河里赶，往山里引，

拽进壑谷，围圈在森林。

星光月下点篝火，

支起砂锅炖牛羹！

小米加步枪，

伟大匠意多清新。

您在革命战争的画廊上，

绘下的风雷长卷，

千古闪电火，万古发雷声！

八年烽火照天地，

无敌于天下是

中国工农子弟兵！

麻雀战，雁翎船，

青纱帐，甘蔗林，

地下长城地雷阵；

鸡窝会杀敌，

井栏会咬人。

把蹂躏我国的法西斯，

打得丢盔弃甲扫下海，

不见留纹痕！

给中国人民报了仇，

给被压迫民族解了恨。

毛主席呵毛主席，

想起这一幕幕，一出出，

搅得天旋地转，

四海沸腾的威武雄壮剧，

我们永生永世铭记在心里！

硝烟散，桃满枝，

香飘万里解放区。

急坏了，躲在峨眉山上的蒋介石，

美帝牵着下山来，

杀气腾腾，要抢摘桃子吃。

有金元帝国做后台，

蒋介石，趾高气扬了不起，

以为只要一巴掌，

就可以把抗战八年的中国，

再一次，打下血海里！

一切反动派都是纸老虎。

暴风雨，随声起：

打倒蒋介石，解放全中国，

电光闪闪雷奔驰！

东南西北，四方进军，

过河渡江，万里追击。

秧歌腰鼓送出征，

腰鼓秧歌庆胜利，

秧歌腰鼓三年半，

弹指一挥间，

蒋兵八百万，全部化为泥！

几千年的封建主义压迫，

一百年的帝国主义奴役，

第一次，在人民的长剑下，

完全、彻底，消失在烈火浓烟里！

我们拨开阵地硝烟，

我们掸掉军衣尘泥，

心呵，向天安门集中，

眼呵，向天安门凝聚。

随着那句震撼历史的伟大声音——

中国人民站起来了！

披着朝霞的新中国，

光芒四射，崛起东方大地！

获得解放的中国人民呵，

神采多么俊，笑得多么美！

毛主席呵毛主席，

想起这一幕幕，一出出，

声响震撼全世界，

气浪回荡万千年的威武雄壮剧，

我们永生永世铭记在心里！

红日喷薄出东方，

征旗似铁水奔流。

赶走无穷忧虑，

翻开绊脚石头；

你推开重峦叠岫，

领着我们飞身迈向——

社会主义的历史渡口。

我们拉响汽笛，

我们挥舞彩绸。

昂首向朝阳，

把工厂、矿山、煤海，

牢牢掌在工人阶级手！

在地主庄园，

分田分地，报了千世仇！

在翻身田地上，

拔掉田碑界桩，刨掉穷根瘤！

捧着三面红旗，

喜看人民公社如旭日，

冉冉升起照金瓯！

社会主义好！

是您呵，我们的伟大领袖，

亲执朱笔书写在——

历史春天的渡桥口！

写最新最美的文字，

您磨浓朱墨亲手教；

画最新最美的图画，

您亲执彩笔亲口授。

不理帝国主义的封锁，

蔑视修正主义的诅咒；

您把一穷二白的旧中国，

变为莺歌燕舞的新神州！

毛主席呵毛主席，

想起这一幕幕，一出出，

排山倒海，地覆天翻，

向人类春天进军的威武雄壮剧，

我们永生永世铭记在心里！

赤道英雄驱虎豹，

椰林豪杰斩豺狼。

旌旗奋，战鼓如奔雷，

忽然有几个

小丑出来乱跳梁。

叛徒帮腔，魔鬼伴唱，

霎时间，妖雾起，乱云飞，

似乎天空快要沉海洋！

蚍蜉撼树，蚂蚁缘槐，

忘乎所以，得意猖狂，

不知世界无产者，

自有托天掌！

是您呀，伟大导师毛主席，

踏着黑风恶浪，

高举反修大旗，

从容站在历史高峰上，

召唤鲲鹏出大海，

五洲战歌更昂扬。

上山捉怪，

您指出进山道；

下海擒妖，

您标出入海口。

您把射透一切的照妖镜，

高高悬在伟大时代的

每个峡谷，每个海港，

每个关卡，每道路口！

聚歼旧世界一切牛鬼蛇神！

清除叛徒，特务，内奸，

蒋家王朝的游魂，腐烂的尸首！

十月清晨，喷云如金，

万山如火，千江碧透。

中国人民，第二次解放了！

凯歌捷报震全球。

您亲手缔造的中华人民共和国，

更加壮丽崇高，

更加坚强伟大，

金光四射，巍峨矗立在亚洲！

您亲自选定的华主席，

不愧是您的好学生，

不愧是我们的好领袖！

有华主席为首的党中央，

任凭风浪大，

我有砥柱镇中流。

毛主席的伟大旗帜，

朝阳前导迎风飘；

继续革命的征途上，

八亿人民气昂昂，雄赳赳，

莫道路漫漫，关山险，风雨暴，

伟大的未来，一定要捧在战马鞍头！

待到山花烂漫争报春，

您在丛中笑看五洲红透！

毛主席，永远活在万世人心上，

永远安详信步在长空，

日日送春光，天天照全球！

引领望昆仑，

白云悠悠心悠悠，

缅怀毛主席，

不尽长江万古流！

1976 年 9 月写于哀思泪雨里

1977 年 8 月改写于进军鼓声中

怀 念 朱 总 司 令 ①

沁水流，漳水流，

春水秋水环山流。

怀念朱德总司令，

沁水漳水水长流。

风飕飕，树飕飕，

松涛澎湃未肯休。

似闻战时出击令，

万马奔腾过急流。

回想当年夜茫茫，

五亿中国一笼囚。

---

① 发表在《人民日报》1978 年 7 月 6 日第 3 版。后重新修改过，未收入《晚号集》。

父辈水牢蚂蟥咬，

童工井下皮鞭抽！

笼中相问有无路，

谁领人民主沉浮？

毛主席，

周副主席，

朱总司令，

祭起红色风暴荡九州。

开国炮声动天地，

肩头相并立城楼。

世界瞩目的天安门，

朝阳冉冉上神州！

伟大友谊全凝聚，

天安门楼一镜头，

从此去与北斗星，

同放光芒照金瓯！

怀念毛主席，

怀念周总理，

不尽长江水悠悠；
怀念朱德总司令，
沁水漳水万古流。

南昌起义，井冈山会师，
峥嵘岁月，风狂雨骤。
毛主席朱总一握手，
中国长空大地，
春雷滚滚落地走！

征腐恶，缚苍龙，
调狂飙，逐王侯。
金陵地震天发抖，
饮马黄河风云紧，
挥军东渡出奇兵，
遍山设阵烧野牛！

百万敌军团团转，
大本营里，一筹莫展，
焦头烂额无计谋。
我们敬爱的总司令，

谈笑风生，

策马过屯留，下燕幽。

强敌面前，高大如山，

人民中间，情同骨肉；

百万军中普通兵，

农家时时见，

问寒问暖问盐油。

中国杰出的战略家，

毛主席的好助手。

消灭蒋军八百万，

毛主席和朱总司令，

戎马倥偬携手定鸿猷。

风翻战史千万页，

朱总汗迹页页留。

江海风帆争先发，

长空飞船赛远游；

八亿人民的总司令，

巍巍屹立太行山，

与天共长，与地共久。

写于 1977 年 6 月 21 日

1980 年修改

　　阮老在初稿上的注：1978年6月30日袁鹰来电话，说今年准备发去年此诗。7月1日回袁电话：因长篇放不下，暂不能改，不发。但袁说还是要，星期一（3日）能给他即可。此稿是6月初改了一部分的，现在此基础上改成。2日寄袁。3日晨又有改动。未改好。

题 四 蟹 图 ①

　　1977年7月22日，在卧病的医院中，喜闻十届三中全会做出永远开除王洪文、张春桥、江青和姚文元出党，并撤销群丑党内外职务的决定，人心大快。临窗眺望，红旗似海，锣鼓喧天，诚是此生一最大快事，爰填《西江月》题于《四蟹图》上。

母蟹横行霸道，

丑群舞爪封官；

地球独敢拒停旋，

放火烧荒问斩！

---

① 　此诗收入《晚号集》人民文学出版社 2001 年 1 月版。

作福作威此甚，

可怜妲己形惭。

忽听落叶泣西风，

彩练人寰好看。

《山魂》章前词二首 ①

江城子·元旦

漫天飞雪试骄骢，

赴郊坰，踏瑶琼。

并辔扬鞭，

甚事这匆匆？

自笑多情谁可比，

牵玉勒，教童蒙。

朔风呼啸白濛濛，

---

① 　这两首词原在小说《山魂》1977年稿中，为第十五、十六章的章前词。调整章节后全章舍弃，
　　未用。

两腮红，两心红。

横策鞍头，

相对看山松。

学挽雕弓酬好意，

纵怒马，射青龙！

民 谣

日本打中国，

魔鬼都出窟：

五里一司令，

十里三寨主。

蛇洞出张团长，

狼窝立王旅部。

占山争为王，

杀人抢吃肉，

虎皮交椅少，

人皮垫屁股。

旗写"保家乡"，

心认贼为父。

君莫忘，抗日战争初，

到处都有此事物。

民国无钟馗，

群魔乱跳舞！

江城子·新长征 ①
——庆祝五届人大胜利闭幕

华灯彻夜照春城，

炮齐鸣，鼓齐鸣。

俊杰英豪，

八极会神京。

举国紧跟华主席，

跨骏马，又长征！

霜花满鬓正当令，

老中青，竞先行。

二十三年，

---

① 发表于《人民文学》1978 年 04 期。

回首看征程：

喜数飞船航广宇，

银汉去，访繁星。

1978 年 3 月 5 日夜

战 歌 颂 ①

"起来，不愿做奴隶的人们"，

这是昨天前进的战鼓，

迎接光明的钟声，

是摧毁旧世界的雷霆！

随着这组烈火熊熊的音符，

进行了史无前例的长征，

把压迫中国的敌人，

化为残灰飞烬！

"起来，不愿做奴隶的人们"，

这是今天继续前进的战鼓，

迎接明天的钟声，

———————————

① 此诗根据手稿。

是新世界早晨的号音！

随着这组金光灼灼的音符，

高擎战斗的旗帜，

向现代化的一切领域，

前进，前进，前进进！

后记：

　　全国重新改写《义勇军进行曲》歌词的活动，可谓"壮举"。谁不知道这是违反历史真实的。参加市专业与业余诗歌讨论之后，有感于怀而作。

1978 年

歌 茅 公 为 《 广 场 》 题 刊 名 ①

己未元旦，《北京日报·广场》开刊，读茅盾先生题字，作此歌之。

茅公高寿神锋健，

写尽沧桑几轮回？

怒踏铁蹄蹂小草，

长歌沸血腾风雷。

讨妖诗火照天地，

锣鼓岂能盖九陔？

血雨清明沃万卉，

横扫《广场》阴霾开。

1979 年 1 月

---

① 此诗为当日见茅公题字而写，正逢丙辰清明天安门事件平反。两年多后，茅公逝世时发表
在《北京日报》1981 年 3 月 29 日。

惊悉茅盾同志不幸逝世，悲怆揪心，潸然泪下。己未元旦，读茅公为《北京日报社·广场》题刊名，曾欣然歌之。现敬献于革命文学先驱者灵前，以志深切之悼念。①

1981 年 3 月 27 日

---

① 此段是与《哀悼茅盾长者》一起发表时，应编辑要求重写的小序。——作者注

赠 刘 章 ①

树恋青山稻恋田，
刘章歌讴出田间，
都城绿荫新声好，
毋忘烽烟育苗年。

　　刘章同志索字，久忘了，今天见《诗刊》登了他的发言，写了这首
诗寄赠。

1979 年 2 月

---

① 刘章，1939 年 1 月出生，河北兴隆人。中国乡土诗人。此诗收入《晚号集》人民文学出
　版社 2001 年 1 月版。

悼李琪同志 ①

踏平黑狱，

迎来光明，

哭君十年哭光明；

撬碎金箍，

扶起民主，

思君十年思民主。

1979 年 6 月 2 日

---

① 李琪（1914 年 10 月 30 日—1966 年 7 月 10 日），山西省临猗县人。1961—1966 年任中共
北京市委常委、宣传部部长。坚持传统戏、新编历史戏、现代戏不可偏废，反对禁演传
统戏。1966 年 1 月 8 日，在《北京日报》发表了《评吴晗同志的历史观》一文，希望将
对吴晗的批判引向学术。中共中央五一六通知后遭到残酷斗争，自杀。此诗收入《晚号集》
人民文学出版社 2001 年 1 月版。

悲 怆 悼 邓 拓 ①

俊秀天公爱，

才华惹祸生：

三家②文字狱，

几世怕聪明。

人若无思想，

愚蒙乐芸芸。

悲君何最切？

呐喊争当人！

---

① 邓拓（1912年—1966年5月18日），福建闽县人。新闻家、政论家。1966年4月在华北
局书记处候补书记、北京市委文教书记任上，被诬为反党集团，自杀。此诗收入《晚号集》
人民文学出版社2001年1月版。

② 编者注："三家"指邓拓与吴晗、廖沫沙合作在《前线》杂志撰写的《三家村札记》。

　　6月8日参加李琪同志追悼会回来，想起邓拓同志，夜不能寐，书此解愤。

1979年6月9日晨二时

　　得到通知：邓拓同志追悼会，在（9月）5日开。因我已定好5日出行河南、山西，不能参加。翻出今年6月8日参加李琪同志追悼会回来，想起邓拓同志之死写的一首诗，做了修改，抄作挽幛以献死者之灵。诗发表困难，姑寄袁鹰同志，试试看，估计不可能。悲乎我代！

题赤峪石雷故战场 ①

　　1941年秋，日本侵略军第二次进攻我黄崖洞兵工厂。赤峪民兵沿河大布石雷阵，与我朱德警卫团相配合，炸得侵略军人仰马翻，尸骸狼藉。我随警卫团一个连在桃花寨(一个独户的山窝铺)山头观炸，煞是好看。

太行儿女有神通，
斧凿雷神石卵中；
夜半朱彭军令下，
桃花赤峪尽雷公。

1979 年 7 月 21 日

---

① 发表在《星星》1979 年第 2 期。收入《晚号集》人民文学出版社 2001 年 1 月版。

雨中访孙口 ①

1947年7月4日，刘伯承将军、邓小平将军指挥的晋冀鲁豫大军十二万人，强渡黄河天堑，千里跃进大别山，把战争引向蒋介石统治区去打。这是中国人民解放战争的伟大转折点。河南台前县（原山东寿张县）的孙河渡口，是刘邓亲自率领大军强渡黄河的第一个渡口。从这里开始了沿黄河三百里胜利渡河的伟大场面。从此，这些渡口，一直到打倒蒋家王朝为止，成为支援晋冀鲁豫子弟兵万里南征的炸不断、砍不断的补给线、大动脉之一。列宁说"忘记过去就意味着背叛"，记此名句而怀旧到这里，已是沧海桑田：永不安生而南北滚动的黄河，过去的样子全变得不能辨认了。多亏当年几位驾船强渡的水兵、艄公为我指点。不然谁能知道，这些荒滩、草丛、柳墩、老鼠门庭，曾是斩断蒋家四十万大军的铡刀床！黄涛滚滚，秋雨凄凄，归来彻夜不能平静。故写

---

① 此诗根据手稿。

下这首小诗，以示自己的儿孙们，也刊之《诗刊》①，愿与青年共勉。

雨中访孙口，
见山河中走。
河宽秋意重，
天广思悠悠。

忆昔大军过，
摇篮等自由，
蒋贼舞利甲，
不许生九州！

飞机天上飞，
照明弹当头，
风怒骇浪高，
雨急泥如油。

不知喇叭裤，
不慕长鬓毛，

———————

① 发表处待考。

为造中国备好料，

揉软黄河赠君手。

人都有灵犀，

谁都有要求，

请问今天雕刻家，

宝石该嵌何云岫？

　　　　　　　　　　　　　　1979 年 9 月

"共 产 主 义 渠" ①

行车"共产主义渠",

杨柳依依轻柔柔;

司机说起当年事,

杨柳枝枝耷拉头。

好大喜功有"诸侯",

一步欲登共产天:

命令男女齐跃进,

挖渠灌溉"共产田"。

男人赤膊汗如雨,

---

① 作者1979年9月以后诗歌,绝大多数都收入了《夏雨秋风录》(重庆出版社1993年10月版)
和《晚号集》(人民文学出版社2001年1月版),因此自此以下,只注释出未收的个别诗歌。

纤勒肩头深进肉；
妇女"解放"去背心，
下身裤衩羞不顾。

为给"诸侯"争名声，
乳房贴坡身贴土。
东方未明锣声急，
干劲冲天头不梳。

太阳出来又落山，
冷水窝头填饥腹。
活儿重少吃腰身细，
身轻好飞"天堂"去。

渠成流水绿莹莹，
育龄妇女都绝经。
计划生育无须念，
出来一个不育年！

"诸侯"一下成了神，
吹牛拍马讲经验。

棉花成泥白薯烂，

丰年却变讨吃年！

司机说罢长叹息，

侧耳听罢心恻恻：

共产主义靠这号人，

理想天堂永无日！

1979 年 9 月过"共产主义渠"

南 无 阿 弥 陀 ①

洛河之北洛阳东，

白马瑟缩秋雨中。

风雨留人不进寺，

辜负秋风秋雨意，

往后再来永无期。

古寺古塔古楼亭，

似在人间游仙境。

游客游进罗汉殿，

胖的强笑瘦的蔫，

秋雨凄凄洒檐前。

---

① 此诗发表在《北京日报》1980 年 8 月 17 日。

罗汉为啥愁？罗汉为啥蔫？

导游耳边苦笑言：

"原来的罗汉全罹劫数，

现在的罗汉都是外来户，

日夜想家思故土！

"十年内乱追出身，

罗汉都追成反革命，

满肚子外汇和美金，

杀头、砍首全都处了死刑。

森森静夜有哭声！

"雨过天晴山门开，

宾客如云白马寺，

罗汉不知何处去，

前殿寻过后殿觅，

净是麻雀蝙蝠屎。

"罗汉从来不结婚，

哪有子孙继承人？

眉头一皱计上心：

叫北京的罗汉迁户口，

白住此殿不收租金！

"洛河水好洛神美，

总不如玉泉水可口。

胖的强笑瘦垂头。

洛河日夜水悠悠，

熟土难离患乡愁！

"君不见，中岳嵩山少林寺，

铜佛是铜罪恶多，

粉身碎骨空下座。

现在迢迢万里调来个，

劫后余生的老铜佛。

"'文化旗手'唱高歌，

苍蝇、'勇士'奇功多。

莫笑野猪不懂艺术，

天南地北君看看，

到处有他们的'大杰作'！"

秋风萧萧雨潇潇，

白马频频在哆嗦，

心有余悸何时了，

南无阿弥陀？

南无阿弥陀？

1979 年 9 月

来去卫河哭小川 ①

晚吊"一〇一"，

哀欲见君魂。

秋蛩声不断，

星暗月昏沉。

诗才今有几，

缘何不容君？

《望星空》论罪，

诗神应药喑！

道学非"白雪"，

儿女偏成群！

诗人甘寂寞，

---

①　发表在《华夏诗报》1989 年总 38 期。

李杜皆蠢人？

《秋歌》怀壮烈，

化烟凌九层。

月落团泊静，

笔底惊雷鸣！

每怀争诗意，

诗分心不分。

若君今日在，

共评"歌德"人。

道是君下乡，

"放逐"词翻新。

若无妲己类，

何罪可加君？

诗人敢言真，

作假诚诗棍。

"三山"① 可扳倒，

竟容一妖精！

————————

① 指帝国主义、封建主义、资本主义三座大山。

自悔存幻想，

前门未空樽；

卫水无枯日，

终生恨难平！

化烟寄何处？

淅淅秋雨声。

1979 年 9 月 10 日

后记：

　　1979年9月10日，晚宿安阳，随即凭吊郭小川同志不幸逝世的101号房间。据当时看过现场的同志告诉我，房间一边的地面和墙根，就是留下的火烧烟熏痕迹，更增痛楚。是夜秋蚕喊喊，辗转难眠，小川的声音风貌，一直浮现在眼前。

　　1959年底，我回北京开会，小川一见我就说他写了《望星空》犯了错误。我同情地说你犯的错误，可使我们警惕而少犯错误。我同时听到人们对他的长诗《白雪赞歌》，也议论纷纷，说此诗反映不健康、不正当的爱情思想。在当时的中国，当个诗人、作家太难了。小川离开中国作家协会不久，曾得意地告诉我决定到人民日报社任特约记者，能到各地观察生活，每年写几篇报道之类的文章，有很多时间可以写诗。我为他高兴。果然不负报社的希望，写了好几篇报道，他的名诗《青纱

帐——甘蔗林》就是这段时间诗作中的一首。有一次，我到煤渣胡同看
他。他的斗室里放着一张行军床，看来他刚起来。他兴致勃勃地跟我
说："不叫我写诗怎么行呢？不叫我写诗，太难了。"小川就是在这两
个"太难"中碰到"史无前例"的命运。

　　1973年春，听说小川在咸宁"干校"时，曾为一部电影纪录片写了
说明词，送审时，江青一见便撇嘴冷笑道："哦嗬，郭小川不甘寂寞了！"
我听了十分为他担心，同时感到理解者如此之少。后来小川到我家来，我问
这桩公案时，小川气愤地说："一个共产党员要求工作有什么错误，难道共
产党员可以不工作吗？"说得理直气壮。讴歌祖国，讴歌人民，他从来是不
甘心寂寞的。就在身处逆境的当时，小川跟我说过许多渴望工作而又近乎天
真的想法，或根本不应该他去做的事情。他说外国有人写了当时中国红得发
紫的一个运动员的传记，书中不少地方与事实不符，他接受了一个什么人物
的建议，要去了解这位运动员写一本书。我听了很不安，感到像我们这些上
了年纪的人，怎么好意思去写这样一个当世宠儿呢？劝他不要接受。但小川
是那么渴望马上有工作，说北京有家报纸要他，外地有家电影制片厂要他，
问我去哪里好。我考虑在北京对他不利，就主张他去那家电影制片厂，因为
我听人说他去看什么人，"四人帮"都知道，说是有人"跟踪"。

　　那个"史无前例"的时代，也是个史无前例的缺氧时代，快把人憋闷
死了，小川多想浮出水面吸口氧气啊！他希望有什么人能把他拯救出苦海
的幻想破灭了。他又被迫回到那个"没有刀光剑影的火阵，但日夜都在攻
打厮杀"的团泊洼"干校"去了。从那里回来的朋友告诉我，小川的情绪

非常坏，不但发牢骚、作诗，还到处写信。人越整他，他就越发烦躁，吃安眠药过量，有时在食堂晕倒。他给谁写信，我没有问，无非是想获得重新工作的机会；作诗有什么不可以？但牢骚确是不能发。我对朋友说：他向人发牢骚，是他信得过的人，原谅他，千万别往上汇报。不知道是得到什么人恩惠，听说小川回到北京了。有天晚上，我到虎坊桥去看他，但家门久敲不开，我惆怅而归。一天下午三四时，我苦恼地为配齐中药到前门去，在大栅栏附近碰到小川。他拿着几件破衣服去找人修补。他告诉我明天要到林县去。我们久站路边，相对无言。他的处境太难了。他忽然说："我们去喝杯啤酒好不好？"我说好，但现在不是时候，你要去补好衣服明天走，我要去配齐中药今天吃，等你回来，我们痛痛快快地喝几杯。我真后悔，为什么不同他去喝两杯呢？这是永别酒啊！我什么时候想起都难受。

　　我凭吊了101号房间的第二天，沿着卫河来去的路上，一直想着小川：他为什么早逝？什么原因使他早逝？谁使他早逝？这些，我怎能不知道呢？是不能说真话啊！！！天黑了，又下着雨，好不容易找到个地方住下，这天偏偏断电。秋雨潇潇，如泣如诉，心情悲凉，于是点起蜡烛，痛苦地草写下这首诗。

　　1980年10月追记于晋祠客舍

　　近日整理旧稿，翻出这首原题为《来去卫河哭小川》，就以这首小诗作为小川的十三年祭吧。

1989年5月

溯 河 千 里 行

一

黄河巨浪大如山，
排云落天奔海湾。
千古英雄威武戏，
扮演惊涛两岸边。

白露东下前台县，
秋分西上中条山，
溯河西去一千里，
追回战斗青春三十二年。

二

浪涛汹涌忆当年，

风狂雨骤锁晨天；

晨钟长鸣黑云紧，

怒涛登天战鼓频。

全面进攻势如虎，

一年落得半打残。

蒋介石认输却心不甘，

卖国抓兵重新干！

同时伸出两个拳头，

一打山东一打延安；

妄借黄河水无情，

强作兵勇"四十万"。

黄河归故道，

命令连夜颁。

三

黄河水，呜咽流，
千波万浪推不去，
一九三八六月仇!
千古暴君手有刀，
蒋介石，十个指头带抓钩，
兵马挡不住日本军，
六月扒开花园口，
八年豫皖人民随水漂流!

"黄河战略"重捡起，
堵死封死花园口。
改流豫北淹封丘，
留个数十里泥泞黄泛区。
挡住华北解放军，
问能插翅南飞取中牟?

半夜黄河归故道，
清晨北岸尽狂涛；

晚上南京伪总统府，

红灯绿酒美歌喉！

四

黄河巨浪大如山，

晨钟悠悠夜漫漫，

黎明前黑暗虽衰竭，

可是盘踞长天不肯让！

仲夏星光多灿烂，

特照平汉汾河湾。

保卫延安党中央，

豫北晋南，举行反攻战。

金陵春梦，

鸡飞蛋打乱一摊！

五

晋冀鲁豫庆翻身，

刘邓部下尽雄鹰。

一战打哭了王仲廉，

二战活捉了孙殿英，

安阳重镇成孤城，

气势吓死了顾祝同——

蒋家陆军总司令！

月光洒满汾河路，

陈赓兵出霍山谷。

凌晨攻下禹门口，

傍晚夺得风陵渡，

军威震晕胡宗南，

抬头看天云尽乌！

六

黄河巨浪大如山，

谁曾拔剑砍两段？

谁曾用火硬烧干？

六、七、八、九风雷雨，

狂呼怒吼走狂澜！

神鬼都惊问，

谁敢越天险？

蒋家王朝仗天保佑，

独裁卖国更放胆：

剔净饥民骨头肉，

狂欢夜宴做拼盘。

问君知道不知道，

当年半个旧中国，

人脚朝天头倒悬——

只见开膛刀影不见天！

腥风不竭，血雨不停，

老天爷，瞪着眼儿不敢管！

七

黄河巨浪大如山，

排云落天奔海湾。

天荒地老，黄河不老，

咆哮万古为自由，

怎能是蒋军"四十万"！

不拔安阳夜撤兵，
一盏马灯两位将军：
红蓝铅笔牵黄河，
潼关奔向张秋镇，
千里布战阵。

笔下浊浪东流去，
灯前炮车南奔来。
雄鸡报明金堤内，
刘伯承将军，
胸中千军已过黄河，
万马驰骋向淮水。

笔下浊浪东流去，
灯前万船出苇湾。
晨鸟啁啾绿杨岸，
邓小平将军，
胸中千军正过黄泛，
万马驰骋奔汝南。

不拔安阳夜撤兵，

刘邓将军发命令。

晋冀鲁豫儿郎俊，

朱颜青鬓正少年，

争先跟刘邓，

点兵绿柳林。

不拔安阳夜撤兵，

赶做军鞋到鸡鸣。

水火无情心有恨，

国祸家仇等谁伸？

横针竖针全是恨，

托给远征人！

不拔安阳夜撤兵，

中国长天要放晴。

父敬儿子妻敬郎，

二锅头酒敬亲人：

喝干过黄河，

去捉蒋中正！

八

黄河壑壑风萧萧，
枪在手，葫芦系在腰。
沿河三百里，
待令心如燎。

黄河壑壑风飒飒，
万马扬鬃青纱下。
杨林三百里，
待船渡军马。

东张秋，西临濮，
一呼万船离苇坞；
北岸脚声如急雨，
赤膊艄公掌紧橹。

三百里火炮全抬头，
三百里火炮齐怒吼：
打倒蒋介石，

解放全中国；

气浪荡神州。

黄河巨浪大如山，

纵情呐喊送军船。

水柱封河炮封天，

黄河呐喊要解放，

托着儿女登南岸：

去拆蒋家的天！

九

战火引烧放火人，

朝霞从北向南飞腾。

手忙脚乱的蒋介石，

慌忙飞开封亲压阵，

四面调兵堵刘邓，

却变成刘邓调动蒋中正：

丧师失将羊山集，

泪回南京！

十

飞渡黄河气吞山，
走出黄泛才真好汉。
前堵后追敌兵多，
一路飞机头上转。
炮车轮前下，
远接天边软泥潭；
右脚拔起左脚陷，
一路打稀泥战，
火炮重如山！

强将手下无弱兵，
晋冀鲁豫无劣男。
刘邓将军朝南指，
甩开敌军出黄泛，
抢在山洪巨浪前，
安然徒涉登上淮南。

"天助我也"朝敌笑，

山洪咆哮战马旁。

北岸强敌有快车，

呆看红旗南飞扬。

风驰电掣雷奔腾，

千里跃进大别山：

将士立马云岩上，

东瞧南京西武汉。

十一

八月惊涛乱三门，

凶龙巨蟒闹茅津渡；

垣曲、官渡、狂澜镇，

正是张嘴吞人处！

常胜将军多奇谋，

早绘擒龙斩蟒图。

凌晨，中条万炮封黄河，

强渡过陈赓将军千船虎。

越过北邙断陇海，
洛河伊川水上飞。
伏牛山青桐柏翠，
红旗漫卷临汉水。

十二

黄河巨浪大如山，
举着英雄儿女进中原；
地覆天翻威武戏，
写出多少留人间。

淮海炮光照天地，
黑暗王朝如飞烟。
捋汗挥戈齐转南，
千军万马向长江。

华南海阔云贵高，
抬头迎见雪山笑。
借问珠穆朗玛峰，
哪代有我代风骚？

举枪遥遥报黄河：

祖国大地已春晓！

十三

黄河巨浪大如山，

排云落天奔海湾。

溯河西上一千里，

千波万浪涌心间。

三十二个春天三十二个秋，

几多欢乐几多愁，

重重叠叠在心头：

破碎山河变新中国，

鲜血河水同道流；

河水几多血几多，

能说是某神恩赐给我？

人为风暴稍节约，

飞船早许月边过！

十 四

十年用血买沉疴，
中国的日子谁好过？
十年噩梦今已醒，
追悼泪珠雨滂沱！

风雨潇潇溯河行，
哪座高山挡住河流？
哪道河段曾是直道？
哪个浪涛曾回头？

仰天大笑秋风雨，
何必多情纵悲歌？
白头未必人都老，
红心特赋后来者。
重上马，
挥长戈，
再渡河！

1979 年 9 月，写于途中

濛 濛 小 雨 茅 津 渡

早晨驱车过会兴，

濛濛小雨茅津渡。

中条山，忽然浓，忽然淡，

舒卷回旋龙飞舞。

黄河，颜色不减当年，

流急，保持千古威风不减速。

顿时，想起当年敌军曳光弹，

组成火网，封锁大军飞渡！

木板渡船、羊皮囊，

木排筏子、空葫芦，

居然，敢在火的天罗地网下，

前来茅津问渡！

要去中原拓荒，

要过长江植树，

要在万里足迹上种：

迎春、牡丹、芍药亿万株。

这炮火下的梦，

做得多么浪漫多壮丽？

这骇浪前头的戏，

演得多么神奇多威武？

我问中流激浪，当今的一代，

应该怎样续写第二部？

濛濛小雨茅津渡，

中条山，舒卷回旋龙飞舞：

忽然飞来忽然去，

留下淅沥蓝雨罩红树。

1979 年秋雨途中

秋 风 楼 渡 口 ①

　　秋风楼，在山西万荣县后土庙前。据碑石记载，汉武帝刘彻祠后
土，与群臣欢饮中流，乐甚而作《秋风辞》。后人建秋风楼在此渡口。
但此楼曾多次毁于黄河，清嘉庆时，迁移至现在的地方。

　　庙前渡口，是我军1937年9月、10月间，在朱德总司令和彭德怀副
总司令指挥下，从陕西芝川镇东渡黄河，开进华北抗日的渡口。我早就
有意，要追寻我军东渡和南征的各个黄河渡口，但因"十年内乱"而中
断了。此次，我从台前和范县，沿黄河西行，于去年9月29日寻到庙前
渡口。几千年来，这里是山西、陕西交通的重要渡口，自禹门口大桥
建成后，渡河方便了，此处变得冷冷清清了。为了体会当年的气氛，我
特意选在我军东渡时节来这里。当我登上了秋风楼最高层，凭栏远眺，
四顾茫茫，只觉秋风萧瑟，秋汛澎湃，路不见行人，河不见舟楫，这个
曾经是我军东渡抗日，具有重要历史意义的渡口，现在已看不见有任何

---

① 发表在《诗刊》1980年第6期。

标志，也许很少人想得起它来了，青年一代，恐怕更是知者寥寥了。回溯当年的紧急形势，再看今日的萧索情景，心潮汹涌。缅怀东征将士，为了中华民族的解放，热血洒沙场，忠骨埋青山，能见到中华人民共和国成立的同志，都是人不解甲，马不卸鞍，又迅猛地投入社会主义革命和社会主义建设。可是，他们之中，不少人，特别如彭总和贺总，曾指挥东征的几位高级指挥员，他们不是捐躯于敌我激战的沙场，而是死于今天的监狱、牛棚与放逐地。他们，再不能来看看黄河了，怎么会这样啊？ 我徘徊渡口，百思而不能解，回到住所，写下这首《秋风楼渡口》。

1980 年 3 月整理后补序

当年万马鸣秋风，
今天我上秋风楼；
秋汛雷鸣浪如山，
咆哮奔腾向南流。
岚气沉山烟锁树，
四顾茫茫河无渡。
刘彻酒酣西回去，
河东留有秋风楼。
抗日东征四十二年，

几人知道此渡口？

秋风飕飕吹我衿，
黄河霍霍荡我心：
一九三七年九州震，
狼烟铺天吞平津。
蒋军百万南逃窜，
华北顷刻半灰烬。
日军刀下父老问：
谁是中华好儿孙？

黄河弓起问贺兰，
黄河扭身问管涔，
左问吕梁右问华山，
入海回头问昆仑！

秋风起啊，白云飞，
红旗飘啊，愁云开。
立马河西，朱德总司令，
风前指挥渡大军！

首战平型挫坂垣，

再战雁门震东京。

滹沱喧闹恒山高，

长城年老砖石硬。

金沙滩上花如金，

纵横驰骋我八路军！

秋风吹红了太行山，

春风又绿了子牙河；

百万日军化火烟，

换得万千寡妇携孤儿，

倚门哭接骨灰万千盒！

勒马南征再渡河，

飞渡长江下南岳；

饮马珠江追穷寇，

高歌天之涯，

观涛海之角。

洗净大地山重安，

擦净长天星重装，

掰开东海千层浪，

托起晨阳照东方！

鱼跃龙门架飞虹，

车如流水马如龙；

云蒸霞蔚的新中国，

少年英俊老还童。

珍惜东征三军万片心，

今天的黄河不会如此黄！

秋风起啊，白云飞，

四十二年人有几？

大好光阴水流去，

哪一个老兵甘如此？

风刀雨箭浪有牙，

哪个儿女曾怕死？

哪座青山不埋着忠骨？

哪片原野不卧过忠尸？

黄河黄河您哪能想到，

人妖颠倒无是非！

百战沙场的英雄诬为叛徒！

屡立奇功的将军诬为特务！

工人的领袖诬陷成工贼！

烈士被刨坟、鞭尸、抄骨灰！

没完没了搞运动，

运得江山如转蓬；

没完没了搞斗争，

驱逐牛鬼的人关牛棚！

文字狱，十八层，

莫道标点符号小，

也能抓出反革命！

打倒了大资产阶级的成了走资派，

投降了大资产阶级的坐了"红旗"牌；

无耻的老贼却称"权威"，

瘪三、阿飞天上飞。

流氓"旗手"一出巡，

马桶、面首、猢狲一大群；

浓妆艳抹争宠幸，

乌烟瘴气不准问！

冤假错案重重叠，

划清界限，寡妇鳏夫头如雪，

年年细雨纷飞清明节：

烽火连天，杀声震野，

鞍前分手，纵马向硝烟，

祖国命运和爱情，

生死绾成一个结，

梦中惊醒，枕边哽咽！

要是没有前年的十月，

黄河黄河——我的母亲啊，

您还要长流亲生儿女多少血！

您曾经，用胸脯，

托着儿女去出征；

您曾经，用胸脯，

托着儿女去灭瘟神；

您曾经，捐出身腰修大坝，

用乳汁浇红万山花。

我们却忍心眼看着：

一小群男女猪狗乱中华！

人生噩梦都会做，

十年不醒费琢磨？

白头老兵心糊涂，

黄河黄河啊，请您回答我！

黄河不答只奔腾，

穿云飞舞下昆仑，

冰封不住，山拦不住，

破壶口，越龙门。

冲陈刷旧向前去，

何曾认老精力尽？

塞雁横空过秋云端，

新长征，旌旗千万路。

急辞渡口追阵列，

秋汛擂响万面鼓。

1979 年 10 月

"旗手勇士"歌（组诗 5 首）①

头 歌

"文化旗手"舞婆娑，

中国十年像抽陀螺。

"革命造反"筑巢穴，

孵出"勇士"千万窝。

"奇功"很多已编成戏，

怪事不少上了小说；

杀佛斩神的"功"漏掉，

怕被埋没编首歌——

---

① 发表在《北京文艺》1980 年第 9 期。

大 杀 泥 菩 萨

天上的明星有几颗，

中国的明珠就有几库；

佛教圣地五台山，

光芒闪烁五山珠。

建筑大师千年心，

飞甍画檐耸霄云；

雕塑巨匠心血尽，

五台泥塑活灵魂。

"文化旗手"舞婆娑，

南挥黑风北点火。

"勇士"狂号"喽啰"叫，

进山打倒阿弥陀！

驱逐和尚赶喇嘛，

"革命夺权"抄佛家，

泥神号啕铜佛哭，

"英勇"大杀泥菩萨。

破肚挖肝寻白银，
无奈佛肝不是银；
开膛剜心找黄金，
可怜佛心不是金！
既不是银，更不是金，
"革命造反"能折本？
怒砸金刚宰罗汉，
呼啸扬长出山门。

十年星昏月光暗，
佛魂索命遍山林。
"奇功"岂能到此止，
连锁反应请看汤阴。

三演 《风波亭》

"文化旗手"舞婆娑，

一挥历史全翻个儿。

杭州二演风波亭，

汤阴三演紧开锣：

岳飞父子再杀头，

施全铜身坩埚烹；

秦桧两口都"平了反"，

奸臣张俊又狗变"人"。

杀害忠良不少见，

血染屠刀是当时的臣。

"文化革命"最最深刻，

株连泥胎和古人！

可惜未料忠骨硬，

杀一千次仍永生。

飞天 "勇士"

"文化旗手"舞婆娑，

"勇士""奇功"惊心魄。

地面横行当"可泣"，
飞天霸道更"可歌"。

绿林断道的戏不少，
风高放火月黑杀人；
从来没听说飞上天，
拦云断路抢劫神。
浑身长刺地打、砸、抢，
神通广大会腾云。

应县木塔高接云，
"旗手"的"勇士"要开天荤：
纵身跳上九重天，
云头拦佛剜金心。
不料佛肚有经却没有金，
想开天荤开不成；
大怒剁成十八块，
还不解恨就烧佛经。
可怜九天佛尸体，
横陈金沙滩上云！

《西游》《封神》作者挖空肠，

创造诸天神怪比高强，

道行哪能比得上，

"旗手"的"勇士"打、砸、抢？

尾 歌

"文化旗手"舞婆娑，

"奇功"可泣又可歌。

砍秃青山灭绝花，

差点干了长江枯了黄河，

若再任"旗手"舞婆娑，

中国要变成大沙漠！

1979年10月金沙滩道 ① 上

---

① 山西雁北怀仁县金沙滩。

十 月 秋 山 ①

十月秋山似火焰，

十月清溪水流涓。

溪畔来去寻马踪，

马踪不见听秋风；

忽见桥西拴马树，

正是当年夜袭点名处。

1979 年 10 月，五台山道中

---

① 以下三首发表在《作品》1980 年第 8 期。

骆 驼 道

清晨进入骆驼道，
霜花缀满路边草。
柿树如火似旧时，
夹道纷洒迎军旗。

请问滹沱河流水，
记得娘子关急催马飞？
一师南向太行山，
日寇八年不敢望西安。

1979 年 10 月

晚　晴

雨后山空天更蓝，
浮云数朵滚金边。
正是秋光似今日，
萧萧青马向桑干。

红叶萧萧随水去，
不见萧萧青马还，
云外秋山叠秋山，
晚晴无限耐人看。

1979 年 10 月，五台山道中

我 问 ①

——五台山缅怀彭总

秋晨秋空秋云飞，

秋叶秋露凝血泪，

彭大将军停马处，

点点滴下清河水。

我问北麓滹沱源，

日寇铁蹄践晋绥。

蒋阎军队几十万，

恒山道上，曾有几人不丢盔？

我问云中内长城，

---

① 发表在《解放军文艺》1980 年第 8 期。音乐家王洛宾 1986 年 7 月曾为此诗谱曲。词曲
　发表在《中国文化报》1998 年 9 月 22 日。

大挫日寇曾是谁？
谁下命令在平型关，
狠狠给坂垣个下马威？

再问"造反派"里诸"勇士"，
有无心肝有无肺？
你们替谁报了仇？
你们的屠刀替谁挥？

内外长城碑万幢，
发人深省是哪幢碑？
坎坷的彭大将军平生事，
最能启迪人心扉！

1979 年 10 月

山 西 好 ①

不是山西人
爱道山西好。
过河北上看山西，
秋色秋光多娇娆。
山西好。

山西好，
民族战争桥头堡。
军旗一跃过黄河，
山西特别能战斗，
特别坚强特别韧，
特别聪明有计谋，
敌人成了丧家狗。

---

① 此诗发表过，刊物待考。

山西好，

北岳巍峨太行山高。

一声解放全中国，

南征西战追穷寇，

路路有英豪。

山西好，

山川富，遍地宝。

发光之海从万山下，

光芒四射向四方流；

攀登时代的新高峰，

献光献热照大道。

我道山西好！

山西好，

春天来早花开早。

神州大地花争开，

山西藏在丛中瞅，

猜猜哪朵俏？

1979 年 10 月

难 道 生 活 是 这 样 的 吗？

——旅途中想起的一些现象

"难道生活是这样的吗？"

这一句话，比十二级台风还要强大。

它摧毁过多少初发的蓓蕾？

它摧毁过多少老枝的新芽？

"难道生活是这样的吗？

不，是你没领略过我的神威。

我只准说天空如锦，

不准说会有乌云，会有阴霾！"

"难道生活是这样的吗？

不，是你不承认一切都归我主宰。

我只许万花皆红，

不许半朵开白！"

"难道生活是这样的吗？

不，是你的见识幼稚。

位高水平高，有权有真理，

这是人类生活一个常识问题！"

"难道生活是这样的吗？

不，是你少见多怪。

你应该只歌颂春天，

怎敢把冬天也歌唱起来？"

"难道生活是这样的吗？

不，是你把日头冒犯了。

你怎么说它还会有黑子呢？

简直是罪该万死，狗胆包天！"

"难道生活是这样的吗？

不，社交一开，风尚必败。

只准歌颂百子千孙，

不准描写谈情说爱！"

"难道生活是这样的吗？"

这个幽灵仍然在人间徘徊。

它用鼻子拱出一道道壕沟：

"我只许红花独放，

不准百花盛开！"

1979 年 11 月 8 日

谱 一 支 最 新 最 美 的 序 曲

调整好日月的光度，

调整好江河的颜色，

调整好山岳的雄姿，

调整好花开的时刻……

啊！

我们要排除一切混浊污垢，

为振兴中华，

把我们的伟大祖国重新编织。

调整好天籁的音响，

调整好海潮的音域，

调整好雨量和风速，

调整好乐章的旋律……

啊！

我们要排除一切噪声，

为振兴中华，

重谱一支最新最美的序曲！

1979 年冬

赠朱琳同志

歌台何处觅胡笳[①]，
诗榭逢君发已华：
慢道塞林秋叶老，
霜风重染若晨霞。

　　从"十年大动乱"始，未见朱琳同志演戏。10月底从雁北回来，劫后重逢，感慨万千。她要去日本，向我要字要画。我画了一幅塞上秋林和写了这首诗送行。最后一句，为后来改成。

1979 年 12 月

---

①　作者注：郭沫若的《蔡文姬》，朱琳主演。

附：

　　余于画道，乃饭后信步，工间操事耳。此般俗物，其可登堂乎？怎每念十年凄风，十年苦雨，虎符[①]影逝，胡笳声渺，叹山河之浩劫，悲艺坛之巨祸，而劫后幸逢，又屡面索画，互庆重相见。10月从塞外回来，移寒林速写酬赠。

---

① 郭沫若名剧《虎符》，朱琳饰如姬。

八十年代

春 在 奔 行 ①

车轮辚辚，春在奔行；

远远近近，车轮辚辚，

车轮辚辚，春到天心。

她来了，她来了，

八十年代第一个新春！

云裳飘悠，云带飞旋，

辚辚飞进，迎春之门。

洋底海山，都从沉睡里苏醒；

日月乾坤，都正在重新整顿。

嫦娥久待，急等迎回省亲，

瑶池文物，有无需要，列重点保存？

---

① 此诗发表在《北京日报》1980 年 2 月 21 日第 3 版。

总之，人间天上，

都应建设探索，都应开犁耕耘。

犁开蒙昧，播种慧智；

扫去阴霾，耕耘光明。

打通时间空间的隧道，

留给子孙万代，通往永恒之春。

事业，前程似锦；

道路，曲折艰辛。

游览泰山，享受前人的慷慨；

绿化荒原，目的是为了后人。

哀歌，驱逐不散黑暗；

烈火，才能放射光明。

呻吟，总是弱者的颤音，

战斗，才是勇士的本性。

放任追腥逐臭，

只能繁殖苍蝇。

青春的可爱，它从不装腔作势，

高尚的情操，总是爱情的灵魂。

我说：唯有光明的耕耘播种者，

和敢于扑在战友身上，

而流尽自己鲜血的捐躯者，

才是真的豪杰，最美的人！

不要老摸着往日的伤疤，日月怨恨；

不要总低徊丧失的岁月，唠叨不停。

有垃圾，我们扫除垃圾，

有灰尘，我们清除灰尘。

有障碍前进的顽固石山，

我主张：扳倒去掉，

决不主张：绕道而行！

人生，必须战斗，

战斗，才是人生。

车轮辚辚，春已来临；

车轮辚辚，春在奔行；

别忘行军传统口令，是"跟上跟上"！

我的朋友，亲爱的同时代人。

展开翅膀，追回失去的灿烂阳光；

展开翅膀，夺回消逝的美景良辰。

车轮辚辚，春在奔行；

春在奔行，车轮辚辚；

迅猛飞翔，伟大的中国！

迅猛飞翔，伟大的人民！

写于 1980 年 2 月 16 日凌晨，24 日增改

六 十 六 书 怀

少年血气正方刚，

未许归期别泪人[①]；

夜渡黄河闻溃退，

朝上太行入战云[②]。

心有北斗无歧路，

敌祸天灾视纸虎。

八年烈火恋高山[③]，

万里旌旗奔汉川[④]，

---

① 泪人：1937年8月13日淞沪抗战爆发，作者告别初恋——沈姓女子离沪，经浦口辗转到武汉。

② 1937年12月26日作者离开武汉，28日夜从郑州乘火车过黄河，30日从博爱登上太行山。详见本书回忆录卷《太行山》第一卷第一章。

③ 恋高山：1942年5月作者拒绝了太行区党委调他到延安的安排，执意留在抗战前方。详见本书散文卷《忆星海先生》。

④ 指晋冀鲁豫子弟兵随刘邓大军征战，直到大西南。

长江泡浪下巫峡，

秧歌腰鼓动天涯；

一曲凯歌三川血，

百年耻辱一朝雪！

待哺雏莺啼声切，

整顿乾坤甲不解。

磨有冲天①船有舵，

千歌万曲岂言多？

民苦家空国底薄，

叱咤台风搬山岳。

自知尚谙《国际歌》，

不信上帝信英明；

卫星上天蟾宫近，

嫦娥倚桂望归程。

六十六年人有几，

缘何气象老失灵？

苦雨方休台风到，

可怜中国如转蓬！

---

① 磨坊里的中轴较高，方言称作冲天。

顺访当年老房东，

炕头盘膝问光景：

"挨饿有无告诉我！"

盈盈泪涌母子情。

战士腹空寻常事，

老兵岂能认饥馑？

"你今不肯说真话！"

大娘话似箭穿心：

大话满天竞飞高，

心哀自己失于民！①

春雨尚知怜小草，

夏雷怎不悯绿茵？

反复折腾芳菲尽，

栋折梁倾见朝昕，

叶落枝秃百卉凋，

方知缘何万马喑！

瑞雪纷纷拥衾坐，

洪涛滚滚肠回折；

---

① 　此段叙 1963 年作者重回太行拜访老房东事。详见本书散文卷《夏雨秋风录序》。

百年浴血争民主，

争得封建更难除！

明知泥胎是人塑，

塑成五体贴尘埃。

昔笑儿童挑刺哭，

今识胆怯是吾侪！

雪片纷扬思复思，

蹊跷未解窗熹微。

六十六春惊无几，

急离衾枕忙穿衣，

权裹蹊跷后人解，

开门急步追春曦。

1980 年春节第 5 日 ^①

　　余十三岁离家，从来不知道做生日。迎春爆竹满城，凌晨奋笔写

下《春在奔行》。又在元旦新春茶话会上，一时兴起，请人代为朗诵。

诵毕即被领导宣传部门工作之同志扣下，送市报发表。余近两年，强攻

---

①　这天是 2 月 20 日。

《群山》，早已不近诗矣。但见近日文坛，常有喜忧之交集感，抑压于心，已非一日，故有抒发之冲动。《群山》一卷，春节前已告段落。何不趁此良辰，抒一通以明志？自知撞针一扣，当待回声。岂料正理笔洗砚，又复发病，日夜酣睡。此等清福，不谙病中之味者定所难解。

初五日晚，家人问曰：翌，为汝生日，知否？人说六十六一大关，七十一大关，汝能过此关乎？余笑曰：能。答后，又酣睡矣。

余此两年，因病，改晚睡为早起工作。三时梦中闹钟闹醒，望窗外，春雪霏霏。自去冬至今，雨雪不降，旱象已成。故见雪大喜。但开门伫望，雪小，只可略舒农心。回室拥衾独坐，思天思地，想江想河。六十六岁四字，如深壑回波，澎湃心间，隐隐惊震：去日九成，来日无多，此近时时所想，更觉心惊！乃研墨展纸，搁管书怀，得二十八韵。

庚申正月初六日，章竞病中跋

哭 李 季 ①

　　10日病愈，接光年电话说：李季不幸于8日猝卒！竟日悲怆，子夜无眠，作此诗与光年同哭之。

丙辰之秋哭小川，
庚申之春哭李季！
春来大地花竞发，
花发却歌永诀词。
泪帘障目问春山，
春山春雨雪霏霏。

三边山丹芳菲日，
太行远听"信天游"；
玉门出征鸣鼓角，

---

① 发表在《人民日报》1980年3月20日第8版。

大庆浩歌脱贫油。

光年声咽我心碎，

春山春雨无尽头！

樱 与 松 ①

日本的樱花中国的松，

同种一园迎春风；

根相交，枝相连，

同生共长阳光中。

日本的樱花中国的松，

同度炎暑傲霜雪；

送冬去，迎春来，

年年同迎樱花节。

花似朝霞松更绿，

隔海同欢度节日。

---

① 发表在《人民日报》1980 年 5 月 27 日第 8 版。

樱与松，松与樱，

天长地久相扶持。

1980 年 3 月

关于《樱与松》的副标题

在抗日战争时期，我们在日本的"樱花节"，给日军送宣传品，祝贺日本人民的节日，同时告诉日本士兵，中日两国人民应当友好，不应为日本财阀、军阀卖命。

从此时起，樱花是日本国花的观念，常浮在想象中，总想亲自看看美丽的樱花。中日关系正常化，日本送来樱，很想看看。近三年，每天早晨，我都到日坛公园锻炼身体，只在活动的角落，但未游遍全园。去年春天，偶在公园示意图上，见到有樱花园，要去看时，花期早过。所以今年早早就去看樱花。可今年又过早了，直去了七八次才见到樱花盛开。见同园有青松，就写了《樱与松》，给《人民日报》八版的袁鹰同志。诗，自己也不满意，但不知怎的，对中日友好，总是很有感情。告他不能用就退我。许久了，既不来电话，也不见用。渐渐，我也忘了。到晋祠住了两天，见5月27日《人民日报》刊出此诗，为我加了个"送华国锋同志访日"副标题，我愕然。

我写此小诗，根本与华访日无干，即使是留在此时用，也不必加，因为不是写诗的真意。历史的教训太深了。我从不企图，在即使是我尊敬的领导同志活动中，捞点什么光彩。这个副标题，使我不敢读自己写的这首小诗！

　　为什么要作假呢？作假，多是大人物的事，我等小人物，怎能作？太叫人难过了，彻夜难眠，想不通。更正是不肯的，只好留下这些话，暗中为自己辩白。

1980 年 5 月 29 日

哭 子 光 同 志

闻李子光^①同志昭雪平反，作此遥慰吕瑛^②同志。

礼炮鸣前初见君，

见君肝胆见君心。

朱颜扬剑闯山海，

白首挺胸分鬼神。

奴颜有位嘴易变，

忠骨无地心难平。

---

① 李子光（1902—1967），河北蓟县（现天津市蓟州区）西山北头村人。冀东根据地创建者
之一。历任热河省副省长，河北省委常委、副省长等职。"文革"中，遭到围攻，被拘
禁在唐山矿冶学院，1967 年 3 月 1 日被残害致死。

② 吕瑛（1914—1996），天津人，李子光夫人，作者妻子赵迪之的闺中密友。1934 年两人一
起在北平入党，1936 年一起到延安。

可怜寒流终有尽，

揾泪报君看海昕。

　　　　　　　　　　　　　　　1980 年 5 月 15 日晨

我正走在北京的大街上 ① （歌词）

啊！北京——

祖国的心脏。

山花，随着您搏动的节奏，

迎着晨阳，冉冉开放；

鸣禽，随着您搏动的节奏，

婉转歌唱，凌空飞翔；

江河，随着您搏动的节奏，

欢腾万里，奔流海洋。

啊！

我正走在北京的大街上。

啊！北京——

---

① 发表在《北京日报》1982 年 8 月 24 日第 3 版。

祖国的心脏。

人们，靠着您输送的血液，

朝气蓬勃，神采飞扬；

人们，靠着您输送的热量，

绘制今天、明天的辉煌；

人们，靠着您输送的智慧，

组装山河，飞航星空。

啊！

我正走在北京的大街上。

啊！北京——

祖国的心脏。

我们应该为您贡献点什么？

每天都要好好想想。

应该怎样为您精心设计，

成为一座水晶之城？

应该怎样使您更加美丽，

四季常青，鸟语花香？

啊！

我正走在北京的大街上。

1980 年 6 月

夏日山村 ① （组诗 10 首）

山村大道

迷雾，已经悄悄散去，
青峰高擎，晨星报明，
湛蓝似海的仲夏长空，
云雀飘荡，啾啾飞鸣。

田野，凉风微微吹拂，
清川绿浪，荡漾轻盈。
污染全消，肺腑舒畅，
噪声远去，气爽神清。

---

① 此组诗发表在《河北文艺》1981 年第 12 期。

盛夏，万物生机勃勃，

鹰飞喉天，鱼追水云。

蜂飞蝶舞的山村大道，

牛鸣草地，莺啼柳荫。

我，沿着这绿色的长廊，

越过溪涧，走进山村，

去录取沧桑大地，

泉语蛙声，风雨雷霆。

山 间

黛蓝线线云含山，

深谷吐晴岚，

袅袅升腾蒙翠峦。

我问当年饮马涧，

解放三十春，

风光巨变是哪年？

松有牢骚荆有恨，

山泉似微嗔，

却化西山牧笛诉衷情：

战火纷飞树青青，

战后胡折腾，

花愁老了山秃顶！

荞麦豌豆豆硬结亲，

茬口对不成，

强种粮食空了囤！

山还绿树坡还青，

锦鸡金羽翎，

哑了的松涛又有声。

刷掉"农业学大寨"，

墙壁大翻身，

农民眉心去皱纹，

牧笛悦耳山动情，

饮羊下松林，

我错把羊群当涌云。

绿坡山丹丹红烂漫，

水底天真蓝，

托着姑娘洗衣衫，

粉红嫩掌揉绿水，

揉得乱躲藏，

一溪尽喊"好痒痒"！

阴晴无常多少年？

为买这风景，

一声鸟语一秤金。

花血价钱买鸟声，

哪有这蠢人，

去闲听知了老呻吟。

野 桥

长虹飞落溪水头，

欢欢山雀啾啁啾，

洋灰野桥过黄牛。

左边一篓青青菜，

右边一篓黄黄韭，

换布换烧酒。

长虹挂在两山腰，

山泉叮咚唱小曲，

洋灰野桥走毛驴。

一驮两筐红青椒，

一路争红又斗绿，

撒欢小驴驹。

长虹高架清水河，

野桥山道谁唱歌？

三辆自行车后座，

三个年轻媳妇逗欢乐。

气杀了老蛤蟆！

小 学 门 前

一群小雀儿，飞舞溪涧，

一群小孩儿，蹦蹦跳跳进校门。

在学校门前柳树下，

我遇见一个青年农民。

他告我已经二十岁，

是怎样的一个中学生：

"十年读书，打架十年，

砸烂黑板，打光玻璃撕课本。

十年只学懂一句话，

叫作：'读书越多越蠢。'

我早已经中学毕业，

文盲帽子，仍然紧扣在头顶！"

又一群小雀儿，飞舞溪涧，

又一群小孩儿，蹦蹦跳跳进校门。

"我自恨早生了十年，

没有他们这样幸运。

假如再来'文化大革命'，

我首先劝他别当'红卫兵'！"

布 谷

远山杜鹃：布谷！

近岭杜鹃：布谷！

"快快布谷！

快快布谷！"

多么亲切悦耳，

多么动人心绪！

我像回到童年梦境，

又像还在野战露宿。

左边杜鹃：布谷！

右边杜鹃：布谷！

"快快布谷！

快快布谷！"

多么使人陶醉，

多么使人心舒！

我多么幸运又听到，

忘记了多年的布谷。

鸟喜山青水绿，

山爱莺歌燕舞，

"快快布谷！

快快布谷！"

童年的朋友，

露营的晨曲，

紧声慢声，叮咛嘱咐：

"快快布谷，快快布谷！"

布谷！

布谷！

枣 坡 人 家

枣林半坡瓜一架，

饭后歇晌林荫下，

老汉老妻和两小子，

还有两个年轻的"孩子家"。

大儿子，买回电视梦里笑，

二儿子，擦好车子去卖甜瓜。

大儿媳妇在喂奶，

二儿媳妇巧绣花。

忽然，枣子乱落叶纷飞，

一家惊叫暴雨下！

蛇咬过见井绳心害怕，

割惯了"尾巴"怕"割尾巴"。

老小心慌回头看，

唉，是长房小孙儿偷把枣儿打！

穿叶阳光似金钱钱，

依旧在枣林悄悄下。

钟　声

当当，当当，

悠悠扬扬，回旋飞扬。

当当，当当，

回旋飞扬，绵绵悠扬。

黄莺哑巴钟声灭，

万马齐喑多少年？

今天姗姗迟来回山间，

鹿跳溪涧鸟飞天。

人思安宁佛思静，

花想芬芳月想明。

人间浩劫已消散，

抢光的神殿更空灵；

神佛心肝挖去了，

免患肝癌冠心病！

"史无前例"无须恨，

留给后代去品评。

漫撞洪钟开山寺，

当当当当庆升平……

当当，当当，

悠悠扬扬，回旋飞扬。

当当，当当，

回旋飞扬，绵绵悠扬。

庙 会

橘红色涤纶，银光的纱，

彩缎丝带系黑头发，

林荫大道水渠边，

金针怒放迎车马。

长途汽车大加班，
装满欢笑山门下。
十年草蔫的深山道，
今天漫路都是花。

山高天清钟声远，
壑深林密马嘶欢。
帐篷忙卖老烧酒，
锅台呆看刀削面。

儿童包围了捏面人，
争着嚷着买猢狲。
老汉留恋骡马市，
数了马牙又看牛唇。

白天戏演《下河东》，
晚间放映《红楼梦》。
百社千村同欢笑，

弦管琵琶月光明。

十年横行八个戏，
怎抵今宵社火红？
花总要开人总要老，
谁能管住雷与风？

风 雷

大风不受人神管，
闪电扬威下云头；
暴雨哗哗从西来，
雷公隆隆绕山走。

山洪怒吼河咆哮，
知了收声鸦不噪；
烈日余威扬不起，

呆看电闪雷鸣风怒号！

雨淋青松更青葱，
风梳杨柳多娇娆。
我高赞风雷来得好，
刷净山川迎清早！

清 晨

多谢风雷刷净天，
晨空如蓝绵。
启明星欢笑，
半躲月牙边。
小鸟啾啾两三群，
顷刻千峰被喷成金。

流云舒卷晓风清，
树绿草精神，

前山云婀娜，

含情迎游人。

奋力策杖上青峰，

莫负此良辰，

留下终生恨！

1980 年 8 月

1981 年夏日，修改

悲 古 柏 ①

　　山西文水县卦山天宁寺，有自周代以来植下的满山古柏。守寺老人告诉我：这里传说三国时，曹操领兵过这山，看到古柏如此茂密，就想知道有多少棵，却无法数出来。后来叫士兵一人抱一棵，才数清楚。可是从"文化大革命"到如今，古柏经常被人偷伐，高价出售做棺材，人人看见当看不见。直到今天，还没见有一个人出来禁止。听罢令人痛心，于是写了这首《悲古柏》。

周柏精忠护卦山，
几多兵燹青未减，
留到"文化大革命"，
自由偷伐卖棺板！

---

① 发表在《太原日报》1980 年 11 月 6 日第 4 版。

我听罢痛心见痛心，

悲看翠岭变秃峦。

残墩哽咽不成语：

老天不问人不管！

1980 年 9 月

雨 中 过 浊 漳 河

一

无雨黄龙天上藏，
雨来龙怒浪疯狂，
拔山裂谷震天地，
狂流应该有浊漳。

1980 年

二

浊漳河 ①
　　——题《武乡墨宝》书法集

无雨黄龙天上藏，
雨来落地大开张，
推山裂壑驱牛鬼，
险道应先认武乡。

1997 年

王 屋 山 道 写 生

秋色染山红，

秋雨山迷蒙。

回忆战罢，解鞍溪水边，

卧看战马饮山泉。

深谷风袭人，

高山云飞腾。

闻道彭总，在此深山道，

鞍头草令，还击朱怀冰。

1980 年秋

老 区 行 ① （诗 配 画 3 首）

七亘故战场

漫说羊肠小道，峭壁深沟，

那山却是铮铮箜篌。

太行山的晨曲从这里，

飞起第一串音符，

弹响第一组节奏，

从这里飞向冀鲁平原，

飞越黄河向中州。

---

① 　创作于1963年夏，1982年6月29日配油画棒速写3幅，发表在《北京日报》第3版。

茅 津 渡

从前一说茅津渡，

总想到旋涡乱转风波恶。

如今我来茅津渡，

听不到号子船夫歌，

却听到北岸道情南小曲，

这边起，那边落，

濛濛细雨等渡河。

吕 梁 山 周 柏

吕梁周柏青铜龙，

枝干盘桓欲腾空。

三千年雨雪何所损，

舒卷开合意从容。

人生难求周柏寿，

心应辞老态，

思想谢龙钟。

1980 年秋

向徐文达同志求赵树理遗墨

为求故友真遗墨，
唐突书坛写乞诗，
多少风雷同泻日，
愿君割爱解哀思。

1980 年 9 月 16 日

秋 色

人人爱道秋萧索，
搜尽枯肠作悲歌。
我道秋色钟于情，
霜风临别烈如火。

1980 年 10 月

题寄杏花村酒厂

　　1949年晚秋，应诸友约会，在太原初饮"竹叶青"烂醉如泥，醒来衾枕狼藉。深感此物，迷人易醉，从此不敢轻视，但仍以未到杏花村为憾。1980年9月过杏花村，向酒厂主人提出学者们长期争论不休的杜牧《清明》诗地点问题。主人大笑说："这有点像《西厢记》的'拷红'那样。让学者们去拷问清明雨吧。"说罢便领我去酿制现场参观，未揭棉帘便有一股醉人的芬芳，沁入脾肺。饭中，我只喝一两小盅，顿觉醉意飘飘。应主人请，写了这首诗。这是寄出后修改过的。

壮岁尝醒竹叶青，
衰年始入杏花村，
未及拷问清明雨，
白露帘前已断魂。

1980 年白露

题壶口速写 ①

水从天上来，

雷潜地下走。

袅袅紫烟生，

隆隆山颤抖。

若知报母心，

若知母恩厚，

怎将绿树青山，

砍光伐绝树对头？

日咆哮，夜怒吼，

何时还我为清流！

1980 年秋

———————

① 发表在《大众诗歌》2010 年第 1 期，诗配画。

大 禹 渡 ①

大禹渡，

午后烈日似熔炉。

炽热的强光白茫茫，

是谁把银粉满天扑？

黄河缥缈从光中来，

似抖开云梯下平陆。

大禹渡，

渡头有株古柏树，

独立高垣擎青天，

风吹羽冠闪翠珠。

---

① 作者绘有同题中国画、油画棒画数幅。详见《阮章竞绘画篆刻选》，人民美术出版社
　2009 年版。

人说大禹曾来此地，

疏导黄河下垣曲。

大禹渡，

古柏年年心有数：

压服黄河未曾见，

硬堵黄河必定输。

驯服黄河不全靠威，

辛苦疏导才心诚服。

大禹渡，

古柏有纹读懂不？

尊重自然自然服，

违反自然惩罚苦。

大禹认识早几千年，

为何今人才醒悟？

写于 1980 年 11 月

改于 1981 年 8 月

酬樊温和梁玉明二同志陪送晋南之行

南觅征途进中条，

北寻飞瀑探壶口。

风雨山深赖扶持，

崎岖路险靠高手。

并州子弟一相知，

披肝沥胆酬真友。

1980 年 11 月

元 旦

青蔬绿菜果新鲜，
路上售棉走雪山，
林间坡上起新房，
笑语欢声溢田间，
南国晚稻香未散，
大庆丰年进元旦！

1981 年

忆岐江

——为故乡《中山》题①

四十七年别故园，

红棉吐火梦魂频：

云愁水恨江花泪，

国难家仇话别心！

雪压阴山知春到，

寒凝中土误耕耘。

黄河幸见风日丽，

莺啼岐水树树春。

1981 年 2 月

---

① 发表在《中山》（中山县文化局刊物）1981 年第 2 期。

别 邢 子 亨 大 夫 留 句

水镜泉难老 [①]，
大夫医术高，
云山忘返日，
赖君写英豪。

　　1980年旅居晋祠写长篇时，常发冠心病，得到邢子亨大夫诊治，回
北京时，子亨大夫索字，书此以赠。

1981 年 3 月

---

① 难老泉是晋祠三绝之一，位于圣母殿南侧，有"晋阳第一泉"之称。

哀悼茅盾长者 ①

南愁苦雨北愁风，

远道归来心忡忡。

待问矍铄步履健，

悲闻噩耗荡晨空。

嫩柳如烟花开日，

哀悼长者哭茅翁：

三十年代读翁书，

方识中国为何穷；

六十年代聆教诲，

大长精神步险峰；

八十年代索翁字，

---

① 发表在《人民日报》1981 年 4 月 7 日第 8 版。

犹记西湖论长锋 ①。

前代红蕾翁扶植，

抗争怒放风雨中；

火中一代生有幸，

风云际会识谦恭。

开国春花枝枝壮，

几多长者汗育红？

奇书怪字蚯蚓体，

看稿甘受罚苦工。

珍惜承平多种树，

江山早已绿葱茏。

春园烂漫翁离去，

姹紫嫣红雨溟濛！

1981 年 3 月 27 日

---

① 长锋：指长锋小楷笔。茅公得知作者喜用此笔，说此笔不好控制，以后每次见面都会言及
此事。详见散文卷《山高水长》。

尽 收 万 卉 满 园 开

——题人民文学出版社三十周年纪念

春风春雨应时来，

羡祝山花竞比栽；

但愿庭园门不闭，

尽收万卉满园开。

1981 年 4 月 9 日

附：书法家启功同志和诗

嘉宾济济一堂来，

桃李芬芳艺苑栽，

回首卅年春不老，

更看红紫出墙开。

次阮章竞同志韵，奉贺人民文学出版社三十周年纪念

水 ①

  1981年4月，我随市人大常委几个同志到延庆视察旱情。在长城外的两天所见，确是惊人：挖开种下的玉茭，原封未变；深挖十七八厘米的土层，还看不见墒情；许多村庄，大秋作物，还未播种。山下有水的，即人挑牛驮，运水点种。有的村庄吃水定量供给：每人一天一筲。除做饭饮用外，洗脸洗衣之后，还用之喂猪。旱情是严重的。在一处地边，我看见一位正在指挥运水抢种的支部书记，我同他握手时，察觉他右手在战争中失去两个手指。他是曾在这里打过游击，并参加南征解放全中国的复员老兵。在地边，我听他说了以下的一些话：

冬春少雪，立夏多风，
年年盼雨雨罢工。

———————————

① 此诗未发表过。

十五个年头没下过透雨，
灾难一年比一年重！

溪水断流，池塘干涸，
水位下降，年年在地下比速度。
点种，不出芽，
移苗，苗儿枯。
曾严惩过敌人的老山区呀，
现在却让红尘黄土，飞扬跋扈！

公路，运出粮食、木材、山果，
送来文化、科学、设备；
公路，运来手表、缎带、绸被，
为什么运来的不是水？

有了水，我们能把山变青，
把地变绿，把坡变翠；
我们这里，不是要求救济，
最最需要的是水！

给我们打深井机，

我们还你核桃仁；

给我们深水泵，

我们还你粮千囤；

给我们输水管，

还你一座座翠山林。

谁要想欺负中国，

要粮有粮，要兵有兵！

抗旱保粮价钱实在高，

一亩粮食一亩金。

治表越治越严重，

为啥不忍痛治根本？

早知楼台馆所少一座，

山区金果千万林。

工业的大少爷少养一个，

自动喷灌云连云。

城里洗件衣服半吨水，

山村一笤水养一家人。

城里的水老虎一喷嚏，

足够山区一场大雨。

城里水费加一厘，
好似用刀割开了皮。
山村滴水一斤油，
凿山挖涧寻不来。
一滴水，万滴汗，
担水点种汗几串！
公家水龙头日夜开，
点种社员夜不眠。

我愿人人都知道，
河可绝，水可尽，
取用不竭是梦话，
惩罚来到你莫悲切！

1981 年 4 月 19 日，随市人大至延庆，视察旱情有感而作

借 债 ①

自知余日实无多，

许愿未还可奈何？

我求天公肯借债，

骨灰抵押沃田禾。

1981 年 6 月 15 日晨

---

① 此诗未发表过。在长篇小说《群山》创作中，作者时常处于时不我待的焦虑中。此诗的"债"
是指时间。

壶 口 ①

　　1980年10月末，遵照医生嘱咐，做数日休息，故到中条山和吕梁山一些地方走了一趟，11月5日到了壶口。黄河中游下游，我横渡多次，还没有见到像壶口这样的奇观：急流直立，惊雷潜地，给人以无穷无尽、强大无比的生命力。看后至今，仍萦绕脑际。今年3月写下这首诗。

1981 年 6 月 28 日记

仰望黄河天上来，
俯听雷潜河底吼。
流急水怒，泡沫喧腾，
巉岩震动地颤抖。

---

① 发表在《花城》1981 年第 5 期。作者绘有同题中国画、油画棒画数幅。详见《阮章竞绘画篆刻选》，人民美术出版社 2009 年版。

啊！壶口，壶口，

我惊赞黄河，

撑开群山两边站，

直起身来立着走！

湍急滚滚霍霍流，

一声雷鸣下太空，

隆隆长啸万千秋。

啊！壶口，壶口，

黄河不会老，

音响常新不倒喉！

古往今来，人人都说黄河暴，

我要替黄河说千个否！

水珠如烟，水花如雾，

常呵虹霓罩飞流：

红橙黄绿青蓝紫，

升腾舒卷婀娜轻柔柔。

要说黄河温存少，

请君晴天看壶口！

老记伤痕人易老，

常怕白头偏白头。

啊！壶口，壶口，

万古挫折，哪次曾使黄河瘦？

花岗岩硬水更硬，

镂空穿透磨成球，

风狂雨骤声更壮，

地塌天崩不退休：

直扑孟门出龙门，

长啸过中州，

奔腾向海流！

欢迎日本诗人、作家歌 ①

君在大海东边唱，

我在大海西边和。

一日无风少，

三日有浪多，

莫教风浪胜航舵。

我在大海西边唱，

君在大海东边和。

---

① 1981 年 6 月 19 日，中国作家协会在人民大会堂举办冷餐招待会，欢迎日本作家代表团。作者即席写下此诗。

一起用笔写，

一起用字说：

中国日本，

只许代代高唱友好歌！

祝 兰 州 诗 词 学 会 成 立

洮砚墨池生紫云，

甘州百卉夏齐开，

飞天未睹无遗憾，

万里兰风送芳来。

1981 年 7 月 30 日

画虾酬君报喜功 ①

　　家乡有人来，向我谈起家乡在党的十一届三中全会以来的巨大发展变化，使我这个久客他乡的游子，顿然萌发立即回去看看的强烈愿望。可惜这位故乡人来去匆匆，未及买酒畅谈，临别时向我要字要画，即画了一幅墨虾和写了这首短诗，为报喜酬谢。

远自南天送乡情，
乡情未尽去匆匆，
匆匆无酒祝盛事，
画虾酬君报喜功。

1981 年 9 月

---

① 故乡人是指钟德来和阮炳昭。

与 故 乡 人 谈 饮

从军万里走天涯，

战地暮云思海霞：

老大仍恋"料半酒"①，

持杯不换"白菊花"②。

1981 年 9 月

---

① 作者注："料半酒"是家乡最差的酒，父亲常饮。因酒价钱低，喝此多是劳动者。

② "白菊花"据报道为清宫御酿。

大军之路（组诗 9 首）①

序 曲 ②

　　去豫东之前，听说在某地开的一次探讨创作会议中，有人说军事题材的作品，人物都是加了灵光的。我走进大军之路，边行边采访，千里求答案，但人人都说："否，这多半是偏见。"

大军之路，千里蓝天白浮云，
琥珀似的梧桐金杨树。
柿子园，火样红，
枫树林，红似火。

---

①　此组诗中的序曲及后 6 首收入《刘邓大军征战记文学编·第一卷激流》，军事译文出版社 1986 年 2 月版。

②　《序曲》《过钱店》两首，发表在《人民文学》1984 年第 2 期。

大军之路，

十月秋光，一卷丰收欢乐千里图。

昨日征途，坎坷、曲折、河险阻，

今日柏油大道，南来北往一坦途；

昨日炮车辗过的泥坑、碱地、黄沙丘，

今日万顷金黄，低产地区变乐土。

大军之路，今日车如流水马如龙，

满载着丰收笑脸，送棉送粮入仓库。

风吹红叶，千里翻飞扬，

多似蝴蝶会，翩翩曼舞大军之路。

夹道秋林，斑斓缤纷鸟声欢，

车走人行，都说道好路平坦。

昨日的炮车，今日的吉普，

同是向南行，同是一方向，

但是崎岖笔直，坎坷平坦，

昨日是闯地狱，今日是游天堂。

千里跃进大别山，谁说路平坦？

地无正道水无桥，一丘一水是铁铸的关。

烈日如火焰，

沙丘似冒烟；

时来暴雨时来风，

全军斗志正受大考验，

谁有工夫听鸟儿唱歌，谈情说浪漫？

不错，大军头上，并没有灵光，

不错，大军脑后，更没有光环，

同你、同他、同我，都是一个样，

既不是菩萨，也不是神仙，

更不是天尊，铜铸的金刚，铁罗汉；

同你、同他、同我，都是一个样，

同是血肉之躯，娘生父养，

一样平凡、平凡、极平凡。

同样平凡，可又不平凡，

有没有出息的分界线，是在肝胆！

为着今天的年青新一代，

多少少年英俊，硬是不惜身，

血拌沙和石，浇铸成桥留给后人；

多少火红的青春肯捐生命，

长眠沙草地，把千里崎岖路垫平！

我踏着战士的脚踪，战马的蹄印，
望着金刚台①高峰，驱车向南行。
烈士碑前，耳畔依稀仍听到，
夜行军时，前头战友轻轻传"紧跟"！
弹洞满身，何曾使翠柏褪颜色？
夹道松涛，仍似隆隆战鼓催前进！

缠绵的歌，甜蜜的梦，

凄切的声调，悲凉的颤音，

可否让出时间三十分？

让我用沙哑的喉咙，

唱一曲：颍水急，沙河怒，

洪河风雨，汝河强渡，

徒涉过淮河，北面追，南面堵，

当年光景，何等紧急，

何等危难，何等险恶？

---

① 金刚台：位于皖豫两省交界处，千米以上的山峰10余座，主峰"金刚台"海拔1584米，
因奇石纵横，形似金刚而得名，为大别山河南境内最高峰。

将军却笑道：自有老天爷帮助！

华东好像地要塌，

西北似乎天要崩。

风狂雨骤，浪骇涛惊，

却正是东方海底。

霞光孕育的新中国，

闪电在助产，雷霆在接生！

1981 年 10 月

大军之路途中

豫 东 道 上 ①

在郑州，一位老战友告诉我：黄泛区，今天已经看不见了。

四十年前，

我听到说豫东，

―――――――

① 发表的刊物没有记录。

蒋军决堤放黄河冲，

浊流滚滚，横着南流去，

制造了茫茫千里黄水域。

三十年前，

我又听到说豫东，

蒋军堵堤，叫黄河回归故道向北冲，

留下块茫茫千里黄泛区，

天昏地暗下黄泥雨！

从此年年，

我听到说黄泛区，

黄沙作恶，

神仙都没法治：

生产低、生活苦、人叹气，

盼个好收成，

老天爷，总是说不许！

忧愁叠叠，

摞叠心头搬不去！

今年，

我初次进黄泛区，

风墙林带，

秋光红黄绿。

空气清新，

天宇明净，

似是有谁，

曾把风儿空气都全过滤，

换了个风和日丽，

处处丰收晒珠玉。

千里来寻黄泛区，

寻见是，

呼吸舒畅人欢娱；

寻见是，

忙收秋，忙欢笑，忙嫁娶；

寻见是，

绿柳映红墙，

红树藏新居。

我放声欢唱：

黄泛区，你早该离开早该去！

1981 年 10 月

周 口 梧 桐 [①]

　　周口镇街道，两旁遍植法国梧桐，晴天，阳光璀灿，雨天，仍似璀灿阳光。

十月周口梧桐城，
梧桐双双攀成门，
斑斓璀璨如琥珀，
绿里有黄红里有金。

周口梧桐悬铃铃，
招惹欢笑涌进城：
梧桐荫里挑电视机，
琥珀门下选落地灯。

周口梧桐攀成门，
门下攀谈说收成：

责任到人就是好，

人跟富裕攀了亲。

1981 年 10 月

过 钱 店

　　从郸城到沈丘，途中问道。一老农答道：这里本来没有大路，大路是刘邓大军千里跃进大别山，走出来的。

杨叶纷飞，车行一再减速度，

风墙林带，寻找不到旧征途。

路边借问一老农：

"哪里是，大军当年

炮车军马，通过的泛区处？"

落叶萧萧，西风飕飕，

问清来由，他把半边天地圈在手：

"此地本来不叫'黄泛区'，

外号是蒋介石，硬扣在俺的头。
道路为啥这样险恶？
得先说是谁扒开花园口，
改放黄河奔东南流！

"那是一九三八年六月天，
中国，正扑在抗日打东洋。
麦子熟了，一片金灿灿，
庄户人家，麦地夏收忙。

"忽然，西北哗哗声震天，
黄河，横冲卷来追赶着人。
遍野，惊呼骇叫'黄水来了'！
千村万户，牛驴骡马一口吞。
偌大一片好平川，一眨眼儿都不见了，
蒋造的灾祸连四省，
灾民一千二百五十万，
淹死八十九万人！

"八年，浴血奋战苦煎熬，
老蒋，却躲到峨眉山里去：

闭眼不看，水漂浮尸连千里，

横心不理，人沉水底喂甲鱼！

九年之后，他又发疯，

重新堵住花园口，

叫黄河回头去冲冀鲁豫，

留下个疮疤在此地，

叫俺家园是‘黄泛区’！

黄河走了，黄沙不肯走，

遍地淤沙，吃人又吃牛，

谁囫囵上去就囫囵吞，

从来不必吐骨头！

"要想活命，得种粮食，

要种粮食，先要不怕死：

三尺木板捆在脚，

提心吊胆，上淤泥，

俺，是到阎王门槛来讨要，

俺，是在地狱穴口种粮吃！

"三十四年前大伏天，

北边来了解放军，

要踏碎地狱过泛区，

去捉姓蒋的老魔君。

可这吃人的淤沙横脚前，

大炮军车，你怎么运？

"人说：晋冀鲁豫多好汉，

我说：刘邓大军，一身都是胆。

抬、扛、推、拉运大炮，

这股劲，横瞅竖看都不简单！

越过泛区向沙河，

蒋介石，一盘棋子全乱了：

大军不是回陇海，

却出杨集，下淮南！

"黄泛区，有名没有路，

今天的路，是靠大军双脚走出来；

黄泛区，光有黄沙没有树，

防风林带，是解放之后栽出来。

可是低产、贫穷，这顶破帽子，

今年，才从头上抹下不再戴！

"你瞅，杨树如金柳树绿，

你瞅，红柱走廊新房屋。

俺合计明年夏收之后，

去逛一趟北京，再去逛西湖！"

我临别问老人今年高寿？

他回答属虎乐呵呵。

咱们都属虎乐呵呵，

杨树婆娑，柳树也婆娑。

我再三道谢重上车，

夕阳下，老人胡子金闪烁。

1981 年 10 月，沈丘

渡 沙 河

　　雨后天晴，随当年的区分委李荣廷同志到下留集观看渡口，又回槐店观看粮船，还偶然会见了几位当年的船工。

把战争，引向蒋介石统治区，

把战火，推回到祸首的门口去！

可是岸高水深的沙河，

拦在战车战马前。

步行？河无桥梁，

船渡？河无渡船，

架浮桥，要架浮桥，

哪来的几千斤大索，

二百多条的运粮船？

三个师的追兵，紧跟在后面，

一步若迟延，战局瞬息千万变！

四个便衣——一个参谋三个兵，

望着沙河水，眉心拧成团。

四个地下游击兵，

老盯着这四个便衣人。

"老乡哪里去？"

"带我去找区政府。"

"哪个区政府？"

"哪一个都行。"

一块走路互相猜，
果然找到区分委会。

任务、困难，的确是重如山，
时间三天，石火一闪光就完。
风雨越急，松越青葱，
遇到困难，灵感、智慧双登门。

招揽运粮的船主来运粮食，
密令界首的保长去买大绳。
发动船工、农民，支援大军向南进，
消灭蒋家兵，当家做主人！

任务、困难，的确是重如山，
时间三天，石火一闪光就完。
一日之间，二百条船全报到，
一夜之间，二百条船连成桥，
横断沙河激流水，
日日夜夜过大军。

炮车辚辚，开过沙河，

战马萧萧，跃上南岸。

敌机扫射，当送行，

敌机轰炸，当鼓劲。

扫射、轰炸心不惊，

却惊醒了，还在梦中的蒋中正：

战争，被推回到门前打？

战火，给引回往身上焚？

倘若汝河，拦堵不住刘邓，

那么总统宝座上，

其人不再是蒋中正……

看蒋介石，清醒过来，多"聪明"！

1981 年 10 月，从下留集回宿槐店

洪 河 夜 灯 ①

　　杨集有两座桥，一座是解放后新建的，一座是旧桥。旧桥就是当年

————————

① 　此诗发表在《奔流》1984 年第 1 期。作者还作有油画棒速写《洪河古桥》。

的断桥，在这里，很多40岁以下的人，都不知道这座桥有过一幅壮丽的画卷，多可惜！

迎着带水的风，踏着稀泥路，
拄杖上桥头，
望着濛濛秋雨濛濛树。
见人，便问大军过洪河，
三十好几的，都说不清楚。

人人都说，洪河水流长，
我说不及公社同志情义长，
一请、二请，请来的都说不知道，
三请来了，一位八十一岁的老大娘。

秋雨如烟又如雾，
滴滴答答停不住。
随着大娘絮絮不停声，
似听到马蹄咯咯（嘚嘚？），号声呜呜。
水檐帘外，再现了
一卷风雨夜过洪河图：

闪电，掷下雷霆，

隆隆滚滚，绕地轰鸣；

暴雨，泡软了大地，

泥稀道滑，寸步可难行。

大道小路，洼洼坑坑，

大军疾进，傍晚开进杨集镇。

洪河不懂任务重，军情紧，

马前哗啦啦，絮絮规劝停：

雨大、桥断、水深，

路滑，不宜急行军！

洪河劝阻，镇民担心，

粮秣辎重，将士军马，

都在风中雨中淋。

云层，火蛇钻地，

头上，雷霆奔腾。

中国要天亮，雷电接黎明，

怎能半道停止不行军，

躲雨小镇等天明？

大雨如瓢泼，没有谁进店，

檐前雨如注，没有人进门，

主人心痛连声请，

战士一片谢谢声。

人来人去，过河忙准备，

雨声、脚声、抬驮声。

饱经忧患的杨集镇，

见过多少队伍，多少兵？

就是从来没见过，

这样礼貌，这样和气，

这样文明的带枪人！

雨中的小镇，热腾腾，

你追我赶，帮助大军：

同抬大炮过断桥，

同流汗，共雨淋。

绳牵骡马泅渡水，

北岸呼来南岸应。

军衣湿，风又冷，

大娘端着热酒劝暖身，

千劝万劝，谁都不沾唇，

哪里像个兵？

心急、甩手、生气，都不顶事，

风雨无情又黄昏。

天黑、地黑、断桥黑，

人声、马声、小心声，

只听到声音看不见人。

风雨不肯停，黑夜更心狠，

天上、地下，一片黑沉沉！

忽然断桥上，亮起一盏灯，

紧接是桥北桥南灯火明：

一盏、五盏、十盏、几百盏？

杨集镇，家家店铺都点灯，

哪里顾得上，盏盏去数清。

风吹灭，又点亮，

雨打熄，再点明。

雨声哗啦啦，脚声啪沓沓，

人影、马影、炮影似河流，

流进镇之北，流出镇中心，

流过断桥面，流出杨集镇，

长明灯，盏盏长照到天明。

我告辞大娘，重上稀泥路，

仍是濛濛秋雨濛濛树，

车哗哗，马咯咯（嘚嘚？）、号呜呜，

仿佛前军已接火。

前军接火在何处？

似觉是在汝河，

大军浴雨浴血正强渡！

1981 年 10 月，风雨途中

强 渡 汝 河 ①

　　在濛濛秋雨的汝河岸边，遇见几位老农民和复员老兵，这是从他们的回忆而重现的当年情景。

头上，云低，天暗，

脚下，泥泞，道滑。

阵风，压得柳树弯腰，

阵雨，打得青草哆嗦。

马前，是浊流，

身边，是漩涡，

眼睛前头，

是滚滚东流的汝河。

恶云、苦雨，

---

① 　发表在《上海文学》1984 年第 3 期。作者还作有油画棒速写《刘邓大军强渡汝河处》。
　　见《阮章竞绘画篆刻选》，人民美术出版社 2009 年版。

后面，蒋家追兵三个师；

阡陌、路曲，

前头，堵道凶神三个旅；

隔着汝河，昂起炮口，

问大军：敢不敢过河去？

天边，浓云低垂，

岸边，树叶耷拉，

杨柳林中，千军万马，

静悄悄，没人愿说一句话，

都让给风声、雨声，

汝河水去哗啦啦。

黄河，我们飞过了；

涡水，我们踏断了；

地狱穴口黄泛区，

我们斗赢了；

沙河波涛，

我们踢碎了；

难道汝河真有口，

囫囵吞掉，不留一根毛？！

枪弹嗖嗖，敌人在挑逗！

炮声隆隆，看谁是英雄！

水深浪恶，谁敢过河？

风大雨猛，谁敢出阵？

南岸左方，有强敌；

南岸右方，有重兵；

背后追兵，越来越近；

对岸中间，敌军纵深几多层？

前后左右无须问，

"狭路相逢，勇者胜！"

架浮桥，强渡汝河，

刺刀开路，攻击前进！

炮光，在柳林越闪越强，

闪电，在云层越闪越紧，

弹浪，在空中呼啸，

雷声，在头上奔腾。

冲进敌人弹雨，在棉田追逐。

迎着敌人刺刀，在豆地拼搏。

面对三个旅凶神，

高声呐喊：有我无你！

滑倒了，爬起来继续追击；

受伤了，不需包扎；

打断大腿，还有手，

炸折胳膊，还有牙！

不理敌人的机枪大炮，

不管雨天、夜黑、道滑，

杀开血路冲过去，

雄威赳赳随刘邓，

直下淮河饮战马！

战士的鲜血，渗进棉田豆地，

春天的鲜花，从这儿吐芽发育，

每天鸟儿在汝河上空，

啾啾唱起一首晨光曲：

　　他们，是那样年轻英俊，

　　他们，是那样无所畏惧。

他们，谱写了这首晨光曲，

就睡在这片棉田豆地！

他们，都是来自晋冀鲁豫。

1981 年 10 月，写于风雨故战场归途中

淮 河 徒 涉

在大埠口观看淮河，见西水东流，山影波光，长流常在，此景难忘，此情难忘。

骡车，满载着欢乐，

谷垛，码满了路旁，

社员不管公路的作用，

家家都争占，

做了打谷场。

大军之路，千里丰收忙。

秋叶，忘情弹跳杨树梢，

忽然，被秋风轰散满天飞扬。

秋叶飞扬，苍鹰飞扬，

人说，苍鹰盘桓的河空下，

便是当年，将军探河的老地方。

淮河水，北边翻，南边滚，

十年河身几变形？

三十多年，大浪淘沙东流去，

不管淮河几变形，

南山山影流不去，

涟漪波光总闪明。

想当年，追兵急，

连天风雨，泥泞路，

河宽水阔，没桥没船，

水涨水落，反复无常怎把握？

水深水浅，顷刻万变心无数！

淮河淮河你说说，

大军应该怎么渡？

站立大埠口，望着河空飞鸟，

谁能不眼红？

谁能不羡慕？

正是此时此刻间，

在远远的西边有个人，

手里拿着一竹竿，

下马走向河中间，

一步一探，似在问淮河：

水有几尺深？

一步一探，似在问淮河：

徒涉能不能？

水深过膝盖，

牵马的战士，眉毛蹙起来；

水深深过腰，

牵马的战士，心在跳；

水深没到胸，

牵马的战士，心房扑通通，

野风凝住不流动！

正是此时此刻此关节，

忽然，河心回传"能徒涉"！

音色、音质真悦耳啊，

三军眉头解开结。

"淮河能徒涉！"
三军心头落下千斤铁；
"淮河能徒涉！"
三军牙齿白如雪；
"淮河能徒涉！"
战马鞍头上，前进号声，
悠扬、清越，震原野！

军旗，跃过淮河向光山，
追兵，已经追到河北岸！
山洪，哗哗猛涨向东来，
浪花飞溅战马前。
"天助我也"一声笑，
蒋家兵将，全失眠；
从此金陵没有早晨，
黄昏整日罩着南京。

淮河水长水宽阔，
静静东流不作声。
它，不跟大河比，
它，不跟大江争。

山影波光年年在，

永不褪色不减明。

1981年10月，途中

秋 菊 ①

为寻访一次触目惊心的遭遇战旧地，特意到光山北向店。经多方寻
访，都无人知晓。欲罢不甘，踯躅山道，偶问一位在公路晒谷的老人，
却引出另一番风景来。

众山攒拥，山道路崎岖，

为寻战地，清晨进山区。

树影，悄悄东北移，

时间久远难寻觅，

山溪，水推着波光东流去。

老松古柏，炮痕累累，

---

① 发表在《海鸥》1984年第12期。

峭壁苍岩，弹洞斑斑。
晒着谷子的公路上，
我停步路边问老人：
"还能记起，当年大军过光山，
在此地打过一个遭遇战？"

我这突然的一声问，
老人开头，有点茫茫然；
他沉吟半天，划着火柴，
我惆怅道旁，看抽烟。

忽然，他眉头舒展眼闪光，
连忙缠烟袋，忙请去家里。
小道弯曲，岗丘高低，
林间草房外，
一片菊花芳草地。

涡流水，去又回，
老人边说边回忆：
"藏在俺心头，
有桩很奇的事。

哪会儿想起，都觉得甜滋滋，
哪会儿想起，它总是一个谜。

"三十多年前，正是大伏天，
远征的红军，忽然千里回家园。
俺家这后院，住了两位老红军，
说话，像是西南人口音。

"一位中高个儿脸色黄，
戴着眼镜，说话暖人心；
一位个子不高颏尖圆，
严肃，和气，眼光炯炯很精神。

"他俩，好像是俺家老朋友，
千里远道，忽然来做客，
拉家常，道年景，
问寒问暖，问饥问渴。

"问怎样对付土匪、小炮队，
问怎样对付蒋家人马白家兵；
问来过几回，抢过几家？

来过几次拉抓壮丁？

"那东北岗上，放了两个哨，
这门前两边，站着两个岗。
中间院子，里边好像有电台，
他俩就住在，后院这土房。

"电话，放在八仙桌，
地图，挂在正北墙。
窗棂，通宵达旦有灯光，
好像白天黑夜都在忙。

"第二天，清早小鸟闹喳喳，
这树林，拴着好多好多马。
不猜是来开会，还能猜个啥？
快傍晚，人人牵马出村去，
扬鞭催马追晚霞。

"后半夜，听到大炮声隆隆，
第二天，都说大军在南山下，
把一旅蒋家兵、白家马，

摁住全部敲掉牙。

从此，俺这块地方又成了，

做工种田人家的天下。

"俺猜，这两位红军，一定是大能人，

手里一定有根擒妖绳，

套住蒋家人马、白家兵，

山南山北团团转，

山左山右大游行。

"转出去，转出个淮海大战，

又转回，从这里南下渡长江；

三山五岳，九州四海全转动，

转出个中国土地大解放，

人民的头上，大天亮！

"你问的遭遇战，我可说不清，

我心头老印着，是这俩能人。

唉！可惜当年军队要保密，

俺怎敢打听这俩红军，

怎么称呼，给俺留下个姓名，

这个谜，直到如今没人能解清。"

夏雨秋风，年年吹来又吹去，
年年月月，耿耿于怀没忘情。
曾是决胜千里的帷幄地，
今日，秋菊灿烂藏深门；
淡淡的暗香，比浓香好，
闻了，闻了，还是再想闻。

我久站在林间长凝视，
耳边似有，谁在轻声问：
假若是，白玉石门飞金匾，
怎能比，绿草秋菊这真情景，
自然、恬淡、动人情？

1981 年 10—11 月，途中
1982 年，全组整理于北京

过花园口 ①

地图上的花园口，
芝麻小绿豆，
却常常浮现在我心头，
青青鬓发已变成霜，
可我从来无缘亲见过
汹涌溪流，横渡过飞舟。

四十三年柳花送春汛，
四十三年红叶送秋涛，
四十三个春秋送不去，
埋在心头的那一声——
决堤爆炸，气浪震中州！

————————————

① 发表在《奔流》1984 年第 1 期。

雷声动地，轰轰从北来，

狂涛扭头，咆哮下中牟；

人烟稠密的中原大地，

被万千浪舌头，

千里横吞竖咽走。

东吞涡河，西卷颍水，

南挟淮河奔海去，

向长江流！

四十万浮尸相撞击，

漂满洪泽，壅塞长江口。

风哭草悲花落泪，

黎民百姓有何罪？

哀号从浪隙，

问苍天，问祸首！

决堤，

可曾挡住日本兵？

决堤，

可曾挡住日寇坦克进郑州？

可笑六角飞檐一石碑，

怎能把豺狼的血爪子，

涂金上彩成佛手？

没有春日，春花不开，

没有春风，杨柳不绿，

没有血溢淮海定天下，

今日的中国，

青年不能立着走，

中国的飞船，

不能凌空上宇宙！

过扶沟，出周口，

沿着大军之路

离开花园口，

金色的杨林绿色的柳。

红男绿女，

车如流水马如龙，

载着白云朵朵，

在柏油大道涌涌流。

大军故道，

千里秋光，如人醉酒。

后记：

1981年10月16日，到郑州以北40公里的花园口黄河大堤，观看曾经震惊中外的花园口决堤事件决口处。我爬上很高的斜坡登上大堤，在茂密的柳树大堤上看见黄河从西边天际，滚滚而来。在20多里宽的浩渺黄涛中，北岸什么都看不见。我徘徊在像锯齿形状的大堤上，想起43年前那个悲惨的日子。

那是1938年6月，日本侵略军侵占开封，蒋介石企图用洪水阻止敌人向西进攻郑州，同时拦挡在开封以东深入豫鲁边敌后抗战的八路军。为达到这双重目的，不顾广大人民的生命财产，命令蒋军于6月17日炸开花园口黄河大堤。结果日军并未因决口而被挡住，却迂回进攻了武汉。从花园口东南泛流的黄河，淹没了河南、安徽和江苏44个县54000平方公里土地，使1250万人民受灾，淹死89万人，造成了连年灾荒的黄泛区。

我在大堤一个六角亭子旁边，遇见在这里工作30多年的张国福。他告诉我，这个亭子是抗日战争胜利后，支援蒋介石发动全面内战的美帝国主义认为黄河能顶40万大军。于是蒋军拉夫20多万，修复花园口大堤后，修建了这个亭子，并刻石立碑，掩盖当年决口罪行，歌颂战后复堤功德。解放战争胜利后，我们曾在左面另建一亭，搬走的旧碑准备陈列在新建的展览馆中。但被"史无前例"中到处打砸抢的蠢猪们，把展品都破坏了。因此我过展览馆也没见到旧碑，因而无法知道旧碑是怎样把弥天罪行变成无量功德了。

1981年10月黄泛区道上

过 伏 羲 陵

淮阳古陈州，
绕城百顷湖。
奇松怪石，水云缥缈，
人道是伏羲画八卦处。

伏羲神道，古柏森森，
腾龙飞甍，忽隐忽露，
鸟儿啁啾，招惹行人，
不看伏陵枉过淮阳路。

闪光的宫殿，会动的石兽，
道旁的石人像真会走。
谁不惊叹古人匠艺高，

给后代留下无价宝。

可惜，钟灵未必都毓秀，
人间错产一江青，
孵出多少窝打砸抢，
造反洗劫伏羲陵！

龙碑砸碎，石兽烧石灰，
周柏砍倒，唐松做棺材，
伏羲肯定不是"走资派"，
却遭到炸坟、鞭尸、剁八块！

呼啸而来，扬长而去，
凶恶似豺狼，愚蠢得像猪。
假使伏羲真有灵，
怎能安息古坟不夜半哭？

"文化大革命"，人造的大灾祸，
人难逃，神难躲！
伏陵没炸开，坟墓没鞭尸，

伏羲的运气算很不错。

假使，隔个几年再来一次，

除了魔鬼，谁能活？

1981 年 10 月途中

神 仙 劫

——观老子升仙台

老子骑牛上天去，

鹿邑留下升仙台。

从小是老子神话迷，

怎肯错过升天台？

夜雨初晴柏树青，

林间透露橙色云；

神仙住处多清静，

远离红尘无噪音。

云中的神仙骑着牛，

云中的神牛踏着云，

我马上就能看见到——

老子升天的真仙境。

升天台门门半开，
神仙仙景惊煞人：
天阶破碎天梯断，
山门到处是火烧痕。

左厢的神龛不见泥胎，
右厢的神台不见泥神；
空空荡荡的大正殿，
全是雀屎乌鸦粪！

清静无为的太上老君，
得罪了人间哪一帮人？
看台的老人长叹气，
说起神仙的苦命运：

"此地造反的两大派，
看中神像是铜身，
明火执仗闯升仙台，
大叫批斗老仙君！

"先到的死守，后到的攻，

炸台阶，操祖宗，

开枪放火烧山门，

像两群疯狗比发疯。"

"台下的从山门攻上去，

台上的从后山败下来。

太上老君当了俘虏，

扔进坩埚熔化成铜块！

真金写成的《道德经》，

刮下金屑拿去卖；

铁铸的橛子、赶牛鞭，

砸碎卖钱，分赃揣进怀。"

假若老君真有灵

为何不祭起金刚圈，

把造反头头鼻子穿起来，

拴在橛子逗小孩儿，

岂不比捉拿牛魔王，

精彩更精彩！

可惜老子讲仁爱，

放弃此机会，

留给人间是：

唉！唉！唉！

1981 年 10 月

梅山湖待渡

雾幔风吹两山开，
秋波盈盈迎客来。
油果香飘豆浆铺，
火红炉光照师傅。

汽笛三声催上船，
人奔车跳黄石路，
谁还在
半睡半醒打呼噜？

1981 年 10 月

梅 山 湖 怀 古

梅山湖，梅山湖，

人造的山中海，

人造的山中湖，

碧波荡漾飞鸥鹭，

拨动心弦话今古。

梅山湖，梅山湖，

此地曾经不是湖，

是烤人肉的铠，

是煮人头的釜，

是蒋家王朝的人肉库。

四方面军，呱呱三声落地了，

南京从此再睡不熟。

青山溪水成焦土，

哪里曾有

蓝天白浪飞鸥鹭？

二万五千里长征路，

走出去的猪倌、羊倌、小牛奴，

指挥百万大军

回来洗净了天，驱散了雾，

造出了今天梅山湖，

把千里焦土全染绿。

碧波荡漾飞鸥鹭，

天公对恶人，

未必都宽恕：

在这艘汽船的水底下，

葬着蒋家卫煌县政府[①]，

如今变成了

鱼虾蟹鳖的游乐处，

① 立煌县是 1932 年红军第四方面军撤出鄂豫皖根据地后，以卫立煌的名字改金寨县而成。抗战期间是大别山的抗战中心。1943 年 1 月日寇制造"立煌惨案"，震惊全国。1949 年改回金寨县。

报应岂敢信其无。

梅山湖，梅山湖，

千山青松千山树，

千坡茶园千坡珠，

问青天，人间今古事，

到底应谁主沉浮？

　　　　　　　　　　　　1981 年 10 月皖西道上

黄山题画诗（5首）

题始信、仙女峰松群 [①]

始信、仙女两峰间，

崖隙山松自成群。

风刀雪斧无所惧，

劈涛出海更嶙峋。

饱看山前山后——

反复无常多变的云。

1981 年 10 月

[①] 作者作有油画棒速写《从仙女峰口画云海》。见《阮章竞绘画篆刻选》，人民美术出版社 2009 年版。

黄 山 松 树 ①

镂岩穿石根如凿，

龙蟠凤舞立嵯峨；

强者从不畏危岩，

雨暴风狂自婆娑。

枝繁叶茂广庭松，

风韵未必不婀娜，

怎比嶙峋黄山上，

卓立骄松风姿多。

1981 年 11 月

---

① 作者作有中国画《仙女峰前敧松》。见《阮章竞绘画篆刻选》，人民美术出版社 2009 年版。

玉 屏 落 日 ①

万山皆鸿蒙，

天都傍天宫；

玉屏观落日，

熔金圣泉峰。

1981 年 11 月题《黄山玉屏峰、天都峰图》

黄 山 西 海 写 生 ②

人道西海压北海，

我来西海不见海，

---

① 作者作有中国画《黄山玉屏峰、天都峰图》。

② 此诗与《题黄山鳌龟石写生》都是题画诗。

忽见白雾扑我身，

又见蛛丝网张开！

疑神疑鬼胡猜测，

脚丫发痒不敢迈。

坚定心正眼不邪，

云涌仙山参差来。

1981 年 11 月

题 黄 山 鳌 龟 石 写 生 （ 另 一 首 ）

一

鳌鱼与乌龟，

高乘黄山势。

螺蛳为前卫，

扬扬自得意。

山风偶吹动，

滔滔作指示。

1981 年 11 月

二

鳌鱼拖金龟，

破浪入云涛，

为探海深浅，

螺蛳为先导。

　　为换炳强贤侄保存我一九三四年春画的山水，特绘黄山鳌鱼拖金龟奇景以酬谢。

1985 年 5 月

歙县留句 ① （3首）

别 歙 县 太 白 楼

　　1981年11月16日，访歙县太白楼，馆长告诉我：附近的碎月滩是因李白的"蘗木划断云，高峰顶参雪，槛外一条溪，几回流碎月"而得名。可惜送我旅行的吉普车，明天到期，因此未能去碎月滩了，于是惆怅告别。

梦里恋青山，

登车更惆怅，

未窥流碎月，

几回望练江。

---

① 　这组诗以《诗三首》题，发表在《安徽文学》1982 年第 3 期。

观 歙 砚 厂 制 砚

歙州有石婴儿肤 [①]，

玉带紫云夜光珠；

龙尾卷云生海际，

琼山似有似觉无。

1981 年 11 月 16 日

参 观 宣 纸 制 作

泾水檀云有性灵，

风呵日炼月魂生，

---

① 作者注：婴儿肤、玉带、紫云、夜光、龙尾都是砚品名。

奔蛇走虺随匠意，

为水能流风有声。

1981 年 11 月 18 日

谢王存瑞、刘永龙同志

大章①邀我观黄山，

电道云梯攀天关。

雾迷存瑞先开路，

道险永龙稳操盘。

云海悠悠天无际，

人归北国心皖南。

　　1981年11月应傅大章同志邀，我同迪之游黄山、皖南。年衰力弱，路上诸事多得到铁山宾馆的王存瑞、刘永龙两同志的热情帮助，真是感激。临别时，两同志索字，书此诗寄谢。

1981年12月7日

---

① 傅大章：作者夫妇抗战时期的老战友，长期在安徽工作。

赠 徐 慎 同 志 ①

风吹红叶竞飞金，

道上新棉涌流云；

汝水淮河秋夜月，

依稀岸柳见徐君。

　　1981年10月，沿大军之路进大别山。徐慎同志放下写作陪我同行，路上诸事，均为代劳。感激之情，长铭于心。分手时嘱写字留念。今书此以谢，并请双正！

1981 年 12 月

---

① 徐慎：河南省作家协会会员，《奔流》杂志编辑。

洪 河 书 怀 ①
——题油画棒速写

不知道洪河水多长，

只知道杨集人情深。

当年风雨南征日，

前头桥断，后有追兵。

水急，情急，任务急，

风雨无情黑夜临！

忽有长明灯万盏，

与雷霆比威照大军。

---

① 此诗为作者为油画棒速写《洪河古桥》所题。

寄 《东方少年》 ①

我希望《东方少年》，

是这样的一个苗圃，

它试种着好多好多的树，

让孩子们知道

怎样才能长成有用的树。

我希望《东方少年》，

是这样的一个花会，

它陈列出好多好多的花，

让孩子来辨别，

什么才是真香真美的花。

------

① 发表在《东方少年》1982 年第 2 期。

我希望《东方少年》，

是这样的神奇乳房，

它有特好特好的乳浆，

养育我们的孩子，

茁壮聪明健康地成长。

1982 年 1 月 23 日晨

向 科 技 工 作 者 贺 春 节 ①

凌晨春鸟叩春门，

朝花似海满城春。

科园更是花千树，

姹紫嫣红竞芳馨。

1982 年

---

① 发表在《北京科技报》1982 年 1 月 29 日。

舞 赞

　　观罢电视节目资华筠[①]、王堃、姚珠珠三人舞蹈，书此酬资华筠同志索书。

墨女翩跹凤朝昕[②]，

思乡梦萦流浪人。

丑官颠顶可消闷，

顿忘白首还童心。

舞神禁锢方解脱，

手曳双虹乐凡尘。

---

① 　资华筠，著名舞蹈家，曾任中国舞蹈家协会副主席。与作者同为第五届全国政协委员。

② 　《墨西哥》《丹凤朝阳》《流浪人》《老艺人和丑县官》及《快乐的舞神》，均为三人舞蹈中的节目。——作者注

十年空悲春老去，

时来百卉争报春。

我道中国空前好，

当生千个资华筠。

1982 年春节

永不熄灭的矿灯 ①

把浓烟引向自己，

把安全送给别人。

这需要有何等崇高的思想呵，

这需要有何等圣洁的灵魂！

有人能做到吗？

有啊，有这样的共产党员、干部和工人，

他们就是战斗在杨坨煤矿的活生生的人！

生命，是宝贵的。

它的宝贵在哪里？

它最宝贵之处，

就在于为了别人的生存，

---

① 发表在《北京日报》1982 年 5 月 1 日。

它敢于卡住死神的脖子，

自己毫无畏惧敢于死！

这需要有何等巨大的勇气呵，

这需要做出何等巨大的牺牲！

有人能做到吗？

有啊，这就是王庆①！

还有跟他一样的共产党员们！

死亡，未必真可怕，

贪生苟活，肯定最卑贱。

请看：为着别人都能安全脱险，

王庆活着的时候，

他听到着火，他走向烈火，

他看见毒烟，他扑进毒烟！

王庆死时的姿势，

不是背着浓烟烈火，

而是头颅冲着烈火浓烟！

这是何等壮丽的场面呵，

---

① 王庆，北京矿务局杨坨矿工人，在矿难抢险中牺牲。

这是何等高大的形象！

他叫多少人为之叫喊：

他不能死！我们爱他，不能没有他！

而他，为爱这些人，真正死了。

这，怎能叫叫喊他不能死的人，

不为他跺脚、捣头、揪心、痛哭、昏厥！

死神，对于自私者、胆小鬼、弱者来说，

它是永远不可战胜的凶神；

但是，对于王庆来说，

死神是无计可施，白费心机，

它，永远打不赢王庆！

因为王庆，是一个中国共产党的党员，

是一个真正的做共产党员的共产党员。

王庆，是个永生的共产党员！

王庆，不死；王庆，永生！

王庆是煤矿工人安全帽上的

一盏永不熄灭的矿灯！

1982 年 4 月

坎坷风雨庐山松

——赠小书画家李丛

新芽破土多玲珑，

年幼李丛画出丛：

四岁画鱼争烂漫，

八岁写山竞峥嵘。

不信天生信苦功，

别信风吹入云中。

自古神童多寂寞，

唯有岩松独葱茏。

长愿小丛排众誉，

坎坷风雨庐山松。

　　1982年8月5日，与田间同志游庐山，避雨文化馆，观看了小书画家李丛书画展览。6日晚，李丛随父母和文化馆同志来住所，向田间和我索句索字。我写了《坎坷风雨学庐山松》送给她，并请她写"庐山"两字送我。李丛父母，展纸地上，李丛脱鞋执笔，蹑足纸上，一下在我眼前，是一颗童心，两只赤脚，一双嫩红小手，趴地作字，一挥而成。天真烂漫，赏心悦目。我应下她的要求，明天为她写首诗。

　　李丛天资聪颖，四岁学书习画，五岁书法作品选送日本展览，获得好评。昨天在展室作字，幅幅有掌声。我既惊叹她的资质，同时又畏惧耳边的掌声，心中总有点忐忑不安。第二天早晨，我徘徊松下，把昨夜写赠给她的《坎坷风雨学庐山松》，去掉"学"字，作为题目，凑足五个韵，留赠李丛小朋友共勉。

三 宝 树 写 生 ①

竹径松坡清凉处，

我问古银杏杉柳，

几朝元老，今年高寿？

满林好鸟不知晓，

争说年高德劭。

画笔随势蜿蜒开，

一纸飞龙腾蛟，

盘桓得意自逍遥。

独恨铁栏加四面，

无端坐铁牢！

---

① 作者还作有油画棒速写《庐山三宝树之银杏柳杉》。见《阮章竞绘画篆刻选》，人民美术
出版社 2009 年版；《作家的画梦》，中国人民大学出版社 1995 年 4 月版。

位高官大保卫多，

威风把人吹倒。

老树青青几千年，

屹立庐山风口。

借问行人君子，

谁真识美丑？

附：

　　今日过庐山三宝树，见古银杏杉柳，盘桓多姿，喜而坐下写生，笔行到主干部位，察觉古树是被红色粗大铁栏围起来的。正犹豫难下笔时，忽然听到后头有人说：古树又不是总统，为什么搞得如此警卫森严？也不是贵妃、猴子、宠物，为什么要囚在铁笼子里？我深受启发、鼓舞，回到住处，冒充风雅，作了几句非诗非词的长短句。

　　　　　　　　　　　　　　　　　1982 年 8 月 9 日在庐山

题 锦 绣 谷 扇 面

清人朱佐之《赋锦绣谷花》有"既餐霜雪，载挹芳菲"句。

《庐山恋》在牯岭放映，日夜爆满。同行诗人将片中在从化①摄的外景，争辩为庐山真景。我真佩服导演技法高明，故记之，为《庐山恋》影迷们解热，为自己解颐。

清人曾赋锦绣谷，

欲载芳菲无艳福。

去岁青霭悬玉带②，

海男海女踏云舞。

山雨争睹《庐山恋》，

---

① 从化在广州市东北，以珍稀温泉闻名于世。

② 过去锦绣谷云霭升腾，去年依山势开了一条小路，宛如玉带，飘舞云中。——作者注

骚人醉入《洛神赋》；

若非导演有神术，

能将从化信匡庐？

1982 年 8 月

黄 龙 潭

青苔苍壁白飞泉，
化为林间一匹绢，
水红脚丫踏上去，
人喊好凉水喊暖。

人欢叫，
泉欢笑，
珍珠叮咚乱欢跳，
黄龙潭小装不了。

1982 年 8 月

乌 龙 潭 前

树林深，

嫩芽绿，

九瀑潭前，

面网坠翠玉。

莫上前惊破，

那难得的好焦距：

水上水中遮阳伞，

光色配比最相宜，

"咔嚓"一声留下了：

两朵芙蓉对笑时。

1982 年 8 月于庐山

云 溪 漫 步

松谷幽幽泉清澈，
三三两两双飞蝶。
溪水一声"我丢了鞋"，
笑声热烈，回声热烈。

后悔去看"舍身崖"，
嘤嘤隐隐声悲切。
雾锁云封伤心事，
几多赖天公作了孽？

无常的云，无常的雨，
无常的阴晴无常的雪。
古道匡庐真面目，
难猜、难测、难识别。

君健忘，二十年前一霹雳，
余震仍在云中来回趄！
雾散云开，俱往矣，
都留给，后人去裁决。

松溪幽幽泉清澈，
独爱庐山此情节：
携手赤脚踏清溪，
步步知深浅，
脚脚知凉热。

1982 年 8 月下庐山

向新纪元起飞 ①

——庆祝党的十二大胜利召开

火炬，点燃起来了，

向新的纪元起飞，

看！千支万把，光华灼灼，

千里万里，高举起来了！

我们曾闯过北国的狂风，

顶着南国的烈日骄阳，

踏碎黄河的坚冰，

冲破长江的激浪，

挥退戈壁的风沙，

迎接了祖国的朝阳，

升起在世界的东方。

---

① 此诗发表在《北京日报》1982年9月7日第4版。

我们曾经挥洒着热汗，

耕耘百花盛开的万里早春；

我们曾经挥洒着热汗，

建筑起高耸云霄的钢塔楼群；

我们曾经挥洒着热汗，

乘风破浪，游弋祖国的海疆；

我们曾经挥洒着热汗，

托起两弹一星，问鼎天上。

然而，我们也曾经皱着眉头，

因为急于求成，吃透了苦头；

我们也曾经皱着眉头，

顶着疾风骤雨，渡过了险滩急流！

但是，我们也终于把祖国的命运，

夺回来了，紧紧捧在自己的两只手！

我们一步一个脚坑，

追回了曾经失去的一个个良宵；

我们一步一个脚坑，

缩短、赶上被拉得老远的距离；

我们一步一个脚坑，

仅仅三年，取得了成千上万个"没想到"：

没想到，田园笑声这样欢；
没想到，城镇笑容这样俏；
没想到饱经十年内乱的中国，
变得这样快乐这样俊，
风度这样潇洒信心高。
长征路上，人人都鼓足了劲儿，
准备从新的起点
向新的纪元起飞，迅跑！

1982 年 9 月 7 日

开 封

　　1981年秋，初访开封，七朝古都，变化巨大，所见文物，保护甚好。游大相国寺赏菊展后，借开封画院午憩，探问汴水河迹，知已不可复寻。曾作此诗，寄以希望。今书皆应开封翰园碑林征字。

相国嵯峨映双湖，
尘埃一拂见明珠，
若使汴水光潋滟，
重绘《清明上河图》。

1982 年 9 月

留献女排一束花 ①

——祝中国女排再次荣获世界冠军

亿万双眼睛，

望着大西洋，

亿万对耳朵，

聆听着南美洲；

望着、听着中国的姑娘，

打出的每一个球。

逆风险恶，惊涛骇浪，

每一局的变化，

都牵动，

祖国的肺腑心肠：

期望、焦虑、信任、意外，

---

① 发表在《人民日报》1982年10月15日第8版。

缠绕、翻腾在每个人心上。

面前，不仅是各国的女中英杰，
而且是世界的强中强手。
一个飘球飞过网，
震撼东西两半球。

殷切的盼望，多种的假想，
十几个夜里，
几人曾睡熟？
梦中寄语：
沉着镇定，
捏碎艰险敢拼斗。
相信能再把世界杯，
夺在叫母亲心疼
贴满胶布的二十四只手！

闯过严寒，红梅花更艳，
迎风开放，俏丽惊五洲：
给前届冠军以三比零，
叫八次冠军再靠后，

决一死战，奉陪到底，

看亚洲姑娘，

风韵数谁家秀。

中国，一路复赛三比零，

中国，一路半决赛三比零，

报分牌上的中国，

势如破竹无对手。

九月第四个星期天，

公休的中国无公休：

花径、湖畔行人少，

荧光屏前，人似钱塘潮。

老人笑赞孙晋芳，

青年高呼"铁榔头"，

大娘忙找陈亚琼，

这是福建姑娘，

那是四川"黑娃"，

憨态可掬的是阿毛毛！

欢声，回旋掌面坑道，

欢笑，荡漾秋田花洲。

万里江山，千路征旗，

齐看女排走在最前头！

夺得冠军真不易，

败不气馁更难求。

成绩，从来不实行终身制，

胜利，自古到今无专利。

留献女排一束花：

一切都得从零开始！

　　　　　　　　　　　　　　　　　　1982 年 9 月 26 日出行前 ①

---

① 　出行前：作者 9 月 30 日随中国出版工作者代表团出访意大利。

意 大 利 之 歌 （组 诗 4 首）

中 秋 ①

1982年10月1日，既是我国的中秋佳节，又是建国三十三周年纪念日。正在这天，我们来到了罗马。在晚餐会上，我们和意大利艺术界的朋友们，海阔天空，畅谈各自国家的山川景物，风土人情，远至古代，近及今天，随想随谈，友情洋溢。中夜，写了这首诗，以酬谢意大利朋友索稿要求。

中国的中秋，

意大利的明月，

一样光辉，

一样净洁。

---

① 此诗在访问期间，被翻译成意大利文发表在《意大利作家总会》双月刊 1982 年第 6 期。

我从云中飞来，

看见了少年向往——

诞生了但丁、达·芬奇、

米开朗琪罗、拉斐尔……

那像白玉琢成的古国，

翡翠镶嵌的沃野。

中国的中秋，

意大利的明月，

一样光辉，

一样净洁。

海空的白云，

海中的云影，

海与长天，浑然一色：

柔和、晶莹、透明、清澈。

葡萄酒红，心如明镜，

意语"卿卿"，中文"干杯"，

哪有喜马拉雅、地中海，

高山海洋相阻隔？

中国的中秋，

意大利的明月，

一样光辉，

一样净洁。

我从云中飞来，

看不尽——

亘古盛开的艺术鲜花，

光彩璀璨的古老文明，

热情的眼睛，

欢乐的笑靥。

令人难忘今夕何夕？

中国的中秋佳节，

同意大利的朋友，

共赏罗马夜空团圆明月。

1982 年 10 月 2 日晨写于罗马

11 月修改于北京

古斗兽场 ①

今天，我虽然是第一次见到你，

但是，我早已经认识了你。

据说像你这样宏大的建筑物，

现在只留下一两具干瘪的古尸。

可是人们一联想到这类斗兽场，

谁都会毛骨悚然，不寒而栗！

今天，你虽然伤痕累累，

但是，我仍然惊叹你的巨大和威严。

今天，你虽然残破不堪，

但是，地下的囚室兽圈，

仍然使凭吊者觉得阴风惨惨。

今天，虽然很难想象你那疯狂的盛况，

---

① 此诗与《半开的蓓蕾》一起以《访意诗草》为题，发表在《诗刊》1983 年第 9 期。

但是，昨天我在画廊

似看到了你当年的血腥录像：

渔网角斗士正在沙砾上流血挣扎，

鱼盔角斗士环视着沸腾的圆场。

执政官，看着奴隶流血死亡，

他神飞色舞，多么快乐开心？

贵妇人，袒露着丰润的臂膀，

斜倚着看台栏杆，

从容不迫，欣赏人屠杀人！

兴高采烈、如痴如醉的元老昏虫，

攥着拳头，大声吼叫：

"杀死这个胆小鬼！"

气色苍白的贵族，眼神暗淡的骑士，

出乎意料地精神抖擞，直指着看台底下：

"杀死他！杀死他！"

穿着白袍的圣洁贞女，

更是快活得忘乎所以，

她们以百倍的疯狂，千倍的残忍，

人人使出捅死倒下者的手势——
直指台下，摁着暴起青筋的大拇指。

这些辉煌的画图，
描绘着最野蛮、最黑暗的历史。
为着奴隶主们，能消愁解闷，
在这类椭圆场里，
曾经反反复复，进行人屠杀人！
为着奴隶主们，能疯狂快乐，
在这类椭圆场里，
曾经反反复复，人与野兽肉搏！
压迫者、统治者的片刻狂欢，
多少人，流尽鲜血？
压迫者、统治者偶一心血来潮，
多少人，就要从地球上消灭？

两千年风雨，两千年雪，
留在眼前的斗兽场，
只是一圈颓垣败壁。
但是别以为
以杀人求快感的奴隶主，

都已经成为化石！

强圈一个国家做斗兽场，

自封是别国的保护者，

鞭赶一个民族，一国人民，

自相残杀，自相消灭。

这样的新苏拉比老苏拉，

更野蛮，更疯狂，更猖獗！

看啊！他们正坐着最先进的坦克，

开进别国，狞笑看流血！

多谢罗马人民，

胸怀博大，眼光远，

保存着这个古老遗迹，

让它天天提醒游览者：

称霸世界的新苏拉，

正在地球徘徊，要警惕！

1982 年 10 月写于罗马

岁末修改于北京

半 开 的 蓓 蕾
——在兰特①听少女吹奏乐队演奏

在青翠欲滴的古树林边，

有一丛半开的白色蓓蕾，

喁喁枝头，似说却笑，

朵朵绽着微红淡绿的小嘴。

在含苞待放的蓓蕾丛边，

过来一个少女吹奏乐队，

乳白色的衣裙绲着红沿，

宝石般的眸子多像欢乐的海水。

她们像一团轻轻的白云，

倏然从天上飘下绿茵。

她们步履轻盈，似藏欲躲，

---

① 兰特庄园（Villa Lante），意大利古典庄园的代表作之一。16 世纪修筑在风景如画的巴涅
亚小镇。

像下定决心不看外国客人。

金光片片，在她们身上闪烁，
音符串串，在林间飞舞穿梭，
鼓槌沙沙，在鼓面欢快弹动，
珍珠阵阵，在绿茵飞洒跳跃。

客人，漫步观赏兰特的景色，
她们把花径洒满了音乐；
客人，尝着意大利的野餐风味，
她们捧来一曲曲的拿波里民歌。

阳光，是那样明媚温暖，
树色，是那样斑斓柔和。
这是多么令人赏心悦目呀，
我疑心是她们把春天带回兰特。

客人，感激地看着她们，
她们垂下睫毛挡着客人；
客人，静静地聆听着她们的演奏，
那海水般的眸子悄悄睨着外宾。

在兰特别墅的古树林边，

有一丛半开的白色蓓蕾。

当掌声四起告别的时候，

忽然迎风摇曳

全是盛开的蔷薇。

1982 年 10 月 6 日回罗马途中

过 维 特 堡 ①

钟声

荡漾在晚霞中。

维特堡，多玲珑：

大理石的教堂，

大理石的尖塔，

薄薄镀上金鱼红。

---

① 此诗与《威尼斯向维罗纳》一起以《访意诗二首》为题，发表在《作品》1984 年第
1 期。

小巧的广场，

曲折的街道，

小巧的柱廊，

窄窄的楼。

残破的碉堡，

墙半坍，堞垛倒了，

瓦松、青草，

晚风里，摇呀摇。

古老的拱城门，

石砌的斜坡道，

暗幽幽，静悄悄，

行人少。

拐角小酒店，

独有人喧吵：

昏黄的蜡烛光下，

几个人，在喝酒；

胖胖的女店主，

两手背，撑着腰，

微含笑，瞅热闹。

我仿佛走回中世纪，

踯躅小街头。

来匆匆，去匆匆，

扑朔迷离如幻梦：

神秘，奇异，

玲珑，朦胧。

此情此景，

和别地滋味不相同。

恋恋不舍回头看，

维特堡，

藏在万家灯火中。

1982 年 10 月 6 日

威尼斯组诗（组诗9首）

序 诗 ①

有人称誉你是水上公园，

有人称誉你是海上明珠。

我似乎感到字眼太俗。

拟说你是象牙雕成的琼楼玉宇，

安放在翡翠盘子中心。

还是使人感到造作太甚。

拟说你是天上的一组明星，

———————————

① 组诗中的《序诗》《晨》《水乡》三首，发表在《延河》1983年第12期。

落在亚得里亚海滨潟湖。

那更使人感到眼熟耳熟。

威尼斯，威尼斯，

对你用什么比喻，

是最恰当、最适宜？

拟说你是一百一十八朵睡莲，

浮在绿水碧波之上，

两千个春夏秋冬，

仍在朝阳盛开，

仍在含苞待放。

如果这个比喻不嫌柔弱，

那么，这组向阳之花，

将终生在我那

美好的回忆上开放。

晨

浅蓝色的海岛，

浮着淡红色的云。

轻轻涌动的海水，

荡漾着银屑，跳闪着金。

岛屿，像罩在纱帐里，

说是看真又看不真。

晨星底下的威尼斯，

影影绰绰，你真动人。

球形的教堂，

尖峭的高塔，

顷刻一下，

座座披着橘红色纱巾，

红白错落半透明。

摩尔铜人打钟了，

叮当叮当，嘹亮雄浑。

圣马可广场上，

响起了升旗的鼓声号音，

潟湖，睡醒了，

威尼斯，早晨！

水 乡

天换了晨云，

海换了风，

换上了白云，

浮在蓝天空。

教堂、宫殿，

红白相映，

亭亭玉立绿水中。

四百座拱桥，

似四百张弓，

以四百种姿态，
迎海风：
有像琴弓，
有像新月，
有像水巷，
卧着长虹；
长虹之上虹之下，
欢声笑语任纵横。

窗下水巷，
门前水胡同。
万家窗台，
玫瑰花开，
斗紫争红。

我道威尼斯——
水之乡，
你是亚得里亚
海上的白芙蓉。

小 街 ①

白石头小街，

纵横交错，

像谁把棋盘，

画在海岛？

可是不走马，

也不走车，

谁仗有钱不走路，

辜负了

烟波万顷鱼飞跃！

世界，

迷人城市千万座，

唯有威尼斯，

从来不会出车祸。

---

① 组诗中的《小街》《鸽》《晚钟》《夜》四首，发表在《长城》1984 年第 2 期。

放心观光去，

尽情游海岛。

商店，鳞次栉比，

高塔，拔地而起接云朵，

塔尖，天使展翅要飞翔，

塔上，紧扶栏杆，

远眺海天阔；

习习天风身下过，

看纵横小街，

细小如网络，

红男绿女，

点点小珠儿。

石刻的圣徒，沉思不语，

镀金的铜马，腾蹄要飞跃。

小街窄道矗立着

千古的建筑杰作。

辉煌的宫殿，

豪华的金梯，

曾押多少古代工匠，

饥肠辘辘棰金箔？

我惊叹：

古代的皇廷、教廷，

在穷奢极侈上，

多么敢想、敢说、又敢做！

皇宫画廊、穹窿、壁上，

琳琅满目，艺术大师

大胆开先河：

战神和女神，半就半躲；

升天的圣母，飘逸婀娜。

画廊处处，都能听到

没有声音的纵情享乐歌：

丰满的肩头，火热的眼角，

迷人的体态，圆润的胳膊；

商业繁盛，古代的威尼斯，

有钱就可买欢乐。

威尼斯画派，

把装模作样，清规戒律，

全打破：

不管人间、天上在画中，

神圣的妇人，个个赤裸裸。

怪不得有人

甘愿老死威尼斯，

水葬异域不回故国！

鸽

漫天熠熠，羽翎光闪烁，

斑斑点点，圣马可广场尽灰鸽。

盘桓天空，嬉戏广场，

逍遥自在是多快活？

和平的威尼斯，

鸽子的安乐窝。

咕咕咯咯，徘徊人左右，

咕咕咯咯，蹀躞人前不必躲。

似是老相识，

今日重逢广场——圣马可。

立在肩头，似在叙离情，

攀着胳膊，似在话生活；

仰头，求人抚爱，

低首，任人抚摩。

安静的威尼斯，

人与飞禽都快乐。

无须飞翔万里愁风雨，

无须觅食千里苦奔波，

只要频频咕咕，频频咯咯，

便赢得万国游人，

慷慨解囊买欢乐。

威尼斯，爱鸟古城——

鸽子的安乐窝。

晚 钟

落日西沉，

弓都拉①，条条靠海滨。

摩尔铜人的钟槌，

挥动了，叮，叮，

海空飘荡着晚钟声。

一队红白古装的仪仗队，

从圣马可教堂出来了，

在有翅膀的狮子岛旗下，

吹奏起降旗鼓号。

水鸟归巢，海鸥回窝，

万千灰鸽结束了

欢乐的讨要生活。

————————

① 弓都拉，长条形的单桨游艇。——作者注

露天乐队，在安装乐池，

茶座酒吧，人们在占座，

餐厅，杯光闪耀，

酒店，觥筹交错。

夜，悄悄飞临

威尼斯群岛。

夜

海天暗了，夜来临，

潟湖里，远远近近都是星。

大小运河，

水上路灯光明，

水下灯影光明，

夜之神捧着夜之歌，

洒在海岛，平分给人。

嘭嚓嘭嚓，迪斯科节奏，

旋动了寻找快乐的人们。

海阔天空的威尼斯，

让人们充分发挥个性。

欢乐者，又说又笑；

观察者，顾盼沉吟；

酒徒，"卿卿"叮叮；

醉汉，踉踉跄跄。

潟湖，风平浪静水纹平，

一片欢笑声。

舞步下，岛屿正下沉！

买尽欢乐的游览者，

谁曾问？

月牙，悄悄上海空，

夜色更迷蒙。

一个两个，年轻姑娘，

立在桥头，立在花荫，

摆下了，三件五件工艺品——

似用羞怯在说话，

似用彷徨在探询：

还要等多久，是早晨？

一个孤独的卖艺人，

徘徊咖啡座左右，

吹响了古老风笛，三声两声——

似向远方在问讯，

似向夜海在追寻：

那遥远的春天音信。

秋宵月夜，细浪有声似无声，

威尼斯，鼾声是多么匀。

晚安，迷人的海岛，

祝愿你睡得又香又甜，

以便迎接更快乐的明天，

朝暾吐艳的海上清晨。

1982 年 10 月 13 日

在威尼斯归途中

叹 息 桥 ①

从皇宫通监狱，

一河隔着如隔世。

一孔悬在河空的叹息桥，

凄凄惨惨送落日。

水下，是石囚室，

石梯，如曲折尺。

囚禁的是什么人：

好人、坏人、强盗，

俘虏或奴隶？

听说，被判刑的人到此桥，

泪如雨，哀叹永无生还日！

囚室壁上，

---

① 此诗发表在《江城》1984 年。

铁柱窗台，

刻着符号、文字，

直到今天，似仍在呼喊，

自由、抗争，

或者是冤屈！

古代的是非曲直，

今日来游者，谁能管？

漫步水牢是为猎奇。

多少曾是：疯狂狞笑的角斗场，

吮吸人血的歌舞地，

大嚼人肉的宴会厅，

今天开放，

任人看陈迹，评愚智。

从来的强暴者，

只求大逞淫威一霎时，

不管后人鞭挞千万世。

1982 年 10 月写于威尼斯

威尼斯向维罗纳 ①

早雨，又放晴，

海面轻轻扬着白浪花，

船缆，离情，

交系在码头秋风下。

云凝雨意，

迷漫着潟湖，迷漫着海。

车前相笑，

紧紧握住手，

畅谈中国—意大利，

万里重洋，

友谊永远无关卡。

凤凰剧院，

---

① 维罗纳，传说是莎士比亚的悲剧《罗密欧与朱丽叶》故事取材的地方。城内卡佩罗街，有
朱丽叶的家院，室内有红花岗石棺，此处是游人必去的胜地。——作者注

共听音诗清秋夜，

北京水榭，

当酬茉莉明前茶。

别意依依，

主人向右，长扬着手，

阿尔卑斯，

雪峰攒拥笑迎迓。

前头古城，

明知千树红叶秋色好，

迷人风景，

何止魅力不衰的阿莱娜①。

细雨霏霏，

给广阔田园披上纱，

秋叶如血，

滴滴橄榄枝头枫树丫。

座中有人说：

这时最好去卡佩罗，

---

① 阿莱娜，是古罗马时的圆形剧场。现在每年9月都在场内演出歌剧《罗密欧与朱丽叶》。——
作者注

座中有人说：

此情此景，最是铁石心肠无情好，

避免柔肠寸断离维罗纳！

1982 年 10 月 14 日

回罗马途中

过 卡 拉 奇

月牙，在机舱下侧欢笑，

灯光，在海岸一边闪明。

气温报道是三十六度，

谁说是深秋季节？

卡拉奇，候机室里，

气氛、笑貌都如春，

不觉门外透见橙色的云，

友好的城市，正早晨。

舷窗告别海边城，

重上白云朝东去，

瞰葱岭，向北京。

1982 年 10 月 15 日

留赠少管所的孩子们 ①

大地，不管对大树、小树

都一样送水滋润不偏爱；

阳光，不管对兰草、杂草

都一样送光送热不偏待；

人民和党，对每一个孩子

都希望成才不报废。

跌倒，是要有人来帮助，

但是，更重要是自己赶快站立起来！

---

① 写作背景：其时，作者以北京市人大常委身份视察少管所而作。发表在《北京晚报》1982
年 12 月。

祖国今天，阳光灿烂春正好。

人民和党，倚着门框天天问：

孩子，你们赶快改正错误早回来。

1982 年 12 月

赠 友 ①

1983年1月18日为《诗刊》的老诗人茶会作。

我们来自五湖四海，
东南西北会燕州。
经历各自不相同，
但是风风雨雨共一舟。
才有高低，人有胖瘦，
都是同一堑壕的旧战友。

寻觅春天，道路茫茫，
跋涉荒原，惯听狼虎中夜吼。
劈山开路，排除污泥浊水，

---

① 此诗发表在《诗刊》1983 年第 2 期。

愿代扫帚、锄头，愿做锹。
耕耘民族诗歌在烽燧之下，
拉犁何曾怕当牛？
迎接祖国黎明，东方日出，
诸君曾是号兵、军鼓手。

成功、失误，挫折、胜利，
十年欢乐、十年忧愁。
东邻败国争朝夕，
却坐看流光白白丢！
大喜中兴春日好，
举茶相贺都白头。
我问古今中外：
哪一代诗人能比我们更富有？

二十世纪终曲临尾声，
二十一世纪序曲正清喉。
万里潮声，万里莺歌，
激昂粗犷，清婉缠绵，

都在争占时空竞自由。

剑老无芒莫认账，

余年当法大江流①。

1983 年 1 月 18 日

---

① 此诗的最后两句，作者 1986 年刻于一块和田墨玉之上，常钤用在书画中。

观 画 鸣

应邹荻帆同志嘱，为湖南人民出版社日历作。

观画常闻厚古人，

我为今人鸣不平：

慢评人物先评马，

古马何如今马灵？

早识蟾宫尘满地，

嫦娥不做月中神。

应非无志毋非古，

我赞今人胜前人。

1983 年 2 月

寄 《文学报》 百期纪念 ①

《文学报》，报春晓，

报迎春，报樱桃，

报耕耘，报栽苗，

夏报荷花秋报菊，

冬报红梅千岭好，

二十四番花信风，

四季常住《文学报》，

万紫千红开不老。

1983 年 2 月 9 日

---

① 此诗发表在《文学报》1983 年 2 月 24 日。是应《文学报》编辑谢春彦 2 月 3 日约稿信而作。

《广州文艺》创刊十周年 ①

雪封长夜锁千林，

辛苦萌芽待海暾。

五羊独报花会好，

红棉独领万园春。

1983 年 3 月

---

① 此诗发表在《广州文艺》1983 年第 4 期。

小 姑 娘 与 乌 猿 婆 ①

记得是

在一个夏天的晚上，

荷塘里

泡着一个圆圆的月亮，

凉风儿

吹来阵阵清香，

我外婆

讲了一个非常聪明，

又非常胆小的小姑娘。

在很远很远的地方，

有座很高很高的山，

---

① 此诗发表在《巨人》1984 年第 4 期。

有一个非常聪明，

又非常胆小的小姑娘，

跟她爸爸妈妈，

来到这座山里，

采矿、点火、冶金、炼钢。

在路上

她就听到人说：

在这座深山里头，

有豺狼，

有老虎，

还有个会吃人的老乌猿婆。

这个非常聪明，

又非常胆小的小姑娘，

一听到人家这样说，

就瞪大圆圆的眼睛，

吓得直打哆嗦。

说起这个非常聪明，

又非常胆小的小姑娘，

胆子小得

还不如一只小白兔。

她要是看见

一根线似的蚂蚁小道，

就被吓得不敢迈过；

她要是看见

一条毛毛小虫儿

就被吓得直往后躲。

她看见闪电，

就蒙住眼睛；

她听到打雷，

就捂住耳朵；

如果小指头儿，

扎着一丁点小刺儿，

她听妈妈说去拿针，

就大声哭叫哎哟哎哟！

这座很高很高的山，

非常幽静，非常好看：

有青青翠翠的松树柏树，

有叮叮咚咚的小溪山泉，

还有啁啾啁啾的小鸟，

藏在树上，唱歌闹玩。

野花骨朵，噘着小嘴，

你一不注意，她就悄悄开放。

风光，是这样美丽，

草木，是这样芬芳，

怎么会有老乌猿婆，虎豹豺狼？

在一个

静静的晚上，

风儿，把满山树上的叶儿，

吹得吵吵嚷嚷，

沙沙沙沙的小溪，

把水底的月亮冲碎了，

流着老长老长的银光。

小虫儿，吱吱——吱吱，

青蛙儿，呱呱——呱呱。

你听呀，

这是多么美的音乐!

小姑娘,看迷了,

小姑娘,看醉了,

小姑娘,看饱了,

听! 还打着饱嗝儿。

忽然,

有一阵像小孩儿哭,

又不大像小孩儿哭的声音,

从小溪的那边,

传到小溪的这边。

忽然,

又有一阵像水牛吼叫,

又不大像水牛吼叫的声音,

从那边的树林,

传到这边的树林。

这些声音,瓮声瓮气,

叫得是那么可怕,

叫得是那么古怪,

吓得树叶儿,沙沙沙沙,

脱离树枝，掉落下来。

这个非常胆小，
又非常聪明的小姑娘，
吓得一下就躲进，
爸爸的胳肢窝，
就像小鸡看见老鹰那样，
忙在妈妈的翅膀下藏躲。

"老虎来了，狼跑了！"
爸爸一边说着，
一边点着柴草，
炼铁炉膛，立刻升起，
黑黑的浓烟，红红的火苗，
野兽，只敢在外边嗷嗷慢吼，
它可不敢靠近炼炉左右前后。
爸爸使劲推拉风箱，
炉口轰轰吐着火的舌头，
老虎野兽一下子，
都吓得远远逃走！

刚才还是那么可怕吓人，

现在，又是这样安宁平静。

小姑娘忙问爸爸说：

"野兽妖怪，害怕什么？"

爸爸搂着小姑娘，

一字一字地回答说：

山精鬼怪，怕人，

豺狼虎豹，怕火。

你怕它，它就吃掉你，

你敢跟它斗，它就害怕你；

如果让它，它一缓过气来，

就会再来吃掉你!

非常聪明的小姑娘，

细细品着，

细细嚼着，

爸爸说的每一句话，

爸爸说的每一个字。

爸爸，去了远方打铁，

妈妈，要到外婆家去，

说已经请了姨妈晚上来。

陪姐弟俩睡觉，

讲"小小金鱼"的童话故事。

太阳娘娘下山了，

天上留着金云彩。

鸟儿啾啾唱着歌，

好像在准备，

迎接姨妈来。

金云变紫了，

鸟儿唱累了，

怎么姨妈还不来？

大门前看，街门前等，

天都快黑了，

怎么姨妈还不来，

这是多么奇怪多么奇怪！

弟弟心害怕，

老是问姐姐：

"山风是这么大，

天是这么黑，

小鸟儿都睡了，

怎么姨妈还不来？

会不会……

碰上山精老妖怪？"

非常聪明的小姑娘，

虽然胆子比从前大了，

可是爸爸妈妈不在家，

提起妖精怎能不害怕？

嘴皮哄着弟弟不要害怕，

可是自己的嘴里，

咯咯咯咯，上牙打下牙！

街门前看姨妈，

姨妈还不来。

天色越来越黑了，

小姑娘抱弟弟，

回到家门前来。

家门前等姨妈，

姨妈还不来。

天色已经完全黑了，

小姑娘抱弟弟，

退回到屋里来。

天越黑了，心越害怕，

弟弟哇哇哭开了。

忽然门外有敲门声：

"小妹小妹我来了，

快给姨妈开开门！"

姨妈来了多高兴，

姐弟忙着去开门：

"姨妈来了，姨妈来了！"

嘴儿连着叫，脚儿连着蹦。

忙请姨妈进了门，

忙去取火要点灯，

姨妈笑嘻嘻，

赶快拦着说：

"小妹千万别点灯，

你姨妈眼皮长了针眼，

怕看见光，怕看见明。"

姨妈两眼都长了针眼，

那可不知有多么疼！

害眼病可不是怕见明？

忙去搬椅子搬板凳：

"姨妈走累了，请你快坐下，

我给你捶捶大腿松松筋。"

姨妈听了真高兴，

连忙夸赞小妹多聪明：

"你真讨姨妈喜欢讨姨妈爱，

可是姨妈不能坐硬板凳。

因为屁股长了个痔疮，

一坐板凳就疼死人。

你给姨妈搬口水缸来，

这样坐着痔疮就不疼了。"

"眼长针眼屁股长痔疮，

可不是见光不能坐也不能？

姨妈，姨妈你为什么，

那么多毛病？"

姨妈嘻嘻笑着说：

"你姨妈人老了，

满身是毛浑身是病！"

姨妈姨妈多可怜，

老了一身都是病！

忙去生火给姨妈做饭，

姨妈嘻嘻赶快说：

"千万别生火别做饭，

姨妈随身带着炒米团。"

爆米花，炒米团，

爆好米花浇上糖，

又香又脆又甜；

好吃极了，

弟弟像馋猫见到鱼儿，

噘着嘴巴老嚷嚷：

"姨妈姨妈，

我也要吃炒米团！"

姨妈说话可亲切：

"那是邻家小孩儿做满月，

送我红鸡蛋和炒米团，

路上饿了就吃一些。

大人吃了，添福气，

小孩吃了，

两手光发抖，

字也不会写！"

嘴馋不怕手发抖，

弟弟伸手去掏衣兜，

一碰到姨妈了，

就哎哟大哭喊手疼：

"姨妈拿针扎我手！"

姨妈，会拿针扎弟弟手？

不信吧，

弟弟喊疼甩着手；

相信吧，

是姨妈，她怎能下得去手？

小姑娘，

呼呼吹着弟弟的疼手指，

脑子里，

一团乱线抽不出个头儿。

和气的姨妈笑嘻嘻：

"路远我怕摸黑，

图快爬坡抄小道，

前后衣襟两裤腿，

都扎满了'没姨子①'蒺藜球儿，

谁叫你

嘴馋乱来摸兜兜？"

姨妈吃炒米，

吃得咯嘣嘣，

炒米怎会这么硬？

姨妈的炒米，

气味真难闻，

炒米怎会那么腥？

---

① 没姨子，是一种野草种子，靠附在人的衣服或动物皮毛上传播。家乡叫它"没姨子"，即"没娘孩子"。——作者注

非常聪明的小姑娘，

觉得好奇怪，

可又不敢问。

抱来被子抱来枕头，

"姨妈姨妈，

你睡哪一头？"

"小孩儿睡觉都不老实，

你姨妈

要睡在大床口。"

姨妈起来了，

拖着什么沙沙响？

好像是用扫帚，

在来回刷水缸。

"姨妈姨妈你怎么啦，

起来走路叮当当？"

姨妈和和气气慢慢说：

"是姨妈裤带上那串钥匙，

碰着水缸叮当当。"

和气的姨妈，

毛病是那么多；

非常聪明的小姑娘，

怎么也睡不着了：

说话、口气都像姨妈，

可是为什么，

气味是那么臊？

一不叫点灯，二不坐板凳，

三不叫做饭，衣兜不能摸，

那是为什么，为什么？

要是山妖，

它又那么和气；

要是乌猿婆，

为什么不吃我？

小姑娘，

越思越想，越发睡不着，

老想看一看，

它不让点灯；

老想伸出手，

又不敢去摸！

越不敢去摸，

越是睡不着。

如果它真是姨妈，

摸摸怕什么？

摸了安心睡大觉；

如果它不是姨妈……

那多可怕啊……

那它一定是乌猿婆！

小姑娘，

一想浑身就哆嗦！

要是害怕，

就能吓跑它，

那就害怕好了；

要是什么都不摸，

光躺在床上打哆嗦，

让"害怕"去制服乌猿婆？

要是我害怕，

它更凶恶，

一口吞掉弟弟吞掉我！

那害怕光哆嗦，

能顶个什么？

害怕哆嗦不顶事，

不如趁它正迷糊，

把它摸清楚！

小姑娘，

悄悄伸手向床边摸，

手被扎疼臂酸麻，

分明是条粗粗的大尾巴，

长毛硬得像钢刷儿！

怎么办呀，我怎么办？

它不是姨妈是乌猿婆！

它不是姨妈是乌猿婆！

非常聪明的小姑娘，

心直跳，胆吓破了，

耳朵嗡嗡，头发昏，

天旋地转，金星乱闪烁，

一身冒冷汗，牙齿打咯咯！

山精鬼怪，怕人，

豺狼虎豹，怕火。

你怕它，它就吃掉你，

你敢跟它斗，它就害怕你；

让它，它一缓过气来，

就会再来吃掉你！

我要是，

不害怕，跟它斗呢？

斗输斗赢，

看谁有本事！

小姑娘，心一横，

使劲把弟弟拧了一拧，

弟弟疼得哇哇哭，

把乌猿婆吵醒了。

非常聪明的小姑娘说：

"姨妈姨妈，

都该怨我没记性！

刚才忘了叫弟弟，

先去尿尿再上床。

这会儿，

尿一身，屎一身，

姨妈姨妈你来闻闻，

被子、席子，

可真臭死人！"

和气的姨妈不和气了，

骂出的声音不像人声：

"我不闻，我不闻！

快把这个死仔，

抱去给我洗干净！

不快一点儿，

我要挖掉你的心，

剥掉你的皮，

抽掉你的筋！"

"姨妈千万别生气，

我这就去把弟弟洗干净。"

不再害怕的小姑娘，

这会儿勇敢又镇定。

她摸了个白包袱，

抱着弟弟跑出门。

她跑到屋后的井台上，

用包袱把水井蒙起来，

告诉弟弟那是乌猿婆，

弟弟更加大声哭起来：

"我不叫它吃了我，

我不叫它吃了我！

爸呀，妈呀，快回来呀，

老乌猿婆要吃我！

老乌猿婆要吃我！"

乌猿婆，

听到弟弟的哭声，

现了原形追出大门，

瞪着蓝光闪闪的凶恶眼睛，

露着两只獠牙在上嘴唇：

"你们跑到哪里去呀，好小妹？

那个死仔，

他在骂谁？"

"姨妈姨妈不要生气，

弟弟不是骂你是骂乌猿婆。

我们在白白的石板上，

姨妈姨妈你快来，

保护弟弟保护我！"

假姨妈，真乌猿婆，

流着长长的哈喇儿，

要来吃人，

朝着白色的方"石板"，

往前一扑劲真猛，

扑通一声，

它掉进了水井！

咕咚咕咚，

它喝着水沉下去，

吭喀吭喀，

它呛着水，又冒出来。

大喊小姑娘好小妹：

"好小妹，我求你，

你把姨妈救上去，

我只吃小男不吃小女！"

咕咚咕咚,

它喝着水,沉下去;

吭喀吭喀,

它呛着水,又冒出来。

"好小妹,好小妹,

不快把姨妈救上去,

我先咬断你的胳膊。

再咬断你的腿!"

咕咚咕咚,

又喝着水,沉下去,

吭喀吭喀,

它呛着水,又冒出来。

"姨妈姨妈你别着急,

我去取条绳子来救你。"

拿来绳子捆了块大石头,

一推推下井里去,

正好落在乌猿婆的额头上,

马上鼓起个

老大老大的血瘤子!

"哎哟哟，哎哟哟，

疼死我了疼死我！

你不好好把我救上去，

我要左一口右一口，

把你咬成个丑小女。"

"姨妈姨妈不要着急，

给你的绳子做腰带，

捆好我就把你拽上来！

捆好我就把你拽上来！"

咕咚咕咚，

又喝着水沉下去，

吭喀吭喀，

它呛着水，又冒出来。

乌猿婆，

忙把绳子捆住腰：

"快救我上去好小妹！"

小姑娘，

听到井里说捆好了，

唱着歌儿拽起来：

"拽姨妈，拽姨妈，
姨妈你太沉我拽不动。
哎哟嗬……哎哟嗬！
拽不动，拽不动，
哎哟不好了，手松了，
怎么井里是一扑通？"

咕咚咚，咕咚咚，
"快把我拽上去，
我要大大地报答你，
不吃小男也不吃小女！"

"拽假姨妈，拽乌猿婆，
你做的坏事太多，我拽不动。
哎哟嗬……哎哟嗬！
坏事多，拽不动，
哎哟不好了，手松了，
怎么井里又是一扑通！"

咕咚咚，咕咚咚，
井里有气无力地叫着：

"我快呛死了，我快淹死了！
好小妹，快救我上去，
我赏你一匹金马驹！"

"乌猿婆，罪恶重，
赏金马驹我也拽不动。
哎哟嗬……哎哟嗬！"
罪恶重，拽不动，
哎哟不好了，手松了，
井里又要一扑通！"
咕咚咚，咕咚咚，
"姨妈姨妈你又喝了多少盅？"
一问再问都不回答，
绳子往下沉，
再也不咕咚。

月公公，月婆婆，
钻出云缝儿听唱歌。
山泉唱歌，小溪和：
do、mi、sol，do、mi、sol，
do、sol、mi、sol、mi、sol……

从没听说过，

求情魔鬼会发善心，

从没听说过，

害怕野兽就不吃人。

遇到野兽和魔鬼不害怕，

敢跟它斗争就一定赢。

敢于斗争的人聪明，

办法就多人坚定。

哪个小孩没信心，

你读了这个小童话，

闭上眼睛想想你就相信。

1983 年 3 月 27 日写于同仁医院 465 病房，

6 月 1 日修改 ①

---

① 为了让幼儿读时容易，短句是必要的。因此我重新分短了句子。1983 年 6 月 4 日。——
作者注

新 花
——贺北京朗诵艺术团建团

好花，要借风来传播芬芳，
音符，要借管弦再现飞翔；
诗篇，遇着朗诵艺术家，
像插上翅膀，又镀上光。
我愿新花——北京朗诵艺术团，
为各个流派诗篇安翅膀！

带着理想、情操带着美，
飞播亿万中国人心房；
让全世界人们听到的中国：
神态俊，灵魂美，
说话、谈吐、呼吸都芬芳。

1983 年 4 月 23 日

三 峡 颂 （组 诗 11 首）①

忆 旧 游

雾，封住晨阳，

云，封住山，

我初次从瞿塘

东下南津关。

江水，

像群龙扭滚争出峡，

长天，

像飘着一条白哈达。

---

① 这组诗是作者在 1983 年 5 月 4—12 日，参加全国政协 "赴葛洲坝和宜昌视察" 活动时写的。

天高风急，

水凶浪恶，

纤夫的胸脯，

贴着古栈道面——

一群两群，

三串五串，

像被狂风摧压

倾斜贴地

几排古铜色栏杆。

浪打江船，

前颠后簸，

时而看见

时而看不见，

顿觉阴界阳界线，

变换在毫发间！

哪来的雅兴能顾上

问前头的巫山峰上，

神女晨妆梳洗

可曾完？

岁月蹉跎，

二十多年过去了，

但是，年年都在盼：

来一次溯江西上，

进西陵，穿巫峡，

领略漩涡、泡浪，

饱看奇峰、怪岭，

到瞿塘。

希望如同长江水，

日日东流进海洋。

葛 洲 坝

天赐良辰，

余年逢大幸，

三千里路，

南下访宜昌。

观看

十年弧光闪烁的葛洲坝

人铸的花岗石臂，

南北锁三江。

南津关外，

裁直险岩，

西陵峡口，

降伏漩涡，

滔滔主流被人截断，

奉命，向左转弯！

集中江水，

卷着混浊的泥沙，

滚滚奔腾，

东流大陆架；

分发野风，

吹送金色的旋律；

纵横万里，

灼灼生辉照中华。

西陵峡上，

白云舒卷，

南津关前，

绿波轻盈。

我听到了：

一部光的序曲

沉雄磅礴，

隆隆回荡，

在三峡画廊，

奇峰云岫上。

力 之 歌

长江的力量，

大无边：

排云、落地，

出昆仑；

蜿蜒、飞舞，

向东去；

劈山、削岭，

破夔门；

切穿瞿塘，

出巫峡；

撑开西陵，

下南津；

奔腾进海

接晨云。

她蕴藏着

无穷无尽的力；

她蕴藏着

无穷无尽的热；

她蕴藏着电，

蕴藏着

变幻无穷的能资源。

长江长、水壮阔，

激昂、粗犷、清丽、柔和。

长江，

是光之交响乐，

是无穷无尽的力之歌！

莫 让 长 江 白 白 流

万古长江水自流，

热自流，光自流，

无穷无尽的能资源，

白白向海敞着流！

莫让长江白白流，

这是千世万代所要求。

曾向天求；

曾向神求；

曾闻往日的统治者，

捧着长江卖身契，

向洋人求。

天、神、洋人在三峡，

面对着倔强的漩涡泡浪，

垂下手、低着头，

呆看着长江

挤开三峡，

直扑吴淞口！

智　慧

长江的智慧，

无穷尽；

凿山、刻石，

为天仙；

塑峰、造岭，

封为神。

筑成画廊七百里，

把神话、童话

镶嵌在高山之巅

水之滨。

说假不假，

道真不真，

姿态神情，

光怪陆离，

驱愁解闷，

逗煞人！

南来北往的人都说：

三峡无处不销魂。

云情雨意，

古代人倾倒；

岚封雾罩，

今代人动情。

长江的魅力，

大无边，

永不衰老

是天批准。

她，哺育了

多少英雄豪杰？

她，启迪了

多少聪明才俊？

她，点燃了

多少激情灵感，

写下了多少

名篇、巨著、

大调、小调、音诗，

震撼古今中外

多少代，人心弦？

她，孕育着音乐，

她，孕育着诗情，

孕育着画境，

孕育着强大的光和热，

频频催接生。

远从昆仑、重庆到武汉，

近从南京、上海到崇明。

她，用春漪、秋波，

笑着出命题；

她，用狂涛、怒浪，

流泪发试卷；

反复提问：

哪一代儿孙，

人最能?

欢 腾 的 长 江

夹江峭壁，

高耸接云天，

喧腾的白浪，

卷着珍珠

泼船舷。

长江三峡，

今日是多欢欣。

灯影峡上，

树绿、山绿、江水绿；

明月峡里，

天蓝、水蓝、山影蓝。

是哪一位大师

出新匠意，

横泼了几碗石青

痛快淋漓垂山前：

透明、清澈，

白鹤飞翔水中天，

一片银屑，

忽闪忽闪横江面。

黄陵庙下，

漩涡平静；

香溪河口，

水阔江宽。

木筏，连绵平放江流上，

拖轮，间续长鸣出远山：

西来的声声近，

东去的声声远。

崆岭险滩，

炸掉了鬼门关。

"对我来"千古指航礁石，

曾救了，

多少生命多少船？

而今，

开天辟地头一次，

彻底得清闲，

离休江底

住进水下敬老院。

崆岭险滩，

不再险。

暗礁，清除，

獠牙，拔去，

悬崖栈道，

今日成古迹。

再听不见看不见，

跟死神肉搏，

那凄厉的号子，

佝偻的身躯。

如今只有：

江风荡漾轻音乐，

江轮飞旋圆舞曲。

临江望夫的"寡妇寨"，

枕边不再泪斑斑。

船家夫妇

中秋夜，

影双双，

立窗前，

听江声，

道花好，

看月圆。

远山扬眉，

近山吐气，

江波笑，

浪纹甜。

红绿航标，

个个欢欢摇呀摇，

好像都在排练歌舞，

准备迎新年。

长江三峡，

近水远山，

万壑静静等，

千峰日日看，

那颗，整顿长江

照耀中华的曳光弹。

高 峡 出 平 湖

葛洲坝，

练兵场，

厉兵秣马，

雄师如云

在整装。

无穷无尽的长江水，

要发无穷无尽的热，

要发无穷无尽的光。

高峡平湖，

蓝图已放样在长江天上，

放在长江水上，

放在长江左右岸。

安然的神女，

很快临平湖，

理晨妆；

纵横惊看：

兰州—上海，

长城—珠江，

长江灼灼

在送光。

世界三大河流，

谁家将最美?

谁家将最神?

明天，

请日月星辰来判分：

哪家的风韵

最温存?

娉婷婀娜

最动人?

过 南 津 关

船闸门开放，

航向南津关，

西陵山叠翠，

峡口水天蓝。

哪是女墙箭垛？

哪是关楼飞檐？

哪是千古雄关石道？

久立船舷都寻不见，

唯有古铜残壁，

忽隐忽现在翠岩青树间。

千古长江水，

千古长江涛，

风平浪静有几年？

枕戈待旦，何曾有睡眠？

重任，今天卸下肩，

水平波笑，盈盈乐交班。

种松千树，

栽橘万株，

闲来凝眸

细细数游船，

进三峡，下钟山。

赢得今天不容易，

我盼南津关，

雄姿长立在长江畔！

望　峡

云锁千峰晨天月，

水如乱云山如切，

携云挟雨雷长鸣，

纤夫声嘶猿声咽。

三峡，美绝、险绝，

千古骚人愁绝。

万里稻香万里油，
万里平野万花洲。
今把三峡捧在手，
随人意，化热、化光流。

过 襄 樊

汉水多人杰，
襄阳更地灵；
今日又赢得：
中国明星城。

访 隆 中

离尘未必不染尘，

命存乱世悯生民；

鞠躬沥血隆中策，

尽瘁长流万世心。

1983 年 5 月至 6 月

观罗工柳画展 ①

山高道险，

风狂雨骤。

谁把日寇暴行，

刻在梨木板，

贴在路口村街头，

激励人民，拿起刀枪，

起来抵抗争自由？

画者中，有个罗工柳。

旭日东升，

五洲仰首。

---

① 罗工柳（1916—2004），广东开平人。中央美院的创始人之一，著名油画家，作者好友。
两人相识于太行时期八路军木刻社。

谁把井冈山，地道战，

雷霆、风暴、红缨枪，

绘下真史留千秋：

勿忘步枪加小米，

使六亿中国抬起头？

画者中，有个罗工柳。

边陲牧野，

胡杨马厩。

谁在大漠真寻到，

瓜果飘香金色秋？

使多少少年长志气，

抱起戈壁石头翻跟斗，

变茫茫沙海为田畴？

画者中，有个罗工柳。

长别邂逅，

君鬓青青我白头。

庆今朝，砥柱立中流，

看天空，海阔翔白鸥。

匠意深，墨酣畅，笔自由。

迎面丽日坎坷道，

待君调色去筹谋。

我等看，还童的罗工柳！

1983 年 8 月 17 日

附：

1983年8月17日，在中国美术馆观看罗工柳同志画展，见胜利后所绘历史巨画，感情振奋；见西北畅游的速写，引起无限遐思；见近作蓝天碧海白鸥，更是心胸开阔。又想起同在太行山上的艰苦年月中，木刻所起的作用，更是无法估量的。回来后，思想积翩，写了这三十几行诗，寄《人民日报》文艺部。没想到该报发了不少无关痛痒的和使人读不懂的诗，却对这诗不发表，也不退稿。无可奈何之后，编进《夏雨秋风录》，却又得不到出版的机会。

今罗工柳同志不嫌诗丑，索要。在旧稿堆中翻找半天，才翻出来。现抄送工柳同志请正！

1990 年 9 月 1 日夜半

我要学好 ①

我要学好，

不用靠聪明，

不用靠灵巧，

只要自己

下定决心要学好，

哪个孩子都能做到。

想什么，做什么，

都先问问："这样好不好？"

好的学，好的做，

不好的，

---

① 此诗发表在《中国少年报》1983 年第 1331 期。"要学好"是作者母亲对他的儿时教诲。
详见回忆录卷《故乡岁月·少年》第 15 章。

就是不学也不做。

不管有没有人看见，
不管有没有人知道，
损害别人的事，我不做，
损害大家的事，我不学。

只要从小到大，
牢牢记住"我要学好"，
好孩子，就一定能做到。
只要从小到大，
一辈子做好事，
就一定为人高尚，
品德好。

我 来 到 了 新 疆 ①

瓜香，果香，

四野飘芳。

广阔无边，

万里阳光。

我来到了，

一生向往的祖国边陲——

可爱的新疆。

钻天杨树，频频招手，

快乐的脸，盈盈欢笑在机场。

二千四百公里天空，是那么远啊，

哪里有，新疆各族的友情长？

———————————

① 　此诗发表在《绿风》1984 年第 2 期。

一尝瓜汁，如饮蜂王浆，

甜沁想新疆——

那多年饥渴的老枯肠：

我终于来到了

可爱的新疆！

我终于来到了

可爱的新疆！

1983 年 8 月 30 日赴石河子车上

绿 风 诗 会 赞 ①

绿风诗会

在绿洲开。

蜀葵、金盏、米兰、茉莉……

百路花之神，领着鸣禽，

万里乘风，笑着来。

昨天的荒凉，寂寞，

一去不复返了，

难生草木的戈壁，

今天已是绿树之林，鲜花之海。

听！春莺、画眉、云雀、八哥……

在对歌；

看！桉树、白蜡、丁香、洋槐……

---

① 此诗发表在《绿风》1984 年第 1 期。

赛丰彩。

绿风诗会

在绿洲开。

百路花之神，领着鸣禽，

万里乘风，笑着来。

振兴中华，一代诗风，

在绿洲播种萌芽，

枝繁叶茂，

姹紫嫣红开万代，

嫣红姹紫万代开。

1983 年 8 月 31 日夜

甘 雨 ①

朝逢甘雨涤秋晨，
馆舍庭院百花明，
月季含情番红笑，
多争美景恋青城。

　　久闻戈壁雨水稀少，不需雨具。今天清早出门跑步锻炼身体，中途
遇雨，越下越大。回招待所，见百树青绿，百卉鲜明，似在争此分秒，
多留美景再别青春之城。尤感于怀，写此诗以志。

1983 年 9 月 2 日于石河子

---

① 此诗写后，一同参会的作曲家王洛宾拿去谱曲。发表之处待考。

青 春 之 城 感 怀 ①

绿色的城墙，

绿色的风，

绿色的大道，

绿色的小胡同。

十字街头，

马路中心，

扶桑、鸡冠、美人蕉、大番红……

万紫千红，

盛开摇曳在绿风中。

青春之城——石河子啊，

----

① 在 1983 年 9 月 8 日的"振兴中华，开拓绿洲"诗歌朗诵会上，作者朗诵后，将此诗交大会，
发表在《新疆日报》。

你，像一座绿玉雕琢的城。

崛起在

不毛之地。

崛起在

黄风怒卷的沙海中。

你崛起在

戈壁早晨的号声里。

你崛起在

汗珠如雨的湿土上。

你崛起在

披着朝霞的英雄战士的双手中！

绿色的城墙，

绿色的风，

没有灰尘，

没有噪声，

城安静，

路坦平，

万家窗台花卉，

临风斗紫，又争红。

古老的城市千万座，

古迹多，新楼高耸，

可是城墙色彩，

多半灰蒙蒙。

喧闹、拥挤，

车如流水马如龙，

时有空气，

呛鼻子，辣喉咙；

绿树，被灰烟笼罩，

比朦胧诗，还要朦胧！

怎能来比石河子，

那绿色的城墙，

那绿色的风？

空气清新，

呼吸自由，

走路潇洒，人轻松。

绿色的城墙，

绿色的风，

青春的石河子啊，

你出落得是那么神！

横着看，处处绿，

竖着看，绿葱葱，

横看竖看，都玲珑。

我愿青春之城，

永远无污染，

是永远清新的青春城。

让青年男女，让后代，

在红霞里，在绿风中，

谈工作，话理想，

道生活，论斗争，

谈恋爱，讲恩情，

欢笑、烦恼、流泪、赌气、闹别扭，

领略悲欢离合，

认识人生使命：

是为索取？还是为贡献？

是勇往直前

去开拓新天地，

还是仅仅为了一个"吻"？！

1983 年 9 月 3 日于石河子

牧 场 欢 舞 ①

雪溪流水下天山，

落岩，出深潭。

冬不拉，弹响在雪松林里，

为迎接远方的客人，

牧场今日是欢歌跳舞场。

彩色的地毯铺在地上，

大人、小子，下马围成小圆场。

不要说圆场小呀，

不要嫌山道弯呀，

这里，有颗颗火热的心儿，

帽翎娓娓，随着风飞扬。

---

① 此诗发表在《绿洲》1984 年 3—4 月号。

拨响冬不拉，

拨动人心弦。

三个姑娘似三只蝴蝶，

飞来飞去在邀请人：

出来吧，姐姐妹妹出来吧！

用我们哈萨克人的音乐，

款待远方的客人，

来到天山的雪松林。

雪溪流水下天山，

落岩，出深潭。

两位姐妹出来了，

似飞天翱翔雪松间。

腕臂轻柔，多么像游泳，

舞步婀娜，多似鸾凤曼舞下云端。

羽冠后仰，翎毛贴到地，

裙摆飞转，似流水在回旋。

飘曳的绿袖，飞动的红巾。

疑是谁举春花，

来回开放在秋林？

雪溪流水下天山，

叮叮咚咚落深潭。

嫩红的指头，嗒嗒多清脆，

热情的眼睛，邀请是多么欢：

出来跳舞，出来吧，

远方的客人——

我们各个民族的歌手们！

多好的阳光，多好的风景？

让它悄悄流去，再难寻！

请踏下欢乐的脚印儿，

长久留在天山的雪松林。

出来跳舞，出来吧，

远方的客人——

我们各个民族的歌手们！

多好的日子，多美的时辰？

让它悄悄流去，再难寻！

请把欢乐的心儿，

长久印在天山的雪松林。

1983 年 9 月上旬于石河子

姑 娘 追 ①

听说哈萨克族的"姑娘追"，

看千回，千回陶醉。

晚年有幸乘绿风②，

迢迢万里访边陲。

沐浴着秋阳在雪溪畔，

我看见，雄马鞍头上，

天山的蓓蕾

争开放，赛芳菲。

黑白相间的鸦羽翎，

白绒娓娓，随意任风吹。

_____

① 此诗发表在《文学月报》1984 年第 6 期。

② 指"绿风诗会"。——作者注

手镯、手表、双耳坠，

闪闪飞着金光辉。

青春的眸子，马上回头一顾盼，

雪溪流水，盈盈波光更妩媚。

鞍，挨着鞍；辔，并着辔，

看！多少青春欢乐，

驮在天山的雄马背？

人成双，马成对，

若即若离，对对紧相随。

默默无言，悄悄含着笑，

微微闭眼，目光却在偷偷睇；

调皮的，闹玩耍贫嘴，

甘心挨鞭子，不肯守清规。

看那脉脉含情并马，

道是谁也不理谁。

青春年华的心世界，

问上帝，说难理会！

云在流，风在吹，

忽然，转身纵马让姑娘追。

天山马儿愿意成全人，

四蹄腾起在地面飞。

秋风抛撒万千胡杨叶，

漫天飞舞紧随陪。

小伙子，跑得快，

姑娘紧紧追，

抡鞭催马，逆风驰骋黄沙道，

鹞翎飞拂，鞍头大显姑娘威！

狂欢的观众，

连声呐喊"打呀！打呀！"

有情的鞭子，

只是头上抡着挥。

问哪个，曾挨了打？

回答是没有看见谁。

只见青春的欢乐从马背，

把天山包围，把牧场包围，

把观众，全包围；

还给天山南坡的胡杨树，

增添了无限的欢乐，

无限的美！

哈萨克族的"姑娘追",

看千回,千回陶醉,

陶醉、陶醉、陶醉,

欢乐使人

忘了年龄,忘了岁!

1983 年 9 月写于天山归途

1984 年 3 月整理

叼 羊 ①

枣红、黄骠、雪花青，

鬃飘拂，尾飘扬。

十月天山秋光下，

哈萨克人

上雕鞍，赛叼羊。

红黄两队着红黄，

各出单马进赛场。

乌孙天马毛锃亮，

今日秋光胜春光，

雄马腾跳转圈忙。

---

① 此诗 1984 年发表，刊物待考。作者在剪报上批注："改得乱七八糟。"

红衫一掠叼着羊，

黄衫横抄不相让：

雄马嘶叫人吆喝，

黄尘乱滚随风扬，

扬进深谷絮满场。

枣红、黄骠、雪花青，

回声荡漾千山上。

十月天山秋光下，

哈萨克人

摆开阵势，赛叼羊。

红阵动，黄阵荡，

四马出列威风壮，

挥鞭长呼入战阵，

英雄、好汉正风光，

阳光灿烂笼胡杨。

红队夺羊纵马飞，

黄队咬紧尾巴追，

胡杨婆娑风助威。

乌孙天马雕鞍上，
桂冠难判属于谁。

枣红、黄骠、雪花青，
雪峰拥攒云拥攒。
十月天山秋光下，
哈萨克人
群马出阵，赛叼羊。

红队奔东黄奔西，
挥鞭催马呼啸上！
似乘潮水驾着浪，
八月观潮钱塘江，
吹到天山牧马场。

人回旋，马回旋，
赛场回旋山回旋。
旋涡中见一匹马，
冲出旋涡奔南山，
怀抱绵羊立山半。

枣红、黄骠、雪花青，

黄队欢腾红不安，

众马嘶鸣直上山，

陡坡拦截黄尘乱。

谁不捏着一把汗？

忽见一马似腾空，

夺得绵羊如乘风，

冲下陡坡进雪溪，

水珠快活声放纵，

天山如醉云霞中。

枣红、黄骠、雪花青，

迁场时节识胡杨。

十月天山秋光下，

我看见：哈萨克人

纵马如鹰，赛叼羊。

1983 年 9 月 4 日，紫泥泉归途

1984 年 2 月整理

发表时因编辑乱改，1986 年重新整理

观哈萨克民族摔跤 ①

在紫泥泉 ② 的一处草坡，

秋天的花儿千万朵，

摇摇晃晃多么快乐？

白色的猫头鹰羽绒，随风在飞动，

多么像白云一朵朵，

停在姑娘的珠帽子上，

左婆娑，右婆娑，

东南西北，朵朵都婆娑。

绣花地毯铺在草地上，

---

① 此诗未发表过。

② 紫泥泉，在新疆生产建设兵团八师。作者同时创作了油画棒速写《紫泥泉天山雪水》两幅。
见《阮章竞绘画篆刻选》，人民美术出版社 2009 年版。

小伙子们——

有的两手抱胸好沉着，

有的跃跃欲试在甩胳膊。

挑战者，上去了，

应战者，出场了：

嘴，笑了笑，

手，握了握，

互相抓住肩头，头顶着头，

都在等找机会，揪着腰缚。

比比谁的力气大，

比比谁的计谋多，

比比谁先抓住好时机，

先把对手摔倒，是头一招。

哈萨克人，性格很坚强，

在马鞍上奶大，

在马鞍上学歌，

纵马如飞，从小不肯示弱。

你绊我的腿，

我绊你的脚，

你左扭，我右摔，

看谁是丈夫，真男儿！

高处喝彩，近处欢呼，

叫好喊加油，看，多欢乐？

回声，震撼山谷震撼河。

一场一场，摔跤摔得真热闹，

姑娘里，有人操心，有人快乐，

天知道，她们的心里在想什么？

最后，一位个小的小伙子先上场，

半天，一位高高的大个子来应战。

小的小，高的高，

可是扭摔了半天都没结果。

个小的，两脚如钉钉着地，

个大的，扭、掼、摔、提，

白费了气力莫奈何。

头顶着头，来回顶，来回蹭，

把小个子的额头蹭破了，

谁都赢不了，只好讲和。

小个子，虽然两眼都冒着火，

还是伸出手来握了一握。

伸出手来握了一握，

草坡上，掌声啪啪，笑声呵呵！

山谷里，也掌声啪啪，笑声呵呵！

雪溪流水，银波欢欢光闪烁。

1983 年 9 月上旬于准噶尔南山

绿 杨 歌 舞 场 ①

观看新疆生产建设兵团八师122、123团青年、儿童歌舞。

第一代人，带着枪，

和平解放新疆。

勒住战马在天山下，

犁开戈壁，改造沙漠，

种棉，种豆，种玉米，种高粱。

种下绿杨万千林，

给后代留下，

处处绿杨歌舞场。

第二代人，用音符，

装点新边疆。

展开谱表在天山下，

---

① 此诗未发表过。手稿作者注：抄清稿 12 月 16 日寄《中国青年报》，未退。

谱出绿洲音诗千百章。

葡萄长廊，绿杨林荫，

提琴、手鼓、二胡、热瓦普，

各民族音乐，悠悠扬扬，

音符飞舞绿大道，

碰着长廊葡萄叮当当。

第三代人，张开翅膀飞出场，

黑眼珠儿，蓝眼珠儿，

多么明多么亮？

舞步姗姗，舞袖翩翩，

红嘴唇，白牙齿，咿呀呀，

为客人舞，为客人唱，

天真、纯洁，

多似天山山头雪，

亮晶晶，白莹莹，闪闪光。

绿荫大道，绿杨歌舞场，

维族，哈族，回族，汉族，

同场、同舞、同声歌唱。

绿枝迎风飘，

喷灌水飞扬，

白云，停在绿洲蓝天上，

听第二代、第三代，

齐声唱新疆：

　　新疆，新疆，

　　伟大祖国的美丽边疆，

　　新疆，新疆，

　　聪明智慧，才能技艺，

　　最好的表演场。

　　新疆，新疆，

　　赛歌，赛舞，赛俏，赛美，

　　最好的比赛场。

　　各族兄弟姐妹，阿叔阿姨，

　　来新疆，来新疆！

1983 年 9 月 7 日于石河子

赛 里 木 湖 ①

远看，像一条蓝色的飘带，

在雪山山腰飞飘。

稍近，像一片晶莹的翡翠，

在雪松山谷飞闪光辉。

当我走进三台，

啊！赛里木湖，

你的美丽，

把我和我的同伴都惊呆了！

透明、清澈、凛冽、幽深，

听说你从来不准——

---

① 此诗发表在香港《文汇报》1985 年 10 月 12 日。作者同时创作了油画棒速写《赛里木湖》
两幅。见《阮章竞绘画篆刻选》，人民美术出版社 2009 年版。

鱼虾蟹鳖扰乱你的安宁；

从来不准人们航进——

你那迷离扑朔的湖心；

你只准许风儿，

单独获得特殊的许可：

任她随意把你吹成一双又一双，

含情脉脉的迷人秋波；

任她随意卷起一簇又一簇，

熙熙攘攘的素馨花朵。

啊！赛里木湖，

你那么沉着，那么耐心：

阅历着多少个肃杀的霜晨？

阅历了多少次雨雪阴晴？

你检阅过古丝路上，

多少队骡帮马阵？

你聆听过古丝路上，

多少次慢条斯理的驼铃？

你映着蓝天，浸着白云，

你含着明月，怀着繁星。

你承受过多少次闪电冲击？

领略过多少次雷霆轰鸣？

天若有情天亦老，

可是赛里木湖，

安安静静，笑藏深谷，

等待人敲门：

谁来繁衍水中生命？

谁来敲开湖心

那神龙之门——

是不是真有匹异兽？

是不是真有条神龙？

赛里木湖，敞开胸怀在等待

和平的音乐，

友好的桨声，

友好的歌声！

1983 年 9 月 10 日过赛里木湖

1985 年 9 月修改于北京

两个阿依古丽 ①

溪水，在雪松林里沙沙地流，
鸟儿，在雪松枝头欢欢地唱。
我在天山的雪松坡道上，
遇见一群维吾尔族小姑娘。

她们，睁着大大的眼睛，
瞅着我这个年老的远方来客。
她们，微微笑开红红的嘴唇，
露出雪白的牙齿。

"会讲一点儿汉话吗？"
她们笑着点点头；

---

① 此诗发表在《中国少年报》1983 年。

我又指着她们说：

"你们都长得很漂亮！"

谁知道听了我的称赞，

像给鸟儿投蛋糕，

小姑娘们笑着跑到溪边，

却偷偷回头朝我看。

我只好转向三个小男孩儿，

问成绩，问上学上了几年；

忽然金丝红绿纱巾明闪闪，

小姑娘们又悄悄地飞回我的旁边。

溪水叮咚，鸟儿啁啾，

撒欢的马驹，打滚在沙坪。

我再不敢赞美她们漂亮了，

只好点着她们问姓名。

"阿依古丽"，"阿曼古丽"，

当中，必有一个是这名字。

于是，我点着她们笑着说：

"阿依古丽，阿曼古丽？"

像春风吹动赛里木湖水，
眼前荡漾尽是欢波。
小姑娘们都睁大眼儿，
互相惊看，又都看着我。

"阿依古丽""阿依古丽"，
小姑娘们指着两个小姑娘争着说，
我笑着又问：
"同名、同班、又同岁，
老师点名，怎么知道是叫谁？"

一个阿依古丽调皮地说：
"她，是瘦阿依古丽，
我，是胖阿依古丽！"
两个阿依古丽看着我，都笑嘻嘻。

溪水，在雪松林里沙沙地流，
鸟儿，在雪松枝头欢欢地歌。

我重上汽车回头看，

两个阿依古丽，

依依招手在山道上。

1983 年 9 月，果子沟途中

特殊的恒星 ①

恒星，永在放射光明，

战士的眼睛，永远守着祖国的大门。

恒星，会被阴云雨雾遮住，

战士的眼睛，却像红外线一样，

永远不会失去透视一切的功能。

狐狸野鼠，会逃离猫头鹰的视线，

可是逃不脱战士的眼睛；

豺狼虎豹，会使猎手一时疏忽，

可是，不能使战士丧失机警；

毒蛇野猪，会悄悄地钻过篱笆，

可是，却永远钻不进我们的国门，

---

① 此诗发表在《解放军文艺》1984 年第 11 期。

因为那里有一颗颗特殊的恒星——
我们的战士的眼睛。

严寒，会使玻璃蒙上一层冰霜，
却蒙不住战士的眼帘。
黑夜，会像黑绒覆罩山川大地，
却罩不住战士的两只眸子。
暴风，会调动沙海闹个地暗天昏，
但是坚守国门的眼睛，
还是一样的明亮，
一样的机警。

特殊的恒星
有特殊的能源，
来自人民的嘱托，
来自战士对祖国的忠诚。

在霍尔果斯河边，
我看见了一颗颗特殊的恒星，
闪亮在祖国边疆的大门。

在祖国边疆的每一处大门，

我都看见了这样的恒星，

那就是我们忠于祖国的战士的眼睛。

　　　　　　　　　　　　1983 年 9 月 11 日于伊宁

天山路之歌（一）（组诗 3 首）

剑阵 ①

天山山外望天山，

参差的群峰多么似剑刃？

横亘千古，屏障在边陲，

列阵穹隆云升腾。

剑几层，云几层？

纵深几层阵几层？

绵延无尽长无边，

昼、夜、晨、昏，

---

① 此组诗发表在《作品》1984 年第 11 期。

云迷漫，雪迷漫，

寒光凛凛立霄汉。

秋光灿烂，

我头次认天山。

1983 年 9 月草于准噶尔路上

1984 年 3 月修改于北京

荷 花

天山山外望天山，

白色的荷花，

挺立云端托着天。

夏天开放，秋天开放，

隆冬大雪，

开得更鲜妍。

含苞待放的

藏在云，

盛开怒放的

浮在天。

隐隐约约，

随着蓝天漂流去，

不知道，哪是边！

1983 年 9 月中旬在准噶尔道上

1984 年 3 月整理于北京

迁 场

北望天山进天山，

蓝色的世界，你太迷人：

蓝色的天空蓝色的山，

蓝色的雪杉蓝色的林，

蓝色的湖畔流动着

白色的羊群白色的云。

正是迁场时节，

尘头起处，驼铃慢条斯理，

叮咚、叮咚，声声近。

晨阳，冉冉升起戈壁沙原上，

婴儿，静静甜睡鞍头紫袍襟；

年轻的母亲，

两颊贴着早晨的云。

鸟叫啾啁啾，

天地多清静？

忽见调皮的牧犬，

蹿过雪溪流水，

闻呀，闻呀，寻呀寻。

能看见的旋律，

是多么柔和扣动心？

我说牧歌何必

都一律要有声音。

1983 年 9 月天山道上

1984 年 3 月整理于北京

天 山 路 之 歌 （二）^①（组诗 4 首）

风雪

登上天山望天山，

大雪正飞扬。

雪峰，在雾海奔走，

雪岭，在云涛浮沉；

顷刻之间

什么高峰峻岭都不见，

天山一下

被风雪囫囵吞！

---

① 此组诗发表在《诗刊》1986 年第 1 期。

云在车后追，

雾在车前堵，

万丈深谷，

悄悄潜近左轱辘。

刹车四顾：

估量云层，估量雾，

却惹来大风挥雪，

砰砰攻击小吉普！

天山脾气，

你可是真嘎古①。

风雪天山望天山，

天迷蒙，山迷蒙。

岩陡、谷深、路滑，

脚麻木，手麻痛，

眼睫毛凝霜封瞳孔！

我问当年战士：

怎么谱写

这部路之歌，

①　"嘎古"，北方土语，意是调皮、捣蛋。——作者注

天山战斗颂？

天 山 路 之 歌

扛上钢锤，抬着钢钎，

肩挂大索，手攀冰凌，

登上天山雪线，

与风斗争，与雪斗争，

与天山群体，

比顽强，比坚硬。

凿开岩石，造地窝子，

啃碎冻馒头，鼓足浑身劲，

在半山勘测，在雪线画线，

要把南北山群，

座座打开门。

悬在高空飞荡，

那会儿，不是在荡秋千，

而是在花岗岩石，

钻洞打炮眼。

悬在空中飞荡，

那会儿，不是在学风筝，

而是在雪线下面，

装引线，安雷管。

春夏秋冬，天天都要过，

寒来暑往，日日全来临。

大雪封山到五月，

才能听到春之神，

轻轻拍打

地窝子，毡帘门。

为了搞活天山，

五年，冰封雪锁不出山。

为了打开天山，

雪崩、滑坡、泥石流，

咬紧牙关看，

看罢重新干！

五年，用血、用汗，

在天山雪线下，

在峭岩半，在云岫中，

画线谱，填音符，

谱成这部路之歌——

天山战斗颂！

新 北 斗

立在天山望天山，

烈士丰碑，

雪峰云岫，

白云悠悠。

看！丰碑碑帽，

五角军徽为宇宙，

增添了

一座新北斗，

右引军车，左挥天马，

南北驰骋对开流。

晚 晴

回路天山望天山，

雪晴风暴如幻梦：

白云，乱泼山头上，

雪峰，流动白云中。

云在升腾？

山在浮沉？

谁能说清楚，

谁能分？

忽而，这边山色紫，

忽而，那边山色橙，

迷离扑朔，

谁能数出

雪里迷宫深几层；

一只黄狼，

独立山头，

静静看游人。

天山如幻梦，

却又是

中国边陲的真风景！

天山魅力勾魂魄，

依依难舍

那个雪山白云情。

谁想领略

这美色风韵？

请风雪上天山

看晚晴。

1983 年 9 月于独库公路军营

1984 年 4 月整理于北京

后记：

　　1983年9月中旬，开筑天山公路的某师，热情地赏给我们一个机会，从北疆伊犁河源，沿天山雪线，观察了新筑成的独库公路。登山前，看不出天气会有什么大变化。但与天山风雪战斗了许多年的部队同志，为我们带上了棉大衣。不出所料，我们一登上半山，云迷漫，雪迷漫，一场风雪，像千万张扯开了口的鸭绒被子那样，漫天抖下来。右边是战士切开的陡岩，左边是万丈深谷，山走岭沉，只好停车估量天气，大风吹雪，打得吉普帆篷砰砰响。司机不能不考虑安全了。那年，我已70岁了，怎么可能有再来的机会呢？

老天不负有心人。忽然见一位战士驾车北来，说过了前头的达坂，天已放晴。可以说是天公恩典。如果不遇上这次大风雪，此生怎能领略天山的脾气？去时风雪，回时雪晴，天山的壮丽，我真正看见了：她的美，天下无与伦比！

当然，我能领略这神奇美景的条件，完全是筑路部队创造的。我怀着感激的心情，抬眼望见达坂一侧的险岩上，矗立着几座烈士墓碑！他们这样年轻，但是打通了天山，把路留给后人！他们的墓碑，比天山更高。

下山当晚，草草写下这几首诗。回京整理时，忽患大面积心肌梗死而中断。

今年10月1日，是新疆的大喜日。我找到了原稿，重新整理修改出来，以祝贺新疆维吾尔自治区成立30周年。

1985 年 10 月 1 日

天山雪溪 ①

她从天山的山顶，

一滴一滴地滴流下来，

汇成一道欢乐的小溪，

在雪松林里，左弯右拐。

她叮叮咚咚，流下峭壁，

她吵吵嚷嚷，跳下岩石，

她叮叮咚咚，穿过石洞，

她流出山涧，流进沙地。

她让小草，随便吸吮。

她让苔藓，随便洗澡。

―――――――――

① 此诗发表在《摇篮》1984 年。诗题有改动。

她让雪松，常年吸取。

她让牛羊，随意畅饮喝饱。

她让小驹，喝饮长大，

成为骏马。

她让田园，喝足饮够，

长出棉蕾，长出庄稼。

她和着沙子、石头、混凝土，

盖出住宅、厂房、高楼大厦。

她日日夜夜，走向下层，

直到自己消失干净。

她永不要求什么报酬，

她永不往上爬去，要高人一等。

吵吵嚷嚷，她永是那么乐观，

叮叮咚咚，她永是那么快活：

她干净清澈，浑身透明，

永不会隐藏着什么。

我赞美你啊，

天山雪溪的风格。

1983 年 9 月写于伊犁

昆 仑 ①

腾空崛起，

凌驾乾坤，

熠熠飞舞

在那蒸腾的云。

晨装如金，

日装似银，

雄伟壮丽，

巍峨高峻。

啊，我终于看见您了，

众山之祖——伟大的昆仑。

---

① 此诗发表在《人民日报》1984 年 1 月 11 日第 8 版。作者绘有同题中国画、油画棒速写数幅。
　　见《阮章竞绘画篆刻选》，人民美术出版社 2009 年版。

您，天天向着朝阳，

俯瞰着您所创造的众山，

汹涌起伏奔东去；

俯瞰着您所画出的黄河长江，

浩浩荡荡入海流；

用您的雪水

滋润大地，创造绿洲；

用您的雪水

养育江海，孕育波涛。

啊，昆仑，

您环抱着中华大地，

环抱着戈壁、沙漠、绿洲、森林；

环抱着江河、湖泊，

环抱着崇山、峻岭、平原、丘陵；

环抱着汹涌澎湃的海，

和海上的云。

啊，昆仑，

您养育了中华儿女，炎黄子孙。

您养育了多少豪杰英雄？

您养育了多少

能创造光辉灿烂的科学文化，

无愧于您的伟大的精英？

他们，把造纸的艺术，

把发明火药的艺术，

越过您的翅膀，介绍给西方民族；

他们，把发明指南针的权利，

从您那银色的翅膀下，

无私地向全世界献出。

他们，在两千年前，

从您的两翼走出丝绸之路，

同时引进了世界文化的成果，

种进中华大地的沃土。

啊，昆仑，您饱览了

多少次天上风云？

多少次大地浮沉？

多少次改朝换代？

多少次铺天盖地的战火狼烟？

多少厮杀、流血、分裂、统一？

多少天灾、人祸，水、旱、蝗、螟？

您亲眼看见了

您的英雄儿女，

高举着新的中国，提着长剑，

踏着风狂雨骤的怒海，

走进凯旋之门，

恢复了民族的尊严，

争取得自由独立，

赢得了世界人民的尊敬！

啊，昆仑，新中国的伟大成就。

给了您多大的欢欣？

您器宇轩昂，立在蒸腾的云之巅。

您眼前的戈壁、沙漠，

逐步变为绿色的城，绿色的村。

您环抱着的黄河、长江，

逐步变为光之源、电之源。

当然，您也看见了：

很不应有的失误和挫折,

看见了本可避免的泪水和流血。

但是,您也看见了:

您的优秀儿女,

洗净了大地、

刷净了天云,

今天的祖国正处在绮丽的春晨!

啊,昆仑,您所俯瞰的众山,

已经不是昨日的峰峦;

您所俯瞰的百川,

也不是昨天的江河;

您所环抱的中华大地,

正在为文明播种,

为灿烂的未来耕耘、开拓。

啊,昆仑,

您的子孙们

正以无可比拟的豪情壮志,

向科学文化的珠穆朗玛,

高歌攀登，奋勇前进。

明天，让全世界

看高峰，

望昆仑！

1983 年 9 月写于南疆旅途中

塔 克 拉 玛 干 ①

塔克拉玛干，

无边的沙海托着天。

灰色的穹隆扣着个

风魔的世界沙鬼的乐园。

塔克拉玛干，

热浪如火升腾，

雨云绕道走，

害怕汽化不敢沾边。

天上无飞鸟，

地上无生命。

---

① 此诗发表在《诗刊》1984 年第 6 期。

上看莽苍苍，

四顾昏黄黄，

"进去出不来 ①"，

塔克拉玛干！

大漠如海，

沙丘如浪，

可是波涛声音听不见，

却疑有死神，踯躅身后

沙沙在徜徉。

悠悠晃晃，

渺渺茫茫，

变幻无常，

诡谲多端：

远方，似炽热的汤河在流动，

黄烟蒸腾，流呀流呀没个完……

———————————

① 塔克拉玛干，维吾尔语意为"进去出不来"。又称塔里木沙漠，我国最大的沙漠。——
作者注

近处，总向左旋的龙卷风，

拖着黄沙，边旋边走转上天，

好像说：实在干得太厉害，

上天去寻朵云彩舔一舔……

听说海市蜃楼常出现，

可惜我无缘没看见！

塔克拉玛干，

喜无常，怒无常，

脾气难猜，肝火特旺，

一旦风魔怒，

一旦沙鬼狂，

一旦咆哮怒吼，

老天爷，

乱打战，

脸发黄，

目瞪口呆，

不敢管！

风魔，把塔克拉玛干

举上天，

沙鬼，把塔里木

鼓成个黄皮囊。

日月无光，天地乱套，

沙岗横滚，沙丘拉着网，

都向东南蹿，

大小石头，翻着筋斗

咯噔咯噔搞扩张！

柏油公路，被风掏空，

水泥桥梁，被沙埋葬。

塔克拉玛干，

独许风称霸，沙为王！

风休息，沙疲倦，

昨天的沙岗沙山，

变了面孔，换了床单，

千里万里像铺着

柔软的黄锦缎。

看！翻累了的石头，多么乖，

睡在沙砾，不打鼾！

谁能奈你何，

塔克拉玛干？

塔克拉玛干，

风魔、沙鬼

肆虐万千年？

如今我说：

你该收敛！

狰狞神秘，

恐怖迷人，

怪不得冒险家们，

企图从你的身上，

用真实加想象，

捞取荣誉，捞取金钱，

捞取惊动世界的学术资本。

"进去出不来"，

此话敢当真，

塔克拉玛干？

塔克拉玛干？

多少人，

向你一边走，

向你一边问，

边走边问，

几十年结论，

——都否定！

清晨，汽车上路，

月下，骆驼宿营。

科学家、知识分子，

工人、牧民，

雅丹阵里，

南北西东走纵横：

正在层层敲打

塔克拉玛干——

这座神秘莫测的迷宫的门！

风大沙狂，

寂寞荒凉。

三十年兵团战士

用意志，用胸膛，

用热血，用热汗，

用脚板，用手掌，

看，把多少块绿洲，

打印在塔克拉玛干，

绿光闪烁，朝晨阳！

挥汗拌砂浆，

浇灌出了多少座学校、工厂、

音乐厅、歌剧场？

弦管笙箫明月夜，

笑语喁喁，倩影双双，

万花春开放，

瓜果秋飘香。

谁说"进去出不来"，

我的塔克拉玛干？

天山多雪水，

昆仑多乳浆，

新疆多阳光，

日照特别长。

合适种瓜，合适种棉，

合适养蚕造桑林；

合适种葡萄酿酒，

祝长寿、宴嘉宾，

迎接塔克拉玛干之春，

提前问世，早来临！

1983 年 10 月写于南疆旅途上

1984 年 2 月修改于北京

辫柏 ①

辫柏如云堆山前，

铁干虬根气昂然，

顾盼盘桓临深涧，

玉泉仙景恋人间。

1983 年 10 月

---

① 辫柏是甘肃天水玉泉寺的著名古树,树龄800年至1000年,因根茎交织,形若女人发辫得名。

常藏欢乐石窟中

菩萨比丘嘴角深，

佛与维摩笑盈盈；

古代艺人匠心苦，

常藏欢乐石窟中。

　　麦积山石窟见造像多微笑，更多是人而不是神，吟作路上。松奇同志索字，书此以应，并请双正。

1983 年 10 月在天水

中 国 的 微 笑 ①

他用意大利的画笔，

蘸着意大利的颜料，

创造了蒙娜丽莎的微笑。

他用中国的河水、泥土，

和着中国的颜料，

创造了释迦禅定的微笑。

蒙娜丽莎，

像面着赏心悦目的良辰，

含蓄蕴藉而又动人。

释迦禅定，

妩媚、恬静，

---

① 发表在《人民文学》1985 年第 12 期。

好像冥思寻到了

一块极乐的净境，

藏在心底而不肯启唇。

她，好像不愿看见

当时的烽燧狼烟；

她，好像不愿听见

当时震撼大漠

厮杀的惨叫，伤马的哀鸣。

她，凝神想着

创造了她的泥土和水，

应该都是：

波欢水笑，柳绿花明。

我由衷惊叹：

来自人民的古代艺术家，

呕心沥血在塑造佛，

呕心沥血在塑造神，

心底却在塑造村姑、牧女，

塑造安宁的心愿，

塑造和平的心音；

塑造出千古不朽，

善良、纯真、圣洁的灵魂。

微笑的释迦禅定，

第四世纪走进人间；

微笑的蒙娜丽莎，

十五世纪步入人寰。

中国的微笑，

早笑一千多年，

西方的微笑，

晚了十个一百多年。

西方的微笑，

笑得含蓄笑得好；

中国的微笑，

笑得纯真笑得早。

"中国的蒙娜丽莎"说，

人言道：应该收场了！

中国的月亮，意大利的月亮，

都有时圆，都有时亏，

同样光明同样美，

这是老天爷安排，

谁能随便对调瞎指挥？

　　1983年10月13日，与画家汪刃锋、吕衍休和杨达林，相遇于敦煌莫高窟。在参观第二百五十九洞"释迦禅定"像时，忽然听到有人说：这就是中国的《蒙娜丽莎》！我仔细重看了佛像问世说明，是公元474年北魏时期的作品，比达·芬奇的《蒙娜丽莎》早1000多年。在世界艺术史里，许多作品，创造于各国的不同历史时期，先后遥相辉映，同是人类文明瑰宝。争先后，论资格，排座位，都是无聊的。但在中国却很特殊，常听到什么"中国的威尼斯""中国的高尔基""中国的保尔"等等，从来没有听到过有"×国的苏州""×国的鲁迅"。比拟是可以的，但妄自菲薄就不好。因有同感，在三位画家的鼓励下，当天晚上写下这首诗。今天偶然翻出来。有鉴于"什么都是外国好"的现象仍然存在，这诗聊作抒发愚怀吧。

1984年2月于北京

寄 阮 年 春

　　这是1983年秋，从喀什送我上阿卡子达坂，沿塔克拉玛干南沿到和田的36121部队司机阮年春同志，在临别时要我给他写幅字。当时无纸笔，答应回京写好寄给他。

要过塔克拉玛干，

无君不能行；

要上昆仑看雪线，

无君不能登。

每梦昆仑穿白浪，

仍乘君车险道行。

贺 新 春 ①

田野，处处荡漾着欢歌笑语，

城市，处处出现了花坛绿茵。

秃山，正种玫瑰正种草，

戈壁沙漠，引雪山清泉，

圈成绿洲，创造园林。

大陆架，采油钢塔接天云，

黄河长江，在送电，送光，送银，送金，

伟大的祖国，山山水水，

万象在更新，

一年比一年新。

灵魂美，

---

① 此诗发表在《北京日报》1983 年 12 月 24 日。

山河新，

今天的雷锋万千群。

看，自古华山一条道上，

为他人生命，

不理会死与生，

不顾粉身碎骨，

共产主义新的梯队，

在向祖国报到，在执勤。

清除垃圾，消灭害虫，

过滤净空气，过滤净风。

看我中华大地，

善清污泥浊水善除尘。

共产党人，重排队，

重报数，重点名，

带领十亿人民，

攀登精神文明、物质文明

昆仑山系的最高峰顶：

迎清晨，

接新春！

为 1984 年迎春诗会作

献 给 路 易·艾 黎 同 志

当我们的祖国，

处在最痛苦的时候，

您来到我们的身边，

为我们分忧，一同战斗。

当我国各族人民，

在世界东方站起来的时候，

您同我们一起伸出双手，

迎接晨曦，辉照全球！

半个世纪，

您把友爱的种子，

遍播在中国的大地、田畴；

您把友爱的鲜花，

遍撒在中国的江水、河流。

您，是卓越的国际主义战士，

您，是中国人民的伟大朋友。

我祝愿我们的友谊，

情深似海，天长地久！

我祝愿您——我们的伟大朋友——

路易·艾黎同志，

松柏常青，健康长寿！

子奇同志：

　　我因心脏病复发，住进了医院，不能参加我们的伟大朋友——路易·艾黎同志八十六岁寿辰的祝贺诗会而深感可惜。我写了一首诗，感谢路易·艾黎同志对中国人民的深厚友情，并在这个美好的日子里，祝他健康长寿！

　　这首诗拜托你，或请一位同志为我诵读，不胜感谢！

阮章竞

1984 年 1 月 5 日

赠 常 志 文 大 夫

缥缈似觉别人间，

债台自倒无须还。

谢君人道医术好，

辛苦追我返尘寰；

自古圣人多赖账，

小民何为惭低颜？

春风丽日多得意，

怎能拂袖不恋看。

　　1984年春，大面积心肌梗死得以复生，返回人间，全仗大夫医术医德之力。复原后常志文大夫索字，书此以谢。

1984 年 6 月

紫 霞
　　——包钢建厂三十年纪念

当年铸剑阴山下，
叱咤黄云战黄沙，
热汗蒸腾熔冻土，
穹庐千里喷紫霞。

1984 年 8 月

后语：

　　1956年至1959年末，我主动要求参加包头钢铁基地的开拓工作。时常奔行于昭君坟、黄河渡口、昆都仑河与白云鄂博之间。白毛风怒，黄沙疯狂，工作生活非常艰苦。为了振奋因大炼钢铁运动失败而出现的颓唐情绪，包钢成千上万的建设者，奋不顾身，日夜拼搏，终于使第一号高炉提前一年出铁。此情此景，现仍然历历在目。但那年庐山会议一怒，使多少为提前出铁奋战的指挥员们留下难以平复的创伤。这也是使人难以理解的。迎风而歌而舞者上浮，逆风而战而拼者下沉，古今如此，何足怪哉。

1984年是包钢建厂30周年，《铁花》要我写几句话。现在的辉煌是后来者的贡献，我未目睹，写来无据。但当年的惨淡经营，甘苦亲尝，可以写几句。

现在这首诗是《铁花》拿去之后，我改动过的，后语是改动后加的。

1994 年 8 月 13 日

诗 人 、 文 学 家

诗人、文学家

可能有书呆子，

根本没有傻瓜。

每一句诗，

每一部作品，

都是他内心世界的泄发。

诗人、文学家

可能有书呆子，

根本没有傻瓜。

每一次思考，

每一个符号，

都是灵魂的自白。

诗人、文学家

只有书呆子，

根本没有傻瓜。

他的每一次创作，

都希望实现他的规划。

诗人、文学家

是聪明人，

绝不是傻瓜。

每一篇作品，

每一篇宣言，

要提防尝的药，是真是假。

1983—1985 年三年间

昆 仑 秋 月

我曾见过多少轮秋月，

哪一轮都比不上

昆仑秋月的净洁：

蓝海般的夜空，

白羽绒般的薄云，

窃窃私语的杨叶。

五十年代的青年，

来这里

建成了新的西王母宫阙，

五十年代的少女，

来这里，咽下酸泪，

献出了宝贵的一切①。

放歌、欢笑，

怨恨、呜咽，

都是为了昆仑秋月

更加光辉，

更加明澈，

更加净洁！

1984 年

---

① 此章所咏，可参看长诗《胡杨泪》。

登 新 黄 鹤 楼 ①

一 ②

当年燧火扑鹦洲，

赤子齐歌抗仇雠③；

怒浪腾空雪国耻，

矶头咆哮完金瓯！

萋萋芳草寻故地，

灼灼榴花耸新楼，

---

① 最后一座黄鹤楼建于同治七年（1868），毁于光绪十年（1884）。1957 年建长江大桥武昌引桥时，占用了黄鹤楼旧址，1981 年重建。1985 年 5 月武汉举办笔会，以迎黄鹤楼落成。

② 此诗的第一首发表在《江汉早报》1985 年 5 月 19 日第 4 版。

③ 1937 年 12 月 13 日，日寇猛犯南京，在中华门火光冲天的早晨，我从敌机狂轰中的浦口过江，经郑州到了武汉。月底，我北上太行山后，闻冼星海、张曙等音乐家在黄鹤楼故址，举行过气壮山河的救亡歌咏大会。——作者注

三楚雄风无倒字，

今朝又独领风骚。

一 ①

黄鹤重归黄鹤楼，

盘桓未敢下矶头；

云檐振羽横江汉，

风铎飞声报斗牛；

高哉千秋凌峻极，

俯瞰当代竞飞舟。

抚槛回眸天下事，

新流磅礴逐旧流。

　　早已荡然无存的黄鹤楼，是我景慕的。前两年喜闻重新修建黄鹤楼，今年5月收到黄鹤楼笔会的请柬，我欣然应邀。这是我去年患大面积心肌梗死后的第一次快乐远游。

　　5月2日，我登上了高耸云霄的新建黄鹤楼。远眺大江悠悠，抚今追昔，岁月蹉跎。半个世纪已经流逝，我们做了些什么？思绪万千，写下

---

① 第二首发表在《长江日报》1985年5月18日第4版；《光明日报》1985年6月2日第4版。

此诗。病中一年多没写过诗了，所以诗写得非常不满意。现在是根据原

诗的意境重新改写的。

1985 年 5 月写于黄鹤楼笔会

戏 题 张 飞 擂 鼓 台 ①

咆哮江水向东来，

直扑张飞擂鼓台。

曾闻击鼓三江沸，

敌舰回舵不敢开。

月亮东来水东去，

谁问黄花开几回？

整顿长江序幕开，

奇峰翠岭重剪裁。

入海缚蛟何人见？

截江断水有英才。

秀丽江山更秀丽，

---

① 此诗第一稿发表在《北京日报》1983 年 9 月 6 日。

猛将请回擂鼓台。

西陵峡口江天阔，
灼灼三江耸楼台！
火树银花珍珠粉，
扑亮华中扑上海，
横矛捋须喜喝道：
啊咳，好开怀！

附：

　　1983年5月曾游张飞擂鼓台，戏写了一首诗。今年5月重游时，见原来的亭子已为新塑的张飞塑像代替。塑像生动，个性突出，刻削有力，刀法粗犷，颇有张飞已请回擂鼓台的真实感，回来后故将1983年写的这首诗作了重新修改。

1985 年 5 月

黄鹤楼笔会诗二首

书赠李虹

诸翁赴笔会，
天公赐李虹，
进峡登山紧扶持，
春光暖融融。

长江

集中天水到夔门，
犁开南北奔大海，

蒸云上天，

化雨落地，

长江万古滚滚来。

重 谒 孙 中 山 先 生 故 居

击鼓催天晓，
阴云压海墩。
成功何漫漫，
重谒万林春。

后记：

　　1933年秋，从澳门做工回乡，特意去翠亨参观孙中山先生故居，只见小村寂寥萧索，不胜感慨之至。相隔五十一年后，1985年5月16日作第二次访问，只见满村花树，姹紫嫣红，环视故居内外，甚似隔世，故有万林春的感觉。

秋 宵 揾 泪 送 田 间 ①

1985年8月30日夜，接葛文②电话，云田间已去！闻后辗转无眠，泪书此，以伤永诀。

黑云压压海沸腾，
悲歌血肉筑长城；
洪涛声里曾听到，
田间擂鼓声。

塞上烽烟蔽星月，
桑干夜渡霜凛冽。
饮马漳河未觉寒，
田间鼓声热。

---

① 发表在《人民日报》1985 年 9 月 11 日。

② 葛文：田间夫人。

未掸征尘未解鞍，

赶赴天堂不计程；

世界风雷何曾断，

田间擂鼓声？

五十一年路坎坷，

田间一路唱高歌。

秋宵梦觉伤永诀，

心裂，雨滂沱！

题 红 梅 （组诗 7 首）^①

——常志文索画

怒放观天下，

凌寒笑西风，

寰球热锅蚁。

我独步从容。

1985 年

题 赠 司 机 班

坐车诚乐事，

掌盘定轻松，

---

① 题为同仁医院常志文大夫画《红梅》。

蜡炬燃芯献光热，

何曾言谢何言功？

　　坐车多年，司机班诸同志日夜辛苦。近年屡索书未还，常以为憾。
今凑四句，聊表谢忱。书题赠：喻国卿、陈晓明、刘伟民、段燕勤、熊
素莲、傅新义、岳云君同志。

1986 年 1 月 11 日

喜闻隆都医院落成 ①

春红夏绿秋无霜，

冬夜难明鬼歌吟，

绕床摇摆龇牙舞，

谁与神医买舟银？

解开春风人得意，

---

① 隆都是作者家乡沙溪镇的古称。此诗应中山县沙溪公社管委会要求而作。作者还特意加了
　诗意解释。

鹤舞月夜斗歌台 ①，

遥望隆都风日好，

扁鹊华佗驾云来。

1986 年 1 月 14 日

诗意解释：

　　"春红夏绿秋无霜"言故乡四季常青。"冬夜难明鬼歌吟"言解放前劳动人民无钱看病。我家就从没到过医院看病。寒夜漫长，病魔肆虐，绕在病人床前龇牙跳舞。"谁与神医买舟银"想请医生付不起钱。"解开春风"指开放搞活，一片生机勃勃。我在远方望见家乡日子好，有了医院，像扁鹊、华佗这样的好医生都高兴地"驾云来"隆都了。

---

① 鹤舞是沙溪镇特有的民间歌舞，2007 年被评为省级非物质文化遗产。

为中山仙逸湖公园作联 ①

仙逸湖　一水赢得日月星辰　星来客
涟亭酒　三杯醉倒天南海北　海归人

1986 年 1 月

虎年夜书怀

大笑虎老不安窝，

强上危岩试跃河，

粉身碎骨悔晚矣，

乘风到海逐大波。

---

① 回乡应乡亲要求，为仙逸湖公园内的涟亭所作。

　　丙寅正月初五日，梦见一衰年之虎临危岩欲纵跃过河，劝之不悟。始惜之，继思之，诚快哉也。

1986 年 2 月 13 日

贺《武林》创刊五周年 ①

华夏武林多奇葩，

华南《武林》展百花，

五个酷暑挥热汗，

广植文明遍天下。

1986 年 3 月 26 日

---

①　写作背景：1986 年 3 月 3 日，《作品》副主编西彤来信，为广东科普出版社的《武林》月刊创刊五周年约稿。

病 中 赠 桃

　　迪之①脑出血长期住院，今天是她生日，我心脏病复发，故在病床画数桃于扇面赠她。

人生七十古来稀，
万事应当一笑之；
但愿秋果年年结②，
你我无须再愁眉。

1986 年 4 月 1 日

_____

①　作者妻子赵迪之（1916 年 4 月—1997 年 11 月），河北清苑人。1934 年在北平加入中共地下党，作者的入党介绍人。两人于 1938 年初在山西长治结婚，白首偕老。

②　指改革开放成果。——作者注

要 个 空 气 芬 芳 的 未 来 ①

绿树青山，

蓝天碧海，

几片白云，

淡淡横抹在千山之外，

这价值，

拿万座金山也买不来。

如果把她践踏破坏了，

那留给后代

就是赤身裸体的秃山，

没有生命的海！

鸟语花香，

水清沙白，

鸢飞鱼跃，

———————

① 为 1986 年 6 月 5 日"国际环保日"音乐会而作。《金湘曲》，中央歌剧院刘维维演唱。

生机勃勃多么惹人爱？
这价值，
拿万座金山也买不来。
如果把她蹂躏破坏了，
那留给后代
就是没有歌声的沙漠，
一个死去的世界！

绿树青山，
水清沙白。
音符翩翩，
飞舞千山田畴林带，
这价值，
拿万座金山也买不来。
都来把她打扮得更美吧，
那留给后代
是一个万紫千红的世界，
空气芬芳的未来。

1986 年 4 月 9 日

题 雪 梅

临岁寒梅落花时，

今夕雪月觅啼枝，

无情有恨唏嘘邈，

白雨纵横扑缁衣。

    这是首悼亡诗。记一位痴情女子的抱恨终生死去。

1986 年

回乡见白兰花开 ①

　　这是少年时代的稚幼纯洁爱情，但经几十年战乱和离别，幼年梦境全是幻梦。此是五十一年后应请求留赠而作。

狼烟万里路逶迤，

枕戈频梦故园枝。

五十一年燕归日，

岂忘白兰花开时 ②。

别依依，见依依，

笑锁心扉问芳菲。

劫灰散尽余馨在，

---

① 此诗是 1985 年作者夫妇返乡时，应同村女子阿萍（化名）约而作。详见回忆录卷《故乡岁月·夜茫茫》第二章。诗中注解专为阿萍所作。

② 此处言抗日战争前为国家命运而别离万里的怀念，女子曾年年常送白兰花，故梦开花的情景。

暮霭沉沉草凄迷。①

附：

　　1985年初夏回乡见白兰花开。我已经51年未见此花了。晚餐时，阿萍叫小孩来，想要见见我。

　　人生易老，岁月蹉跎，有感于怀，写下此诗。曾许书写寄赠，返京后几次提笔凄迷，一年将过，今天写成。

1986 年 5 月追记

---

① 这是五十一年后回乡，女子叫小孩来相见时的忆旧。但又不能明言，借白兰已不存在，
　战争摧，馨与心是契语，思想仍在。但人都老了，进入暮年，看见绿草凄迷（"草凄迷"
　一句在《晚号集》中改为"最惹人烦著花期"）。

孙中山先生一百二十诞辰纪念

为国毕生求自由，
先生伟业志已酬：
熠熠腾飞新华夏，
和平砥柱立中流。

父老泣血望南风，
望断海云无归鸿！
《遗嘱》为虹连海峡，
携手一笑慰孙翁。

1986 年 5 月

赵一曼烈士五十周年祭 ①

初啼哭乱世，

竹马炼丹心。

中国赵一曼，

年华无虚辰：

二九巾帼英，

六五女将军。

纵马射落日，

挥戈下晨云；

草根填饥肠，

桦皮裹弹痕。

为报黄河恩，

---

① 1986 年 2 月赵一曼烈士纪念馆发征稿函来，作者写此诗寄去。发表在《北京日报》1986
年 7 月 5 日第 4 版时，标题被改成《忆赵一曼烈士》。作者批注："编辑瞎改标题！"

横眉面刀林。

巍峨颜不改，

强虏皆粪尘！

五十周年祭，

芬芳溢宜宾。

1986 年 5 月 10 日

同 怀 明 月 别 并 州

——留别原太行山剧团诸友

四十八年似飞流，

风狂海怒曾同舟，

不甘死含亡国恨，

漳水磨刀向仇雠！

马陵关险声相唤，

狼梯道暗手相勾。

练歌呼日照山海，

抬灯披荆寻自由^①。

欢愁爱恨少年梦，

痛隐终生未为俦^②。

---

① 当时晚上演出，靠汽灯照明，但山道崎岖多荆棘，为保护汽灯，都由人肩挑或抬着行军。——
　作者注

② 欢愁、痛隐二句，是作者对战友中有人议论他当年与团里一女演员未成的恋爱关系的回应。

有缘无缘俱往矣，

十三省区会难求。

朱颜青鬓芳菲日，

今夕携手皆白头！

悠悠八五①一杯酒，

同怀明月别并州。

附：

　　今年是抗日战争时期原八路军太行山剧团建团48周年，剧团结束40周年。9月17日来自全国13个省、市和民族自治区的28位同志，相聚山西太原，座谈编写团史。我18日晨赶到。40年阔别，与诸友握手相视，皆白头了！是日中秋，晚上共饮团圆酒，乐甚，写下此诗以赠别诸友。

1986年9月22日

---

① 八五指太行山剧团结束40周年。——作者注

仓 颉 与 诗 神 对 话 ①

仓颉：

我创造了文字，

记录着华夏的腾飞，

可我近年看到好多诗歌，

怎么也读不懂是什么意思。

管诗的神啊，您说

我该不该为诗哭泣！

诗神：

我可怜的仓颉啊，

您应该学会尝尝可口可乐。

八十年代的诗歌，

———————

① 发表在《中流》1990 年第 4 期。

看，不用眼睛，

听，不用耳朵，

要像猫舔爪子那样，

就能品出诗的幽默！

1986 年 12 月

赠 官 布 ①

草原下北京，

官布寻丹青，

四十年追索，

云腾马嘶鸣，

1987 年 5 月 11 日

---

① 官布，作者的老朋友，著名蒙古族画家。曾为《白云鄂博交响诗》（作家出版社 1964 年 7 月版）绘制封面和插图。1980 年起两人同在北京市文联担任协会的领导工作。

江 城 子

—— 祝中华诗词学会成立①

五月端阳百花明，

此婷婷，彼盈盈，

四海诗人

握手会京城。

簇簇华灯高照处，

听一片采风声。

量大岂畏买酪酊？

饮千坛，着谁醒？

消解醪糟，

---

① 此诗为中华诗词学会举办的端午诗会而作。

中国有奇能。

为我千秋华夏事，

歌岱岳，唱云腾。

1987 年 5 月 30 日

旱冬春雪

学字本无工，

奈君兴意浓，

开窗求解窘，

白羽乱穹隆，

顿觉胸开阔，

万里东南风，

人问今日是大雪？

我曰是春不是冬！

　　邹士方①同志索字久应未酬，今日临窗研墨，大雪纷纷扬扬而不觉寒，定是丰年之兆。

1987 年 11 月 26 日

———————

① 邹士方，时为《人民政协报》主编。

小行星命名有感 ①

岁月蹉跎百无成，

空赢笑谈胡折腾。

月球证实无丹桂，

人世缘何奉神灵？

早悟勤栽三北树，

黄沙能敢向北京？

多情待字情天外，

盼汝华郎为取名 ②。

1987 年 12 月 23 日

———————

① 此诗的标题是编者加的。1987 年 12 月 22 日，第 3797 号小行星以"余青松"为名。余是
美籍华裔天体物理学家，首任紫金山天文台台长。

② 此两句修改前为"千星待字情天外，久候中华文字名"。字面意思是太空中的未知星体，
盼望得到中国人给予的中文名字。

谢 王 树 森 大 师 ①

　　玉雕大师王树森，名闻世界，所教学生，技艺均精。我曾托王老为昆仑玉刻章，余写之字，保真之准确，叹为观止，故书写此四句以表谢意。

顽石晶莹古为神，

连城未必真可人。

一出王老师徒手，

花放芬芳物有魂。

1987 年 12 月

---

① 王树森与作者同为北京市第八届人大常委。

龙 年 ①
——为不老松书画展题句

前岁虎跃今龙腾，

大自然里无禁区，

风驰电掣开世界，

不死乘风上太虚。

1987 年 12 月

12月8日王珩盈、谈谊等同志来，约参加老干部活动。老有所托，闻之甚喜。夜，想到龙年更宜深化改革开放，故从石门颂临"龙门"二字，打油一首，以凑热闹。

---

① 作者另一手稿将最后一句改为"祝君华研开芙蕖"，并注："原龙年题句末句改，为回拜袁晓园先生春节快乐。1988 年 2 月 13 日。"

庐山三宝树

遮天蔽日三宝树，

烈日炎炎无酷暑。

几人想学种树人，

也为后人栽几株？

　　1987年12月下旬为"不老松书画展"绘三宝树题句。

观 陈 雅 丹 ① 南 极 之 行 画 展

雅丹研铅丹，

南极写冰山，

极光凝紫颖，

携回钿画坛。

1987 年 11 月 26 日

---

① 陈雅丹，1942 年出生，中国第一位赴南极写生进行艺术活动的画家，清华大学美术学院
　教授。曾为作者制有一套藏书票。

题《解州关羽庙古柏》

　　1980年秋，中条山口遇雨，回车解州关羽庙。久待不晴，忽蛟虬争飞，揉目视之，古柏树也。细观之，株株皆奇，速写四帧，并题诗寄意。今为龙年，故移之纸上[①]。

一帧

秋雨迷蒙山道穷，

云长庙静眼惺忪，

翠云倏然庭中起，

烟雨铜龙欲腾空。

---

① 指将笔记本上的当年数幅铅笔速写，绘为4幅国画。因古柏似龙，故为龙年作画。

二帧

才摹白虺潜沧海，

又化青龙上苍穹；

借得云浓秋雨密，

最宜直闯太虚宫。

三帧

浩劫难避神剜心，

云长何幸得免刑？

雨中闻说一女杰，

力抗群魔古柏青。①

四帧

秋雨无意放人行，

---

① "文化大革命"前夕，关庙调来管理文物一女大学生，力抗造反派（打砸抢）破坏，使关庙未受任何损失，闻之令人起敬。——作者注

庙前愁坐冷风生，

无须入庙问关羽，

直破愁云奔临汾。

1988 年 1 月

酬 作 曲 家 索 字

鹤舞沙坪江水鸣，
星天渔火听南音。
谢君长在珠江上，
夜擎音符挂晨云。

　　宋军同志前年索字，因病生活节奏乱，至今未酬，失礼之甚，何以对
珠江共水之情。今为龙年，祝君似云从龙，飞腾不已，并请雅正。

1988 年 1 月 18 日于京华

酬王精忠同志 ① 索画与字

工作乱，病缠身，

忆旧游，情难禁，

欲还字债恨惰症，

治懒郎中又打盹。

巫峡云飞西陵雨，

夔门撞船共幸运。

长江水，无空流，

我与精忠自坚信。

---

① 王精忠，武汉作协秘书长，黄鹤楼笔会的组织者之一。

1985年5月，从"扬子江号"换乘驳船赴白帝城，至夔门被一拖轮所撞，巨响一声，船上中外游客，大惊呼叫，真危矣哉！

1988年2月追记

喜闻房屋开发

秋风夏雨安如山，

酷暑寒潮亦寻常；

寒士欢闻有广厦，

无须呵手写文章。

城建开发房屋管理公司成立五周年书此致谢。

1988 年 2 月

白雪

——歌护士节

白雪，很轻很轻。
化为水滴，滋润大地，
奉献给生机勃勃的春天，
让百花欢笑，而不想自己。
若问白雪为了什么，
她不说。

白雪，很轻很轻。
化为水滴，汇成小溪，
奉献给欢腾喧闹的大海，
让浪花欢笑，而不想自己。
若问白雪为了什么，

她不说。

　　应同仁医院护士长马松琴同志约而写。

1988 年 3 月 4 日

题 红 梅

1988年3月8日，画红梅题句赠电梯司机诸同志。

老病高楼百难排，

一流工作铭胸怀，

为酬"辛苦我一个"，

特遣红梅向君开。

胡杨泪 [①]

问月

珠江老阮爱多事，

拄杖昆仑问秋月。

满腹郁抑厘不清，

碧海青天谁理解？

茫茫宇宙？茫茫河汉？

茫茫昆仑？寂寂边关月？

风瑟瑟，树瑟瑟，

雪溪静静流碎月，

[①]　发表在《北京文学》1988 年第 7 期。写作缘起参见散文卷《新疆忆旅·当年女兵话当年》。

冷光明灭水曲折，

寻路向幽幽深谷

求宣泄！

胡 杨

玉门西，丝绸路，

大漠凄凉有性灵树，

育苗只求一桶水，

抖擞高天施解数：

寒潮沙暴火焰风，

石走沙飞不退缩，

她叫胡杨树。

胡杨枝，绿菲菲，

临风摇曳点边陲。

沙摧残，风欺负，

不求天悯人抚慰；

挤尽体液治创伤，

柔枝珠子滴滴坠，

那是胡杨泪！

蓬 山 人

白围裙，红衫袖，

淡蓝蒸气飘悠悠，

手抓羊肉饭焖透。

笑道昆仑羊肥味不膻，

可惜山深无好酒，

客人请将就！

边关远，乡音近，

问从何地来昆仑，

道是海中蓬山人。

支边深山有多久？

雁去雁回三十春，

月圆月缺

三百六十轮。

应算老昆仑。

毛毛丫头志纯真，

落户深山守国门，

五十年代多壮志，

谁说千万之中少女人？

白头老阮从心起敬。

问谁带头，问决心，

问当年远戍边关，

几个女伴齐同行。

几时在深山

组织小家庭。

羊肉饭，似云腾，

云腾重现当年腰鼓声：

追求浪漫少年梦，

老阮说来不陌生，

静听悲欢离合诉衷情。

云里昆仑层叠层。

梦 幻

柳呵烟，春风日，

正是油菜花开金遍野。

学校掀起支边热，

少女芳心羡英杰：

不当童养媳，

不嫁小女婿，

一学赵一曼，

二学胡兰姐。

脱下花袄穿军装，

蓬山女儿真好样，

哪点输给花木兰？

朱颜青鬓，

气杀桃花小姑娘！

辞别娘，辞别爹，

泪珠叮当上火车；

昆仑雪，边关月，
梦幻足金赤。

黄沙如雾眯眼睛，
黄风如刀割嘴唇。
一路欢歌，一路笑语，
春莺啾啾出玉门。
争看天山白荷花，
亭亭立白云。

雪溪水，银珠儿，
叮咚叮咚多悦耳？
争洗手，争洗脚，
咬得连声喊哎哟！
我捧水泼你，你捧水泼我，
一溪倒影全踩碎：
乱七八糟流下壑，
悬崖鼯鼠，
瞪着眼儿陪人乐。
约好明天一大早，
爬上昆仑盗仙草。

梅花鹿仙童云中跳，

白鹤仙童云里飘，

云中跳，云里飘，

忽听钟声一叮，

白鹤惊飞仙鹿逃，

寻仙梦碎，

从此再也再也寻不着！

郑志大姐人庄重，

道貌岸然老夫子，

一身正气难挑剔，

道理出口像雪溪，

哗啦哗啦一千里：

"欢迎姑娘们来支边，

不畏艰难不怕远，

捧着青春献给革命，

都是中国的新青年！"

郑志大姐口悬河，

讲了革命意义又讲战略：

"西北地大物博人稀少，

地上地下尽宝藏，

帝国主义早做梦，

抢占归他放牛羊。

这里岗位光荣使命重，

是舍身报国的好战场。"

郑志大姐口似吹风机，

吹得姐妹头发蓬松美滋滋。

"任务重，人光荣，

工作听分配，

做事要服从。

行动听指挥，

领导要尊重。

扎根落户守边关，

决心争当女英雄！"

支边决心大，

落户意志坚，

准备重任担在肩。

封娟二姐善抓关键，

说出的话，像天闪电：

"姐妹落户有决心，

你们的大喜事日子，

不在明天在后天！"

大喜日子，

不在明天在后天，

蓬山小女成飞天：

话务员？卫生员？

放羊？放牛？放映员？

毛毛小女是梦幻迷，

明天多么甜！

后天多么美！

明眸皓齿心吐蕊，

看着封娟二姐讲分配。

封娟二姐鬼招多，

婆婆妈妈话啰唆，

可是句句不拐弯，

单刀直入不抹角：

"我跟每位都分配个——

女婿好哥哥！

那就单等喝喜酒，

谢谢我这个大媒婆！"

梦 碎 昆 仑

三魂飞，七魄散，

头发晕，腿发颤，

额头刘海儿，粘冷汗！

可是这位封娟二姐，

眉梢倒似横春山：

"这里的大小伙子不敢小看，

全是英雄汉，

山南海北打江山，

逆风千里不计年，

现在依然是——

单身汉，大童男！"

离家万里到昆仑，

头回谈话是嫁人？

毛毛丫头，黄花少女，

羞得上天天无路，

入地地无门，

个个像个木头人！

封娟二姐佛心肠，

说分配给我是好对象：

"虽然大你十八岁，

还是金童少年郎。

常言男大十八善护花，

夫大二十疼婆娘，

老婆面前矮三尺，

老虎也会变绵羊。"

脸发烧，心发烦，

心不顺，言不善，

态度无法管：

"我为支边不为嫁汉，

皇帝老子我不想，

金童我不攀。

我为支边不为嫁汉，
分配嫁人我不干！
婚姻往后谈。
我来支边为边关，
不是蜜饯糖果片，
为谁来解馋！"

"安家表明决心坚，
怎能说结婚是——
为人来解馋？
支边嫁人不矛盾，
组成家庭同心干，
巩固边关做贡献！"

郑老夫子不离经，
开口闭口是革命经，
句句为国又为民，
立场可坚定：
"开拓边疆日月长，
男人不该当和尚，

怎能让你当老姑娘？

你不看，燕子春归日，

首先是，衔泥衔草做窝忙，

安了家，心如钢。"

封娟长舌薄嘴唇，

脸比城墙厚三寸：

"女人怎说也是女人，

迟早都要做母亲。"

越说话越浑！

"支边谁说不结婚？

谁说结婚就不革命？

姐姐你胡说甚？

羊儿反刍慢慢嚼，

要找对象我慢慢挑，

分配我不要！

终身大事自己的事，

我爹我娘也管不着，

不要拉皮条！"

"封建制度早打倒，

你爹你娘是管不着。

组织分配是革命需要，

适应边疆的新创造。

革命只讲阶级感情阶级爱，

年龄、长相、自由、浪漫，

全是空想的小资产！"

封娟二姐胡麻缠，

人话鬼话一齐拌，

左揉右揉再摙摙，

封建和革命揉成团，

你不要方的？她有圆。

方框框、圆圈圈，

方的圆的随你编，

莫想我会钻：

"分配工作我服从，

糊涂嫁人我不从，

不做糊涂虫！"

"中国夫妻讲恩爱，

自己不培养，

恩爱出不来。

树开好花得好果，

还得自家栽；

先结婚，后恋爱，

先做成饭后炒菜，

越吃越香知恩爱；

有了孩子两头拽，

日磕牙，夜碰嘴，

百斤榔头砸不开。"

"坏的东西要革命，

好的东西要发扬，

中国家庭的稳定性，

哪个国家都赞扬。

你爹你娘是好榜样！"

今天思想打不通，

封娟早晚不放松。

明天思想打不通，

郑志大姐的大道理，

轰得人头痛。

我们恼，她不恼，

死缠活缠不肯饶！

大漠茫茫飞不过，

戈壁黑黑道难寻。

瑶池王母拉我一把吧，

我掏出心肝做供品！

昆仑仙翁你发慈悲，

拉着我们离红尘！

胡 杨 泪

蕾未绽，花凋谢，

无情蜂蝶胡作孽，

苦果强迫结，

同来姐妹泪汪汪，

胸前红花胡乱别，

火苗水泼灭！

前生无因今无由，
糊糊涂涂成小两口，
胡煮一锅粥！
往日无恩今无爱，
红绸被子糊涂盖！
身子怎相挨？

前身无缘今无分，
怎能共枕又同衾？
一想就恶心！
前生无恨今无恩，
生拉硬拽就成亲，
要快逃，离昆仑！

犹豫跌成千古恨，
心软推进洞房门，
自由进了坟！
明明知道此刻此地，
他成了我夫我成妻，

终生自由死!

我嫁的那人是个好人,

人不傻,嘴不笨,

总是觉得不称心。

好一阵,坏一阵,

说是同床人,

各做各的梦——

今夜两相欢,

明天摔碎碗,

不知为何因?

昨夜好好共一枕,

早晨一恼就摔脸盆。

摔了又悔恨!

决心白头偕老万念休,

总觉委屈盘心头,

怎说也别扭!

两天晴,三天雨,

前午好,后午气,

无缘无故想寻死！

我问郑志和封娟：

你们胡捏是啥姻缘？

恨你们一万年！

半年评上当模范，

模范——榜样——影响，

千道关，

关关迈过：难！难！难！

称心人，装方端，

捂眼指缝偷偷看，

捂不住心儿：乱！乱！乱！

生怕人们说短长，

怕人舌头像怕狼，

心一想：凉！凉！凉！

两人约好不再抬杠，

一人发火一人让，

不再牙打仗！

他不喜欢的我不哼，

我不喜欢的他不唱，

装个模范样。

谁想到，有心画圆，

偏偏画成方，

硬抱雪人怎不凉？

枕边相对泪汪汪，

互相可怜可怜吧，

白费了心肠！

花坐果，英英落，

十年生下两孩儿，

脐带连心窝。

不为妻，也为母，

心儿总算有寄托，

死灰点不着！

额出皱纹鬓有霜，

有心思量，也难思量。

秋来叶儿黄！

"文化大革命"鬼狂欢，

大风暴，到边关，

造反派，鼓腮帮；

吹散心，打散羊，

老头儿退休回四川。

悲喜剧，全终场！

关山远，日照长，

没人吵架却心惆怅，

孤独生凄凉！

无情天，你把人，

捉弄成个啥模样？

怎跟你算账！

一锅吃喝三十年，

道是无情也有恩，

藕断有丝连：

生病，药谁煎？

衣破，谁缝纫？

钉扣子，谁纫针？

离别后，常出神，

枕边不见呼噜人，

梦醒泪湿绣花枕。

收拾东西找他去，

将将就就了一生，

同是可怜人！

肯让带孩子我就去，

相依为命填平恨，

总是孩父亲。

不让带孩子迁户口，

小小百姓无后门，

甘心老死葬昆仑！

一生的爱，一生的恨，

爱爱恨恨，同结在

这两条小命根儿。

女人母亲心脆弱，

碎了也不敢说，

兜着生活在中国！

年年中秋月儿圆，

今夜盼圆偏不圆！

几个姐妹命一样，

感情不好闹生分，

看月亮，泪纷纷……

泪中笑，笑中泪。

明欢喜，暗伤悲。

手拽围裙擦眼，

还说是烟熏流眼泪。

越是豁达开朗无所谓，

掩不住，心早碎。

心早碎，心早碎，

寂寞昆仑谁同情？陪洒泪？

同情洒泪，

唯有边关明月胡杨泪！

月 问

夜沉沉，山寂寂，

忽听秋月劝我问不得：

人间不平千万千，

问君解决哪一则。

封建尸体能埋葬掉，

封建幽灵埋葬不了，

能附在权势者身上，

黄变红，白变黑，

随心所欲变颜色。

君不见，官僚主义，

不正之风，腐败现象，

愈演愈烈何曾灭？

君不见，庄严会上反攀比，

高标准房，哪幢不是掌权者居？

为求边陲坚如铁，

委屈了几个小女子，

也已经风消雨竭，

怎能唠叨是造孽？

君之多事诚蠢也！

君敢逞强敢逞威？

火化炉前不认衰？

那请去除污泥，排浊水，

还我革命真本色，

添点新光辉！

死不瞑目心不服，

但我无言以对

仰天认惭愧！

1988 年 3 月 16 日草毕，27 日改完于苦噪楼

写 诗 想 到 造 反 派 ①

愚昧产生造反派，

造反派生虎狼豺，

歹徒、强盗加小偷，

一窝一窝做官来。

遮蔽只能繁毒菌，

不如敞开大门请太阳晒！

1988 年 3 月

---

① 此诗根据手稿，未发表过。写作背景：此诗的草稿写在《漫漫幽林路》灵感记录的背面，
   当是反思"文革"所感。

步 常 任 侠 ① 教 授 韵

学海无涯艺无涯，

艨艟破浪赖君开，

春风不嫌霜鬓重，

画苑长需谢赫才。

　　　步任侠同志《龙年》韵，并请双正。

1988 年 7 月

酬 白 世 藻 赠 诗 ①

闻君久志学华佗，

两指须臾伏百魔，

我幸妻孥身复健，

冒充风雅踏欢歌。

　　久闻世藻同志多才学，自学中医有奇术，老妻二儿均受恩惠。又蒙
赠诗，久久未酬为憾。今书四句，祈请挥汗双正。

1988 年中伏

---

① 白世藻，1932 年出生，河北张家口人，中共元老任弼时的女婿。此诗根据手稿，未发表过。

天上只有一个月亮 ① （组诗 4 首）
——赠台湾诗友

1988年中秋，北京作协与台湾诗友在颐和园昆明湖泛舟赏月有感。

望 峡

一

望峡惆怅问海鸥：

一衣带水何难泅？

银河未敢言天堑，

鹊翼为桥渡女牛。

---

① 发表在《中国消费者报》1988 年 10 月 6 日。此诗收入《晚号集》时文本不清，此版根据
  手稿校订。

二

一湖明月泛轻舟，

两岸同心共唱酬，

日月潭清怀印月，

何时解却望峡愁？

庆 团 圆

一

天上只有一个月亮，

华夏共有一个祖先，

隔海相望思绵绵。

二

同一块国土同一条根，

同一个民族同一血缘，

今夜中秋庆团圆！

月 饼

月饼，月饼，
龙人独有此佳品，
色香味美待嘉宾。

嘉宾，嘉宾，
双黄、莲子连着心，
龙的子孙情殷殷。

昆 明 湖

殷殷，殷殷，
一湖秋波一湖心，
心心相印在昆明。

昆明，昆明，

何地再沐清光情？

执手相许在金门！

1988 年 9 月 24 日夜，昆明湖

蛇 年 书 怀 赠 友

青蔬白米羽绒装，

温饱无端学惆怅。

杨柳春风飞花日，

莺嘈燕噪夹絮扬。

五湖无波诚死水，

三峡绝声非长江？

为政皆廉儿女洁，

谣诼喧嚣我直航。

炼石补天今朝事，

载舟覆舟古寻常。

陶醉沧海摇碎月，

留心风欲试桅樯。

1989 年元夜

观东京葬礼题红梅 ①

戎装白马剑青锋，

亿万骷髅顿成峰。

江南烟雨鬼常见，

河北泥埃血犹红。

生不绳刑死哀悼，

中华大度儒家风。

夜长问天求解脱，

雪里红梅骨峥嵘。

晚观电视无眠写红梅

1989 年 2 月

---

① 此诗题于已画成的红梅旁，画幅背面有铅笔笔迹"1989 年 2 月 24 日东京葬礼"。作者对中国派外交部长参加裕仁葬礼投稿《光明日报》，提出批评。详见本书散文卷《刘大年之声，铮铮中国魂》。

赠 德 丰 同 志

水清道无鱼，

梅萼苦寒开，

严律清廉水，

花明游乐来。

　　　为德丰同志嘱画并题，请哂正。

1989 年 2 月

挥 泪 送 鼎 新 ①

两袖清风去，

一身正气存。

阴晴相与共，

肝胆照风尘；

负轭非宽道，

甘辛不苦吟。

清廉恨未绝，

挥泪送鼎新。

1989 年 2 月 28 日

---

① 赵鼎新（1915—1989），河北南宫人。中华人民共和国成立初期与作者同在华北局宣传部
工作。1958 年调北京市委宣传部，"文革"中遭到残酷迫害和关押。曾任北京市委宣传
部副部长、市文联党组书记、北京市顾问委员会委员。

门 头 沟 紫 砚

渴求快细黑，

好石难寻觅，

虽得潭柘紫，

试墨未竟意。

去年听说潭柘紫石制砚有特点，1989年春参观门头沟玉器厂得一方，发墨尚可，可否称好石，留待方家识。

喜 读 张 松 鹤 ① 同 志 诗 选

言诗风见影，

论画石闻声。

1989 年植树节

---

① 此诗根据手稿，未发表过。张松鹤（1912—2005），广东东莞人。人民英雄纪念碑《抗日
游击战》浮雕作者。与作者同为全国政协第五届委员。

漫 漫 幽 林 路

序 言

人生道路，风狂雨骤，坎坷曲折。

在半个多世纪里，多少同龄人，追随先驱，裹着创伤，削去胼胝，前仆后继，高歌前进。战场留下的外伤，容易为人所知，为人所敬；内部误解留下的内伤，往往耻于曝光，忍痛终生。这种心理状态是同龄人使人敬仰的亮点，也是使人难解的谜点。

自己揭开深深隐藏着的伤口，暴露在紫外线下，是痛苦的，但容易好。不少文学先辈，是这样做了，记录下病档，为后人戒。可是我们就是不敢，因此沉疴难愈，隐痛难言，后患难除。

这里写的是自己经历中的一些曲折或所见所闻，日积月累，似是个问题，有说说的必要。但是从来没有人要我，或暗示为他或她倾吐心曲。所以这些事和人，全是组装拼凑的，倘若说此事像谁像谁，那纯属巧合或纯属误会。我是个弱者，怕吃官司，从来没有胆量去冒造谣诽谤的法律风险。

漫漫幽林路，
淅淅清明雨。
同是风暴时代同龄人，
邂逅无须叹崎岖。

山蒙蒙，云蒙蒙，
蒙蒙细雨锁幽林。
新草萋萋都有泪，
点点滴滴都滴在，
熬过严冬未死的根。

墓碑参差有等级，
灵魂安息不争待遇。
我喃喃恳求长眠人：
你谱写的《漫漫幽林路》，
终曲至今还没有找到
能吹拂我心旌的主旋律。

终曲灵感这样难寻，

每年总是徘徊在幽林；

每年，总能碰见到

那孤独的女人孤独的心：

她形容惨淡，但身影娉婷，

她颜色苍白，却步履轻敏。

每年，她轻轻走到坟前，

献上初开的白玉兰。

她抚摸着碑额似问道：

夜里睡觉好不好？

她抚摸着碑身似问道：

今天有雨左腿的弹伤，

有没有套上我做的棉绒套？

她抚摸左，她抚摸右，

好似忽然惊喊道：

哎哟，看你多凉的手！

她真像主妇回到家，

为了恩情为了爱，

尽心尽责不求报酬。

漫漫幽林路，

淅淅清明雨。

旧伤怕阴天，

死恋盼清明。

幽林深，山蒙溟，

天公混沌雨云沉。

悼亡怎忍求诗味，

细雨淅沥人断魂：

　　钨丝热，布被寒，

　　梦觉枕巾泪未干。

　　不思恋，总思恋，

　　死别生恋十六年。

　　炮火连年天意厚，

　　免去马革裹尸还；

　　血换春天回大地，

　　神州敢笑有几年？

　　为何莺歌燕舞地，

　　万马齐喑百卉蔫？

失误不失虔诚志，

扬鞭纵马走千川。

清风夜半审蓝图，

红笔从北到山南；

为植千里杨槐防沙障，

夏雨秋风不下鞍。

将军无常胜，

勇士难常赢，

良马失蹄寻常事，

仰天一笑，

掸掸征尘又登程。

人之贵，是有思维，

能造斧，能造镥；

人之蠢，是造神，

人之贱，是向神下跪，

思维坐牢舌头死，

魔鬼战胜人，

代价值几多？

万座金昆仑。

灰盒无灰空间阔，

能藏家史藏家珍：

成功失败，胜利挫折，

莺歌燕舞，风号雷震。

好事坏事，美事丑事，

奉呈上帝逐条审——

是通报？是传阅？

还是加条盖章永封存？

豁达戏言竟成真：

君魂归何日。

黄昏空倚门……

天混沌，雨云沉，

她仰着下颚似在等，

坟里的幽灵走出来，

执着两手相对看瞳仁。

无情未必真豪杰，

怜悯岂尽伪善人？

我打开雨伞跑上去，

遮住雨水劝痴情：

"似乎你我都同病，

相怜命定在园陵！"

树叶滴答草哭啜，

墓碑雨水成串落。

蜡似的脸儿不吸水，

冷光莹莹挂嘴角。

苍天知道不知道，

冤狱门前寡妇多，

朱砂笔下有孤儿？

内伤口，古今有谁能缝合？

她惨然一下抓住伞柄，

使劲拉我往墓碑去，

站定我才意识到，

是为墓中人遮雨。

同立坟前风凄凄，

雨淅淅，不言语……

坟前积水汇成滩，

她仍站水中不动弹。

"这样雨淋你会着凉，

叫他心里多不安……

我们到凉亭避避雨，

长眠人，会更宽颜。"

凉亭滴水滴答坠

遮住雨水遮不住泪。

锁簧生锈锁芯碎，

我试寻钥匙开心扉：

"人看我们当亲姐妹？"

"那我是大姐你是妹妹。"

"今年见你是第三个清明，

看你的心，比这天还沉。

难道我们是天注定，

同路、同笑、同哭、同命运？"

雨不停，云凝住，

九百里山河七十年路，

惊涛骇浪，欢愁喜怒，

涌现在天，涌现在云，

涌现在

苦雨迷蒙的幽林路。

苦 蓓 蕾

漫漫幽林路，

淅淅清明雨。

人道清明多晴天，

今天却下无情雨。

檐廊流水去何方？

流失的岁月空回溯！

我走出家门进校门，

看祖国，正被人瓜分：

英国切头块，

法国切几分，

德国割耳朵，

日本割嘴唇，

俄国沙皇，趁火打劫，

西北东北囫囵吞……
列强、军阀，
屠刀把把血淋淋！

大学读书，越读越惊心，
日本强占了东三省，
南京被吓得脸青不敢问，
却横排断头墩子千千万，
晨昏昼夜，到处闻血腥。

为自由，为解放，
青年热血，沸腾马路上。
我看宪兵来抓一个同学，
急把衣服和洗脸盆，
叫她佯装去洗衣裳。
宪兵把我关进牢房。

家人借债买通关系，
保我回学校，当条蛀书蛆儿，
学士帽带垂肩飘，
换不下亡国奴帽子，

怎能死读书，读书死？
心甘情愿让聪明人，
笑我是傻子。

秋风凄厉暮云急，
不久，我又被通缉。
奉命连夜奔塞外，
黄昏找到张老师。
追踪的特务有狗鼻子，
立即就在门缝向里窥视。

"搜查就称是夫妻，
你上炕睡觉我来对付。"
特务破门扑进来，
手电照得我眼睁不开。

特务声臭嘴肮脏，
张老师披衣忙下炕：
"半夜破门进民房，
你们未免太猖狂。
我妻子还没有穿衣服，

敢拿手电乱照她身上？"
他提高嗓门怒斥道：
"这样野蛮无耻，
我要抗议！"

这些兵痞下流极：
"他是你什么人？
你跟他，是啥关系？
同床共枕干啥事？"
"他是我丈夫，
我是他妻子。"

"搜查证拿来我看看，
命令是谁下，准字是谁签，
睡觉的民妇敢随便搜身，
这条罪，你们谁敢担？"

下流的眼睛盯着我半天，
才悻悻退出门外面。

天亮我随张老师，

匆匆混出南城关。

一天黄风一天沙，

下午赶到黄河边，

托一位艄公用羊皮筏，

把我送到河南岸。

他顺着黄河跑着看，

直到颠簸的皮筏靠近滩。

我立在滩上回头望，

只见一粒黑灰的芝麻点儿。

我的心儿，从此失落在，

渺渺茫茫的黄沙天，

惆怅道路远……

冶 炼

漫漫幽林路，

淅淅清明雨。

天忽放晴鸟啁啾，

欢乐似天特许。

白雪、红霞、黄土山，
中华儿女越西安。
洗掉口红换军装，
塞垣沙草地，
打靶卧山丹。
九百六十万平方公里上，
唯有这块黄土能高喊：
"打倒日本帝国主义！"
而不会杀头的排练场。
韶光不虚度，
年华自芬芳。

我先为一位首长当秘书，
又到工农中学任教员。
风和日丽飞柳絮，
麦绿桃红迎春燕。
柳林河畔，青年男女，
话理想，倾情愫，吐心曲。

硝烟炮浪，夜曲恋歌，

舒卷开合，漩流回聚，

战火中，战神爱神，

多情邂逅幸相遇。

谱写多少我们这一代——

真情假意，临时长久，

悲欢离合的浪漫曲。

对爱情，我正徘徊，

似早有指头在叩心扉。

可我不知他是谁，

常常被殷勤者包围。

整顿三风，提高觉悟，

正是春风春雨育春树。

我？浑似一团火：

检查自己，批评别人，

头角峥嵘，冲锋陷阵，

我是初生牛犊不怕虎。

未料到，好景不长，

抢救运动，运成个女叛徒！

"大胆怀疑是科学，

人间允许可胡说"，

"大胆揭发是忠诚"，

弄臣应运生——

小贩、商人，巫婆、神棍，

投机分子、"知情人"，

看好正是捞一手，

黄金时刻银时辰。

一个曾经追求我，

被我拒绝过的人，

揭发我曾在报纸上，

登过脱离共产党声明。

有了这颗重炮弹，

积极分子可精神，

谈话、规劝、诱供，

车轮战，逼供信，

日夜狂风暴雨，怒雷霆。

我咽着血水一笑说：

"造这颗炮弹者，

是个渺小的蜗牛孙！"

积极分子要扩大"战果"，

加了个特务逼我承认。

我忍无可忍地大怒说：

"我是问心无愧的共产党人！"

参加抗日人复杂，

受审查，我能忍，

可是民族存亡的战场上，

正等着我们这代人，快出阵，

而我却无端挨人整，

心头恨难平！

愤怒的反驳，我深知道，

在世不长死期近。

我咬破指头在汗衫，

写下遗书控告文：

"我不是叛徒，更不是特务，

诬我者，良心日夜在受公审！"

半夜把我蒙上黑布，

强推上山去行刑：

"是向人说向阎王说？
再给你考虑三分钟！"
我睁大眼睛在黑布中，
却看见：星光灿烂，
茫茫银河分外明……
谢慈悲恩典，赐给我——
半昏半醒的神经病。

八年抗战，三年监禁：
宝刀生锈了，
剑鞘蛀虫啃，
槽头战马老，
望风空悲鸣！
释疑存档真信任，
工作配到保育院，
提升为保姆。
谢慈悲，看白鬓！

敲河冰，洗尿片，
蜗牛孙，又来献殷勤，
伸出的手，洗得多白净？

多温暖？多红润？

我怒骂一声"蜗牛孙"！

留给他——

一溜马尿臊气的黄泥尘。

人不应怀恨，

我？修不成观音？

欢 腾

漫漫幽林路，

淅淅清明雨。

雨停山雀成群飞，

大姐忽然变成欢腾的小马驹。

绿杨柳、白沙滩，

黄牛歇晌卧马兰，

反刍忙，懒得去听

树上牛倌瞎打鼾。

忽然万壑雷鸣千山震，

人声沸腾幼儿园：
"日本天皇宣布投降！"
柳梢欢，鹰飞戾天云飞扬。

奉命匆匆马备鞍，
日夜兼程奔前方，
日夜兼程入战地，
向困兽犹斗的侵略军，
反攻喊缴枪！
千秋欢乐谁似我？
亲眼看，日本人，
垂头丧气认输光。
忍受折磨千千万，
就为夺得这一项——
不需金铸的最高欢乐奖！

风雨路，泥泞深，
烈日行军汗透衫。
袅袅炊烟晚霞里，
终于赶到区党委门前。
传达室里空无人，

门卫拦我在街门槛！

"同志我有介绍信。"
他鼻子朝天眼看云。
"同志，我是来找组织部。"
"已经下班没有人！"

这个小小的士兵小门卫，
真够可歌可泣，大无畏。
我好话说尽他不屑理，
气得我，倒竖柳叶眉。

这时，从外面回来一个军人，
问了情况告诉门卫：
"以后凡有介绍信，
先领进门请喝水。"

脚在走路气未消，
我声音带针找刺挑：
"中国的泥土真肥沃，
春雨刚下，就长官僚。

太师交椅还没坐暖，

衙门意识是比天还高；

不过，低级趣味要断了根，

茶余酒后，到哪找笑料？"

这人，笑着请我进后厦，

拆封看信在油灯下，

惊奇地长呵一大声，

睁大眼睛瞧着我：

"你这个多年的逃亡犯，

今天我可是逮住啦！"

我一细看：哎哟，我的天！

进门听到声音有点儿熟，

可刚才正在气头上，

细听是谁，哪里有工夫？

"多快啊，眨眨眼儿就九年，

真是十二栏杆拍遍，

人愁天不管……

看你一点儿也没有变，

还是初见的小申瑗……"

逝水东流往何处？

失落的心，回无路。

偶尔梦里幸相逢，

睡不熟，坐不住，

几天心乱无头绪。

马歇尔，假调停，穿梭忙，

蒋介石，真内战，调兵忙，

解放区，分田分地忙。

我的土改工作团团长，

就是这个张老师——程天航。

大风吹，土飞扬，

槽头怒马要挣脱缰。

我工作的村子里，

发生了一场

婚姻权利的大干仗，

深山死水窖，

风雷滚滚翻巨浪。

一个姑娘，打走媒婆，

扔掉彩礼，告爹娘：

自己已经早定亲，

等战争胜利当新娘。

争取解放，追求自由，

这个晴天霹雳刚出口，

就把父母都打昏：

丢祖宗，辱门庭，怎见人？

爹拿棒，哥拿棍；

嫂子，晃着簪；

娘，举着扫帚敲着问：

不交出人权、自由、性爱，

通通处死光，

就送给狼去当点心；

黑云压压天昏昏，

姑娘不怕压成粉：

"前年我去看姥姥，

山洪暴发不能过河，

岩下躲到天快黑，

呼天呼地，没有人帮助。

我头上怕天，脚下怕河，

左怕老虎，右怕鬼，

这时，来了个年轻的兵，

说大难临头须放胆，

劝我切莫心伤悲。

可是山道崩，岩石坠，

河水滚滚我心吓碎。

只好跟着这年轻的兵，

躲进山岩老虎嘴。

闪电打雷夜又冷，

多亏他，心肠热，

搂着我，过寒夜。"

"孤男独女搂着过一夜，

谁敢信他是佛爷？"

"虽然他，不是佛爷，

但是他的心，像明月；

天亮背着我过河，

还替我，拎着一双鞋儿。"

"这怎能说是成了亲？"

"我收他彩礼要还身。"

"是金是银给我看！"

"既不是金，也不是银，

是他的为人他的心！

要是汉子不是他，

我剃光头发不嫁人！"

说罢抄起把剪刀，

头发纷纷泪纷纷。

村里人，工作团，

百家争鸣，百花齐放。

心长蛆的，话如粪：

"搂着过夜能规矩？

鬼才能算清这风流账。"

心干净的，话卫生：

"是个痴心女子好姑娘，

可是千万别碰到，

当兵是个薄情郎。"

程天航，他不评论，

却先问我支持哪一方。
我说"痴情女子灵魂美，
别遇当兵是薄情郎……"

程天航，思想真解放：
"我肯定人间有痴情女，
当兵未必尽薄情郎。
能说咱们革命队伍中，
压根儿没有陈妙常？
打仗、开会、处理问题后，
男士不会对月亮，空惆怅？
埋怨月下老人，不帮忙。"

神针扎中麻穴位，
我的心，全麻醉。
捂住心口奔住处，
防洪堤，全崩溃，
躺在炕上审自己：
你今天，如此脆弱是怕谁？

医生告诉程团长，

说我的心脏很正常：

"但是，青年女子很多病，

华佗、扁鹊也没良方，

有时只需有个'一字方'，

满园春花冬开放。

丸散膏丹能治百病，

有时对女子，根本无用场。"

摊开两手耸肩膀。

医生的话，像符咒，

程天航，愁上愁：

"'一字方''春花冬开放'？

简直是胡编胡说加胡诌！"

他带着水果来看我，

说休息两天就会好。

乐观能消万古愁：

问病因，问病源，问病灶，

问发病多在春天还是秋。

千问万问就没问，

害得我生病，

谁人是祸首！

"大家派饭百姓家，
水果，我怎能吃得下？
捎回家给小孩吃，
让儿童搞次特殊化。"

他仰头乐哈哈，
言道他是鲁提辖：

　　"漫揾英雄泪，别离塞北家。

　　救危亡，邂逅在霜天下。

　　没缘法，转眼分离乍。

　　赤条条，来去无牵挂。

　　燧火急，山河破碎走单骑，

　　无选择，头颅一掷随烟化！"

我急忙把头躲进被窝，
怕他的眼睛烧化了我。
天啊！我心乱跳，身哆嗦，
难道我，真是中了魔？

第二天，他离开村，

临行送来一封信：

"呈申瑗同志"字方端，

水印棉笺墨苍劲，

八行诗，字字都如箭，

箭箭射中我的心。

流星

来倥偬，去倥偬，

流星一去永无踪。

留光九年空翘首，

翘首九年幻梦中。

腥风骤，血雨骤，

妄栽红豆得长愁，

结下相思惹相思，

斫尽青枝自作囚。

无端的风，乱拨琴，

拨得我心猿意马扪心问：

痴情女子我不认，
还能找谁认？
步韵和他一首诗，
署名："程门立雪人。"

石火

现匆匆，逝匆匆，
可惜一现再无踪。
月明怕听春归雁，
归雁月明魂梦中。

风屡愁，雨屡愁，
斥责红豆空解愁？
独怜敢种相思木，
却恨无心拆笼囚。

我们没有谈过情，
我们没有说过爱，
更没有夕阳河畔，
清风明月下，

昵昵偎偎，盟山誓海，

剖胸见胆，嘤嘤洒泪，

吐尽相思倾愁怀。

在食堂，宣布结婚，

当天饭后下农村，

心心相印在——

坎坷山道，河堰，沧海滨。

挑灯，畅谈合作化，

移枕，细论养鱼虾。

童岭种板栗，

山坡栽山楂。

地图上，设想浚河，

哪里最宜

锁住龙口安水坝。

登门访大匠，

求师问专家。

想象、追求、做梦，

浪漫、陶醉，我与他，

自我设计甘心做个——

永不忏悔的狂想风流客。

生活充实，从不翻脸，

但有不同意见，

却常脸红耳赤争半天，

最后，总是他双手搭在我肩头，

四只眼睛紧相视，

滚滚长天的雷霆闪电，

都消失在四个瞳仁一笑间。

生活充实，从无欠缺，

只是十年膝前无子女，

冷冷清清心闷憋；

我为此事常自怨，

他却笑道是前生造了孽：

"连累卿卿陪我当绝户。

罪该万死，我程某也！"

收了个烈士孤儿为养女，

熊猫占沙发，

小兔洗淋浴，

乱七八糟，处处不空虚。

我们笑倚大门小门，

看着春莺啾啾来回去。

他坚定，我虔诚，

为摆脱落后贫困，

为实现共产主义理想，

粉身碎骨无悔恨。

日东升，潮奔腾，

五星旗，拂晨云，

多少人，来取经，来朝觐？

看中国，疑有上帝疑有神。

赞歌荡漾心荡漾，

浪花旭日，风景陶醉人。

人人陶醉我更陶醉，

自诩是天生向日葵，

容不得半枝杂花卉。

在各式各样的运动里，

我都奋勇当前卫。

烙印烙在身，

剜掉留瘢痕：

叛徒档案重立案，

调查组，走千里，

历酷暑，冒严寒。

多亏老程官位高，

当了我的保护伞，

没翻船，重去当保育员。

我充满感激笑着说：

"这回为啥没吃苦头？

全亏丈夫是副诸侯。"

他笑道："怪不得有些女同志，

为坐小车，住独院，居塔楼，

嫁高官，找老头。"

他损人损得难听透，

我狠狠捶了他三拳头！

炼钢土炉放灵光，

青山秃，绿水黄。

虔诚的我，坚定的他，

忠心耿耿不认账：

"学习不肯交学费，

建设知识从哪里来？

再大困难有长征难？

无粮瓜菜代，

顶住秋后算账派！"

"任凭风浪起，

坐稳钓鱼船。"

我跟着他，日日夜夜，

奔忙在救灾生产线——

乡村、田野鼓干劲，

炕台、炉台发"定心丸"。

挖淤泥，筑石坝，

"以粮为纲"震天响；

过黄河、跨长江，

大打三年翻身仗。

激昂慷慨，数他最响亮。

我可怜他胡子全白了，

他却摸着我两鬓吟诗章：

胡子皆白寿无疆，

干卿甚事学惆怅？

缘何不问菱花鬓，

昨日青青今日霜；

未掷头颅天错爱，

观礼入城我命长。

万山绿遍随风去，

不挤喧嚣骨灰堂。

他迈着方步哈哈笑，

我怕得倒进他怀抱：

反复无常的人间世，

吉凶变换难预报；

什么预兆我不知道，

只是两眼泪滔滔……

黑 色 梦

漫漫幽林路，

淅淅清明雨。

迷雾刚散花想开，

谁使黑云又回聚？

飞船载人登宇宙，

捂嘴忍俊看神州：

无神论者大造神，

七亿中国学祈祷；

早请示，晚汇报，

吃饭念着万寿无疆咒。

一母蟹，挈弄臣，搂面首，

车运马桶，手牵猴儿，

前呼后拥，张牙舞爪，

南北中国，横行霸道，

遍遨游，忙杀众诸侯。

党章宪法，撕碎像墩布，

推出一条血路迎旗手。

可怜透，九百六十万平方公里上，

竟无人，敢编一个捕蟹篓！

"造反有理，歹徒都革命；

读书无用，学府养妖兵。"

造反派旗随风飘，

省委委员，面面相觑脸刷青。

共产党人打下的天下，

共产党人都成黑人；

书记们吓得战兢兢，

无人敢去见学生，

打洞穿墙暗藏身。

开国之前，翻江倒海的真猛士，

当官之后，成了不敢见水的泥捏人！

学生子，怒冲冲，

造反派，嘴巴横，

瘫痪了的机关，

谁敢当大栋？

西蜀无大将，

廖化当先锋：

程天航，只身走进工学院，

夹在两派火线夹缝中。

两派都说自己方向对，
最最忠于毛泽东。
风华正茂的孩子们，
不分皂白，不分青红，
突然像走火中了魔，
唇枪舌剑乱交锋。

立志击天的难成鹰，
矢志战海的难成龙！
一系列祖国的希望，
顷刻毁灭在黑梦中，
几人真心痛？

出生入死的将军老元勋，
成了叛徒、反革命；
学者、专家、文化人，
不是牛鬼，便是蛇神。
戴高帽，披蟒袍，
游街示众，批斗大公审，
台上喷气式，
台下雷滚滚。

拉帮结伙大夺权，

各级机关只两件事，

一吵架，二吃饭！

狂犬病，向全国，大蔓延。

到处争夺战利品，

寻找冤家对头人。

定时炸弹的定爆针，

嗤嗤指到点，嗤嗤指到分，

我知道厄运在敲门：

档案口袋一声响，

把我炸进叛徒特务群。

批斗规格一再升级，

我一下又从人变妖精。

"跟多少男人睡过觉？

同多少男子接过吻？

隐情隐私都要交代，

别再搽脂抹粉装正经，

既当婊子又要立牌坊，

你逃不出毛泽东思想照妖镜！"

造反派的嘴巴，

日日夜夜喷着粪。

我一生从来没见过，

如此无耻、

如此下流的两条腿畜生。

难道他们的生身父母，

都是红头绿苍蝇！

革命贞操先破坏，

不愁没有无耻人，

当年那个蜗牛孙，

上台含血喷我身：

"你被捕投降靠军统，

再混进革命圣地延安城！"

我强抬起头将一口血，

还给含血喷人的人！

造反派，暴跳如雷摔水瓶。

亮出抄家抄到的棉诗笺：

"'胡子皆白寿无疆'，

老狗男女你好大的胆！"

当场宣布我是现行犯！

早请罪，晚请罪，

向红彤彤的太阳喃喃道：

"无产阶级专政好，

牛鬼蛇神跑不了；

无产阶级专政好，

反革命叛徒逃不掉！"

"万寿无疆万寿无疆"，

"永远健康永远健康"，

以唯物主义为思想基础的新中国，

倒退回头拜帝王！？

号召奴隶起来的《国际歌》

天天照样播，人人照样唱。

忠字舞，语录操，

像流感，像霍乱；

万寿馆，比辉煌，

争献忠心争宠欢。

我肯定这些信女善男，

敢于如此挥霍民脂民膏，

是向上帝行贿好升官！

我曾想，为了党的纯洁，

甘心被怀疑，

审查能理解；

我曾想，为了挖掉反革命，

过火行为，

怎能说是党无情；

我曾想，无产阶级专政要加强，

对敌人不能温良恭俭让；

我曾想，冤假错案，天下难无；

我曾想，工作失误，人人都会；

我曾想，心律失控，如来发怒。

但是，"要革革过命的人的命"，

如果此公不是患神经病，

肯定是奸臣！

有人说，同志误伤不会痛，

除非此公患有麻痹症。

有人说，挨打、受辱不应伤心，

除非他是木雕、泥捏人！

伤害、凌辱都甘心忍受，

乱砍乱杀也不喊冤枉？

对调个位置你尝尝，

痛不痛？怒不怒？

看你骂娘不骂娘！

为革命，可洒热血、抛头颅，

但人格、尊严、身心、灵魂，

忍受反复践踏和侮辱，

我死不瞑目心不服！

我参加革命是为人民，

绝不是，为哪一个救世主当农奴！

生前不求有好死，

死时应该无媚骨！

上头一吼："打态度，打态度，

不磕头求饶手不住！"

可我什么也不知道，

像醉，像睡，心麻木……

人的尊严不可侮，

竟无人敢说个不？

中国、中国你应当，

捶胸跺地号啕哭！

情 天 泪

漫漫幽林路，

淅淅清明雨。

愁云难散雨难停，

闷雷隐隐来复去。

隔离房小跳蚤欢，

人烦心躁，交代写不完。

心惊肉跳难入睡，

这般的恐慌我从未见。

坐卧不安，为什么？

快闷死人了，我的天！

忽然一声霹雳雷，

把我炸成灰粉化为烟！

泰山压顶，他何曾碎？

雷劈头顶，他何曾吭？

不可能！不可能！

这是谋杀，是谋杀，

这是谋杀之后造的假象，

漏洞百出你补不完：

颈没绳痕身上无伤，

钢笔何处去？

手表为何不在手腕上？

这是人为的假现场！

尚方宝剑锋犀利，

"造反有理"，是谁人赐？

谁提怀疑敢追查？

查出根底，算你有本事！

一张大字报，

斗大魏碑体：

"程天航破坏文化大革命，

自绝于人民畏罪跳崖死！"

希特勒说谎要说一千次，

中国的造反派一个标题，

便把棺材盖钉死！

上报一级无人问，

再上一级无人理，

今日的包公、海瑞何处去？

自身难保不敢出世！

宪法，是毛主席亲制定，

党章是八大通过有决议，

怎能一个林彪一个江青，

拿来擦血手，擤鼻涕？

谁赐给他这个权？

谁授给他这份力？

八亿人民，战战兢兢，

八亿人民，诚惶诚恐，

看着他们肆虐天下，

憋死也不敢打喷嚏！

读书越多人越蠢，

人无思想最忠诚。

贫下中农智慧多，

能种田，能忍受，

心善良，易迷信。

五类子女可以教育好，

脱胎换骨，上山下农村，

回炉重烧为泥俑——

新的一代接班人。

养女临行求告我一声，

造反派，太阳穴位暴青筋：

"你这走资派的贤子孙，

界限现在还划不清！"

求见重获恩宠的叔叔伯伯，

人人是明哲，

个个善保身：

"好好接受再教育，

千千万万别忘记——

忠于领袖是根本。"

老和尚，嘴念经，

闭着眼睛半睡眠……

三伏天，烈日下，

水结冰！

经风雨，见世面，

多少黄花少女，

终生恨难平。

受侮辱，遭蹂躏，

春蕾未发先凋零，

能不悲愤气填膺！

工宣队、军宣队，

念真经，高水平，

重派性，轻人性，

创造的后门，多功能：

好事、怪事、丑事，

常使人，大吃惊。

支"左"回来，

官位扶摇上青云。

养女下乡三个月，

宣传队长要吃灵魂：

"答应要求你上大学，

我明天发给病退证……"

养女怒抗不就范，

抄起镰刀抗暴行！

血溅黄土的尸体边，

反诬女儿是反革命：

"阶级斗争要日日讲，

千万不要

松懈自己的警惕性！"

形势从来没有过这样好，

是真是假，鬼知道，

酷刑，能切断张志新声带，

决不能切断黄河壶口不准流。

有权封住今人口，

无能捆住后人手。

问圣贤，知道不知道：

历史，从来不怕斧头！

雨 晴

漫漫幽林路，

淅淅清明雨。

雨晴小鸟唱歌飞，

云散天清如蓝玉。

人为的浩劫总算过去，

我走出牛棚又变为人。

程天航，被捕问题没搞清，

平反省委不开恩。

多亏十一届三中全会开得好，

平反昭雪立空坟。

可是杀人凶手？

说是"搞不清"！

逍遥神州法外不追问：

长是长，员是员，

主任，仍然是主任，

瓜瓞绵延官满门……

故战地，血火情，

做鬼也爱故土温。

归魂不须再遗恨，

夏雨秋风有空坟。

人去了，我独生，叹孤零，

年年月月盼清明。

他生爱玉兰又爱诗，

年年献花献诗献泪痕。

年年坟前苦等待，

他的影子他的魂：

掀开黄土出来吧，

赐给我一个——

冷冷冰冰的鬼魂吻！

可我年年等来是——

黄昏、孤月、未亡人……

不应有的寂寞，

不应有的不幸，

不应有的孤独，

我实在不能忍呀，

我不能忍……

夜半怕看窗前月，

白天强笑开导人：

"革命人生应豁达，

心应没有儿女情……"

知否知否，我也是个人！

为何如此不公平？

漫漫幽林路，

阴阳分界区。

我去鬼也去，

人鬼相嘘唏。

鸣禽啁啾柳依依，

春风摩挲汉白玉。

我和大姐抬头望，

金色晚霞照桑榆。

擦去泪痕相慰藉，

远方播，"长征号"，上太虚！

大姐回眸深深处，

久望菲菲芳草，

不肯就离去……

终 曲

《漫漫幽林路》，

难定的主旋律：

喜可颂，悲禁忌，

中国，不能写悲剧！

撕碎续谱撒上天，

只能忘却不能叙……

始于 1988 年 6 月 23 日

结束于同年 8 月 24 日

1989 年 3 月 10 日改毕于苦噪楼

为《吉祥鸟诗选》题句 [①]

吉祥鸟，

出云霄，

难可解，

灾能消，

愁眉展，

苦脸笑，

拂焦土，

长绿苗。

1989 年 5 月

[①] 此诗是作者应军旅诗人纪鹏邀请，为《吉祥鸟诗选》（时代文艺出版社 1989 年 10 月版）
所写。

哀 悼 周 扬 同 志 ①

岁月艰难路艰难，

笔枪墨弹敌胆寒。

音符淬砺延河水，

秧歌飞舞东西南。

"二为""二百"生中国，

黄河文明劲风帆。

忽刮否定"十七风"，

囊括"五四""三十年"，

撼树蚍蜉狂若此，

艺林竟拨噪声弦？

久盼康复离病榻，

---

① 作者与周扬（1908—1989）相识于抗战胜利后，周扬到华北工作时。见本卷40年代《漳河水》版本说明。

聆斥丑类舞蹁跹：

舵柄生虫舵链锈，

痛心怎不忆延安？

困惑惯请安危示，

人天路远雨绵连……

1989 年 7 月 31 日

嫩 笋

嫩笋何事强拔尖，

惹来刀俎献官筵，

身旁顽石谙世故，

磨光棱角留浑圆。

1989 年 10 月 25 日

为襄垣秧歌剧《赤叶河》题

襄垣有秧歌，

故人泪滂沱，

难过五阴山，

更难过漳河，

五十年风雨 ①，

越唱越嵯峨。

1989 年 11 月

---

① 1989 年 9 月，山西武乡举行光明剧团成立五十周年纪念活动。襄垣人民剧团演出了张
万一改编的秧歌剧《赤叶河》，故有五十年风雨之说。

告 别 黄 镇 同 志 ①

潞安初见黄部长 ②，

京华更识外交家。

戎马倥偬尘未掸，

手持青果植天涯。

肝胆如炬照人子，

胸怀似海映云霞。

画册 ③ 鲸风波千里，

---

① 此诗发表在《诗刊》1990 年第 5 期。

② 潞安为晋东南的古称。1938 年 4 月，作者所在太行山剧团属黄镇任部长的八路军总部民
运部领导，故称"黄部长"。参见回忆录卷《异乡岁月·第三卷》。

③ "画册"指黄镇的《长征画集》。此画册最早以《西行漫画》题名于 1938 年 10 月由上
海风雨书屋出版。1958 年人民美术出版社再版时尚不知作者是谁。直到 1962 年第 3 版时
请黄镇审稿，才确定了作者，并改题为《长征画集》。后来人美社还有 1977 年 7 月版、
1982 年 6 月版、1986 年 8 月版等多次再版。

荧屏噩耗语声沙；

强使眼前非真事，

趋庭堂上面黑纱，

翠柏依依忠魂远，

漳水悠悠印月华……

1989 年 12 月

九十年代

宝 马 风 生 蹄 ①

宝马风生蹄，

行空万里飞，

寒潮吹过了，

春风杨柳枝。

宝马风生蹄，

巡天看海隅，

"政治精英"辈，

匍匐争讨吃。

宝马风生蹄，

北方多迷离，

---

① 此诗为中华诗词学会举办的马年迎春诗会而作。收入《晚号集》时，作者有修改。

一霸解体了，
一霸忘所以。

宝马风生蹄，
萧萧向晨曦，
下看人间世，
中国风流极！

1990 年 1 月 23 日

书 赠 袁 晓 园 道 长 ①

华文饰大漠，

姹紫嫣红开，

霜重寒凝久，

春迟误萌蕾，

熏风一夜至，

繁简纵横开，

万卉争妍好，

为君待剪裁。

1990 年

题 陈 默 君 ① 纪 念 馆

四十八年景犹存，

月照忠魂有皖音，

战死仍睁双怒目，

重新破阵入敌群。

头颅垫道下东海，

载歌万首呼日昕，

接力含山多子弟，

雄风当继陈默君。

附：

　　抗日战争中，我与陈默君（金隆芳）同志同在太行山战斗。

———————

① 陈默君（1912—1942），安徽含山人。1930年入党。1939年到北方局工作。曾任中华全
　　国文艺界抗敌协会晋东南分会《文化动员》杂志编辑，晋东南文化教育救国会秘书兼组
　　织部长。"五月大扫荡"中，八路军总部遭袭，陈默君在内。

　　1942年5月，日寇出动三万余人，兵分三路，向太行山抗日根据地发动"五月大扫荡"。25日默君随后方机关转移，在辽县(今左权县)偏城青塔、南艾铺一带，与万余日寇遭遇。我时患伤寒，隔在东山，亲睹敌人发现是我领导机关，缩紧包围圈，并出动飞机六架，轮番狂轰滥炸。激战竟日，入夜，我军突围，陈默君同志壮烈战死在十字岭附近。是夜，我未离东山，见千山孤月，万树悲风，为战死者默哀！此情此景萦绕于心，已近半个世纪，直至衰年，仍历历在目。

　　今应中共含山县委之嘱，书此缅怀默君，并告其含山子弟。

1990 年 2 月 26 日

赠徐炳忠同志 ①

山远十年未嫌穷，
路艰八辩育蒙童。
安危跋涉官厅峡，
拦风截雨驯狂龙。

　　每忆三届门头沟聚会，心潮逐浪，书此四句酬寄徐炳忠同志教正留念。

1990 年 3 月

---

① 徐炳忠，时任门头沟区人大常委会主任。作者曾连续 3 届在该区当选北京市人大代表。

你好，春之晨 ①

——寄青年朋友

一

柳呵烟，

桃杏泛红晕，

新篁拔节

噼噼啪啪暗相呼，

看谁快长快成林。

你好，春之晨。

年轻的朋友，

我和我的同龄人，

也曾都经历过，

————————————

如此俏丽的春之晨：

杨柳初吐绿，

新篁拔节暗传声，

父辈远送同龄人出征。

话别依依，老泪纵横，

执手叮咛、再叮咛：

上天为鹰、入海为龙，

祖国的命运全放在，

你们的肩头手心中！

慢笑此情此景，

早被雨打风吹尽，

依稀马蹄晨号音，

少年幻梦深。

倘若问我的同龄人：

多少人同姓？

多少人同名？

多少人同生日，同时辰？

实在无法能说准，

反正同谁都一样，正处在

多梦的年龄：

他曾想当个科学家，

她曾想当个女诗人，

我，痴心妄想做画家，

而她，却哧哧捂嘴说：

打完日本回家去结婚……

毛毛丫头愣小子，

哪个不是多梦的人？

在战壕，枕戈待旦听虫唱歌，

在通铺，悄悄评说心上人，

清秋明月，哪宵不做梦？

可是昨天的梦，谁都无缘分，

没有一个不叫日本人，

用大炮战车碾成粉！

有几人没留终生恨？

水中明月梦里情，

可以轰碎蹂躏为泥尘，

但有一个共同的梦，

日本纵有梯恩梯万吨

却无法轰碎碾成细泥尘。

鸦片战争，百年掳掠，

百年杀人，百年血泪，

百年勒索，百年欺侮，

百年划地争范围。

谁曾见：英国、法国、美国、

沙俄、日本等等海盗洋鬼，

说过抢掠杀人两手累？

虎门火云，圆明焦土，

卢沟晓月，白山黑水，

血迹斑斑在，

弹洞个个黑，

百年耻辱难消退！

战争一定要打赢，

侵略者，一定要打败，

一定要完全，彻底，全部，干净，

统统扫出祖国的大门！

中弹虽然死，

灵魂相呼重入阵：

直扑日本人！

他，没能成为科学家，

她，没能成为女诗人，

她，结婚的梦，圆不成，

鲜血渗红情人小倩影……

重逢的梦，

重逢的吻，

都被青山青草，

封存在坟茔！

慢道黄河东流不回头，

慢道昨日今天有代沟，

慢道秧歌腰鼓不如

今天的摇滚音乐那个疯狂劲。

假如没有中国共产党，

帝国主义就不肯走；

假如没有中国共产党，

三座大山，仍然压在人上头。

年轻朋友向人间报到时，

闻到的是血污的风，

腥膻的雨，腐尸的恶臭；

看到的是独裁者的屠刀，外国的炮口，

堵道的骨头，绊脚的骷髅……

从蓝色的海洋爬上岸，

是张开大嘴的海兽，

是张开锯齿的鳄鱼，

是拿着洋枪洋炮的海盗。

他们踩在祖国母亲的胸脯上，

肆无忌惮，得意忘形，

张牙舞爪，横着走！

年轻的朋友，莫轻信，

绅士派头，大腹便便的帝国佬。

他们，哪天不在算机关，

哪天不在弄阴谋，

哪天不在想：

重登庐山坐轿子，

重游峨眉坐竹筅？

哪天不想豁出一大笔钱，

收买能埋葬社会主义的掘墓人，

绞死新中国的新汉奸新的刽子手！？

年轻的朋友，

莫怪老人说话爱唠叨，

请发挥你的聪明智慧，

为我解开心中的连环扣：

我曾见过驯兽师，

驯服毒蛇，驯服猛兽。

可我从来没见过：

有谁能驯服帝国主义，

不杀人，不奸淫烧杀又不偷？

谁曾见过哪个帝国主义

肯自动交还殖民地，

交还人权，交还自由，

承认有罪卷旗走？

年轻的朋友，亲爱的朋友，

帝国主义肯放下屠刀，立地成佛？

直到今天，一个半个都没有！

被压迫民族求解放，

只有一个真法宝：

以牙还牙，以大炮对大炮，

用铁的拳头，对恶狗！

二

绿柳舞婆娑，

桃林凝晨云，

新竹拔节，噼噼啪啪，

似在相呼：看谁有劲。

百灵千万，点点似浮萍，

荡漾晨空啾啾鸣：

你好，春之晨！

我和我的同龄人，

有过欢乐有过艰辛。

有过坎坷，有过幸运。

陶醉、兴奋莫若是：

能亲眼看见新中国，

诞生在东方，崛起在春之晨！

披着闪烁的露珠，

披着飘逸的晨云，

出奇的年轻美丽，

出奇的庄重动人，

天生东方丽质，独有的神州风韵。

牵动着全世界眼睛，

牵动着远方赤子心。

多少人，冲破重洋大海，

买舟回来看母亲？

旧世界的污毒，我们清除了，

各种天灾水患，我们战胜了。

曾是兵连祸结，一穷二白的祖国啊，

原子弹，有了，

卫星，上天了，

六亿、七亿张嘴巴，养活了，

八亿、十亿个肚子，填饱了，

即使有工作失误，生育失控，

没有向别人求施舍，讨怜悯，

我们自己养活了！

试问哪一个母亲，

曾经能拉扯大，

如此之多的半大小子毛丫头，

母亲，她怎不瘦啊？

任帝国主义制裁，任帝国主义封锁，

高山湖，人造海，

中国人，自己凿，

中国人，自己开。

拨开阴霾云翳，

矗立九霄看世界。

栉风沐雨，戴月披星，

争得神州大地万花开。

我怎能不感谢五十年代，

走出校门的新生一代：

梦幻，他们也多得很，

跟斗，摔得更不轻，

困难，不害怕，

误解、挫折，不失信心。

在暴风中，在骤雨里，

自我完成为一拨，

驾驭风雷的新一群。

胸怀大江水，

眼括星河云。

昨日出征，朱颜青青鬓，

今日换防，斑斑的花甲人。

望关河，问苍茫大地，

谁赢尽青春风韵。

该谁来接棒？

该谁来出阵？

该谁向云端石壁，

茫茫宇宙，凿下写下：

来者是——中国人！

三

柳吐白絮满天飞，

多谢今春雨称心，风称心，

吹来晴空如蓝锦。

江天净，绿水平，

家莺婉转待评分。

若问这天这地，这山这水，

这般良辰美景，

应该属何人，我说属于你呀，

天公特许多梦的年轻人。

幻梦尽可多，

现实得承认：

想象非真事，

睁眼看国情：

晨光绮丽，人多家底薄，

奇花争放，地大后劲贫。

岁月蹉跎老悲伤，

只能是：老却中华英俊！

拆开四壁，海阔天宽，

乘风驾浪，开拓乾坤：

我深信，中国青年朋友，

铁骨铮铮，不亚前人。

张衡、郭守敬的故乡，

要出今天的张衡、郭守敬，

屈原、李白、杜甫的故里，

要有今天的屈原、李白、杜甫，

要有新的第二代李四光、第三代华罗庚，

要有今天的狼牙山勇士，

要有今天的董存瑞、胡兰子，

要有明天的雷锋、后天的焦裕禄，

要有万万千千站岗放哨的卫士，

要愿当炉前工、环卫工、农民的人群。

二〇〇〇的脚步声，

隆隆向我们走近来，

二十一世纪的火炬，

迎风招展在云天外。

骄傲的欧罗巴，

富有的亚美利加，

都在厉兵秣马，摩拳擦掌，

竞争赛场，夺取金银牌。

是昌盛繁荣，

还是停滞衰退？

是走入先进民族之林，

还是沉沦在蒙昧之海？

是坐待开除地球球籍，

还是争分夺秒，

回报祖国母亲的爱？

问十一亿人口的中国队：

谁去冲锋陷阵，捧金杯？

何必老谦虚，

人生就兴奋斗。

我说打进决赛的捧杯手，

应是今天的少年、毛丫头。

华夏的兴衰荣辱，

都靠今天的年轻朋友，

十年之后在中国，

主沉浮！

十一亿双瞳仁都深望着，

你们呀——莘莘学子众英才。

任西方设置障碍断前路，

江河撑山射东海。

　　　　　　　　　　　　　1990 年 4 月 6 日写于补知贫室

附：

　　　这首较长的抒情诗，是我在 1989 年学生闹事时，写过的一些话。
马上接到几封从国内、从美国寄来的匿名信，无非是骂我一顿。有一
封从美国来的还特别提出将要与我"谋面"。我想这几封信连发信地
址都不敢写，说明姓名也是假的。因为他们知道要想完成杜勒斯期

望，成为埋葬共产主义的人，是不可能实现的。除了这些帝国主义所支持的封为"民主精英"的人之外，在国内外尚有一些属于思想迷惘的人，应该同他们交交心，因为谁都在年轻时代有过容易冲动的时候。

为 史 文 华 ① 同 志 题 画

钓罢昆湖雪，

"打的"向归途。

暮鸦聒噪里，

陈酒话鲤鱼。

1990 年

---

① 史文华（1921—2014），江苏沭阳人。1940 年参加新四军，曾任水电部水科院冷却所书记。
　作者的儿女亲家。

闻 山 ① 诗 书 画 展

闻山轻胼胝，

辛苦攀五岳，

百撷蕙与兰，

还酬西江月。

　　得知闻山故乡为其举办诗书画展，故为之贺。

1990 年 4 月末

---

① 闻山（1927—2011），原名沈季平，广东高州人。诗人、评论家。西南联大入伍的中国远
　　征军老战士，20 世纪 60 年代任《诗刊》评论组组长。作者的诤友。

观 梁 斌 黄 胄 ^① 画 展

梁庄有性灵，

一水育双秀；

高蠡谱红旗，

大漠飞马牛。

笔行风竹动，

墨落水云流，

流连多景中，

陶醉无须酒。

1990 年 5 月

---

① 梁斌(1913—1996)、黄胄(1925—1997)均为河北蠡县梁庄村人，且为同族兄弟。梁斌以其《红
旗谱》《播火记》《烽烟图》等文学作品蜚声中外，并具深厚书画造诣。黄胄创造的写
意泼墨与工笔重彩相结合的独特画法，开创中国画坛一代新风，其画驴与徐悲鸿的画马、
齐白石的画虾，并称中国近代画坛"三绝"。两人与作者均为多年好友。

贺 张 万 一 ① 戏 剧 创 作 五 十 年

抗日战争大炮开，

万一笔底人登台，

锣鼓喧天星月夜，

千家空舍看戏来。

土厚根深叶繁茂，

纵横老干发新蕾，

青山不老紫岩硬，

遣纸乘风寄喜怀。

1990 年 5 月

① 张万一（1917—1994），山西武乡人。1937 年参加决死队，后来做剧团编剧。以秧歌剧形
式改编过作者的《圈套》《赤叶河》等作品。曾任山西省戏剧家协会副主席。

亚洲运动会题句 ①

秋城荡漾桂花风，
锦帜飘扬亚洲情，
电掣风驰观虎跃，
云飞浪舞看龙腾。

1990 年 6 月 20 日

---

① 写作背景：1990 年举办的第 11 届亚洲运动会（9 月 22 日—10 月 7 日），是北京首次举办国际综合性运动会。

悼 康 濯 ①

初知君名读"房东"②，

占烛西窗析鱼龙。

塞外潇湘三年别，

争鸣未减少年雄；

是非有尺时无尺，

老大方识是儿童。

欲践张家见奇峰，

君心齐鲁听海风③。

斜阳病榻忆烽火，

---

① 此诗发表在《人民日报》1991 年 1 月 27 日。康濯（1920—1991），湖南湘阴人。晋察冀边区文协常委。1954—1956 年与作者同为中国作协党组成员。

② 房东即康濯小说《我的两家房东》。——作者注

③ 此言作者与康濯游张家界之约，详见本书散文卷《他永远活跃在人间》。

熟数千笔慑东戎；

"书系"^① 功成心力尽，

悼君西去雪迷蒙……

1991 年 1 月 15 日

---

① "书系"指正在编选的"中国解放区文学书系"，康濯是小说篇主编。——作者注

啊，老师！ ①

——应冼妮娜②邀赠中小学音乐老师

您曾领着爱闹的山泉，

叮叮咚咚，流出幽静的山林，

叮叮咚咚，流过弯曲的峡谷，

叮叮咚咚，融进闪光的大海。

乘风，蹬动波浪，

乘热，蒸腾为云。

啊，老师！

看我神不神！

您曾轻拨好动的春风，

静静悄悄，搔得蓓蕾吐梢，

---

① 此诗发表在《中小学音乐教育》1991 年第 3 期。

② 冼妮娜，著名音乐家冼星海独女。

静静悄悄，摇绿贪睡的小草。

静静悄悄，呵醒万籁喧闹，

呼呼，吹来春雨，

呼呼，吹来云涛，

啊，老师！

看我多奇妙！

您曾放飞多梦的春莺，

啁啁啾啾，飞向无边的梦幻，

啁啁啾啾，飞向茫茫的宇宙，

啁啁啾啾，飞向溟蒙的星空。

送去，七色的音符，

送去，七色欢乐颂。

啊，老师！

能说这是梦？

1991 年 2 月

礓 石
——读模仿西方诗作

泰山石瘦出骄松，

日日迎阳照青峰，

黄土何惭怀礓石，

拾人牙慧可怜虫。

1991 年

赠马来亚诗人吴天才先生

榕树莆田子，

马来茁壮枝；

婆娑礼故国，

婀娜立新泥。

长夜多风雨，

晴空总可期；

雷霆乐海燕，

世界向晨曦。

吴天才先生来书索联，今奉以诗，虽答非所求，仍请天才先生方家两正。

1991 年 5 月于北京

镜 泊 湖 赛 诗 会

天拥星辰一万升，
镜泊湖底有千斗；
人间镜泊赛诗会，
肯定天上未曾有。

镜泊湖清筑歌台，
莺歌万里啁啾来，
天公有意留春景，
以待中兴夏日开。

1991 年 7 月 4 日

桂 花 油

无缘梦品桂花酒，
有幸真尝桂花油，
欲问神厨何术制，
灵山雾锁空苦求。

跋之一：

　　1990年市人大会期中，高桂芬君馈我桂花油。尝后余芳盈口。问其
法，高君笑而不答，始知天机不可泄露，非凡人所能为也。故作此诗以
拜谢。

跋之二：

　　门头沟议政时，饮食业代表赠我一瓶桂花油，食后满齿留香。想学
其制法，惜因换届她已退出而无缘拜师。

1991 年 7 月 4 日

继 桥 侄 索 联

开天辟地思老骥,

逐日追星寄青年。

　　余平生不作联。继桥贤侄偏索联,岂非强人所难乎。能诗之人均非
善于联。余属既不善诗更不善联。今且为之,不复再为矣。

1991 年 7 月

和田飞乌鲁木齐 ①

日落越天山，

流金白云路，

红橙黄蓝绿，

群山漫飞舞。

　　1983年秋，从和田飞越天山。落日熔金，群山飞舞，山河多娇，萦绕于心，八载未忘。今夏为故乡书画展，裁纸忆绘近十而不得其一。此乃画功底浅，强求不得。

辛未② 七月酷暑

---

① 这是一首题画诗，发表在作者家乡的同人报纸《中山诗苑》1995年9月总第1期。同时发表的还有同题国画一幅。

② 即1991年。

赴中山籍书画展 ①

海开鲸波阔，

龙腾动四邻。

京城珠江子，

相约写欢欣：

方成列砭石，

古元绘风云，

淑芳花芬芳，

有生笔如针②，

晴、阴、风、雨、雪，

---

① 1991 年 11 月 12 日是孙中山先生 125 周年诞辰。家乡举办中山籍书画家作品展览庆祝，
作者提前准备了书画作品回乡赴会。

② 方成、古元、萧淑芳、江有生都是参加这次画展的画家、漫画家。——作者注

淋漓卷轴心。

我本非画士，
何敢跻进群？
为我小龙飞，
为我大龙腾，
借我珠江月，
吐我故乡情。

1991 年 8 月

哀 悼 刘 知 侠 同 志 ①

　　惊闻刘知侠同志在一次学习会上，慷慨陈词，昏迷逝世，敬之
哀之。

秧歌腰鼓鸣中国，

贯耳如雷未识君；

鬼没神出惊敌寇，

儿辈仍疑笔有神。

把盏回澜听细浪，

相识虽晚见君心；

疏狂未践沧海约，

共析新潮诗与文。

蠹贼育肥先附树，

---

① 刘知侠（1918—1991），河南卫辉人。1938 年到延安抗大。曾任山东省作协主席、山东文
　联党组书记。代表作长篇小说《铁道游击队》。此诗发表在《文艺报》1991 年 10 月 19 日。

孳生蛆子毁树身。

阴魂未散败逃者，

总在觅尸图还魂。

老镞铿铿真战士，

风神卓卓立涛云。

1991 年 9 月 23 日夜

牵牛花 ①

发芽成长依泥土，
委婉求生苦非材。
柔弱何曾忘上进。
无香总是向阳开。

1991 年 10 月

---

① 这是一首题画诗。作者曾为写生，特在家中种植了牵牛花。

闻高沐鸿同志 ① 诗文集出版

拓荒无畏路坎坷，

逐鬼偏挑夜巡行，

雨雪月晴太行道，

雾凇晨凝汾水明，

柳絮飞扬战士走，

清风不待说与评。

1991 年 10 月于北京

---

① 高沐鸿（1900—1980），山西武乡人，大革命时期的中共党员，诗人、作家。曾任太行区
文联主任，是作者的老领导。1957 年被错划右派，平反后曾任山西省政协副主席。

珠 江 行 （组 诗 10 首）

寄 梦 虹 桥

　　1991 年 11 月，应邀参加孙中山先生一百廿五周年诞辰。夜过石岐市区三座拱形的过街桥，猛然觉得正穿过灿烂彩虹。这个幻觉就牢牢复印在了脑海中。因其形态新颖优美，逗留期间，曾三次登桥远眺，浮想联翩。

　　根据知情朋友介绍，广东沿海将形成新月形的开发地带。珠江三角洲是我的故乡，青少年时代的梦，许多都已变成现实，有一些更远、更大、更壮丽的梦，还没有圆，当需多少代人去促其实现。

　　一钩树影婆娑的新月，太浪漫，太迷人了！这个梦，也很快会实现的。故写此诗，寄梦虹桥。

南国一场春雨后，

"文笔"①拔地上九霄。

饱蘸赤橙黄绿青蓝紫，

落地一挥三虹桥。

今日珠江三角洲，

童话？神话？

海市？蜃楼？

任君去猜想，

任君当神游。

珠江敞胸入海流，

白鳖豚，多抖擞，

横展双鳍吻新月，

腾空珠光耀全球。

女娲儿女能补天，

问四海，谁家不凝眸？

风狂雨骤追晨晖，

回见故乡金碧辉。

———————————

① 中山市西山古塔，当地称"文笔"。

如何叫我不陶醉？

陶醉，陶醉，

寄梦虹桥已闻到：

亚洲新月桂花味。

向 中 山

初冬的北海，不想冻僵已冻僵，

小春的南国，依然无意入冬眠。

白发归心离弦箭，

刚下白云奔河南。

南海青葱，顺德馥郁，

黄菊金秋争烂漫，

助兴向中山。

夕阳斜照，桑榆老干学龙腾，

小鸟回窝，羊群回栏，

水牛娉婷，慢条斯理杨柳岸，

鸭群拍翅，抛珠撒玉上沙滩，

竹林摇曳，半开半掩。
白楼蓝瓦，隐约藏在红纱幔，
平江点白帆。

啤酒风馨，催人发困，
陶醉靠背半睡眠……
阵阵喇叭，撞开惺忪，
车灯万盏，红尘乱滚，
扑朔迷离，咆哮进晚岚。
远天虹霓，楼影参差处，
刮目认中山。

寻街觅巷，数门牌，叩门环，
传声装置，呖呖女童乡音软；
"你系边个？"心灵震颤，
"白发阿公拄杖还"。
扶上层楼，小手多温暖，
不想潸然泪盈眶，
独享此悲欢！

1991 年 11 月 7 日

秋 夜 觅 翠 亨

秋夜行车似风行，

沧桑未必赖天成。

十九初访荒村树，

七十重来万木青。

倏忽六载游旧地，

千林怎认酸子庭。

凭窗猜问明灭处，

远树光晕可翠亨？

秋 晨 认 翠 亨

沐浴晨曦信步行，

枝头小鸟斗歌声。

两旁众蕊唯菊艳，

、三叶红枝独不平。

杨柳青青色未减，

秋晨何故似春晨？

秋晨春晨无法辨，

策杖糊涂认翠亨。

岐 江 月 夜 ①

不见岐江月，

屈指又六秋。

不知霓虹闪闪追逐处，

何处是当年，

把盏话别楼。

人想道珠江三角洲，

有当代的张僧繇，

---

①　此诗发表在《人民文学》1993 年第 9 期。

有神奇的魔术手，

画龙龙会飞，

画狮狮会吼。

六年不见的岐江夜，

柔和、明净、白奶油。

木棉性格喜高标，

龙舟脾气争上游。

首届世界女子足球赛，

中山同开第一球。

海抖蓝衾风解襟，

白浪欢腾三角洲。

岐江月夜照高楼，

嘭嘭嚓嚓溢街头，

卡拉 OK 迪斯科，

大款点歌买风流，

羡杀引颈的追星族，

逗疯狂热的发烧友。

庄严、浪漫、紧张、宽松，

潇洒人生，过把瘾头；

拜金、发财、精诚、奉献，

随君所好，任君去追求。

岐江月夜，宽宏大度，

公平、无私、慷慨大方，

洒遍柔光无薄厚。

但愿其中有志者，

多为华夏添欢乐，

早为华夏解穷愁，

真正为中国

喜而喜，忧而忧。

1991 年 11 月写于石岐

1992 年春整理于北京

珠江寄惠州诸君

相思垂柳水凝烟，

早饮乌龙幸有缘。

大亚雪腾三千里，

鹅山云托九重天。

东江子弟多俊杰，

伏虎降龙皆少年。

竟委穷源惜日短，

神游再饮赏鱼轩。

附：

　　1991年11月，应张彩华同志之邀，东游东江三日，同时参观了海沸山摇正在开发的大亚湾。东江在近代革命中诞生了不少英雄豪杰，虎门更是鸦片战争壮怀激烈，震撼千秋的首发战场。故在回路时参观了抗英圣地虎门炮台，一生夙愿，都由张彩华同志帮助实现了。感激之余，写了这首诗寄酬惠州诸友。

三百里西江路 ①

三百里西江路，
三百里相思树。
许愿西行鬓青青，
白头才识西江绿：
步步相思树。

霏霏细雨蓝色雾，
三百里滴答绿明珠。
笛声柔柔水悠悠，
三百里江轮犁碎玉，
雨丝飘粤曲。

童年看山山惆怅，
老大想树树忧郁。

---

① 此诗发表在《诗刊》1993 年第 10 期。

得天独厚故家山，

何故忧郁未真绿？

你说，西江路！

三百里西江路，

三百里相思树。

珠江乘风升白帆，

三百里西江三百里树，

放胆争先绿。

1991 年 11 月西江路上

《诗刊》梅绍静要诗，以此首酬。1993 年 5 月 1 日

谢 李 盛 君

童年思慕西江热，

耄耋衰年情更切。

晚霞邀我溯西江，

舀回西水西江月。

童年常闻西江风景好，临近八十，长叹无缘。羊年深秋，幸蒙李盛同志之邀，溯西江作三日游，虽是走马观花，但见西江封山育林，郁郁葱葱，成绩斐然，深为感奋。为记此游，今作小诗寄李盛同志。

1991 年深冬　北京

封 开 赠 友

西江东去贺北来，
秋雨秋风识封开。
云抖北回归线锦[①]，
为龙为虎
任君策划，任安排。

1991 年 11 月

---

① 　西江、贺江汇合点，正处在北回归线上，联合国在此立有北回归线塔标。

寄端州李玮君

远树迷离近迷离，
霏霏蓝雨迷柳堤。
无晴有晴郭诗处，
蓝雨霏霏觅相思。

　　1991年11月24日下午，李玮同志陪同游七星岩，天公不与人方便，秋雨霏霏，时作时晴，虽然不理想，但却另有一番朦胧滋味。闻此岩有郭沫若老为相思树所作的诗刻石，特冒雨前去观看。看罢俯身树下寻觅相思子，一无所得，抬头见天色临近傍晚，只好冒着霏霏小雨，惆怅离去。

相 思 树 ①

战争爆发离别时，伊 ② 赠我相思子

相思树，相思树，

相思树摘相思子，

万里烽烟珍藏住：

行军陪君有我心，

入阵为君护身符。

风霜雨雪种树人，

长倚相思望归途：

还我相思子，

同种相思树，

酬君酬我相思苦。

---

① 作者在一手稿上注：想写已久，尚未动手的长篇开篇诗。

② 见本卷《六十六书怀》"泪人"注。

虎 门 功 劳 炮 赞 ①

榕荫，故垒，问海鸥：

功劳炮，此老高寿？

怒浪狂涛，岗崩岩碎，

抗英炮魂魄未走，

矍铄抖擞，

虎虎昂首珠江口。

回想当年，炮舰封海，

炮烟封天，炮浪震九州。

尖角狰狞，垂涎三尺，

约翰牛腥，一海风膻臭。

---

① 此诗发表在《诗刊》1997 年第 3 期。选入《祖国颂》，湖南文艺出版社 1999 年 4 月版。

清廷上下，金銮左右，

锥形顶戴，胡马蹄袖，

太和殿上，颤抖风飕飕，

竟无一个是解牛手。

独有虎门炮群，

敢向毒枭帝国[①]齐怒吼！

舰桅打折，舵盘倒转，

血污南海，女皇愁。

华夏英豪，大长威风扬志气，

大清皇帝，却低头俯首：

割香港，赔尽人民膏血，

换来个瓜分中国开了头！

血凝南海何曾散？

恨塞汪洋何曾消？

虎门炮浪，何曾歇？

[①]　关于"毒枭帝国"，编辑部要求改用其他词语，作者坚持不改。后报中国作协党组，"王巨才、陈昌本和翟泰丰都做了批示，大意是肯定阮老的爱国热情，认为诗人激愤之词，可以不改。这样才将原文发表"。根据丁国成回忆文章《剑老无芒莫认账》（《永远的阮章竞》，暨南大学出版社 2013 年 12 月版）。

点炮的火把，何曾灭？

铮铮铁骨，何曾锈？

何曾被百年雷击倒？

何曾被百年西洋风吹朽？

雪耻辱，圆金瓯，

主权，不能谈判，

主权，不打折扣！

退要退足，还要还够，

百分之百，

不存在九十九点九！

种瓜得瓜，种豆得豆，

谁播种耻辱，谁来收。

看侵略者，兜着耻辱，

拖着哈喇，

踉踉跄跄，卷旗走！

功劳炮，

送饕餮，

鸣三炮，

告全球，

警霸道：

偷吃中国的熟芋头，

千年万年都烫手！

看明年，七月一，回归日：

浪献素馨，海抖蓝绸，

各族人民，

万代千秋，

感谢邓公，

善运筹！

1991 年秋写于虎门归途中 ①

1996 年春改于苦噪楼 ②

---

① 此诗初稿写成于 1991 年，开始无处发表。1994 年曾寄《深圳特区报》吕姓编辑，直到
1996 年 6 月 30 日都未见回复。作者在原稿上批注："此公为骗子。"

② 1996 年春，有人为中联部拟在香港创办的一杂志约稿，又作了修改。作者在二稿上批注：
"1996 年 6 月 30 日问苗（培时），说此刊正接洽改在澳门出。真是神鬼莫测。"

红 梅 ①

西北散摊生乞丐 ②，

东南鼓棹向海开，

老来无事蘸朱墨，

竖抹横拖点红梅。

1991 年 12 月 25 日

---

① 这是一首题画诗。对比苏联解体与中国改革开放对各自国家民族的影响。

② 此言苏联解体后向美乞求。（当天新闻报道戈尔巴乔夫辞职，苏联不复存在。）——作者注

与江风 ① 告别

清水煮芹清也贫，

犹存一片育苗心。

不争乌纱争破帽，

淡泊江风真党人。

1993 年 1 月 6 日

---

① 江风（1915—1992），山东栖霞人，作家。1938 年参加八路军。北京市文联副秘书长，北
京民办鲁迅艺术学院院长。

妙 峰 霞 光

霞光经纬松织机，

天使天孙织天衣，

日日山鸟啁啾处，

行云流水斗新奇。

　　曾游妙峰山，见晨晖如银经金纬穿流在松群间，仿佛是看不见的织女在织锦，绮丽迷人。今听门头沟正拦河理水，封山育林，决心冲破封闭而为之振奋。我与门头沟有十年议政之缘，故书此以赞。

1993 年 1 月 12 日

缅 怀 王 震 将 军 ①

南征北战复西征，

战服新尘覆旧尘，

北国霜风吹鬓白，

南泥天马鸣秋晨。

狂风嚼石喷沙海，

大将牵林绕昆仑。

准噶挥戈澄广宇，

乌苏饮马大荒春。

回眸险道踪迹远，

姹紫嫣红皆成林。

---

① 此诗发表在《文艺报》1993 年 8 月 21 日。

大将乘云查哨去，

边风雪夜闻足音。

1993 年 3 月 20 日

送 李 达 将 军 ①

太行广布游击战，

淮海筹谋调风雷，

勒马江头向拉萨，

雄师百万扬军威。

刘邓首长左右手，

长胜大军参谋才。

悲送将军为云去，

漳河千古留光辉。

1993 年 7 月 19 日

---

① 李达（1905—1993），陕西眉县人。抗日战争时期任一二九师参谋长，组织实施了该师几
  乎所有对日作战。为了长篇小说《霜天》的创作，作者曾在 1979 年 8 月采访过李达将军。
  将军给予很大支持，安排了相关指挥员参加的座谈会。详见本书笔记卷。

贺 广 州 诗 社 十 周 年

珠江抖擞向海流，
艾气蒲香五羊楼，
紫砚研磨千万意，
唱酬应谢邓公谋。

1995 年

读 报 见 评 "追 星 族" ①

试药白鼠肯捐躯，

歌星卖俏少女痴。

且慢评说追星族，

先评媒体炒作时。

1993 年 6 月

---

① 　作者留存了 1993 年 6 月 5 日、7 日两份《北京日报》，并批注："北京日报《通俗与娱乐》
《由青少年偶像说开去》，前者提倡流行音乐，后者反青少年的追崇。"此诗写在同时。

汉中行（组诗 11 首）

汉族得名在此江

秦岭之南巴山北，
云峰泼翠树流丹，
十月乘风临汉水，
炊烟缕缕袅袅蓝。

天有银河地有汉江，
人道汉族得名在此江？
声披璎珞登玉宇，
千古横空叮叮当。

　　后话：汉中是刘汉封王地，汉族名称是否与此有关？阳光同志告
我：有位名人著文证实。查了《辞海》《汉语大辞典》未找到依据。但
由于喜欢此水，姑且借来以颂汉族，故加了问号，以待明教。

1993 年 10 月 10 日

观 秦 兵 马 俑

六国山河归一姓，
戈矛熔化为金人，
二世三世千百世，
问谁胆敢与秦争？
嬴政睡觉应安宁。

白昼杀人践蚂蚁，
深更怕鬼发阴兵！
刨坟鞭尸冤魂怒，
陵塌宫倾靠谁擎？
落叶秋宵夜夜惊。

中国文明多巧匠，

妙手顿生百万兵；

列阵骊山黄土下，

执戟荷戈卫冥廷，

甲光四射透地明。

秦陵兵俑活生灵，

招募无须问州郡，

无须姓氏无须名，

籍贯族别脸自陈，

晋齐韩魏杀服民！

活灵活现人世间，

忍尽尘寰未了情；

代代为秦扑锋刃，

离妻别子远荒村，

方阵隐隐乱云腾……

斗转星移天下事，

功功过过有天平。

秦陵兵俑回人间，

艺术绝伦暴绝顶，

留给后人做学问。

1993 年 10 月 11 日

南 郑 陆 游 纪 念 馆 留 句

当年万里逐仇雠，

按剑终生恨未酬。

家祭毋忘中土梦，

为雷为电撼千秋。

1993 年 10 月 11 日

汉 江 淬 剑 不 老 芒

汉江淬剑不老芒，

披荆斩棘打江山，

千万烈士丰碑有，

汉江羊娃放牛汉。

1993 年 10 月

汉 中 谣

　　1993年10月，访问汉中。在《汉中革命纪念史》上，看到已故著名
外交家黄镇将军为该馆题写的《一河银，一河金》的红军歌谣，亲切感
人。窃思当前，星歌泛滥，拜金横流，抚今追昔，感慨万千。今摘其第
一段，并仿其形式，填写六段置其后。第一段为原词，加了引号。

"一河银，一河金，

买不动穷人一颗心。"

想当年，民倒悬，

不甘忍受当红军；

南征战，北进军，
埋骨青山换当今。

送月亮，迎朝阳，
汉江一醒创辉煌；

拓栈道，开山峡，
大开山门迎远客。

山毓秀，水钟灵，
红军幻梦已成真；

一河银，一河金，
金银龙腾七色云。

1993 年 10 月汉中道上

口 嚼 芬 芳 洽 招 商

秦岭山深汉水长，
熊猫酣然懒朱鹮，
豆棚瓜架车马炮，
哪管山外有青山。

大潮托日照晨山，
黑米飘香出汉江；
拨开栈云惊远客，
口嚼芬芳洽招商。

1993 年 10 月

南 湖 宾 馆 观 作 画 ①

南湖脉脉秋水怀，

画士歌人陆空来，

秦岭巴山黄红绿，

取红泼绿任君裁。

1993 年 10 月 12 日

雨 晴

蓝雨缠绵三日寒，

年衰苔滑畏途难；

_____

① 南郑毛泽东百年诞辰诗词研讨会暨陆游纪念馆揭幕观画家作画，留赠南湖宾馆。——作者
注

晨霄隐约风骤起，

万里晴空上秦山。

1993 年 10 月

过 诸 葛 孔 明 墓

竹栎声沉汉水寒，

秋宵决策蜡频燃；

生时未及中原地，

死骨坚守定军山。

1993 年 10 月 14 日

雨 中 登 孔 明 祠 琴 楼

绵绵秋雨翠柏情，

拾阶登楼观石琴。

乱弦兵退四十里，

谁叫将军不知音！

1993 年 10 月 14 日

拜 将 台 感 怀 ①

有人无才能用才，

有人缺德有鬼才，

汉中城内汉王台，

汉中城外拜将台。

有真才者不好死，

缺德鬼才坐龙椅。

拜将台成霸别姬，

韩信陶醉蒯辙走。

---

① 发表在《中国诗坛》1995 年 1—2 合辑。

寒溪流水声呜咽 [①]，

萧何此类莫为友。

吕雉即使不杀信，

刘邦心早磨斧头！

空鸟尽，良弓藏，

狡兔死，走狗烹。

未央夜月冷森森，

才知不如蒯辙醒！

千古汉江东流去，

历史重复几多次？

1993 年 10 月 15 日

---

① 传说寒溪是萧何月下追韩信处。现溪水仍然汩汩日夜流，似在告诉人什么。——作者
注

终南山柿林 ① （另二首）

欲探秦山脚力穷，

惆怅回路认龙钟；

终南忽见千树叶，

高枝抖擞搏西风。

1993 年秋

---

① 这是一首题画诗。

春晖 ① 同志留念

珠江老阮好逍遥，

寻山觅水劲不小，

仰天跌倒在麦田，

柿树笑得全红了。

　　10月19日暮，见小五台山青柿红，喜而作画跌倒麦田。幸得赵军同志忙扶起，作此打油，留春晖同志纪念。

酬 小 龙 同 志

小龙驾车快如风，

北岭南山搜奇峰，

———————————

① 刘春晖、小龙都是西安仪表厂工作人员。

昨日终南见好景，
乐坏珠江白衰翁。

　　来西安仪表厂后，终日打听好山好水处。小龙同志带我到终南，山
景壮丽，书此以酬。

谒 黄 陵 感 怀

很久以前，就想找个机会去谒黄帝轩辕庙。半个多世纪过去，未能如愿。

去秋赴汉中，得西安仪表厂之助，于10月18日晨，驱车前往。到黄陵时，只见晴空万里，古柏苍郁，重修过的元祖陵庙，金碧辉煌，熠熠飞光。买了香烛，礼拜之后，信步陵前，想起几千年来，中华民族遇到过多少内忧外患，特别是近一百年来，经历的深重灾难罄竹难书。但民族儿女愈战愈勇，愈斗愈坚，不畏艰苦，愈苦愈乐，愈生聪慧，直至把所有侵略者，干净彻底全部逐出中华国土。此种坚不可摧的民族雄魂，深深感到轩辕元祖之伟大，子孙之坚强。登上祈仙台凭栏远眺，感觉世界风云变幻之烈，翻腾之急，拼凑之快，解体之速，空前未见。唯我中华，乘风万里，开人类之伟业，建历史之奇迹，一再创造旷古辉煌。元祖之明盔，光射日月。我顾朋友说，我们能耳闻目睹这段漫长的世界风云中华历史，乃人生之最大幸福。

回归旅次，心潮澎湃，故想写诗述怀。构思之时，突然心绞痛发

作，独卧床上，静思良久：怎能爱因病发，放弃不写？两次含药，渐渐
缓解。草写下前八句，后六句是返京后续写的。

1994 年 12 月 13 日誊稿时记

翠岑嵯峨金光碧，

铜龙盘桓铁虬飞。

中华性格火炼成，

民族雄魂凝于斯：

开天辟地犁铧印，

披荆斩棘有斧迹，

雷霆九击河汉漏，

炼石补天列阵时。

魔怪百年狂称霸，

红阳一曝粪尘泥！

如烟往事东流去，

世界歌台弦管急，

评点风云谁家俏？

神州潇洒独多姿。

焚 香

桥山古柏摇秋风，
千里奔驰快道中，
为报玄黄长景好，
焚香祭亭敬先功。

1993 年 10 月

南郑陆游诗词研讨会和林家英 ① 教授

吟唱回澜识女豪，

重逢南郑鬓有秋，

论诗夜听巴山雨，

无奈秦天未肯留。

1993 年 11 月 26 日

林家英赠句

忆昔崂山滨海游，

南湖探胜正三秋，

---

① 1990 年 7 月作者赴青岛参加中华诗词学会年会时，与兰州大学林家英相识。3 年后再次在
　　陕南相见，有此唱和。

诗缘欣结骚坛会，

雅趣童心笑语留。

1993 年 10 月 26 日

题 赠 《中 流》 ①

国难产生文学军，

驱妖逐鬼有功勋，

砥柱虽小立中流，

怪浪狂澜应齐喑。

1994 年

---

① 发表在《中流》1994 年第 3 期。

画 竹 诗

横斜几笔卖风情，
搔首弄姿百态生，
肚里空空媚骨在，
刊头酒肆有名声。

1994 年 8 月

画 梅 题 句

血溅荒林化红梅，
虬枝花谢绿葱葱，
豪俊今冒新诠释，
渴望消沉亦英雄。

　　晚间听广播，一专家正诠释贝多芬《英雄交响曲》，言过去英雄主
义是反映当时的思想，但今天处在和平时代，"渴望消沉"也是一种英
雄思想，此语可谓惊天地泣鬼神，怕年老易忘，故题于红梅旁。

1994 年 9 月

贺 青 城 诗 会 ①

金秋瓜果正飘香，
西望白云忆新疆，
想见绿风青城树，
诗思潮涌赞辉煌。

1994 年 9 月 11 日

---

① 此诗是为"第九届全国诗歌报刊协议会暨第二届绿风诗会"召开而作。

贺 克 家 九 十 寿 辰

克家笔老诗风劲，

写尽沧桑血火年。

长夜难明呼春鸟，

朝花烂漫颂晨天。

斜眸以鼻嗤宵小，

昂首扬臂立垒沿。

磴道裁云捶玉帛，

为新世纪创开篇。

1994年10月17日夜，为祝克家同志华诞写了这首诗。因对第三联末三字不满意，删为四句赠克家研讨会。回来后几次修改都不满意，自叹无才，决定不改，就此抄赠克家。

参加克家研讨会后续成，再赠。

1994 年 10 月 18 日

冬夜怀洪飞 ①

五十六年未朦胧，

狼烟燧火育幼童 ②。

挑灯夜耀盘肠道，

舞袖凌空下晴虹。

腰鼓秧歌开广宇，

并州际会月明中。

心衰惊悉为烟去，

四顾倩谁作书鸿？

---

① 夏洪飞（1924—1994），河南温县人。是太行山剧团第一批小团员。中华人民共和国成立后曾担任山西大学艺术系主任、山西音协主席、省文联副主席等职务。

② 夏洪飞加入太行山剧团时才14岁。1939年初作者妻子赵迪之负责"晋东南民族革命艺术学校"工作时，小团员们都入校学习，作者也兼任教员。

后记：

　　抗日战争胜利，太行山剧团完成了历史任务，全团同志先后分配到各地做其他工作。八年烽火岁月，生死与共，但东南西北，万里迢迢，更兼风风雨雨，声息渐渺。唯洪飞情重，掌握着诸友行踪，能于1985年中秋时节，相聚于太原，互相呼叫，笑指白头，这都是洪飞伉俪倾一家之力促成的。太原聚会后，有好几个同志化烟去了。去冬心脏病复发，正准备住院，得悉洪飞病逝，悲痛难已，怆然写了《冬夜怀洪飞》。人，终是要为烟的，人人如此，似忽然大彻大悟起来，故抄下寄慰李娜同志。

1994年12月写于病床上

酬 王 一 桃 君 ①

"漳河水，九十九道湾"，

白发，青鬓，

执手相视无重山。

黄钟大吕尘封久，

三生有幸，

新朋拨动老弦鸣。

君诗思，心生翼，笔逢辰，

鹰飞戾天，

盘桓云底瞰浮沉；

"九七"帝国踉跄去，

---

① 王一桃，文学活动家。1934年出生在马来西亚。1950年回国，广西师范大学毕业，曾任《广西文艺》诗歌编辑。1980年移居香港。

均天乐奏，

歌林我觅王一桃。

1995 年 4 月 2 日无眠之夜写于同仁病房

附：

赠阮章竞

王一桃

还记得我最初见到你的情景么

第一句话是："漳河水，九十九道湾"

美妙的诗句如从唱片波纹流出

听得你沉浸于透明的回忆里边

想不到漳河水的源头竟在中山

从南流到北映着血与火悲与欢

化作你歌，化作你诗，化作你剧

汇成争取民族解放的万丈狂澜

1995 年春，香港

红 棉 ①

万木春风何最红？

木棉于我独情钟。

中山诗苑歌千首，

春吐朝霞夏芙蓉。

1995 年 10 月 23 日

---

① 此诗发表在《中山诗苑》总第 2 期。

贺刘白羽同志文学创作六十年 ①

晓号清扬雾凇明，

雄师百万会平津；

鞍头呵笔报春到，

觱篥吹歌呼日昕。

梦觉幽囚愁风雨，

蹉跎岁月送晨昏；

征尘掸净远喧嚣，

舒卷楼台写鹰群。

1995 年 10 月 31 日

---

① 刘白羽(1916—2005)，北京通州人。与作者妻子为大学同学。与作者相识在抗战中的太行山。
中华人民共和国成立后两人同在中国作协党组共事多年。此诗是作者为 1995 年 11 月 2 日
中国作家协会、华艺出版社、中华文学基金会联合在人民大会堂云南厅举行《纪念刘白
羽从事文学创作 60 周年暨刘白羽文集首发式》所作。

钟瑞 ① 播音三十五年

谁含珠玉喷星辰？

谁拨七弦惊月魂？

天生一个金钟瑞，

华语芬芳醉乾坤。

1995 年

---

① 钟瑞，中央人民广播电台著名女播音员。

东城图书馆 ①

东城建有图书楼，

智慧之泉任吮收。

哺出未来追星族，

顺路鹊桥慰女牛。

1996 年 7 月 12 日

---

① 1996 年 7 月，北京东城图书馆举办"茅盾先生图片展"，作者参观时应邀写了此诗。详见《永
远的阮章竞》（暨南大学出版社 2014 年 12 月版）该馆馆长王鸿鹏回忆文章。

题 赠 上 海 图 书 新 馆

图书智慧海，

浪顶有奇葩。

若汝勤冲浪，

银河可泛槎。

1996 年 7 月 12 日

给 璐 璐 ①

爬千岭，越万山，

过险滩，渡恶河，

到大风雨中看世界，

不死守荧屏学幽歌。

外祖父

1996 年 8 月

---

① 这是作者为鼓励刚刚考上清华大学的外孙女丁璐所作。

镌刻在蓝天，投映在海洋 ①

——香港回归祖国抒怀

我沐浴焚香三恭请，

抗英的众英魂：

请把香港回归祖国

这一个金光闪闪的日子，

镌刻在蓝天，

投映在海洋。

一百五十多年，

多少仁人志士，

插刀左臂，

向昆仑盟誓：

不收回香港，

---

① 此诗发表在《中流》1997年第6期。《华夏诗报》1997年5月25日第108期发过节选。

死不瞑目心不息！

一百五十多年，

多少英雄儿女，

咬破食指，

向沧海发誓：

不洗雪国耻，

砍掉头颅不倒地！

殖民主义，多脏多丑的旗。

靠腥风飘起，

靠放火摇曳，

靠白骨堆成的山，

竖起旗杆，逞凶于世。

殖民主义，多臭多丑的词，

含义就是屠杀，

含义就是奴役，

含义就是公开掠略

别国的天空，

别国的大地，

别国的江河海域。

榨取别国民膏民脂，

压成鬼火似的宝石，

镶在女王、大帝的皇冠，

炫耀于世而恬不知耻！

鸦片战争，

杀了多少中国人？

鸦片战争，

抢去中国多少万两白银？

鸦片战争，

抢去中国多少千斤黄金？

留给中国

多少孤儿寡妇，

多少鬼魂在呼喊：

为我报仇！

为我雪恨！

我问当今的殖民绅士：

贵祖先，应该镶个什么帽徽？

应该坐在什么席位？

是大毒枭，是黑集团？

是强盗？是匪徒？

还是贼？

哪个合乎身份，

请对号入座位！

一百五十多年，

你们继承的特权，

矿山、工厂、银行，

海滨游泳场，

柔软的白沙滩，

是多么不光彩，

是多么肮脏的，

毒犯、强盗的血腥遗产！

墨写的历史，

洗不掉，沤不烂，

想赖？想避而不谈？

想惯用"既成事实"

设置障碍，制造麻烦，

就可以把如山铁案，

泡成软泥团？

那样的时代，

早已一风吹去不复返！

中华民族，酷爱和平，

中国人民，宽宏大量，

从来都是：

抗拒从严，

坦白从宽，

彻底退赃，

不究既往，

心胸宽过太平洋。

殖民主义，

这面脏得不能再脏的旗，

隆重降下，可以，

体面卷起，准许。

识时务，也知趣，

无须回首往事光唏嘘。

动辄封锁，

动辄制裁，

动辄导弹，

动辄航空母舰，

何补于肺？

何补于肝？

我劝霸权主义，衮衮诸公，

从香港

可以找到灵丹妙药，

治癫痫。

茫茫蓝海明月夜，

潮头来去不消歇：

靠大炮军刀屠杀完成，

代代世袭的长裙马靴，

踢踢踏踏的欢歌曼舞，

到如今，"含啪啷"①，

被狂飙吹去弦歌绝。

个中滋味，

_____

① 广东土语，义"通统"。——作者注

谁来品尝，量级别！

最后最美的皇冠宝石，

无可奈何还中国，

最早最丑的殖民时代，

只能如此进棺椁，

棺椁，棺椁，

人人道是掠夺者，

自食其果！

香港回归日，

黄河伸起手，

长江解开怀，

珠江搂着喂开奶。

"我回来了，母亲！"

百年赤子的呼母声，

从天幕推出来：

礼炮齐鸣，国歌飞扬，

国旗冉冉升起迎晨阳；

五色缤纷的礼花中，

镌刻在蓝天，

投映在海洋。

谁把血腥的旗在这里升起来，

今天要自己降下来；

谁把耻辱的烙印烙在这里，

今天要自己捡起来，

兜起来，抱在怀，

永远离开中国海！

对掠夺者，

谁都无例外，

在中国，一千年一万载，

炎黄子孙，绝不容许不还债！

重铸山河的火浆口，

光芒四射在亚洲。

谁想说三道四，

谁想指手画脚，

小心，既会烫焦声音，

更会烫焦手！

1996 年 11 月 15 日

酬 友 人 索 字 ①

人造泥胎再贴金，
匍匐在地献虔诚。
思维长毛为最上，
万岁愚氓赛超生。

1996 年 11 月

---

① 此诗应上海社科院文学研究所孙琴安要求所写。两人在信件来往中探讨了反思"文革"问题。

迎 牛 年

牛对于人，

苦不言苦，

鞭不言痛，

死不求遗体告别，

只求仓满粟。

伟矣哉！

　　明年为牛年，故书"迎牛年"以念其功，以迎其来。

1997 年 1 月 7 日书于苦噪楼

为 自 刻 名 章 题 款

一雨涤荡百年尘，
万木争荣卉竞妍，
制方顽石随君右，
聆磨新墨写春山。

1997 年 1 月

庆香港回归 ①

—— 贺《诗刊》创刊四十年

绽开飞雪铁骨风，

酷暑严寒自从容；

帝业 ② 谁家无愁悴，

神州大地特葱茏。

《诗刊》四十年，香港回归日，纵观世界，唯中国独领风骚。

1997 年 1 月 14 日无眠之晨

---

① 原诗无题，此标题是编者加的。

② 指帝国主义。

枕 畔 吟 （组 诗 5 首）

　　1997年2月初，连夜无眠。想起岁月蹉跎，行将走近终点。早已感到一年不如一年，一月不如一月。人生有顺利有挫折，但人生不能认输，认输则输掉一切！既不认输便伏枕随想随写，写下枕畔吟。

枯 藤 恃

我快是一盘枯藤，

恃着尚有青枝的树身，

尚长有青枝的树干，

只要你能支撑着我，

我就不致塌倒泥尘，

粉身碎骨，

化为灰烬。

古 泉

只要有你的涓涓滋润，

老草就不会失去光泽，

涓涓的古泉啊，

只要你不干涸，

老草会还你青青的绿色。

微 弱 的 光

心中要有丁点儿的光，

说明我心没有衰退；

只要微光永不消失，

我就不会无所作为。

孤　独

你把孤独、幻想，
当作暗室的烛光，
就会有姹紫嫣红的蓓蕾，
在你心中咿咿呀呀开放。

古　柏

东岳庙古柏，
告我人生的哲学：
年年都有春花秋月，
年年都有夏雷冬雪，
虽然我没服过任何营养品，
也没有服过任何长生液，
别说我肢残身裂，
可我仍是，
满头青枝绿叶。

玩 文 学

耕耘养生命，
作画美性灵，
文学非玩物，
人鬼笔底生。

罂粟颜色丽，
结籽葬青春，
从无玩文学，
走笔见灵魂。

情 系 港 澳 ①

——百家名人影像墨宝

帝国踉跄去

香港潇洒回

---

① 此书由黄河出版社 1997 年 3 月出版。

题 仙 游 寺 （另 一 首） ①

飘渺嘘啼绕黑河，

龙潭哽咽长恨歌。

玄池比翼依稀见，

三尺白绫马嵬坡。

黑 水 河

弄玉箫声渺星河

诗人墨客走龙蛇，

---

① 黑水河、仙游寺为弄玉学仙、《长恨歌》诞生之地。1997年3月陕西省周至县为建仙游寺碑林，
通过在京的文学界乡亲向作者约稿。此诗即为此而作。

一曲长恨糊涂泪，

弥漫银荧乱撞车！

周明同志要我为他故乡黑水河、仙游寺写几个字，成此四句。李隆基、杨玉环故事，使山河破碎，人民罹难，如今银幕荧屏争拍撞车，紧张热烈。

1997 年 3 月

送刘绍棠同志 ①

拼搏为真理，
斗争敢舍身，
哭君匆匆去，
接战万千人。

1997 年 3 月 13 日

---

① 刘绍棠（1936—1997），北京通州人。著名乡土文学作家。1985 年作者在任期内请辞北京
　市人大常委会委员职务，推荐刘绍棠接任。

题李大钊纪念馆 ①

大地沉沦海沉沦，

今日辉煌忆艰辛：

点起熔炉照天地，

岂忘乐亭取火人。

1997 年 6 月

---

① 此诗是作者应邀为烈士家乡新建的李大钊纪念馆所作。

画竹自解嘲

"个"字来几个 [①]，
两笔淡与浓，
小说诗书画，
风雅非冒充。

1997 年 8 月

---

① 水墨画竹的笔法，类似书法写"个"字，故言。

水 调 歌 头
——八宝山送迪之远行

躲捕奔张北，

抗日上辽州；

民兵月夜张网，

待敌莽山头。

正是芬菲岁月，

一片丹心千里，

斤米几钱油？①

国运何往去，

寻遍乱石沟。

为民富，

飞云贵，

————————

① 战争年代，八路军每日生活标准是 1 斤小米，3 钱盐，3 钱油。

下闽侯。

庐山一怒余震，

几个不翻舟？

冠高帽游街示众，

危重城南城北，

幸谢有天收！

泪送青烟远，

无悔亦无尤……

附：

　　迪之20世纪50年代患高血压，70年代患心肌梗死，80年代脑溢血半瘫痪的十几年中，极少获得住院治疗条件。1997年9月左腿栓塞，半夜垂危，在北京城内转辗到天亮，最后经多方求助为一家无级医院收留住下，但已进入临终状态。11月13日上午病逝。

　　赵迪之1934年参加革命入党，一生工作勤奋，刚直清廉，庐山会议的反右倾和"文化大革命"中，都被列为批斗对象。1975年10月在处理工作时，突患心肌梗死，1985年脑溢血半瘫痪，都因无床位，得不到及时治疗。作为她的终身伴侣，怎不为之感叹痛惜。她对自己的一生，无悔无怨，病危前留下不办遗体告别，角膜、遗体捐作医学研究用的遗愿。

1997 年 11 月 17 日

采 桑 子 · 梦 迪 之

　　昨天午夜，梦为迪之送行，有人递笔要我在覆盖的素衾上写句话。我见笔含墨少，其人用水淋湿还我，悲戚半天写下"送终身伴侣赵迪之远行慢慢走"。

　　书后惊醒，开灯取纸记下这个揪心幻梦：

梦神不悯棺前别，

昨送一番，

今送一番，

何不回生携手还！

素衾落尽终生泪，

梦里潸然，

梦醒潸然，

只影孤灯伴老残……

1997 年 11 月 25 日凌晨

给 迪 之

系马碾盘架，

倦卧卿怀下，

夏月白如纱。

千山外，

敌寇火舌，

卷啮万农家。

五十九年风雨，

二十年蒲公花 ①，

白送走，

多少青春年华，

换来头白如霜花。

---

① 两人于 1938 年结婚，相伴五十九年。"文革"结束二十年，两人都已步入老年之喻。

谁共我，

床旁论风云，

轮椅说中华；

官僚不死亡华夏，

最最长遗恨，

未同观白浪，

共睹截三峡。

十二年病榻①，

医门皆铁衙，

语语似针扎。

几回探视，

恨无回天法。

柏油马路，

脚印容不下。

"我要回家！"②

---

① 1985 年逝者离休后，遭一机部行政处强拆宿舍电话致病重。详见本书书信笔记卷，致何
　光远信。

② 逝者病重，医院床位难求。住进一小医院后，焦虑不安，向作者要求出院。

声声犹在耳，

人已邈，

魂天涯。

1998 年 1 月 1 日 ^①

---

① 这一天是逝者"七七"之日。

《中流》百期华诞 ①

壮阔波澜薄晨霄，

东南西北风争娇；

谁家真奏主旋律？

拜托《中流》做风标。

1998 年 4 月

手 颤

手颤不能书，

欲罢心不甘，

抬头求天公，

答曰难难难！

1998 年 5 月

忆丁力 ①

——为丁力作品研讨会作

君恶轻飘飘,

阅批感慨多,

而今兴泡沫,

壅断大江河!

20世纪60年代初,与丁力同志共事《诗刊》,常见其阅稿批语有"轻飘飘"三字。若使今天健在,读了泡沫诗,恐怕会批"诗歌应打假"而折笔掷地。

1998年6月

---

① 丁力(1920—1993),湖北沔阳人。1949年2月入党。曾任《诗刊》编辑部主任。在他逝世5周年时,北京宣武图书馆举办了"丁力作品研讨会",其子丁慨然请作者写了这首诗。

翘首望青云 ①
——送别冰心大师

今人乘鹤去，

翘首望青云……

中国几支毫颖，

教诲过

踯躅途中小读者，

一群又一群？

话安详，语温馨，

作家应为花季雨季，

护嫩芽，到成林。

"万般皆上品"，

把错乱的音程

---

① 此诗发表在《文艺报》1999 年 3 月 20 日。

锤定音，

企望多殷殷！

天无际，云无际，

怎追寻？

永留在人间

慈祥音容一爱心！

1999 年 3 月 1 日晨闻广播急就

多谢怜悯小草人 ① （歌词）

我是小春草儿，

刚长的幼芽多么嫩。

我为首都路边系翠带，

我为首都道旁铺绿茵。

多谢打拳的人文明，

不愿踩我成秃子，

让我头上留疤痕。

谢谢打拳人！

我是小春草儿，

刚长的幼芽多么嫩。

---

① 在同仁医院写的，抄清稿寄《北京晚报》，大概是 4 月中，未见回音。不久见刊出大同小
异的诗。5 月 10 日。——作者注

我为首都美丽镇风沙，

我为首都晴朗压灰尘。

多谢练功的人有德，

不肯践踏我的身，

不愿踩死我的根。

谢谢练功人！

我是小春草儿，

刚长的幼芽多么嫩。

多谢打拳的脚善良，

多谢练功的脚怜悯，

让我快快成翠带，

让我快快成绿茵。

报答怜悯小草人！

　　谨向作曲家致意：如蒙不弃，欢迎配曲。但在下患有"嘭嚓嚓"恐惧症，万望勿加此节奏。罪过罪过！

果 皮 箱 的 抗 议 （另 一 首）

路边果皮废纸箱，

发布新闻发消息，

请记者先生为果皮箱，

伸张正义写报道，

向不文明者提出抗议！

社会凡事都有分工，

各尽其责各司其职。

我只分工收废纸，

我只收纳瓜果皮。

为市容卫生尽我责，

为无蝇城市尽我职。

我不是痰盂，

更不是便池，

为什么有人老向我

乱吐黄痰擤鼻涕？

看他咔哧那一声，

那副嘴脸多丑死。

尊重别人，人尊重你，

马路公德要人人维持，

讲公德卫生的我赞美，

不讲公德卫生的我鄙视，

记者先生请鼓励正气，

为我向不文明提抗议！

树 在 请 求

我是树，

千辛万苦带着家乡的泥土，

嫁到北京落户。

为的是美化首都。

小朋友走过，

请不要折我的花枝嫩，

老人家锻炼，

请不要攀我的横枝粗。

让我为你遮阳，

请你在我身边歇凉。

谢谢你啦，

让首都永远青绿，

城市没有风沙，

空地不飞尘土。

花树葱茏风飘香，

当惊北京世界殊。

1999 年 5 月

我终于来得及为你歌唱——澳门 ①

在家乡最南的海滨，

你像母亲一节小手指头，

虽然被人割断，

但皮连着皮，筋连着筋，

血管连着血管，灵魂缠着灵魂。

还是在青少年时代，

我多次去看过你：

蓝海连着蓝天，

白浪舔着白云，

拍浪嬉戏的海鸥，

飞过一群又一群。

———————

① 发表在 1999 年 12 月 20 日《香山报》。

你是多么迷人呀，美丽的海滨。

怎能想到你在西洋鬼佬脚下，

已经哭泣了将近四百年！

番摊赌场，鸦片烟馆，

高级妓院，下流娼寮，

老鸨雏妓，倚门卖笑，

而肠在痉挛，心在呻吟。

杨梅花柳，五花八门，

在传播，在腐烂，在延伸。

从里斯本打包运来的牙齿、舌头、钩爪，

在啮啃，在撕扯，在吸吮，

你这块花花世界，

苦力的血汗，

卖淫的花捐，

腥膻的黄金白银。

妈祖坛前，红烛血泪，

求不动神灵，扭转乾坤！

明朝皇帝，清朝太后，

窃国总统，蒋家君臣，

一个朝代一个朝代，眼睁睁看着你，

痉挛打滚，四百个秋和春。

我小时曾问过，

我能不能听到，

你向苍天呼喊：

"我回来了，母亲！"

睡狮醒，昂首一呵欠，

震撼世界五十年！

横拉竖切，瓜分中国，

那些海盗、船匪、毒枭的好日子，

早已一风吹去不复返。

靠讹诈、杀人起家的掠夺者，

而今，没有一个不凄凄惨惨，

下国旗，上军舰，

踉踉跄跄打道回家去，

咀嚼苦涩忆当年，

捶胸顿脚哭皇天！

有谁比我更幸福？

有谁比我更欢欣？

我终于来得及听到：

"我回来了，母亲！"

"我回来了，母亲！"

回荡九霄的叫母音韵①！

我终于来得及坐在轮椅上

用我底气未尽衰竭的喉咙

为你歌唱——澳门

扑向母亲怀抱的澳门，

澳门，澳门……

1999 年 8 月 9—28 日

---

① 澳门，原属香山，是作者青年时代曾去打工的地方，也是他民族感情的敏感之处。本诗手
稿中，附有一页闻一多先生《七子之歌》的抄录稿。"叫母音韵"一说，是呼应闻诗七
章中反复吟唱的尾句："母亲，我要回来，母亲！"

我 是 幸 福 人 ①

耳闻目睹了

近一百年的风云变幻，

一百个春夏秋冬的沧桑浮沉。

我是亲历者，

我是目击人。

所以我幸福，我歌幸福人。

我饱尝了被压迫的辛酸苦辣

更共享了翻身解放的战斗欢欣。

我接受了斩妖除鬼的战斗洗礼，

沐浴了风霜雨雪，炮火烟云。

我亲举双手迎接新生的晨阳，

---

① 此诗根据手稿，未发表过。

我书写了重建山河的时代青春。

我亲历了始料不到的

无神论者去造神的自甘愚蠢，

我亲历了乡村城市山呼万岁，

呼来经济颓败，传统崩溃。

无法不看的超级闹剧，

完结在埋妖除怪的铁帚烟尘。

我目击了补天填海的真实童话，

更亲眼看到侵略者黯然降旗的报应时辰。

我饱看了五十年的连台好戏，

引颈欢呼中国火箭问鼎蓝天星云。

我乐于听到仇视者无可奈何的狂吠癫号，

更乐于听国际歌台中国的雄伟强音。

我目睹一百年旧世界的葬礼

更切实听到亡我之心不死者，

还在磨锋锻刃！

这就是我的诗根沃土，

这就是我诗魂回荡的乾坤。

我站在光明与黑暗交战百年的终点，

怀着希望与焦虑

迎接二十一世纪的春晨！

1999 年 9 月 7—20 日

阮章竞著作出版年表

建国前

《转变》　（话剧）　1941　太行韬奋书店

《未熟的庄稼》　（话剧）　1943　太行新华书店

《比赛》　（歌剧）　1943　太行新华书店

《糠菜夫妻》　（短剧）　1943　太行新华书店

《圈套》　（叙事诗）　1947　太行新华书店

《赤叶河》　（歌剧）　1948年2月　太行群众书店

《赤叶河（修订版）》　（歌剧）　1949年5月　新华书店

十七年

《赤叶河（修订三版）》　（歌剧）　1950年9月　新华书店

《漳河水》　（叙事诗）　1950　新华书店

《漳河水》　（叙事诗）　1954　大众美术社

《漳河水》（叙事诗）1953　1958　1965　人民文学出版社

《在时代的列车上》　（话剧）　1955　作家出版社

《金色的海螺》　（童话诗）　1956　少年儿童出版社

《漳河水》　（吴静波绘本）　1957　人民美术出版社

《牛仔王》　（童话诗）　1958　少年儿童出版社

《虹霓集》　（诗集）　1958　作家出版社

《漳河水》　（绘画注音本）　1958　文字改革出版社

《漳河水》　（叙事诗）　1958　通俗文艺出版社

《漳河水》　（英译绘本）　1958　中国建设杂志社

《迎春桔颂》　（诗集）　1959　人民文学出版社

《草原钢城》　（纪录片）　1959　中央新闻纪录电影制片厂

《赤叶河》　（歌剧）　1959年11月　1960年2月　人民文学出版社

《马猴祖先的故事》　（童话诗绘本）　1962　少年儿童出版社

《金色的海螺》　（改编剪纸片）　1963　美术电影制片厂

《勘探者之歌》　（诗集）　1963　作家出版社

《四月的哈瓦那》　（诗集）　1964　作家出版社

《白云鄂博交响诗》　（叙事诗）　1964　作家出版社

新时期

《漳河水》　（叙事诗）　1977　人民文学出版社

《阮章竞诗选》　（诗集）　1982　人民文学出版社

《金色的海螺》　（英法德俄西葡阿等语译绘本）　1986　外文出版社
（侵权出版）

《密令截击》　（改编电影故事片）　1986　长春电影制片厂

《漫漫幽林路》 （叙事诗） 1991 花城出版社

《夏雨秋风录》 （诗集） 1993 重庆出版社

《新疆忆旅》 （散文集） 1993 北京环境科学出版社

《白丹红》 （中篇小说） 1997 北京出版社

《山魂·霜天》 （长篇小说） 1997 大众文艺出版社

《金色的海螺》（童话诗集） 1998 花山文艺出版社

身后

《晚号集》 （诗集） 2001 人民文学出版社

《王贵与李香香 漳河水》 （新文学碑林本）2001 人民文学出版社

《漳河水》 （吴静波绘本） 2004、2011、2012 人民美术出版社

《阮章竞绘画篆刻选》 2009 人民美术出版社

《金色的海螺 （中国儿童文学经典100部）》 （童话诗集） 2010 湖北教育出版社

《故乡岁月》 （回忆录） 2012 人民文学出版社

《异乡岁月》 （回忆录） 2013 文化艺术出版社

《四月的哈瓦那》 （中西文对照本） 2015 五洲传播出版社

《熊熊炉火照天赤》 （包钢作品集） 2017年 人民文学出版社

《阮章竞太行山笔记手稿四种（影印本）》2017年 中华书局

《漳河水（红色红典初版本影印文库）》2021年 作家出版社

《阮章竞文存》编后记

　　整理父亲阮章竞先生的遗稿，本是我力所不能及的事情。因为在此之前，除了父亲的童话诗，我几乎没有通读过父亲的其他作品，更不知道他的画箧、画筒、画夹里藏着那么多精彩的国画、油画棒画和硬笔写生。父亲生前，我从来没有深入过他的精神世界，在我的心里，他只是个偏爱独生女儿的慈爱爸爸。

　　但在2000年2月父亲远行的那一天，当我从病房里收拾起那只人造革小皮箱时，我感到自己只能迎难而上了：那只皮箱里装的是父亲最后20年的诗作结集——《晚号集》，有亲笔手稿，有订正了的剪报粘贴稿、抄稿，也有字体不一、显然不是出自同一台电脑的打印稿。父亲最后的坚持就表现在这一包诗稿上，如影随形，不离不弃，就像他1993年在陕南勉县孔明墓前写下的诗句："生时未及中原地，死骨坚守定军山。"

　　在整理出版《晚号集》时，从手稿堆里，我又发现了父亲逝世50天前发表的最后一首诗："我终于来得及坐在轮椅上，/用我底气未尽衰竭的喉咙，/为你歌唱——澳门，/扑向母亲怀抱的澳门……"我内疚、自责，我太不了解父亲了。他一生为人民歌唱，哪怕已经衰坐在轮椅上。那么推轮椅的人，不正该是我吗？整理出版他的全部著作，将是我此生必达之目的，我才刚刚50岁，一切都来得及。

我先生丁丙辰和我从父亲留下的资料归档整理开始跋涉，哪怕只是有父亲手迹的半张残缺纸片，都以"敬惜字纸"的态度，放入档案夹中，登记摘要，等待找到它在拼图恰当位置那一刻的到来。近四千个档案夹，以及分别以时间、体裁、专题来录入、制作和检索的电子表格，都在枯燥单调中慢慢完成了。就像玩扑克牌那样，这四千个卷宗本身和里面的文本，被多次重新排列，以期达到更为合乎逻辑的组合。若在时间轴线上发现了空白之处，也要采访相关前辈，寻找草蛇灰线，查阅资料档案，尽力予以补充。就连父亲在重要书籍刊物中的随笔批注，也会发现一处，记录一处，不肯放过。多年的坚持，父亲的人生和创作轨迹在我的头脑中慢慢清晰起来，自认有了编辑《阮章竞文存》的基础条件。

父亲的文学创作是从戏剧开始的。仔细研读便会发现，他的戏剧作品都带着鲜明的"群众工作"色彩，可以视为他的职务创作。有太行山剧团团长的、太行区党委文委委员的、包钢宣传部长的、也有中共中央华北局宣传部文艺处长和副秘书长的职务创作。作品的时间跨度从1938—1965年，而抗日战争时期的戏剧作品数量最丰，却多在残酷的战争中湮灭，只收得3部，其余仅留存目。因此，戏剧卷理所当然的列在了第一卷的位置上。

父亲与生俱来的对绘画和艺术的强烈爱好，使他在战争硝烟慢慢消散的时候，把精力逐步转向了更能抒发个体情感的诗歌，努力进行中国风格、中国气派的新诗探索。除了他在自传中提到的诗歌处女作《故乡》（1935年）没能找到之外，搜集到的诗歌共有535首（1938—1999年），贯穿作者的整个创作生涯，大多收入诗歌卷上下集。其中有叙事体长诗7首（后期2首），童话诗4首（后期1首）。以1966—1976年的沉默期为界，作者前期诗歌有197首。沉默过后的恢复期有十来首诗，读者可以明显感到作者在十年拳离手，曲离口，思想遭禁锢之后的笔涩声喑。正是线条、构图、色彩那些无声的绘画表达，使作者从极度的创作焦虑中得以康复，并开始了他的创作第二春。

作者同题诗画的创作，发轫于1961年3月对古巴的访问，一首《自由古巴诞生地》配着一幅水墨中国画《卡斯特罗等82人登陆处》出现在诗集《四月的哈瓦那》（1964年作家出版社）中。而在诗集《勘探者之歌》（1963年作家出版社）中收入组诗"沿着历史的长河行"的13首诗中的10首，都有同题绘画，但只有《金星槲树》这一标题下的一诗一画收入了诗集中。在作者全部8组[①]同题诗画中，有6组创作于后期，无论质量数量都大大超过前期的2组。从疗伤治愈到酣畅表达，"诗画共生"所承载的灵性才情，使他后期的诗歌创作绽放出了别样的光彩。

---

① 这8组诗画是：四月的哈瓦那（1961年4月—5月）、沿着历史的长河行（1962年1月—2月）、溯河千里行（1979年9月—10月）、夏日山村（1980年8月—10月）、大军之路（1981—1982年）、天山昆仑行（1983年9月—10月）、故乡行（1985年5月）、汉中行（1993年10月）。见《阮章竞绘画篆刻选》人民美术出版社2009年版。

作者后期的诗歌中，有一组专为长篇小说《山魂》三部曲写的旧体诗词，计45首，使用的诗词曲牌有37种之多。除了长篇弃用的3首收入了诗歌卷，其余均用于小说的章前词和内文之中。作者从民歌和古典两个方向汲取营养，在新诗创作中的探索，或许就蕴含在其中。

散文卷上下两集的收录原则曾让编者颇费了一番心思。因为纳入这一卷的，有相当一部分不属于文学意义上的散文。除了通讯、报告文学、游记、杂文随笔、序跋、创作谈、文评时评之外，我们还将作者在各种场合发表的讲话、题词、履历自传，统统收在此卷之中。未能收入的几篇，感兴趣的读者还是可以在当年报刊上查到。因为全书的编辑体例是以时间先后为主轴的，编者特为此卷做了一个分类检索的补充目录，以期能给读者提供一个更为方便快捷的查询工具。

小说这种文学体裁，在作者的创作中有着特殊的内容指向，那就是专为描写他和战友、乡亲们所经历的抗日战争而用。小说卷上下两集收有短篇小说4篇，中篇小说1部，长篇小说2部，无一例外都是献给逢七逢五的抗战纪念日的。

这一份小说祭礼，是在1945年对日大反攻进入焦作后，作者在众多战友面前许下的宏愿。之后55年的风雨坎坷，其志不堕弥坚。从1947年3月—7月的初稿，到1954年11月—1955年4月的第二稿，这部小说题为《太行山不会倒》。1964年改名为《烽火太行山》，到1966年初完成了57万字。抽出一些素材加以整理作为抗战周年小祭的仪程，就开始于此时。从抗战胜利20周年的1965年，发表《清晨的凯歌》开始，跨过无言的七十年代，1985年7月写

《民兵王小旦》，接着发表了《侦察英雄赵亨德》（1987年）和《五阴山虎郝福堂》（1995年）。中篇小说《白丹红》和长篇小说《山魂第一部 霜天》都在"七七事变"六十周年的1997年出版。这是作者生命中充满仪式感的献祭。

在作者的十年沉默期中，悄悄书写的，还是这部再次更名为《群山》的小说。从朱颜青鬓写到白发苍苍，辛苦煎熬，焦灼无眠，只为当初的千金一诺，只为埋骨太行的青葱战友和淳朴山民。为此，编者将遭遇退稿的《民兵王小旦》和尚未定稿的《山魂·晴岚》、《尾声 青春祭》收进小说卷中，以圆作者大愿。

两部回忆录的单行本，都是在作者身后出版的。其中《异乡岁月》是整部文存中仅有的口述记录文本。在编辑过程中，发现有多份相关的作者手稿可以给口述内容以印证，都选入了札记卷的回忆录组中。有感于文中与作者有过生命交集的众多战友已被淡忘，编者尽力为他们做了简要的注释，虽然挂一漏万，但编者谨借此来表达后辈的怀念与敬仰之情。

书信是本书最难征集的文本，以作者的老朋友和他们的后代陆续惠赠的为主。另外编者从他本人保存的信件草稿中得到了一些，还有些是从书刊中收集到的。作者保留了从1978年以来的各方来信千余封，从这些来信中发现了一些线索，对编辑本卷亦有所帮助。该卷共收书信187通。

札记卷收录的是作者未成手稿、手稿上的随手批注，还有创作计划等等难以归类，且未曾发表或不为发表而写的文字。虽然不能归类于某种文学体裁，但对于了解作者的思想和创作状态有一定的意义。编者试着将这部分文稿归纳成创作与诗草、回忆录、群山手记、日记随想、文艺批评等5组，希望能为研读者提供一些便利。

作者留有从1941—1998年记录的89种笔记计92册，家属已于2013年捐赠给国家图书馆善本部收藏。在作者家乡广东省中山市、国图善本部和华东师范大学历史系的共同努力下，这些笔记得以全部录成了电子文本，约270万字。本书编者在勉力承担了最终的校对工作后，从中选出了50万字，按照时间先后顺序编成了本书的笔记卷。编者把材料与文化工作的关联度，作为选取的原则，而将作者参加各种实际工作和会议的原始记录舍弃了。当然，这些实际工作和会议记录保留着最真实的现场感，具有较高的史料价值，但本书毕竟是一位文学家的著作结集，不得不作此等选择。编者还就个人梳理体会作者思想脉络的心得，把内容最丰富的四十年代笔记分成了三段，即：参加整风（1943年1月）前、不做文化工作（1945年5月—1946年12月）和民歌体创作期，以此就教于各位研究者。对于未能选入本卷的笔记，编者都做了摘要，存目备查。

笔记卷所用编号，均为国图扫描件的编号。由于当时对内容尚未及详读，在顺序上有所失误。此卷的编排严格以时间为序，故数字上的倒置，均由此产生，特此说明。

在整理编辑遗稿的21年时间里，我与父亲在他的文字中进行着持续的精神对话，感到与他更亲近了。编辑这部书对我来说是一次充满了生命细节和情感体验的探究历程，虽然辛苦却乐趣无穷。这部书的完成，使父亲的生命价值更加完整，也使我们兄弟姐妹对自己生命来源和性格特点多了一分带有哲学意味的了解，因为父亲是我们人生的镜子。

在这21年中，除了文字整理，帮助我加深理解和增强信心的，还有关于父亲的各种活动的举办，如诗集、画册的首发式，父亲百年诞辰的座谈研讨，"阮章竞诗歌奖"的设立颁奖，以及回忆录、评传、纪念文集、年谱、研究资料的出版等等。这些活动分别得到了父亲生前相关工作单位、机构和家乡父老的大力支持，谨向中国作家协会、北京作家协会、中山市委市政府市政协、沙溪镇党委、中国现代文学馆、包头钢铁公司、欧美同学会拉美分会致谢。还要特别感谢北京市委宣传部给予本书的资助。

华东师范大学韩钢教授，国家图书馆张志清副馆长，陈红彦主任，孙俊、程天舒两位女士，在整理作者笔记的工作中所做的努力，对完成本书的编辑至关重要，在此表达由衷谢忱。

感谢北京十月文艺出版社章德宁女士及各位责编为本书的编辑出版所做的艰苦细致工作。

我的爱人丁丙辰对我无条件的支持和各种扶助，兄长幼弟给予我的鼓励，是我完成这部书的基础保障。亲情与爱的力量，常在常新。

阮援朝

2021年8月于昌平望都寓所

图书在版编目 (CIP) 数据

阮章竞文存 . 诗歌卷 . 下 / 阮章竞著 . —— 北京 ：
北京十月文艺出版社，2022.1
　ISBN 978-7-5302-2209-6

　Ⅰ . ①阮… Ⅱ . ①阮… Ⅲ . ①诗集—中国—当代
Ⅳ . ① I217.2

　中国版本图书馆 CIP 数据核字 (2021) 第 246961 号

阮章竞文存　诗歌卷（下）
RUANZHANGJING WENCUN　SHIGE JUAN（XIA）
阮章竞　著

出　　版　北 京 出 版 集 团
　　　　　北京十月文艺出版社
地　　址　北京北三环中路 6 号
邮　　编　100120
网　　址　www.bph.com.cn
发　　行　新经典发行有限公司
　　　　　电话（010）68423599
经　　销　新华书店
印　　刷　北京盛通印刷股份有限公司
版　　次　2022 年 1 月第 1 版
　　　　　2022 年 1 月第 1 次印刷
开　　本　880 毫米 ×1230 毫米　1/32
印　　张　25.5
字　　数　300 千字
书　　号　ISBN 978-7-5302-2209-6
定　　价　200.00 元（全 2 册）
质量监督电话　010-58572393
如有印装质量问题，由本社负责调换。